Jenny-Mai Nuyen

Nacht ohne Namen

Roman

Deutscher Taschenbuch Verlag

Das gesamte lieferbare Programm von dtv
und viele andere Informationen finden sich unter
www.dtv.de

MIX
Papier aus verantwortungsvollen Quellen
FSC® C019821
FSC
www.fsc.org

Originalausgabe

Dieses Werk wurde vermittelt durch
die Medienagentur Montasser, München
Umschlagkonzept: Balk & Brumshagen
Umschlaggestaltung: Nele Schütz Design
Lektorat: Britt Arnold
Gesetzt aus der Aldus 10,5/13˙
Gesamtherstellung: Druckerei C.H.Beck, Nördlingen
Gedruckt auf säurefreiem, chlorfrei gebleichtem Papier
Printed in Germany · ISBN 978-3-423-76109-3

Personen und ihre Fähigkeiten

Nicki *wird in Gefahr gerettet von* . . . . **Jucitell Tallis**
Amsel *manipuliert alles Sichtbare dank* . . . . **Lautréamont**
Susie Ma *führt ein erfolgreiches Restaurant mit* . . . **Frau La Psie**
Chips *gewinnt Vertrauen durch* . . . . **?**
Gretchen *verführt mithilfe von* . . . . **?**
Theo *wird unsichtbar dank* . . . . **?**
Isabel Arouk *Traumdeuterin*
Constantin Duroya *Kartenleger*

Dämonen und ihr Wirkungsbereich (in der Reihenfolge ihrer Macht)

Osilber . . . . *Herr des Glanzes* **(Geld)**
Frau La Psie . . . . *Herrin von Rausch und Sucht* **(Drogen)**
Nahovizer . . . . *Herr des Lichts* **(Religion)**
Jucitell Tallis . . . . *Inkubus* **(Verliebtheit)**
Ekketimothain . . . . **?**
Ghora . . . . **?**
Lautréamont . . . . *Persönlicher Dämon* **(ein Gedanke)**
Snesane . . . . *Brunnendämonin* **(Todessehnsucht)**

Erster Teil

Weil zwei zusammen
wie Flammen und Federn
leichter schweben
als Luft

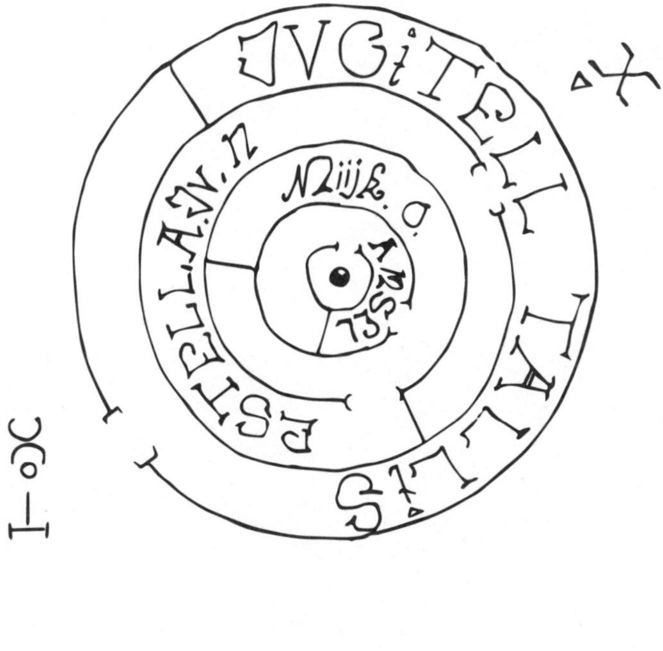

Das Unwichtige wird wichtig

Der Tag, an dem Nicki die Kanzlei der Unterwelt zum ersten Mal betrat, begann um vier Uhr morgens mit dem Klingeln des Telefons. Keiner ihrer Schulfreunde hatte je auf dem Festnetz angerufen. Und mit Canon hatte sie bisher überhaupt noch nie telefoniert – soweit sie wusste, besaß er nicht einmal ein Handy. Dennoch dachte sie an ihn, als sie die Augen aufschlug.

Der Lärm des Fernsehers schwappte aus dem Wohnzimmer. »Verdammt, wer ist das«, murrte ihre Mutter. Und in den Hörer: »Ja?«

Kurz darauf schrammte Nickis Tür über den Teppich. Mit einem Klatschen, das wie eine Ohrfeige klang, betätigte ihre Mutter den Lichtschalter. »Ein Typ. Will dich sprechen.«

Dank der plötzlichen Helligkeit fiel es ihr nicht schwer, eine verstörte Miene aufzusetzen. Dabei wusste sie, dass es kein anderer als Canon sein konnte, und die bloße Vorstellung, dass er und ihre Mutter miteinander geredet hatten, verpasste ihr einen innerlichen Stromschlag.

Beäugt von ihrer Mutter, tappte sie in den Flur. Das Telefon lag auf der Vitrine neben Einkaufsquittungen und aufgerissenen Briefen, uralten Fahrradschlossschlüsseln und einem überquellenden Aschenbecher.

Sie räusperte sich. »Hallo?«

»Nicki. Tut mir leid, dass ich anrufe.« Seine Stimme klang anders als in echt, irgendwie tiefer, erwachsener.

Nicki warf einen Blick über die Schulter. Ihre Mutter hatte sich wieder auf die Couch zurückgezogen, doch der Fernseher war leiser gestellt. Nicki ließ sich in die Jacken an der Garderobe sinken, um das Gespräch dadurch zu dämpfen. »Woher hast du unsere Nummer?«

»Stand im Telefonbuch.«

»Aha.« Sie taumelte ihren Gedanken nach. »Woher kennst du meinen Nachnamen?«

»Ich kenn auch deinen richtigen Vornamen.«

»Scheiße.«

»Für den kann niemand was.«

Eine Weile schwiegen sie. Nicki fummelte am Reißverschluss eines Herrenanoraks, der dort hing, seit sie eingezogen war.

»Ich … werde morgen nicht kommen können. Also, heute.«

Sie versuchte gelassen zu klingen. »Okay.«

»Nächstes Mal vielleicht auch nicht.«

Als er nicht weiter erklärte, nahm sie ihren Mut zusammen. »Aber danach wieder?«

»Vielleicht. Vielleicht auch nicht.«

Vielleicht auch nicht. Ihr war, als würde etwas aus ihr herausschweben. Ihre Wirbelsäule. Das, was ihr Halt gab. »Warum?«

»Du musst mir glauben, dass … Es ist… Es tut mir leid.«

Jetzt begriff sie, warum er so anders klang. Hatte er *geweint*? »Sag mir, was los ist.«

»Ich weiß nicht, das ganze Blut … Kann sein, dass die was in den Nachrichten bringen. Egal, was du hörst, es gibt eine andere Erklärung. Ich hab es nicht getan, du musst mir glauben –«

»Was getan?«

»… muss rauskriegen, was er will. Ich kann nicht einfach warten, bis er es wieder tut, ich kann nicht bleiben, verstehst du?«

»Nein. Wer?«

»Ist ja auch egal«, nuschelte er. »Ich wollte nur … also, morgen … kann ich nicht kommen. Ich wollte, dass du es weißt. Was du mir bedeutet hast.«

»Was meinst du?«

»Bitte … entschuldige.«

»Canon!«

Sie hörte ein Klicken in der Leitung, dann piepte das Telefon und erlosch. Er hatte aufgelegt.

Dienstag, sechs Uhr morgens an der S-Bahn-Station Berlin-Neukölln: Hier war er immer zu ihr in die Ringbahn gestiegen. Ins letzte Abteil. In ihre kleine, flüchtige Welt zwischen Nacht und Schule.

Menschen harrten am Bahnsteig aus, die müden, weiß rasierten, mitleidlos geschminkten Gesichter eingeklemmt zwischen noch nassen Haaren, Kopfhörern und dampfenden Kaffeebechern. Keiner sah glücklicher aus als ein Bison, der in der Steppe den Winter abwartet. Nicki kannte manche vom Sehen. Oder besser gesagt vom Abmalen.

Denn sie trug Bilder von den Leuten in ihrem Skizzenbuch unterm Arm wie Geheimnisse, die ihr anvertraut worden waren. So befremdlich Nicki die Menschen sonst auch fand, auf dem Papier wurden sie Vertraute: Ihre langen Blicke ins Nichts sponnen die Fragen, die sie am Leben hielten. Die Falten von Stirn und Mund erzählten von Entscheidungen, die sie bis hierher geführt hatten. An ihrer Haltung, ihren zu Fäusten geballten Händen, ihren geneigten Köpfen oder nervös wippenden Füßen konnte ein Bleistift die Gefühle aufspüren, die ihren Charakter bestimmten. Innerlich grüßte Nicki die Bekannten aus ihrem Skizzenbuch, während sie ihren Blick über die unzusammenhängende Gruppe schweifen ließ.

Doch das Gesicht, das sie am häufigsten gezeichnet hatte, fehlte.

Die S-Bahn fuhr ein. Jacken raschelten an Jacken, als die Menge sich durch die Türen bewegte, und der Bahnsteig leerte sich. Nicki folgte den Ausgestiegenen mit dem Blick die Rolltreppen hinab – unermüdlich schwappten die Stufen zurück nach oben, ohne Canon mitzubringen.

Allmählich füllte sich der Bahnsteig wieder. Die wenigen, die Nicki jetzt noch erkannte, wirkten gehetzt, weil sie ihre übliche Verbindung verpasst hatten. Nach einigen Minuten kam die nächste Bahn. Und immer noch kein Canon.

Nicki hievte sich auf das Eisengeländer an der Rolltreppe, verhakte die Füße an den Stangen und öffnete ihr Skizzenbuch. Wenn sie schon wartete, konnte sie dabei auch üben. Aber es gelang ihr nicht, den Blick länger als ein paar Sekunden auf jemanden zu konzentrieren, dann hielt sie schon wieder Ausschau nach Canon. Die Umrisse, die sie auf die leere Seite setzte, füllten sich mit nichts.

Sie wartete, solange sie konnte. Dann stieg sie in die Bahn, fuhr zur Schule und musste rennen, um eine knappe Viertelstunde zu spät zu Englisch zu kommen. Eine Lehrerin, die die Vertretung machte, fragte sie nach ihrem Namen. Während die Frau die Klasse zu bändigen versuchte, zog Nicki ihre Kopfhörer unter dem Kapuzenpulli durch, steckte sie in die Ohren, ließ die letzte Playlist laufen, die Canon ihr zusammengestellt hatte, und dachte nach.

So durcheinander hatte sie ihn noch nie erlebt. Seine Stimme … war erst ganz dunkel gewesen und dann unter dem Druck der Verzweiflung aufgebrochen. Irgendwas von Blut hatte er gesagt. Was war passiert?

»Bei allen wichtigen Dingen des Lebens kann man nie wissen, nur vermuten«, hatte Canon mal gesagt. Und dann hatte er langsam ihre Frage wiederholt, die sie eigentlich scherzhaft gemeint hatte, oder zumindest scherzhaft hatte klingen lassen, denn im Grunde hoffte sie nicht mehr auf eine Antwort: »*Warum bin ich auf der Welt?* Dazu müsste man erst mal wissen, was die Welt ist. Und vor allem, was das ist: *Ich*.«

Ja, wer war Canon? Sie wusste fast nichts Konkretes über ihn, dabei war er wohl das, was andere als ihren besten Freund bezeichnet hätten. Es war ihr immer irgendwie taktlos vorgekommen, nachzuhaken, auf welche Schule er ging, welchen Namen seine Eltern ihm gegeben hatten und überhaupt, welche Umstände sein Leben beherrschten, für die er nichts konnte. Sie selbst war ja auch froh gewesen, dass er in der Hinsicht nicht nachbohrte. Sie waren sich immer ohne den ganzen Ballast begegnet, frei, einfach als sie selbst.

Jetzt hatte sie das Gefühl, dass diese Freiheit ihre Freundschaft nicht bedeutungsvoller gemacht hatte, sondern brüchiger, und das tat weh.

In der großen Pause blieb sie im Klassenzimmer sitzen und hörte Musik, als läge darin alles verschlüsselt, was es über Canon zu wissen gab. Ein bisschen stimmte das ja auch. Nur wie sie ihn erreichen konnte, verriet ihr keins der Lieder.

In Gedanken ging sie seine Zeichnungen durch: Erst die, die sie am meisten beeindruckt hatten. Porträts von einem sich kämmenden Obdachlosen. Von einer Frau, die am Telefon weinte. Von einem eingeschlafenen Rentnerpärchen. Dann rief sie sich auch alle anderen Zeichnungen ins Gedächtnis, an die sie sich noch erinnern konnte. Vielleicht lag hier der Schlüssel ... Ein Schatten fiel über sie.

Vor ihr stand Tim aus der Fraktion der Uniformierten, die sich stets um einheitliche Schuhe, Jacken und Frisuren bemühten. Er war krebsrot.

Nicki zog einen Kopfhörer raus.

»Äh, Entschuldigung? Also, das sind unsere belegten Brötchen hier« – er hob die Hand, um ihr den Turm aus Brötchen zu zeigen – »und du kannst dir eins aussuchen. Dem, von dem du dir das Brötchen ausgesucht hast, dem bläst du einen.«

Im Hintergrund sah Nicki seine prustenden Freunde: Der Schönling Fabian, Severin, dessen größter Witz war, sich selbst für witzig zu halten, und ein Kerl namens Alexander, von dem sie nichts wusste, außer dass er offenbar unbedingt dazugehören wollte.

Sie musterte Tim. Er versuchte zu grinsen, aber in seinen Augen zitterte Elend. Wahrscheinlich hatte Severin ihn losgeschickt. »Du machst das doch«, fügte er fast in entschuldigendem Ton hinzu.

Sie steckte ihr Skizzenbuch ein, warf ihren Rucksack über die Schulter und nahm die vier Brötchen aus Tims Händen. Er ließ es geschehen, beinah ehrfürchtig, als wären es Gaben an eine Gottheit.

Dann ging sie an den Jungen vorbei, warf die drei mit Wurst belegten Brötchen in Severins offenen Rucksack und biss in das mit Mozzarella und Tomaten hinein. Schließlich war sie Vegetarierin. Und sie hatte nicht gefrühstückt.

Die Jungen kriegten sich nicht mehr ein vor Lachen.

»Das war mein Brötchen – ey, das war meins!«, rief Alexander ihr hinterher.

Der Rest des Schultags zog sich unerträglich lang hin, aber Schwänzen kam nicht infrage. Nicki sah das so: Schule war zu dreißig Prozent Bildung, zu siebzig Prozent reine Inhaftierung, weil die Gesellschaft Angst vor frei rumlaufenden Jugendlichen hatte. Der einzige Weg, diese Ungerechtigkeit zu ertragen, bestand darin, seine Würde zu wahren. Sie saß ihre Stunden in der ruhigen Gewissheit ab, dass eine passiv-aggressive Anklage aus ihrem Gehorsam sprach.

Anne-Marie, die in Mathe lustlos neben ihr herumlungerte, schüttelte bloß den Kopf, als sie ihr das erklärte. »Keiner geht nachher zu Physik! Wie lang ist es her, dass du mit Daria und Becky was unternommen hast? Und wir zwei waren auch schon ewig nicht mehr shoppen.«

»Ist ja egal, welchen Prinzipien man treu ist«, wandte Nicki ein. »Hauptsache, man ist ihnen treu.«

»Du bist so ein Streber geworden. Mathe und Physik nacheinander ist unmenschlich, das ist mein Prinzip.«

Am Nachmittag stand Nicki am Bahnsteig, fertig zur Auslieferung an die Elternhäuser wie der Rest, nur dass sie nicht heimfahren würde. Sie würde auch nicht zum Shoppen mit Anne-Marie, Becky und Daria nachkommen.

Sie stieg in Berlin-Neukölln aus. Irgendjemand winkte ihr durch das Fenster, vielleicht Pille von den Gothics, der sie neuerdings immer grüßte – als Nicki sich halb umwandte, sah sie nur noch ihre eigene Reflexion, die davonwischte. Ihr Spiegelbild verwunderte sie immer wieder. Schwarze Haare, feine Augenbrauen, flache Nase mit Knubbelspitze … Das Mädchen, das angeblich sie war, kam ihr immer wie eine entfernte Bekannte vor, von der sie nicht mehr wusste, ob sie ihr sympathisch war oder nicht. Während sie die Rolltreppe nach unten in die Bahnhofshalle nahm, strich sie sich den herauswachsenden Pony unter die Mütze, damit er nicht wie ein Croissant über ihrer Stirn hing.

Punks lagerten zwischen einem Zeitungsstand, einer Bäckerei, einem türkischen Obstladen und dem Ausgang. Nicki betrat den Obstladen.

Ein Mann zwischen fünfundzwanzig und vierzig lehnte hinter dem Tresen und spielte ein Spiel auf seinem Handy, das blubbernde Geräusche von sich gab.

»Hi«, sagte Nicki.

»B'tschön«, murmelte der Mann, ohne auch nur den Blick zu heben.

»Wissen Sie, wo hier das *Beirut bei Ruth* ist?«

»Wie bitte?«

Nicki öffnete ihr Skizzenbuch und schrieb es auf. Dann umrahmte sie die Worte. »Ich suche diesen Imbiss. Muss hier in der Nähe sein.«

Ein trötendes Geräusch drang aus dem Handy. Der Mann legte es zur Seite, zog das Skizzenbuch zu sich heran – Nicki beobachtete unwohl seine schmutzigen Finger auf dem Papier – und atmete aus. »*Beirut bei Ruth*. Libanesisch und Currywurst, ja?

Links raus, hundert Meter, dann rechts rein. Noch mal hundert Meter und links. Dann siehst du's schon.«

»Danke.« Sie klemmte sich das Buch wieder unter den Arm, wich zwei tobenden Hunden und ihren Besitzern aus und trat ins Freie.

Autos verstopften die Straße. Dazwischen liefen Passanten ungeachtet der Ampeln umher. Schwere Wolken krochen über die Dächer und pressten die Luft zusammen, sodass sie unter ihrem Gewicht einen kühlen Schweiß abzusondern schien.

Nicki konnte sich Wege nicht gut merken. Ihr Orientierungssinn war so schwach ausgeprägt, dass sie sich schon auf ihren alltäglichen Routen zwischen Schule und Wohnung verlaufen hatte, wenn sie nur kurz tagträumte. Auch jetzt war sie nicht mehr sicher, ob die Richtung, die sie einschlug, tatsächlich die war, die der Mann im Laden gemeint hatte. Falls nicht, würde sie einfach noch jemanden fragen. Es konnte ja nicht mehrere Imbissbuden geben, die *Beirut bei Ruth* hießen.

Dieser Name, über den sie einst gelacht hatte, war jetzt ihre einzige Verbindung zu Canon.

Es war einige Monate her, da hatte sie Canons neuste Zeichnungen durchgeblättert und bei einer innegehalten, deren Atmosphäre sie besonders berührte. Sie zeigte eine Straße von schräg oben, umrahmt von dürren Bäumen und einem Himmel, der ähnlich düster war wie heute. Kinder, deren bewegte Glieder fast nur angedeutet waren, spielten Fangen. Ihre Schatten schimmerten als rasche Kritzel auf dem vom Regen feuchten Pflaster. Aus einem geöffneten Fenster guckte ihnen ein fetter, unbekleideter Mann nach. Darunter prangte das Schild eines Restaurants, dessen origineller Name gerade noch zu entziffern war.

»Der Dönerladen heißt wirklich so. Der ist direkt gegenüber von unserer Wohnung«, hatte Canon gesagt.

Gegenüber von unserer Wohnung. Einen Versuch war es wert.

Die illegalen Funktionen eines Schülerausweises

Sie musste noch eine Frau mit Kinderwagen nach dem Weg fragen und ein ganzes Stück zurücklaufen, aber dann fand sie den deutsch-libanesischen Imbiss. Die Straße kam ihr bekannt vor, als wäre sie schon einmal hier gewesen, so gut hatte Canon sie in seiner Zeichnung eingefangen: Zigarettenstummel wirbelten über die dicken, glatt gefahrenen Pflastersteine, ein paar Bäume ließen ihre Zweige erschöpft über den Gehweg hängen, Graffiti erinnerten hier und da an den Frust der ansässigen Jugend. Und auf der rechten Seite leuchtete das Schild mit dem Schriftzug: *Beirut bei Ruth*. Im Schaufenster schwitzte ein Fleischspieß, dahinter rotierten Brathähnchen.

Nicki blieb stehen, um das gegenüberliegende Haus zu betrachten. Seine Stuckverzierungen waren von Ruß und Abgasen wie von einem schwarzen Flaum überzogen, sodass die Heiterkeit der Engelsgesichter und Blumenranken in etwas Düsteres umgeschlagen war. Hier wohnte Canon also.

Nicki versuchte sich seine Eltern vorzustellen, aber es gelang ihr nicht. Sie konnten ja nur melancholische, anmutige Menschen sein wie er, und doch wusste sie, dass es einen Grund geben musste, warum er so vehement über sie schwieg. Sie machte sich auf das Schlimmste gefasst. Was auch immer das sein mochte.

Sie überquerte die Straße, lehnte sich gegen die Hauswand und betrachtete den Imbiss. Schritt für Schritt ging sie rückwärts, bis der Winkel stimmte. Dann schloss sie die Augen, rief sich die Zeichnung ins Gedächtnis. Öffnete die Augen wieder. Wenn man zeichnet, besteht die Welt aus Linien und aus Bewegung: Das Erste ist die Ordnung, das Zweite das Chaos, das die Ordnung belebt. In ihrem Kopf zerlegte sie, was sie sah, in biegsame Fäden, kletterte sie hinauf, kleidete sie in Wirklichkeit, bis sie Canons Perspektive fand.

Sie legte den Kopf in den Nacken. In einem der beiden Fenster direkt über ihr, im zweiten Stock – dort war seine Zeichnung entstanden.

Sie ging zur Tür und studierte die Klingelschilder. Vorder- und Hinterhaus hatten fünf Stockwerke mit jeweils drei Wohnungen. Im zweiten Stock des Vorderhauses wohnten:

Rosenthal Henkel/Kohlbruch Özcan

Sie betrachtete die Namen, als könnte sie im richtigen Canon wiedererkennen, wenn sie sich nur konzentrierte. Aber dass er überhaupt einen Nachnamen hatte, verwirrte sie irgendwie. Bisher hatte sie ihn nur jenseits aller Normen erlebt. Sie bohrte ihren Finger auf Rosenthal.

Mehrere Sekunden vergingen. Dann drang eine krächzende Frauenstimme aus der Fernsprechanlage: »Ja? Bitte?«

»Äh, ist … Canon da?«

»Wer?«

»Ich bin eine Freundin von …« Sie räusperte sich. »Wir gehen in dieselbe Klasse!«

»Nein danke.« Die Verbindung starb weg.

Nicki atmete durch. Entweder er wohnte mit einer senilen Oma zusammen oder die Frau hatte nichts mit ihm zu tun. Dann hieß er Henkel oder Kohlbruch. Hatte seine Mutter einen neuen Freund? Oder lebte er bei seinem Vater und dessen Freundin? Wie herum es auch sein mochte, es kam ihr gleich wahrscheinlicher vor, als dass er aus einer intakten Familie stammte.

Sie klingelte bei Henkel/Kohlbruch.

Und klingelte noch einmal, als nichts geschah.

Sie wollte schon ein drittes Mal klingeln, da drang blechernes

Hundegebell aus dem Lautsprecher, gefolgt von einer unendlich müden Frauenstimme: »Ja?«

Diese Frau schien zumindest jung zu sein. Sehr jung.

»Ist Canon da? Ich bin eine Mitschülerin.«

»Wer? Hier wohnt kein Schüler.«

»Oh. Ein Junge mit langen braunen Haaren? Siebzehn Jahre alt?«

»Wenn ihr noch mal nervt, kipp ich 'nen Topf kochendes Wasser vom Balkon, kapiert?« Bevor Nicki etwas erwidern konnte, wurde der Hörer aufgeknallt.

Nicki fing sich. Er hieß also auch nicht Henkel oder Kohlbruch. Aber Özcan? Dann war Canon ja türkisch.

Sie blickte zu den Bäumen, deren Blätter silbrig winkten, als wollten sie die Farbe des Himmels nachahmen. Sie kam sich so dumm vor. Sie wusste nichts über den Menschen, der ihr auf der Welt am meisten bedeutete!

In ihrer Erinnerung suchte sie sein Gesicht nach Anzeichen seiner Herkunft ab. Die lange, nach vorne geschwungene Nase. Der Mund, der immer ein kleines Schnauben ausstieß, wenn er lächelte. Wenn man in seine Augen sah, die glatt und dunkel wie Weltraumtropfen unter den Brauen lagen, gebettet in mitleidvolle Schatten, dann hatte man das Gefühl, in etwas sehr Tiefes, sehr Weiches zu sinken. Jedenfalls ging es ihr so.

Vielleicht kamen seine Eltern aus der Türkei. Nickis Mutter hatte russische Wurzeln und das hatte sie ihm auch nie erzählt.

Sie klingelte bei Özcan.

Sie klingelte viermal. Niemand meldete sich. Schließlich klingelte sie noch mal bei der alten Dame.

»Ja?«

»Werbung! Können Sie mich an die Briefkästen lassen?«

Die Tür summte.

»Danke!« Damit war sie im Treppenhaus. Durch das Tor zum Hinterhof wucherte so viel Efeu, dass kaum Licht hindurchdrang.

Die schwarz-weißen Bodenfliesen hatten Risse und auch die kunstvollen Schnitzereien im Treppengeländer waren stellenweise abgesplittert. In dieser Mischung aus Verträumtheit und Verwahrlosung erkannte Nicki Canons Geschmack wieder. Er passte hierher.

Sie erklomm die knarzenden Stufen und roch jenen eigentümlichen Atem, den alte Gebäude mit der Zeit ausdünsten: Eine Mischung aus Eintöpfen, Wäsche und Schimmel, Zigaretten, Gas und Essig, Hundehaar, Fieber und Windeln strömte aus den Wänden wie die Alltagsseele sämtlicher Mieter, die in den vergangenen hundert Jahren hier gelebt hatten. Der Plattenbau, in dem Nicki nun wohnte, war viel neuer und roch hauptsächlich nach dem Gummiboden mit dem Steinmuster.

Als sie im zweiten Stock ankam, begann hinter einer Tür ein Hund zu bellen. Dort wohnten also Henkel/Kohlbruch. Sie verharrte auf dem Treppenabsatz, bis ein harscher Ruf erscholl und der Hund mit scharrenden Krallen von der Tür weglief.

Nicki stellte sich vor, wo die beiden Fenster liegen mussten, von denen aus die Zeichnung entstanden war. Es konnte nicht die Wohnung rechts sein. Aus der mittleren war das Gebell gekommen. Also mussten die Özcans links wohnen.

Sie klopfte und lauschte. Nichts regte sich hinter der Tür. Was jetzt? Sie lehnte sich an das Geländer und spähte nach unten. Irgendwo schepperte Geschirr. Ein Baby weinte. Früher oder später würde schon jemand heimkommen.

In ihrem Rucksack fand sie eine Schokowaffel, die in der Packung zerbröselt war, die aß sie zum Abendessen. Dann holte sie ihr Biologiebuch heraus und versuchte sich den Stoff der letzten Stunde einzuprägen. Allmählich wurde das Licht zu funzelig zum Lesen. Sie drückte auf den Lichtschalter, doch die speckige gelbe Lampe an der Decke erlosch immer nach ein paar Minuten wieder. Schließlich gab sie das Lesen auf.

Sie wollte aber auch keine Musik hören, weil sie dann nicht mitbekam, wenn jemand durch das Treppenhaus stieg. Also wartete sie einfach, während es immer dunkler wurde.

Canon … Vielleicht war ja gar nichts passiert. Vielleicht war er gestern auf einer Party gewesen, hatte sich betrunken und am Telefon Blödsinn geredet. Unwillkürlich schüttelte sie den Kopf. Bei jedem anderen hätte das eine plausible Möglichkeit dargestellt, aber nicht bei Canon. Auch wenn sie nicht so schnöde Sachen wusste wie den Namen auf seiner Geburtsurkunde, *kannte* Nicki ihn. Er ging nicht auf Partys, er betrank sich nicht, und schon gar nicht rief er sie mitten in der Nacht zu Hause an, wenn er keinen wirklich wichtigen Grund hatte.

Und da wurde ihr klar, was sein Anruf bedeutete. Er hatte es ja längst gesagt. Er hatte sie angerufen, um sich zu verabschieden – für immer.

Nur warum? Solange sie keine Antwort bekam, wollte sie an einen Irrtum glauben, an eine andere Lösung, irgendwas.

Aus Gewohnheit zog sie den Tintenroller aus ihrem Skizzenbuch, obwohl sie nicht vorhatte zu zeichnen. Stattdessen ließ sie ihn über ihre Finger tanzen und wartete. Und wartete. Bilder von Canon, wie er blutend in der Wohnung lag, nur ein paar Meter von ihr entfernt, bestürmten sie in immer kürzeren Abständen.

Sie hielt eine halbe Stunde durch, die ihr länger vorkam als der ganze Vormittag in der Schule. Dann steckte sie den Stift wieder ein und stand auf, zog ihren Schülerausweis aus dem Geldbeutel und schob ihn in den Spalt zwischen Tür und Rahmen. Der Puls pochte ihr durch die Schläfen. Es würde nur funktionieren, wenn nicht abgeschlossen war. Fast hoffte sie, es wäre abgeschlossen. Langsam ließ sie die Karte nach unten gleiten. Als sie den Widerstand des Schlosses spürte, zog sie die Klinke zu sich heran. Sanft drückte sie die Karte nach unten. Sie rutschte ab.

Nervös wischte sie über die Kanten der Karte. So hatte ihr Vater es doch gemacht. Damals. Wie er gegrinst hatte. Wie sehr sie gewollt hatte, dass er stolz auf sie war … Sie schüttelte die Erinnerung ab. An ihren Vater zu denken half selten weiter.

Sie versuchte es noch einmal.

Beim dritten Mal spürte sie, wie das Schnappschloss nachgab. Ein winziges Klickgeräusch erklang. Die Tür ließ sich wie von Zauberhand nach innen aufschieben.

Nicki wagte nicht zu atmen. Vor ihr lag ein winziger Flur, von dem links eine Badezimmertür abzweigte.

»Hallo?« Sie erwartete keine Antwort, wollte aber auch nicht einfach so eintreten wie eine Einbrecherin. Obwohl sie das genau genommen war. Sie hievte ihren Rucksack auf eine Schulter und machte einen Schritt in die Wohnung.

Es roch nach Canon. Oder vielmehr schien hier der Ursprung der Gerüche zu sein, die sie mit ihm verband: vom Sonnenlicht gebleichte Holzdielen, das Papier frisch gedruckter Comicalben, gekochte Nudeln mit Butter und noch etwas anderes, Vertraulicheres. Der milde Duft seiner Haut und seines Atems. Auch wenn Nicki sich nie getraut hätte, *Duft* dazu zu sagen.

Auf dem Holzfußboden lagen ein paar Plastikflaschen, Taschentücher und Socken verstreut. Sie ging weiter, dorthin, wo noch Tageslicht war.

Der Flur mündete in ein Zimmer mit zwei hohen Fenstern, einer Küchenzeile, einer Matratze auf dem Boden, einem niedrigen Regal voller Kleidung und Bücherstapeln.

Es waren ziemlich viele Bücherstapel. Sie wuchsen wie bunte Pilze aus sämtlichen freien Flächen und dienten hier und da einer verkrusteten Schüssel als Untersatz. Nicki erkannte ein paar der Graphic Novels wieder, die er ihr mit der Zeit ausgeliehen hatte: *Der Boxer* von Reinhard Kleist, *Jenseits* von Kerascoët … und Manga, mit denen er sie zu japanischen Comics bekehrt hatte.

»Das ist doch Trash«, hatte sie gesagt, als er ihr eines Tages

Shinanogawa von dem Zeichner Kazuo Kamimura in die Hand drückte.

»Lies es erst, dann sag mir, was du darüber denkst.«

Sie hatte es nicht nur gelesen – sie hatte sich zwei Tage lang regelrecht verloren in den kunstvollen Tuschezeichnungen. Danach wusste sie nicht mehr, woher ihre schlechte Meinung über Manga eigentlich gekommen war. Vermutlich ein Vorurteil, das sie irgendwo aufgeschnappt und einfach übernommen hatte.

Als sie sich nun umsah, entdeckte sie weitere Bände in der Unordnung, die sie wie alte Freunde willkommen zu heißen schienen: *The Book of Human Insects* von Osamu Tezuka. *Forget-me-not* von Kenji Tsuruta. Und *Naru Taru* von Mohiro Kitoh.

Erst als ihr Blick auf die Matratze mit der zerwühlten Decke und dem karierten Etwas fiel, das eine Boxershorts sein musste, überkam sie wieder das mulmige Gefühl, unrechtmäßig hier zu sein. Sie sah sich um. Es gab keine weiteren Zimmertüren. Was das bedeutete, sickerte ihr erst allmählich ins Bewusstsein.

Canon wohnte allein.

Wo waren dann seine Eltern? Sie wusste, dass er erst siebzehn war, denn zumindest seinen Geburtstag hatte er ihr verraten. Er war auf den Tag genau ein Jahr und vier Monate älter als sie.

Zwischen den Büchern entdeckte sie einen Laptop, der schon einige Schrammen und Dellen hatte. Auf dem Fensterbrett standen Gläser voller Pinsel und Aquarellfarbkästen. Grobe Kohlezeichnungen lehnten an der Heizung. Die meisten waren so groß, dass er sie nie mitgebracht hatte, deshalb kannte Nicki sie nicht. Vorsichtig blätterte sie durch die vorderen. Sie zeigten unheimliche, gegeneinander kämpfende oder sich umklammernde Gestalten. Da war auch ein Selbstporträt, das ihr beinah Angst einjagte. Canon hatte sein Gesicht als weißen Fleck dargestellt, der durch Schatten wehte. Seine Augen starrten sie geradewegs an, mit der blanken Hoffnungslosigkeit eines Todgeweihten.

Wehmut ergriff Nicki. Sie kannte keinen Künstler, dessen

Werke sie so berühren konnten. Bei Canons Bildern hatte sie immer das Gefühl, in Träume abzudriften oder in einen Strudel gerissen zu werden, auf dessen Grund eine umgekehrte Wirklichkeit lag. Sie waren finster und mächtig und wunderschön.

Sie ging an der Küchenzeile vorbei, die dafür, dass hier ein Junge allein wohnte, verhältnismäßig ordentlich war: Das schmutzige Geschirr stapelte sich immerhin in der Spüle. Er hatte sogar einen Scheuerschwamm und ein Geschirrtuch. Hier stand er also an einsamen Abenden und wusch ab … na ja, oder auch nicht.

Nicki kehrte in den Flur zurück und knipste das Licht im Bad an. Ihre Pupillen zogen sich zusammen.

Auf dem Boden lagen Kleidungsstücke, ein Handtuch – voller Blut. Canons kragenloses Hemd, zerknüllt unter der Spüle. Seine graue Jeans. Geronnene Blutspuren durchzogen auch das Waschbecken, als hätte er sich hastig gewaschen.

Wie im Traum taumelte sie zur Haustür. Sie wollte hier raus, wollte die Polizei rufen – als sie schon ihr Handy in der Hand hielt und zitternd die Tasten suchte, versuchte sie sich zu beruhigen und atmete tief durch. Nichts überstürzen. Wie sollte sie der Polizei erklären, wie sie reingekommen war? Und überhaupt, hätte Canon die Polizei gewollt, hätte er sie selbst informieren können.

Sie senkte das Handy. Kehrte zum Bad zurück und zwang sich, genau hinzusehen. Das Blut auf den Kleidern war dunkel, nicht mehr ganz frisch. Wenigstens waren keine Spritzer an den Wänden, also war, was auch immer passiert war, vermutlich nicht hier passiert. Sie ging in die Knie, zog das vollgeblutete Handtuch ein Stück heran. Da war ein Emblem eingestickt. Ein blaues W mit drei Sternen. Darunter stand kaum leserlich im Frottee: *Warkonia*.

Sie ließ das Handtuch los, erhob sich und schritt mit weichen Knien durch das Wohnzimmer. Nach kurzem Zögern schnappte sie sich den Laptop und machte ihn an. Als sie aufgefordert wurde, das Passwort einzugeben, drückte sie einfach Enter. Falsch. Was für ein Passwort könnte er haben? Sie lehnte die Stirn gegen ihre Hand. Vielleicht ging sie zu weit … In seine Wohnung einzubrechen und seinen Computer zu durchsuchen ging *definitiv* zu weit. Das grinsende Gesicht ihres Vaters blitzte vor ihr auf, stolz, wie sehr seine Tochter nach ihm geraten war. Sie schloss den Laptop wieder.

Da sah sie einen Zettel, halb zerknüllt und mit dunklen Fingerabdrücken übersät, der unter der Matratze hervorlugte. Sie strich ihn glatt. In Canons schlaufenreicher Handschrift stand darauf geschrieben:

TITANIC
Frau La Psie

Und noch etwas war auf dem Zettel. Das blaue Emblem des *Hotel Warkonia*.

Mit einer Adresse.

Was man in einem Hotel umsonst bekommt

Fünfzig Minuten später stieg Nicki aus der Trambahn. Die Sonne hatte die Wolkendecke noch einmal zum Schmelzen gebracht und übergoss die Häuser mit rohem, pfirsichfarbenem Licht, sodass man nicht gleich merkte, wie heruntergekommen sie waren. Ein Bürogebäude, das ganz aus dunkelbraunen Klötzen bestand, und eine von Planen und Plakaten umflatterte Ruine drängten sich um das *Warkonia*. Das Hotel selbst erinnerte mit seinen gitterartigen Balkonen an ein Gefängnis. Neben dem Schriftzug, der über dem Eingang prangte, hing das Schild einer Bierbrauerei.

Sie überquerte die Straße. Radiomusik und Alkoholdunst drangen aus dem Bistro neben dem Hoteleingang. Durch eine Schiebetür aus Glas, die sich automatisch öffnete, betrat sie die Lobby, nahm ihre Mütze ab und schob sie in die Pullovertasche. Der kleine Raum bestand nur aus einem Sofa, einer Aufzugtür und einem Tresen, auf dem Prospekte für Touristen, eine Schüssel harziger Fruchtdrops und eine Klingel standen. Nicki klingelte.

Nach einer Weile trat ein beleibter, glatzköpfiger Mann in Lederweste durch die Tür, die die Lobby offenbar mit dem Bistro nebenan verband. Er schloss die Tür hinter sich, um den Lärm des Radios zu dämpfen.

»Guten Abend. Haben Sie reserviert?«

»Nein. Ich will auch kein Zimmer, ich hab nur eine Frage. Was ist hier gestern passiert?«

Sie standen sich gegenüber und sahen sich in die Augen.

»Gestern war ein Junge hier, siebzehn Jahre, längere braune Haare, mit Schiebermütze«, redete Nicki unerschrocken weiter.

»Er war verletzt. Oder zumindest blutig. Irgendetwas ist in Ihrem Hotel vorgefallen und ich muss wissen, was.«

»Ein Junge?« Er sprach es aus, als hätte er noch nie davon gehört. »Sie sind dann wohl Miss Marple?«

»Ich bin seine Schwester.«

Unendlich langsam verlagerte der Mann sein Gewicht von einem Bein aufs andere. Dann hob er ein Telefon hinter dem Tresen auf und drückte eine Taste. »Nehmen Sie Platz.«

Nicki setzte sich auf das Sofa. Staub und Zigarettenasche wölkten unsichtbar aus den Polstern.

»Hier ist ein Mädchen«, murmelte er in den Hörer. »Sie sagt, sie ist die Schwester vom letzten Gast. Gestern. Ja.« Er legte auf. Nicki konnte nicht sehen, was er hinter dem Tresen machte, aber sie hörte Papier rascheln. Ohne den Blick zu heben, nahm er sich ein Fruchtdrops. Oder besser gesagt einen *Klumpen* Fruchtdrops, die aneinanderklebten.

Minuten verstrichen. Nicki dachte schon, der Mann wollte sie mit Nichtbeachtung verscheuchen, da gab das Telefon die Melodie einer Beethovensonate wieder.

»Ja«, schmatzte der Glatzkopf in den Hörer und legte gleich wieder auf. Dann winkte er Nicki zu sich. Sie war froh, vom Sofa wegzukommen, denn ihre Nase begann bereits zu jucken.

»Dritter Stock, Zimmer 312. Sie wissen sicher, dass Sie die Treppe nehmen sollen.«

Sie wartete, ob er noch mehr sagen würde, aber er zerbiss nur seine Bonbons, drehte sich um und verschwand schmatzend durch die Tür ins Bistro.

Was war denn das für ein Rat? Nicki schnaubte. Dem Glatzkopf würde es selber guttun, ein paar Treppen zu steigen. Nachdem sie sich vergewissert hatte, dass der Aufzug funktionstüchtig wirkte, trat sie ein. Ihr Spiegelbild blickte ihr mit Skepsis entgegen. Wer Canon auch nur länger als drei Sekunden gesehen hatte, wusste, dass sie nie und nimmer Geschwister sein konnten. Ihr Gesicht war viel runder, viel flacher. Ganz zu schweigen davon, dass sie nur 1,58 Meter groß war und er ein Paar Schultern auf Stelzen. Egal, immerhin hatte es funktioniert. Sie drückte auf die blass leuchtende 3, der Aufzug schloss sich und ruckelte quietschend und schleifend in die Höhe.

Mit einem *Pling!* erschien ein Flur mit blauem Teppich und mehreren blau gerahmten Türen. Fenster gab es keine. Das Putzmittel stand förmlich in der Luft.

Nicki suchte die Türen ab. 301, 302 … die 312 schien ganz am Ende des Flurs zu sein, wo ein Wagen mit Handtüchern, Bettlaken und einem Müllbeutel den Weg versperrte. Falls in dem Zimmer irgendwelche Gangster auf sie warteten, würde es zumindest das Reinigungspersonal als Zeugen geben.

In dem Moment trat tatsächlich ein Zimmermädchen aus einer Tür, einen Haufen Handtücher im Arm. Sie sah Nicki an. Vielleicht lag es an der Intensität ihres Blickes, vielleicht daran, dass sie nicht so schnell und beiläufig grüßte wie erwartet – jedenfalls wusste Nicki mit einem Mal, dass es kein Zufall war, dass ausgerechnet jetzt hier sauber gemacht wurde.

Sie verlangsamte ihren Schritt, während das Zimmermädchen die Handtücher in den Wagen stopfte, ein Päckchen Zigaretten aus der Brusttasche ihres Kostüms zog und sich eine Zigarette ansteckte. Rauch seufzend, verschränkte sie die Arme. »Du bist nicht seine Schwester.«

Nicki musterte die Frau. Sie war nicht mehr jung, aber so zierlich wie ein Kind, mit olivfarbener Haut und schweren, rätselhaften Augen. Spröde schwarze Locken, von grauen Strähnen durchwirkt, fielen ihr über eine Schulter.

»Und Sie sind kein Zimmermädchen.«

Die Frau lächelte. Nur kurz. Dann hatten sich die Lippen über den großen Zähnen wieder geschlossen. »Komm rein.«

Sie ging in das Zimmer zurück. Nicki folgte zögernd.

Zwei Betten, ein sinnlos schmaler Schreibtisch mit Stuhl und ein Schrank standen an den Wänden, dazwischen war Platz für einen elektrischen Eisenbahnkreis aus Lego, auf dem jedoch keine Bahn fuhr. Innerhalb des Kreises war ein fünfzackiger Stern in den Teppich gekokelt worden – ein Pentagramm.

Nicki spähte zur Frau, die gerade die Tür schloss. Für einen Sekundenbruchteil erwog sie ihre Chancen und entschied, dass sie die Frau überwältigen konnte, sollte sie fliehen müssen. Sie sah wirklich nicht sehr robust aus.

»Setz dich. Erzähl mir, was du mit ihm zu tun hast.«

Nicki setzte sich auf eins der Betten. »Es reicht, wenn Sie davon ausgehen, dass ich seine Schwester bin. Entscheidender ist, was Sie zu erzählen haben.«

Die Frau trat in die Mitte des Pentagramms im Legokreis, noch immer rauchend. Nicki konnte den Ausdruck in ihrem Gesicht schwer deuten. Sie schien belustigt und besorgt zugleich zu sein, doch beide Regungen wirkten von einer unendlichen Müdigkeit vernebelt. »Er hat dir doch nicht gesagt, dass er bei mir war. Woher weißt du es?«

Nicki entschied sich für die uneindeutigste Antwort: »Ich hab es rausgefunden.«

»Also schön. Du vertraust mir nicht und ich dir nicht – keine persönliche Sache. Aber du willst etwas von mir, wenn ich das richtig verstehe. Wieso sollte ich dir etwas über meine Gäste verraten?«

Die Offenheit der Frau erleichterte einiges. »Wir waren verabredet. Canon konnte nicht kommen. Ich weiß, dass ihm was zugestoßen ist. Ich muss wissen, was.«

Die Frau lächelte. Es war kein Zeichen des Spottes, sondern eine von tiefer kommende, sich gegen Schwermut stemmende Fröhlichkeit. Asche rieselte von ihrer Zigarette. Sie schien aus Gedanken zu erwachen, drückte die Kippe in einem Aschenbecher auf dem Nachtschränkchen aus und verschränkte wieder die Arme. »Ich verstehe. Kennt ihr euch schon lange?«

Sie nickte.
»Seid ihr ein Paar gewesen?«
Nicki wagte nicht, sich zu regen. »Wieso sagen Sie *gewesen*?«
»Geht mich nichts an, vergiss es. Jedenfalls muss ich dir leider sagen, dass ›Canon‹, wie du ihn nennst, dir den Großteil über sich verschwiegen hat.«
»Ich weiß.«
Die Frau legte die Stirn in Falten.
»Ich bin nicht hier, um in seinen privaten Angelegenheiten zu wühlen. Ich muss nur wissen, was ihm zugestoßen ist.«
»Klingt sehr sachlich.«
»Ich bin keine betrogene Ehefrau.«
Wieder dieses Lächeln. Als hätte sie Nicki gern. »Bist du verpaktet?«
»Bin ich was?«
»Also nicht. Eine Freie.« Die Frau trat aus dem Pentagramm, schaltete die Stromzufuhr der Legogleise mit der Fußspitze ab und ließ sich auf das zweite Bett sinken. »Dann gehe ich davon aus, dass du auch nicht weißt, wer ich bin. Tut mir leid, aber Außenstehende bekommen keine Auskünfte.«
Nicki musterte sie. »Sie sind Isabel Arouk.«
Dass die Frau große Augen machte, bestätigte, dass Nicki richtiglag.
»Das hat er dir gesagt?«
»Das steht auf Ihrem Namensschild.«
Isabel Arouk folgte ihrem Blick und errötete ein wenig: An ihrem Kostüm klemmte ein metallenes Schildchen mit eingraviertem Namen.
»Aber wie du siehst, ist mein Name in Silber gebannt. Ihn auszusprechen bringt dich nicht weiter.« Sie sah Nicki nervös an, senkte dann die Schultern und schlug einen versöhnlichen Ton an: »Also schön. Ich mache Rückführungen.«
Rückführungen. War das nicht irgendwas Esoterisches? Nicki

suchte den Raum unauffällig nach Pendeln, Bergkristallen und anderem Hokuspokus ab, aber außer dem Pentagramm in den Legoschienen war nichts Auffälliges im Raum. »So wie … in frühere Leben?«

»In vergessene Träume trifft es besser.« Isabel Arouk tippte sich langsam an die Brust und an die Schläfe und fuhr fort: »Leute wie dein Canon kommen zu mir, wenn sie wissen wollen, was ihr Körper getan hat, während ihr Geist schlief. Meistens will man das natürlich nicht wissen. Je weniger man weiß, umso besser. Aber manchmal ist es für Ahnungslosigkeit zu spät. Dann bleibt einem nur noch die Suche nach Gewissheit.«

»Und was hat Canon getan, während sein Geist schlief?«

»Es gab mal eine junge Frau, nicht viel älter als du«, murmelte Isabel Arouk. »Aus Liebe zu jemandem lief sie in ein Labyrinth. Diesen Jemand konnte sie nicht retten. Dafür steckt sie heute in einer Sackgasse. Jeder einzelne Schritt, der ihr bleibt, würde alles nur schlimmer machen.« Sie zog eine zweite Zigarette hervor und verbarg sich hinter Rauchschwaden. »Wenn ich dir einen Rat geben darf: Suche ihn nicht. Könnte ich noch einmal für mich entscheiden … aber dafür ist es zu spät.«

Nicki lauschte eine Weile ihren finsteren Andeutungen nach, versuchte daraus einen Sinn zu ziehen. »Ist Canon in Gefahr?«

»In Todesgefahr vermutlich nicht. Aber sein Leben ist verwirkt. Daran kannst du nichts ändern. Wenn du ihn nicht vergisst, wird es dir vielleicht genauso ergehen.«

Schmerz zog wie eine Sternschnuppe durch ihr Inneres, flüchtig, um sie mit Verzögerung zu treffen. Nach außen blieb sie ganz ruhig. Sie blickte zum Fenster. Nur noch ein blasser roter Schimmer drang durch die Gardinen. Mühsam versuchte sie eine Frage zu formulieren, die sie weiterbrachte: »Also Drogen?«

Isabel Arouk schnaubte freudlos. »Glaub mir, dass jede Antwort, die ich dir geben könnte, deine Situation nur verschlimmern würde.«

Nicki erhob sich. »Sagen Sie mir, wo Canon ist.«

»Nein. Denn ich weiß es nicht.«

»Wer ist hinter ihm her?«

»Ich lasse mich ungern verhören.«

Eine Weile schwiegen sie verbissen. »Sagen Sie mir wenigstens, ob er verletzt ist.«

»Er war nicht verletzt, als ich ihn gesehen habe. Darum musst du dir am wenigsten Sorgen machen.«

»Danke.« Sie vergrub die Hände in der Bauchtasche ihres Pullis und ging zur Tür.

»Noch eins.«

Nicki blieb stehen und drehte sich um.

»Dass ich hier arbeiten kann, erfordert viel Diskretion. Ich habe es ungern mit der Polizei oder mit aufgebrachten Eltern zu tun. Also kein Wort über unsere Unterhaltung.«

»Keine Sorge.« Sie hörte, wie die Zigarette in den Aschenbecher gedrückt wurde.

»Und ich habe dich gewarnt. Weil du mir irgendwie sympathisch bist. Wenn du schon nicht klüger sein willst als ich, dann … verrate wenigstens niemandem deinen Namen. Niemandem. Erfinde einen Spitznamen, so wie dein Canon. Verstanden?«

Nicki versuchte diese Warnung einzuordnen, aber sie wusste beim besten Willen nicht, was sie davon halten sollte. »Ich werde dran denken.«

Isabel Arouk hielt sie nicht mehr zurück.

Als Nicki im Aufzug stand, zog sie den Zettel aus ihrer Pullovertasche und las noch einmal, was Canon daraufgekritzelt hatte. *TITANIC. Frau La Psie.* Meinte er das Schiff? Den Film? Das Magazin? Als sie merkte, dass ihre Hände zitterten, steckte sie den Zettel wieder ein und zückte ihr Handy, um *Titanic Berlin* im Internet zu suchen.

Wie sich herausstellte, gab es ein Restaurant namens *Titanic* im Westen der Stadt.

Der Einfall des Lichts

Wenn man auf engstem Raum mit einer Frau lebte, die täglich mit ihren eigenen Launen ins Gehege kam und noch dazu erziehungsberechtigt war – was für ein schreckliches Wort! –, dann musste man seine Privatsphäre außerhalb der vier Wände suchen. Die öffentlichen Verkehrsmittel waren dabei nicht unbedingt das, was einem zuerst in den Sinn kam. Aber Nicki hatte ihre Gründe, warum sie sich auf abgewetzten, kaugummiverklebten Sitzen, eingepfercht zwischen überforderten Müttern und scheeläugigen Saufnasen, immer noch am wohlsten fühlte.

Zum einen verband sie mit der Bahn Canon. Sie hatten sich nie außerhalb eines Waggons getroffen, und mit ihm wurde jedes Sitzviereck mit Fenster ein Zuhause. Zum anderen mochte Nicki es, in Bewegung zu sein. Draußen flog die Stadt vorüber. Sie konnte Dinge beobachten, ohne mit ihnen in Kontakt zu geraten, und das war gut.

Zugegeben verlor das Fahren seinen Reiz, wenn es so voll war, dass man keinen Sitzplatz mehr bekam. Darum mied sie, wenn sie konnte, bestimmte Strecken und Uhrzeiten.

Jetzt war das natürlich nicht möglich. Sie musste die U-Bahn quer durch die Stadt nehmen und am Zoo noch einmal umsteigen. Zwar brachen nicht mehr die größten Wogen von Berufstätigen auf dem Weg in den Feierabend durch die Türen, aber es wimmelte in jedem Abteil vor Touristen, Familien, Radfahrern, Handwerkern, Betrunkenen, Mädchencliquen und still vor sich hin lesenden Einzelgängern. Nicki hielt sich an einer Stange fest, schloss die Augen und stellte sich vor, in einer anderen Bahn zu sein, an einem anderen Tag … an dem Tag, an dem sie Canon zum ersten Mal begegnet war.

Seltsam, wie die Traurigkeit manchmal, mit der Zeit, eine Blüte entfaltet, die verwunschenen Duft über die Vergangenheit weht. Denn als Canon in ihr Leben getreten war, hatte es sich so ziemlich am Tiefpunkt befunden, und doch versetzte sie sich inzwischen oft mit Sehnsucht dahin zurück.

Es war der 11. Februar letzten Jahres gewesen. Nicki hatte nicht schlafen können. Im Wohnzimmer, wo ihre Mutter ein *Date* hatte, liefen seit Stunden dieselben schnulzigen Lieder, die niemand außer peinlichen Erwachsenen in Paarungsbereitschaft ertrug. Zweimal hatte Nicki sie schon gebeten, leiser zu sein, weil sie am Morgen in die Schule musste. Um halb fünf hielt sie das Gegackere, Flaschengeklirre und Gitarrengequietsche nicht mehr aus. Sie zog sich an, schnappte sich den Rucksack und ging. Ihre Mutter kriegte es nicht mal mit.

Da Nicki die Wohnung nie so früh verließ, war ihre Begegnung mit Canon eigentlich kein Zufall, sondern eine extreme Unwahrscheinlichkeit, geradezu eine Fastunmöglichkeit, und daher konnte es eigentlich nichts anderes als Schicksal sein.

Die Stadt schlummerte in Schnee. Der Schein der Straßenlaternen breitete sich ungehindert über das Weiß aus und ein friedliches, feenhaftes Leuchten erfüllte die Nächte. Wenn es nur nicht so bitterkalt gewesen wäre! Aus Gewohnheit stapfte Nicki zur S-Bahn, als wäre es schon Zeit, zur Schule zu fahren. Dabei stellte sie sich vor, es bliebe für immer Nacht … wie wäre das wohl? Ob sich ihre Augen der Dunkelheit anpassen würden, ob sie irgendwann wie eine Katze sehen könnte?

Am Bahnhof wartete sie bibbernd eine zwanzigminütige Verspätung ab, in der sie das Gefühl in ihrer Nasenspitze und ihren Zehen verlor. Die mildernde Wirkung, die der schöne Schnee auf ihre schlechte Laune gehabt hatte, war dadurch verflogen. Mit so fest zusammengebissenen Zähnen, dass ihr Kiefer schmerzte, stieg sie in die eingefahrene Bahn, schmiss sich in eine leere Sitzecke und versuchte zu schlafen.

Das funktionierte natürlich nicht. Sie war viel zu wütend. Und einsam. Mit Augen, die sich vor Schlafmangel wie ausgeschabt anfühlten, starrte sie aus dem Fenster, wo das Panorama ihres Schulwegs von der Dunkelheit verfremdet vorüberglitt ... beobachtete, wie die Bahn durch die Haltestelle fuhr, bei der sie immer ausstieg ... und blieb sitzen. Die Bahn trug sie weiter, viel weiter, weg von ihrem gewohnten Leben. Sie sah Straßen, Brücken und Bürotürme. Wohnanlagen, Trambahnen und Autos. Kanäle. Auf schwarz glitzernden Scherben treibende Schiffe. Leuchtende Bahnhöfe. Den Kugelkopf des Fernsehturms. Die Welt kam ihr vor wie ein gläserner Palast, wo hoheitsvolle Leute an langen Tafeln speisten. Sie war ihnen zwischen die Füße geworfen worden wie ein Knochenrest, und eigentlich wäre es allen am liebsten, sie würde nicht existieren. Ihr selbst übrigens auch.

Ein Gefühl überkam sie, das sich wie Vernichtung anfühlte. Stück für Stück löste sie sich auf. Da fanden ihre Finger in der Jackentasche einen roten Edding, den sie aus dem Klassenzimmer hatte mitgehen lassen. Sie zog die Kappe ab, beugte sich vor und malte schlangenartige Monster und Frauen, die sich aus Flammen dem Fenster entgegenwanden. Sie dachte überhaupt nicht nach, was sie da tat. Zeichnen war etwas, an das sie sich immer klammern konnte, so wie ihre Mutter an Zigaretten: Es machte die Situation nicht besser, aber es lenkte davon ab.

Irgendwann hörte sie Schritte, ohne sonderlich darauf zu achten. Erst als die Schritte innehielten, wurde ihr klar, dass sie nicht alleine war: Zwei Sicherheitsbeamte in voller Montur hatten sich vor ihr aufgebaut.

»Was soll das denn?«

»Du spinnst wohl«, polterte der andere. »Das ist Sachbeschädigung!«

»Ausweis!«

Die Bahn hielt. Nicki rutschte fast vom Sitz. Sie sah die Tür, den Bahnsteig dahinter, überlegte, ob sie, wenn sie nur ihre Schockstarre überwinden konnte …

»Den Ausweis!«

Die Türen blinkten. Mit einem lang gezogenen Jaulen setzte die Bahn sich wieder in Bewegung, nahm Geschwindigkeit auf. Der Bahnsteig verwischte.

»Entschuldigung?«

Die Sicherheitsmänner drehten sich um.

Eine Ecke weiter saß ein Mann, nein, ein Junge. Er wirkte älter, weil er ein Cordjackett trug, einen ausgebeulten, schwarzen Strickpullover und ein Hemd. Als er sich erhob, schob er eine Schiebermütze aus der Stirn.

Den Moment, in dem sie Canon zum ersten Mal sah, hatte Nicki inzwischen so oft in Gedanken abgespult, dass er wie ein ausgeblichener, überbelichteter Film fast nur noch aus Vorstellungen in Zeitlupe bestand. Wie sein längliches Gesicht erschienen war. Seine Hand an der Mütze, als würde er salutieren. Seine Augen, in denen eine geheimnisvolle Traurigkeit schimmerte wie Zucker, der sich in Kaffee auflöst. Vielleicht hatte sie gespürt, wie wichtig er werden würde, und ihn vom ersten Moment an gemocht, aber die Erinnerung an ihre Gefühle war durch das häufige Wiederbeleben und Vergrößern fadenscheinig geworden. Vermutlich hatte sie erst mal dieselbe Mischung aus Peinlichkeit und Misstrauen empfunden, die sie gegenüber allen Jungen in ihrem Alter empfand.

»Entschuldigung, ich habe hier dieses Ticket und ich bin nicht sicher, ob es das richtige ist.« Er kam auf die Sicherheitsmänner zu.

»Wo wollen Sie denn hin?«, fragte der eine, während der andere Nicki im Auge behielt.

»Nirgendwo Bestimmtes. Ich wollte nur Berlin sehen. Zoo und Alexanderplatz und so.«

»Dann sind Sie hier aber falsch, junger Mann. Sie fahren in der …« Der Mann verstummte, als er den Zettel sah, den Canon ihm hinhielt. Dann tippte er seinen Kollegen an. »Der will uns verarschen.«

Canon lächelte Nicki an. Er hatte ihnen einen gefalteten Zettel mit einem schlafenden Schwein drauf gegeben.

»Ist heute Tag der Jugend, oder was?« Der Mann zerknüllte die Zeichnung. »Ihr kommt beide mit zur Polizei!«

»Was hat sie eigentlich verbrochen?«, fragte Canon seelenruhig.

»Das nennt man Sachbeschädigung, du …« Der Mann verstummte mitten im Satz. Sein Kollege und auch Nicki folgten seinem Blick – und entdeckten nichts.

Die roten Zeichnungen waren weg.

Einfach verschwunden! Nicki klappte der Mund auf.

Alle schwiegen. Die Bahn rumpelte im nächsten Bahnhof ein. Canon taumelte ein wenig und hielt sich an einer Stange fest.

»Bei der wackeligen Beleuchtung kann man sich irren«, murmelte er. »Ich hab zum Beispiel immer so ein Flimmern vor Augen, wenn ich zu lange in die Lichtröhren gucke.«

Die Sicherheitsmänner starrten ihn an, dann in die Lichtröhren an der Decke. Sie blinzelten. Einer von ihnen beugte sich über Nicki, um die blitzblanke Stelle ganz genau zu untersuchen. Murmelnd wischte er mit der Hand darüber.

»Jedenfalls scheint das Ganze ein Missverständnis gewesen zu sein. Darf ich?« Canon drängte sich an den Männern vorbei und setzte sich auf den Platz gegenüber von Nicki. Dann hob er die Hand zum Abschied. »Angenehme Schicht wünsch ich noch.«

»Ohne Ticket ist die Fahrt für euch hier beendet.«

Bedächtig zog Canon seinen Geldbeutel aus einer Innentasche des Jacketts. Dann überreichte er den Männern ein für den gesamten Februar gültiges Monatsticket.

Natürlich wollten sie auch Nickis Ticket sehen und dann trotz allem noch ihre Ausweise. Danach blieb ihnen aber nicht mehr viel übrig, als abzuziehen. Schweren Schrittes entfernten sie sich und stiegen bei der nächsten Haltestelle aus.

Nun saßen Nicki und der Junge sich allein gegenüber. Sie dachte schmerzlich an die Wimperntusche und den Kajal in ihrer vorderen Rucksacktasche, denn sie war normalerweise nie ungeschminkt vor Menschen ihres Alters. Sie fühlte sich unansehnlich und ärgerte sich gleichzeitig über ihre Eitelkeit, wo doch andere Dinge viel wichtiger waren: Aus den Augenwinkeln bemerkte sie nämlich jetzt wieder die Zeichnungen. Aber sie wagte nicht genau hinzusehen. Sie fürchtete, verrückt zu sein.

»Wie …«

Er schob sich die Mütze zurecht und faltete die Hände zwischen den langen Beinen. »Ein einfacher Zaubertrick. Hat was mit Suggestion und dem Einfall des Lichts zu tun. Wenn ich dir verraten würde, wie es funktioniert, würdest du es nicht verstehen – Fachbegriffe und so. Mit dem nötigen Hintergrundwissen wärst du gar nicht beeindruckt.«

»Ein Zaubertrick.«

»Wie gesagt. Nichts Besonderes.«

»Du könntest im Fernsehen auftreten.« Ihr Kopf raste. Warum sagte sie von allen Dingen ausgerechnet das Blödeste?

Der Junge schien auch nicht besonders angetan von der Idee. »In einer Talentshow? Ich steh nicht so auf Selbsterniedrigung.«

»Ich meine ja nur. Danke.«

Er sah sie an. Dann betrachtete er die Zeichnungen. »Du bist gut.«

Endlich traute sie sich, wieder hinzusehen. Sie wollte ihn auch nicht die ganze Zeit anstarren. Tatsächlich war alles wieder da. Leuchtend rot. Wie auch immer er das durch Suggestion hatte verschwinden lassen können!

»Weißt du, was mir am besten gefällt?« Er beugte sich vor und deutete auf den Fuß einer Hyänenfrau, der biegsam aus den Flammen ragte. »Dieser Fuß da. Der bewegt sich richtig. Da hast du Leben eingefangen.«

Nicki hatte den Verdacht zu erröten. Sie suchte ihre Reflexion in der Scheibe und bemerkte dabei, dass es bereits hell geworden war. Der Himmel wuchs zu zarten rosafarbenen und cremegelben Schichten auf, dazwischen glomm Sonnenlicht. Wie eine Torte mit Kerzen sah es aus.

»Du hast Ahnung vom Zeichnen?«

Er lehnte sich wieder zurück und reckte sich ein wenig. »Ja, ich bin Kunstmaler.«

»Das auch noch.«

Ein scheues Lächeln wischte seinen Stolz wieder weg.

»Wie alt bist du?«, fragte Nicki.

»Ist doch egal.« Er schwieg einen Moment. »Du?«

»In einem Monat fünfzehn.«

»Ich werde dieses Jahr siebzehn. Aber wie gesagt, ich finde Alter egal. Manche Menschen sind mit fünfzehn toll und auf einmal werden sie totale Idioten. Andere stecken in ihrem Schneckenhaus fest, bis sie dreißig oder so sind, und plötzlich ändern sie ihr Leben. Wenn man Leute nach ihrem Alter beurteilt, landet man nur bei Vorurteilen.«

Nicki war so sehr seiner Meinung, dass sie einfach nichts sagte. Also fuhren sie eine halbe Station schweigend.

»Das hier ist aber nicht unbedingt das Beste, was ich je gezeichnet habe«, sagte Nicki.

»Hast du noch was andres dabei?«

Sie überlegte. In ihrem Rucksack war noch eine Französischhausaufgabe, deren Rückseite sie vollgekritzelt hatte. Sie kramte sie hervor.

Canon zeigte auf Details, die er besonders gelungen fand und die ihr so gar nicht aufgefallen waren. Noch nie hatte jemand sich mit ihren Skizzen befasst wie er. Ihre Mitschüler hatten sie gelobt und bewundert, das schon. Aber wirklich drauf eingegangen war noch keiner.

Und es hatte sie auch noch niemand kritisiert wie er.

»Du malst wirklich ganz schön lange Oberkörper. Schau mal hier – der Typ da sieht ja aus wie ein ausgerollter Teig!«

Nicki glühten die Ohren.

Als er merkte, dass sie sich nicht amüsierte, räusperte er sich. »Du zeichnest immer aus dem Kopf?«

»Ja, klar.«

»Dachte ich mir. Um sich zu verbessern, muss man Abmalen. Wenn man nicht lernt zu gucken, und zwar immer wieder, ist man in seinen eigenen Vorstellungen gefangen. Dann malst du für den Rest deines Lebens zu lange Oberkörper.« Er grinste wieder. »Was natürlich nicht schlimm wäre. Es gibt ja Leute, die seltsame Proportionen haben. Die sind dann dein Fachgebiet.«

»Lustig«, bemerkte sie sarkastisch und kaute auf ihrer Unterlippe. »Es ist doch teuer, Leute abzumalen.«

»Es kostet gar nichts. Schau dich um.«

Sie schauten den Gang hoch und runter. Inzwischen waren sie nicht mehr allein: Die Leute mit den miesesten Jobs, die am frühesten aufstehen mussten, und die Leute, die überhaupt keinen Job hatten, dösten hier und da verteilt vor sich hin.

»Die darf man doch nicht einfach abmalen.«

»Wieso? Die beißen nicht. Solange sie nichts merken jedenfalls nicht. Wie der da vorne.«

Das stimmte. Der Mann, auf den er wies, hatte nämlich nur den Mund offen, die Augen waren zu.

»Du malst die Leute ab, während sie schlafen?«

»Nur deshalb fahre ich Bahn.«

»Hast du was dabei?«

Seufzend glättete er den Zettel, den er den Sicherheitsmännern gezeigt hatte, und hielt ihn ihr hin. »Für mehr war keine Zeit. Das war das Erste, was ich in mein neues Skizzenbuch zeichnen konnte, und ich musste es gleich wieder rausreißen.«

Sie betrachtete das Schwein. Ein Lachen brach aus ihr hervor, das sie selbst überraschte, denn sie lachte in letzter Zeit nicht oft. Es versank auch gleich wieder in ihrer Brust, schwelte dort aber kribbelnd weiter.

»Wenn du willst, können wir ja gleich jetzt zeichnen.«

»Ich hab nur liniertes Papier, wenn das ...«

»Das geht auf keinen Fall. Und Papier aus meinem Skizzenbuch reiße ich auch nur in äußersten Notfällen, tut mir leid.« Wieder faltete er die Hände zwischen den Beinen, tippte die Daumen aneinander. »Ich fahre zweimal die Woche zwischen fünf und sieben Uhr mit der Bahn rum. Da sind die interessantesten Gesichter unterwegs. Und vor allem sind sie noch so schläfrig, dass sie sich wenig bewegen. Du kannst ja mal mitkommen.«

»Übermorgen?«

Er strahlte ein bisschen. »Übermorgen.«

»Wo treffen wir uns?«

»Ich steig immer in Neukölln ein.«

»Das liegt auf meinem Schulweg. Dann werde ich schon drinsitzen.«

»Im letzten Abteil?«

»Gut.«

»Leg dir ein Skizzenbuch zu. Schönes, dickes Papier, ohne Linien natürlich. Dann brauchst du zwei Bleistifte mit verschiedenen Härtegraden, vielleicht einen Tintenroller.«

»Und einen Radiergummi.«

»Auf keinen Fall einen Radiergummi! Aus Fehlern lernt man, deshalb niemals die Fehler beseitigen.«

Sie zuckte die Schultern. »Fehler beseitigen ist doch gut.«

Er schmunzelte, dabei hatte sie gar nicht versucht lustig zu sein. Aber er steckte sie damit an.

Sie redeten noch über dies und das, lauter hochinteressante

Dinge, an die sie sich später überhaupt nicht mehr erinnern konnte. Schließlich musste sie zur Schule. Er fuhr bis zu ihrer Haltestelle mit. Erst als sie sich verabschiedet hatten und sie auf sehr leichten, fast schwerelosen Füßen zum Hauptgebäude eilte, fiel ihr im Schneetreiben ihrer Gedanken auf, dass sie ihn gar nicht gefragt hatte, wie er hieß.

Nicki öffnete die Augen, als die Bahn hielt. Hier musste sie aussteigen. Sie zwängte sich an warmen Körpern vorbei auf den Bahnsteig und nahm die Rolltreppe ins Freie. Milde blaue Dunkelheit wölbte sich über ihr. Neben der Straße verlief ein Kanal. Gerade trieb eine Fähre mit Lichterketten vorüber. Es sah nur zauberhaft aus, solange man nicht genau hinguckte – dann entdeckte man gelangweilte Leute auf Plastikstühlen, die Sektgläser oder Handys vor der Brust hielten.

Sie setzte sich in Bewegung. Nur ein paar Hundert Meter weiter leuchtete es durch die Weiden am Ufer. Im Näherkommen erkannte Nicki die weißlich gelben Buchstaben, die senkrecht an der Hauswand hingen:

T
I
T
A
N
I
C

Ihr war, als schwebte Musik in der Luft. Das Zittern eines Instruments, das sie nicht beim Namen kannte. Vielleicht bildete sie es sich auch nur ein, und was sie hörte, waren ihre vibrierenden Nerven. Nachdem sie ein paar Autos vorbeigelassen hatte, überquerte sie die Straße und eine Brücke. Dann betrat sie das Restaurant.

Der Geheimweg ist der einzige Weg ins Verbotene

Ihr Vater hatte sie früher, wenn gerade Geld da gewesen war, gelegentlich in Restaurants ausgeführt. Einmal hatte er sie auch in eine Eckkneipe mitgenommen, wo er mit einem angeblichen Fußballtrainer ein Gespräch über Banken und Politik anfing und Nicki zwei Stunden lang in ihre Cola starren ließ. Aber nie hatte er sie in *so* ein Etablissement gebracht.

Hinter dem Samtvorhang des Eingangs eröffnete sich ein prächtiger Saal voller Tische mit weißen Decken, an denen vornehme Leute mit Kristallgläsern und Silberbesteck hantierten, sodass es wie in einem Juwelierladen funkelte. Ihr Geplauder und das Klappern des Bestecks erfüllten die Luft mit einem hellen, glockigen Gewitter, das ein Streichquartett mit heiteren Klängen begleitete. Kirschbaumholz täfelte die Wände. Eine wuchtige Treppe, flankiert von geschnitzten Meerjungfrauen mit Leuchtkugeln in den Armen, führte zu einem zweiten Stockwerk hinauf, das offen und nur von einer goldenen Reling gesäumt über die untere Etage ragte. Das Faszinierendste aber war die Decke: Sie bestand aus Glas. Dahinter schien ein Aquarium zu liegen. Wasserrippelungen zogen Lichttentakel durch den Raum, durchwölkt von den riesenhaft verzerrten Schatten exotischer Fische.

Wie Fische glitten auch die Kellnerinnen und Kellner in gestärkten weißen Hemden zwischen den Gästen umher, servierten kleine bunte Speisetürmchen und ließen Rubinrot und perlendes Gold aus Flaschen in die Kristallgläser fließen.

Nicki näherte sich einer bauchigen Bar, ohne ihren Blick von dem Deckenaquarium losreißen zu können. Der asiatische Mann hinter dem Tresen, der damit beschäftigt war, Seerosen aus Servietten zu falten, wurde auf sie aufmerksam und deutete ein Nicken an.

Nicki legte die Hände auf die polierte Holzfläche. »Ich suche Frau La Psie.«

Der Mann lächelte vage. »Hat die Dame eine Reservierung gemacht?«

»Ich glaube nicht.«

Der Mann hielt in seiner Arbeit inne und schien abzuwarten, ob mehr kam oder ob Nicki sich von alleine zurückzog. Nicki nahm eine grün umkrustete Nuss aus einem der hingestellten Schälchen und steckte sie sich in den Mund.

Etwas änderte sich im Gesicht des Mannes. Als würde er sich erschrecken. Ohne ein weiteres Wort verschwand er durch eine Schwingtür mit Bullauge hinter der Bar.

Nicki sah sich stirnrunzelnd um, entdeckte aber nichts, was die Flucht des Mannes gerechtfertigt hätte. Sie wartete. Probierte noch eine grüne Nuss. Dann noch eine weiße und eine gelbe und geröstete Gemüsechips in jeder Farbe, bis sie fast ein ganzes Schälchen geleert hatte. Sie beobachtete die Kellner, die Teller zu den Tischen trugen und mit Kreditkarten auf Tabletts zurückkehrten. Sie beobachtete die unheimlichen Fische, die durch die Decke schwebten, und die Kleider der Frauen, die vor Pailletten funkelten oder nur aus Schichten durchsichtiger Stoffe bestanden.

Endlich erschien der Barmann wieder. Eine junge asiatische Frau in einem pflaumenfarbenen Hosenanzug begleitete ihn. Schon ihr Gang verriet, dass sie keine Kellnerin war: Eilig und würdevoll, im Bewusstsein der Unentbehrlichkeit ihrer Person, trat sie vor Nicki. Ihre Augen, die weit auseinanderstanden und schmetterlingshafte Wimpernschatten auf die Wangen warfen, musterten Nicki ausdruckslos. Auf eine fremdartige, beinah unmenschliche Art war sie schön. »Susie Ma. Ich bin die Geschäftsführerin. Was kann ich für Sie tun?«

»Ich würde gerne Frau La Psie sprechen. Wissen Sie, wo ich sie finden kann?«

Susie Ma zuckte zusammen. In ihrem Blick schienen Flammen aufzulodern und langsam wieder zu verlöschen. Geistesabwesend starrte sie eine Weile durch Nicki hindurch. Dann senkte sie das Gesicht, als wollte sie ein Lächeln verbergen. »Entschuldigung, aber... Sie haben sich noch nicht vorgestellt«, sagte sie mit amüsierter Stimme.

»Ich bin eine Freundin von einem Bekannten von Frau La Psie.«

Nun lächelte die Frau deutlich. »Wenn das so ist. Freunde von Freunden sind stets willkommen. Darf ich bitten?« Sie führte Nicki hinter die Bar, durch die Schwingtür und in eine große, dampferfüllte Küche, die seltsam verwinkelt war. Mehrmals mussten sie sich an Köchen vorbeidrücken. Die Inhalte von Woks wirbelten durch die Luft, Messer zersägten riesige, dornenbespickte Früchte und Hände griffen in Eistruhen, um grün und grau gesprenkelte Hummer herauszuheben, die in stummer Klage ihre verbundenen Scheren reckten. Nicki, die schon die Haltung von Goldhamstern für Tierquälerei hielt, versuchte nicht darauf zu achten, was sonst noch um sie herum geschah. Trotzdem konnte sie nicht das Dutzend Kaninchen übersehen, die gehäutet, ohne Ohren und Pfoten auf einem Metalltisch lagen, die Augen bläulich getrübt wie eingelegte Beeren im rosa Fleisch, die Zähne wie zu einem wahnsinnigen Grinsen entblößt. In solchen Momenten fand sie es befremdlich, zur Menschheit zu gehören.

Susie Ma öffnete die Stahltür eines begehbaren Kühlschranks. Sie schoben sich an vereisten Lammhälften, aus dem Maul blutenden Fischen und Gemüsekisten vorbei, dann drückte die Asiatin ihren Daumen auf einen Fingerabdruckleser, der hinter einem Digitalthermometer verborgen war. Es piepte. Dampfend glitt ein Regal zur Seite.

Vor ihnen lag das stahlverkleidete Innere eines Lastenaufzugs.

»Bitte.« Susie Ma ließ ihr den Vortritt. Dann schob sie einen Schlüssel in das Schloss des Armaturenbrettes und tippte die 4 ein. »In China ist die 4 eine Unglückszahl. Daher gibt es oft kein viertes Stockwerk bei uns. Oder es gibt zwar eines, steht aber leer. Das ist natürlich auch eine Kostenfrage, nicht nur eine Glaubensfrage.«

Nicki wusste nicht, was sie dazu sagen sollte, also nickte sie einfach. Die Aufzugtür glitt zu und sie fuhren nach oben. Wie schon bei Isabel Arouk im *Warkonia* versuchte Nicki abzuschätzen, wie gut ihre Chancen gegen Susie Ma standen, wenn es zu Handgreiflichkeiten kam. Die Asiatin war klein, ohne Absätze vermutlich kleiner noch als Nicki, aber ihre stramme Haltung ließ Zähheit vermuten. Außerdem müsste Nicki, selbst wenn sie sich gegen Susie Ma zur Wehr setzen konnte, immer noch an einem halben Dutzend Köche mit scharfen Messern vorbei.

»Warum benutzen wir einen Geheimweg?« Nicki merkte, dass man die Frage nicht beiläufig klingen lassen konnte.

»Es ist der einzige Weg. Machen Sie sich über die Sicherheitsvorkehrungen keine Sorgen. Ihre Ungestörtheit ist garantiert.«

Bevor sie weiterfragen konnte, glitt die Tür auf und präsentierte ihnen verwinkelte Räume, die durch geschnitzte Wände, Vorhänge und Stufen getrennt waren. Menschen lümmelten auf Kissenlandschaften herum und saßen barfuß in dicken Teppichen. Ein junger Mann im Anzug schwang auf einer Schaukel, die von der Decke hing. Die Decke war kunstvoll mit Vögeln, Bambuswäldern, Bergen und Wasserfällen bemalt, die vor einem blassgelben Himmel aus allen Richtungen ineinanderstürzten. Prunkvoll gerahmte Spiegel, lackierte Holztafeln und blaue Seidentapeten beschlugen die Wände, hier und da durchbrochen vom Ausschnitt eines Aquariums, in dem schillernde Fischschwärme vorüberglitten. Das Ganze wirkte, als wären mehrere Innenarchitekten gleichzeitig am Werk gewesen, und zwar ohne Absprache. Nickis Blick schlitterte eine Weile durch die an schwerem Licht gesättigte Umgebung, ohne Halt zu finden. Dann merkte sie, dass es keine Fenster gab. Nur die Ausblicke in die Aquarien. Irgendwie beunruhigte sie das.

Susie Ma verschränkte die Hände hinter dem Rücken. »Fühlen Sie sich ganz wie zu Hause. Auf der Karte finden Sie alle Rauscharten, die Berlin derzeit zu bieten hat. Und vergessen Sie nicht, der Bedienung ein *Fließendes Wort* zu geben, ihre Anwesenheit ist, wie Sie sich gewiss vorstellen können, sehr kostspielig.«

Nicki hatte nicht einmal die Hälfte von dem begriffen, was Susie Ma sagte, da entschwand die Geschäftsführerin bereits in einen dämmrigen Korridor.

Die Umgebung schien Nicki einzusaugen. Sie blinzelte und versuchte die Leute genauer zu betrachten. Irgendetwas an ihnen war anders als unten im Restaurant. Nicht nur dass sie so entspannt wirkten, manche sogar schlafend im Dickicht der Kissen, Draperien und Pfauenfedern … Als Nicki es begriff, wunderte sie sich, dass sie so lange dafür gebraucht hatte: Fast alle Anwesenden waren jung.

Die meisten schwebten zwischen Teenager- und Erwachsenenalter, manche schätzte sie auch jünger ein. Ein Junge, der nicht älter als elf sein konnte, lag mit nacktem Oberkörper auf dem Boden, die Beine gegen die Wand gelehnt, und leckte sich erschöpft den Mund, der über und über mit Schokolade verschmiert war.

Und noch etwas war seltsam. Die Gespräche hätten einen Lärm erzeugen müssen, der nach Schulhof klang. Stattdessen hing nur das Murmeln amüsierter, wie zu Rauch sich kringelnder Bemerkungen in der Luft. Nicki hatte nie einen so großen Haufen Jugendlicher erlebt, die dermaßen leise herumspaßten.

Weil sie nicht wusste, wie sie Frau La Psie alleine finden sollte, trabte sie in die Richtung, in die Susie Ma davongeeilt war. Die Sohlen ihrer Schuhe versanken in einem computergrafisch wirkenden Perserteppich, ohne ein Geräusch zu erzeugen. Zwei kichernde Mädchen jagten mit Puderquasten vorbei, pusteten sich an und ohrfeigten sich, dass es schallte. Taumelnd verschwanden sie hinter einem Vorhang. Nicki schob den Brokatstoff beiseite, um ihnen nachzublicken. Noch immer schlugen sie sich scheinbar zum Vergnügen. In dem schummrigen Raum sahen die Puderwolken, die sie dabei in die Luft wirbelten, wie erwachende Gespenster aus.

Gestalten lagen beieinander. Hier und da schienen sie in Küssen verschlungen oder sich gegenseitig mit Pralinen zu füttern. Ein Mädchen hatte eine gebratene Ente zwischen den Beinen, die sie mit bloßen Händen aß. Die meisten aber waren weder dabei sich zu küssen noch zu essen. Sie nahmen Drogen.

Silbertabletts mit zu Linien angeordneten Pülverchen, in Schmuckschatullen präsentierte bräunliche Kristalle, Perlmuttmuscheln voller blauer Pastillen und Keramikteller mit Bergen aus klebrigen Kräutern standen überall zwischen den Sofas. Lange Pfeifen wurden gereicht. Elfenbeinröhrchen an die Nasen gesetzt. Die säuerlichen Ausdünstungen der Gifte machten die Luft schwer wie einen nass geschwitzten Pelz.

Nicki schluckte. Sie hatte schon mal einen Mann am Bahnhof gesehen, der sich in einer Fotokabine einen Schuss setzte. Sie wusste, dass ein paar Mitschüler Joints bei den Fahrradständern rauchten. All das war irgendwie normal. Ein kaum verborgenes Übertreten der Gesetze. Doch hier, im Verborgenen, wurden die Gesetze nicht übertreten, sondern fröhlich *zertreten*, zu Konfetti zerfetzt. Ein kleines Mädchen ließ sich etwas in die Halsschlagader spritzen und ein anderer leckte den Blutstropfen von der Nadel.

Wie im Traum ging Nicki an den Jungen und Mädchen vorbei, die in runden Hängebetten schaukelten, Rauchringe bliesen und nur wie aus Versehen Blicke durch die flügelzarten Vorhänge in ihre Richtung kullern ließen.

»Hübsche Domäne«, murmelte eine Frau, die sich vom Boden aufstützte, um ihr Bein zu streicheln. Nicki schrak zurück und stieß gegen einen Beistelltisch, dass die Gläser klirrten. Benommen ging sie weiter. Versuchte nicht zu atmen. Ihr war, als würden sich nun mehr Augen auf sie richten. Köpfe wurden aus den Kissen gehoben, Beine über die Bettkanten geschwungen. Nicki wusste, dass sie sich nicht umdrehen sollte, aber sie tat es doch. Sie drehte sich nach allen Seiten um. Wohin sie guckte, begegnete sie immer neugierigeren Blicken. Bleiche, glänzende Gesichter wuchsen aus den Halbschatten.

»Wer ist das?«, raunte jemand.

»So eine Angeberin …«

»Ich finde es schön …«

»Wer bist du?«

Sie stolperte beinah gegen das Mädchen, das die Frage gestellt hatte. Es war eine von denen, die sich geohrfeigt hatten. Nur ein durchsichtiger Morgenmantel und ihre langen blonden Haare verhüllten ihren Körper. Die Augen waren hinter ihrem Pony fast nicht auszumachen. Sie blähte die Nasenflügel wie ein Tier, das Witterung aufnimmt. »Geizig gehst du ja nicht mit deiner Realität um. Ich steh auf Reichtum. Vor allem auf Verschwendung.«

Nicki brachte keinen Ton hervor. Das Mädchen grinste und trat so nah heran, dass Nicki zurückwich.

»Ghora. Lass sie«, sagte Susie Ma mit schneidender Stimme und durchquerte den Raum. Zu Nicki gewandt, fuhr sie fort: »Ich habe Sie verwechselt, wie es scheint. Ich bin Frau La Psie. Folgen Sie mir bitte in mein Büro. Dort können wir in Ruhe besprechen, was Sie von mir wünschen.«

Nicki verstand nicht. Warum war Susie Ma jetzt plötzlich Frau La Psie? Mit wem hatte sie sie verwechselt? Lieber als Antworten wollte Nicki hier raus. Und zwar schleunigst. Was auch immer das hier für Leute waren, jetzt wussten alle, dass Nicki nicht zu ihnen gehörte. Und als sie im Kopf überschlug, wie Besitzer solcher Mengen Rauschgift wohl mit Eindringlingen umgingen, hatte sie entweder zu wenig oder zu viel Fantasie für die Hoffnung, dass Frau La Psie wirklich nur reden wollte.

Wer springt, zieht andere in den Abgrund

»Kommen Sie.« Die Chinesin fasste nach ihrem Ärmel. Nicki machte sich los, stolperte einen Schritt zurück. Frau La Psies Blick glomm auf.

Plötzlich stieß jemand einen Freudenschrei aus. »Oh Mann, das ist doch meine süße Snesane! Du bist hier, ich fasse es nicht!«

Alle drehten sich um. Beziehungsweise nach oben. Auf einer Art Balkon stand ein junger Mann und winkte. Dann schwang er die Beine über das Geländer. »Frisch aus der Unterwelt gekommen, wie? Steht dir gut, die Domäne!« Er sprang. Sein hellgrauer Mantel flatterte wie ein Segel hinterher.

Nicki schnappte nach Luft und vergaß, was für Dämpfe sie dabei in die Lungen bekam. Der Balkon war sicher zwei Meter hoch, aber der Junge landete federnd auf beiden Füßen, kam auf sie zu und breitete die Arme aus. »Snesane, du bist ja zuckersüß heute, alte Freundin!«

Er nahm sie an den Händen und wirbelte ein paarmal mit ihr im Kreis. Nicki war zu perplex, um sich zu wehren. Nach ein paar Umdrehungen stellte sie fest, dass er der schönste Mensch war, den sie je gesehen hatte.

Es war erschütternd. Hätte man ihn gezeichnet, wäre die Zeichnung kitschig gewesen. Sein Gesicht stellte ein perfektes Oval dar, nur der Kiefer und das Kinn verliehen ihm ein paar harmonische Kanten. Die gewellten Haare waren gebleicht – seine Augenbrauen verrieten, dass er von Natur aus höchstens dunkelblond sein konnte. Grübchen klammerten sein Grinsen ein.

Als er endlich stehen blieb, zog er Nickis Hände an die Lippen, um sie zu küssen. Dabei raunte er durch ihre Knöchel: »Mach mit, wenn du nicht draufgehen willst.«

Nicki starrte ihn immer noch an wie ein Karpfen.

Laut sagte er: »Du bist doch nicht böse auf mich?«

»Nein … d-doch?«, stammelte sie.

Frau La Psie stieß ein schrilles, kurzes Lachen aus. »Was soll das, Jucitell? *Wir* waren verabredet, dachte ich.«

»Natürlich. Ich hatte nicht damit gerechnet, dass sie heute kommt, ich meine, ich habe es vergessen. Vergessen vor Aufregung, dich zu sehen«, sagte der Junge. »Ich muss jetzt nur kurz etwas mit ihr besprechen. Wartest du auf mich? Zehn Minuten, oben in der Loge. Ja?« Er griff nach Nickis Hand und zog sie an Frau La Psie vorbei in einen angrenzenden Raum.

»Schnell!« Er drückte gegen einen Spiegel, der nach innen aufklappte. Sie kamen in einen winzigen Gang, eilten bis zum Ende und erreichten ein weitläufiges, rot gekacheltes Bad.

»Wieso rennen wir?«, schnaufte Nicki. »Der Aufzug war dahinten!«

»Der Aufzug ist doch nur der Geheimweg.« Er sah sich hektisch um. Draußen schienen sich aufgeregte Stimmen ins Gemurmel zu mischen. Schritte näherten sich.

Der Junge zog sie in die hinterste Klokabine und schloss ab. Die Wände waren verspiegelt, durch die bemalte Decke leuchtete es matt.

»Wie heißt du?«, fragte er.

»Wie heißt *du*?«

Er lächelte. »In welche Klasse gehst du?«

»Wird das ein Interview?«

»Ich kann dir hier raushelfen. Dafür muss ich wissen, dass du wirklich … dass du hier aus Versehen gelandet bist.«

»Ich bin kein Junkie.« Sie hielt den Atem an, als sie durch die Tür Stimmen im Bad hörte. »Was seid ihr überhaupt für Leute?«

Er grinste. Draußen klapperten Schritte. Türen wurden aufgerissen.

»Du denkst, wir sitzen in der Falle, aber das tun wir nicht«, sagte er.

»Jucitell Tallis!« Die Stimme von Frau La Psie.

»Stell dir vor, du bist in dieser Kabine.«

Sie nickte sinnlos. Jemand drückte von außen die Klinke herunter.

»Wie kommst du raus?«

»*Was?*«

»Sehr witzig, dein Spielchen«, gurrte Frau La Psie. »Aber die Kleine ist nicht wirklich Snesane, oder? Kurz bin ich eifersüchtig geworden. Ich geb's zu! Aber jetzt öffne die Tür.«

»Stell dir vor, du bist hier drinnen, also wie kommen wir raus?«, wiederholte der Junge eindringlich.

Nicki begriff überhaupt nicht, was er von ihr wollte. Ihr Blick irrte von Spiegelbild zu Spiegelbild, dann nach oben. Hinter der Tür wurde das Gurren zum Fauchen. Die Spiegel zitterten.

»Ach, das meinst du«, murmelte der Junge, stieg auf den Klodeckel und stieß mit der Hand durch die Decke. Sie war aus Papier. Dahinter schimmerte eine hölzerne Leiter, die sich irgendwo in der Dunkelheit verlor.

Er half Nicki durch die Decke. Sie konnte die erste Sprosse gerade mit den Fingern erreichen, und er hob sie hoch, bis ihre Füße auf der Leiter waren. Unten knirschte die Tür. Nicki begann zu klettern. Der Junge hangelte sich hinterher. Die Spiegel barsten unter ihnen, kaum dass er seine Beine hochgezogen hatte.

»Weiter!« Der Hall seiner Stimme gab Nicki eine ungefähre Vorstellung von ihrer Umgebung. Sie mussten sich in einem Schacht befinden. Die Leuchtröhren unten wurden von ihren Körpern verdeckt, sodass nur flüchtige Streifen Helligkeit vor ihren Fingern tanzten. Es roch nach moderndem Holz und Nicki hoffte inständig, dass das nicht von der Leiter kam.

»Tallis!«, brüllte Frau La Psie. Kletterte sie ihnen hinterher? Nicki wagte nicht, nach unten zu spähen. Immer weiter hievte sie sich von Sprosse zu Sprosse. Bis sie keine Sprosse mehr fand.

»Sie hört auf, die Treppe hört auf«, quietschte sie.

»Was fühlst du?«

Sie tastete durch die Dunkelheit. »Eine Wand. Metall.«

»Eine Luke. Hau dagegen, sie wird aufgehen.«

Sie tat es. Ein blechernes Scheppern erscholl. Als sie noch einmal dagegenschlug, schepperte es noch mehr, beim dritten Schlag sprang die Luke auf und offenbarte einen schmutzroten Stadthimmel.

Nicki kletterte nach draußen, dicht gefolgt von dem Jungen, der die Luke wieder schloss. Atemringend hievten sie sich von den Knien auf die Füße. Sie waren auf einem Dach. Einem ziemlich hohen Dach. Nicki sah die Spitze einer Kirche knapp über den Rand ragen.

Die Klappe sprang auf, eine Hand stieß empor. Nicki unterdrückte einen Schrei, als Frau La Psie aus der Dunkelheit tauchte.

Sie rannten los, an einem Schornstein und einer Satellitenschüssel vorbei, eine kleine Metalltreppe hinab auf ein angrenzendes Haus und bis an den Abgrund. Unter ihnen fuhren Autos über die Straße. Sie sahen verdammt klein aus.

Der Junge drehte sich zu ihr um. Sehnsucht schien in seinen Augen zu schmelzen. »Vertraust du mir?«

»Hä? Nein!«

»Aber wenn ich dich in Lebensgefahr retten könnte, würdest du wollen, dass ich dich rette?«

»Ich glaube, wir sind am Arsch, deshalb erübrigt sich die Frage!«

»Ich werde dich retten. Gib mir die Hand drauf, dass du einverstanden bist.«

Frau La Psie sprang in zwei Sätzen über die Treppe hinweg. Und nicht nur sie. Andere Gestalten folgten ihr. Lachende, johlende Gestalten. Nicki nahm die Hand, die er ihr hinhielt – allein schon, um sich an irgendwas festzuhalten.

In dem Moment zog er sie zu sich heran und sprang.

Nicki schrie. Sie spürte den Boden unter sich wegreißen und dann war nichts mehr unter ihr, nur noch Autolichter, verzerrt zu roten Magmaströmen.

Die Wahrheit riecht nach Knoblauch

Nicki hatte nie vom Fliegen geträumt. Nur einmal konnte sie sich im Traum mit weiten Sprüngen vorwärtsbewegen, aber das war unendlich anstrengend gewesen und sie war schweißgebadet erwacht. Das Gefühl, frei zu schweben – nicht schwerelos, sondern von der Luft selbst gehalten –, war ihr vollkommen neu.

Es fühlte sich erstaunlich gut an. Wäre sie nicht in Todesangst gewesen und hätte sie nicht gegen den Geschmack von Magensäure ankämpfen müssen, der ihren Gaumen hochdrängte, wäre es sogar eine recht angenehme Art gewesen, Abschied von der Realität zu nehmen. Die Straße, die Weiden, der Kanal und sämtliche Häuser trieben unter ihnen dahin wie ein Puzzle aus Lichtklecksen und Quadraten. Nicki überlegte, ob sie vielleicht gestorben war und das nun ihre Todesvision. Aber was hatte der Junge darin verloren?

»Ich heiße Tallis. Jucitell Tallis«, murmelte er dicht an ihrem Ohr. »Nett, dich kennenzulernen.«

Er hielt sie fest umschlungen, seine Finger verhakt mit ihren. Wie ein Paar, das Walzer tanzt, schwebten sie durch den Himmel und Nicki musste an ein Gemälde von Marc Chagall denken, wo eine Braut und ihr Bräutigam genau so durch nächtliches Blau segelten. Und eine Ziege und eine Geige waren auch dabei, in dem Gemälde.

Als sie der Erde näher kamen und Nicki einzelne Leute auf den Bürgersteigen erkannte und sie sogar der Luftzug einer U-Bahn traf, die eine Brücke entlangrauschte, begriff sie allmählich, dass das hier immer noch die Wirklichkeit war.

»Was … oh Gott«, stammelte sie. Sobald ihre Füße reflexartig nach Boden suchten, sackte sie zwei Meter in die Tiefe. Ihr Schrei musste sehr laut sein, denn der Junge wich mit dem Kopf so weit zurück, wie er konnte, während er sie wie einen Mehlsack an sich presste.

»Keine Sorge. Alles ist gut. Konzentrier dich auf meinen Mantel. Ist hübsch, oder? Neu gekauft heute. Perfekt für die Jahreszeit.«

Sie wimmerte unkontrolliert.

»Hey, hey. Verrätst du mir deinen Namen? Du hast dich noch gar nicht vorgestellt. War auch ein bisschen hektisch.«

»Ich heiße … ich hasse meinen Namen.«

»Vielleicht hasse ich ihn ja auch. Versuch's mal.«

»Nenn mich Nicki.«

»Nicki ist doch gar nicht übel. Von Nicki bis Kunigunde ist alles unproblematisch. Konzentrier dich auf den Mantel!«

So albern es auch war, sie befolgte seinen Rat und hielt ihren Blick eisern auf das oberste Knopfloch gerichtet, als ginge sie alles andere nichts mehr an. Schließlich stolperten sie, noch immer verschlungen und sich dementsprechend oft auf die Füße tretend, über Pflasterstein, bis Nicki mit dem Rücken gegen eine Hauswand stieß.

»Alles gut. Wir sind am Boden. Wenn du so weit bist, lasse ich dich los, dann kannst du selbst sehen.«

Er sprach mit ihr wie mit einem Hund. Vielleicht strich er ihr sogar über den Hinterkopf, aber sie wusste es nicht genau. Ihr Körper war sehr weit weg. Immer noch starrte sie auf das Knopfloch. Ein zartes, zimtiges Parfüm stieg unter dem Mantel hervor, aufgewühlt von seiner Körperwärme. Ihr fiel auf, dass er nicht besonders groß war. Sie hätte ihre Nasenspitze an sein Kinn drücken können.

»Wir sind geflogen, oder?«, murmelte sie schwach.

»Ich würde es ›segeln‹ nennen. ›Segeln‹ klingt glaubwürdiger.«

Irgendwo klirrte Glas. Zwei Männer liefen vorbei, der eine hatte seine Bierflasche auf die Straße rollen lassen. Autos hielten an einer roten Ampel. Alles schien normal.

Er löste sich so weit von ihr, dass er ihr ins Gesicht sehen konnte. »Wie geht es dir?«

Nicki schluckte. »Wie ist das …«

Er streckte sich und seufzte. Oder war das ein Lachen? »Ach, Aufklärungsgespräche! Aber nicht ohne was zu beißen. Weißt du, wo es hier in der Nähe ein gutes Restaurant gibt? Irgendwas, egal, obwohl ich schon Lust hätte auf diese kleinen eingelegten Gurkenscheibchen.«

Sie blinzelte angestrengt. »Redest du mit mir?«

»Natürlich rede ich mit dir. Nicki. Du und ich. Wir haben viel zu besprechen. Ich hoffe, du hast nichts vor heute Nacht.«

»Schlafen«, sagte sie mechanisch.

Er dachte wohl, das sei ein Witz, und lachte, was Nicki angesichts der eben demonstrierten Aufhebung der Naturgesetze für eine erschreckend gelassene Reaktion hielt. Sie war jedenfalls noch nicht in der Lage, irgendetwas lustig zu finden.

»Komm, ich lad dich ein. Magst du Chilis? Oh Mann, ich könnte echt ein paar Chilis vertragen.« Er legte sich ihre Hand auf den Arm und zog sie plappernd die Straße hinunter.

Obwohl er mehrfach betonte, dass sie entscheiden sollte, wohin sie gingen, landeten sie nicht wirklich zufällig vor einem mexikanischen Imbiss, dessen Fenster mit roten Chilis verhängt waren. Tallis rieb sich die Hände, als er vor der Theke stand und das Menü studierte, das in Leuchttafeln an der Wand hing. Dann entschied er sich aber doch mit einer Genauigkeit, die Stammkundschaft vermuten ließ, für ein Burrito-Menü, dazu eine Schüssel saure Gurkenscheibchen, Knoblauchsoße und rote Chilis extra. Der Mann hinter dem Tresen nickte, als würden die Leute das ständig bestellen.

Nicki hatte gedacht, sie würde nichts hinunterkriegen, aber es duftete nach Gebratenem, und sie hatte kein richtiges Abendessen gehabt, also entschied sie sich für einen Avocadowrap.

Tallis holte eine Cola für sich und ein Wasser für Nicki aus dem Kühlschrank, dann zogen sie sich in die hinterste Ecke des Ladens zurück, was nicht weit hinten war, denn der Raum maß nur fünf Schritte. Tallis fegte die Salat- und Brotkrümel vom Tisch und anschließend von der Bank, bevor Nicki sich setzte.

Er öffnete die Coladose. »Wie fühlst du dich?«

Nicki saß da wie geschlagen. »Erklär. Bitte.«

Er leerte die Dose in einem Zug, dann beugte er sich zu ihr vor. »Nicki. Versuch mir erst zuzuhören, bevor du Fragen stellst. Ich bin kein Mensch.« Er presste die Lippen zusammen, um ein Rülpsen zu unterdrücken. Vielleicht sollte das eine Demonstration sein – ein unmenschlich kolossaler Rülpser.

»Pardon. Jedenfalls, in der Welt ist nicht alles so, wie es scheint. Ich zum Beispiel scheine ein gewöhnlicher Typ zu sein. In Wahrheit …« Er beugte sich noch weiter vor. »Wir sind Fließwesen. Frag jetzt nicht warum wir so heißen, es dauert ewig, die Herkunft von Begriffen zu erklären, besonders von diesem Begriff. Du musst erst mal nur wissen, dass wir existieren. Wir sind Geister. Dämonen. Gedanken. Wir sind Entitäten mit Persönlichkeit, die nicht an einen Körper gebunden sind, ohne das Verfallsdatum von Fleisch, wenn man so will. Jetzt fragst du dich bestimmt …«

»Nummer sechsundsechzig, Nummer neun, bitte!«, rief der Mann hinter dem Tresen.

Tallis holte das Essen und noch eine Cola.

»Sieht das gut aus. Wohl bekomm's!« Er balancierte seinen vor Käse triefenden Burrito zum Mund und schob sich eine ganze Chilischote hinterher. Als ihm die Augen zu tränen anfingen, schien er tatsächlich so etwas wie ein wohliges Seufzen auszustoßen. Er tupfte sich die Stirn mit einer Serviette ab.

»Seit allen Zeiten haben Fließwesen und Menschen nebeneinander existiert. Man ist sich uneins darüber, wer zuerst da war – wir oder ihr. Wenn du mich fragst, ich kann mir nicht vorstellen, dass es je die einen ohne die anderen gegeben hat. Wir sind verbunden. Und zwischen manchen Menschen und manchen Fließenden ist die Verbindung ganz besonders stark.« Er sah sie an, als hätte er gerade etwas Bahnbrechendes angedeutet.

»Um mich klar auszudrücken …« Er kaute zu Ende. »… Fließende und Fleischliche schließen gelegentlich Pakte. Wir kriegen was von euch, ihr kriegt was von uns. Realität gegen *Fließendes Wort*. Das heißt, wir können die Gesetze der Natur für euch ein wenig biegen, dafür kriegen wir was von eurer Realität ab. Wir existieren nämlich nicht von uns aus in dieser Welt. Nur *durch* euch.« Er öffnete seine zweite Cola und beobachtete nun sie mit einiger Skepsis. »Du sagst gar nichts.«

»Ich soll doch mit den Fragen warten, bis du fertig bist.«

»Ach so, ja. Im Prinzip bin ich fertig.«

Nicki zupfte an einem Salatblatt, das aus ihrem Wrap ragte. Eine Weile schwiegen sie sich an.

»Das Rülpsen hat den Auftritt ruiniert, oder?«, fragte er schließlich.

»Du bist echt … komisch.«

»Ich bin kein guter Aufklärer. Die romantische Verklärung liegt mir besser. Aber du bist auch nicht gerade emotional bei der Sache. Ich bin Ausraster gewohnt. Panik. Hysterie. Wenigstens Ungläubigkeit, die man Schicht für Schicht abtragen muss. Aber du? Du bist auch komisch, Nicki. So distanziert.« Letzteres sagte er nicht abschätzig, sondern mit Interesse.

»Also … Fließwesen, ja?«

»Warum fragen eigentlich alle immer zuerst, warum wir so heißen? Es ist so langweilig, das zu erklären, all die kulturellen Referenzen und Wortspielereien …«

»Kannst du dich in Luft auflösen?«

»Nein«, sagte er sehr ernst und auch froh über den Themenwechsel. »Mit Luft kann man nicht paktieren, also kann man auch nicht ihre Gestalt annehmen. Ich, Jucitell Tallis, von der Klassifizierung her Inkubus, bestehe aus reinem *Fließendem Wort*. Der Körper hier – und das klingt jetzt aufgrund einiger Filme, die du gesehen haben magst, schlimmer, als es tatsächlich ist –, der Körper hier ist besessen. Er gehört einem Menschen, mit dem ich einen Pakt geschlossen habe. Ich helfe ihm ein wenig aus, dafür darf ich mir manchmal seinen Körper leihen.«

»Wo ist er dann jetzt, der Junge?«

»Er ist nicht weg. Er *ist* dieser Körper. Wenn ich ihn verlasse, erinnert er sich einfach nicht an das, was während meines Besuchs passiert ist. Er wird zu sich kommen und denken: ›Es ist ja schon Morgen, da war wohl wieder Jucitell Tallis zu Besuch, mein Dämon, und offenbar hat er mir einen neuen Mantel gekauft und Knoblauch gegessen.‹«

Nicki wollte etwas Lässiges sagen und den ganzen Unsinn beenden. Aber es fiel ihr nichts ein. Sie konnte nur weiterfragen. »Du kannst mit dem Körper machen, was du willst?«

»Ich darf meine Domäne nicht beschädigen. Oder gar töten. Alle Gebrauchsspuren müssen vor Rückgabe wieder getilgt werden.«

»Getilgt.«

»Mit dem, was wir *Fließendes Wort* nennen. Es ist die Energie, aus der wir gemacht sind. Ihr seid aus Stofflichem. Und so wie Stoffliches und Energie zusammenhängen, weil das eine aus dem anderen hervorgeht, so hängt auch die Vorstellungskraft mit der Realität zusammen.«

Endlich gelang ihr ein Schnauben. Doch der Versuch von Belustigung schlug gleich in einen noch tieferen Schrecken um. Weil sie fürchtete, ihr könnten vor lauter Verwirrung Tränen in die Augen steigen, rieb sie sich das Gesicht. »Oh Mann. Wahrscheinlich habe ich Drogendämpfe eingeatmet. Du hast das auf jeden Fall.«

»Du bestreitest, wie wir vom Dach gekommen sind?«

Sie sagte nichts, denn im Grunde war Bedrogtheit nur eine halbherzige Flucht vor der Tatsache, dass sie *geflogen waren*.

»Ich weiß, was du jetzt durchmachst. Dein ganzes Weltbild stürzt ein. Dass du das überhaupt aushältst, liegt daran, dass du mehr Realität besitzt als die meisten Menschen. Weil es Dinge gibt, die du mit Sicherheit weißt und die dich jetzt davor bewahren, verrückt zu werden. Persönliche Dinge. Halt sie gut fest.« Ein Funkeln lag in seinen Augen, als wüsste er, dass sie an Canon dachte. »Ich kann währenddessen ja mal versuchen zu erklären, was Fließendes Wort ist. Aus Erfahrung weiß ich, dass Geplapper in solchen Situationen beruhigend wirkt.

Am besten stellst du dir ein Buch vor, das du mal gelesen hast. Das Buch existiert als Buchstaben auf Papier. Während du sie gelesen hast, sind diese Buchstaben durch dein Bewusstsein geströmt. Danach wurden sie zur Erinnerung, verknüpft mit deinen Erinnerungen daran, was du während des Lesens gemacht hast und wie du dich dabei gefühlt hast und überhaupt, was diese lange Buchstabenkette eigentlich für dich bedeutet. Man könnte sagen, ein geistiger Abdruck des Buches existiert nun in dir. Und wenn das Buch verbrannt würde und es gäbe auf der ganzen Welt keine Ausgabe mehr davon, dann würde dieser Abdruck noch in dir existieren. Und andere Abdrücke in anderen Menschen. Diese Abdrücke sind unstofflich, immateriell, aber sie sind etwas. Genauer gesagt Fließendes Wort.

Ich, der ich mich dieses Körpers und seiner Stimme bediene, bin Fließendes Wort. Ich bin ein ganz spezieller Abdruck der Menschheit.«

Nicki blinzelte. »Bist du *mein* Abdruck oder einer, der für alle Menschen gleich ist?«

Er deutete mit dem Finger auf sie. »Sehr kluge Frage! Ich bin beides. Ich bin ein Abdruck der Träume sämtlicher Mädchen weltweit – nur durch sie kann ich existieren. Aber jedes einzelne Mädchen würde in mir ihren eigenen Abdruck erkennen.«

»Wieso Mädchen?«

»Ich sagte bereits, ich bin ein Inkubus. Ich bin sozusagen auf Mädchen spezialisiert.«

Sie schüttelte den Kopf, als würde das die Gedanken in ihr sortieren.

»Lass dir Zeit, du musst nicht alles gleich verstehen.«

Nicki probierte erst jetzt ihren Wrap. Er war nur noch lauwarm, aber immer noch lecker. Schließlich ließ sie ihn wieder sinken. »Du bist richtig durchgeknallt.«

Seine ruhige, ernste Miene zwang sie, sich zumindest vorzustellen, dass das, was er gesagt hatte, wirklich stimmte.

Dann wäre alles anders, als sie geglaubt hatte.

Alles.

Nur dass der Schulstoff nichts mit der echten Welt zu tun hatte, wäre damit bestätigt.

»Wie auch immer… Du hast mich gerettet«, stellte sie leise fest. »Danke dafür.«

»Aber, aber. Das ist immerhin mein Teil des Paktes.« Er lächelte auf eine Art, dass sie automatisch zurücklächeln musste.

Dann zog sie die Mundwinkel herunter. »Welches Paktes?«

Er warf sich eine Chilischote in den Mund. »*Unseres* Paktes natürlich.«

Einen Ort finden, den es nicht gibt

ϽϾo

Sie saß ganz reglos, während er sich die Tränen von den Wangen wischte und pustend ausatmete.

»*Unser* Pakt«, wiederholte sie. »Davon weiß ich nichts.«

»Doch, doch. Du hast mir die Hand gegeben. Und wir haben uns unsere Namen verraten. Ich bin von heute an verpflichtet, *dich bei Lebensgefahr zu retten.*« Er kippte sich die letzten Gürkchen in den Mund. Sie hatte den Verdacht, dass er die Schale absichtlich vor das Gesicht hob, um ihren Blick abzuschirmen.

»Und habe ich auch eine Verpflichtung?«

Er kaute. »Na klar. Fließwesen und Menschen *handeln* miteinander.«

»Aber – was für eine Verpflichtung?«

»Du musst gar nichts tun. Du hast mir ja schon deine Einwilligung gegeben. Wann immer ich will, kann ich in dich eindringen.« Er sah sie an, als läge die Bedeutung der Worte in ihren Augen, nicht seinen.

»Was?!«

Er zerknüllte die Serviette. »Was hab ich gesagt? Die Leute rasten immer aus.«

»Ich hab überhaupt nicht eingewilligt!«

Er zuckte die Schultern. »Du hast eingeschlagen, du hast mir deinen Namen gesagt …«

»Habe ich nicht.« Sie verschränkte die Arme. »Ich heiße nicht wirklich Nicki.« Sie registrierte, dass er mit entgleisten Gesichtszügen leider immer noch schön war, und es ärgerte sie umso mehr.

»Du heißt … wie heißt du?«

»Pfff. Versuch den Trick bei deiner Mutter.«

»Ich habe keine Mutter.« Er kniff die Augen zusammen. Plötzlich veränderte sich etwas. Es war keine Übelkeit, kein Schwindel, aber mit einem Mal schien die Welt um Nicki zusammenzuschrumpfen. Ihr Innerstes wölbte sich nach außen … und dann war alles wieder normal. Sie blinzelte. »Was war das?«

»Ich habe dich angetestet.« Er aß die letzte Chilischote. Sie schien ihm aber nicht mehr so zu munden wie die anderen, er nagte nachdenklich daran herum.

»Du warst gerade …?!« Sie machte Anstalten aufzustehen, aber dann sackte sie doch nur kraftlos zurück. Alles drehte sich. Es stimmte. Er sagte die Wahrheit. *Sie hatte ihn in sich gespürt.* Er war ein Dämon und er wollte von ihr Besitz ergreifen.

»Du sagst nur die halbe Wahrheit. Nicki ist zwar nicht dein richtiger Name, aber *ein* Name. Ein Teil deiner Persönlichkeit. Ich komme in dich rein, bis zu einem gewissen Grad.«

Sie wurde knallrot. »Ich bin nicht einverstanden, ich habe nie eingewilligt!«

Er seufzte angespannt. »Na gut. Dann müssen wir wohl unseren Pakt prüfen lassen. Weißt du, was für einen bürokratischen Aufwand das bedeutet?«

»Ist mir egal! Du Schwein.«

»Kein Grund, den guten Ton zu verlieren, *Nicki*. Du hast mich mindestens genauso ausgetrickst wie ich dich.« Konnte das sein? War er tatsächlich *eingeschnappt*? Das war ja wohl das Letzte!

Zu allem Unheil spürte sie, wie ihr Tränen in die Augen schossen. Sie hatte Angst. Sie verstand nichts mehr. Lauter schlimme Ahnungen kochten über. Etwas Grauenvolles war im Gange und sie tappte blind darin herum. Canon war wahrscheinlich auch irgendwo da drinnen verloren.

»Hey, nicht doch. Aber Nicki. Kunigunde.«

»Halt die Klappe«, murmelte sie und wischte sich ungeduldig über die Augen. Ein paar Sekunden tat er ihr den Gefallen.

»Ich finde, wir sollten das Ganze so schnell wie möglich klären. Dann sehen wir ja, wer wen ausgetrickst hat.« Er versuchte aufmunternd zu lächeln.

Furcht durchrann sie. Wenn er wirklich ein dämonisches Wesen war, was konnte sie gegen ihn ausrichten? Er konnte ja der Teufel sein. Sie musterte sein perfektes Gesicht und schauderte.

»Komm.« Er bezahlte das Essen mit einem zerknitterten Geldschein, an dem Popcorn zu kleben schien, dann fasste er Nicki am Arm und bugsierte sie hinaus auf die Straße.

Nicki hatte das Gefühl, die Nacht müsste schon viele Stunden alt sein, doch als sie einen Blick auf ihr Handy warf, war es erst kurz vor elf. Sie rief ihre Mutter an und erklärte verstört, dass sie noch etwas Wichtiges zu tun hätte, aber mit der Schule sei alles in Ordnung. Ihre Mutter glaubte ihr meistens nicht, wenn sie die Wahrheit sagte, aber diesmal beließ sie es bei dem Hinweis, sie sollte Cornflakes auf dem Heimweg kaufen. Als Nicki das Handy in ihre Pullovertasche zurückschob, stellte sie sich das Gespräch vor, das sie mit ihrer Mutter geführt hätte, wäre sie interessierter gewesen: *»Was hast du denn so Wichtiges zu tun, liebes Kind?« »Ach, ein Inkubus hat mich aus einer Drogenhöhle gerettet, jetzt gehört ihm mein Körper, aber der Pakt hat ein paar Unstimmigkeiten, die müssen wir noch aus dem Weg räumen.« »Ach so. Ich hoffe, du hast etwas Warmes zu Abend gegessen?« »Ja, Mutter, der Inkubus hat mich eingeladen.«*

Tallis wollte wieder, dass sie sich bei ihm unterhakte, aber sie riss ihre Hand los. Während sie durch die belebten Straßen gingen, irrte Nickis Blick auf der Suche nach Hilfe durch die Bars und Restaurants. Alles war voller Menschen, die redeten. Nie war ihr aufgefallen, wie vollgestopft die Welt mit Worten war. Die Luft zitterte buchstäblich davon. Sie sah niemanden, der nicht in ein Gespräch verwickelt war oder eine Speisekarte las oder eine Zeitung, ein Buch, etwas auf dem Handy. Andere hörten Musik und formten mit den Lippen lautlos den Text. Nicki hatte immer geglaubt, die Welt sei voller Bilder, aber jetzt sah sie ihr Buchstabenskelett. Sogar diese Erkenntnis bestand aus Worten! Ob sie überhaupt denken konnte ohne Worte? Und fühlen, wenn sie die Gefühle nicht benennen konnte? Wie viel blieb von ihr übrig, wenn sie die Sprache wegnahm? Ihr Körper. Obwohl, wenn es das Wort ›Körper‹ nicht mehr gäbe, gäbe es streng genommen ja nicht einmal mehr den. Nur noch ein undefiniertes, irgendwas empfindendes Ding inmitten lauter Dinge.

Diese Überlegungen zerrten wie Flämmchen ins Unbekannte und Nicki spürte, dass sie Ruhe und Zeit brauchte, um ihnen zu folgen. Jetzt musste sie erst mal ihre Gedanken zu Tallis ordnen. Sie beobachtete sein Spiegelbild in den Schaufenstern. Er machte nicht den Eindruck zu wissen, wo es langging, sondern hielt sich einen halben Schritt hinter Nicki, die Hände in den Manteltaschen.

Als sie eine Weile so herumgeirrt waren, drehte Nicki sich entnervt zu ihm um. »Wo müssen wir denn hin?«

»Das musst du entscheiden. Die Kanzlei taucht nicht einfach so auf. Carpe diem – nutze die Fantasie.«

»Das heißt ›nutze den Tag‹.«

»Echt? Tage sind doch völlig überbewertet. Bist du sicher, dass es ›nutze den Tag‹ heißt?«

Sie ballte die Fäuste. »Ich soll uns an einen Ort bringen, den es nicht gibt, ohne zu wissen, wie man hinkommt. Richtig so weit?«

»Genau. Wenn der Mensch weniger weiß, dann handelt er intuitiv. Aber du möchtest ja alles verstehen. Also, die Kanzlei ist kein Teil dieser Welt. Sie befindet sich genau zwischen Welt und Unterwelt. Sie ist der Verbindungsort. Deshalb wird die Kanzlei dir, sobald wir sie betreten, so real vorkommen wie unsere jetzige Umgebung. Was für Unterhaltskosten das bedeutet, kann ich dir gar nicht sagen. Jedenfalls, den Zugang musst du schon selbst bezahlen, und zwar mit deiner Realität. Erachte es als Wegzoll.«

»Was *heißt* das?«

»Es heißt, du konzentrierst dich darauf, die Kanzlei zu finden. Du musst kreative Willenskraft aufbringen. So, wie du uns vorher aus der Klokabine gebracht hast.«

»Ich wusste nicht, dass ich das war.« Sie blinzelte. »Wie habe ich das gemacht?«

»Du hast dir vorgestellt, wo der Fluchtweg sein könnte. Und dann hast du dafür bezahlt, dass er auch real wurde.«

»Wie bezahlt?«

»Na, mit Vorstellungskraft, mit Realität. Du hast ein wenig Realität dafür geopfert. Ich erkläre dir das gerne ausführlich, wenn wir weitergehen.« Er fasste sie am Ellenbogen. Nicki war zu sehr in Gedanken, um ihn abzuschütteln, und trottete mit.

»Also, ich kann alles real machen, wenn ich es mir wünsche? Dann könnten doch alle Menschen, keine Ahnung, zaubern!«

»Das tun sie auch«, sagte er sehr ernst. »Die ganze Zeit passieren Dinge, weil Menschen sie sich vorgestellt haben. Allerdings ist ihr Einfluss längst nicht stark genug, um komplexe Realitäten zu verändern, an denen die Vorstellungskraft unendlich vieler Wesen gewirkt hat. Vorhin, bei unserer Flucht, war es möglich, weil Frau La Psies Boudoir ohnehin nur ein Gemisch aus Realität und Fließendem Wort ist. Die Dinge dort sind nicht alle fest in dieser Welt verankert, deshalb konntest du sie leicht verändern. Und so ist es auch mit dem Weg in die Kanzlei: Er existiert nicht materiell, bevor du ihn nicht materialisierst. Deswegen kannst du auch selbst bestimmen, wo er anfängt und wo er endet.«

»*Wie?*«

»Du weißt doch, was eine Kanzlei ist? Lass dich von deinen Vorstellungen leiten.«

»Das ergibt überhaupt keinen Sinn. Wie soll denn …«

»Zimtschnecke?« Er zog tatsächlich eine zerdrückte, angeknabberte Zimtschnecke aus seinem Mantel. Das war also das ›Parfüm‹, das sie vorhin wahrgenommen hatte.

»Nein danke.«

Er nahm ein paar Bissen, dann steckte er das Gebäck wieder ein und wischte sich die Krümel vom Kragen.

Nicki hatte eine Grundschulfreundin gehabt, deren Mutter Anwältin gewesen war. Einmal hatte sie sie in ihre Kanzlei mitgenommen. Sie erinnerte sich an Metallschränke voller Ordner und einen kühlen Warteraum, wo die Kaffeemaschine und der Kopierer ihre warmen Gerüche ausdünsteten wie ewig wartende Klienten. Schwer vorstellbar, dass ein solcher Ort die magische Verbindung zur Unterwelt sein sollte.

Eine Weile liefen sie vergeblich durch die Stadt. Dann tauchte ein U-Bahnhof auf und Nicki schlug vor, die Bahn zu nehmen.

»Muss das sein?«, murmelte Tallis.

»Geschwindigkeit hilft mir beim Nachdenken.«

Sie stiegen ein, ohne zu gucken, in welche Richtung es ging. Das gelbe Licht, die säuerliche Luft, die zerkratzten Fenster, alles beruhigte Nicki durch die Vertrautheit. Sie ließ den Blick über die Leute schweifen, machte sich im Kopf Skizzen und dachte an Canon … Wahrscheinlich wusste er das, was sie heute Nacht erfahren hatte, schon seit Langem. Dass er ihr so viel verheimlicht hatte, verletzte sie, auch wenn er bestimmt seine Gründe gehabt hatte.

Nicki versuchte diese Gedanken zu verdrängen und sich sämtliche Kanzleien ins Gedächtnis zu rufen, die sie aus dem Fernsehen kannte. Aber bei jedem Ruckeln der Bahn musste sie daran denken, wie sie durch die Lüfte geschwebt waren, und ein Teil von ihr weigerte sich noch immer beharrlich, das zu akzeptieren.

»Wie viele Menschen wissen von euch?«, fragte sie Tallis.

»Natürlich nur die, mit denen wir Pakte schließen«, wisperte er. Seit sie in die U-Bahn gestiegen waren, schien ihm schlecht geworden zu sein. Er kauerte mit verschränkten Armen auf dem Sitz und atmete auffällig nah an ihr, als wollte er sie beschnuppern. »Es gab mal eine Zeit, da wurden Leute auf Scheiterhaufen verbrannt, weil sie mit uns paktierten. Ist nie salonfähig geworden, sich zu uns zu bekennen.«

»Verstehe.« Sie rückte von ihm weg. »Alle Politiker und reichen Leute verdanken euch dann wohl eine Menge.«

»Aber nein, das ist eher die Ausnahme. Wir fühlen uns zu *Realität* hingezogen. Zu Menschen mit Herzenswünschen und Selbsterkenntnis. Du strahlst sehr viel davon aus. Darum wollten dich ja Frau La Psie und ihre Gäste unbedingt haben.« Er schien es als Kompliment zu meinen, aber Nicki fühlte sich dabei wie ein Stück Fleisch.

»Die Leute, die nach Macht und Reichtum streben, glauben meistens nur, etwas zu wollen, und überlagern mit diesen Scheinwünschen ihr Potenzial, eigenständige Wünsche zu entwickeln. Sie spiegeln etwas, während andere aus sich selbst heraus leuchten. Würde es dir was ausmachen, beim nächsten Halt auszusteigen? Die elektrische Aura hier drinnen macht mich fertig. Ganz zu schweigen von dem Maurerdekolleté auf neun Uhr.«

Sie verließen die Bahn und wanderten Richtung Ausgang. Sie waren an einer großen, vornehmen Einkaufsstraße: Schaufenster säumten ihren Weg, in denen Kleidungsstücke, Küchengeschirr und Schmuck wie Grabschätze aufgebahrt waren.

»Warum waren die Leute alle so jung bei Frau La Psie?«

»Wir bevorzugen junge Leute vor allem deshalb, weil sie nicht so austicken wie Erwachsene, wenn sie von uns erfahren. Außerdem machen junge Körper mehr Spaß.«

Sie nickte verbittert. Bestimmt gab es noch einen dritten Grund, warum sie lieber mit Kindern und Jugendlichen paktierten: Sie konnten sich nicht zur Wehr setzen wie Erwachsene. Aber das verschwieg der Dämon natürlich.

Die Boutiquen und Luxuskaufhäuser wichen bald den üblichen Filialen, die man auf jeder Einkaufsmeile der Welt fand. Bei einer Unterführung, wo es zur S-Bahn ging, tigerte ein Obdachloser auf und ab, einen Hohlraum in den steten Strom der Passanten malend. Zotteliges Haar hing ihm über den nackten Rücken, sodass er Nicki an einen Indianerhäuptling mit Federschmuck erinnerte. Ihre Blicke trafen sich.

»Guck doch!«, rief er. »Guck doch mal weiter! Ein Leben, die Liebe zu zweit, Dreifaltigkeit zum Anbeten, aber alle schielen nur auf die Moneten!«

Nicki bog nach rechts in eine Gasse, als er mit schlenkernden Armen auf sie zukam. Tallis war dicht hinter ihr. Der Boden begann zu vibrieren, als eine S-Bahn schräg über ihnen vorbeirollte.

Nicki spürte, wie Tallis eine Hand auf ihren Rücken legte, und sie folgte seinem Blick: Vor ihnen lag ein hohes, aus Dutzenden Fenstern leuchtendes Steingebäude, umkränzt von einer Treppe.

»Ich glaube, du hast sie gefunden.«

Der Schlund der Unterwelt

Nicki kannte das Gebäude. Sie hatte schon mal ein Foto in einem Zeitschriftenartikel gesehen, in dem es um Berliner Universitäten ging: Es war das Gebrüder-Grimm-Zentrum, eine Bibliothek für Studenten. Man konnte von außen auch welche sehen, die mit Plastiktüten durch die Eingangshalle schlurften, in Kaffeebecher pusteten oder Handys zwischen Ohr und Schulter balancierten. Ein stilles Gefühl der Bewunderung stieg in Nicki auf. Sie wollte nach der Schule auch studieren – Malerei oder Chemie oder Literaturwissenschaft, das würde sie dann noch sehen. Es wäre wie Schule, nur dass sie das lernen könnte, was sie wirklich interessierte. Dann hätte sie im großen Bauwerk der Wissenschaften ein eigenes Zimmer gemietet, wäre frei und unabhängig ... würde arbeiten und alt werden ... An ihre Zukunft zu denken tröstete und betrübte sie gleichermaßen, und sie konnte nie entscheiden, ob es daran lag, dass alles so vorhersehbar war, oder daran, dass überhaupt nichts vorhersehbar war.

»Sieht so aus, als würde sie gerade schließen«, meinte Tallis. »Beeilen wir uns.«

Sie stiegen die Stufen empor und warteten, bis eine Gruppe diskutierender Studenten durch die Drehtür gekommen war. Dann schlüpften sie selbst hinein.

Zu Nickis Überraschung trat Tallis nicht in die Eingangshalle, als sie eine halbe Umdrehung gemacht hatten. Stattdessen schob er die Tür noch schneller an. Bei der zweiten Umdrehung hatten sie schon so viel Fahrt aufgenommen, dass Nicki nicht mehr sehen konnte, ob man ihnen befremdliche Blicke zuwarf. Bei der dritten Umdrehung wurde ihr allmählich schwindelig. Tallis schob weiter. Sie joggten jetzt um sich selbst. Endlich zog Tallis Nicki schwungvoll in die Eingangshalle.

Das Licht schien für einen Sekundenbruchteil zu verwischen.

Alle beobachten uns, durchschoss es Nicki. Tatsächlich herrschte ein Lärm und ein Trubel um sie herum, der eine Menschenansammlung verhieß. Als sie sich umblickte, war jedoch kein einziger Student mehr zu sehen. Was daran lag, dass die Eingangshalle verschwunden war.

Sie befanden sich nun in einer Art Kathedrale mit mächtigen Portalen, hinter denen identische Kathedralen zu liegen schienen. Die steinernen Fassaden waren grünlich und schwarz angelaufen, als hätte sich das Räucherwerk von Jahrhunderten dort abgelagert. Darunter konnte man noch immer die gigantischen Engel erkennen, die ihre Schwerter durch die Hälse von Ungeheuern fegten oder Schilde gegen Feuer speiende Drachen hoben. In von Säulen umschlossenen Nischen glommen Gemälde aus Gold und verblassten Farben. An der Decke liefen sämtliche Pfeiler in ein kompliziertes Geflecht zusammen, das den Eindruck erweckte, der Stein verwandle sich in eine weichere, fließende Konsistenz. Dazwischen war Buntglas eingesetzt, das Festgelage, Jagdszenen, verschlungene Liebespaare und Kreaturen zeigte, die weder Mensch noch Tier waren.

Die Gewölbe waren voller Leute. Aufgeregt plappernde Mädchen standen herum und verursachten Staus, Männer in Fräcken und mit hohen Zylindern führten Damen am Arm, deren gepuderte Frisuren die Form von Schiffen hatten, eine Greisin ließ sich den Weg von ihren Bodyguards frei machen. Kinder rannten johlend zwischen ihren Beinen hindurch und warfen Knallfrösche. In einer Nische öffnete sich ein Gemälde und zwei lachende junge Männer kamen heraus, umspült vom Lärm einer Jazzbar.

Doch es herrschte nicht nur ausgelassene Stimmung. Nicki fing den verstörten Blick eines Mannes in mausgrauem Anzug auf, den eine schöne Frau hinter sich her zerrte. Ein Mädchen, kaum älter als Nicki, kauerte weinend vor einem Altar mit Kerzen. Ungerührt ging ein muskulöser Mann an ihr vorbei, der einen ohnmächtigen oder schlafenden Jungen in den Armen trug, und als Nicki ihm nachblickte, erschrak sie: Die Drehtür, durch die sie gekommen waren, rotierte jetzt in einem Portal. Dahinter war *nichts*.

»Guck nicht zu lange in die kosmische Möglichkeitsüberlappung, die ist blickschluckend.« Tallis tätschelte ihr die Schulter. Dieser ständige Körperkontakt irritierte Nicki, aber ausnahmsweise war sie froh, dass er sie von der langsamer werdenden Drehtür wegbugsierte. Das *Nichts*, in das sie geblickt hatte, blieb als Flimmern vor ihren Augen haften. Sie öffnete den Mund, brachte aber nicht einmal ein Fiepen zustande.

Die Welt. Einfach verschwunden. Der Logik ihrer Wahrnehmungen: jeglicher Boden entzogen. Das ließ sich nicht nebenbei verkraften.

Nicki grub die Finger in Tallis' Mantel. »Wo sind wir? Was ist das?«

»Hab keine Angst. Wir sind in der Kanzlei. Im Schlund der Unterwelt, wie man so schön sagt. Du kannst zurückkehren, wann immer du möchtest.« Er lächelte sich Grübchen ins Gesicht, und obwohl sie wusste, dass dieses Lächeln nur darauf abzielte, sie zu beruhigen, funktionierte es. »Außerdem bin ich doch verpflichtet, dich zu retten, schon vergessen? Dir kann also gar nichts passieren.«

»Nur wenn der Pakt gültig ist.«

Er machte die Augen schmal. »Wenn du schlau wärst, würdest du mir deinen Namen jetzt verraten.«

Sie ging gar nicht erst darauf ein. *Im Schlund der Unterwelt.* Die Leute ringsum mussten das wissen. Wie konnten sie dann so unbeschwert sein? Dabei kam ihr ein grauenvoller Gedanke: Waren sie überhaupt Menschen?

Nicki traute sich nicht zu fragen. Etwas in ihr wollte zusammenschrumpfen und welken, um sich nicht mehr an den Unmöglichkeiten ringsum zu schneiden. Doch Tallis führte sie schulterklopfend durch eins der Portale.

»Jucitell!«, rief eine schrille Frauenstimme.

»Oh nein«, murmelte er. Und lauter: »Snesane, Zuckerbäckchen!«

Aus der Menge löste sich eine bebrillte, dicke Frau in einem mittelalterlichen Samtkleid, das ihre Leibesmitte wie einen Schinken verschnürte. Ihre Augen schienen hinter den Gläsern vor Traurigkeit vergrößert wie zwei über die Ufer getretene Seen. Sie packte Tallis und vergrub ihn in ihrem mächtigen Dekolleté.

»Ich habe gehört, du hast mich in Frau La Psies Boudoir mit einem Mädchen verwechselt? Dass du an mich denkst! Mir kam es schon so vor, als hättest du mich in letzter Zeit gemieden. Es geht mir so schlecht. Ich habe immer noch keine neue Domäne gefunden, diese scheußlichen Menschen heutzutage ... aber du scheinst ja immer noch auf Erfolgskurs zu sein. Die Domäne kenne ich gar nicht. Wunderhübsch.« Sie wickelte sich eine Strähne seines Haars um den Finger.

Er befreite sich aus ihrer Umarmung. »Ja, wie hast du mich eigentlich erkannt?«

»Ich rieche doch meine Tränen an dir. Oh Jucitell, ich laufe hier schon so lange herum und warte auf dich.«

»Das ist ja ...« Er lachte unruhig. »Reizend. Wie du siehst, bin ich in Begleitung: Das ist Nicki, oder auch nicht. Nicki, Snesane, eine Brunnendämonin.«

Sie warf Nicki einen Seitenblick zu. »Nicki oder auch nicht – der Name ist ja keine Blase am Fuß wert. Mit der hast du mich verwechselt? Ach, ich würde jede Domäne nehmen, du weißt ja, dass ich verzweifelt bin. Aber du kannst dir deine doch aussuchen. Was willst du mit der?«

Nicki lächelte angespannt. Von jemandem, der nicht gerade mit Schönheit gesegnet war, hätte sie mehr Nachsicht erwartet.

»Wir müssen weiter, Nicki muss morgen in die Schule. Snesane, wir sehen uns im Schneckenclub, ja?«

»Wann?«

»Ich freu mich drauf, also, bis bald.«

»Wann denn?«

»Bis dann, ich freu mich!« Er winkte, als wollte er eine Fliege vertreiben, dann zog er Nicki durch ein Portal und dahinter durch noch eins. Snesane jammerte Unverständliches.

»Peinlich, was aus alten Flammen werden kann«, murmelte er. »Dabei war Snesane als Brunnendämon mit Suizidgedanken als Essenz mal richtig beliebt bei den Menschen. Heutzutage sitzen aber kaum noch morbide Mägde und Jünglinge am Brunnen und spielen mit dem Gedanken hinabzustürzen. Deshalb nervt sie mich ständig mit Angeboten. Ich soll sie mit Realität füttern, dafür will sie mir dienen. Aber ich steh nicht auf servile Frauen.«

Das Gewölbe, in dem sie sich nun befanden, unterschied sich kaum von den anderen, doch es herrschte nicht mehr so viel Gedränge. Stattdessen standen Leute vor hohen Pulten Schlange, die von unzähligen langen Kerzen beleuchtet wurden. Zwischen den Pulten verloren sich Rolltreppen in unbestimmter Dunkelheit. Nicki bekam wieder das schwindelerregende Flimmern vor Augen, als sie hineinsah.

Tallis erspähte die kürzeste Schlange und reihte sich ein. Die Begegnung mit Snesane schien ihn beunruhigt zu haben; immer wieder blickte er sich um und fuhr sich durch die Haare, um sie in die gewünschte Lage zu bringen.

»Mit Realität füttern, was heißt das? Mit Menschen?«

»Wir wollen euch nicht futtern, wir wollen in euch sein. Sie will eine Domäne.«

»Aber sie hatte doch einen Körper.«

»Der war ja wohl totale Mängelware. Und wahrscheinlich ist es auch ihr einziger. Wie gesagt, sie ist schon lange out.«

Mängelware. Nicki strafte ihn für dieses harte Urteil, indem sie sich abwandte. Snesane hätte ihr leidgetan, wäre sie nicht so unverschämt gewesen. Während sie die Menge beobachtete, kam wieder Panik in ihr auf. Die *Unterwelt.* Wie selbstverständlich alle hier herumspazierten! Zumindest die meisten. Und die anderen, die verstört dreinblickten, sich an Säulen klammerten oder wie auf der Flucht vorüberhetzten, wurden so wenig beachtet wie Bettler auf einer Einkaufsmeile. Nicki senkte den Blick. Sie wollte, sie durfte jetzt nicht versuchen das Ganze zu fassen. Sonst würde sie zitternd zu Boden sinken, und das half auch nichts. Stattdessen begann sie zu grübeln. »Warum wollt ihr überhaupt Körper haben? Die sind doch lästig.«

»Soll das ein Witz sein? Es gibt nichts Schöneres als die materielle Welt! Echte Körper fühlen sich einfach … sie *fühlen* sich *an.* Gar kein Vergleich mit der fließenden Existenz in der Unterwelt.« Er schauderte wohlig. »Nur dafür nimmt man die ganze Mühe auf sich. Schau dich um. Es gibt etwa 7000 Fließwesen, die praktisch unsterblich sind, dazu kommen noch rund 70 000 kleinere Fließwesen, die sich mal von uns abspalten, mal mit uns verschmelzen. Und alle haben diverse Pakte mit Menschen und miteinander. Man verbringt sein halbes Leben mit Behördengängen, aber das ist es wert.«

In kleinen Schritten gelangten sie an die Spitze der Schlange, bis nur noch ein aufgebrachter Mann vor ihnen war, der die Dame am Schalter beschimpfte. Die Dame ließ es ungerührt über sich ergehen. Endlich gab sie eine knappe Erwiderung, woraufhin der Mann sich Flüche knurrend trollte. Tallis und Nicki traten vor.

»Gute Schicht wünsche ich!«, sagte Tallis.

Zwischen ihrer Stachelfrisur und dem Kragen der Bluse, der das geschminkte Gesicht präsentierte wie ein Kuchenteller ein Puddingtörtchen, zeigte sich keine Gefühlsregung. »Name, Anliegen.«

»Jucitell Tallis, Klassifikation Inkubus, und Nicki oder so ähnlich, Mensch. Meine Partnerin hegt Zweifel an der Gültigkeit unseres Paktes, also wollen wir ihn einsehen.«

»Einspruch oder Kontrakteinsicht?«

»Dann eher Kontrakteinsicht.«

Die Pultdame begann mit langen Fingernägeln auf etwas einzutippen, das von unten nicht sichtbar war. »Die Antragsstelle für Kontrakteinsicht befindet sich auf Ebene Ego-15-Z, Warteraum 46, der zuständige Kronzeuge beziehungsweise seine Vertretung wird Sie aufrufen.«

Ein Zettel ratterte über den Rand des Pultes. Die Dame riss ihn mit den Fingernägeln ab und hielt ihn Tallis hin.

»Vielen Dank. Welche Treppe dürf…«

»Ich habe noch ein Anliegen«, sagte Nicki laut. Sie hatte lange nach den richtigen Worten gesucht und keine gefunden – jetzt fürchtete sie, ihre Chance zu verpassen. Sie sammelte ihre Spucke. Tallis starrte sie an, auch die Dame am Schalter schwenkte ihren tödlich gelangweilten Blick zu ihr herüber.

»Ich möchte sehen, in welche Pakte Canon verwickelt ist. Ich weiß leider nicht, wie sein richtiger Name lautet, aber …«

»Nur eigene Kontrakte können eingesehen werden. Ihr Dämon ist dazu verpflichtet, Sie wahrheitsgetreu und vollständig über sämtliche Gesetze und Vorschriften aufzuklären, wenden Sie sich bitte in Zukunft an ihn, sie oder es. Der Nächste!«

Enttäuscht machte Nicki den Wartenden Platz und folgte Tallis zu einer Rolltreppe, wo er den Zettel vom Schalter in eine kugelförmige Maschine einführte, eine Kurbel drehte, sodass eine winzige Melodie erklang, und den Zettel am hinteren Schlitz wieder herauszog.

»Was war *das* denn gerade?«, murmelte er. »Wer ist Canon?«

Nicki wich seinem bohrenden Blick aus, während sie eine Rolltreppe aufwärts bestiegen.

Aus den Stufen drang eine blecherne Kinderstimme: »Passagiere: zwei. Destination: Ebene Ego-15-Z, Warteraum 46. Bitte festhalten.«

Tallis legte eine Hand auf das Geländer. »Ist Canon etwa dein Herzblatt? Na, so ernst kann es ja nicht sein.«

»Wieso?«

»Sonst wärst du nicht für mich empfänglich gewesen, oder?«

»Seh ich so aus, als …« Sie verstummte, als sich etwas um sie herum zu verändern schien.

Das Licht der Hallen war hinter ihnen zurückgeblieben. In der Finsternis schwebten andere Rolltreppen mit Leuten wie kreuz und quer gesponnene Spinnweben. Da fiel ihr auf, dass nicht alle von ihnen geradeherum verliefen. Einige Leute fuhren *kopfüber*.

Kaum hatte sie das bemerkt, ging eine Welle durch ihren Körper. Das Gewicht sackte ihr von den Füßen in die Schläfen.

Sie stürzte.

Die hohe Kunst des Nichtstuns

Ein unbeholfener Schrei fiel ihr aus dem Mund.

»Halt dich fest«, lachte Tallis – *lachte* er wirklich? –, während sie von der Treppe flog, rücklings in die Finsternis. Er packte sie am Knöchel und zog sie zurück. Verschiedene Schwerkräfte schienen in ihr aufeinanderzuprallen wie Flutwellen.

»Du musst an deiner Vernunft festhalten. Von einer Rolltreppe fliegt man doch nicht einfach weg. Man bleibt stehen wie ein Rindvieh, bis man ankommt.«

Nicki versuchte gegen ihre Panik vor einem neuerlichen Sturz anzukämpfen. Wenn es kein Oben und kein Unten mehr gab – wenn alles sowieso Ansichtssache war –, dann konnte sie sich auch nicht das Genick brechen. Das sah sie ein. Aber ihre Gefühle kamen mit ihren Gedanken nicht so schnell mit.

Jedenfalls war sie noch nie so oft wie heute kurz davor gewesen, sich zu übergeben.

Tallis hielt sie vergnügt in den Armen. Die Rolltreppe machte eine Schlaufe und ging plötzlich abwärts. Da erschien ein Lichtquadrat vor ihnen und die Stufen ebbten geradewegs in eine Türöffnung.

»Endstation. Danke für Ihre Mitfahrt«, zwitscherte die blecherne Kinderstimme unter ihnen.

»Alles gut?«, fragte Tallis.

Nicki machte sich ohne Worte von ihm los und tapste in den Raum.

Der Raum war einem altmodischen Klassenzimmer nicht unähnlich. Es gab zweimal vier Reihen Holzbänke, über die sich einige Leute verteilt hatten. Leuchtröhren strahlten müdes Licht von der Decke. Links waren drei Fenster mit heruntergelassenen Blenden. An der Stirnseite des Raumes befand sich eine Tür mit einem Milchglaseinsatz. Eine Tafel hing daneben, auf der mit Kreide stand:

VERMEIDEN SIE UHREN
UND DENKEN SIE NICHT NACH,
BIS SIE AUFGERUFEN WERDEN.
Hortus Portassum, stellvertretender Kronzeuge

Nicki und Tallis nahmen auf der letzten Bank Platz. Obwohl sie die anderen Wartenden nur von hinten sahen, schien es sich bei allen bis auf einen weißhaarigen Greis um Kinder und Jugendliche zu handeln, die paarweise hier waren.

Tallis bemerkte, wie Nicki zum Greis starrte, und neigte sich an ihr Ohr. »Vielleicht hat der Mann seinen eigenen Dämon erschaffen, und er und der Dämon teilen sich seinen Körper. Das gelingt nur genialen Menschen.«

Sie nickte, obwohl sie diese Informationen nicht verarbeiten konnte. Es war zu viel auf einmal. 7000 unsterbliche Fließwesen gab es, hatte Tallis gesagt. Plus 70000 kleinere Fließwesen, was auch immer das bedeuten mochte. Vielleicht waren damit solche Dämonen gemeint, die Leute sich selbst erzeugt hatten. Aber das waren bloß Worte für Begebenheiten, die sie sich überhaupt nicht vorstellen konnte. Aufgeregte Stimmen drangen durch die Tür mit dem Milchglasfenster.

»Nein«, kreischte jemand. »Nein, nein!«

Die Tür wurde aufgerissen und eine junge Frau eilte schluchzend Richtung Rolltreppe. Eine zweite Frau erschien, ließ ihren Blick über die Wartenden schweifen, trat ihre Zigarette aus und stöckelte gelassen hinterher.

Auf der Treppe draußen wurde das Schluchzen lauter, doch ehe

Nicki etwas von ihrem Gespräch hören konnte, hatte die Dunkelheit sie verschlungen.

Von jenseits der Tür drang eine tiefe Bassstimme: »Die Nächsten bitte: Jesaja und Eva.«

Ein Junge und ein Mädchen erhoben sich und gingen ins Zimmer. Beide sahen so niedlich aus, dass Nicki gut nachvollziehen konnte, dass man einen Pakt mit ihnen schloss – wer von beiden auch immer der Dämon war. Unwillkürlich schauderte sie. *Jeder* konnte besessen sein. Vielleicht war sie schon oft Fließwesen begegnet, ohne es zu ahnen. Wenn sie nicht schon vorher Menschen im Allgemeinen misstraut hätte, wäre es spätestens jetzt so.

Zeit verging. Der Greis blätterte in einer arabischen Zeitung, doch abgesehen vom Knistern des Papiers herrschte sirrende Stille im Raum. Jemand änderte seine Sitzposition. Die Holzbank knarrte.

Nicki überschlug die Beine mal so, mal so und wippte mit dem Fuß. Tallis starrte mit tranceartiger Ruhe vor sich hin. Als wäre er gar nicht mehr da. Vielleicht spürte er ihren Verdacht, denn in dem Moment lehnte er sich zu ihr herüber und flüsterte: »Hier vergeht nur so viel Zeit, wie du empfindest. Wenn du gar nichts tust, dauert es auch keine Jahre.«

»Jahre?!«

Er warf einen bedeutungsvollen Blick zu dem Greis hinüber.

Nicki versuchte sich zu beruhigen und nahm ihren Rucksack auf den Schoß, um ihn zu umklammern. Es würde alles gut werden. Früher oder später kam sie nach Hause.

Nach Hause … Nach zwei Jahren fühlte sich die Zweizimmerwohnung ihrer Mutter immer noch wie eine Notlösung an. Da waren Schubladen in ihrem Zimmer, deren Inhalt sie nicht kannte und auch nicht kennenlernen wollte. Als sie noch bei ihrem Vater gewohnt hatte, war das Chaos immerhin ihr Chaos gewesen. Nichts davon gab es mehr. Sie hatten die Wohnung auflösen müssen.

Ihre Finger gruben sich tiefer in den Stoff des Rucksacks. Wenn sie aus diesem ganzen Wahnsinn herauskam, würde sie nur in einen anderen zurückkehren. Die deutliche Erinnerung ans Fliegen mit Tallis, das blickschluckende Nichts hinter der Drehtür, die Achterbahnfahrt auf der Rolltreppe – all diese Unmöglichkeiten verlangten, in ihr Leben einsortiert zu werden, obwohl sie überhaupt nicht *passten*. Zumindest das Gefühl, dass sich etwas Falsches mit dem Richtigen zur Unkenntlichkeit vermischte, kannte sie gut dank ihrer Eltern.

Sie merkte, dass sie die Luft angehalten hatte, und atmete langsam aus. Es war nur fast ein Seufzen. Dass Menschen andere Menschen erzeugten und dann für sie verantwortlich waren, kam ihr wie einer der vielen grausamen Fehler der Natur vor. Dass Dämonen von Menschen Besitz ergriffen, war nur ein weiterer.

Nicki irrte durch ungute Erinnerungen und vage Ängste, bis sie nicht mehr stillsitzen konnte. Sie wusste nicht, wie viel Zeit vergangen war, aber ihr Hintern schmerzte. Sie stand auf und ging zu den Fenstern. Ein wenig Licht drang durch die Blenden. Sie schob sie zur Seite.

Was sie sah, verschlug ihr den Atem.

Genau genommen *sah* sie nicht wirklich etwas. Es war mehr, als würde sie die Augen schließen und in wilde Muster stürzen. Farbschlieren, monströse Formen und Sonnenstrahlen wuchsen ineinander, brachen auseinander hervor, rasten auf sie zu. Erschrocken taumelte sie zurück und gegen Tallis. Er war ihr unbemerkt gefolgt. Ihm schon wieder so nah zu sein erschreckte sie gleich noch einmal und sie machte einen Schritt von ihm weg.

»Das ist die Unterwelt«, erklärte er flüsternd. »Sie ist nicht gefährlich für deine Augen, aber anstrengend, da sie von deiner Realität zehrt. Schau ruhig noch mal hinaus.«

Sie schob die Blende wieder ein Stück zur Seite.

Es war unglaublich. Sie erkannte verschwommene Landschaften aus mächtigen Gebirgen, unrealistisch verlaufenden Flüssen und Wäldern, in die sie weit hineinblicken konnte wie in tiefgrün leuchtende Höhlen; doch von alledem war immer nur ein Punkt scharf zu erkennen, der wie ein Funke davonhüpfte und anderswo wieder auftauchte. Es war wie ein flüssiges Bild, das sich veränderte, ohne dass man die Veränderung mitbekam.

»Was siehst du?«, wollte Tallis wissen.

»Keine Ahnung. Alles. Wälder. Oder … nein, eine Steppe. Hügel. Berge. Was ist das für ein Schloss?«

»Welches Schloss?«

»Es steht zwischen den Hügeln. Mit weißen Türmen. Mit gläsernen Kuppeln. Und einem Brunnen davor.«

Tallis ließ den Kopf gegen die Wand sinken. »Und weiter?«

»Hirsche und Rehe sind auf der Wiese. Jetzt laufen sie in den Wald. Die Bäume … sind riesig. Ein ganz stiller schwarzer See. Und die Rehe …« Plötzlich trat eine Gestalt zu den Rehen. Es war – aber das konnte nicht sein!

»Canon!« Er streichelte die Tiere. Nicki wagte nicht den Blick von ihm zu wenden, aus Angst, ihn dann nie wieder zu sehen.

»Das ist nicht wirklich Canon«, beruhigte Tallis sie. »Du blickst gerade in dich selbst.«

Sie verstand, und doch verstand sie es nicht. Sie sah ihn doch. Ganz deutlich. Das Licht flackerte, die Rehe hoben ihre Köpfe. Laub torkelte durch die Wipfel, zersplitterte den See, die Bäume verschlossen sich zu Dunkelheit, wurden Nacht, wurden Winter. Leere riss in ihr auf, als hätte sie ihn für immer verloren.

»Du bist eine waschechte Romantikerin.«

Sie wurde rot. Hätte sie ihm doch bloß nicht gesagt, was sie gesehen hatte. Ein Schloss mit einem Brunnen und Rehe … und mitten darin Canon. Wie kitschig war das denn?

»Du hast Schönheit in dir«, sagte er ernst, beinahe prüfend.

»Komplimente bewirken nicht, dass ich dir meinen Namen verrate.« Sie ging vom Fenster weg und ließ sich auf die Bank plumpsen.

Tallis setzte sich neben sie. »Also, wer ist dieser Canon?«

Sie öffnete ihren Rucksack, den sie neben der Bank abgelegt hatte, und zog ihr Biologiebuch heraus, um zu lernen.

Er zuckte die Schultern. »Wenn du nicht über ihn reden willst, ist er vermutlich ein armseliges Würstchen. Keine Sorge, du bist nicht die erste Frau, die auf ein Würstchen abfährt. Das ist seltsamerweise fast immer so.«

Sie klappte ihr Buch auf und hielt es sich vors Gesicht, ohne zu reagieren. Zumindest reagierte sie nicht so, dass er etwas davon mitbekam. Doch im Schutz ihres Buches spürte sie, wie erneut Hitze durch ihre Wangen pochte.

»Es ist keine gute Idee zu lesen. Je mehr du tust, umso länger sitzen wir hier.«

Sie hielt das Buch noch etwa zehn Sekunden vor sich, aus reiner Sturheit. Dann schob sie es zurück in ihren Rucksack. Sie konnte jetzt sowieso nichts als unwichtige Halbwahrheiten darin erkennen. Mit einem tiefen Atemzug schloss sie die Augen und versuchte an nichts zu denken.

Das war fast unmöglich. Tallis' Worte drängten sich immer wieder in ihr Bewusstsein und ließen sich nur vertreiben, indem sie sich ins Gedächtnis rief, was sie hinter dem Fenster gesehen hatte. Doch noch mehr als sie von der aberwitzigen Landschaft erstaunt war, schämte und ärgerte sie sich, sie Tallis beschrieben zu haben. *Du bist nicht die einzige Frau …* Niemand hatte sie je eine Frau genannt. Irgendetwas daran war grundpeinlich.

Nach einer halben Ewigkeit öffnete sich die Tür und die Kinder gingen Hand in Hand hinaus. Aus dem Raum erscholl die tiefe Stimme: »Die Nächsten bitte: Nalwousa Hatsir und Nana!«

Zwei junge Männer erhoben sich und verschwanden hinter der Tür mit dem Milchglasfenster. Wieder legte sich die schwere Stille des Wartens über den Raum.

Nicki zog die Beine an und stellte ihre Fersen auf der Bank ab, um ihren Kopf auf den Knien abzulegen. Sie war eine Frau, ob es ihr peinlich war oder nicht. Und im Biologiebuch stand nichts, was ihr hier weiterhelfen konnte. Wenn die Welt unbegreiflich war, wollte sie lieber gar nichts wissen.

Fotoapparate haben kein Geschlecht

Bevor sie Canon kennenlernte, wusste Nicki nicht, was es hieß, sich mit jemandem zu verstehen. Sie hatte immer Freunde gehabt, bis zur achten Klasse sogar richtig viele. Aber gemeinsam etwas zu unternehmen und Spaß zu haben war nicht ganz dasselbe wie sich zu verstehen.

Das war eine und vielleicht die wichtigste Erkenntnis, die sie Canon verdankte.

Wenn sie miteinander redeten, fügten sich ihre Gedanken ineinander und bildeten wie von selbst witzige oder zärtliche Treppen in die Unendlichkeit. Zwar erzählten sie selten von Ereignissen aus ihrem Leben, aber was sie aus den Ereignissen ableiteten – ihre Meinung zu allem möglichen, ihre Theorien über die Menschen und ihre Weltanschauung im Allgemeinen –, das gaben sie ohne Vorbehalt vor dem anderen preis. Wie oft hatte Canon in den schwermütigen Sackgassen, in denen sie sich befand, Bodenklappen und Fenster entdeckt! Was sie längst erkannt zu haben meinte, konnte er wenden und in etwas Neues verwandeln. Und so, wie seine Augen manchmal blitzten, wenn sie ihre Ideen mit seinen mischte, schien sie doch eine ähnliche Wirkung auf ihn zu haben.

Bei ihrer ersten Verabredung hatte sie davon noch nichts geahnt. Sie schlief schlecht vor Nervosität, ging immer wieder sämtliche Möglichkeiten durch, mit denen zu rechnen war – sie könnte sich blamieren, er ein Psychopath sein, es könnte überhaupt nichts zu bereden geben –, und änderte stündlich ihren Beschluss, ob sie überhaupt aufkreuzen sollte. Wer war er denn? Ein seltsamer Typ, der Leute in der S-Bahn abmalte und sich unglaubliche Zaubertricks antrainierte. Bestimmt war er ein Psychopath und bestimmt blamierte sie sich.

Aber vor allem war er ein Junge in ihrem Alter. Und das hieß, sie hatten ein Date.

Das bloße Wort ließ sie vor Scham glühen. Freunde von ihr hatten schon Beziehungen und den Kram. Nicki fand das ganz normal und hatte sogar einen Ruf, gute Ratschläge zu erteilen. Sie konnte sich nur nicht vorstellen, selbst eine Beziehung zu führen.

Am Morgen vor dem Treffen sah sie in den Spiegel und fand zum ersten Mal überhaupt, dass sie Ähnlichkeit mit ihrer Mutter besaß. Dabei waren sie ganz unterschiedliche Typen, ihre Mutter blond, langgesichtig, eher schön. Doch das schmelzende Leuchten in ihren Augen, wenn Michael da war, oder vor Michael der Fahrradverkäufer, und vor dem Fahrradverkäufer der andere Kerl, dessen Namen sie schon nicht mehr wusste – dieses Leuchten glaubte Nicki jetzt in ihren eigenen Augen wiederzuentdecken. Es war, als hätte sich ein fremdes Wesen in ihr eingenistet.

Darum und auch weil der Junge sie das letzte Mal ungeschminkt gesehen hatte, ließ sie die Wimperntusche und den Kajal heute weg. Sonst dachte er noch, sie hätte sich für ihn aufgebrezelt.

Mit grimmiger Miene verließ sie die Wohnung. Es war kurz vor sechs Uhr morgens. Der Schnee, der bei ihrer letzten Begegnung noch die Welt überzuckert hatte, war zu grauen Krusten getaut. Die Luft hinterließ ein nasses Gefühl in den Lungen, zumal Nicki besonders tief atmete, um das Zittern in ihren Gliedern zu beschwichtigen.

Sie setzte sich in das letzte Abteil der S-Bahn, schob ein Knie gegen das Fenster und legte das neu gekaufte Skizzenbuch auf ihren Schoß. Die ersten paar Zeichnungen, die sie hineingemalt hatte, waren vorsorglich wieder herausgerissen worden, weil sie an allen etwas auszusetzen gehabt hatte.

Plötzlich wurde ihr bewusst, was sie anhatte: Leggins, langes Top, Kapuzenpulli. Bis heute hatte sie diese Kombination für eine neutrale Erscheinung gehalten, aber jetzt fiel ihr auf, wie weiblich der Aufzug war. Denn Männer trugen keine Leggins. Und das Top wirkte wie eine Kleinmädchenversion von einem Minirock. Sie fühlte sich tussihaft und kindisch zugleich. Zu allem Unheil bemerkte sie, dass sie rosa Socken von ihrer Mutter trug. Hastig stopfte sie die Leggins in ihre Schuhe, damit man davon nichts sah.

Überhaupt war es keine gute Idee, jetzt über Männer und Frauen und die Unterschiede in ihrem Aussehen nachzudenken – sie wollte ein Seestern sein, oder noch besser ein Seeigel. Irgendwas Geschlechtsloses jedenfalls.

Vor der Haltestelle Neukölln steigerte ihre Nervosität sich so sehr, dass sie drauf und dran war, aus der Bahn zu flüchten. Aber die Gelegenheit bot sich nicht: Schon stieg der Junge ein.

Er sah sie sofort und kam mit einem Grinsen auf sie zugeschlendert. »Morgen.«

Er sank auf den Sitz gegenüber, ganz schlaksige Arme und Beine. Er trug dasselbe Cordjackett und die Schiebermütze wie letztes Mal. »Ist dir nicht gut?«

Ihr wurde bewusst, dass sie eine trotzige, geradezu beleidigte Grimasse zog, weil sie sich so ungeschminkt nicht traute zu lächeln. Sie glättete ihre Stirn. Es fühlte sich an wie die schwierigste Aufgabe, die sie je bewältigt hatte. »Nee. Ist ganz schön früh.«

»Du hast dir ein Skizzenbuch zugelegt. Ist schon was drin?«

Während er das Papier des Buches, ihre Bleistifte und Tintenroller inspizierte und zu allem eine professionelle Meinung abgab, schwand Nickis Aufregung allmählich. Sie hatte völlig überreagiert. Es war gar kein Date, es war … nun, eben das, was sie ausgemacht hatten: ein Treffen, um gemeinsam zu zeichnen. Wie war sie bloß darauf gekommen, dass er etwas anderes im Sinn haben könnte? Die Welt, in der Jungen und Mädchen sich nur aus einem bestimmten Grund begegneten, zerplatzte an seinem freundlichen, offenen Gesicht wie eine Seifenblase.

Sie begannen bald zu zeichnen. Weil Canon sich den alten Mann aussuchte, der ihnen am nächsten saß, wählte Nicki eine telefonierende Frau mit Kopftuch, die etwas weiter entfernt stand. Leider bewegte sie sich viel zu viel und setzte sich schließlich so, dass Nicki sie überhaupt nicht mehr sehen konnte.

»Einfach weitermachen«, sagte Canon. »Such dir den nächsten.«

Weil niemand sonst da war, wandte sie sich ebenfalls dem alten Mann zu. Falls er die Aufmerksamkeit der beiden spürte, die immer wieder Blicke über den Rand ihrer Bücher warfen, so ließ er sich nichts anmerken und stand gewissenhaft Modell.

Nicki war nicht zufrieden mit ihrem Ergebnis. Auf dem Papier sah der Mann untersetzt aus, die Schattierung seiner Falten wirkte wie ein Vollbart.

Canons Zeichnung hingegen war so treffend, als hätte er nicht nur das Aussehen des Mannes erfasst, sondern auch sein Wesen: Eine stille Aufmerksamkeit glomm in seinen Zügen, so als warte er auf etwas, das gleich im Fenster erschien. Nicki staunte. Sie erkannte in der Zeichnung nicht nur den Mann wieder. Sie erkannte plötzlich die Zeichnung in dem Mann.

»Ich übe viel«, sagte Canon achselzuckend, um Nickis Bewunderung herunterzuspielen.

»Das Bild erzählt eine Geschichte«, stellte sie fest.

Obwohl er sich um einen ruhigen Ton bemühte, hörte Nicki jetzt deutlich den Stolz durch seine Bescheidenheit hindurchbrodeln: »Ich übe ja auch nicht nur meine Hand, sondern auch meine Augen. Um die Dinge zu erkennen, wie sie wirklich sind.« Er schien zu merken, wie altklug das geklungen hatte, und begann nervös den Stift zwischen seinen Fingern zu rotieren. »Lustig, dass du sagst, dass es wie eine Geschichte aussieht. Ich glaube, alles besteht aus Geschichten. Ich hab eine Theorie.«

»Die wäre?«

»Menschen sind ja verrückt nach Geschichten. Religionen und Kunst sind nichts anderes, sogar die Wissenschaft erzählt immer zusammenhängende Ereignisse. Genau genommen sind Menschen selbst Geschichten. Und meine Theorie ist, es gibt zwei Sorten von Leuten: Die einen interessieren sich vor allem für die Geschichte ihres eigenen Lebens. Sie arbeiten ständig daran, diese eine Geschichte schön und spannend zu gestalten und möglichst viel zu erleben. Und dann gibt es andere, die gar nicht so bemüht um ihr eigenes Heldenepos sind. Die sind dafür umso versessener auf andere Geschichten, also auf Bücher und Filme und Kunst allgemein. Ihr Leben wirkt dadurch weniger spannend, aber in Wahrheit ist es auf unzählige Geschichten verstreut. Sie erleben viel mehr.«

Sie hing diesem Gedanken nach und spürte, wie er zu einer zarten, neuen Einsicht heranwuchs. Jedenfalls rückte er Stubenhocker in ein schmeichelhaftes Licht. »Zu wem gehörst du?«

Sein Gesichtsausdruck flackerte zwischen Schüchternheit und Stolz. »Ich lebe in Büchern, in Comics und in meinen Bildern. Ich bevorzuge viele Geschichten statt eine.«

»Ich auch«, sagte sie so leise, dass er es wahrscheinlich nicht hörte. Eine Weile blickten sie schweigend aus dem Fenster.

»In dir schlummert Talent«, sagte er schließlich. »Mach was draus.«

Sie vermied es, auf ihr kümmerliches Werk zu gucken. Insgeheim glaubte sie, dass er recht hatte. Aber dieses Talent schlummerte tatsächlich öfter, als es wach war.

»Wie heißt du eigentlich?«

Er schien verwirrt über die Frage. »Such dir einen aus.«

»Hä?«

»Ist doch unfair, dass Eltern die Namen für ihre Kinder aussuchen. Ich finde, wir sollten uns selbst Namen geben.«

Sie zögerte. In ihrem Kopf sah es aus wie in der Tundra. »Mir fällt keiner ein.«

»Wir sind Nikon und Canon! Wie die Fotoapparate. Wenn du willst.«

Sie sah ihn prüfend an, ob er vielleicht … aber das war doch unmöglich. Es gab keinen Zaubertrick, mit dem man jemandes Vergangenheit lesen konnte. Es musste Zufall sein. Oder?

»Als ich aufs Gymnasium gekommen bin, habe ich mal versucht, meine Freunde dazu zu erziehen, mich nur noch Nick zu nennen«, gestand sie. »Nick und Nikon, das ist ziemlich ähnlich.«

»Wie kamst du auf Nick? Wolltest du ein Junge sein?«, fragte er ohne Spott.

»Nein, mein eigentlicher Name ist nur so … bombastisch. Nick ist von meinem Nachnamen abgeleitet.«

»Hm.« Er musterte sie. »Und nennen dich jetzt alle Nick?«

»Keiner.«

»Dann werde ich es tun.« Er reichte ihr die Hand. Sie schüttelten feierlich die Hände.

»Canon.«

»Nikon. Nick. Nicki.«

»Wieso denn jetzt Nicki?«, kicherte sie.

»Macht man doch so. Ein i dranhängen, wenn was niedlich ist.« Irgendwie schaffte er es, das zu sagen und sie dabei anzusehen, ohne dass sie sterben wollte.

Eile macht aus einer Warteschleife eine Achterbahn

Trotz aller Bemühungen, ihren Kopf leer zu halten, schwappte immer wieder etwas in ihr Bewusstsein zurück. Sie spürte die unbequeme Holzbank unter sich und hörte das Rascheln der Zeitung, in der der Greis blätterte, und ständig dachte sie an die Unglaublichkeit ihrer Situation. Schließlich war sie überzeugt, schon seit Stunden hier festzusitzen. Das war nicht nur unglaublich, sondern auch unerträglich.

Offenbar nicht nur für sie. Irgendwann sprang der Greis auf, zerfetzte fluchend seine Zeitung und stürmte die Rolltreppe hinunter.

Manche blickten ihm ärgerlich nach und schüttelten die Köpfe, weil er sie aus ihrer Meditation gerissen hatte. Die Übrigen beachteten den Ausbruch gar nicht. Auch Tallis blickte mit halb geschlossenen Augen geradeaus.

Eine Weile sann Nicki noch über den Alten nach und wie lange er wohl gewartet haben mochte. Dann geschah etwas Seltsames mit ihr: Sie *schrumpfte* innerlich. Ihr Bewusstsein wurde ganz klein und glatt wie eine Pfütze. Sie ahnte ihre Hände nur noch, die schwer und taub auf ihrem Schoß lagen. Es war das Gegenteil von Wachträumen: Sie war wach, obwohl sie schlief.

Es hätte sich angenehm angefühlt, wenn sie noch in der Lage gewesen wäre, etwas zu fühlen. Aber ihr Zustand blieb eine vage Vermutung hinter einem Schleier, den sie nicht zerreißen wollte.

Die Tür ging auf, Gestalten bewegten sich durch den Raum. Vielleicht war sie eben schon einmal aufgegangen. Oder schon zweimal. Nicki versuchte sich nicht zu erinnern. Wahrnehmungen zogen an ihr vorüber, ohne dass sie danach griff. Sie tauchte knapp unter der Oberfläche, gab acht, nicht mit ihr in Berührung zu kommen. Denn darüber waren Gedanken, die sie mitziehen und in Zeit setzen wollten. Es war ein Balancieren unter ihrem Atem.

Dann drangen Worte zu ihr, die sie nicht ausblenden konnte: »Die Nächsten bitte! Nicki oder auch nicht und Jucitell Tallis.«

Nicki erhob sich so schnell, dass Funken vor ihren Augen tanzten. Ihre Füße und Hände waren eingeschlafen.

»Ging doch ganz schnell«, sagte Tallis.

Sie betraten eine Kammer, deren Wände mit Steinregalen verkleidet waren. Mindestens fünf Meter ragten sie in die Höhe, bevor sie sich in Dunkelheit verloren. Berge von Akten quollen aus ihnen hervor. Hier und da fand trotzdem eine gelbliche Topfpflanze Platz, dabei gab es kein Fenster, kein Sonnenlicht, nur ein gusseisernes Konstrukt aus Öllampen, das von der unsichtbaren Decke hing. Es roch nach Stempelkissen und staubigem Papier, aber eine feine Note verriet, dass hier auch belegte Brote und Apfelsaft verzehrt wurden.

Und zwar von einem Mann mit einem so kolossalen Bauchwanst, dass seine Arme kaum den Schreibtisch erreichten, an dem er saß. Ansonsten wirkte er vollkommen unscheinbar. Dünnes, fahlbraunes Haar war ihm zur Seite gekämmt, ein passender Schnauzer verbarg den Mund. Seine Augen lagen in dicken Tränensäcken wie Rosinen in einem Teig.

»Bitte nehmen Sie Platz.« Seine Stimme füllte die brunnenähnliche Kammer mit einem tiefen Vibrieren. »Wie kann ich Ihnen helfen?«

»Ehrenwerter Hortus Portassum! Danke, dass Sie Zeit für uns gefunden haben, Herr Stellvertreter«, sagte Tallis, während sie sich auf den abgewetzten Ledersesseln gegenüber des Schreibtisches niederließen. »Meine neu erworbene Domäne und ich wollen einen Antrag auf Kontrakteinsicht stellen.«

Hortus Portassum blätterte in einem Stapel Unterlagen und prüfte eine Quittung, die aus einem runden, goldenen Gerät auf dem Schreibtisch quoll. Dabei kratzte er sich den Kopf.

Nicki erbleichte. Er blätterte, hielt die Quittung *und* kratzte sich. Er hatte drei Arme!

Sie hörte sich selbst nach Luft schnappen und schloss schnell den Mund. Falls Hortus Portassum ihr Erstaunen mitbekommen hatte, ließ er sich nichts anmerken.

»Ich stelle eine Unregelmäßigkeit fest«, grollte er unter dem Schnauzer hervor. »Die Bezeichnung *Nicki oder auch nicht* ist als Name unzulässig. Wollen Sie dazu Stellung nehmen?«

»Etwa zehn Sekunden nachdem unser Pakt per Handschlag besiegelt wurde, tauschten wir unsere Namen aus«, sagte Tallis. »Das ist eine ungewöhnliche Reihenfolge, ich weiß, aber alles geschah innerhalb der vorgeschriebenen Frist. Ich erfüllte meinen Teil des Paktes sofort und klärte meine Partnerin anschließend auf. Als ich jedoch versuchte, ihren Teil des Paktes einzulösen, stieß ich auf Widerstand. Der Name, den sie mir nannte, ist nicht ihr echter Name. Es ist aber auch kein falscher, sondern ein Spitzname.«

»Und nun wollen Sie nachsehen, ob der Anteil, den dieser Spitzname ›Nicki‹ an der Persönlichkeit Ihrer Partnerin hat, groß genug ist, um den Pakt für gültig zu erklären.«

»Exakt.«

»Das heißt, Sie stellen keinen Antrag auf Kontrakteinsicht, sondern auf Kontraktprüfung. Dafür sind Sie auf der falschen Ebene. Sie müssen einen neuen Termin ausmachen.«

Nicki nutzte Tallis' vorübergehende Bestürzung, um selbst zu Wort zu kommen: »Ich würde gerne etwas dazu sagen.«

Hortus Portassum verschränkte die Hände vor sich, während er ein paar Notizen auf den Beleg kritzelte.

»Ich hatte keine Ahnung, dass ich einen Pakt eingehe. Er hat mich ausgetrickst.«

»Einen Moment, bitte.« Plötzlich raste eins der Regale hinter ihm senkrecht in den Boden wie bei einem Spielautomaten. Als es wieder zum Stehen kam, streckte Hortus Portassum einen vierten Arm nach einer Schublade aus und entnahm ihr eine schwarze Akte. Er öffnete sie und überflog, was auf den Papieren stand. »Ja, der Widerspruch liegt unter Ihrem Namen vor. Ich muss Sie jedoch informieren, dass Unwissenheit der Gültigkeit eines Paktes nicht abträglich ist. Ein Handschlag und ein Namensaustausch genügen. Ihr Widerspruch kann also nur darin bestehen, dass Sie bestreiten, der Name ›Nicki‹ erfasse Ihre Persönlichkeit. Wollen Sie das tun?«

Sie nickte mit einem mulmigen Gefühl. »Aber ich wurde reingelegt.«

»Wir haben die Regeln nicht gemacht«, sagte Hortus Portassum trocken.

»Wer dann?«

Seine Rosinenaugen blinzelten. »Das ist eine metaphysische Frage. Ich bin nicht autorisiert, sie zu beantworten.«

»Um noch einmal zurückzukommen auf die Kontrakteinsicht«, sagte Tallis nervös, »ist es denn wirklich nötig, einen neuen Termin auszumachen? Sie könnten doch einfach nachsehen, ob die notwendigen Bedingungen erfüllt sind.«

»Ebendas ist Aufgabe eines Prüfers.« Er wandte sich an Nicki: »Sollte sich der Kontrakt als gültig erweisen, können Sie anschließend Einspruch auf moralischem Grundsatz erheben. Dann kommt es zu einer Anhörung und einer weiteren Prüfung. Allerdings muss ich Sie vorwarnen, dass der Erfolg moralischer Einwände bei 2,7 Prozent liegt.«

Wieder setzte sich eins der Regale in Bewegung, sodass ein Windstoß durch die Kammer ging. Dann griff Hortus Portassum zielsicher in eins der neu aufgetauchten Fächer und holte einen Papierstoß hervor. Auf dem Tisch blätterte er ihn durch und legte dann jeweils eine Hälfte vor Tallis und eine vor Nicki. Sie versuchte nicht allzu unhöflich auf das Treiben der Arme zu starren. Etwas in ihr verwandelte sich dabei in einen Eisklumpen.

»Sie müssen hier unterschreiben, dass Sie fälschlicherweise und aus eigenem Verschulden auf Ebene Ego-15-Z waren und dass Sie von mir Auskunft erhalten haben, wohin Sie sich mit Ihrem Anliegen wenden können.« Mit vier Armen gleichzeitig ging er durch die eierbraunen Blätter und wies auf die leeren Kästchen, in die sie ihre Unterschrift setzen sollten. Dann schob er ihnen einen Becher voller Kugelschreiber hin.

Nickis Blick flirrte über die winzige Schrift, die in mehreren Kolonnen auf die Blätter gezwängt war. Teile waren in asiatischen Zeichen, in kyrillischer Schrift, auf Griechisch und Arabisch abgefasst. Der Rest, den sie zumindest lesen konnte, bestand beinah nur aus Fremdwörtern und Abkürzungen.

Tallis unterzeichnete mit einem Seufzen. Sie nahm einen Kugelschreiber, zögerte aber noch. *Aus eigenem Verschulden bewusst-persönlicher Art ... Auskunft über logische und rechtliche Folgen ... sowie zeitliche Kohärenz ...*

»Brauchen Sie mehr Licht?«, fragte Hortus Portassum. Bevor Nicki antworten konnte, raste einer seiner Arme in die Höhe und zog die Lampe herab, sodass sie klirrend und flackernd über ihr schaukelte.

Nicki unterschrieb. Es nützte ja nichts, alles lesen zu wollen, sie verstand es ohnehin nicht. Zumindest schien da nichts von ›Seele übertragen‹ zu stehen.

Sobald sie *Nicki* in die drei vorgesehenen Kästchen geschrieben hatte, erschien in Schreibmaschinenschrift darunter auf dem Papier:

Estella Nicki Witnick JU.S.MI.REH

»He!« Sie drückte sich die Papiere an die Brust, als Tallis versuchte einen Blick drauf zu werfen. »Da steht mehr, als ich aufgeschrieben habe.«

»Bei Unterzeichnung erscheint der vollständige Name mit allen Anhängseln, der Ihre Persönlichkeit zu diesem Zeitpunkt erfasst«, erklärte Hortus Portassum geduldig. »Sie müssen aber keine Angst haben, dass das Lesen Ihres Namens jemandem die Erlaubnis erteilt, Sie als Domäne zu nehmen. Nur das explizite Mitteilen des eigenen Namens legalisiert einen Pakt.«

Nicki überreichte Hortus Portassum das Formular trotzdem so, dass Tallis nichts sehen konnte. »Da stand aber noch mehr. Abkürzungen von irgendwas.«

»Ihr vollständiger Name, so, wie er zu diesem Zeitpunkt Ihre Persönlichkeit erfasst«, wiederholte er.

Sie hatte die komischen Abkürzungen noch nie gehört oder gelesen, wie sollten sie da zu ihrer Persönlichkeit gehören? Nicki beschloss auch diese Frage auf später zu verschieben, wenn sie Zeit hatte, in Ruhe über alles nachzudenken.

Hortus Portassum unterschrieb die Formulare ebenfalls und drückte einen roten, einen grünen und einen schwarzen Stempel darauf. Dann überreichte er ihnen einen Durchschlag, den Tallis in seinem Mantel verschwinden ließ und Nicki in ihrem Rucksack. Die Originale rollte Hortus Portassum zusammen und steckte sie in einen goldenen Zylinder, dann hob er einen Blumentopf von seinem Schreibtisch hoch. Darunter kam ein Loch zum Vorschein, aus dem ein fernes Rauschen drang. Er ließ den Zylinder hineinfallen und stellte die Zimmerpflanze wieder darüber.

»Wenn Sie keine weiteren Fragen mehr haben, darf ich mich für Ihren Besuch bedanken. Ich wünsche Ihnen noch viel Erfolg bei der weiteren Aufklärung Ihrer Differenzen.« Er erhob sich und schüttelte ihnen gleichzeitig die Hände. Nicki versuchte ihr Schaudern zu überspielen, indem sie vorgab, sich am Rücken zu kratzen.

»Auf bald«, sagte Tallis tapfer.

Erst als sie wieder auf der Rolltreppe standen und die Dunkelheit über sie gefallen war, knickte Tallis ein und stöhnte genervt.

»Prüfung, nicht Einsicht, zum Kotzen. Tut mir wirklich leid. Ich hoffe, du nimmst mir die lange Warterei nicht übel.«

Nicki hörte ihm gar nicht zu. Sie war damit beschäftigt, sich auf die Fahrt vorzubereiten, und klammerte sich am Geländer fest. Schon drang die fröhliche Kinderstimme unter den Stufen hervor: »Passagiere: zwei. Ihr Reiseziel lautet: Empfangshalle A-404. Bitte festhalten!«

Nicki kniff die Augen zusammen. Im nächsten Moment begannen sie seitlich wegzukippen wie eine Nudel, die vom Teller gleitet, und Nicki spürte das Gewicht der Welt, das sich an ihrem Scheitel zerteilte, auf ihre Knochen drückte und in ihren Eingeweiden rührte.

»Alles okay?«, fragte Tallis unbefangen.

Sie versuchte an etwas anderes zu denken als an einen Sturz ins Bodenlose. Mit zusammengekniffenen Augen stellte sie sich Hortus Portassums Arme vor. Als würden alle diese Arme sie auf der Rolltreppe halten. Endlich kehrte die Schwerkraft zurück, wohin sie gehörte, und mit einem sanften Grollen mündeten die Stufen ins Licht. Sie waren wieder in den kathedralenähnlichen Gewölben.

»Endstation: Empfangshalle A-404. Danke für Ihre Mitfahrt. Auf Wiedersehen!«, rief die blecherne Kinderstimme ihnen nach.

Nicki wankte in die Halle, froh, die Fahrt überstanden zu haben.

Tallis reihte sich in die Warteschlange zu ihrer Linken ein. Und erst da begriff Nicki, was Hortus Portassum ihnen eigentlich mitgeteilt hatte: Sie mussten alles noch einmal machen.

Sie öffnete den Mund, aber heraus kam nur ein Hicksen. Sie hatte Schluckauf.

Wieder Schlange stehen. Der tödlich gelangweilten Dame am Schalter ihr Anliegen nennen. Den Beleg kassieren, eine halsbrecherische Rolltreppenfahrt. Diesmal ging es steil hinab und in

Spiralen wieder nach oben, wobei sie mehrmals mit anderen Rolltreppen zu kollidieren drohten. Grün im Gesicht, fand Nicki sich in einem Zimmer ein, das dem ersten täuschend ähnlich sah, nur dass die Fenster und die Tür mit dem Milchglaseinsatz auf vertauschten Seiten waren. Es saßen weniger Leute auf den Bänken, nur zwei Pärchen und eine alte Dame mit einem Pudel, der bestimmt kein normaler Pudel war. Er hatte jedenfalls grässlich rasiertes Fell. An der Tafel stand in weißen Kreidebuchstaben die vertraute Anweisung:

VERMEIDEN SIE UHREN
UND DENKEN SIE NICHT NACH,
BIS SIE AUFGERUFEN WERDEN.
Hortus Portassum, stellvertretender Kronzeuge

Nicki stutze, als sie den Namen las. Kaum dass sie auf die Bänke gerutscht waren, ging die Tür auf und die finstere Stimme von Hortus Portassum erscholl: »Die Nächsten, bitte!«

Ein Melder im BH

Nicki versuchte gar nicht erst zu verstehen, wie es möglich war, dass Hortus Portassum sein Büro dreitausend Meilen unter der Empfangshalle und gleichzeitig dreitausend Meilen darüber hatte. Logik und Naturgesetze hatten ausgedient. Nicki beschloss, nie wieder irgendwas zu glauben, nur weil es sinnvoll klang. Irrtümer, alles! Im Grunde ihres Herzens hatte sie es schon immer geahnt.

»Hortus Portassum macht die Vertretung für alle Kronzeugen, die im Urlaub sind«, raunte Tallis, als könnte es noch Erklärungen geben. »Und es befinden sich immer fast alle Kronzeugen im Urlaub. Man munkelt, manche sind noch nie aus dem Urlaub zurückgekommen.«

Das Warten fiel Nicki nicht leichter als beim ersten Mal. Eher schwerer. Sie sehnte den Trancezustand herbei, der vorher über sie gekommen war, aber ihre Versuche blieben ganz erfolglos. Sie war müde, überreizt, durstig, sie fühlte sich schwindelig und erschöpft und ihre Schultern taten vom langen Tragen des Rucksacks weh.

Diese Erschöpfung war es schließlich, die ihr zu Hilfe kam. Als sich das Warten zu Stunden ausgedehnt zu haben schien, sank sie in eine Art Dämmerschlaf, durch den wirre, traumartige Vorstellungen und Gesprächsfetzen huschten. *Macht die Vertretung für alle Kronzeugen, die im Urlaub sind. Manche noch nie zurückgekommen. Frau, die auf ein Würstchen abfährt. Wer ist Canon? Die Nächsten, bitte.*

»Die Nächsten, bitte: Nicki oder auch nicht und Jucitell Tallis!«

Sie schrak auf, schnappte ihren Rucksack und tapste Tallis hinterher.

Hortus Portassum empfing sie in exakt derselben vollgestopften Kammer ohne Decke, in der sie vor einer halben Ewigkeit Platz genommen hatten. Nicki sank in den Sessel.

»Wie kann ich Ihnen helfen?« Seine Rosinenaugen musterten sie so ausdruckslos, als erinnerte er sich wirklich nicht daran, ihnen jemals begegnet zu sein. Nicki bekam eine Gänsehaut, als sie daran dachte, dass es vielleicht *mehrere* Hortus Portassums gab, die alle identisch aussahen.

»Wir beantragen eine Prüfung unseres Paktes, da wir uns nicht sicher sind, ob er gültig ist.« Tallis erzählte ihre Geschichte noch einmal und Hortus Portassum lauschte geduldig, als hätte er das Ganze noch nie oder schon tausendmal gehört. Dann fischte einer seiner Arme einen Stoß Formulare aus einer Schublade, die sich viele Meter weit in der Höhe befand, und zeigte ihnen, wo sie unterschreiben mussten. Nicki hielt ihre Hand darüber, damit Tallis nicht den Namen sah, der auf den Papieren erschien. Sicher war sicher. Abermals wunderte sie sich über die seltsamen Anhänge: *Ju.S.Mi.Ab.E.* Waren es vorhin nicht andere Buchstaben gewesen? Was mochte das bedeuten?

»Wir werden uns um eine schnelle Bearbeitung bemühen«, sagte Hortus Portassum, während er den Antrag dem Rohr unter der Zimmerpflanze anvertraute. »Allerdings ist unser Prüfungsfachbereich zu 139 Prozent ausgelastet, sodass Sie mit einer Wartezeit von einigen Wochen rechnen müssen.«

»Was?«, stieß Nicki aus.

»Einige Wochen«, wiederholte Hortus Portassum ungerührt. Hinter seinem Rücken kramte eine Hand durch das Regal, zog ein Schubfach auf und entnahm ihm etwas Klapperndes. »Behalten Sie diese Erinnerungsmelder so lange in unmittelbarer Herzensnähe. Sie werden dann benachrichtigt, wenn Sie wiederkommen können.«

Nicki atmete auf. Sie hatte befürchtet, die ganze Zeit hier absitzen zu müssen.

Hortus Portassum stellte jeweils ein Figürchen vor sie, etwa so groß wie ein Gummibärchen. Nicki nahm ihres in Augenschein. Es war ein kleiner, aufrecht stehender, hellblauer Hase aus Porzellan, der ein weißes Hemd und blassgelbe Hosen trug.

»In Herzensnähe«, wiederholte Hortus Portassum eindringlich. »Zu jedem Zeitpunkt.«

Als Nicki das Figürchen in die Faust schloss, schüttelte Hortus Portassum den Kopf. »Ich nehme an, Sie tragen ein Kleidungsstück, das sich bestens für die Aufbewahrung des Melders eignet. Genau dort.« Er zeigte auf ihre linke Brust.

Nicki öffnete den Mund, um zu widersprechen, fand aber nicht den Mut. Schließlich friemelte sie die Porzellanfigur unter ihren Pullover, in die linke Schale ihres BHs. Sie warf Hortus Portassum einen kühlen Blick zu.

Tallis hatte sein Figürchen in der Brusttasche seines Mantels verschwinden lassen. Sie verabschiedeten sich förmlich und wurden hinausgewiesen.

Inzwischen saßen neue Leute auf den Bänken, von denen zumindest ein Junge so aussah, als befände er sich seit einigen Jahren im Koma. Nicki schätzte seine Chancen am höchsten ein, und tatsächlich: Bevor die Dunkelheit der Rolltreppe sie aufgenommen hatte, hörte Nicki, wie er von Hortus Portassum gerufen wurde.

Schon drang die blecherne Kinderstimme durch die Ritzen der Stufen. Nicki klammerte sich fest – und los ging die nächste Höllenfahrt.

Sie verließen die Kanzlei durch die Drehtür, durch die sie gekommen waren. Während sie immer schneller im Kreis liefen, verschwand das schmerzhaft an den Augen saugende Nichts jenseits der Scheiben, und dann stolperten sie auf den hellen Treppenabsatz vor dem Gebrüder-Grimm-Zentrum. Gegenüber zuckelte eine S-Bahn über die Torbögen. Nicki holte tief Luft, als müsste sie so viel Normalität in sich aufnehmen, wie sie konnte. Es roch nach einer gewöhnlichen Nacht in der Stadt, nach warmen Autoreifen, gewirbeltem Staub, dem kühlen Schlafatem der Straßenbäume.

Sie sank auf die Stufen. Alles schien unverändert. In der Ferne klangen noch immer die Parolen des Obdachlosen. Aber die Welt kam ihr gestochen scharf vor im Vergleich zu den prunkvollen, seltsam in Licht, Form und Farben fließenden Gewölben der Kanzlei.

Tallis ließ ihr diese Verschnaufpause. Vermutlich war er es gewohnt, dass Menschen sich so verhielten. Sie war ja bestimmt nicht die Erste, die er reingelegt hatte.

Als sie die Mütze aufzog und sich erhob, schlug er vor, etwas essen zu gehen, aber Nicki winkte ab. Ein Blick auf ihr Handy verriet ihr, dass Mitternacht gerade verstrichen war. Sie fühlte sich, als wäre sie zwei Tage lang wach gewesen. Vielleicht stimmte das ja auch. Wer wusste schon, wo die Wahrheit geblieben war. Jedenfalls wollte sie in ihr Bett.

Tallis begleitete sie nach Hause. Sie erhob keine Einwände, im Gegenteil, sie war sogar ein wenig erleichtert. Wenn sie jetzt alleine blieb, bestand die Gefahr, dass sie am Erlebten zu zweifeln begann und sich für verrückt hielt – und vor Panik tatsächlich verrückt wurde.

Als sie umstiegen, wollte Tallis ihr den Rucksack abnehmen. Ein kurzes, albernes Wortgefecht entstand, dann gab er auf. Schweigend gingen sie Straßen entlang, vorbei an Plattenbauten, verlassenen Spielplätzen und Tramgleisen. Die Laternen links und rechts warfen ihr surrendes Licht wie Netze aus, durch die ihre Schatten mal lang gezogen, mal zusammengeschrumpft schlüpften.

Der geteerte Weg erschien, der zu dem Hochhaus führte, in

dem Nicki wohnte. Sie verlangsamte ihren Schritt, verhinderte aber nicht, dass Tallis ihr bis zur Tür folgte. Die Lampe über dem Eingang leuchtete auf, als sie sich näherten. Nicki holte ihren Schlüsselbund hervor.

»Also«, sagte sie. Und merkte, dass sie keine Ahnung hatte, wie sie sich von ihm verabschieden sollte.

Er sah ihr in die Augen. Sein Gesicht war so ebenmäßig wie eine Maske. »Du hast mir immer noch nicht gesagt, wer Canon ist. Beim nächsten Mal.«

»Hm.« Vielleicht lag es an der Dunkelheit und Stille, dass sie sich plötzlich wieder vor ihm fürchtete. Ungeschickt sperrte sie auf und ging nach drinnen. Als die Tür zufiel, drehte sie sich noch einmal um. Doch er war verschwunden.

»Estella?«

»Ja, ich bin's.« Nicki schloss die Wohnungstür hinter sich, schlüpfte aus den Schuhen, stopfte ihre Mütze in die Pullovertasche und trabte in ihr Zimmer.

Ihre Mutter lehnte sich in den Türrahmen und sah zu, wie sie den Rucksack fallen ließ und sich auf dem Bett ausstreckte. Nicki tat, als wähnte sie sich unbeobachtet.

»Er ist doch nicht sehr viel älter als du. Oder?«

»Wer?«, fragte Nicki in dem angestrengten, zähen Tonfall, den sie in Gegenwart ihrer Mutter immer bekam, ob sie wollte oder nicht.

Ihre Mutter schnalzte mit der Zunge. Dann ging sie, nur um einen Moment später mit einer Zigarette wieder aufzutauchen. Sie zog einen Fuß aus ihrem Hausschuh, stemmte ihn gegen den Türrahmen und betrachtete ihre Zehennägel. »Der Typ, der hier nachts angerufen hat. Der klang viel zu höflich für einen, der noch zur Schule geht.«

»So alt wie ich.«

Eine Weile schwiegen sie, existierten einfach nebeneinanderher wie zwei Möbelstücke. Nicki spürte, wie ihre Gleichgültigkeit sich von ihrem Gesicht über ihren Körper, von ihren Gedanken über ihr Herz ausbreitete, aber dabei auch immer dünner wurde. Darunter lauerten Gefühle, die zu stark waren, um sie zuzulassen: Eine kindische Sehnsucht, ihre Mutter zu umarmen, sich ihr anzuvertrauen, endlich verstanden zu werden und sie zu verstehen, als wäre sie nur ihre Mutter und nicht darüber hinaus ein Mensch, mit dem Nicki absolut nichts gemeinsam hatte. Es war eine gefährliche, eine trügerische Sehnsucht. Still lag sie da.

Schließlich ging ihre Mutter, um die Asche von der Zigarette zu tippen. »Du machst schon keinen Scheiß. Hast ja gesehen, wie es schiefgehen kann.« Sie murmelte noch mehr, während sie ins Wohnzimmer verschwand, und kurz darauf wurde die Lautstärke des Fernsehers aufgedreht.

Nicki gab der Tür einen Stoß, damit sie zuging.

Eine Nacht mit Victor Hugo

Sie träumte von ihrem Vater.

Seine Wohnung, sie nächtelang allein, er verschwunden, Fruchtfliegen in der Küche. Nicht ans Telefon gehen, niemandem die Tür öffnen. Dann seine Wiederkehr, wer weiß von wo, hat er schlechte Laune? Nein, gute! Alles ist gut. Gut gelaufen die Geschäfte. Aber seine gute Laune bedrückt sie auch, schmeckt immer ein bisschen nach Schäbigkeit, nach Scham, Mitleid. Das Mitleid ist am schlimmsten. Es wächst dichter um sie, je älter sie wird. Staubfussel ziehen einen Teppich durch die Wohnung.

»Estella. Mein Sternchen. Meine Prinzessin.«

»Bitte nenn mich nicht so. Ich heiße Nicki.«

Ihr Vater schrumpft in sich zusammen, eine alternde Hauthülle voll Zigarettenrauch und Asche. Sie streckt die Hand nach ihm aus – etwas bohrt sich hinein, verwandelt sich, beflügelt von ihrem Schmerz, in Finger, die ihre umschließen. Es ist der Dämon: Jucitell Tallis. Seine klaren, tiefen Augen saugen an ihrem Blick wie das flirrende Nichts jenseits der Kanzlei.

»Du bist eine Frau«, sagt er. Sein Lächeln ist brutal, voller Zähne.

Sie schrak aus dem Schlaf, die rechte Hand vor sich ausgestreckt. Ihr Herz schlug schwer wie ein Gong durch ihre Brust.

Panisch schwang sie die Beine aus dem Bett, knipste das Licht an und hielt die Augen geöffnet, als könnte die Helligkeit den Traum von ihrer Netzhaut brennen. Sie meinte ein Kribbeln in ihrer Handfläche zu spüren, eine Art Phantomschmerz.

Lange betrachtete sie ihre Hand. Mit dieser Hand zeichnete sie, schrieb und aß sie und putzte sich die Zähne; die Hand setzte ihren Willen öfter um als alles andere an ihr. Sie reichte, um einen Pakt zu besiegeln. Sie zur *Domäne* eines fremden Wesens zu machen.

Wie auf der Flucht vor diesen Gedanken griff sie nach ihrem Handy. Kurz vor sieben. Zeit, sich auf den Weg zu machen. Nach dem Umzug zu ihrer Mutter hatte sie auf derselben Schule bleiben wollen, das hieß S-Bahn fahren jeden Morgen.

Sie duschte, zog sich die Mütze über die noch feuchten Haare, packte ihr Schulzeug und klemmte sich das letzte Schokocroissant aus der Packung in den Mund, ohne ihre Mutter zu wecken. Auf dem Weg zur S-Bahn atmete sie tief die frische Luft ein und betrachtete den Himmel, die Häuser, die Krähen auf den Müllcontainern. Nichts wirkte ungewöhnlich. Die ersten welken Blätter lösten sich von den Bäumen und taumelten vor ihren Füßen her.

Auch sie fühlte sich nicht anders als sonst. Es war wie Geburtstag haben: Man wusste, dass man nicht mehr so war wie gestern, aber außer dem Datum auf einem Ausweis wies nichts darauf hin.

Sie stieg in die Bahn, legte ihr Skizzenbuch auf den Schoß und blickte doch nur aus dem Fenster. Sie sah ihre Reflexion flüchtig durch das Mosaik aus Gebäuden, Autos und Bahnhöfen flirren wie einen Geist, der sie überallhin begleitete. Wie einen Dämon.

Was genau war ein Inkubus eigentlich? Sie zückte ihr Handy, um es zu recherchieren. Auf Wikipedia überflog sie die kleine Schrift. *Nachtaktiver Alb (Elf), der sich mit einer schlafenden Frau …* Sie las nicht weiter, sondern steckte das Handy wieder ein und blätterte mit zitternden Fingern durch ihr Skizzenbuch.

Sie zeichnete die alte Dame, die vor ihr saß, und dann noch einen Mann mit Fahrrad im Gang. Das Fahrrad sah unbeholfen aus, aber die Hand des Mannes gelang ihr. Als sie ausstieg, traf sie

Anne-Marie und Daria am Gleis und sie gingen gemeinsam zur Schule.

Gleich in der ersten Stunde schrieben sie einen Test in Erdkunde, den Nicki ordentlich in den Sand setzte. Sie verstand kaum die Fragen. Auch in den folgenden Stunden kam ihr der Stoff realitätsfremd, geradezu absurd vor. Am liebsten wäre sie ausgesprungen und hätte gebrüllt, dass es, verdammt noch mal, eine Unterwelt gab – dass in diesem Moment Dämonen von Menschen Besitz ergriffen. Und hier wurde in aller Seelenruhe der Unterschied zwischen Gedichten der Romantik und Gedichten des Sturm und Drang besprochen!

Natürlich hätte ihr keiner geglaubt, es sei denn, er begriff diesen Wahnsinn schon viel länger als sie. Und wie könnte derjenige dann noch still auf seinem Platz sitzen? Niemand war in der Lage, ein so großes Geheimnis langfristig mit sich herumzuschleppen. Irgendwann schnappte man über. Doch platzte es aus einem heraus, würden die anderen einen für verrückt halten. Einen anderen Ausweg sah Nicki nicht.

Weil sie immer in die kriminellen Aktivitäten ihres Vaters eingeweiht gewesen war, kannte sie zumindest das Gefühl, einen unsichtbaren Raum des Schweigens zwischen sich und ihren Mitmenschen bewahren zu müssen. Die beschämende, argwöhnische Einsamkeit ihrer Kindheit erfasste sie wieder, aber hundertmal stärker. Diesmal ging es nicht nur um ihren Vater, sondern um die ganze Welt.

In der Pause hängte sie sich an Anne-Marie, Becky und Daria, weil sie Angst vor dem Alleinsein hatte. Becky und Daria wärmten alte Klatschgeschichten so lustig auf, dass niemand Nickis Stimmung bemerkte. Nicki vergaß sogar für eine Weile selbst ihre Stimmung und lachte mit. Obwohl sie mit Becky und Daria nicht mehr so gut befreundet war wie früher, erinnerte sie sich jetzt wieder daran, wie viel Spaß man mit ihnen haben konnte.

Als der Unterricht weiterging, mischten sich in die guten Erinnerungen jedoch gleich wieder jene düsteren Gründe, warum Nicki vor zwei Jahren fast all ihre Freundschaften gekappt hatte. Ihr Leben war damals auf den Kopf gestellt worden. Anfangs reagierte sie, wie man es von ihr erwartete: indem sie auf Partys ging und sich betrank. Eins führte zum anderen. Fehltritte bewirkten, dass sie sich selbst völlig fremd wurde. Auch ihre Freunde kamen ihr bald wie Fremde vor. Dann war Canon erschienen. Seit sie wusste, dass es ihn gab, wusste sie, wer sie selbst sein wollte. Aber nun war er verschwunden.

Das Gefühl der Einsamkeit steigerte sich ins Unermessliche. Wie gerädert vor Anspannung fuhr sie nach der letzten Stunde in die Staatsbibliothek, um ihre Hausaufgaben zu machen. Das hatte sie sich letztes Jahr so angewöhnt, weil sie hier besser lernen konnte als in der Wohnung ihrer Mutter. Außerdem hatte Canon einmal gesagt, dass er oft in öffentlichen Bibliotheken rumhing, aber sie hatte ihn nie zufällig getroffen.

Mühsam ging sie Erdkunde durch. Kein einziges Wort blieb hängen. Aber Chemie klappte. Es machte sogar ein bisschen Spaß … jedenfalls hatte sie zum ersten Mal an diesem Tag das Gefühl, es sei nicht völlig unsinnig, sich damit zu befassen.

Sie kaufte sich einen Salat und einen Schokopudding in der Cafeteria, doch schon nach drei Bissen verlor sie den Appetit. Sie konnte nicht einfach so tun, als wäre alles normal. Lügen umgaben sie. Oder zumindest Halbwahrheiten. Das ganze Gebäude war voller Bücher, die fehlerhafte Informationen über die Welt enthielten.

Wie viele Menschen wussten davon? Jeder tausendste? Jeder hunderttausendste? Egal wie wenige es waren – es musste eine Möglichkeit geben, mit ihnen in Kontakt zu treten. Ansonsten würde sie den Verstand verlieren. Ihre Gedanken kehrten zu Canon zurück. Dass er derjenige war, der sie verstehen und ihre Einsamkeit aufheben konnte, war wenigstens nichts Neues.

Als sie sich auf den Heimweg machte, wurde es bereits dunkel. Die Bahn leerte sich, je näher sie ihrer Haltestelle kam, und als sie eine Vierersitzecke für sich allein hatte, stellte sich fast ein Gefühl von Heimat ein. Canon … Jetzt, in diesem Augenblick, war er da draußen … und vielleicht in Gefahr. Sie hatte ihm so viel zu sagen, mehr zu sagen denn je. Bei der Vorstellung, vielleicht nie wieder Gelegenheit dazu zu haben, wurde ihr Herz schwer und immer schwerer, bis es sich zu groß für den Rippenkäfig anfühlte. Ein Beben erfüllte sie. Es tat weh.

Sie stieg aus wie eine Schlafwandlerin. War ihr die Welt gestern Nacht nach dem Kanzleibesuch noch gestochen scharf vorgekommen, versank sie jetzt in unwirklichen Schleiern. Sie kam am Supermarkt vorbei. Obwohl sie ein paar Sachen hätte einkaufen müssen, brachte sie es nicht über sich hineinzugehen. Vielleicht *konnte* sie gar nicht mehr hineingehen. Sie gehörte nicht mehr hierher.

Vor ihrer Wohnsiedlung sah sie einen jungen schwarzen Mann, der an einem parkenden Auto kauerte. Erst glaubte sie, er versuchte das Schloss zu knacken, dann begriff sie, dass er sich im Seitenspiegel zurechtmachte. Leise Schmatzgeräusche waren zu hören, da er an seinen Zähnen pulte.

Sie schlich an ihm vorbei.

»Musstest du etwa nachsitzen? Du unartiges Mädchen.«

Sie fuhr herum. Der junge Mann lehnte jetzt lässig am Auto und präsentierte ein blendend weißes Lächeln. Er hatte sehr ebenmäßige Züge, eine anmutige, knochige Nase und so dichte Wimpern wie eine Puppe. Nicki erkannte etwas an ihm wieder, das tiefer lag als jede Äußerlichkeit – es war seine Mimik, seine Haltung. Vielleicht auch die Kombination aus Schal und elegantem Mantel.

»*Tallis*?«

Er vollführte eine schwungvolle Verbeugung. »Bestimmt lauern dir rund um deine Wohnung ein Dutzend Verehrer auf. Aber du hast richtig geraten.«

»Du …«

Ihre Verwirrung ließ sein Lächeln schrumpfen. »Irritiert dich die Pigmentierung meiner Haut?«

»Nein. Ich meine, ich wusste nicht … Wie viele Körper hast du?«

»In dieser Stadt? Nicht viele. Drei. Vier.«

Sie spürte, wie sich etwas in ihr dagegen sträubte, diese Tatsache zu akzeptieren – wahrscheinlich ihre Vernunft. Sie kämpfte sie nieder. »Was … was machst du hier?«

»Du wolltest mir doch erzählen, wer der Glückliche ist, der in der Unterwelt deine Rehe streichelt. Canon, nicht wahr?« Er fegte ein paar Bierdeckel von der nächsten Bank und ließ sich darauf nieder. Dann beförderte er zwei Dosen Litchisaft aus seinem Mantel, wovon er eine Nicki reichte. Er prostete ihr zu. »Ich habe seit Sonnenuntergang auf dich gewartet. Weil du nicht drangehst, wenn ich anrufe.«

Verdutzt nahm sie ihr Handy aus der Pullovertasche.

»Um Himmels willen, pack den Elektrokram weg.« Tallis nahm einen Schluck. »Ich habe dich im klassischen Sinne *angerufen.*«

»Wie, auf dem Festnetz meiner Mutter?«

Weil sie ihn unverständig anstarrte, öffnete er ihre Dose für sie. »Nein, auch nicht auf dem Festnetz, Tochter des technischen Zeitalters. Hör das nächste Mal einfach auf dein Herz.«

Sie erinnerte sich an das Gefühl, das sie in der S-Bahn überkommen hatte. Und dass sie auf dem Heimweg wie eine Schlafwandlerin gewesen war – lag das nur an diesem ›Anruf‹? Sie nahm einen Schluck und verzog das Gesicht. Der Saft war reinster Zuckersirup mit Seifenduft.

»Jedenfalls bin ich ganz Ohr. Wer ist dein Geliebter?«

»Canon ist nicht mein Geliebter.«

»Und doch nennst du ihn, wenn ich nach deinem Geliebten frage.« Er prostete ihr zu. »Also, lass mich raten. Du bist ihm nachgeschlichen, weil er plötzlich so komisch war – weil du dachtest, er trifft sich mit einer anderen. Und so bist du in Frau La Psies Boudoir gelandet. Stimmt's? Klassische Geschichte. Die meisten freuen sich, dass ihr Geliebter nicht untreu ist, sondern besessen.«

Besessen. Sie sah Canons Gesicht vor sich, die dunklen, klaren, konzentrierten Augen. Dass er nicht der war, für den sie ihn hielt, weil ein anderes Wesen in ihm nistete, erschreckte sie am meisten. Nicht einmal die Vorstellung von Tallis in ihr kam ihr so furchtbar vor.

Tallis zog sie kurzerhand neben sich auf die Bank und streifte ihr den Rucksack von den Schultern. Es hätte sie wütend machen sollen, dass er sich schon wieder herausnahm sie anzufassen, aber irgendetwas daran missfiel ihr nicht. Nervös nahm sie noch einen Schluck Litchisaft. Er schmeckte wirklich grauenhaft.

»Wie war dein Tag?«, fragte er behutsam.

»Also, wir sehen uns jetzt täglich, das ist dein Plan?«

Er schwieg eine Weile. »Ich wusste gleich, dass du ein Mensch bist. Fließwesen haben ein Gespür für die, mit denen sie paktieren können. Uns verbindet etwas. Eine Seelenverwandtschaft. Deshalb war mir vom ersten Moment an klar, dass du mir gehören sollst.«

Sie sah ihn skeptisch an. Sollte sie sich darüber etwa freuen?

»Du erinnerst mich außerdem an jemanden, den ich vor langer Zeit kannte.«

»Du erinnerst mich an Anmachsprüche, die vor langer Zeit neu waren.«

Er grinste und breitete dabei unauffällig die Arme hinter ihr aus. »Im Moment würde ich dich am liebsten jede Nacht sehen. Aber keine Sorge, meine Schwärmereien haben meist eine kurze Lebensdauer.«

Sie setzte ein Lächeln auf. »Dann muss ich mir doch kein Pfefferspray kaufen?«

»Sei einfach du selbst.«

Sie sah weg.

»Noch ein Tipp«, sagte er. »Männergeschichten törnen mich richtig ab. Erzähl von deinem Herzchen Canon, dann wirst du mich schneller los.«

Nicki versuchte ihm mit einem kurzen Blick klarzumachen, wie fern es ihr lag, sich ihm anzuvertrauen. Aber zu ihrer eigenen Bestürzung stellte sie fest, dass sie wirklich das Bedürfnis hatte, mit jemandem zu sprechen, der ihr glaubte. Und dafür qualifizierte sich im Moment nur Tallis.

Sie drehte die Dose in den Händen und rang mit sich. Er wartete. Schließlich nahm sie einen beherzten Schluck, seufzte und sagte: »Er ist verschwunden. Irgendwas Schlimmes ist passiert. Ich war in seiner Wohnung und … da war lauter Blut. Und ein Zettel, auf dem TITANIC und Frau La Psie stand. Den Rest hast du mitgekriegt.«

Etwas in seinem Blick glomm auf. »Sieht er gut aus?«

»Aussehen ist nicht für alle Leute *alles*. Selbst wenn du besser aussehen würdest als er, würde ich nicht automatisch …«

»Dass er mit mir nicht mithalten kann, ist klar. Ich frage, weil ich ihn vielleicht gesehen habe. Und an gut aussehende Menschen erinnere ich mich nun mal besser.«

Kurzerhand zog sie ihr Skizzenbuch aus dem Rucksack und zeigte ihm die Zeichnungen, die sie von Canon gemacht hatte. Auf dem S-Bahn-Sitz kauernd, in seine Arbeit vertieft.

»Er ist es tatsächlich«, murmelte Tallis.

»Du kennst ihn?«

»Das wäre zu viel behauptet. Ich hab ihn vor zwei Tagen gesehen. In den Zeichnungen ist er hübscher als in echt.«

»Wo?«, fragte sie atemlos.

»In Frau La Psies Boudoir. Welcher Dämon in ihm steckte, kann ich dir aber nicht sagen. Und wir zwei sind auch nicht die Einzigen, die das brennend interessiert.« Er runzelte die Stirn, als glaubte er ihr nicht, dass sie wirklich ahnungslos war. »Mit welchem Dämon dein Süßspatz auch im Bunde ist, er wird von mächtigen Feinden gesucht. Er hat Frau La Psie getötet.«

Nicki starrte ihn verständnislos an. Ihr Mund machte Sprechversuche, ohne dass sie es kontrollieren konnte. »Aber sie war doch … Ich hab sie doch gesehen.«

»Na klar, Dämonen sterben ja auch nicht, wenn man ihre Domäne attackiert. Es kostet sie nur sehr viel Fließendes Wort, die Domäne wieder zu reparieren – schlimmstenfalls so viel Fließendes Wort, dass der Dämon zu schwach wird, um die Welt weiterhin zu betreten. Das ist der Sinn solcher Kämpfe: den Gegner zu schwächen und letztlich in die Unterwelt zu verbannen.«

Canon. Der jemanden tötete. Nicki spürte, wie sie den Kopf schüttelte. »Erzähl ganz genau, was passiert ist.«

»Es war irgendwann in der Nacht. Alle vergnügten sich. Da erschien dein besessener Freund. Er muss ein Messer aus der Küche geklaut haben, damit schnitt er der süßen Chinesin fast den Kopf ab. Wenn du wüsstest, wie viel Blut und Schleim in so einem Menschen steckt, uäägh. Jedenfalls schleuderte einer von Frau La Psies weniger intelligenten Dienern den Angreifer durch ein Aquarium. Er flog aus dem Gebäude. Das war sein Abgang.« Er musterte sie aufmerksam. »Frau La Psie ist ein so mächtiges Fließwesen, dass sie sich die Reparatur der Domäne locker leisten konnte. Susie Ma hat von dem ganzen Spektakel nichts mitbekommen, Ehrenwort.«

»Und Canon?«

»Ach, der Junge. Für den müsste sein Dämon zuständig sein.«

Nicki umklammerte die Dose. Canon, wie er aus einem Gebäude flog. Canon mit einem Messer … Nein, das konnte sie sich nicht vorstellen. Das konnte nicht wahr sein. Es musste eine Verwechslung vorliegen.

»He, es ist doch niemand gestorben. Also, nicht wirklich«, munterte Tallis sie auf.

»Das kann nicht sein.« Ihre Stimme war fast ein Flüstern. »Canon würde nie …«

Tallis seufzte. »Ob die Domäne an den Taten des Dämons Mitschuld trägt, darüber streiten Philosophen seit Jahrhunderten. Eins kann ich dir aber versichern: Man gerät nicht zufällig an seinen Dämon. Gewalttätige Menschen ziehen gewalttätige Dämonen an. Was dein Honigjunge im besessenen Zustand getan hat, muss er sich so oder ähnlich schon im nüchternen Zustand erträumt haben.«

Nicki sah immer noch Canon vor sich. Wie sie gemeinsam beschlossen hatten, keine Tiere mehr zu essen. Wie sollte jemand, der Tieren nichts zuleide tun wollte, einer Frau *fast den Kopf abschneiden*? Sie spürte, wie ihr wütende Tränen in die Augen schossen. Canon hätte nie eingewilligt, seinen Körper fürs Töten herzugeben, niemals. Ebenso wenig wie sie in den Pakt mit Tallis eingewilligt hatte. Er war ausgetrickst worden. Wie sie.

»Alles okay?«, fragte Tallis vorsichtig. Weil sie ihm ihre Tränen nicht zeigen wollte und den Kopf gesenkt hielt, fuhr er fort: »Weißt du denn, wo dein Freund jetzt ist? Dann kannst du ihn ja selbst fragen, mit wem er paktiert. Wenn er dir gefährlich wird, bin ich zur Stelle.«

Sie erhob sich.

»Wo gehst du hin? Ich dachte, wir machen noch was.«

Sie warf ihm einen argwöhnischen Blick zu. »Was?«

Sein Lächeln hatte etwas Unverschämtes. »Wir könnten auf ein Hochhaus schweben und die Sterne beobachten. Oder wir brechen in ein Hallenbad ein. Was immer du willst.«

»Ich kann nicht. Ich … ich hab morgen eine Buchpräsentation in Deutsch«, sagte sie gedankenverloren.

Sein Lächeln rutschte in einen eher unvorteilhaften Gesichtsausdruck ab. »Ist dir eigentlich klar, dass ich weltweit Empfänge,

Partys, Premieren, Rendezvous, Dinner und Maskenbälle habe sausen lassen, um die Nacht mit dir zu verbringen? *Maskenbälle*!« Wie zum Beweis zog er eine schwarze Vogelmaske aus seinem Mantel.

Ihre ungerührte Miene bewegte ihn, seine Stimme auf Schlafzimmerlautstärke zu dämpfen. »Ach so. Ich verstehe. Keine Angst.« Er setzte die Maske auf. »Ich werde dich sehr zärtlich entjungfern.«

»Ich muss kotzen.«

Tatsächlich trat er einen Schritt zurück und musterte sie sorgenvoll durch die schrägen Schlitze. Offenbar konnte er diese Art von körperlicher Reaktion nicht mit seinem Verhalten in Verbindung bringen. Kopfschüttelnd ging sie weg.

»Weil sie eine Buchpräsentation in Deutsch hat!« Er rang die Hände, nahm die Maske wieder ab und lief ihr nach. »Ich hoffe, das Buch ist es wenigstens wert.«

»*Der Glöckner von Notre-Dame*. Von Victor Hugo.«

»Das hast du gelesen?« Er sah missmutig aus. »Du bist meine Traumfrau.«

»Es gibt auch eine Graphic Novel dazu, gezeichnet von Jean Bastide. Den ersten Band hab ich«, sprudelte sie los, nur um schnell irgendwas hinterherzusagen. Gleichzeitig ärgerte sie sich, dass er sie mit seinem Gerede aus dem Konzept bringen konnte. *Entjungfern* hatte er gesagt. Nicki hätte lieber eine Nacktschnecke in den Mund genommen als dieses Wort.

»Für Victor Hugo wurde ich noch nie versetzt. Aber er ist ein Rivale, den ich akzeptieren kann. Vor allem, weil er schon tot ist.«

Ein kleines, nervöses Kichern entrang sich Nicki.

»Dann ist das wohl der Abschied.« Er zerdrückte die Dose, steckte sie sich in den Mantel und hielt ihr die Hand hin. Doch Nicki hütete sich davor einzuschlagen.

Lächelnd senkte er die Hand und trat vor sie, sodass sie stehen bleiben musste. Er roch nach Litschisaft. Die Berührung, als er ihre Wange küsste, war so leicht, dass es vielleicht nur ein Atemzug war. »Bis dann.«

»Wann?«, fragte sie alarmiert.

Er zuckte die Schultern und machte ein paar Schritte rückwärts, dann sprang er über die niedrige Hecke, um zurück zur Straße zu gelangen.

»He«, rief Nicki ihm hinterher. Er drehte sich um. Sie zögerte. »Was machst du jetzt? Mit der Nacht?«

Er lächelte, während er weiterging. »Rumfliegen, Rum trinken, randalieren … mal sehen.«

Als sie in die Wohnung kam, stand ihre Mutter im Flur. Zum ersten Mal seit zwei Monaten trug sie etwas anderes als ihren Pyjama: Sie war aufgetakelt von den geföhnten Haaren bis in die Spitzen ihrer Pumps und probierte vor dem Garderobenspiegel zwei verschiedene Halsketten an.

»Wo warst du denn?«

»Wo gehst du hin?«, entgegnete Nicki.

»Einen Freund treffen. Er besitzt mehrere Boutiquen. Und dank meiner Erfahrung in dieser Branche …«, sie warf eine der Ketten auf die Vitrine und legte sich die andere um den Hals, »… will er mich vielleicht anstellen. Dann ist deine Mami wieder eine Geschäftsfrau.«

»Und dann gibt es wieder die guten Croissants aus der Bäckerei?«

»Croissants haben viele Kalorien, egal ob die billigen oder die teuren.« Ihre Mutter wuselte an ihr vorbei ins Bad. »Übrigens hat vorhin ein Typ hier geklingelt und nach dir gefragt.«

Nicki, die fast schon in ihrem Zimmer war, erstarrte. »Wie hieß er?«

»Hat seinen Namen nicht gesagt. Er meinte, er würde unten auf dich warten.« Sie streckte den Kopf aus dem Bad, während sie sich Ohrringe anlegte, und sah Nicki fragend an.

»Keine Ahnung, da war niemand. Muss einer von den Jungs aus der Nachbarschaft gewesen sein, die Klingelstreiche machen.«

»Aha. Wie seh ich aus?«

»Übertrieben.«

»Estella!«

»Das ist Jugendsprache. Das heißt ›hübsch‹.«

Es klingelte.

»Richard!« Ihre Mutter sah sich hektisch um. »Mein Gott, wie spät ist es denn?« Dann griff sie nach dem Hörer der Gegensprechanlage und sagte mit veränderter Stimme: »Guten Abend. Ich muss nur noch meinen Puder einstecken und bin dann …«

Sie hielt inne. Lässig drehte sie sich um und ging ins Bad zurück. »Noch ein Klingelstreich für dich.«

Nicki hastete an den Hörer. »Ja?«

»Oh, hallo. Entschuldige, dass ich noch mal störe. Ich hab mich nur gefragt, ob du mir für heute Nacht *Der Glöckner von Notre-Dame* ausleihen könntest. Hab Lust zu lesen.«

Sie musste sich auf die Unterlippe beißen, damit ihre Mutter nicht sah, wie sie lächelte. »Ich bring's dir runter.«

Der Schatten, der nach dem Radieren bleibt

Dass sie *Der Glöckner von Notre-Dame* gelesen hatte, war keine Lüge gewesen. Aber dass sie das Buch im Deutschunterricht vorstellen sollte, stimmte nicht. Ihre Präsentation lag schon einen Monat zurück.

Sie hatte an diesem Donnerstag nur vier Schulstunden. Danach fuhr sie weder nach Hause noch in die Staatsbibliothek, sondern Richtung Moabit. Von der U-Bahn-Station aus war es noch ein kurzer Fußweg an einer vierspurigen Straße entlang, bis ein Gebäude erschien, das ganz aus dunkelgrauen Kästen und hellgrauen Gittern bestand, umgeben von einer Backsteinmauer.

Nicki ging hinein.

»Hallo, Papa.« Er stand auf, als sie mit den anderen Besuchern durch die Tür kam, und sie umarmten sich mit einer Herzlichkeit, die sich falsch anfühlte und bestimmt auch so aussah. Die Begrüßungen ringsum wirkten nicht weniger befangen. Männer duckten sich unter den Küssen ihrer Mütter weg. Frauen schoben ihre Kinder vor sich her, um nicht selbst gedrückt zu werden. Obwohl verschiedene Sprachen gesprochen wurden, hätte Nicki schwören können, dass alle dieselben leeren Floskeln aufsagten.

»Wie geht es dir? Schön, dich zu sehen, Kleine.«

Er roch nach ihm selbst und nach Nikotin. Seit er hier war, wirkte seine Haut schlaffer und fühlte sich kühler an, so als hätte er durch den Kummer viel Blut verloren.

»Und wie geht es dir?«

Er atmete lange und tief durch die Zähne aus, während sie sich an den Tisch setzten. Die Schatten der Fenstergitter lagen darüber. Nicki schob die Schokoriegel und Zigaretten, die sie am Automaten gezogen hatte, in die Lichtbahnen. »Deine Dosis.«

»Ach, danke. Danke.« Er steckte die Zigaretten gleich ein und drehte die Schokoriegel hin und her. »›Jetzt mit zwanzig Prozent mehr Erdnüssen‹. Na so was. Ich würde trotzdem alle Schokoriegel gegen ein einziges Bier tauschen.« Er lachte und Nicki lächelte. Dass Besucher nichts von draußen in die Justizvollzugsanstalt mitbringen durften, leuchtete ihr ein, trotzdem fand sie, dass die beiden Automaten, an denen man Snacks, Getränke und Zigaretten ziehen konnte, besser bestückt sein sollten. Aber nicht mit Bier. Wenn ihr Vater trank, wurde er ziemlich emotional.

»Wie geht es deiner Mutter? Versteht ihr euch?«

»Sie hat bald wieder einen Job. In einer Boutique.«

»Ah ja. Ist 'ne feine Frau, deine Mutter.«

»Werd ich ihr ausrichten.«

»Ob das 'ne gute Idee ist? Lass mal lieber. Und wie läuft's im Folterheim?«

»Deutsch, Chemie und Kunst laufen super. Physik, Mathe und Englisch so lala. Bio, Erdkunde und Geschichte scheiße. Hab ich was vergessen?«

»Dann wird es wohl nicht so wichtig sein. ... Sport!«

»Ja, Sport. Wir spielen gerade Basketball. Ich bin scheiße.«

»Als Mädchen musst du nicht gut sein mit Bällen.«

»Was soll das denn heißen? Papa.« Sie wartete ab, bis er seine Verlegenheit überlacht hatte.

»Hier drinnen bin ich ganz gut im Tischtennis geworden«, sagte er dann. »Wir spielen immer gegeneinander, so mit System. Dein Alter ist in den Top Ten.«

»Wow. Wie viele sind außerhalb der Top Ten?«

»Einer. Burkhard, der ist ein echter Professor. Aber im Tischtennis die ewige Nummer elf.«

»Und wie sieht's mit Basketball aus?«

Er lachte wieder. »Weil ich klein bin, muss ich das nicht können, so wie du.«

Er legte eine Hand auf ihre. Nicki erwiderte sein Lächeln. Das Thema Schule hatten sie jetzt hinter sich. Blieben noch das Zeichnen, Politik und das Wetter, bevor das Gespräch unweigerlich auf die Vergangenheit oder die Zukunft kam. In der Vergangenheit zu schwelgen wirbelte jedes Mal so viele schlimme Erinnerungen in ihr auf, dass sie noch Tage später gegen Tränen ankämpfen musste. Zukunftspläne fürchtete sie aber am meisten. Was sie in sechs Jahren tun würden, schmerzte nicht nur, wenn es völlig unrealistische Träumereien waren – es erschreckte sie vor allem, wenn es *durchaus möglich* war. Am liebsten hätte sie ihm nichts versprochen, aber das brachte sie nicht übers Herz, wenn er sie mit den Augen eines Höhlenmenschen ansah, der das letzte Glutstück vor dem Erlöschen bewahren will.

Sie hatte ihr Handy so wie alles andere vorne abgeben müssen und die einzige Uhr im Raum hing hinter ihr, über der Tür, zu der sie sich nicht umdrehen konnte, ohne dass ihr Vater ihre Absicht erkannte. So hieß es blind durch die 45 Minuten waten.

Immerhin waren nur zwei Besuche pro Monat erlaubt.

Als sie wieder draußen war, schien der Tag hundert Stunden alt. Die Sonne wälzte sich durch wässrige Wolken, die Autos rasten vorüber, nichts und niemand wollte hierbleiben. Auch Nicki nicht.

Die Hände in der Pullitasche vergraben, machte sie sich auf den Weg zur U-Bahn. Sie schämte sich für ihre Erleichterung, das Treffen hinter sich gebracht zu haben. Sie schämte sich, keine aufrichtige Liebe für ihren Vater zu empfinden, nur dieses alles zerfressende Mitleid. Und sie schämte sich, ihm etwas vorzuspielen, einem Mann, der niemanden hatte, weil er ein Betrüger und Lügner war. Für ihn wurde sie ebenfalls zur Lügnerin, und dafür hasste sie ihn, und sie hasste sich selbst für ihre Feigheit, alle Schuld auf ihn zu schieben.

Sie starrte in den U-Bahn-Tunnel, der sich mit seiner schmutzigen Finsternis wie ein Brunnen auftat. Als die Bahn einfuhr, blieb sie im Rausch des Fahrtwindes stehen und schloss die Augen. Sie wollte etwas empfinden, das so heftig war, dass es alles andere ausradierte.

»Du hast doch radiert!« Canon drückte einen Finger auf die Seite in ihrem Skizzenbuch. »Was war da? Wieso hast du's weggemacht?«

Es war ihr viertes Treffen. Nicki kam sich immer noch nackt im Gesicht vor, weil sie sich nicht mehr schminkte, seit sie ihn kannte. Abgesehen davon fühlte sie sich in seiner Nähe aber so zu Hause, wie sie sich zu Hause nie fühlte.

»Nichts. Egal.«

»Du sollst doch nichts wegradieren.« Sein Tadel war nicht nur ironisch. Er meinte es ernst: »Wahrscheinlich war es sogar gut, das ist das Schlimmste dran. Echt, ich kenne niemanden, der sich innerhalb von zwei, drei Zeichenstunden so verbessert.«

Das Lob ließ sie restlos verstummen. Schweigend zückten sie ihre Bleistifte und begannen zu zeichnen. Durch das leichte Ruckeln der Bahn bekamen die Skizzen eine zittrige, hastige Feinheit, die ihr gefiel. Man musste schnell und leicht arbeiten, ohne zu viel Deutlichkeit.

Nicki konzentrierte sich auf eine Frau mit Dackel auf dem Schoß, Canon auf einen Mann, der mit dem Rücken zu ihnen stand und sich an einer Stange festhielt.

Als er fertig war, hörte auch Nicki auf, um seine Zeichnung zu bewundern. Der Mann auf dem Papier hatte etwas Ängstliches, Angespanntes; als wäre sein Gesicht ein schreckliches Geheimnis, das er vor dem Betrachter verbergen wollte.

Canon beobachtete, wie Nicki das Bild studierte. Sie fand, sein Talent war zu offensichtlich, als dass sie es hätte ansprechen müssen.

»Ich will dich malen«, sagte er dann. Ehe Nicki etwas entgegnen konnte, war er auf den Sitzplatz gegenüber gewechselt und starrte sie über den Rand seines Skizzenbuches hinweg an.

»Nein«, protestierte sie halbherzig und zupfte an ihrem Pony.

»Nicht«, murmelte er. »Bleib genau so.«

Sie atmete tief durch und versuchte sich wieder auf ihre eigene Zeichnung zu konzentrieren. Doch die Frau mit dem Dackel war ausgestiegen, ohne dass sie es bemerkt hatte. Unsicher fuhr sie mit dem Bleistift die Spuren des Bildes nach, das sie letzte Nacht gezeichnet und wieder wegradiert hatte.

»Schau meine Nase nicht so genau an«, sagte sie.

»Ich schau auf deinen Mund.«

Für eine Weile wagte sie nicht zu sprechen. Aus Respekt vor seiner Kunst vielleicht. Oder weil sie ihn beobachten konnte, während sein Blick aufmerksam an ihren Lippen hing. Dann schlug sie eine neue Seite in ihrem Skizzenbuch auf.

Sie umriss seine Gestalt. Den geduckten Kopf, die vorgebeugten Schultern. Nein, nicht so – ein bisschen breiter. Er war ja ein Mann. Sie korrigierte ihre Linien und hoffte, dass ihr Gesicht nicht so rot war, wie es sich anfühlte.

»Auf welche Schule gehst du eigentlich?«, fragte sie, in der Hoffnung, ihn dadurch etwas von sich abzulenken.

»Nicht bewegen«, sagte er nur, sah ihr kurz in die Augen und lächelte entschuldigend.

Sie zeichneten. Nicki erforschte sein Gesicht, während der Bleistift über das Papier raunte. So gingen die Schatten seiner Augen also in die Kontur seiner Nase über ... Aus dem Kopf hatte sie das nicht mehr gewusst. Verdammt, dass sie so glühte! Am liebsten hätte sie ihr Gesicht gegen die kalte Fensterscheibe gedrückt.

Er musterte seine Zeichnung. Machte mit zusammengekniffenen Augen ein paar letzte Striche.

»Nicht bewegen!«, mahnte sie.

Er gehorchte und regte sich nicht, bis auch sie ihr Buch senkte. »Okay«, seufzte sie. »Lass sehen.«

Er kritzelte noch ein wenig, dann beugte er sich tiefer über die Seite und schrieb etwas. Ein Gefühl der Panik kochte in ihr hoch, so als könnte er etwas Schlimmes schreiben, auf das sie dann zu reagieren gezwungen war. Wortlos reichte er Nicki sein Buch.

Sie sah sich selbst an. Ihr gezeichnetes Ich wirkte fast noch peinlicher berührt als ihr echtes. Denn Canon hatte sie viel hübscher gemacht, als sie in Wirklichkeit war. Ihre Haare, die einfach buschig waren, schienen auf dem Papier fein gesponnen, ihr Gesicht saß in den verspielten Kringeln und Wellen wie etwas Zartes, Leuchtendes. Misstrauen und ein winziges bisschen Frechheit rangen in ihren Augen um die Vorherrschaft. Darunter stand in seiner schlaufenreichen, engen Schrift das Datum, seine Signatur und *Nicki.*

»Schmeichelhaft«, murmelte sie mit gerunzelter Stirn.

»Du magst es nicht.«

Sie versuchte zu lachen, aber es kam nur ein abfälliges Geräusch dabei heraus. »Doch. Wäre schön, wenn ich so aussehen würde.«

Er starrte sie an. »Du *siehst* so aus.«

»Ein bisschen erinnere ich mich da drauf an meine Mutter. Gruselig.« Sie unterdrückte ein Schaudern, aber es entging ihm nicht.

Erst schien er enttäuscht. Dann änderte sich etwas in seinem Blick und er lächelte, als hätte sie ihm ein Geheimnis offenbart, das auch er mit sich herumtrug. Nicki spürte die Wärme dieses Lächelns auf der Haut.

»Darf ich mein Porträt auch sehen?«

Sie zeigte es ihm. »'tschuldigung, deine Nase ist in echt nicht so eingedrückt. Wenn ich einen Radiergummi hätte …«

Er kniff die Augen zusammen, hielt die Zeichnung näher und weiter von sich weg.

»Was?«, fragte sie. »Sieht dein Vater so aus?«

Er reichte ihr das Buch mit zerstreuter Miene zurück. »Dann würde ich dich ausnahmsweise bitten, es wegzuradieren.«

Denken und Handeln

)(o

Auf dem Heimweg versenkte Nicki sich in Erinnerungen an Canon, so wie immer, wenn ihre Eltern sich allzu sehr in den Vordergrund ihres Lebens drängten. Sie hatte ihm nie gesagt, wie oft er ihr dadurch schon eine Hilfe gewesen war. Überhaupt merkte sie seit seinem Verschwinden, wie viel sie ihm zu sagen versäumt hatte.

Während die U-Bahn mit flackernden Lichtern und pfeifenden Türen durch den Untergrund der Stadt raste, hielt sie die Augen geschlossen, konzentrierte sich auf ihre Musik und die Erinnerungen. Kleinigkeiten, die er bemerkt hatte. Witze. Wie er sie ansah. Wenn er sie nur lange genug ansah, verglaste der Moment zu einer leuchtenden Souvenirkugel, die sie sammelte und immer wieder hervorholen und wach schütteln konnte.

Doch der Trost, den die Erinnerungen sonst spendeten, blieb aus. Alles war von seinem Verschwinden und dem, was Tallis erzählt hatte, überschattet.

Er hat ihr mit dem Messer fast den Kopf …

Schreckliche Bilder sprangen aus ihrer Fantasie, wollten sich in ihr Bewusstsein beißen. Nicki drehte die Lautstärke auf. Aber Canons Musik kam ihr jetzt wie Hohn vor. Dass sie geglaubt hatte, ihn zu kennen, nur weil sie wusste, welche Lieder ihm gefielen!

Zu Hause duschte sie, machte sich leise, ohne ihre Mutter zu wecken, die auf dem Sofa schlief, ein Erdnussbutter-Marmelade-Brot und tauschte ihre Schultasche gegen *Furious Love* Band zwei von Kazuo Kamimura. In dem Manga ging es um zwei berühmte Zeichner in Japan vor hundert Jahren. Mit der Lektüre ging sie nach draußen, um auf dem Spielplatz zu lesen. Ein paar Kinder aus der Siedlung tobten herum, aber sie hielten respektvollen Abstand vor dem Rutschturm, in den Nicki sich setzte.

Sie las. Fast gelang es ihr, ihre abdriftenden Gedanken bei der Geschichte zu halten. Aber nur fast.

Sie hatte sich immer von ihm verstanden gefühlt. Aber wie viel verstand sie von ihm? Was in ihm vorging, war ihr viel zu oft ein Rätsel gewesen. Es hatte sogar eine Zeit gegeben, da hatte sie geglaubt, dass er sie … Nicki konnte gar nicht daran denken, ohne sich zu schämen.

»*Küss mich*«, flüsterte jemand.

Sie stieß vor Schreck einen leisen Schrei aus. Durch die Öffnung des Turmes lehnte ein brünetter Jugendlicher, der auf den ersten Blick wie ein Mädchen aussah, so feenhaft waren seine Züge. Grüne, schmetterlingshübsche Augen funkelten unter den dichten Brauen. Um seinen Hals war ein bedrucktes Schaltuch geschlungen, das zu dem auberginefarbenen Mantel passte.

»Grüß dich«, wiederholte er etwas lauter und schob eine teuer aussehende, glänzende Papiertüte nach oben, bevor er behände zu ihr hineinkletterte.

»*Du?*«

»Ich hab die Graphic Novel zu Ende gelesen. Ich brauch den zweiten Band.«

»Der ist noch nicht erschienen.« Ihr Herz hämmerte immer noch vor Schreck. Er war tatsächlich schon wieder da.

Auf seinen Mantel achtend, ließ er sich im Schneidersitz nieder und zog das Album aus der Tüte. »Eine Seite ist ein bisschen klebrig geworden, aber es war nur Litschisaft, ich schwör's. Hier. Wann erscheint der zweite Band denn? Ich kauf ihn und dann kannst du ihn von mir ausleihen.«

Sie nahm das Album entgegen und fand die klebrige Seite. Genau genommen waren es mehrere Seiten, die zu *einer* zusammengeklebt waren.

Nun hob Tallis eine Pappschachtel aus der Tüte, klappte sie auf und offenbarte eine kleine Schwarzwälder Kirschtorte.

»Voilà. Ich hab sie gesehen und dachte, die sähe an deiner Hüfte fantastisch aus.« Er drückte ihr eine Plastikgabel in die Hand.

»Wer musste denn dafür seine Seele verkaufen?«

»Seelen dürfen nicht verkauft werden. Nur Körper vermietet.« Er schaufelte sich ein Stück Torte in den Mund.

»Ich meinte damit, die sieht verdammt teuer aus.«

»So schmeckt sie auch«, sagte er mit dem Lächeln eines Verkäufers.

Nicki probierte. Sahne, Schokolade, Kirschen und Kuchenboden waren keine Worte für das, was da in ihrem Mund passierte. Köstlich! Eine Weile aßen sie, ohne zu reden. Nicki wusste nicht, wie sie auf ihn reagieren sollte, also beobachtete sie einfach die Kinder, die in einiger Entfernung spielten.

»Wie war dein Tag?«, fragte er.

Mit einiger Überwindung steckte sie ihre Gabel in die Torte und versuchte ihn anzusehen. Das war gar nicht so leicht. Er war so schön, dass sie nur mit Mühe ein dämliches Grinsen und Blinzeln unterdrücken konnte. »Hör zu. Du kannst nicht meine Freundschaft gewinnen, indem du penetrant bist und mir Essen vorsetzt.«

Er kaute. »Also hattest du einen schlechten Tag.«

Sie stöhnte.

»Ist die Buchpräsentation gut gelaufen?«

Sie wusste, dass sie gehen sollte. Das war das einzig vernünftige Verhalten. Aber sie tat es nicht. Irgendetwas hielt sie in seiner Nähe. Als gefiele es ihr, von unerträglich gut aussehenden Jungen genervt zu werden … Wenn sie so darüber nachdachte, war das wahrscheinlich gar nicht mal absonderlich.

»Ja«, log sie patzig.

Er nickte. »Lehrer oder Lehrerin?«

»Lehrer, wieso?«

»Bestimmt steht er auf dich.«

Sie verzog das Gesicht. »Du musst mir den Appetit nicht extra verderben. Der Rest der Torte gehört dir.«

»Ich meine ja nur. Der Lehrer – heißt er Herr Stockprecht? Vielleicht Herr Lötenkrapp? – hat dich schließlich die ganze Zeit angeguckt, während du so vor der Klasse stehst und mit deinem süßen Mund was von französischer Literatur aufplapperst. Da muss sich in einem Mann einfach was regen.«

»Oh Gott.« Sie machte Anstalten, aus dem Turm zu rutschen. Er versperrte ihr den Weg mit dem Arm.

»Bleib, es tut mir leid. Ich denke nur laut nach.«

»Dann hör auf zu denken.«

Er beugte sich über sie, doch nicht etwa, um ... doch, um sie zu küssen!

Nicki wich zurück, rumpelte mit dem Kopf gegen ein Holzbrett und trat mit dem Fuß in die Torte. »Was zum Teufel«, schnaufte sie.

»Ein Missverständnis.« Er hob die Hände. »Nicht denken, sondern handeln. Ich dachte, das war eine Aufforderung.«

Umständlich kletterte sie aus dem Turm, landete mit dem Hintern im Sand und stolperte davon.

»Hast du dir wehgetan? Deine Comics!«

Sie begann zu rennen, als sie hörte, wie er aus dem Turm sprang.

»Graphic Novels, meine ich.« Plötzlich war er neben ihr und verstellte ihr den Weg.

Nicki zog die Luft ein. Wie hatte er so schnell sein können? Im Hintergrund sah sie die Kinder zu ihnen herüberstarren. Zu Fuß hatte er sie jedenfalls nicht eingeholt.

»Was willst du? Lass mich endlich in Ruhe!«

Er ließ sie tatsächlich los und drückte ihr die Comics in die Hand. »Du kennst dich selbst aber schlecht. Dass du mich willst, kannst du entweder akzeptieren oder leugnen. Aber ändern kannst du es nicht.«

»Lustmolch!«, stammelte sie und ging an ihm vorbei. Nach ein paar Schritten war sie zumindest geistesgegenwärtig genug, um hinzuzufügen: »Unser Pakt ist ungültig!«

Erwachen in Albträumen

ƆC∘

Es ging auf drei Uhr nachts zu. Während Nicki schlief, wurde am anderen Ende der Stadt eine Opiumpfeife für Jucitell Tallis entzündet.

»Sie erinnert dich an jemanden, das ist ja rührend«, sagte Frau La Psie. Im dämmrigen Schein der Papierwände verriet sich die Falschheit ihres Lächelns nur am Klang.

Tallis nahm einen tiefen Zug von der Pfeife. Dann ließ er sich auf die Samtkissen sinken, verschränkte die Arme hinter dem Kopf und öffnete den Mund. Die bemalte Decke des Alkovens, in den sie sich zurückgezogen hatten, verschwamm hinter dickem, gelbem Qualm.

Als die wasserfarbigen Bäume und Berge wieder sichtbar wurden, spürte Tallis bereits das Wohlgefühl des Schlafmohns, das sich über seinen Körper beugte wie der Schatten einer weichen Flut. Er schloss die Augen. In alle Verästelungen seiner Lungen schwärmte der Rauch, rauschte durch seine Blutbahnen und quoll zwischen seinen Schläfen zu prachtvoller, himmelweiter Ohnmacht auf.

Leise wurde der Vorhang zur Seite geschoben und Frau La Psies hübsche blonde Dienerin servierte ein Kännchen schwarzen Tee mit Sahne. Tallis liebte Sahne. Man konnte sie zu allem essen. Er tunkte zwei Finger hinein und wollte sie zum Mund führen, doch dann fiel ihm der Mund der Dienerin auf, der außergewöhnlich sinnlich war, und seine Finger bewegten sich automatisch auf ihn zu statt auf seinen eigenen. Ein überraschtes Lächeln wuchs unter der Berührung. Dann leckte sie die Sahne auf. Er spürte ihre Zunge und ihre Zähne.

»Ghora!«, fauchte Frau La Psie.

Mit einem Glucksen verschwand die Dienerin.

Frau La Psie legte die Pfeife beiseite und schmiegte sich an ihn. Ihr bügelglattes Haar kitzelte ihn am Hals. Er vergaß die Sahne und dachte an Mädchen. Mädchen! Ihre unzähligen Ausprägungen von Körper und Charakter, die die Welt über Jahrhunderte hervorgebracht und an ihn herangetragen hatte wie Muscheln an eine willkommen heißende Bucht: lang und dunkel und klein und blond, mollig und zierlich, niedlich und anmutig, urvertraut und für immer rätselhaft … Derselbe Zauber glomm auf dem Grund dieser vielen köstlichen Unterschiede und er entschlüsselte und vergaß ihn jedes Mal aufs Neue. Wie herrlich ihr Haar war, glatt oder gelockt oder gekräuselt, ganz egal … und der Duft ihres bebenden Atems, wenn sie ihm ihre Liebe gestanden, tausendfach, immer wieder dieselben unbeholfenen Worte wie unaufhörlich kristallisierender Zucker … Ihre Hände, lang und filigran oder kleiner als seine, zarte Pfötchen … Ihre Hände an ihm, wenn sie sich küssten, aus ihren Mündern tranken in der rhythmischen Wiederholung der Generationen …

»Denk bloß nicht, dass ich dir schon verziehen habe«, schnurrte Frau La Psie. »Wenn du mir gesagt hättest, dass du sie unbedingt haben willst, ja, dann hätte ich sie dir überlassen. Aber dieses Theater vor meinen Gästen, diese dreiste Lügerei!«

Er stöhnte, als sie ihn in den Oberschenkel zwickte. Fahrig suchte er ihre Hand, die auf Erkundungstour ging. »Ich wollte nichts anbrennen lassen. Gefahr funktioniert nun mal am besten, um Mädchen zu kriegen.«

»Gefahr, ja? Und ich dachte schon, deine Masche ist, einen in Ungeduld schmoren zu lassen.«

Endlich fand er ihre Hand und hielt sie fest. Sie hatte begonnen, an seiner Gürtelschnalle zu nesteln. Er hob den Kopf, um ihr ins Gesicht blicken zu können. »Ich rede von *Mädchen*.«

Sie riss ihre Hand los. »Ich nehme deine Entschuldigung nicht an«, fauchte sie. »Einmal machst du mir den Hof, dann schnappst du mir eine Domäne vor der Nase weg, dann entschuldigst du dich, dann lässt du mich zappeln. Was *willst* du, Jucitell?«

Er lächelte und hustete ein wenig, sodass sie vollends den Kopf von seiner Schulter nahm und sich aufsetzte.

»Ich bin, was ich bin, süße Herrin. Du musst mir meine Natur schon verzeihen.«

Ihre schwarzen Augen fingen das spärliche Licht und bündelten es zu winzigen Flammen. »Dann liebe mich. Ich will endlich wissen, ob es stimmt, was man sich erzählt.«

Er ließ zu, dass sie sich über ihn beugte und sein Gesicht und seinen Hals mit Küssen bedeckte. Als ihre Hände hinabglitten, hielt er sie erneut fest.

»Sag mal, der Kerl, der dich neulich geköpft hat, wurde der schon identifiziert?«

Sie starrte ihn schwer atmend an. »*Was?*«

»Hat man seine Domäne gefunden? Gibt es irgendwas Neues?«

»Nein«, sagte sie verstört. »Warum?«

Er streichelte ihren Kopf. »Du bist mir doch lieb und teuer. Außerdem … bin ich überhaupt nicht in Stimmung. Ich bevorzuge eine menschliche Frau. Zumindest im Augenblick.«

Als sie sich aufrappelte, um zu gehen, landeten die Spitzen ihrer Schuhe nicht zufällig in seinem Rücken.

Während Susie Ma in der Küche ihres Restaurants zu sich kam, ohne sich auch nur daran zu erinnern, dass es einen geheimen Aufzug im Kühlraum gab, verließ einige Kilometer entfernt ebenfalls ein Dämon den Körper eines Menschen.

Canon kam zu sich, als er rannte.

Unvermittelt erwachte er in einer vor Anstrengung schmerzenden Gegenwart, wusste kaum, wer er war, geschweige denn wo und warum.

Seine Füße verhedderten sich, als hätten sie mit dem Grund ihrer Hast plötzlich auch vergessen, wie sie sich bewegen sollten. Hart stürzte er auf Asphalt, überschlug sich und sah den Himmel vorüberziehen, der ebenso schwarz war.

Asphalt. Er war auf einer Straße.

Lichter trafen ihn, Reifen quietschten. Reflexartig hechtete er zur Seite und prallte gegen die Beine einer spärlich bekleideten Frau. Schimpfwörter hagelten auf ihn herab, außerdem eine Handtasche. Um ihn tanzte ein Karussell aus grell geschminkten Gesichtern, Stimmen, dem Blinken von Ampeln, die von Orange auf Rot und Grün schalteten.

Als er aufstand, sah er im Flimmerlicht eines Clubs, dass seine Arme von Blut verklebt waren. Bahnen von Schweiß fraßen sich durch das getrocknete Rot und schoben kleine, schwarze Klümpchen vor sich her.

Frauen, die ihn sahen, stießen erschrockene Schreie aus. Ein Mann in Lederjacke näherte sich ihm, als wäre er ein gefährliches, in die Enge getriebenes Tier.

Ohne zu zögern rannte er los, floh in eine Seitenstraße, bog in eine Gasse ab, dann in eine Toreinfahrt. Dort kletterte er über eine Mauer, landete in einem Hinterhof zwischen Müllcontainern und trat dreimal hart dagegen, ehe seine Vorsicht seine Verzweiflung wieder überwog. Nach Atem ringend, beinah schluchzend, legte er die Arme über dem Kopf zusammen.

In der Finsternis verschnaufte er.

Und merkte erst jetzt, dass er etwas in der Faust hielt. Etwas Weiches. Feuchtes.

Wankend trat er auf das Wohnhaus zu, bis der Bewegungsmelder die Lampe über der Tür aufflackern ließ. Im Licht drehte er den Klumpen hin und her.

Es war eine Zunge.

Zweiter Teil

Weil in den Fußspuren von Eltern
Magnete und Minen liegen
tragen Kinder Sohlen aus Eisen

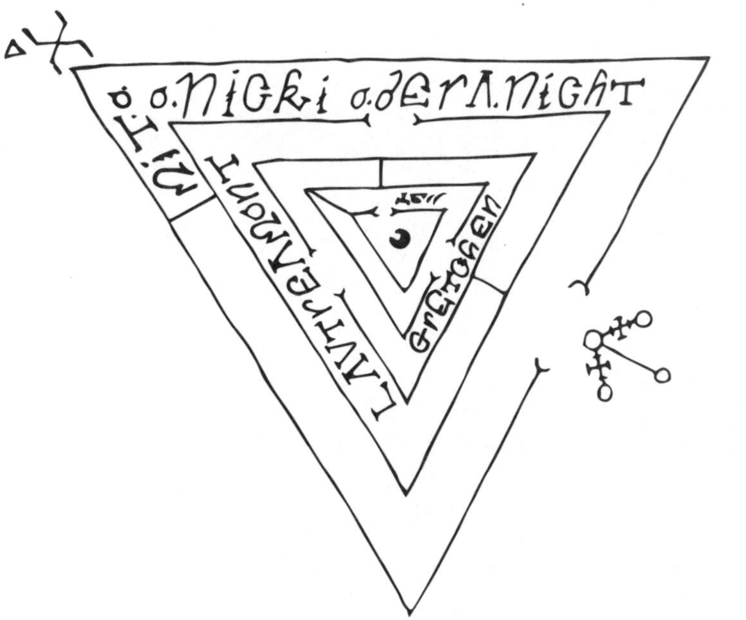

Die Wahrheit kommt ans Licht und sorgt für Gerüchte

ƆC○

In dieser Nacht schlief Nicki so schlecht, dass es wohl erholsamer gewesen wäre, einfach wach zu bleiben. Wirre Träume tropften durch sie hindurch wie Wasserfarben durch Papier. Sie besuchte ihren Vater im Gefängnis, er lief auf sie zu und wollte ihren Namen rufen, doch er konnte nicht mehr sprechen. Als er es merkte, rollten ihm schwere, erschütternde Tränen aus den Augen. Nicki wollte wegrennen, doch die Gittertüren fielen ins Schloss. Sie war nun ebenfalls in Haft, zusammen mit ihrem Vater, für immer.

Tallis kam sie besuchen, er schmuggelte ihr eine Zimtschnecke aus seinem Mantel zu – das war ihre Henkersmahlzeit, bevor sie hingerichtet werden sollte. Nein, nicht hingerichtet, *geopfert*. Ein weißer Tisch stand für sie bereit. Zwei schlanke Dolche, um sie zu töten. Tallis beugte sich zu ihr herab, sein warmer Atem flirrte wie Lippen über ihre Wange. Er würde sie zum Abschied küssen. Sie erwartete den Kuss und fürchtete ihn zugleich, denn danach würde das Opferritual beginnen.

Immer wieder schrak Nicki aus diesen Szenen auf, sank vor Erschöpfung wieder hinein, wurde nochmals und nochmals von Furcht durchbohrt. Gegen halb sechs zwang sie sich schließlich aufzustehen. Sie tapste ins Bad. An manchen Tagen fühlte sich ein Mädchen mädchenhafter als sonst und heute war leider ein solcher Tag.

Weil ihre Mutter gestern spät gegangen war (der Freund mit den Boutiquen?), hatte Nicki die Wohnung für sich und ging in die Küche, um sich einen Kamillentee zu kochen. Sie knipste das

Licht nicht an, sondern lehnte sich in der blauen Dunkelheit gegen die Spüle, während der Wasserkocher zu brodeln begann.

Draußen hoben sich Wolken von der Finsternis ab. Die Fliesen unter ihren Fußsohlen waren eiskalt, aber es störte sie nicht. In diesem Moment kam ihr die ganze Welt so *fühlbar* vor. Dass alle Dinge ihre Existenz einfach vor sich her atmeten – der Kühlschrank, die Menschen, der Planet –, versetzte Nicki in Staunen, als hätte sie noch nie darüber nachgedacht. Mit Canon ging es ihr oft so. In seiner Gegenwart erkannte sie in den selbstverständlichsten Sachen das Zauberische, das auf dem Grund des Daseins glomm.

Dort draußen in der Dämmerung, womöglich nicht einmal weit von ihr entfernt, existierte auch er gerade. Mit der Wärme seiner Haut und seiner Stimme und seinen Gedanken, die spurlos durch den unbekannten Weltraum hinter seinen Augen schwebten. Er existierte. Für sich. Mit oder ohne Nicki.

Das Wasser kochte. Sie goss es in den großen Kaffeepott ihrer Mutter und schwenkte nachdenklich zwei Teebeutel hindurch. Der Dampf stieg an ihr Gesicht.

Sie setzte sich mit dem Tee auf den Fußboden und gab sich eine Weile der Vorstellung hin, sie hätte eine Wahl, ob sie Canon weitersuchen oder vergessen sollte. Was wäre, wenn sie ihn einfach vergaß? Dieselbe Frage hatte sie sich schon damals gestellt, vor ihrer ersten Verabredung. Und schon damals war es nur darum gegangen, sich auszumalen, was *nicht* passieren würde, denn ihr Herz – oder was auch immer dort tiefer saß als ihr Verstand – hatte längst entschieden.

Angenommen, sie könnte ihn vergessen. Und weiterleben, als hätte ihre Bekanntschaft sich nach einiger Zeit einfach aufgelöst. Dann würde sie noch einmal mit Tallis in die Kanzlei gehen müssen, um die Prüfung ihres Paktes anzuhören. Bestimmt wäre ihr Spitzname bis dahin schon verfallen, weil es keinen mehr gab, der sie Nicki nannte. Dann war der Pakt ungültig und Tallis wäre sie damit ebenfalls los. Sie könnte den ganzen Spuk verdrängen und müsste sich nicht mehr den Kopf darüber zerbrechen, dass die Mehrheit der Menschen lediglich auf der oberen Kruste der Wahrheit lebte. Und in fünfzehn Jahren, wenn sie längst erwachsen war und sich kaum noch an diese Zeit erinnerte, würde sie die Erlebnisse als kurzfristige Psychose abstempeln und die Kruste wäre fein säuberlich unter ihr wieder zugewachsen.

Sie nippte am heißen Tee. Nahm innerlich Abschied von dieser Vorstellung.

Als es Zeit war, machte sie sich auf den Schulweg. Sie erreichte die S-Bahn-Station, wartete am Gleis, stieg in die Bahn ein und setzte sich, ohne besonders auf ihre Umgebung zu achten.

Nicki achtete auch nicht darauf, bei welcher Haltestelle sie gerade war, als eine Eingebung, die stärker war als normale Sinneseindrücke, über ihre Haut strömte und sie den Blick heben ließ. Sie drehte sich um.

Durch den Gang kam Canon.

Sie öffnete den Mund, ohne seinen Namen aussprechen zu können.

Er war es. Er war wirklich da. In den letzten Tagen war er für sie schon fast zum Geist geworden und ihn jetzt leibhaftig zu sehen überstieg ihr Fassungsvermögen.

Er hatte sich die Schiebermütze tief ins Gesicht gezogen. Als sie sich ansahen, geriet etwas in seinen Augen in Bewegung, als fiele ein Kieselstein in stilles Wasser.

Nicki schnellte hoch, noch immer unfähig, ein Wort herauszubringen. Dann standen sie sich gegenüber. Ihre Hände schwebten aneinander entlang, suchten nach einer angemessenen Reaktion und scheuten vor der Umarmung zurück. Schließlich sanken sie nebeneinander auf die Sitze.

»Was ist passiert?«, brachte sie hervor. Mehrere Schrammen liefen von seiner Stirn über die rechte Wange, auch sein rechtes

Ohr war aufgeschürft. Was Nicki unter der Mütze für Augenringe gehalten hatte, stellte sich jetzt als Bluterguss heraus.

»Entschuldige, dass ich einfach so aufkreuze. Ich wollte nur … dass du dir keine Sorgen machst. Mir geht es gut.«

»Ich weiß alles«, sagte Nicki und spürte, dass ihr Herzschlag in ihrer Stimme zu hören war. »Frau La Psie. Und die Kanzlei. Ich *weiß*.«

Wieder hatte er diesen Ausdruck. Als würde er vor Anstrengung, äußerlich Ruhe zu bewahren, gleich umfallen. »So weit hätte es nicht kommen müssen.«

»Das kommt darauf an, wie groß die Schwierigkeiten sind, in denen du steckst«, sagte sie, ebenfalls so bemüht, ruhig zu bleiben, dass ihre Stimme zitterte.

Er ergriff ihre Hand. Ihr wurde klar, dass er sie noch nie angefasst hatte – alle Berührungen waren bisher immer nur zufällig gewesen. Und nun waren ihre Finger umschlungen. Es bedeutete so viel, dass sie sich wie betäubt fühlte.

Canon. Sein Gesicht. Seine Hand.

Er war tatsächlich hier und die Sekunden rasten viel zu schnell vorüber, als dass sie es richtig glauben konnte.

»Nicki. Ich soll … Isabel Arouk, die Traumdeuterin, hat mir gesagt, dass du mich suchst. Ich habe ihr versprochen, dass du dich von jetzt an raushalten wirst. Du weißt nicht, in welche Gefahr du dich begibst, wenn …«

Sie schüttelte den Kopf. »Ich habe einen Pakt.«

»Was? Mit wem?«

»Jucitell Tallis. Ein Inkubus.«

Er ließ sie los, als hätte er sich verbrannt. Ihr fiel die Definition eines Inkubus ein, die sie gelesen hatte, und sie errötete.

Die Bahn ruckelte, als sie in den nächsten Bahnhof einfuhren und hielten.

»Es ist noch nicht sicher, ob unser Pakt gültig ist. Er hat mich reingelegt.«

»Wie, reingelegt?«

Sie beschloss ihm alles zu erzählen. Dass sie in seine Wohnung eingebrochen war, dass sie das TITANIC aufgesucht hatte. Auch von der Flucht aus Frau La Psies Boudoir erzählte sie ihm und der Prüfung des Paktes in der Kanzlei. Canon starrte sie dabei mit einem Blick an, den sie noch nie an ihm gesehen hatte. Etwas Stummes, Rasendes weitete seine Pupillen.

Nicki hatte noch nicht geendet, da hielt die Bahn. Hier musste sie aussteigen. Durch das Fenster konnte sie Anne-Marie und andere aus ihrer Klasse sehen, die miteinander redeten.

Canon stand auf und begleitete sie zur Tür. Sie hoffte, dass er sie darum bat zu schwänzen. Sie selbst brachte es nicht über sich.

»Ich kann die Bahn nicht mit dir verlassen«, murmelte er. »Wir treffen uns nach der Schule, wann kommst du raus?«

»Um halb drei kann ich wieder hier sein.«

»Du musst aussteigen.«

Die Türen piepten. Nicki machte einen Schritt zurück auf den Bahnsteig. »Um halb drei, ich gucke ins letzte Abteil jeder Bahn, die einfährt, bis du drin bist.«

»Ich werde da sein«, sagte er leise. Die Türen schlossen sich. Sie sahen sich durch die Scheibe an. Dann nahm die Bahn Geschwindigkeit auf, Reflexionen blitzten über die Scheibe und löschten Canon. Er war verschwunden.

Jemand rief ihren Namen. Es war Anne-Marie. Sie drehte sich nicht um, noch nicht. Erst als die Bahn hinter der Böschung verschwunden war.

Kein Schultag war ihr jemals so quälend vorgekommen, nicht einmal jener albtraumhafte Tag, nachdem ihr Vater verhaftet worden war und ihre Zukunft in der Schwebe hing. Sie trommelte mit den Füßen auf den Teppichboden. Sie knüllte die Kanten ihrer Hefte und Bücher. Bereits in der ersten Stunde wollte sie am liebsten aufspringen und zur S-Bahn rennen, wenn es nur irgendeine Möglichkeit gegeben hätte, Canon zu sagen, dass er jetzt schon kommen sollte. Wieso war sie nicht einfach bei ihm geblieben? Sie ärgerte sich maßlos über ihren Zwang, sich an die Schulregeln zu halten.

In der kleinen Pause versuchte Anne-Marie mit Nicki über Canon zu reden, denn sie hatte ihren Abschied am Bahnsteig gesehen.

»Das ist der, mit dem du immer Leute abmalst? Geht der noch zur Schule? Was war denn eigentlich los, habt ihr Schluss gemacht?«

Weil Nicki nicht darüber reden wollte, redete Anne-Marie bald mit anderen darüber. In der großen Pause wusste jeder, den es interessierte oder nicht, dass Nicki einen Freund hatte, aber dass es kompliziert war und seit heute Morgen vielleicht sogar vorbei. Hanna, die seit dem Ende ihrer Freundschaft vor zwei Jahren höchstens dreimal in Nickis Richtung geblickt hatte, kam in Begleitung ihrer Freundinnen zu ihr und meinte, wenn sie Ratschläge in Sachen Beziehung bräuchte, wäre sie für sie da. Nickis Hinweis, dass sie überhaupt keinen Freund habe, wurde als Zeichen großen Liebeskummers nur teilnahmsvoll belächelt.

»Danke fürs Rumerzählen«, knurrte sie in Anne-Maries Richtung, als sie in Mathe nebeneinandersaßen.

»Ist doch gut, dass die anderen davon wissen«, sagte Anne-Marie. »Sonst denkt man langsam, du wärst voll die Nonne geworden.«

Nicki versuchte ihr mit einem Blick begreiflich zu machen, wie egal ihr das war. Seit sie in der achten Klasse ihren vier besten Freundinnen von ihrem Vater erzählt hatte und wenige Tage später die ganze Schule Bescheid wusste, wollte sie einfach keinen Tratsch mehr über sich. Bestimmt hatten ihre Freundinnen es damals nicht böse gemeint und es zog Nicki auch keiner deswegen auf, trotzdem waren die mitleidsvollen oder erschrockenen Blicke von jedermann nicht gerade angenehm gewesen. Genauso wenig wollte sie jetzt Verständnis bei Liebeskummer, den sie nicht einmal hatte! Mit einem Seufzen in der Kehle wandte sie sich ihren Winkelberechnungen zu.

Als die letzte Stunde endlich vorbei war, kam es ihr vor, als wäre seit der Begegnung mit Canon heute Morgen eine ganze Woche verstrichen. Hausaufgaben und andere Sachen, an die sie sich erinnern musste, überlagerten sich in ihrem Kopf wie die Akten im Büro von Hortus Portassum.

Leider war Nicki nicht die Einzige, die nach der Schule zur S-Bahn pilgerte. Weil Freitag war, ging die Hälfte der Klasse vorerst nicht nach Hause, sodass neben Anne-Marie und den Gothics auch noch Fabian und Severin und ein paar aus der Parallelklasse zusahen, wie Nicki sich verabschiedete und zum Ende des Bahnsteigs rannte, um hinten einsteigen zu können.

Der Waggon war so lang, dass auch Fabians Gruppe hier einstieg. Man hörte ihre Stimmen den ganzen Gang hinunter und Nicki meinte auch ihren Namen zu hören, aber sie achtete nicht darauf.

Canon stand im Mittelgang. Als er sie sah, hellte sich seine Miene ein wenig auf. Nicki rutschte in eine blickgeschützte Vierersitzecke hinein, Canon folgte.

»Tut mir leid, dass es so lang gedauert hat«, stieß sie hervor. »Ich glaub, mir sind vor lauter Ungeduld eher Hirnzellen geplatzt, als dass ich irgendwas gelernt habe. Warst du eigentlich in der Schule?«

Er sah sie lange an, dann wandte er den Blick ab. »Nach der achten Klasse habe ich meine Papiere geändert. Offiziell bin ich einundzwanzig.«

Wovon Geister träumen

Sie ließ ihm Zeit, mehr dazu zu sagen. Als nichts kam, fragte sie: »Aber du bist nicht einundzwanzig?«

»Quatsch. Ich bin eineinhalb Jahre älter als du, weißt du doch.«

Sie hätte ihn darauf hinweisen können, dass sie reichlich wenig über ihn wusste, wenn das, was er ihr gesagt hatte, gelogen sein könnte. Aber er schien sich unwohl genug zu fühlen.

»Ich werde dir alles erklären«, sagte er leise. »Aber erzähl du erst zu Ende, was mit dem Inkubus passiert ist.«

Sie berichtete ihm, wofür heute Morgen nicht genug Zeit gewesen war. Bei der Beschreibung ihrer Flucht aus Frau La Psies Boudoir ballte er die Fäuste.

»Das Ganze ist wegen mir passiert. Weil du mich gesucht hast«, sagte er finster.

»Es war meine Entscheidung.« Nicki seufzte verhalten. Sie hatte das Gefühl, all die drängenden Fragen, die sie hatte, blockierten sich gegenseitig, sodass sie lediglich murmelte: »Fahren wir irgendwo Bestimmtes hin?«

»Fließwesen mögen keine Elektrizität. Sie bringt sie durcheinander. Deshalb ist es unwahrscheinlich, dass sie von uns Besitz ergreifen, solange wir fahren. Zudem fährt die Ringbahn im Kreis. Kreise sind mächtige Schutzzauber, in die man nicht so leicht eindringen kann.«

Die alte vietnamesische Dame, die sich soeben vor sie gesetzt hatte, beäugte ihn argwöhnisch und umklammerte ihre Einkäufe.

Nicki entschied, dass es völlig egal war, ob die Dame sie für verrückt hielt. »Ist das der Grund, warum wir uns immer in der Bahn getroffen haben?«

»Hat es dich je gestört?«

Nicki schüttelte den Kopf.

Wieder schwiegen sie.

Schließlich flüsterte Nicki: »Mit was für einem Dämon bist du …«

Sein Blick zuckte über die Gebäude, die durch das Fenster schwebten. »Ich habe den mächtigen Fließwesen nie sonderlich getraut, deshalb … habe ich ihn selbst erfunden. Jeder kann theoretisch ein Fließwesen erschaffen. Man muss dafür einen Gedanken haben, den niemand je zuvor gedacht hat. Mein Dämon ist so ein Gedanke. Er existiert nur durch mich.«

Nicki erinnerte sich an den Greis im Wartezimmer der Kanzlei. Hatte Tallis nicht gesagt, dass es nur den wenigsten gelang, einen eigenen Dämon zu erzeugen? Sie wartete, dass er weitersprach.

»Ich wusste schon immer, dass es sie gibt. In meiner Familie waren Dämonen so was wie … ach, egal. Ich will nicht über meine Eltern reden. Als ich beschloss abzuhauen, brauchte ich Unterstützung. Ich war fünfzehn. Ich brauchte neue Papiere, eine Wohnung, Geld. Wenn du minderjährig bist, lebst du wie ein Sträfling. Ich wollte einfach nur in Ruhe gelassen werden. Er hat mir geholfen. Wenn ich schlafe, lebt er in meinem Körper. Wenn er schläft, habe ich seine Kräfte. Durch ihn bin ich in der Lage, alles Sichtbare zu manipulieren. Das hab ich mir nicht ausgesucht, aber es war genau die Fähigkeit, die mir am meisten entsprach. Optische Tricks. Dafür mein Körper.«

Sein nüchterner Tonfall legte nahe, dass er kein Mitleid wollte, aber sie spürte, wie viel Kraft es ihn kostete, so gefasst zu bleiben. »Ich war noch nie im Meer schwimmen. Aber so stelle ich es mir vor: Nachts im offenen Meer und dunkle Wellen schlagen über mir zusammen. Ich bin unter Wasser. Wenn ich wieder auftauche, weiß ich nicht, wo ich bin und wie viel Zeit vergangen ist. Und was ich getan habe.«

Er hielt inne, zog sich die Baskenmütze in die Stirn und wartete, bis die alte Dame ausstieg. Leise, wie zu sich selbst, fuhr er fort: »Eines Tages fingen die Schmerzen an. Phantomschmerzen. Meine Knochen waren in Ordnung, aber ich wusste, dass ich verletzt worden war. Ich erinnerte mich daran, wie es sich anfühlt ... wenn einem der Schädel eingeschlagen wird.«

Nicki rührte sich nicht. Canon deutete ein Nicken an, als müsste er sich selbst überzeugen, dass es wirklich so war. »Dann stand ich eines Tages auf einem Feld. Die Sonne ging gerade auf. Meine Kleider waren voller Blut, aber ich war unversehrt. Ich bin fast eine Stunde umhergeirrt, bis ich ein Dorf fand. Ich war irgendwo in Brandenburg. Ich fand eine Bierflasche und tat während der ganzen Heimfahrt so, als wäre ich betrunken hingefallen.« Er versuchte zu lächeln, aber es kam nur ein gequälter Gesichtsausdruck dabei heraus. »Das war das erste Mal. Vor ungefähr sechs Monaten. Ich schaute in allen Zeitungen nach, ob es ein Verbrechen in der Gegend gegeben hatte, aber ich fand nichts. Also versuchte ich das Ganze zu vergessen. Zeit verging. Dann, vor vier Monaten, lag ich plötzlich im Garten einer riesigen Villa. Blut überall. Die Polizei kam, ich rannte weg. Später hab ich in der Zeitung gelesen, dass es eine Schießerei gegeben hat. Die Nachbarn haben angeblich gesehen, wie mehrere Menschen erschossen wurden. Aber von Leichen keine Spur.« Ohne Atem zu holen erzählte er weiter: »Danach war wieder Ruhe. Ein paar Wochen. Aber vor einem Monat war ich wieder frühmorgens auf dem Feld in Brandenburg. Normalerweise verlässt er mich am selben Ort, an dem er von mir Besitz ergriffen hat. Dass ich in einer wildfremden Gegend zu mir kam, konnte nur bedeuten, dass er zu schwach war, länger in mir zu bleiben und mich nach Hause zu bringen. Er hatte seine letzte Kraft aufgebraucht, um die Schäden an meinem Körper zu beseitigen. Den Rest überließ er mir.

Ich folgte diesmal den Fußspuren zurück und kam auf eine Landstraße. Hinter den Bäumen stieg Rauch auf. Es war das Dorf, in dem ich schon einmal gewesen war. Ein Haus stand in Flammen. Die Feuerwehr war schon da. Zum Glück hat mich niemand beachtet.

Danach ging ich zu Isabel Arouk. Du warst ja bei ihr, sie macht Rückführungen. Ich musste wissen, was passiert war. Bruchstücke kehrten zurück. So wie wenn man versucht sich an einen Traum zu erinnern. Der Geschmack des Traums ist noch da, aber der Sinn ist herausgerutscht. Und in meinem Traum war Gewalt. Tote. Ich habe Menschen …« Seine Stimme brach ab, er drückte sich die Hand auf die Augen. Nicki wollte ihn berühren, ihn in den Arm nehmen, aber sie war wie festgefroren.

Zwei Mädchen mit Einkaufstüten setzten sich laut schnatternd zu ihnen und Canon richtete sich auf, um ihnen Platz zu machen. Nicki war drauf und dran, sie zu vertreiben, aber andererseits war es vielleicht gut, dass die Mädchen ihr Gespräch für alle anderen übertönten.

Canon atmete tief durch und flüsterte: »Vor einigen Tagen bin ich zu dem abgebrannten Haus gefahren. Ich fragte einen Mann auf der Straße, was passiert war. Das Ehepaar, ihre kleine Tochter, ihr zwanzigjähriger Sohn, seine Freundin und die Großeltern waren in dem Haus, als es brannte. Bis auf den Sohn sind alle gestorben. Der hat nicht eine Schramme abbekommen.

Es war nicht schwer, die Namen der Toten rauszukriegen. Ich vermutete, dass sich der Sohn bei den Eltern seiner verstorbenen Freundin aufhielt, und so war es auch. Mir war klar, dass er einen Pakt hatte, wie hätte er sonst als Einziger überleben können? Ich bat ihn mit mir zu reden. Ich wollte wissen, mit wem er paktierte. Da hat er mir eine reingehauen. Keine Ahnung, ob er in dem Moment besessen war oder einfach er selbst und Angst hatte, dass jemand sein Geheimnis erfährt. Jedenfalls wollte er nichts mit mir zu tun haben. Ein paar Tage später hab ich in der Zeitung gelesen, dass er sich umgebracht hat. Pulsadern. Draußen auf den Feldern. Wahrscheinlich hat er geglaubt, er sei schuld am Tod der anderen. Vielleicht war er es auch. Vielleicht …«

Er atmete wieder tief durch. »In der Nacht, als ich dich anrief, passierte es wieder. Ich kam zu mir, mitten in der Stadt. Leute haben mich angestarrt. Überall an mir Blut. Bei Isabel Arouks Rückführung kam heraus, dass ich in einem Restaurant namens TITANIC bei Frau La Psie war. Ich rief dich an, sagte unser Treffen ab, dann wollte ich zu dieser Frau La Psie. Aber ich kann mich nicht mehr erinnern, ob ich da war. Wahrscheinlich hat *er* wieder Besitz von mir ergriffen. Ich erwachte am nächsten Tag in meiner Wohnung. Mir war so schlecht, als wäre ich vergiftet worden. Nach allem, was du erzählt hast, war er vermutlich in Frau La Psies Boudoir, um sich einen netten Drogencocktail zu verabreichen.«

Nicki war froh, dass er sie nicht ansah, denn vielleicht hätte er das, was sie über seinen Aufenthalt in Frau La Psies Boudoir wusste, von ihrem Gesicht abgelesen.

»Irgendwas muss mit ihm passiert sein. Er war früher ... früher war er einfach nur *ich*. Ich habe ihm meinen Namen gegeben, verstehst du? Meinen Geburtsnamen. Wir waren ein und dieselbe Person.«

Inzwischen war jeder Platz in der Bahn belegt – die erste Welle des Feierabendverkehrs. Stimmen, Schuhe, Fahrräder und Handys vermischten sich zu einem steten Geräuschgewitter.

»Die Menschen, die ich ... die er tötet, sind keine Menschen. Der Sohn aus dem Dorf in Brandenburg, die Leute, die in der Villa erschossen wurden – sie überleben die Attacken, weil sie auch besessen sind. Er muss es auf die Fließwesen abgesehen haben, die sich in den Menschen aufhalten.«

»Warum? Was hat er gegen sie?«

Er biss die Zähne zusammen. »Ich weiß es nicht. Wenn nur eins der Opfer mit mir reden würde. Aber wer will schon verraten, mit welchem Dämon er im Bunde ist?«

Nicki dachte darüber nach und errötete. Wenn der Pakt zwischen ihr und Tallis gültig war, würde sie auch nicht wollen, dass jeder von ihrem *Inkubus* wusste. Am wenigsten Canon. Aber dafür war es schon zu spät.

Die Bahn hielt. Leute stiegen aus, andere ein. Die beiden lauten Mädchen waren wieder verschwunden. Ein Blick nach draußen verriet Nicki, dass sie im Norden der Stadt angekommen waren. Eine Hälfte der Gesamtstrecke hatten sie also schon zurückgelegt. Aber das Gute an der Ringbahn war schließlich, dass es keine Endstation gab. Sie konnten noch Stunden hierbleiben. Dieser Gedanke beruhigte Nicki. Sie wollte nicht weg.

»Was hast du jetzt vor?«, fragte sie.

»Keine Ahnung. Es scheint Wege zu geben, aus einem Pakt auszusteigen. Aber das ist kompliziert. Einfacher wäre, die Dämonen zu identifizieren, die er angreift, um seine Beweggründe zu verstehen. Dann könnte ich vielleicht etwas tun, um seinen Hass auf andere Weise zu lindern.«

»Ich kann bei dir bleiben und ihn beobachten, wenn er kommt.«

»Auf keinen Fall«, sagte er schnell. »Erst recht nicht jetzt, wo du wahrscheinlich die Domäne eines Inkubus geworden bist. Was, wenn er den auch angreift? Glaub mir, selbst wenn deine Verletzungen rückgängig gemacht werden, dein Körper verfügt über ein ganz eigenes Gedächtnis.«

»Wie kann ich dir sonst helfen?«

»Gar nicht. Das will ich dir ja klarmachen.«

Sie hielt seinem eindringlichen Blick stand. »Du kannst nicht erwarten, dass ich nichts tue.«

»Doch. Außerdem habe ich Freunde, die mir helfen.«

Das saß wie ein Schlag in die Magengrube. *Freunde*. Was war sie denn dann für ihn? Eine aufdringliche Bekannte, die in seine Wohnung einbrach, weil er ein Treffen absagte.

Sie war unfähig, etwas zu erwidern. Sie konnte nicht einmal atmen. Die eineinhalb Jahre ihrer Freundschaft – ihrer *Bekanntschaft* – zogen an Nicki vorüber wie eine Kette aus falschen Hoffnungen, Missverständnissen und Fehleinschätzungen. Er war alles für sie gewesen. Ihr Seelenverwandter. Und aus seiner Perspektive waren sie nicht einmal Freunde? Nein, das konnte sie nicht glauben. Es tat zu sehr weh.

Benommen hörte sie sich sagen: »Ich kenne noch ein Opfer, das vielleicht bereit ist, mit dir zu reden.«

Vorsichtig erzählte sie ihm, was sie von Tallis über den Vorfall in Frau La Psies Boudoir wusste. Die Details des Mordes ließ sie allerdings aus. Canon schien traumatisiert genug.

»Als du versucht hast, Frau La Psie zu finden, kam dein Dämon und hat sie angegriffen. Vermutlich wird das wieder passieren. Deshalb werde ich mit ihr reden – beziehungsweise mit Susie Ma«, sagte Nicki. Bevor er etwas einwenden konnte, fuhr sie fort: »Ich muss Susie Ma treffen, wenn sie nicht besessen ist. Erzählt sie mir, was für ein Dämon Frau La Psie ist, kann ich ihr im Gegenzug irgendwas über Tallis verraten. Ein Geheimnis gegen ein Geheimnis, darauf geht sie vielleicht ein. Immerhin sind wir Leidensgenossen, oder? Du hingegen solltest ihr besser nicht sagen, wer dein Dämon ist. Sie nimmt dir vielleicht übel, was er ihr im besessenen Zustand angetan hat.«

»Nein, ich will dich nicht reinziehen. Nicht mehr als ohnehin.«

»Lass mich nur versuchen mit Susie Ma zu reden. Wenn ich das Gefühl habe, dass sie sich wieder in Frau La Psie verwandelt, hau ich ab. Wir fahren gleich hin, okay?« Sie reckte sich nach dem S-Bahn-Netz, das über den Türen an der Decke abgebildet war. »Dann müssen wir nächste Station umsteigen. Komm!«

»Nicki.« Er hielt sie zurück. »Du musst das nicht tun.«

Sie sahen sich an. Noch nie hatte sie in seinem Gesicht – dem Gesicht, das sie so oft gezeichnet hatte, dass sie es aus jedem Winkel kannte – so viel Fremdes erblickt. Sie wusste über ihn nur, was sie fühlte.

»Komm«, wiederholte sie.

Gefährliche Dämonen, gefährliche Menschen

☽☾○

Auf der Weiterfahrt war es zu voll, um sich zu unterhalten. Eingepfercht zwischen Leuten mieden sie den Blick des anderen, ohne dabei verhindern zu können, dass sie sich von den Beinen bis zu den Schultern berührten.

Mit jeder Haltestelle strömten Menschen mit nasseren Jacken herein. Einmal trat Canon ihr auf den Fuß, um einer Rollstuhlfahrerin mit Hunden Platz zu machen, und entschuldigte sich mehrfach, als hätte er sie ernsthaft verletzen können.

»Du musst mir noch was versprechen«, sagte er dann. »Wenn ich mich plötzlich anders verhalte, dann renn weg. Renn einfach weg.«

»Woran merke ich denn, dass du dich anders verhältst?«

»Das kriegst du schon mit. Versprich's mir.«

»Einfach wegrennen?«

Er nickte. »Wir sehen uns dann in der S-Bahn wieder. Spätestens in ein paar Tagen.«

Nicki hätte gern gewusst, ob die Phasen, in denen er besessen war, tagelang dauerten oder ob er aus anderen Gründen so lange wegbleiben würde – weil er zuerst bei seinen *Freunden* Hilfe suchte, zum Beispiel –, aber es war nicht die richtige Umgebung für solche Fragen.

Als sie ausstiegen, war das Nieseln zu einem Regen geworden. Unter den Bäumen, die den Kanal säumten, wurden sie nicht ganz so nass. Bald sahen sie die leuchtenden Buchstaben an der Häuserwand: TITANIC.

Im Näherkommen spähten sie durch die Fenster. Im Hintergrund war Licht, aber vorne lag alles in Nachmittagsdüsternis. Das Restaurant öffnete wohl erst abends.

»Lass uns hintenrum gehen«, schlug Canon vor. Sie überquerten die Brücke und die Straße, dann liefen sie um den Häuserblock herum und fanden auf der Rückseite eine Einfahrt. Ein Wagen mit offenem Kofferraum parkte bei zwei Müllcontainern. Dahinter war eine Treppe, die zu einer Tür führte.

Gerade kam ein asiatischer Mann mit Zigarette zwischen den Zähnen heraus, sprang die Stufen hinab und holte zwei Kartons aus dem Kofferraum.

»Ich geh hin und frag nach der Geschäftsführerin«, erklärte Nicki. »Dann sag ich Susie Ma, dass ich einen Pakt habe, so wie sie. Wenn sie keine Zeit hat, um länger zu reden, mach ich ein Treffen mit ihr aus.«

Er nickte zögerlich. »Und wenn du das Gefühl hast, sie wird zu Frau La Psie, verlierst du keine Sekunde.«

Nicki wollte schon los, da hielt Canon sie noch einmal zurück. »Geh nirgends mit ihr hin. Schlag ihr vor, dass ihr hier draußen redet, im Hof, wo ich euch sehen kann.« Er schien noch mehr sagen zu wollen. Weil sie fürchtete, er könnte die ganze Sache doch noch abblasen, machte sie sich sanft von ihm los und ging.

Der Mann mit der Zigarette kam wieder heraus und sah sie verwundert an.

Nicki hob die Hand zum Gruß. »Könnte ich mit Susie Ma sprechen? Ist was Privates.«

Der Mann begann auf Chinesisch zu rufen. Nicki begriff, dass er nicht sie meinte, sondern eine rundliche Frau, die in der Tür erschien. Beide musterten Nicki, während sie offensichtlich über sie redeten. Dann sagte die Frau mit schwerem Akzent: »Was willst du?«

»Susie Ma«, wiederholte Nicki.

Wieder begannen die beiden auf Chinesisch zu sprechen. Dann rief der Mann etwas nach drinnen. Eine weibliche Stimme antwortete. Die Frau kratzte sich in der Nase und wies den Mann mit einer Geste an, das Auto weiter zu entladen. Dann winkte sie Nicki herauf.

Der Mann beäugte sie argwöhnisch, als sie einander auf der Treppe passierten.

Die Frau wich vor Nicki zurück und winkte sie weiter nach drinnen.

Nicki betrat die Küche des Restaurants. Es roch nach Gewürzen. Zwei Männer standen ihr gegenüber, der eine hager, mit Kopftuch und ärmellosem Shirt, der andere dick, kahl geschoren und in der fleckigen Jacke eines Kochs. Der eine hielt ein langes Messer, der andere ein Hackbeil.

Etwas weiter hinter ihnen ging eine Frau in einem metallblauen Hosenanzug auf und ab, die telefonierte. Susie Ma.

Sie wiederzusehen löste eine irrationale Angst in Nicki aus. Wie sie hinter ihr hergerannt war, auf dem Dach … Aber das war schließlich ihr Dämon gewesen, nicht Susie Ma selbst.

Nicki lächelte die beiden Köche probehalber an. Ihre Gesichter blieben ausdruckslos. Da fiel ihr auf, dass nur der eine damit beschäftigt gewesen war, große Fleischstücke zu zerteilen. Der andere hielt das Messer aus keinem ersichtlichen Grund in der Hand.

Sie schluckte trocken. An die Gefahr, die von Susie Ma ausging, wenn sie *nicht* von Frau La Psie besessen war, hatte sie bis jetzt überhaupt nicht gedacht.

Im Hintergrund legte die Chinesin auf und kam eiligen Schritts auf Nicki zu. Sie wirkte gestresst und bleich, denn anders als bei ihrem letzten Treffen trug sie kein Make-up. Mit einem raschen Blick taxierte sie Nicki und schien sie nicht wiederzuerkennen.

»Hallo. Ich, äh, würde gern mit Ihnen sprechen, wenn Sie Zeit haben. Über Ihren Partner.«

Die Chinesin starrte sie verständnislos an.

»Ich hab nämlich auch … so einen Partner«, fuhr Nicki fort

und kam sich zusehends dümmer vor. Sie seufzte. »Gibt es eine Möglichkeit, dass wir uns alleine unterhalten können?«

»Hier«, sagte Susie Ma. Ihr Blick war nun weniger verständnislos als konzentriert. Als versuchte sie ganz genau zu begreifen, was Nicki wollte.

»Ich weiß, dass Sie auch einen Pakt haben. So wie ich. Und ich wollte Sie fragen, ob wir vielleicht … ob wir uns unterhalten könnten, wenn …«

Etwas Komisches geschah. Nicki wusste, dass sie weitersprach, aber sie konnte sich selbst nicht mehr verstehen. Alles schien mit einem Mal unter Wasser getaucht.

Das Deckenlicht glitt über die blanken Klingen der beiden Köche. Susie Ma machte den Mund auf und sagte etwas Schnelles, Schneidendes. Nicki setzte sich auf den Boden. Sie wusste nicht, warum. Starr blickte sie auf die weißen Fliesen und die Gummischlappen der Köche, ohne zu erkennen, was sie da sah. Sie bewegten sich. Traten vor und zurück. Stimmen blubberten durcheinander. Ein Knie stieß Nicki gegen die Schläfe. Sie verstand überhaupt nicht, warum. Sie wollte aufstehen, wollte etwas sagen, aber sie wusste nicht mehr, wie das ging. Die Klingen der beiden Köche. Wie sie geleuchtet hatten im Licht. An einer war noch Blut gewesen.

Nicki spürte Panik wie Leuchtraketen in sich steigen und klanglos wieder erlöschen. Hände fassten sie unter den Armen und zogen sie schwungvoll auf die Beine. Der Gewürzgeruch war überwältigend. Vor ihr tauchte das Gesicht von Susie Ma auf. Oder war es Frau La Psie? Jedenfalls die glänzenden, runden Augen der Chinesin. Was sagte sie? Nicki verstand nicht.

Ja, genau: Sie musste gehen. Sie musste etwas Dringendes … erledigen.

Ein lautes Scheppern und Klirren erklang. Die Geräusche hagelten wie Schläge auf Nicki herab. Wieder brach Unruhe aus. Die Hände unter ihren Achseln verschwanden, sie kippte zurück und stieß gegen den Tisch. Eine vertraute Stimme flog durch den Lärm wie eine aufgeschreckte Taube. Wer war das? Sie erinnerte sich nicht.

Dann hob jemand sie in die Arme. Ihre Hand war nass, sie musste in irgendwas Nasses gefasst haben. Sie spürte den Luftzug an ihrer Haut, als sie herumgewirbelt wurde. Alles wackelte. Schritte. Sie wurde mit den Schritten hin- und hergewiegt. Feuchtigkeit rieselte ihr auf die Wimpern, machte ihre Augen schwer.

Ein neuer, schnellerer Schrittrhythmus kam dazu. Dann hörte sie Canon, ja, es war Canon, ihn erkannte sie wieder! Was sagte er? Sie konnte keinen vernünftigen Satz aus dem Stimmengewirr fassen. Laute tauchten auf und zerfielen in Klang, bevor sie sich zu Worten hätten fügen können. Sie wusste nur, dass sie etwas erledigen musste, dringend. Jetzt. Gehen.

Schemen tanzten vor ihr im Grau. Ihre Beine sackten ab, ihre Füße fielen unbeholfen auf den Boden und wollten losmarschieren. Jemand zerrte an ihr. Oder waren es mehrere? Dann wurde sie wieder aufgenommen. Die Arme, die sie nun hielten, waren stärker, drückten sie mehr und schienen doch ungeschickter im Umgang mit ihr. Dabei musste sie doch … musste sie doch etwas Wichtiges erledigen.

Wieder hörte sie Canon, diesmal klang er gar nicht mehr aufgebracht. Sehr leise und ernst murmelte er ein unsinniges Kauderwelsch. Wenn sie nur gewusst hätte, was er meinte. Und wo sie war. Und ob sie träumte.

In weiter Ferne geschahen Dinge mit ihr. Sie wurde getragen, zurechtgerückt und hochgezerrt, gestützt, umklammert und verlagert, als kämpfte jemand gegen die Schwerkraft und ihr Körper wäre das Schlachtfeld. Zerwühlte, zertretene Erde.

Nur ab und zu strich ihr eine zärtliche Hand den Regen vom Gesicht.

Unvermittelt war sie wach. Sie riss die Augen auf und zuckte mit den Beinen, als wäre sie aus einer Grube Treibsand gezogen worden, nass und ungewohnt leicht nach dem Kampf gegen ihr eigenes Gewicht.

Aus mehreren verschwommenen Farbflecken wurden Gestalten, die sich über sie beugten und ihren verwirrten Blick erwiderten.

»Hey.«

Canon. Er versuchte ein Lächeln.

Nicki wollte sich aufrichten und merkte, dass ihr schwindelig war.

»Bleib liegen«, sagte er.

»Wo bin ich?«

Eine der Gestalten wandte sich mit einem Augenrollen ab. Es war ein Mädchen. Mehr erkannte Nicki nicht, schon war sie verschwunden und Canon beugte sich tiefer zu ihr herab, um eine Hand auf ihre Stirn zu legen. »Du bist in Sicherheit.«

Seine Hand auf ihrer Stirn. Als wollte er prüfen, ob sie Fieber hätte.

»Was ist passiert?« Ihre Stimme war belegt. »Wo bin ich?«

»Ich hab dich in Chips' Wasserturm gebracht. Rundes Gebäude, dazu die Starkstromkästen – kein angenehmer Ort für Fließwesen. Wir sind hier sicher.« Wieder versuchte er beruhigend zu lächeln, aber seine Miene war viel zu besorgt.

Nicki richtete sich wieder auf, da merkte sie, dass sie fremde Kleider anhatte. Erschrocken riss sie die Decke von sich: ein T-Shirt und Boxershorts, deren Bund ihr zu eng war.

Canon, der bis jetzt vor ihrem Bett gehockt hatte, erhob sich und suchte vergeblich mit den Händen nach Hosentaschen, denn auch er trug eine Jogginghose in einer zu kleinen Größe. »Wir waren vom Regen durchnässt, ich wollte nicht, dass du dich erkältest. Gretchen hat dich umgezogen«, fügte er rasch hinzu und trat zur Seite, sodass Nickis Blick auf das Mädchen fiel.

Sie lehnte mit verschränkten Armen an einem Tisch. Dickes, dunkelrotes Haar fiel ihr bis zur Taille. Ihre Augenbrauen waren hell, aber sehr dicht und erweichten die Schatten, in denen ihre pechschwarzen Augen ruhten. Ein paar Sommersprossen besprenkelten die zierliche, kleine Höckernase. Um ihren Oberkörper schmiegte sich ein flauschiger weißer Pullover, dazu trug sie einen Minirock und schwarze Strümpfe bis über die Knie, die ihre langen Beine noch betonten.

Sie hatte Nicki also umgezogen. Ein winziges, verächtliches Lächeln schien an ihrem blassen Schmollmund zu hängen.

Es waren noch mehr Leute im Raum. Hinter dem Tisch war eine Küchenzeile mit einem Kühlschrank, den soeben ein junger Mann schloss. Er drehte sich um und prostete Nicki mit einer Flasche Schokomilch zu. »Willkommen bei den Zombies.«

Er war von Kopf bis Fuß in Schwarz gekleidet und hatte in alle Richtungen abstehende, blau gefärbte Haare. Man hätte ihn mit seinen breiten Wangenknochen und den leuchtend hellblauen Augen als gut aussehend bezeichnen können, nur war seine Stirn von kleinen Pickeln übersät. Die Geschmeidigkeit seiner Bewegungen und seine muskulösen Arme ließen darauf schließen, dass er viel Sport trieb.

»Das ist Theo«, erklärte Canon. »Mein bester Freund.«

Ein schwarzer Schopf drängte sich in dem Moment unter Canons Arm. Es war ein etwas pummeliger Junge, der kaum älter als acht aussah. Er hatte einen dunklen Teint, lebhafte Augen und Hasenzähne.

»Aber wir sind Brüder. Ist doch so, oder?« Seine Stimme hatte einen heiseren, durchdringenden Klang.

Canon drückte ihn. »Wenn ich vorstellen darf: mein adoptierter kleiner Bruder Chips.«

Der Junge machte sich von ihm los und sprang aufs Bett. Nicki konnte gerade rechtzeitig die Beine wegziehen. »Er hat gesagt, du hast auch einen Dämon. Sag mal, wie du ihn gekriegt hast.«

Endlich gelang Canon ein richtiges Lächeln. »Lass Nicki doch erst mal ihre Fragen stellen, bevor sie welche beantwortet.«

Feindselige Freunde

Nicki beteuerte, dass sie aufstehen konnte, obwohl ihr noch immer schwindelig war und ihr Kopf wummerte wie damals in der achten Klasse, als sie auf der schlimmsten Party ihres Lebens beim Wetttrinken gewonnen hatte. Chips bot ihr einen der vier Samtsessel an, die um den Tisch standen. Es war ein runder Tisch aus poliertem Holz, in den Schriftzeichen graviert waren. Augenblicklich wurden sie jedoch von Tassen, Knabberkram und verschieden gemusterten Tellern voller Krümel verdeckt.

Das Mädchen – Gretchen hatte Canon sie genannt – kochte Kaffee auf einer Herdplatte und stellte eine Tasse mit angebrochenem Goldhenkel vor Nicki, ohne zu fragen, ob sie ihn wollte.

»Wir haben keine Milch. Nur Schokomilch«, sagte Chips. »Willst du?«

Nicki ließ sich einschenken.

»Daraus hat Theo getrunken«, sagte Gretchen angewidert, als Chips auch ihr Schokomilch anbot, und spreizte ihre schlanken Finger über die Porzellantasse.

»Du trinkst deinen Kaffee doch schwarz, weil du sonst fett wirst«, gähnte Theo.

Gretchen strich sich eine Strähne aus dem Gesicht, um ihm einen vernichtenden Blick zuzuwerfen. Ihre Augen waren schwer getuscht, denn vermutlich hatte sie so blonde Wimpern wie Augenbrauen.

Canon rührte sich einen Esslöffel Zucker in den Kaffee.

»Und ihr wohnt hier?«, fragte Nicki zögerlich und wies in den runden Raum.

»Ich«, sagte Chips wie aus der Pistole geschossen.

»Chips hat den Turm gefunden und nutzbar gemacht. Wir haben ihm bloß geholfen, ihn einzurichten«, sagte Canon.

Nicki sah sich um. Außer dem Bett gab es noch ein geblümtes, blaues Samtsofa auf goldenen Füßen, einen Schaukelstuhl an einem Ofen, eine Hängematte, ein paar schiefe Regale und Glasvitrinen voller Kleidungsstücke, Gefäße und Lebensmittel, einen Kickertisch, eine winzige Tür und eine Wendeltreppe nach unten. Der Boden war mit lauter verschiedenen Teppichen bedeckt, die ein buntes und buckeliges Mosaik bildeten. An der Wand über dem Bett hing eine gerahmte Zeichnung von Canon: Zu sehen waren zwei Zombies, die durch eine Gasse stapften und unbestreitbare Ähnlichkeit mit Canon und Chips aufwiesen. Nicki musterte das Bild. Durch die vier kleinen Fenster drang kaum genug Tageslicht. Es regnete noch immer.

»Der Turm steht schon Ewigkeiten leer. Zusammen haben wir einen Bann um ihn gelegt, sodass Leute sich von ihm fernhalten«, erklärte Canon. »Bisher hat uns noch niemand gestört.«

Für einige Momente war nur das leise Rauschen des Regens zu hören und das Klimpern des Löffels, mit dem Chips in seinem Kaffee rührte.

»Ich kann mich überhaupt nicht erinnern, wie du mich hergebracht hast«, sagte Nicki schließlich. »Ich stand Susie Ma nur ein paar Sekunden gegenüber. Dann … keine Ahnung. Sie hat sich wahrscheinlich in Frau La Psie verwandelt.« Allein der Versuch, sich zu erinnern, löste eine Art Vergiftungsschmerz in ihren Schläfen aus.

Canon schüttelte den Kopf. »Sie war nicht besessen. Was Susie Ma mit dir gemacht hat, muss sie auch mit mir gemacht haben, als ich sie aufgesucht habe. Eine Art Hypnose. Ich bin nach Hause gegangen, hab fünfzehn Stunden geschlafen und fühlte mich danach so vergiftet wie du jetzt.«

»Wie lange hab ich geschlafen?«, fragte sie erschrocken.

»Nicht lang. Eine Stunde. Wir haben ja den Bann gelöst.«

Dass ihre Ohnmacht so kurz gewesen war, wunderte Nicki ebenfalls. Sie fühlte sich eher, als hätte sie fünf Stunden im Niemandsland zugebracht. Aber tatsächlich waren ihre Haare noch feucht.

»Und wie habt ihr den Bann gelöst?«

»Einen Bann von dieser Stärke zu zerstören ist eigentlich ziemlich leicht. Ich hätte dir lediglich einen Schluck Wasser aus meinem Mund zu trinken geben müssen. Aber ich wollte den Bann nicht einfach zerstören, sondern aufspalten.«

»Aufspalten«, wiederholte Nicki. In Gedanken war sie immer noch bei dem Schluck Wasser aus seinem Mund. Er hatte das gesagt, als wäre es etwas ganz Normales.

»Hinter jeder magischen Äußerung eines Menschen steckt das Fließende Wort seines Dämons. Und das klingt bei jedem Fließwesen anders. Es ist wie ein individueller Code, ein kontinuierlicher Strom aus Wortassoziationen – ein endlos langer Name sozusagen. Ich wollte diesen Namen rauskriegen, um Näheres über den Dämon Frau La Psie zu erfahren. Dafür musste ich den Bann aufspalten und dein Bewusstsein anzapfen. Ein paar Tropfen Blut, ein verknotetes Haar. Nicht dein Blut«, fügte er rasch hinzu.

»Trotzdem hat es geholfen, dass sie menstruiert«, sagte Gretchen und lächelte aalglatt in Nickis Richtung. »Dadurch war sie offener für blutmagische Eingriffe in den Kreislauf.«

Nicki erstarrte zur Salzsäule. Canon rührte hektisch seinen Kaffee um. Gretchen setzte ihre Lippen an ihre Tasse und schlürfte.

Theo brach das entsetzliche Schweigen, indem er fröhlich rief: »Damit wär das Eis dann wohl gebrochen! Und wie läuft's sonst so? Mir juckt immer so der Sack, ob das eine Geschlechtskrankheit ist?«

Chips war der Einzige, der kurz auflachte.

»Jedenfalls konnte ich, äh, eine Menge wichtiger Worte aus

dem Bann herauslesen.« Canon räusperte sich. »Wir müssen jetzt noch recherchieren, aber ich bin ziemlich sicher, dass es sich um einen Dämon des Rausches handelt. Das ergibt Sinn, immerhin scheint Susie Mas besondere Gabe darin zu liegen, einen völlig zu benebeln. Nicht zu vergessen, dass Frau La Psie eine Drogenbar betreibt.«

»Also hat es was gebracht, dass mir kurzzeitig das Hirn getoastet wurde«, sagte Nicki.

Canon runzelte die Stirn. »Wenn ich gewusst hätte, dass das passieren würde, hätte ich dich nicht vorgeschickt.«

»Halb so wild, mir ist ja nichts zugestoßen«, sagte Nicki. Dabei konnte sie sich kaum etwas Schlimmeres vorstellen, als dass seine rothaarige Freundin sie nackt gesehen hatte. Und offenbar *genau* hingesehen hatte. Wie unverschämt konnte man eigentlich sein?

»Du hast uns geholfen«, bestätigte Gretchen, als hätte Nicki um Anerkennung gebeten. »Jetzt sollten wir uns aber daranmachen zu recherchieren. Amsel?«

Nicki folgte ihrem Blick, weil sie glaubte, eine neue Person sei eingetreten. Doch nur Canon saß dort. Da begriff Nicki, dass sie ihn meinte.

Amsel. Noch ein Spitzname. Aber ein passender, denn mit seinen glänzenden dunklen Augen und dem zusammengebundenen Haar sah er wirklich ein wenig wie eine Amsel aus.

»Ich wollte Nicki nur Zeit geben, euch kennenzulernen.«

Gretchen öffnete den Mund, schloss ihn wieder und trommelte mit lackierten Nägeln gegen ihre Tasse.

Theo lehnte sich mit den Armen auf den Tisch, dass die Teller darauf schepperten. »Also, Nicki. Du hast auch einen Pakt, ja?«

»Ist noch nicht klar. Der Inkub… der Dämon hat mich reingelegt.«

»Du fühlst dich ganz schön doof, oder?«

Nicki war nicht sicher, ob Theo sie beleidigen wollte, deshalb zögerte sie mit einer Antwort.

»Am Anfang haben wir uns alle verarscht gefühlt. Außer Mo … äh, Canon für dich. Aber Gretchen, ich, Chips: Wir mussten uns mit unserem neuen Leben erst mal anfreunden.«

»Ich gar nicht, mein Dämon war immer nett«, protestierte Chips, bevor Nicki fragen konnte, warum Canon jetzt auch noch *Mo* hieß. Der kleine Junge wandte sich an Nicki: »Ich hatte nur Probleme mit Menschen, Jugendamt und so, aber da hat Amsel mir auch geholfen. Er hilft allen. Wirst du schon sehen. Er kennt sich mit Fließwesen richtig gut aus. Also keine Angst.«

Canon lächelte ein wenig. »Mach keine Versprechen, die ich nicht halten kann, Chips. Im Moment kenn ich mich nicht mal mit meinem eigenen Dämon aus.«

»Du kannst ihr doch helfen«, flüsterte Chips und machte ein so dringliches Gesicht, dass Canon ihn an sich drückte.

»Und was für eine Fähigkeit hast du von deinem Inkubus bekommen?«, fragte Theo beiläufig.

Nicki errötete. Jetzt wussten also alle, was Tallis war. »Ähm, Fähigkeit?«

»Na klar. Das ist meine.« Grinsend stand Theo auf und zog ein Feuerzeug aus der Hosentasche. Er ließ es mehrmals schnalzen, aber keine Flamme erschien. Er schüttelte es und hielt es gegen das Licht.

Gretchen stöhnte leise.

Plötzlich sah Nicki ihn nicht mehr. Sie hatte ihn irgendwie – nun ja, aus den Augen verloren.

Sie blinzelte. Er hatte sich doch nicht hinter einem Regal versteckt, das wäre ihr aufgefallen.

Der Kühlschrank fiel scheppernd zu, und plötzlich warf Theo sich wieder in seinen Sessel, einen Schokoriegel in der Hand.

»Hey, das war mein letzter!« Chips stürzte auf ihn, doch Theo hielt einfach seinen Kopf fest, sodass Chips' Arme hilflos in die Luft griffen, während er den Schokoriegel mampfte.

»Du bist …«, fragte Nicki.

»Er kann sich unsichtbar machen«, erklärte Gretchen gelangweilt. »Eine Fähigkeit, für die die Welt ihm dankbar ist.«

»Gretchen meint damit, dass sie drauf steht, wenn ich sie beim Duschen beobachte. Das Luder.« Er warf sich das letzte Stück des Schokoriegels in den Mund, ließ Chips los und kassierte bereitwillig seine erschöpften Knuffe. Auf den Tritt, den Gretchen ihm unter dem Tisch verpasste, war er weniger vorbereitet.

»Genau genommen werde ich nicht unsichtbar«, sagte er durch die Zähne. »Ich kann meine Aura schrumpfen. Dadurch nimmt man mich nicht wahr. Aber auf einem Foto wäre ich voll drauf.«

»Voll drauf – wie wahr, so oft wie du dich zukiffst.«

»In Wirklichkeit mögen sie sich übrigens«, warf Canon ein.

»Ähm, und das kaputte Feuerzeug, was hat das mit dem Unsichtbarwerden zu tun?«, fragte Nicki.

»Rein gar nichts«, strahlte Theo. »So, jetzt hab ich dir meins gezeigt. Und was kannst du?«

Alle Blicke richteten sich auf Nicki.

»Ehrlich gesagt, ich wusste nicht, dass man eine Fähigkeit kriegt.«

»Aber dein Dämon muss dir ein Angebot gemacht haben. Oder, wenn er sich unverständlich ausgedrückt hat: Was hast du dir am meisten gewünscht, als er kam?«, fragte Theo.

Nicki überlegte. Vermutlich hatte sie sich am meisten gewünscht, Canon zu finden. Nein, auf dem Dach des TITANIC hatte sie sich vor allem gewünscht, nicht zu sterben. Als sie begriff, war sie selbst enttäuscht: »Ich glaube, ich hab gar keine Fähigkeit bekommen. Nur ein Versprechen, dass er mich retten wird, wenn ich in Lebensgefahr bin.«

Auch Theo schien enttäuscht. »Na ja. Es gibt halt passive und aktive Menschen.«

»Und was soll das heißen?«

»Du bist passiv. Du hast quasi eine Versicherung abgeschlossen.«

Nicki verzog das Gesicht. Sie hatte sich nie für passiv gehalten und die Vorstellung missfiel ihr irgendwie. »Wie gesagt, der Pakt ist wahrscheinlich ungültig.«

»Ach ja. Stimmt.«

Weil Theo nichts mehr sagte, wandte Nicki sich an Gretchen. »Was ist deine Fähigkeit?«

»Ja, was ist deine Fähigkeit?«, hakte Theo vergnügt nach.

»Ich glaube nicht, dass ich das jedem Dahergelaufenen verraten möchte. Nimm es nicht persönlich.«

Nicki erwog ernsthaft, ob es möglich war, das nicht persönlich zu nehmen. Wenn Gretchen zu jedem so unfreundlich war, warum wäre Canon dann mit ihr befreundet? Nicki versuchte eine ungerührte Miene zu wahren. Gretchen war wirklich hübsch … und vielleicht waren sie ja gar nicht *befreundet*.

Der Gedanke war so beunruhigend, dass Nicki sich rasch an Chips wandte. »Und du, behältst du deine Fähigkeit auch für dich?«

Chips sah sich Rat suchend nach Canon um.

»Ich hab dir ja schon erzählt«, schaltete Canon sich wohlmeinend ein, »dass meine Fähigkeit darin besteht, alles Sichtbare zu manipulieren.«

Jetzt traute sich auch Chips und er verkündete voller Stolz: »Mein Dämon macht, dass Leute mir glauben.«

»Er hat wirklich eine bemerkenswerte Gabe«, sagte Canon. »Er kann einem Hoffnung geben. Richtige, dauerhafte Hoffnung. Chips hat schon mehr Leute glücklich gemacht als wir alle zusammen.«

Der Junge wippte fast vor Freude über das Lob und schien den Schokoriegel völlig vergessen zu haben.

»Wie schön, nun hat sie uns kennengelernt.« Gretchen lächelte. »Können wir dann?«

Canon sah sie lange schweigend an. Schließlich nahm er sein Skizzenbuch vom Tisch, zückte den darin liegenden Stift und begann etwas zu schreiben. »Okay. Das sind die Worte, die ich aus dem Bann …«

»Äh«, unterbrach ihn Gretchen. »Wollen wir uns nicht erst verabschieden?« Sie wies auf Nicki.

»Was ist eigentlich dein Problem?«, fragte Nicki. Langsam platzte ihr der Kragen.

Gretchen ignorierte sie und starrte Canon an. »Du kannst ihr nicht ernsthaft trauen. Seit wann kennst du sie? Seit wann spielt Lautréamont verrückt? Wir wissen, dass es ein anderes Fließwesen geben muss, das ihn von dir entfremdet hat – und plötzlich taucht sie auf und hat zufällig auch einen Pakt! Ist dir nicht in den Sinn gekommen, dass ihr Dämon derjenige sein könnte, der Lautréamont lenkt?«

Nicki hielt den Atem an. *Lautréamont*. So hieß also sein Dämon. Es war Canons Geburtsname.

Wie oft sie sich gefragt hatte, wie er wirklich hieß! Kein Name war ihr je passend erschienen. *Lautréamont*. Das klang Französisch. *Amsel* leitete sich davon ab, *Mo* auch. Sie spürte, wie die Namen in ihrer Vorstellung unaufhaltsam mit Canon verschmolzen und ihn veränderten, vertrauter machten und fremder zugleich.

»Quatsch«, sagte er. »Ich kenne Nicki seit fast zwei Jahren.«

»Seit …« Gretchen verstummte. Dann verschränkte sie die Arme. »Cool, dass du uns so viel von ihr erzählt hast.«

»Warum sollte ich? Wir haben uns zum Zeichnen getroffen.«

»Ach, du meinst, sie gehört zu deinem Privatleben«, sagte Gretchen mit glatter Stimme. »Und wir sind die Freaks, mit denen du dein Geheimnis teilst.«

»Komm runter.« Theo zuckte mit den Schultern. »Ich erzähl euch auch nicht von jeder Schnalle, mit der ich was habe.«

»Weil diese ›Schnallen‹ fiktiv sind, Theo«, sagte Gretchen.

»Fick was?«

»Könnten sich alle mal beruhigen?«, bat Canon.

»Bin ruhig«, warf Chips ein.

»Ja, danke. Nicki ist keine Fremde. Und ich hab euch nicht früher miteinander bekannt gemacht, weil Nicki bisher nicht zur Fließwelt gehörte. Jetzt ist das anders. Sie ist eine von uns. Und sie hat mir geholfen. So wie ihr. Ich vertraue ihr, wie ich euch vertraue.«

»Das ist dein Fehler«, sagte Gretchen. Scheinbar gelassen trommelte sie wieder gegen ihre Tasse, doch Nicki sah, dass ihre Hand zitterte. »Du kannst niemandem vertrauen. Uns am wenigsten, weil unsere Dämonen in der unmittelbaren Umgebung von Lautréamont sind. Mit der größten Wahrscheinlichkeit ist es also einer von ihnen, der Lautréamont zum Töten anstiftet.« Sie schoss einen Blick auf Nicki ab, der unmissverständlich klarmachte, wen sie verdächtigte. In ihrem künstlich sanften Tonfall setzte sie hinzu: »Es sei denn, du hast noch mehr Freunde mit Kontakten in die Fließwelt, von denen du uns nichts erzählst.«

Canon sagte nichts. Er wartete darauf, dass Gretchen ihn ansah, damit ihre Wut an seinem aufrichtigen Gesicht zerschellen würde. Weil Gretchen jedoch eisern auf ihre Tasse starrte, vertiefte Canon sich wieder in sein Skizzenbuch.

Diese Reaktion verwirrte Nicki am meisten. Immerhin hing noch immer in der Schwebe, ob sie nun bleiben oder gehen sollte. Sie hatte nicht darum gebeten, hergeschleppt und von seinen Freunden beurteilt zu werden. Es war seine Entscheidung gewesen und nun sollte er gefälligst dazu stehen.

Endlich legte er sein Skizzenbuch aufgeklappt auf den Tisch. »Das sind die Worte, die ich aus dem Bann herausgezogen habe. Das reicht sicher, um mehr über Frau La Psie zu erfahren. Wer helfen will zu recherchieren, soll bleiben. Wer gehen will, kann gehen.« Er wandte sich an Nicki. »Ich wollte dich nie in das alles hineinziehen. Bleib hier, bis du dich von dem Bann erholt hast. Dann sollten wir uns nicht mehr sehen.«

Nicki biss die Zähne so fest zusammen, dass es wehtat. Den

Schmerz, den er ihr verursachte, konnte das nicht überlagern. Steif erhob sie sich. »Wo sind meine Sachen?«

Canon erhob sich und nahm ihre Kleider vom Ofenrohr. Kurzerhand schlüpfte auch er in seine Hose. »Ich bring Nicki noch zur S-Bahn.«

»Na toll.« Ein Lächeln klappte auf Gretchens Gesicht auf wie ein Taschenmesser. »Wir machen uns solang schon mal an die Arbeit.«

Das Ende eines Namens

ƆƇᴑ

Nicki zog sich zwischen zwei Regalen um, während Canon schon an der Treppe wartete. Ihr Pulli und die Beine ihrer Leggins waren noch feucht, sodass sie sich mit den Füßen im klebrigen Stoff verhedderte. Als sie endlich fertig war, warf sie sich den Rucksack über und stapfte an ihm vorbei.

»Ciao«, rief Theo, aber Nicki schaffte es nicht, sich von ihm oder sonst wem zu verabschieden. Man hatte ihr deutlich gemacht, dass sie hier unerwünscht war. Auf hinterhergeworfene Höflichkeitsfloskeln konnte sie verzichten.

Canon lief nach ihr die Treppe hinunter. Chips folgte ihm. Es gab keine Fenster und nur das spärliche Licht, das von oben kam, sodass sie in der Düsternis gegen Styroporteile und mit Planen abgedeckte Rohre stieß. Ein dröhnendes Surren hing in der Luft. Das mussten die Starkstromkästen sein.

»Hier«, sagte Canon und führte sie zu einer Tür, die mit einem Zahlenschloss verhängt war. Er öffnete es.

»Tschüss«, sagte Chips ein wenig verlegen. Nicki versuchte ihm zuzulächeln, was nur mäßig gelang. Dann schlüpfte sie durch die Tür.

Es regnete noch immer. Sie zog sich ihre Kapuze über und wartete nicht auf Canon, der einen Regenschirm aufspannte.

Er holte sie ein. Der rötliche Schimmer des Schirms legte sich über ihr Gesicht. In dem wilden Gestrüpp führte er sie auf einen Trampelpfad, der kaum sichtbar entlang eines Stacheldrahtzauns verlief. Ein Loch war in die Maschen geschnitten. Canon ließ ihr den Vortritt.

»Sei Gretchen nicht böse. Sie ist nur übervorsichtig«, sagte er unvermittelt.

Nicki lagen verschiedene schnippische Antworten auf der Zunge. Aber dann fragte sie nur: »Wieso begleitest du mich noch? Zur S-Bahn schaff ich es allein.«

Er reichte ihr den Schirm hinüber und schlüpfte selbst durch den Zaun. Sie standen auf einem Brachland zwischen Eisenschrott und mit gelblichem Gras behaarten Sandhaufen. Einen Steinwurf entfernt wurden neue S-Bahn-Gleise verlegt. Vom dämmernden Horizont hob sich der Bahnhof ab.

»Ich wollte nicht, dass es so endet.« Er wich ihrem Blick aus und betrachtete die vom Regen zersprenkelten Lichter der Autos, die über eine Brücke sausten. »Dein Dämon. Der Inkubus. Ich trau ihm nicht.«

Nicki setzte sich wieder in Bewegung. »Ihr glaubt, dein Dämon mordet, weil ein anderes Fließwesen ihn befiehlt. Aber ich habe Tallis kennengelernt, nachdem dir das alles zugestoßen ist.«

»Das meine ich nicht. Ich traue dem Inkubus nicht, was *dich* betrifft. Vorsicht.«

Sie waren in die Nähe der Gleise gelaufen. Von hinten kam ein Güterzug. Obwohl sie in sicherem Abstand waren, fasste Canon sie am Arm. Unglaublich laut rasten die Waggons vorüber und zogen einen schillernden Umhang aus Wassertropfen nach sich.

Als sie sich wieder hören konnten, fuhr Canon fort: »Früher dachte ich, es gäbe gute und böse Fließwesen. Aber es ist nur eine Frage der Zeit, bis sie ihr wahres Wesen zeigen.« Er schüttelte den Kopf. »Du bist noch dazu an einen Inkubus geraten, der schon von seiner Gattung her ein Betrüger ist, einer, der mit Geheimnissen und Halbwahrheiten jongliert.«

Ohne es zu wollen, fühlte Nicki sich an ihren Vater erinnert. Dass Tallis und er Gemeinsamkeiten haben könnten, war so ziemlich das Abstoßendste, was sie sich im Augenblick vorstellen konnte.

»Ich bin dem Inkubus vorhin begegnet«, sagte Canon. »Er hat dich aus der Küche getragen. Erst wollte er dich nicht hergeben. Aber eine kleine Erinnerung daran, dass euer Pakt noch nicht gültig ist, hat gereicht, um ihn zu vertreiben. Das und ein Elektroschocker.«

»Tallis war das in der Küche?«

»Dich bei Gefahr in Sicherheit zu bringen ist viel billiger für ihn, als dir tatsächlich eine Gabe zu verleihen, die dauerhaft Fließendes Wort kostet. Er hat dich auch da betrogen.«

Nicki fühlte sich zusehends elender. Nicht nur die Ähnlichkeit zwischen Tallis und ihrem Vater lag ihr flau im Magen, sie bekam auch immer mehr Angst. Um es zu überspielen, sagte sie gereizt: »Ich weiß. Reib's mir nicht unter die Nase.«

»Verstehst du nicht? Deshalb dürfen wir uns nicht mehr sehen.« Er blieb wieder stehen. Weil Nicki die Stirn runzelte, sagte er: »Euer Pakt ist nur gültig, wenn du wirklich *Nicki* heißt. Und ich bin der Einzige, der dich so nennt. Du musst aufhören, *Nicki* zu sein. Du musst aufhören, mich zu sehen, überhaupt an mich zu denken. Es ist deine einzige Chance, ihn loszuwerden.«

Sie standen sich reglos gegenüber. In ihrer Verletztheit war ihr überhaupt nicht in den Sinn gekommen, dass er … dass er an sie dachte.

Nach einem Moment ging er weiter. Nicki war froh, dass er sie nicht ansah, denn ausgerechnet jetzt stiegen ihr die Tränen in die Augen, die sie so lange zurückgehalten hatte. Sie blinzelte und zog die Brauen zusammen.

Als sie sich wieder unter Kontrolle hatte, fragte sie: »Hast du deshalb lauter verschiedene Namen? Damit du schnell wieder aufhören kannst, Amsel oder Mo oder Canon zu sein, wenn es dir nicht mehr passt?«

»Namen stehen für die Person, die man ist. Diese Person besteht aus Beziehungen zu anderen Personen. Wenn man so viel mit Fließwesen zu tun hat wie ich, ist es klug, Namen und Beziehungen getrennt zu halten.«

Klug, wiederholte sie in Gedanken. So etwas wie Aufrichtigkeit konnte man von jemandem, der Pakte mit Dämonen schloss, wahrscheinlich nicht mehr erwarten.

Sie kämpften sich an nassen Büschen vorbei und kamen auf eine Straße. Der Schein der Laternen überzog den schwarzen Asphalt wie Plastikfolie. Nur ein paar Hundert Meter weiter lag der Bahnhof in seiner eigenen kalten Lichtglut. Ohne Eile gingen sie darauf zu.

»Was wäre, wenn du mich anders nennst?«, fragte sie.

»So leicht geht das nicht. Man kann einen Namen nicht einfach abstreifen, man muss jemand anderes *werden*. Das, was zwischen uns ist, darf nicht mehr ein Teil von uns sein. Wir müssen es vergessen.«

Was zwischen uns ist. Wie sollte sie etwas vergessen, das sie nicht einmal kannte, das nur aus Hoffen bestand, aus Befürchten und Sehnen? Nicki schüttelte unwillkürlich den Kopf. »Wenn du willst, sehen wir uns nicht mehr. Aber ich kann nicht vergessen, dass … Mir egal, dann wird der Pakt eben gültig!«

»Du weißt nicht, was du da sagst. Wegen meinem Dämon werde ich –« Er brachte den Satz nicht zu Ende. »Lang wird das nicht mehr gut gehen. Wenn mein Dämon, der ein Teil von mir war, den ich erschaffen habe, wenn Lautréamont mich zum Monster macht, was meinst du, was dieser Inkubus aus dir machen wird? Es ist nur eine Frage der Zeit. Am Ende zerstören sie jeden.«

Sie gingen sehr langsam am Straßenrand entlang. Immer wieder streiften sich ihre Hände unter dem Schirm.

»Und deine Freunde? Die werden auch alle zerstört?«

Sie hörte, wie er lang und zitternd ausatmete. »Ich glaube schon.«

Nicki wusste nichts darauf zu sagen. Allen Zorn, den sie gegen

Gretchen verspürt hatte, verschwamm hinter einem finsteren Schleier der Angst. Waren sie wirklich Verdammte, sogar der kleine Chips? Und die vielen jungen Leute in Frau La Psies Boudoir? Und die Chinesin selbst?

Sie sah Tallis in seinen verschiedenen Gestalten vor sich. Dass er sie belästigte, das konnte sie sich vorstellen. Aber Schlimmeres? Sein Grinsen, sein Augenzwinkern … Nein, davon durfte sie sich nicht blenden lassen. Die Gefahr ging nicht von seinen Gestalten aus. Sondern von dem Wesen, das sich dieser Gestalten bemächtigte. Das sich auch ihres Körpers bemächtigen wollte. Nicki hatte sich ausgeliefert gefühlt, weil Gretchen sie umgezogen hatte. Dabei war das harmlos im Vergleich zu allem, was Tallis mit ihr tun konnte, wenn er *in ihr* war.

Fast ohne es zu merken, nahm sie Canons Hand. Ihr wurde erst klar, was sie getan hatte, als er sie fest drückte. Sie sah zu ihm auf, doch er hielt den Blick eisern geradeaus gerichtet.

»Es tut mir leid …«

»Hör auf, dich immer zu entschuldigen«, unterbrach sie ihn.

»Ich weiß nicht, was ich sonst tun kann.«

Sie hörte an seinem Schweigen, dass er noch mehr sagen wollte. Zwischen all den schmerzlichen Gefühlen der letzten Stunden spürte Nicki erstmals wieder die Vertrautheit, die sie verband. Sie verstand ihn und er verstand sie – etwas Magisches lag in dieser schlichten Wahrheit.

»Gretchen und ich, wir sind schon lange Freunde. Gute Freunde«, brachte er endlich hervor.

Nicki begriff, was er ihr damit sagen wollte. Sie glaubte ihr Gesicht festhalten zu müssen, damit es nicht unkontrolliert zu grinsen begann. »Sie ist sehr hübsch.«

»Und Chips ist süß, oder? Theo und ihn hab ich in der Kanzlei kennengelernt – früher bin ich nächtelang durch die Hallen gelaufen, um Leuten zu helfen. Man sieht da eine Menge Verzweiflung. Chips war zwar ganz im Einklang mit seinem Dämon, aber er war total verwahrlost. Als käme er aus dem Krieg. Von seiner Vergangenheit hat er mir bis heute kaum was erzählt.«

»Er scheint dir ja in allem nachzueifern. Du bist auch nicht gerade ein offenes Buch.«

Canon lächelte ein wenig. »Ich hab noch nie mit jemandem geredet über … alles.«

Sie hatten den Bahnhof fast erreicht. Das Bremsen der einfahrenden S-Bahnen auf den Gleisen wehte zu ihnen herüber wie Klageseufzer.

»Erzähl«, bat Nicki leise. »Ich kann dich besser vergessen, wenn du nicht so ein verdammtes Geheimnis bist. Dann bist du abgeschlossen.«

Er nickte, als sei das ein ernst zu nehmendes Argument. Immer noch Hände haltend betraten sie die Rolltreppe hoch zum Bahnsteig. Nicki spähte auf die Anzeigetafel und erkannte mit Bestürzung, dass ihre S-Bahn in einer Minute kam.

Und bereits einfuhr.

Canon schloss den Schirm. »Ich bring dich noch nach Hause«, sagte er und eilte los, als könnte sie sonst etwas dagegen haben.

Sie fanden eine Sitzecke nur für sich. Nach kurzem Zögern ließ Canon sich neben ihr nieder statt wie sonst gegenüber. Das müde Licht der Leuchtröhren, der Geruch der Sitze, das gleichmäßige Grollen der Waggons war so vertraut, dass Nickis Herz sich verkrampfte, als sie daran dachte, wahrscheinlich zum letzten Mal mit Canon zusammen zu sein. Es kam ihr schon jetzt wie eine Erinnerung vor.

Noch immer mied er ihren Blick. Dann begann er übergangslos mit ruhiger Stimme zu sprechen.

»Mein Vater hat sich letztes Jahr im August umgebracht. Ist aus dem Fenster in meinem Kinderzimmer gesprungen. Sechster Stock. Ich war nicht bei der Beerdigung. Ich hab es erst dieses Jahr von meiner Mutter erfahren. Als ich sie wiedergesehen habe. Sie wohnt jetzt allein dort. Schillergasse 14, direkt am Tempelhofer

Feld. Eine ganz normale Adresse für einen Ort, der für mich die Hölle auf Erden war. Meine Mutter hat gesagt, nichts hat sich in meinem Kinderzimmer verändert. Sie wollte allen Ernstes, dass ich zurückkomme. Das Bett ist wahrscheinlich so ungemacht, wie ich es vor drei Jahren verlassen habe, nur ein Fußabdruck von meinem Vater auf dem Kissen. Drei Jahre. Es kommt mir vor, als wären es dreißig.

Mein Vater … Ich dachte, ich würde nie wieder über ihn reden. Deshalb weiß ich gar nicht, wo ich anfangen soll. Ich hab versucht, ihn zu hassen. Aber eigentlich tat er mir immer nur leid. Er war Lyriker. Hat Gedichte geschrieben, so richtig mit Veröffentlichungen und Lesungen. Lauter komisches Zeugs, über die Kacheln in einer Fleischerei oder über Dosenöffner in der DDR oder eben alles Mögliche. Durch das Schreiben ist er wohl in die Fließwelt geraten. Er hat sich einfach in seinen Worten verlaufen.

Als ich geboren wurde, hatte er schon einen Pakt. Ich hab ihn nie normal gekannt. Nachts hat er im Wohnzimmer gearbeitet, dann hab ich die Weinflaschen klirren gehört. Manchmal hab ich auch andere Sachen gehört. Oder er ging aus. Ich hab oft mitgekriegt, wie er geflennt hat, weil er sich an nichts erinnern konnte. Dann schloss meine Mutter ihn über Nacht im Wohnzimmer ein. Aber Türen und Schlösser konnten ihn nicht aufhalten, wenn er in einem gewissen Zustand war. Und wenn sie sich ihm in den Weg stellte … Sie hat geweint und rumgeschrien, aber er war immer ganz stumm. Einmal hab ich ihn lächeln gesehen. Der Dämon lächelte, während er …

Na ja, dafür konnte er halt seine Gedichte schreiben und bekam Anerkennung als Künstler. Reich waren wir trotzdem nicht. Meine Mutter hatte mehrere Jobs gleichzeitig und er litt darunter wahrscheinlich noch mehr als sie. Das muss der Grund gewesen sein, warum er einen zweiten Pakt einging. Er wollte *finanzielle Freiheit*, wie er das nannte. Freiheit, das aus seinem Mund! Damit glaubte er wohl entschädigen zu können, dass er mit einem Rauschdämon verpaktet war.

Aber so gingen die Probleme erst richtig los. Seinen Körper mit zwei Dämonen teilen, das ist ziemlich übel. Aber seinen Körper mit zwei Dämonen teilen, die Todfeinde sind, das ist einfach nur dämlich.

Ach so, ich hab ganz vergessen zu erzählen, was meine Mutter gemacht hat, um ihm zu helfen. Die beiden haben sich ja trotz allem geliebt. Sie war nicht in der Lage, selbst einen Pakt zu schließen. Sie hatte einfach nicht genug Realität, da kann man nichts machen. Ist wie ein Talent. Dafür hat sie so viel über die Fließwelt in Erfahrung gebracht, wie sie konnte. Sie hat ständig gelesen, war immer auf der Suche nach seltenen Büchern. Nicht nur Magie, sondern auch religiöse Texte aus aller Welt und Märchen, die Ursprünge der meisten Fließwesen. Und als ich geboren wurde, da machte sie mich zu einem Bastarit. Um mich vor meinem Vater zu schützen, wenn er besessen war, sagte sie. Aber sie hat dadurch auch Kräfte bekommen, um sich selbst zu schützen und um meinen Vater zu bewachen und so weiter.«

»Was ist ein Bastarit?«, fragte Nicki.

Er zog die Augenbrauen zusammen, als erinnerte er sich mit Verwunderung daran, dass ihm jemand durch das Labyrinth seiner Erinnerungen folgte. »Ein Bastarit ist ein Kind, das von seiner Mutter an verschiedene Dämonen vermietet wird, solange es seinen eigenen Namen noch nicht aussprechen kann. Denn so lange gehört es der Mutter und nicht sich selbst. Ich kam nach meinem Vater, ich hatte genug Realität, um eine Menge Dämonen anzulocken.«

Ein *Bastarit*. Nicki konnte sich kaum vorstellen, wie sich ein Mensch – und erst ein kleines Kind – fühlen mochte, in dem sich wahllos viele Dämonen einnisteten. Fühlte es überhaupt etwas? Lebte es überhaupt, wenn stets ein anderes Bewusstsein seinen Platz einnahm? Welche Mutter ließ so etwas zu? Nicki starrte sein Profil an. All die Zeit, die sie ihn kannte, hatte sie ganz einfach angenommen, es sei die Welt selbst, die ihn oft so melancholisch wirken ließ. Dass er missbraucht worden war, so weit waren ihre Spekulationen nie gegangen. Erst jetzt begriff sie, wie übermenschlich viel Kraft es ihn gekostet haben musste, so lieb zu werden, wie er war.

»Man könnte sagen, dass ich eine beschissene Kindheit hatte. Aber im Grunde *hatte* ich sie nicht, denn ich war kaum da. Ich war nicht wirklich am Leben. Die Dämonen lähmten meine Zunge. Erst mit sieben hab ich angefangen zu sprechen. Und nur ungern. Stattdessen habe ich gemalt, gemalt, gemalt. Die Welt auf dem Papier schien mir sicher.

Durch das Malen habe ich natürlich meine Verbindung zur Fließwelt enorm erweitert. Als ich Lautréamont erschuf, hätte ich bleiben und meinen Eltern helfen können. Bestimmt hoffte meine Mutter das. Aber ich wollte nicht. Nach allem, was passiert war. Eines Morgens ging ich in die Schule, aber in meinem Rucksack waren keine Schulsachen. Ich kam nicht wieder.

Obwohl ich Lautréamont hatte, war es anfangs nicht leicht. Ich wohnte in Hotels, bezahlte mit Papierstücken, die kurzfristig wie Geldscheine aussahen. Ständig war ich kurz davor aufzufliegen. Gretchens Vater half mir, eine Wohnung zu finden und alles zu regeln. Er ist ein Bekannter meiner Mutter. Warum ich von meinen Eltern wegwollte, hat er mich zum Glück nie gefragt, er hat sich nur so weit eingemischt, wie es mir recht war. Früher, als Jugendlicher, hatte er auch einen Pakt. Das ist eine lange Geschichte, der Mann hat jedenfalls ein bewegtes Leben gehabt und ist so etwas wie ein Genie. Im Grunde ist er ein guter Mann.«

»Wieso ›im Grunde‹?«

»Er hat halt seine schlechten Seiten. Aber das führt jetzt zu weit weg. Er war da und half mir und dafür bin ich ihm dankbar. Als ich allein lebte, habe ich trotzdem jede Nacht von meinen Eltern geträumt. Jeden Tag an sie gedacht, als würde ich noch mit ihnen zusammenwohnen. Es war zum Kotzen. Um mich abzulenken, bin ich nachts durch die Kanzlei gelaufen und hab mir die vielen Fließwesen und ihre Menschen angeschaut. Ihre Körper. Sie führen sie spazieren wie Outfits. Dort fand ich Theo.

Er hatte gerade den Pakt mit seinem Dämon geschlossen, weil er ebenfalls von seiner Familie wegwollte. Aber aus anderen Gründen. Seine Familie ist eigentlich nett. Er hat Eltern, die alles für ihre Kinder tun. Sie wollen nur, dass was aus ihnen wird. Theo ist der älteste Sohn, dementsprechend groß sind die Erwartungen. Er war aber nie gut in der Schule. Er will lieber Bergsteiger werden, raus in die Einsamkeit – am liebsten wäre er unsichtbar für seine Familie. Leider ging sein Wunsch ein bisschen zu sehr in Erfüllung. Als ich ihm in der Kanzlei begegnete, hatte er seit einer Woche mit niemandem mehr gesprochen, weil er seine Fähigkeit nicht unter Kontrolle hatte. Es hat ihn einfach niemand mehr wahrgenommen. Er dachte schon, er wäre gestorben und ein Geist geworden.

Ich konnte ihm vieles zeigen, weil ich mich dank der Büchersammlung meiner Mutter ganz gut auskenne. Und indem es ihm besser ging, ging es mir besser. Ich half anderen und konnte dabei vergessen, dass ich meinen Eltern nicht half. Ich redete mir ein und redete auch Theo und Gretchen ein, dass unsere Dämonen unsere Freunde sind. Dass man nur wissen muss, wie man mit ihnen umzugehen hat. Ich glaubte fest, dass es die Schuld meines Vaters war, dass er mit seinen Dämonen nicht klarkam. Aber ich habe mich getäuscht. Ich hätte Lautréamont niemals erschaffen dürfen. Er ist nicht ich. Er ist mein Schatten, mein Gegenteil – all das, was ich nicht sein will.

Eins habe ich ihm immerhin zu verdanken. Ich weiß jetzt, dass mein Vater nichts dafürkonnte. Er war einfach nur schwach. So schwach wie wir alle. Egal. Er ist tot.«

Nicht in Worte zu fassen, doch in Küsse

Nicki konnte nichts sagen. Canon schien auch keine Reaktion zu erwarten. Auf seine Vergangenheit konzentriert, sah er aus dem Fenster, wo die Lichter der Stadt durch ihre bleichen Spiegelbilder flohen. Sie hätten längst umsteigen müssen, um zu Nicki nach Hause zu kommen. Aber sie hatte ihn nicht unterbrechen wollen. Sie wollte ja auch überhaupt nicht nach Hause.

»Jetzt weißt du alles. Ich hoffe, dadurch bin ich nicht mehr so geheimnisvoll für dich.« Erstmals seit seiner Erzählung sah er sie direkt an. »Wenn wir uns verabschieden, dann darfst du auch nicht mehr über das, was ich dir erzählt habe, nachdenken. Du hast doch sicher noch andere Freunde. Verbring Zeit mit ihnen. Ich meine es wirklich ernst, dass du mich vergessen musst. Und dir bleibt nicht viel Zeit. Eine Prüfung dauert zwei, höchstens drei Wochen.«

Nicki hatte keine Ahnung, wie sie nicht an ihn denken sollte. Dennoch nickte sie. »Und wenn die Prüfung durch ist?«

»Wenn der Pakt gilt, dürfen wir uns nicht wiedersehen. Du lebst weiter, als hätte dich nie jemand Nicki genannt. Als hätte es mich nicht gegeben. Vielleicht hörst du dann irgendwann auf, Nicki zu sein, sodass der Pakt von selbst verfällt. Wenn der Pakt nicht gilt, sollten wir uns zumindest eine Weile nicht sehen, und danach nur selten. Damit der Inkubus auch später keine Ansprüche auf dich erheben kann.«

Sie atmete aus. Ein Leben, als hätte es ihn nie gegeben. Was war das wert?

»Aber ich will nicht«, sagte sie leise.

Als sie sich ansahen, war sein Gesicht so nah, dass sich eine seiner Haarsträhnen in ihrem Atem bewegte. Sie musste sich nur ein winziges Stück vorbeugen, es einfach zulassen … und plötzlich berührten ihre Lippen seine.

Sie erstarrte, um eine Sekunde später wie Lava zu zerfließen. Sie tat es. *Sie küsste ihn.*

Es ging zu schnell, um eindeutig sagen zu können, wer zuerst zurückwich. Er starrte sie an und eine grauenhafte Panik schloss sich um sie.

»Tut mir leid«, stammelte sie. »Ich hab das nicht …«

Er atmete aus. Verwirrt. Vielleicht wütend. Oder verzweifelt. Dann küsste er sie zurück.

Die ganze Welt stürzte im Beben ihres Herzschlags zusammen.

Seine Lippen auf ihren. Zart und fest. Sein Mund, dessen Lächeln sie so oft beobachtet hatte und dessen Worte alles für sie bedeuteten – sein Mund öffnete sich auf ihrem, als wären sie unter Wasser und hielten sich gegenseitig am Leben.

Der Stoff ihrer Kleider raschelte und knisterte. Es klang wie die Flut eines winzigen Meeres. Als sie aufblickte, merkte sie, dass auch er sie ansah. Die Dunkelheit in seinen Augen schien verflüssigt. Was ging in ihm vor? Es gab kein Geheimnis mehr zwischen ihnen und doch würde sie ihn nie ergründen.

Er legte die Stirn an ihre. Sie schloss die Arme um seinen Nacken, um nicht zu einer zitternden Pfütze auf dem Boden zu zerrinnen. Auch er fasste sie um die Taille. Sie spürte, wie angespannt seine Muskeln waren, dabei hielt er sie nur leicht, als müsste er sich beherrschen, sie nicht zu zerdrücken.

Irgendwo johlte und klatschte jemand. Eine männliche Stimme grölte: »Porno, Porno!«

Nicki fiel das nur auf, weil Canon blinzelte, ansonsten hätte sie es gar nicht wahrgenommen.

Ohne sie loszulassen, spannte er den Schirm auf, klemmte ihn zwischen ihrem Rucksack und dem Sitz ein und erschuf so eine rot verdunkelte Höhle.

Das Gelächter war nun draußen und drinnen, in ihrer Höhle, lächelten sie ebenfalls, triumphierend und beschämt. Keiner traute sich, etwas zu sagen. Vielleicht würde das den Zauber brechen. So küssten sie sich wieder. Weich auf weich in warmem Atem.

Leider hielt die Konstruktion nicht besonders gut. Sie mussten sich kleiner machen, um darunterzupassen. Nicki rutschte auf seinen Schoß. Es geschah ganz natürlich. Als sie auf ihm saß, hielt er inne. Für einen Moment schwebten seine Hände von ihrem Körper weg, als wäre es ihm zu viel; als könnte er nicht noch mehr Berührung ertragen. Sie sah und hörte, wie er schluckte.

Sein Blick hing an ihrem verrutschten Kragen. Als sie seine Hände wieder spürte, tasteten sie sich langsam über ihren Pullover. Dann darunter.

Hinter Mauern aus rosa Watte hämmerte die Tatsache auf ihr Hirn ein, dass sie in der Öffentlichkeit waren, dass sie nicht weitermachen konnten, jedenfalls nicht für immer, und dass das Ende der schlimmste Verlust ihres Lebens sein würde. Aber das war nur ein Gedanke und das Denken verlor seine Bedeutung.

Unerträglich langsam strich er über ihre Haut. Verweilte an ihrer Taille. Seine Finger bewegten sich Millimeter hoch und hinab, um immer wieder die Stelle zu finden, an der sie am schmalsten war, wie ein Spiel, das nicht langweilig wurde. Sie konzentrierten sich beide darauf und die Bahn fuhr und hielt, fuhr weiter und hielt.

Auch Erinnerungen kamen und gingen wie herabregnende Funken. Die vielen Tage, an denen sie sich in der S-Bahn gegenübergesessen, gezeichnet und miteinander geredet hatten, als wäre ihnen nicht aufgefallen, dass sie ein Mädchen war und er ein Junge. Fast zwei Jahre lang hatte sie geglaubt, nur sie würde diese Tatsache bemerken wie einen Kratzer auf ihrer Freundschaft, der juckte. Sein argloser Blick in all der Zeit. Jetzt wusste sie, dass es nur Zurückhaltung gewesen war. Insgeheim hatte auch er daran gedacht. Davon geträumt.

Er, wie er von ihr träumte.

Keine, keine Vorstellung hatte sie jemals so glücklich gemacht.

Er senkte das Gesicht, während seine Hände höher glitten. Sie berührte mit der Wange seine Schläfe und verschob seine Mütze. Blaue Flecken, wo er sich verletzt hatte. Sie wollte sie küssen, aber sie war zu nervös. Seine Hände lagen leicht wie Luft, dann schwerer unter dem Pullover auf ihren Brüsten.

Sterben wollte sie. Warum kam ihr ausgerechnet das in den Sinn? Es schien ihr die einzig passende Reaktion.

Er ertastete den Melder in der Schale ihres BHs.

»Das ist ein Melder«, murmelte sie. »Kein Brustkrebs.«

Er hielt inne. Dann senkte er stockend die Hände.

Sie rückte ein wenig von ihm ab, um ihn anlächeln zu können, damit er wusste, dass sie scherzhaft sprach.

»Tut mir leid«, flüsterte er. »Tut mir leid, ich ... hab nur an mich gedacht.«

Sie begriff nicht, was er meinte. Nur, dass er aufgehört hatte. Das Wahre und Klare zwischen ihnen hatte sich verflüchtigt wie ein Tagtraum. Weil sie angefangen hatte zu sprechen.

»Das war nur der Melder, den ich in der Kanzlei bekommen habe«, stammelte sie. »Ich sollte ihn in der Nähe meines Herzens tragen oder so.«

»Ja, ich weiß«, murmelte er, rutschte ein wenig, dass sie nicht mehr so genau auf ihm saß, und wischte sich die Stirn.

»Was ist?« Sie hörte sich selbst kaum, so laut ging ihr Puls.

»Nicki«, flüsterte er. Mehr gelang ihm nicht.

Sie wartete noch ein paar quälende Sekunden, bis kein Zweifel mehr bestand, dass er aufhören wollte. Langsam glitt sie von ihm herunter. Der Schirm knickte um. Das Licht kam ihr grell und unerbittlich vor. Überall um sie herum saßen und standen Leute, und Nicki hatte keine Ahnung, was schlimmer war – dass manche belustigt gafften oder dass die meisten so taten, als wäre nichts – als wäre ein ganz normaler Freitagabend in der S-Bahn.

Nicki starrte ihn an. Wenigstens hielt er noch ihre Hand, während er sich die Augen rieb, als hätte er schlecht geträumt.

Draußen schwammen Gebäude wie Treibgut durch die Nacht. Nicki wollte etwas sagen, um wieder zurückzukehren in den Zustand, in dem sie alles preisgaben und vor allem, sich küssten – aber ihr fiel nichts ein. Die Worte ließen sie im Stich.

»Ich muss gehen«, sagte er schließlich.

Die Bahn machte eine Kurve und Nicki sank völlig kraftlos gegen die Scheibe. Da war immer noch ein Pochen, das sie von den Knien bis in den Brustkorb erfüllte, aber jetzt fühlte es sich nicht mehr berauschend an, sondern lähmend.

Er stand auf. Sie schwebte wie ihr eigener Geist hinterher.

Die Bahn hielt. Leute drängten nach draußen. Als Nicki mit ausstieg, um ihnen Platz zu machen, fasste Canon sie am Handgelenk. »Ich hätte das nicht tun dürfen. Aber ich, ich wollte es. Schon immer.«

Er schob sie wieder nach drinnen. Nicki konnte nicht mehr verhindern, dass ihr Tränen in die Augen stiegen. Das konnte nicht das Ende sein, das konnte nicht …

Seltsam steif wich er zurück. Sie verlor die Berührung, verlor ihn und fühlte, wie sie ins Leere stürzte.

Die Türen schlossen sich vor ihrer Nasenspitze. Canon war nicht mehr als ein Schemen hinter Wasser.

Die Bahn nahm Geschwindigkeit auf. Nicki sah nicht zurück. Ihr Blick schlitterte ziellos durch das S-Bahn-Abteil, sie wusste und fühlte nichts mehr.

Erst als ein Mann ihr ein Taschentuch anbot, wurde ihr klar, dass sie schluchzte.

Verlust ist kein Ereignis, sondern ein Zustand

Canon hatte ihr den Regenschirm dagelassen. Als sie ausstieg, schaffte sie es irgendwie, ihn liegen zu lassen. Verzweifelt drückte sie gegen die geschlossenen Türen, aber die Bahn fuhr bereits weiter.

»Du verdammte … Scheißbahn!« Die Bedeutung des Schirms steigerte sich nun, da er verloren war, ins Unermessliche.

Im Regen ging sie nach Hause, bibbernd und heiße Tränen trinkend. Aus Angst, Tallis könnte ihr wieder auflauern, nahm sie einen Umweg durch die Wohnsiedlung.

Sein Mund auf ihrem. Der Geschmack seines Atems. Wie seine Hände auf ihrer Haut …

Schauder des Glücks durchliefen sie, gefolgt von krampfartigem Weinen. Lange stand sie im stillen Aufzug, weil sie keinen Sinn darin sah, den Knopf zu drücken. Oder sonst noch etwas im Leben zu tun.

Taub vor Kälte zog sie sich um und legte sich ins Bett.

Die ganze Nacht hörte Nicki den Regen gegen ihr Fenster prasseln. Vollkommene, stumpfe Gleichgültigkeit, die die Welt beherrschte. Am nächsten Morgen stach eine diesige Sonne durch den Dampf, aber es regnete trotzdem weiter.

Sie blieb liegen. Es war Samstag. Irgendwann hörte sie ihre Mutter in der Küche herumwerkeln. Kurz darauf verabschiedete sie sich, weil sie mit Tante Irina ins Fitnessstudio wollte. Als Nicki allein war, aß sie ein Brot und legte sich wieder hin. Sie konnte keine Musik hören, konnte nichts lesen und schon gar nicht zeichnen. Es gab nichts, was sie nicht an ihn erinnerte. Sie musste nicht einmal die Augen schließen, um ihn vor sich zu sehen. Um seine Nähe zu spüren. Wie er sich angefühlt hatte. Wie er innegehalten hatte, als sie auf seinen Schoß rutschte. Fast überfordert.

Wie hatte Canon einfach aufhören können? Nicki hätte es nicht geschafft, niemals.

Am Abend sah sie mit ihrer Mutter fern. Erst eine Quizshow, dann eine Reportage mit nachgestellten Szenen, dann eine Polizeiserie, die bedeutungslos an ihr vorüberzog, weil sie die Zusammenhänge nicht kannte. Als sie endlich müde genug war, dass sie auf Schlaf hoffen konnte, legte sie sich ins Bett. Im Morgengrauen, als sie es fast schon nicht mehr erwartete, schlief sie tatsächlich ein.

Der Sonntag war vernebelt wie der Samstag. Gegen Mittag versuchte sie ihre Hausaufgaben zu machen und bekam solche Kopfschmerzen, dass sie die Stirn auf ihr Matheheft legte und sich eine Stunde lang nicht mehr bewegte.

Wenigstens ihre Mutter hatte gute Laune. Man merkte das daran, dass sie die Wohnung zum Einkaufen verließ und kochte – und zwar vegetarisch, sodass Nicki mitessen konnte. Trotzdem bekam sie nur ein paar Bissen hinunter.

»Du machst dir doch nicht Sorgen um dein Gewicht?«, fragte ihre Mutter, als sie fertig war und sich eine Zigarette anzündete, während Nicki noch vor ihren Crêpes mit Schmand saß. Dann lachte sie. »Madame Mir-doch-egal ist also eitel geworden.«

Nicki ließ ihre Gabel sinken. »Ich hab einfach keinen Appetit.«

Ihre Mutter glaubte ihr natürlich nicht. Sie schmunzelte, als wüsste sie genau, was los war. »Du nimmst doch seit zwei Jahren sowieso nur an deiner Oberweite zu, also kein Grund für eine Diät. Ich wünschte, ich wäre auch so gebaut!«

Den Rest bekam Nicki nicht mehr mit, denn da hatte sie bereits ihre Zimmertür zugedrückt.

Am Montag regnete es nicht mehr – es schüttete. Alle kamen mit Regenschirmen in die Schule. Weil Nicki keine Lust hatte, sieben

Stunden lang mit nassen Füßen dazusitzen, hatte sie sich Plastiktüten über die Schuhe gestülpt, was Becky und Daria irre lustig fanden und Anne-Marie zu beunruhigen schien. Allerdings nur, bis Fabian und seine Klone sie respektvoll zu der Idee beglückwünschten. Für einen Moment fühlte Nicki sich wie früher, als sie noch mit jedem befreundet gewesen war. Aber das war schon zwei Jahre her und irgendwie war ihr diese Zeit inzwischen peinlich. Sie wollte nicht mehr allen gefallen.

Der Unterricht machte Spaß, weil er Nicki ablenkte. Nur in den Pausen fiel es ihr schwer, wenigstens so zu tun, als würde sie Anne-Marie zuhören. Dabei wusste sie überhaupt nicht, was sie mit ihr anfangen sollte. Was sie überhaupt mit irgendwem anfangen sollte, der nicht *er* war.

Nach der Schule fuhr sie in die Staatsbibliothek, obwohl sie keine Lust hatte. Sie wollte nicht unter Menschen sein, auch nicht ganz stillen. Ihr Bett schien der einzig erträgliche Ort zu sein. Dennoch schleppte sie sich in die Bibliothek und machte im Schneckentempo ihre Hausaufgaben.

Zwischendurch bekam sie seltsames Herzklopfen – so wie an dem Tag, als Tallis sie angerufen hatte. Sie drückte sich die Hände auf die Brust. Nach einer Weile verschwand das dunkle Vibrieren.

Nervös sah sie sich um. Überall strichen Leute zwischen den Regalen umher. Sie fühlte sich beobachtet, packte ihre Sachen und fuhr heim. Wie zuvor nahm sie einen Umweg durch die Siedlung und begegnete Tallis nicht.

Dafür war ein Paket für sie im Briefkasten. Es trug keinen Poststempel, nur ihren Namen. Sie zog ein kleines weißes Plüscheinhorn mit pinker Mähne heraus. Das dazugehörende Kärtchen verströmte einen herbstlichen, wehmütigen Duft. Darauf stand in eleganter Schrift:

Du bist traurig. Ruf mich, wenn du reden willst.

Der Bauch des Einhorns war hart. Als Nicki ihn drückte, erscholl ein blechernes Kreischen, das wohl ein Wiehern sein sollte. Es klang, wenn überhaupt, nach dem Brunftschrei eines durchgedrehten Elchs. Aus Versehen drückte sie noch einmal den Bauch. Das wilde Röhren des Einhorns hallte durch das Treppenhaus. Nicki konnte nicht anders, sie musste lachen. Was sollte *das* denn?

Natürlich rief sie Tallis nicht. Sie wusste auch gar nicht, wie das ging. Trotzdem malte sie sich aus, ihm den Grund ihrer Traurigkeit zu erläutern, wenn er ihr noch einmal auflauerte – immerhin war er der Auslöser. Aber seltsamerweise fand sie kaum Wut in sich. Nur eine vage Angst, die sie nicht mit den anderen Gefühlen in Einklang bringen konnte, die ihn umgaben. Denn obwohl sie wusste, dass sie ihn fürchten sollte, sah sie in ihrer Vorstellung immer nur seine schönen Gesichter, eitel zwar und aufdringlich, aber im Grunde arglos. Nicki verfluchte sich selbst, dass sie so oberflächlich war und sich von seinem Aussehen blenden ließ.

Das Päckchen mitsamt dem Einhorn ließ sie unter ihrem Bett verschwinden, doch sie ertappte sich dabei, immer wieder daran zu denken und zu schmunzeln. Was für ein grässliches Spielzeug. Wahrscheinlich hatte Tallis es ihr nur deshalb geschenkt, weil das Wiehern irgendwie pervers klang. Da fiel ihr auf, dass das Einhorn wie er war: Ein Fabelwesen, in dem sich ein Lustmolch verbarg. Ob er ihr damit zu verstehen geben wollte, dass er einsichtig wurde?

Sie hörte auf, Umwege nach Hause zu nehmen. Das Einhorn hatte bewirkt, dass ihre von Canon angefachte Angst zu einer diffusen Ratlosigkeit aufwehte. Doch obwohl sie es nun auf ein Wiedersehen anlegte, tauchte Tallis nicht auf. Er schien tatsächlich so etwas wie Diskretion zu wahren. Oder sein Interesse an ihr ließ bereits nach.

Vier Tage vergingen. Jeder fühlte sich wie eine kahle Felswand an, die zwischen sie und Canon stürzte. Nachts wälzte sie sich im Bett und hielt kaum aus, ihm nicht nah zu sein. Jetzt, wo sie endlich wusste, dass er sie auch wollte. Wieso hatten sie so lang damit gewartet? Wieso hatte sie ihn nicht früher geküsst? Oder hätte er es nicht zugelassen, weil er so viele Geheimnisse vor ihr bewahren musste?

Sie malte sich aus, wie er ebenfalls in seinem Bett lag und litt. Es ging ihr einfach nicht in den Kopf, wie irgendwas schlimmer sein konnte als diese Sehnsucht. Sie hätte zehn Pakte geschlossen, um ihn jetzt in seiner Wohnung besuchen zu dürfen. Sie und er zusammen, in seiner Wohnung... Im Halbdunkel, zwischen seinen Büchern und Comics, in seinem Bett, in der Wärme seiner Arme. Wieso erschien kein Fließwesen und bot ihr das an! Es war ganz bestimmt ein aufrichtiger Wunsch.

Aber das stimmte nicht ganz. Denn er wollte, dass sie sich nicht sahen. Mehr, als er sie wollte. Sie musste das akzeptieren und immer wieder wiederholen, um nicht aufzuspringen, auf alles zu pfeifen und zu seiner Wohnung zu rennen.

Ihre Mutter bekam tatsächlich den Job in der Boutique. Sie war so fröhlich wie lange nicht mehr, stand morgens früh auf und telefonierte viel mit Tante Irina, mit der sie bis vor Kurzem noch in Streit gelegen hatte. Nicki ahnte, dass das nicht nur an der Arbeit lag, sondern auch an dem Arbeitgeber.

Am Wochenende bekam sie eine Nachricht von Fabian, die genau fünf Worte lang war: *Party bei Alex. Kommst du?*

Sie war fast sicher, dass er ihr aus Versehen geschrieben hatte, darum antwortete sie nicht und vergaß es auch bald wieder.

Am Samstagabend setzte sie sich wieder zu ihrer Mutter auf die ausgezogene Couch, um fernzusehen. Ihre Mutter wunderte sich, denn sonst verbrachte Nicki ihre Abende mit Lesen. Sie wunderte sich noch mehr, als Nicki sagte, ihr sei egal, was sie schauten.

Also schauten sie Boulevardnachrichten. Es ging um eine Frau in Südamerika mit einer schrecklichen Hautkrankheit, dann um eine brutale Prügelei an einem U-Bahnhof.

»… von seltener Grausamkeit dokumentieren«, sagte die Moderatorin.

»Was hat die denn bitte schön an«, murmelte ihre Mutter. »Wie eine Stewardess für … ein Stripflugzeug.«

Nicki begriff, dass ihre Mutter mit der kratzbürstigen Bemerkung versuchte Kontakt zu ihr aufzunehmen; sie versuchte sich mit ihr gegen die Frau im Fernsehen zu verbünden, einfach um gemeinsam auf einer Seite zu stehen. Nicki war gerührt. Doch dass ihre Mutter das überhaupt für nötig hielt, weckte einen fernen, sehr alten Kummer.

»Was sind das überhaupt für Nachrichten?«, bemerkte Nicki.

Ihre Mutter zuckte die Achseln. »Ist doch alles gestellt heutzutage.«

Trotzdem schauten sie aufmerksam weiter.

»… der erschreckenden Attacke scheinbar unverletzt davon, ohne Anzeige zu erstatten. Der Angreifer liegt nach Angaben des Krankenhauses noch immer im Koma.«

Das Überwachungsvideo vom Bahnsteig wurde eingeblendet. In zerhackten Bildern sah man, wie ein Mann im Anzug die Treppe hinunterstürzte, ein zweiter Mann sprang hinterher. Er trat dem Gestürzten mehrfach ins Gesicht. Dann wurde der Angreifer plötzlich zurückgeschleudert, als hätte ihn eine unsichtbare Flutwelle erfasst. Die schwarze Schiebermütze flog ihm vom Kopf.

Nicki schrie auf, als sie ihn erkannte.

Eine Hoffnung, die Gewissheit erfordert

»Estella! Was ist, mein Gott, was hast du denn?« Ihre Mutter folgte ihr durch die Wohnung, während Nicki aus ihrer Pyjamahose stieg, rein in die Leggins, dann in die Jacke und ihre Schuhe.

»Kennst du den? Aus dem Fernsehen?«, rief ihre Mutter. »Wo gehst du hin?«

»Zur Polizei«, hörte Nicki sich sagen. Etwas Besseres fiel ihr nicht ein.

»*Was?*«

»Ich bin bald wieder da. Ich hab mein Handy dabei.« Bevor ihre Mutter widersprechen konnte, zog Nicki die Wohnungstür von außen zu. Sie hatte keine Zeit, auf den Aufzug zu warten, und rannte die fünf Stockwerke nach unten.

Die Straßenlaternen brannten bereits, doch am östlichen Horizont waberte noch ein gräulicher Streifen Helligkeit. Nieselregen flirrte in der Luft. Nicki rannte den asphaltierten Weg von ihrem Haus weg, an der Siedlung vorbei, dem Spielplatz.

»Tallis«, stieß sie mit dem Atem hervor. »Komm, komm, komm bitte ... Tallis!«

Scheinwerfer schnitten an ihr vorüber. Wasser spritzte vom Straßenrand. Ziellos überquerte sie eine Kreuzung. Sie musste ... zuerst musste sie herausfinden, wer – und dann warum ...

Ihr Handy vibrierte. Es war ihre Mutter. »Du kennst den Typen aus den Nachrichten?« Sie klang hysterisch. »Sind das deine Freunde? Wo bist du?«

»Ich geh zur Polizei. Hab ich doch gesagt.«

»Ist das dein Freund? Dieser Schläger?!«

»Ich erzähl dir alles später.« Sie legte auf und stellte ihr Handy auf lautlos. Ihr würde schon was einfallen, wenn sie nach Hause kam.

Hinter ihr hupte jemand. Nicki wich zurück – gerade rechtzeitig. Ein weißer Transporter schoss so nah an ihr vorbei, dass sie den Luftzug spürte. Sie war bei Rot über die Straße gelaufen. Sie rettete sich auf eine Verkehrsinsel zwischen den Spuren.

Zu Fäden lang gezogene Tropfen streiften ihr Gesicht und tippten ihr auf den Scheitel.

»Tallis«, flüsterte sie wieder. »Hör mich.«

Die Ampel wurde grün. Nicki rannte weiter, an einem Einkaufszentrum vorüber, kam zur Trambahn und schließlich zum S-Bahnhof. Kurz überlegte sie, ob es nicht besser wäre, zum Wasserturm zu fahren. Aber Gretchens Feindseligkeit schreckte sie ab. Tallis kannte sich wahrscheinlich ohnehin besser aus als Canons Freunde, und er war freundlich zu ihr.

Sie ging durch die Unterführung und auf der anderen Seite weiter in eine Gegend, in der sie noch nie gewesen war. Als sie an einem Kiosk vorbeikam, sah sie die Titelseiten der Tageszeitungen im schummrigen Schaufenster. Und da war es: Ein Standbild der Überwachungskamera, wie Canon durch die Luft geschleudert wurde und sein Opfer mit verrenktem Rücken auf der Treppe lag. Der Titel lautete: RÄTSELHAFTES VIDEO – IST ER UNSTERBLICH? Nicki ging dicht an die Scheibe und versuchte die weiße Schrift auf dem schwarzem Untergrund zu entziffern. *Berlin, U-Bahnhof Adenauerplatz: Hier hat sich Freitagnacht eine brutale Prügelei ereignet, die die Polizei vor Rätsel stellt. Zwei Männer …*

»Nicki!«

Sie fuhr herum. Tallis kam auf sie zugelaufen. Er war in seiner blonden Domäne, wie bei ihrer ersten Begegnung, und trug nichts als einen Bademantel aus violettem Frottee, ein Handtuch als Ersatz für den obligatorischen Schal und einen Regenschirm.

Er hob den Regenschirm über sie und berührte mit Bestürzung

ihre feuchten Haare, obwohl sie im Vergleich zu ihm immerhin Schuhe trug. »Wenn du rumrennst wie ein Huhn ohne Kopf, finde ich dich nicht leichter.«

Erleichterung durchrieselte sie, ihn zu sehen. Beinah Freude. Sie öffnete den Mund, konnte aber nicht sprechen. Sie deutete einfach auf die Zeitung im Schaufenster.

Tallis überflog die Schlagzeile. Endlich verstand er. »Einer von denen ist das Würstchen?«

»Er ist … ja.«

Er atmete hörbar durch die Nase aus. »Ist er im Gefängnis?«

»Ich glaube nicht, im Fernsehen …«

»Er ist im Fernsehen?«

»Im Fernsehen haben sie gesagt, er … er liegt im Koma.«

Tallis schien nur mit Mühe ein Seufzen zu unterdrücken, während er sie musterte. »Ich kann ihn nicht retten, wenn du das von mir willst. Kein Fließwesen kann einen Menschen erreichen, der bewusstlos ist.«

»Aber er war besessen! Ich dachte, es darf nichts passieren, solange man besessen ist. Alle Gebrauchsspuren werden beseitigt, hast du gesagt!«

Nun war es Tallis, der verstört wirkte. »Er war besessen? Und der andere, sein Gegner auch?«

Sie nickte zitternd. »Glaub schon.«

Ohne ein weiteres Wort drückte er ihre Schulter, dann lief er in den Kiosk.

Er pflückte gleich die Zeitung aus dem Schaufenster. Nicki registrierte, dass er kein Geld auf den Tresen legte, aber der Verkäufer wünschte ihnen trotzdem einen guten Abend und ließ sie ziehen, als wäre ein Lächeln des Inkubus Bezahlung genug.

Der Artikel war kurz und reißerisch und enthielt kaum neue Informationen. Im Grunde wiederholte er, was Nicki bereits aus dem Fernsehen wusste: Canon hatte den unbekannten Anzugträger die Treppe hinabgestoßen, hinein ins Sichtfeld der Überwachungskamera. Dort hatte er ihm brutale Tritte verpasst, die dem Mann mindestens das Genick gebrochen hatten. Dann wurde Canon zurückgeschleudert – und zwar mehrere Meter. Kein Mensch besaß die dafür nötige Kraft, schon gar nicht ein Mann, der mit gebrochenem Rückgrat auf dem Boden lag. Minutenlang regten sich beide nicht. Dann erhob sich der Anzugträger und ging, als wäre ihm nie etwas zugestoßen. Canon wurde wenig später von Passanten gefunden, die den Notarzt riefen. Sein Sturz war so schlimm gewesen, dass er nicht mehr zu sich gekommen war.

»Es passt«, murmelte Tallis. »Dann ist er es wirklich.«

»Was meinst du? Wer?«

Sie hatten sich bei einem verglasten Bushäuschen untergestellt, denn der Regen war heftiger geworden. Tallis setzte sich und zog eine Tüte Weingummis aus seinem Bademantel. Nicki hatte gar nicht bemerkt, dass er die aus dem Kiosk mitgenommen hatte. Sie schüttelte knapp den Kopf, als er ihr die Tüte hinhielt.

Er pickte sich ein schwarzes Weingummi heraus und sagte kauend: »Dein Freund mag ein brutaler Schläger sein, aber eins muss man ihm lassen: Er hat magisches Hochtalent. Er hat seinen eigenen Dämon erschaffen.«

»Ich weiß.« Sie zögerte. »Woher weißt *du* das?«

»Weil sein Dämon, dieser Lautréamont, dabei identifiziert wurde, wie er ein anderes Fließwesen attackierte. Und nicht irgendeins!« Er tippte auf den Zeitungsartikel. »Sein Gegner hält ihn in der Unterwelt gefangen. Das ist eine unglaublich kostspielige Gemeinheit. Das passiert eigentlich nur, wenn …«

»Gefangen?«, wiederholte Nicki konfus.

»Lautréamont hat sich erwischen lassen. Das passiert, wenn man sich Gegner sucht, die dreitausendmal so stark sind wie man selbst. Und weil Lautréamont nur eine einzige Domäne hat – seinen Schöpfer –, war es seinem Gegner nicht zu teuer, ihn zu verbannen. Man kann einen Dämon aus eurer Welt verbannen, indem man seine Domänen bewusstlos macht – also tötet oder in ein Koma versetzt. Das Töten bestraft die Kanzlei jedoch.«

»Aber Canon hat nichts getan!«

»Er hat sich auf einen Pakt eingelassen und damit auf unsere Welt.« Tallis warf sich eine weitere Handvoll Weingummis in den Mund. »Niemand weiß bisher, dass die Attacke auf Frau La Psie ebenfalls auf Lautréamonts Konto geht. Offenbar hat der Verrückte es gleich auf mehrere höchst einflussreiche Fließwesen abgesehen.«

»Aber was ist mit Canon? Das ist nicht gerecht!«

»Nicki, Gerechtigkeit ist nach menschlichem Vorgehen etwas, das nur innerhalb *einer* Welt gilt, nicht übergreifend. Ihr Menschen habt Gesetze, die nur für Menschen innerhalb eines Landes gelten, oder nur für Menschen eines Geschlechts, oder für alle Menschen, aber nicht für Kühe und …« Seine Augen weiteten sich. »Hau mich ins Heu, du hast ja recht!«

Sie wusste nicht, womit, aber ein Fünkchen Hoffnung glomm auf.

»Liebst du ihn?«

»Was?«

Er richtete sich ein wenig auf. »Ich werde dir jetzt mal was verraten. Was viele Frauen wollen, ist ein undankbarer Typ zum Anschmachten. Nicht dass ich das besonders schön oder besonders furchtbar finde – jedem Tierchen sein Pläsierchen, verstehst du? Das wirklich Tragische daran ist, wie oft diese Frauen irgendwelche Pfeifen für bewundernswert halten. Und deshalb frage ich dich, Nicki: Liebst du diesen Knilch, der nicht auf sich selbst aufpassen kann und dich im Dunkeln tappen lässt, der mit einem brutalen Dämon verpaktet ist und sich in U-Bahnhöfen zum Töten rumtreibt? Bist du dir *sicher*?«

Sie starrte ihn an. »Wovon redest du? Er ist keine Pfeife. Ich bin keine – so eine – Frau!«

»Es gibt ein uraltes Gesetz. Das Gesetz der Liebe. In den letzten tausend Jahren trat es genau siebzehnmal in Kraft.«

»Klingt ermutigend.«

»Ein Mensch, der einen anderen Menschen wirklich und wahrhaftig liebt, kann damit jede Handlung eines Fließwesens aufheben. Auch die, Lautréamont zu verbannen und seine Domäne bewusstlos zu halten.«

»Und das ist genau siebzehnmal passiert in tausend Jahren.«

»Das sollte euch über eure Liebesfähigkeit zu denken geben.«

Nicki versuchte diese Informationen zu verarbeiten. Alles passierte so schnell und schien so unwahrscheinlich und willkürlich, dass es ohnehin nichts brachte, manches ernst zu nehmen und anderes zu verwerfen. Sie musste *alles* ernst nehmen. So verzweifelt war ihre Situation. »Was muss ich tun?«

»Wie gesagt, du musst den Kerl wirklich und wahrhaftig lieben. So richtig würdelos am besten. Und das musst du in der Kanzlei beweisen. Du gehst hin, sagst am Schalter, dass du die Domäne des Dämons Lautréamont liebst, und dann schickt man dich auf die entsprechende Ebene, wo eine Kronzeugin die Prüfung einleiten wird.«

Nicki beugte sich vor und drückte sich die Handballen auf die Augen. Eine Weile verharrte sie in dieser Position. Das Knistern des Regens vermengte sich mit dem Knistern der Weingummitüte, die Tallis leerte.

»Was heißt ›würdelos‹?«, fragte sie, ohne den Kopf zu heben.

»Du weißt schon. Würdelos wie: einen Typen anschmachten, der sich nicht drum schert.«

Sie sagte nichts mehr. Als sie sich wieder aufrichtete, atmete sie lange aus und vermied es, in seine Richtung zu blicken. »Okay.«

»Okay zur Emanzipation?«

»Nein, ich geh natürlich in die Kanzlei.«

Weil er nichts erwiderte, war sie schließlich gezwungen, sich nach ihm umzudrehen. Genau wie sie befürchtet hatte: Er grinste.

Und während er so grinste, lag ein Ausdruck in seinen Augen, der zärtlich und distanziert zugleich war, so als hätte er sie endgültig durchschaut.

»Was?«, blaffte Nicki, fühlte sich in ihrer Gereiztheit aber nur noch entblößter und wandte sich wieder ab.

»Keine Ursache, dass ich dir helfe, ihn zu retten. Nichts ist so schön, wie ein Liebespaar zusammenzubringen.« Er erhob sich, zerknüllte die Tüte und warf sie in den Abfalleimer zwei Meter weiter. »Na gut. Ich tu es nicht für den kleinen Pimpf. Mir geht es um mich und dich.« Er suchte ihren Blick, aber sie hatte keine Lust, sich wieder in einer seiner romantischen Szenen zu verheddern. Aus demselben Grund fragte sie auch nicht, was er meinte.

»Hat dir das Einhorn gefallen?«, wechselte er das Thema.

Nun sah sie ihn doch an. Und merkte zu spät, dass es eine Falle gewesen war. Die Art, wie er ihren Blick mit seinem festhielt, trieb ihr das Blut in die Wangen.

»Ja, was sollte das?« Die bloße Erinnerung an das grauenhafte Ding kitzelte ein Lächeln in Nicki wach. Sie biss sich auf die Lippe, um es zu verhindern. Tallis entging das nicht; er gab ein leises Röhren von sich, das dem des Einhorns verblüffend nahkam.

Ein halbes Lachen platzte aus Nicki hervor. Weil er nicht aufhörte, sagte sie schließlich: »Du bist gestört.«

Er überreichte ihr den Schirm und trat in den Regen. »Ich wünsch dir viel Glück in der Kanzlei. Echt. Ich glaube, es schadet nicht, wenn du dir Klarheit über deine Gefühle verschaffst. Natürlich weil ich mit einem ganz bestimmten Ergebnis rechne … Lass meinen Schirm nicht liegen!«

Barfuß schlenderte er durch den Regen davon wie ein Schauspieler von der Bühne, ganz gebadet in die Gewissheit, dass die Aufmerksamkeit ihm gehörte. Der Angeber, dachte Nicki.

Und spürte noch immer ein störrisches Lächeln in den Mundwinkeln.

Sie war bereits zur S-Bahn-Station zurückgelaufen, als ihr einfiel, dass sie gar nicht bis zum Gebrüder-Grimm-Zentrum fahren musste. Wenn sie den Weg zur Kanzlei selbst bestimmte, konnte sie es sich auch einfacher machen.

Also ging sie einfach drauflos. Dabei versuchte sie sich die kathedralenartigen Hallen mit den Deckengemälden vorzustellen, die wie fließendes Wachs in Bewegung zu sein schienen, und das durchmischte Gedränge heiterer Dämonen und verängstigter Menschen … Das hieß, sie versuchte an etwas anderes zu denken als an das Überwachungsvideo. Was nicht länger als drei Sekunden am Stück gelang.

Canon, im Koma. Immerhin war er noch am Leben.

Der Regen troff jetzt von allen Seiten des Schirms und verwischte erleuchtete Fenster, vorbeifahrende Autos und die Dunkelheit. Außer Nicki gab es keine Fußgänger. Niemand wollte bei diesem Wetter draußen sein, und das war ihr nur recht. Allein fiel es ihr leichter, sich zu sammeln.

Natürlich liebte sie ihn. Und trotzdem musste sie tief durchatmen, um den Mut aufzubringen, die Feststellung auch nur im Kopf zu formulieren. Sie zwang sich, alle Details seines Aussehens, seiner Stimme und seiner Bewegungen abzurufen. Die Dinge, die er gesagt hatte. Wie er war. Sein stiller Humor, sein Hochtalent, sein Mitgefühl mit allem und jedem, sein Widerstand gegen dumme Konventionen und seine Begeisterung für die Welt. Und zum tausendsten Mal dachte sie daran, wie sie das letzte Mal miteinander S-Bahn gefahren waren. Erst seitdem konnte sie vor sich selbst zugeben, was sie wirklich für ihn empfand. Aber ihre Gefühle waren durch dieses Fieber nicht größer oder stärker geworden.

Nicki kippte den Schirm nach hinten und blickte hoch, in die Finsternis. Trotz des Regens, der auf ihr Gesicht rieselte, begann sie zu glühen. Dass sie in ihn verliebt war, hatte sie aus Angst verdrängt, weil alles zwischen Männern und Frauen vergänglich war und voller Irrtümer. Aber was sie mit Canon hatte, sollte nicht vergänglich sein. Und tatsächlich war es auch mehr als Verliebtheit. Es war wirklich Freundschaft.

Sie wischte sich die feuchten Haare aus der Stirn und blickte nach links und rechts. Ihr Orientierungssinn war wie ein kaputtes Funkgerät – es gab kein Signal. Die Umgebung kam ihr gänzlich unbekannt vor, sie hatte keine Ahnung, wie sie hergefunden hatte.

Ein Gebäude aus rotem Backstein fiel ihr auf, das von einer hohen Mauer abgeschirmt wurde. Nickis Herz schlug höher. Das konnte es doch sein.

Sie fand ein Einfahrtstor mit langen, spitzen Metallstäben. Es war nicht abgeschlossen. Sie schob es auf und betrat einen Innenhof. Fensterreihen blickten auf Nicki herab.

Zwei Tore und mehrere Türen führten von hier aus weiter. Sie versuchte es bei der ersten Tür. Sie war fest verschlossen. Die nächste auch. Dann kam ein Tor. Es ließ sich nach innen aufschieben.

»Hallo?«, rief eine Männerstimme.

Jede Zelle in Nicki zog sich zusammen. Sie wich zurück und sah einen Mann mit Taschenlampe auf sich zukommen.

»Äh, Entschuldigung«, stammelte sie.

»Kann man Ihnen helfen?« Sein barscher Tonfall verriet, dass er absolut nicht im Sinn hatte, ihr zu helfen.

»Ich hab mich nur verlaufen.«

»Verlassen Sie das Grundstück.«

Nicki eilte zurück auf die Straße, ihrem eigenen Schatten nach, den die Taschenlampe über das nasse Pflaster scheuchte. Sie hörte schwere Schritte hinter sich. Der Wachmann folgte ihr. Nicki widerstand dem Drang zu rennen. Eisen klirrte. Als sie sich umdrehte, sah sie den Mann am Tor stehen. Sie bekam Angst und rannte doch.

Kaum hatte sie die nächste Querstraße erreicht, rutschte sie in einer Pfütze aus. Ungeschickt fiel sie auf den Regenschirm und verbog den Draht. Licht strahlte ihr ins Gesicht. Sie blinzelte. Ein Auto rollte auf sie zu und zermalmte den Schirm unter sich.

Dampf umwaberte die Kühlerhaube. Dann öffnete sich die Fahrertür und ein Mann mit Schirmmütze streckte den Kopf heraus.

»Oh, wie ungeschickt! Tut mir leid um den Regenschirm. Aber vermutlich war er sowieso zu nass zum Mitnehmen.«

Luxus ist eine Frage der Vorstellungskraft

Nicki versuchte das Licht mit der Hand abzuschirmen, um den Fahrer besser zu erkennen.

»Auf, auf, sonst werden Sie ja ganz nass.« Er zog den Kopf wieder ein. Die Tür fiel zu. Im nächsten Moment öffnete sich die Fondtür dahinter.

Nicki kam auf die Beine. Der Schirm war hinüber; wie eine tote Spinne spreizte er die verbogenen Beine unter dem Reifen vor. Ihr selbst ging es gut, abgesehen vom Schock. Ihr Handballen pochte ein wenig vom Hinfallen.

Das Auto hatte ein Taxischild auf dem Dach. Doch es war viel breiter und tief liegender als jeder Wagen, den sie je gesehen hatte. Die Scheinwerfer standen wie gelbe Glupschaugen hervor und die Scheibe, über die quietschende Scheibenwischer ruckelten, wölbte sich ungewöhnlich nach außen. Womöglich war es ein amerikanisches Fabrikat. Sie sah aber kein Logo.

»Einsteigen, bitte!« Eine trötende Hupe erscholl.

Nicki lugte durch die offene Tür hinein. »Meinen Sie mich?«

»Verehrteste, falls das, was ich soeben platt gewalzt habe, ein Mensch mit Erste-Klasse-Transportpass in die Kanzlei war und Sie ein tropfender Regenschirm sind – dann und nur dann sind Sie nicht gemeint.« Weil Nicki reglos vor der Tür stand, drehte er sich schließlich halb zu ihr um und hupte noch einmal. »Hüpfen Sie schon rein, es wird ja doch alles nass.«

Nicki gehorchte. Das Auto lag noch tiefer, als sie gedacht hatte; als sie die Tür schloss, sah sie beinah den Rand des Bürgersteigs durch das Fenster. Die Rückbank, mit rotem Samt bezogen und komfortabel wie ein Kinosessel, federte unter ihrem Gewicht.

»Wer hat Sie geschickt? Ich meine … woher wissen Sie, dass ich zur Kanzlei will?«

Der Fahrer warf ihr einen Blick über den Rückspiegel zu. Dann klopfte er auf ein rundes, goldenes Gerät zwischen den Vordersitzen, wie Nicki es schon zweimal gesehen hatte: bei den Rolltreppen und im Büro von Hortus Portassum.

»Sie haben doch angerufen. Ich hab hier Ihr Ticket, sehen Sie?« Er zupfte den langen Beleg ab, der wie eine Zunge aus der kugelförmigen Maschine hing, und hielt ihn mit langen, knochigen Fingern ins Licht. »Sehen Sie: Da stehen die Zeit-Raum-Koordinaten.«

Nicki beugte sich vor und erkannte ein Chaos aus Zahlen und Zeichen.

»Ihre erste Erste-Klasse-Transportation?«, fragte der Fahrer gut gelaunt. »Lassen Sie sich vom Luxus nicht einschüchtern, das haben Sie sich schließlich wohlverdient.« Er drückte einen Knopf.

Ein silbernes Tablett klappte vor Nicki auf. Von der Decke klirrte ein Kelch herab, aus dem Vordersitz drehte sich ein winziger Hahn und goss eine rosige, schaumige Flüssigkeit in den Kelch.

»Warum, ich meine, wie habe ich …«, stammelte Nicki.

»Extreme Dringlichkeit zusammen mit Verfolgungswahn, Entschlossenheit und einem dicken Batzen kreativer Kraft – das ist die Rufnummer«, erklärte der Fahrer. »Jetzt ist übrigens der Zeitpunkt, sich anzuschnallen, zurücksinken zu lassen und bis in die Zehenspitzen zu entspannen. Wir verlassen gleich die gegenwärtige Schwerkraft.«

Nicki beschloss den Rat zu befolgen, auch wenn sie keinen Schimmer hatte, was das konkret bedeutete.

Das Auto setzte sich in Bewegung. Sie hörte den Schirm mit einem letzten Knacken unter den Rädern verenden und entschuldigte sich in Gedanken bei Tallis. Bestimmt hätte er ihr den Schirm nicht überlassen, wenn er gewusst hätte, dass er gleich zerstört würde. Er hatte noch extra gesagt, sie sollte ihn nicht liegen lassen. Nicht so wie Canons. Woher wusste er überhaupt davon?

Gemächlich fuhren sie die Straße zurück, die Nicki gekommen war. Eine feine, kaum hörbare Glockenmelodie drang aus dem Radio. Nicki nahm den Kelch in Augenschein und schnupperte. Er duftete nach Rosen. Sie nippte am Schaum, der wie eine Mischung aus einem Milchshake und sprudeliger Limonade mit Rosengeschmack schmeckte – sehr eigenwillig und sehr lecker.

»Ich wusste nicht, dass es diesen Service gibt«, sagte Nicki, die die Stille ein wenig nervös machte. Die wenigen Male, die sie in ihrem Leben Taxi gefahren war, hatte sie sich immer zugleich privilegiert und ein wenig unwohl gefühlt, weil jemand ihr *Dienstleister* war.

»Doch, doch. Für unsere hochgestellten Besucher.« Ein Lächeln erschien im Rückspiegel. »Wünschen Sie noch etwas? Ich kann die Sitzheizung ausschalten, wenn Sie möchten.«

»Nein, alles bestens.«

Er drückte trotzdem einen Knopf. Ein Kästchen klappte neben Nicki aus der Tür – in einem Bett aus rosa Blütenpapier lagen Pralinen mit bunten Verzierungen.

»Danke«, murmelte Nicki.

Der Fahrer konzentrierte sich auf die Straße, dabei fuhren sie so langsam, dass Nicki neben dem Wagen hätte hergehen können. Sie nippte noch einmal am Getränk. Für eine Praline war sie viel zu aufgeregt. Außerdem traute sie der Ruhe nicht. Wenn die Fahrt so blieb wie jetzt, wozu hatte sie sich dann angeschnallt?

»Wie oft holen Sie jemanden ab?«

»Eigentlich gibt es immer wen abzuholen. Ich mag meinen Job sehr, möchte nicht tauschen. Die vielen interessanten Fahrgäste. Meine Ma wollte, dass ich Kanzleiwart werde, so wie meine Brüder. Sind allesamt Kanzleiwarte geworden, alle dreiundsechzig. Ich war schon in der Ausbildung. Aber dann ist mir ein Mensch begegnet. Ein herausragender Bursche. Na ja, das seid ihr ja alle, die ihr zu uns kommt.« Er lächelte wieder in den Spiegel. »Jedenfalls hat er mir gesagt, ein Taxi direkt zur Kanzlei, wenn es mal brenzlig wird – das wäre was. Die Idee war genug Startkapital, um mich selbstständig zu machen. Und hier bin ich!« Sein Lächeln erlosch. »Meine Güte, da fasele ich vor mich hin und hab ganz vergessen, dass Sie mich eigentlich nur gefragt haben, wie viele Gäste ich pro Schicht habe.«

»Ich höre Ihnen gern zu«, versicherte Nicki.

Er schwieg einen Moment beschämt. »Na ja, ich mach nicht oft eine Pause. Mit der Fahrerei, meine ich. Mit dem Gefasel auch!«

Nicki stimmte höflich in das Lachen ein.

»Der Wagen muss manchmal gereinigt werden, dann ist eine Schicht vorbei«, fuhr der Fahrer etwas ernster fort. »Am schlimmsten ist der Regen. Die Leute tragen Schlamm rein. Und die Samtpolsterungen vertragen kein Wasser. Ist schließlich ein Luxusgefährt, das mit den anderen mithalten will.«

»Welchen anderen?«

»Na, da gibt es die Kürbiskutsche vom alten Grafen Post, der ist schon ziemlich lange im Geschäft. Oder den geflügelten Wagen von Mebb Spinnweb – seit Ewigkeiten die Königsklasse, aber wenn Sie mich fragen, es weht einem ganz schön der Wind um die Ohren, da finde ich mein Taxi kuscheliger. Dann gibt es noch den Schluppwims … und ein paar andere. Probieren Sie das nächste Mal ruhig einen von meinen Kollegen aus«, sagte er mit einer Stimme, in der die Tapferkeit die Enttäuschung kaum zusammenschnüren konnte.

»Mir gefällt es hier sehr gut«, sagte Nicki wahrheitsgemäß und nippte noch einmal am Kelch, sodass der Fahrer es sehen konnte.

»Das freut mich! Das höre ich natürlich am liebsten. Dass die Mühe sich lohnt, verstehen Sie? Die Liebe zum Detail und so.« Er trommelte auf das Lenkrad, während sie die Straße eher hinunterrollten als fuhren. »Danke für das nette Gespräch.«

Nicki lächelte verwundert. »Dafür müssen Sie sich doch nicht bedanken, ich sagte doch, ich höre Ihnen gern zu.«

»Sehr großzügig von der jungen Dame. Wenn alle Kunden so spendabel wären!«

»Wie meinen Sie das?«

»Ich tanke bei Ihnen richtig auf. Ihre Gegenwart ist ja eigentlich Bezahlung genug, aber das Zuhören, Ihre Fragen sind ein hübscher Bonus. Ein hübscher Bonus.«

Das war Nicki nicht klar gewesen. Aber es machte natürlich Sinn. Je mehr Aufmerksamkeit sie dem Taxi und seinem Fahrer schenkte, umso mehr Realität empfing er. Sie trank wieder einen Schluck.

»So, da wären wir auch gleich.«

Nicki beugte sich nach vorne, um etwas zu sehen. Es lag noch immer dieselbe verregnete Straße vor ihnen. Sie waren nicht einmal an der Kreuzung am Ende angelangt.

»Äh?«, machte Nicki. Vielleicht war das das ausschlaggebende Zeichen – immerhin saß sie in einem Taxi, das seine Realität von ihrer Vorstellungskraft bezog. In diesem Moment bog die Straße sich nach unten.

Und sie hörte nicht auf, sich zu biegen. Wie Blei zerlief der Asphalt, tropfte hinunter und hinunter und hinunter, bis es kein Unten mehr gab, sondern alles inwärts im Kreis jagte. Die Erde war verschwunden – und mit ihr die Anziehungskraft. Nicki löste sich vom Sitz, nur der Gurt hinderte sie daran, mit dem Kopf gegen die Decke zu stoßen. Der rosa Schaum schwebte aus dem Kelch wie ein Eis am Stiel, das man aus der Hülle zieht. Drei Pralinen tanzten in Zeitlupe an Nicki vorüber.

Sie wollte etwas sagen oder zumindest einen Schrei ausstoßen, aber ihre Kehle war wie zugeschnürt. Das Glöckchenlied aus dem Radio schwoll an, schien sich ebenfalls von der Zeit zu lösen.

Jenseits des Taxis hatte sich die Umgebung längst aufgelöst. Formen, die einst Bäume oder geparkte Autos gewesen waren, verwandelten sich erst in verzerrte Fahnen, dann in flackernde Flammen, dann in dämmrige Schlieren. Alles wurde schwarz. Mehr als schwarz. Wenn die Farbe Schwarz Licht schluckte, dann schluckte die Idee von Schwarz Blicke.

Mit Mühe riss Nicki sich davon los. Sie starrte auf ihren Schoß und befahl sich, ruhig zu bleiben. Ihr Kopf fühlte sich in der Schwerelosigkeit wie ein Heliumballon an. Das Blut schien sich in ihren Adern in Gas zu verwandeln; es dehnte sich aus und wollte in alle Richtungen gleichzeitig.

Die Musik dröhnte jetzt so laut, dass das Autoblech vibrierte. Die Töne waren wie Sirup ineinandergeflossen. Nicki spürte, wie das Pochen in ihrem Körper stärker wurde. Sie würde platzen. Gleich platzte sie …

Die Musik gipfelte in einem schallenden *Ping*! Schlagartig rumste alles wieder an seinen Platz. Der Schaum schwappte sprudelnd im Kelch. Die Pralinen flogen zurück ins Kästchen. Nicki federte auf dem Sitz auf und ab und drückte ihre Hände gegen die Decke und das Fenster, um Halt zu finden.

»Alles in Ordnung dahinten?«

»Ja«, brachte Nicki hervor.

Ein besorgter Blick traf sie aus dem Rückspiegel. »Sie haben gar nicht geschrien, deshalb frag ich.«

Lichter glitten draußen vorüber. Das unheimliche *Nichts* war verschwunden. Von dicken Röhren beleuchtete Betongänge zweigten zu beiden Seiten von ihrem Weg ab. Es sah aus wie ein Parkhaus, nur dass hier nirgends Autos parkten. Der Fahrer bog mal links, mal rechts ab. Einmal ging es steil nach oben, dann wieder nach unten. Sie bewegten sich nun viel schneller als vorhin, obwohl der häufige Richtungswechsel und die verschachtelten Gänge für jeden Rennfahrer eine Herausforderung dargestellt hätten.

Schließlich verwandelten sich die Tunnel in immer höhere Hallen. Aus rohen Betonwänden wurden steinerne Vertäfelungen. Meterhohe Statuen bewachten die Spitzbogen, die sie passierten. Die Leuchtröhren wichen Feuerschalen, als würden sie in eine immer tiefere Vergangenheit rasen.

Als das Taxi bremste, eröffnete sich auf Nickis Seite ein mächtiges Gewölbe, in dem Buntglasfenster, Kerzenaltäre und Wandbehänge aus der Düsterkeit der verrußten Mauern glosten wie Schatztruhen. Gestalten spazierten vorüber, verschwanden durch die angrenzenden Portale oder kamen aus ihnen hervor.

»Da wären wir«, sagte der Fahrer und lupfte seine Mütze, unter der er kahl war wie eine geschälte Kartoffel. »Ich hoffe, Sie hatten eine angenehme Fahrt, wünsche Ihnen noch einen schönen Aufenthalt im Schlund der Unterwelt und freue mich auf Ihren nächsten Besuch.« Er drehte sich zu ihr um, die Mütze in den Nacken geschoben. Er war nicht nur kahl, er hatte auch keine Augenbrauen – sein Gesicht war vollkommen nackt. »Den Pribbelpunsch können Sie natürlich noch in Ruhe austrinken.«

Was Liebe ist

Nicki nahm höflichkeitshalber noch einen Schluck, dann verabschiedete sie sich und stieg aus. Das Taxi fuhr davon und war Sekunden später in den Gängen verschwunden.

Etwas unsicher mischte sie sich unter die Menge, die kreuz und quer durch die Gewölbe stromerte. Sie vermisste Tallis mehr, als sie sich eingestehen wollte. Sein Schulterklopfen und Tätscheln hatte sie damals gestört, aber zumindest hatte es bewirkt, dass sie sich nicht so verloren fühlte.

Ein kleiner, dicker Mann rempelte sie mit einem Käfig auf Rollen an, in dem sich eine große Katze befand. Sie blickte ihr nach und entdeckte nur wenige Meter entfernt eine pummelige, bebrillte Dame im Samtkleid, die ihr bekannt vorkam. Es war Snesane, Tallis' Verehrerin.

Sie redete wehklagend auf zwei Mädchen ein, von denen eines ein Messer durch die Luft warf und das andere gelangweilt ihre Haarspitzen untersuchte. Nicki duckte sich und ging rasch vorbei. Sie hatte keine Lust, über Tallis ausgefragt zu werden.

Fast wäre sie mit einer gespensterhaften Alten zusammengestoßen, die unablässig raunte: »Gift der Wahrheit, welche Lüge könnte noch lindern?« Nicki schüttelte den Kopf, als sie die Frage direkt an sie zu richten schien.

Angesichts der hier und da verstreuten Menschen, die verwirrt schienen oder gar weinten, wirkte die fröhliche Menge nur noch unheimlicher. Nicki musste an Frau La Psies Boudoir denken. Wieder hatte sie das Gefühl, wenn sie sich umdrehte oder stehen blieb, würde man merken, dass sie ein Eindringling war, und sich auf sie stürzen. An Tallis' Seite hatten wenigstens alle gesehen, dass sie schon vergeben war.

Mit betont festen Schritten lief sie durch die Gewölbe, bis sie endlich eine Halle fand, in der es Schalter gab. Sie reihte sich hinter zwei Geschäftsmännern ein, die sich mit schneidenden Stimmen über den Wert des Buchstaben F unterhielten. Nicki verschränkte die Arme und versuchte eine so grimmige Miene wie möglich aufzusetzen, damit niemand auf den Gedanken kam, sie anzusprechen.

Die Frau, die am hohen Pult saß, sah genauso aus wie die, bei der Nicki mit Tallis gewesen war: Der Hals schwappte in mehreren Fettwülsten über den Kuchentellerkragen, die stachelige Frisur hielt sich über dem Gesicht wie Gras über aufgebrochenem Asphalt. Vielleicht war es dieselbe. Oder alle Pultdamen teilten sich ein Erscheinungsbild. Vermutlich kostete das weniger Fließendes Wort. Als Nicki vor sie trat, schob sie sich mit langen Fingernägeln die Halbmondbrille herunter und musterte die leere Luft links und rechts von Nicki.

»Mein Name ist Estella Witnick, von der Klassifikation Mensch«, sagte Nicki und räusperte sich. »Ich bin allein hier.«

»Menschen gehören keiner Klassifikation an, sie sind eine Kategorie.« Als hätte diese Information unendlich viel Kraft gekostet, blähte die Pultdame ihre Nasenflügel. »Anliegen?«

»Ich möchte Klage einreichen. Wegen einem Dämon namens Lautréamont wurde ein Mensch ins Koma versetzt, den ich liebe.«

Die abertausend Kerzen in den Hallen wurden von einem plötzlichen Luftzug niedergedrückt, um eine Sekunde später umso höher aufzuflackern. Die Rolltreppen schienen ein stotterndes Heulen auszuatmen. Jedes Wesen rings um Nicki erstarrte.

Nicki schluckte. Es hallte in den Gewölben wider.

Die Pultdame begann zu tippen und schlagartig setzte der gewohnte Lärm wieder ein. Dämonen und Menschen widmeten sich wieder ihren eigenen Angelegenheiten, doch Nicki hatte das Gefühl, man redete über sie und warf ihr Blicke zu. Die ungeteilte Aufmerksamkeit, die ihr für Sekunden gehört hatte, umgab sie wie ein Eisblock, der nur langsam wieder schmelzen würde.

Die Pultdame riss den Beleg ab, der aus ihrer kugelförmigen Maschine ratterte, und ließ ihn zu Nicki herabhängen. »Die Prüfstelle befindet sich nicht auf den bekannten Ego-Ebenen, sondern im Bauchgeschoss. Begeben Sie sich auf Ebene Om-2.3-Io-14, Warteraum 2. Der zuständige Kronzeuge oder seine Vertretung wird Sie aufrufen.«

»Danke«, murmelte Nicki und ging mit dem Zettel zu den Rolltreppen. Eine ältliche Frau und ein junger Mann, die vor ihr dran waren, ließen ihr ehrfürchtig den Vortritt. Ungeschickt führte Nicki den Beleg in eine der kugelförmigen Maschinen ein und betätigte die Kurbel. Der Beleg wurde mit klapperndem Geräusch gefressen und die Treppe setzte sich in Bewegung.

Schon drang die fröhliche Kinderstimme aus den Stufen: »Passagiere: eins. Ihr Reiseziel lautet: Ebene Om-2.3-Io-14, Warteraum 2. Bitte festhalten!«

Das ließ Nicki sich nicht zweimal sagen. Sie umklammerte mit beiden Händen das Geländer. *Wenn es kein Oben und Unten gibt, kann ich nicht stürzen,* wiederholte sie wie ein Mantra.

Mit einem Schwenk fuhr die Rolltreppe hinauf und dann steil bergab. Die Halle sauste zu einem Funkeln in weiter Dunkelheit davon.

Nicki kauerte auf den Stufen, niedergedrückt vom Fahrtwind. Die Geschwindigkeit zerrte ihr beinah die Haut vom Gesicht. Dann mündeten die Stufen sanft wie Badewannenwogen in eine Türöffnung.

»Endstation. Danke für Ihre Mitfahrt. Bitte aussteigen«, zwitscherte die blecherne Kinderstimme.

Nicki wankte ins Licht. Die Sonne schien. Vor ihr eröffnete sich ein Kolonnadenhof aus sandfarbenem Stein. In der Mitte lag ein Garten mit einem Brunnen, an dem sich Rotkehlchen tummelten. Moose und Ranken umwucherten die Säulen und wirkten im Licht, das von oben herabstürzte, wie bläulich gepudert.

Nicki begann den Garten zu umrunden. In den Rückwänden der Säulengänge waren hölzerne Türen ohne Klinken, dafür mit zentrierten Schlüssellöchern auf Augenhöhe. Als sie die erste Biegung des Ganges erreichte, entdeckte sie eine Frau, die am Brunnen saß und einen Vogel streichelte. Graues Haar fiel ihr über die Schultern. Die Arme und Beine, die sich unter dem bleifarbenen Bürokostüm abzeichneten, waren lang wie Besenstiele. Dass Nicki sie erst jetzt entdeckte, kam ihr angesichts der Größe der Frau erstaunlich vor, denn sie musste zwei Meter überragen. Ihr Gesicht war breit an den Wangenknochen und verjüngte sich zum Kinn und zur Stirn hin. Tief liegende, träge Augen, eine knubbelige Nase und ein heiterer Mund verbanden sich durch ein Netz von Falten.

»Ich war im Urlaub, als ich von deiner Klage erfuhr«, sagte sie mit dunkler Stimme, ohne aufzublicken. »Wegen dir bin ich frühzeitig zurückgekehrt. Ich erwähne das nicht, um dir Vorwürfe zu machen. Sondern um dir zu zeigen, welche Sonderstellung du hast.«

Der Vogel flatterte von ihrer Hand und schoss in den Brunnen hinab. Eine Weile blickte die Frau ihm nach. Dann wandte sie sich mit einem gütigen Blick an Nicki. »Komm her, Schätzchen. Setz dich zu mir.«

Sie wies auf den von Gänseblümchen bedeckten Boden. Nicki sprang über die niedrige Mauer in den Garten. Etwas scheu ließ sie sich im weißen Blumenbett nieder. Es duftete nach sonnengewärmtem Holz und der Süße jungen Klees.

»Es kommt nicht oft vor, dass ein Mensch vom Gesetz der Liebe Gebrauch macht«, sagte die Alte und kreuzte ihre langen Beine. »Das liegt vielleicht daran, dass diejenigen, die mit uns paktieren, äußerst selten von Menschen geliebt werden, die ebenfalls eine Verbindung zur Unterwelt knüpfen. Realität wirkt anziehend. Menschen mit viel Realität sind meist umschwärmt von geblendeten Motten.« Sie lächelte verständnisvoll. »Aber du bist hier. Und du behauptest den Jungen zu lieben, der mit dem Dämon Lautréamont einen Pakt geschlossen hat und jetzt in Bewusstlosigkeit gehalten wird.«

Nicki spürte, dass es nicht reichen würde zu nicken. Sie sagte: »Ja.«

Die Kronzeugin schien immer noch zu lächeln. »Vieles wird als Liebe bezeichnet. Für das Gesetz der Liebe ist der Begriff streng eingegrenzt. Die Liebe von Eltern zu ihren Kindern, selbst die stärkste Mutterliebe, ist schon gescheitert. Auch die bedingungslose Hingabe eines kleinen Kindes zu seinen Eltern ist nicht zwingend eine Liebe, die sich über alle Gesetze, Regeln und Beschlüsse hinwegsetzen kann. Glaubst du, deine Liebe zu dem jungen Mann ist stärker als die Liebe zwischen Kind und Eltern?«

Nicki konnte ihrem sanften Blick nicht standhalten. Sie sah in die Gänseblümchen. »Es … ist anders.«

Die Frau legte den Kopf schief. »Liebe ist nicht ahnungslos. Liebe weiß. Also wirst du mir erklären können, was genau anders ist.«

Nicki biss sich auf die Unterlippe. »Eltern und Kinder lieben sich, weil Kinder keine eigenständigen Personen sind, sondern Teil der Eltern. Es ist Selbstliebe. Darum lässt die Liebe oft nach, wenn aus Kindern Erwachsene werden.« Sie schluckte, ihr Mund war trocken. »Und Eltern und Kinder kennen sich nicht. Weil Kinder sich erst entwickeln. Solange sie die Eltern nachahmen, ist es für die Eltern ja leicht, sie zu lieben wie sich selbst. Aber dann werden sie eben eigenständig.« Weil die Frau nichts sagte, blickte Nicki zu ihr auf.

Das Lächeln schien unverändert in ihrem Gesicht zu schweben. Vielleicht war es aber auch nur der Normalzustand ihrer Züge.

»Und inwiefern, glaubst du, unterscheidet sich deine Liebe zu dem jungen Mann davon?«

»Wir kennen uns.« Nicki konnte das nur sehr leise sagen, denn hinter dem Satz lauerten Zweifel. Ob sie die vor der Kronzeugin verheimlichen konnte? »Um jemanden zu kennen und von ihm gekannt zu werden, muss man schon eine eigene Persönlichkeit haben. Ich glaube«, fuhr sie mühsam fort, »was in uns ist, hat sich im anderen erkannt. Und daraus entwickelt sich der Rest. Wie wir die Welt sehen und wie wir darüber nachdenken. Und wir haben uns zusammen entwickelt. Ich bin das geworden, was er in mir gesehen hat. Und er ist, was ich in ihm sehe. Darum ist es … also, Liebe. Weil wir uns erkannt haben. Und eben lieben.« Sie wollte sich entschuldigen und wegrennen. Sie fühlte sich wie eine Schauspielerin, die ihren eigenen Text nicht verstand. Alles kam ihr geheuchelt, einfältig und widersprüchlich vor.

»Wenn euch das Gemeinsame verbindet«, hob die Frau freundlich an, »dann ist doch der Kern eurer Liebe derselbe wie der zwischen Eltern und Kindern: nämlich eine Ähnlichkeit.«

»Aber Eltern und Kinder sind sich ja gar nicht wirklich ähnlich«, widersprach Nicki. »Es scheint nur so. Für die Dauer der Kindheit.«

Die Frau runzelte leicht die Stirn und Nicki hatte das ungute Gefühl, sie beleidigt zu haben – so als sei die Frau ihre Mutter oder Großmutter. Sie schluckte wieder.

»Meistens hält die Liebe zwischen Eltern und Kindern ein Leben lang. Nicht alle sind so unglücklich wie du«, bemerkte sie und streckte die Hand nach den Vögeln aus, die im Brunnen ein Bad nahmen. Ein Rotkehlchen landete auf ihrem Finger und schüttelte Wasserperlen aus seinem Gefieder. »Du meinst, wenn Kinder sich von ihren Eltern wegentwickeln, war die Liebe bis dahin eine Lüge. Doch Menschen sind ständig Veränderungen ausgesetzt. Jede Liebe ist zeitlich begrenzt. Zuletzt durch den Tod.« Sie sah Nicki an. Aufmerksamkeit, Trauer und Fröhlichkeit durchwanderten ihre klaren, tief liegenden Augen mit einer Geschwindigkeit, die ihr etwas Übermenschliches, Feenhaftes verlieh. »Was unterscheidet für dich eine Liebe, die so mächtig ist, dass sie alle Gesetze zum Schmelzen bringt, von der gewöhnlichen Empfindung von Zuneigung, die zum Leben der Menschen gehört wie das Leid, das Glück, das Geborenwerden und Sterben?«

Nicki atmete ein und aus. *Ich weiß es nicht. Ich weiß es nicht.* Sie presste die Zunge an den Gaumen, damit ihr die Worte nicht entschlüpften. »Eine Liebe, die … Nein. Es kommt nicht drauf an, wie stark die Gefühle sind, die man hat. Sondern darauf, wie man mit starken Gefühlen umgeht. Wer sich von seinen Gefühlen nicht hinreißen lässt – wer auch bereit ist, sich fernzuhalten, wenn es sein muss –, der liebt wirklich.«

»Ist das deine Meinung?«

Sie nickte.

»Und bist du sicher, dass die Gefühle, die du für den jungen Mann hegst, diese Kriterien erfüllen?«

»Ja«, sagte sie fast unhörbar.

Der Vogel flog davon und alle anderen folgten ihm erschrocken. »Dann soll es so sein. Ich werde die Prüfung einleiten.«

»Ähm … Meine Liebe wird geprüft anhand *meiner* Vorstellung davon, was Liebe ist?«

»Woran sonst? Der Mensch ist das Maß aller Dinge.«

Nicki starrte sie an. »Und wenn ich gesagt hätte, Liebe ist … keine Ahnung, dass man sich Schmuck schenkt?«, fragte sie fassungslos.

»Dann hättest du dem jungen Mann Schmuck schenken sollen, bevor er ins Bewusstlose gezogen wurde.«

Nicki klappte fast die Kinnlade herunter. »Das ist doch – aber dann hätte ich es mir ja ganz leicht machen können! Dann wäre Canon jetzt gerettet!«

»Und doch haben nur siebzehn Menschen in den letzten tausend Jahren so geliebt, dass sie ihre eigene Definition von Liebe erfüllten.«

Nicki stiegen beinah Tränen in die Augen vor Wut über sich selbst.

»Nun ärgere dich nicht, dass du viel von der Liebe erwartest«, murmelte die Alte. »Ich finde, deine Definition war sehr hübsch. Sehr vernünftig.«

»Ich würde gern wissen, wie diejenigen die Liebe definiert haben, die die Prüfung auch bestanden.«

»Die meisten sagen etwas Ähnliches wie du. Deshalb bestehen auch nur so wenige. In einigen erfolgreichen Fällen wurde auch eine ganz andere Definition gegeben.«

Nicki versuchte sich das vorzustellen. »Und welche?«

»Ein junger Mann sagte einmal, Liebe sei genau das, was er für seinen Bruder empfände – das und nichts sonst.«

Nicki hatte geglaubt, sie könnte sich nicht noch mehr über sich ärgern. Doch es ging.

»Das ist lange her«, sagte die Alte beschwichtigend. »Mehrere Fließwesen klagten, weil sie die Antwort nicht akzeptierten. Man beschloss sie bei dem jungen Mann zu erlauben, aber künftig nicht mehr gelten zu lassen: Die Definition von Liebe muss seitdem in Worte gefasst werden und kann nicht mehr durch Gefühle beschrieben werden.«

»Früher war wohl alles leichter«, grummelte Nicki.

Die Alte lachte. Es klang wie das Klicken von Murmeln. »Es gab weniger Gedanken und dadurch weniger Regulation, das ist wahr. Aber je reicher die Fließwelt wird, umso mehr Macht könnt ihr Menschen aus ihr ziehen. Fülle bedeutet Kompliziertheit. Fülle bedeutet aber auch Schönheit.« Ihre runzeligen Hände fuhren über die Gänseblümchen, dann pflückte sie eins und gab es Nicki. Sobald sie es berührte, verhärtete sich das Blümchen zu Porzellan.

»Das wird dein Melder sein. Trage ihn stets in unmittelbarer

Herzensnähe bei dir, bis er erwacht. Dann ist die Prüfung vollendet und er wird dich zu mir führen.« Sie wies auf Nickis Brust.

Zögerlich schob Nicki sich das kleine Porzellangebilde unter den Pullover und in das rechte Körbchen ihres BHs. Wenn das so weiterging, konnte sie bald einen Bauchladen für Porzellanfigürchen eröffnen.

»Hast du noch weitere Fragen? Sonst mache ich mich jetzt an die Prüfung.«

Nicki erhob sich. »Gut. Also … danke. Wie lange wird es dauern?«

Die Alte zupfte ein Blütenblatt von einem Gänseblümchen. »Wenn ich fertig bin mit den Blumen.«

»Aha. Mit welchen?«

»Mit den Blumen, die hier blühen.«

Nicki sah sich um. Der Boden war von Gänseblümchen bedeckt.

Die Alte hatte ihre Augen geschlossen und schien sich fest zu konzentrieren. Dann zupfte sie ein weiteres Blütenblatt ab und ließ es vor Nickis Füße rieseln. »Nur Geduld. Ich melde mich in etwa sieben Jahren.«

Im Verschwiegenen Käuzchen

Sieben. Jahre.

Die Worte hallten in Nickis Kopf wider, bis sie ganz bedeutungslos wurden, nur noch Schall waren, nur noch namenloses Entsetzen. Sie erinnerte sich an nichts mehr, was danach geschah.

Sie musste zurückgetaumelt sein, über das Mäuerchen gestiegen, an eine Säule gestoßen; sie sah, wie die Alte vor sich hin murmelte, ein weiteres Blütenblatt abzupfte und fallen ließ. Danach schloss sie erneut die Augen und murmelte. Nicki wandte sich ab und ging wie benommen zur Rolltreppe zurück.

Die Dunkelheit nahm sie auf, Nicki klammerte sich ans Geländer. Die Rolltreppe berücksichtigte ihren Schockzustand, indem sie besonders plötzlich beschleunigte und so abrupt wieder zum Stehen kam, dass Nicki regelrecht durch die Türöffnung geschleudert wurde.

Um sie herum ebbte der Lärm der Stimmen und Schritte ein wenig ab. Nicki spürte die Blicke. Hörte das Getuschel.

»… kommt von der Om-Ebene …«

»… das ist das Mädchen? Die ist ja …«

»… glaubt, die wahre Liebe …«

Irgendwo erscholl klirrendes Gelächter. Nicki ging aufs Geratewohl durch einen Torbogen. Sie stolperte über eine pelzbesetzte Schleppe und entschuldigte sich im Weiterlaufen. Wieder bog sie in eine andere Halle. Hier schien es leerer zu sein. Wo war überhaupt der Ausgang? Drehtüren sah sie keine. Wahrscheinlich musste sie sowieso auf anderem Weg hier raus. Vielleicht wieder mit einem Taxi.

Sie verlangsamte ihren Schritt. Wozu die Eile? Sie hatte sieben Jahre zu vertrödeln.

Sieben Jahre. Konnte es ein Zufall sein, dass es ausgerechnet so lang dauerte?

»Jucitell!«, kreischte jemand.

Nicki wollte sich gerade umsehen, da wurde sie schon an der Schulter gepackt.

Es war Snesane, die beleibte Brunnendämonin. Ihr Gesicht kam so nah, als wollte sie Nicki küssen – nur knapp davor hielt sie enttäuscht inne und schob sich die Brille zurecht. »Du bist nicht Jucitell.«

»Äh, nein.« Nicki machte sich los und brachte einen Schritt Sicherheitsabstand zwischen sie.

Snesane schien außer sich. »Du bist doch seine Domäne. Wo ist er?«

»Keine Ahnung. Lassen Sie mich bitte los.« Sie zog die Hände weg, als Snesane danach langte.

»Er war gerade hier, ich hab ihn doch gesehen! Oh, diese widerliche Kassiriel, dieses Luder, diese Gans! Was will er denn mit der? Er hat gesagt, wir sehen uns bald wieder. Ich hab über eine Woche im Schneckenclub auf ihn gewartet!«

»Tut mir leid. Ich kann's ihm ja ausrichten, wenn ich ihm begegne.«

Snesanes Blick irrte leuchtend über Nicki. »Du bist doch ein trauriges Mädchen, oder? Denkst du manchmal darüber nach zu sterben?«

»Wie bitte?«

Die Brunnendämonin rückte noch näher. »Würdest du nicht gerne wissen, wie es ist? Einfach alles aufgeben und nichts mehr aushalten müssen, Schule, Eltern, die Liebe… Ich könnte dir dieses Gefühl vermitteln. Die kühle, finstere Ruhe eines Brunnenschachtes. Schlag ein und nenne mir deinen Namen!«

»Sie wollen mich doch bloß benutzen, um an Tallis ranzukommen.« Nicki befreite ihren Ärmel aus Snesanes Griff und drehte sich um.

»Wir könnten uns deinen Körper teilen, mein Jucitell und ich! Wir würden dich mit unserer Leidenschaft erfüllen, Todessehnsucht und Schwärmerei, kannst du dir eine süßere Mischung vorstellen …« Snesane jammerte noch mehr Unverständliches und ging ein Stück hinter ihr her. Bald hörte Nicki sie Verwünschungen zischen. Schließlich verstummte auch das.

Nach einer Weile wagte Nicki einen Blick zurück. Sie sah Snesanes Kehrseite, die hinter einer Säule hervorragte. Offenbar war sie dazu übergegangen, sie zu ›beschatten‹.

»Nicki«, raunte jemand aus einer finsteren Galerie zu ihrer Linken.

Sie erkannte Tallis in seiner blonden Domäne. Den Bademantel hatte er gegen einen schwarzen Frack getauscht. Eine aufgeknotete Fliege lag ihm um den Nacken, sein Hemd war falsch zugeknöpft. »Geh normal weiter.«

Nicki hatte sowieso nichts anderes vorgehabt. Mit den Händen in den Jackentaschen schlurfte sie also vorwärts. Tallis huschte im Schatten der Galerie mit, wobei er immer wieder nach hinten spähte.

»Komm jetzt!« Er öffnete eine Art Schrank aus dunklem Holz, der in einer Wandnische voller Kerzen und verrußter Heiligenbildchen thronte. »Schnell!«

Zwei indische Frauen kamen gerade heraus. Eine Woge Wasserpfeifenrauch schwebte ihnen nach, viel duftiger als Zigarettenqualm. Tallis nahm Nicki an der Hand und schlüpfte an ihnen vorbei.

Über fünf steile, knarzende Stufen ging es hinab in ein Gärtchen voller Olivenbäume. Leute saßen auf moosbezogenen Steinbänken und plauderten. Ein Brunnen plätscherte, auf dessen gekräuselter Oberfläche sich das Licht eines riesigen gelben Vollmondes brach. Nicki starrte nach oben und versuchte zu erkennen, ob hinter den Zweigen wirklich Himmel war. Es schien so. Doch es roch nicht wie nachts im Freien. Die Luft hatte etwas Abgestandenes, so wie in einem Gewächshaus, vermischt mit süßlichen Aromen.

»Sind wir noch in der Kanzlei?«, fragte sie.

»Klar. Im *Verschwiegenen Käuzchen.*« Er lotste sie zu einer Sitzecke zwischen einer zerfallenen Mauer, aus der Vergissmeinnicht sprossen. Stimmen flüsterten und gluckten überall in der Dunkelheit.

Ein schlaksiger Mann in orientalischer Tracht erschien und deutete eine Verbeugung an. »Willkommen«, raunte er mit wohltönender Stimme. »Was darf ich Ihnen servieren?«

»Es gibt alles. Ich lad dich ein«, sagte Tallis zu Nicki.

Sie musste nicht lange überlegen. »Haben Sie ein Schaumgetränk mit Rosengeschmack? Ich hab es vorhin in einem Taxi getrunken.«

»Ein Pribbelpunsch?«, fragten Tallis und der Kellner gleichzeitig.

»Du hast dir ein Taxi geleistet?«

»Ausgezeichnete Wahl«, sagte der Kellner.

»Für mich auch einen. Aber mit Liliengift, bitte«, sagte Tallis.

Der Kellner entfernte sich. Durch das Laub konnte Nicki sehen, wie er zwei Kelche aus den Einkerbungen des Brunnens nahm und unter den Wasserstrahl hielt. Dann kehrte er zu ihnen zurück und servierte zu den Getränken ein Kästchen pastellschimmernde Perlen.

Der Pribbelpunsch schmeckte so köstlich wie vorhin. Nicki nahm kleine Schlucke und hatte das Gefühl, dass es sie beruhigte.

»Ich glaub, sie sind nicht mehr hinter uns her«, murmelte Tallis und spähte durch das Blattwerk.

»Es gab mehrere?«, erwiderte sie erschöpft.

»Ach, wenn du wüsstest, was los war! Ich befinde mich gerade in einer gewissen Situation mit Kassiriel – Racheengel, ein reizendes Geschöpf –, da platzt Snesane rein und fällt mir um den Hals. Woraufhin Kassiriel ihre Doppelaxt zückt und … egal. Hattest du Glück mit deinem Antrag?«, wechselte er das Thema, als ihm auffiel, wie apathisch sie dasaß.

»Sieben Jahre. Dauert es.« Sie konnte das nicht lauter als murmelnd aussprechen. Sie nippte noch einmal an ihrem Pribbelpunsch.

»Oh. Wirklich? Na, ich versüß dir das Warten.«

Sie funkelte ihn an und Tränen stiegen ihr in die Augen. »Wusstest du, dass es so lang dauern würde? Wolltest du dich über mich lustig machen?«

»Nein«, sagte er verblüfft. »Die Prüfung ist von Mensch zu Mensch verschieden. Woher sollte ich wissen, dass es bei dir sieben Jahre dauert? He, sieh's mal positiv: In den sieben Jahren bringt er zumindest niemanden um.«

Sie spürte, wie hilflose Wut in ihr aufstieg. Als wäre alles Tallis' Schuld. Aber sie schluckte ihre Tränen hinunter und widerstand dem Drang, ihm seinen Mangel an Einfühlungsvermögen vorzuwerfen. Denn eigentlich war sie froh, dass er da war. So falsch das auch sein mochte.

»Ist das Blut an deinem Kragen?«, fragte sie.

Er versuchte hinzugucken und merkte dabei, dass die Knöpfe in den falschen Löchern steckten. Er richtete sich das Hemd. »Nein, Nicki, das nennt man Lippenstift. Frauen benutzen so was.« Er machte ein nachdenkliches Gesicht. »Es sei denn … ihr Lippenstift *ist* Blut. Oh Gott, Kassiriel!«

»Warum hast du dich überhaupt mit der getroffen?«

»Ich dachte, sie wäre die Richtige. Um mich auf andere Gedanken zu bringen. Na, in gewisser Weise hat sie das. Die letzten zwei Stunden dachte ich hauptsächlich ans Überleben.«

Nicki wusste, dass er es nur darauf anlegte, dass sie nachfragte.

Aber sie konnte es sich trotzdem nicht verkneifen: »Warum auf andere Gedanken bringen?«

Er sah sie lange an und seufzte. »Jetzt müssen wir also sieben Jahre warten, bis du endlich den Beweis hast, dass deine Liebe nur falsch verstandenes Verantwortungsgefühl ist.«

Sie wollte das bestreiten, aber all ihr Trotz blieb ihr im Hals stecken. Stumm trank sie mehr Pribbelpunsch.

Ein lauer Windzug trug Gemurmel von den Nachbartischen zu ihnen heran. Nicki glaubte, *sieben Jahre* zu hören. Und ihren Namen. Verstört blickte sie ins Laub.

»Mach dir nichts draus«, sagte Tallis. »Hier wird mit Geheimnissen gehandelt. Was du sagst, gerät in Umlauf, dafür kriegst du aber auch den Klatsch der anderen brühwarm serviert.« Er lauschte andächtig.

Namen wehten vorüber, die Nicki nichts sagten, aber Tallis die Stirn runzeln oder grinsen ließen.

Doch dann hörte sie: *... Tallis. Schon wieder flüchtig gewesen! Man darf sich fragen, wie vielen Damen er nun schon entwischt ist. Wer kann seinen Ruf als Liebhaber bestätigen? Was treibt ihn im letzten Augenblick aus den Armen jeder willigen Schönen ...*

»Lass uns gehen, ich bring dich heim«, sagte er und war bereits aufgesprungen.

»Ich hab meinen Punsch noch nicht ausgetrunken«, sagte sie.

Ohne Umschweife zog er sie hoch und bugsierte sie nach draußen.

»Müssen wir nicht noch bezahlen?«, fragte sie und versuchte dabei die letzten Gesprächsfetzen über Tallis aufzufangen.

Man munkelt, ein gebrochenes Herz hält ihn auf, oder ist es doch ein Versagen des ...

»Was du über die Prüfung deiner Liebe ausgeplaudert hast, ist Bezahlung genug.«

»Ich dachte, *du* lädst *mich* ein.«

»Ich kauf dir noch ein Eis. Draußen. In deiner Welt.«

Als sie wieder in die Gewölbe der Kanzlei traten, musterte sie ihn neugierig. Was war über ihn im Umlauf, das er so dringend vor ihr verbergen wollte?

»Beeilen wir uns, Snesane und Kassiriel sind hier noch irgendwo«, murmelte er, ganz so, als wäre das der einzige Grund, weshalb er die Flucht ergriff.

Vor- und Nachteile von Verwandtschaft

)(o

Sie waren nicht lange unterwegs, bis Nicki eine wohlbekannte Tür entdeckte. Es war eine hässliche Tür mit einem zerkratzten Metallgriff und einem Fenster, das von einem Drahtgitter verstärkt wurde. Dahinter war es dunkel.

Stockend kam Nicki näher. Allein der Anblick der Tür bewirkte, dass ihr Magen sich verkrampfte: Sie führte in den Besucherraum der Justizvollzugsanstalt, in der ihr Vater saß.

»Dein Ausgang. Nach dir«, sagte Tallis.

Sie drückte die Klinke hinunter. Luft strömte ihr entgegen, als sie die Tür aufschob – vor ihnen lag eine doppelspurige Straße.

Sie traten nach draußen. Autos rauschten vorüber. An einem Baugerüst auf der anderen Straßenseite schlug ein Stahlseil immer wieder gegen eine Stange und verursachte ein stumpfsinniges Klappern. Einige Hundert Meter weiter leuchtete ein U-Bahn-Schild.

Als Nicki sich noch einmal umdrehte, sah sie das Gewölbe der Kanzlei. Gestalten schritten vorüber und sahen sie an. Tallis schloss eilig die Tür.

Der Scheinwerfer eines Autos näherte sich und warf Nickis und Tallis' Schatten auf die Mauer des Gefängnisses. Die Tür aber war verschwunden.

Nicki wunderte sich nicht, dass der Ausgang der Kanzlei ausgerechnet dort erschienen war, wo ihr Vater saß. Sie wunderte sich nicht *wirklich*. Sieben Jahre waren genau das, woran sie jedes Mal dachte, wenn sie ihn besuchte.

Tallis begleitete sie mit der U-Bahn bis zum Alexanderplatz, wobei ihm wieder so übel zu werden schien wie das letzte Mal, als er mit ihr U-Bahn gefahren war. Über feuchte Treppen und Gänge, in denen es nach ranzigem Bratfett roch, gelangten sie auf einen zweiten Bahnsteig und nahmen eine andere Linie.

Der Heimweg war ihr vertraut, obwohl sie ihn nie nachts genommen hatte. Auch die Gedanken, die sie dabei verfolgten, schmeckten nach altbekannter Bitterkeit.

»Sieben Jahre vergehen im Flug«, hatte ihr Vater anfangs oft mit diesem gequälten Lächeln gesagt, bei dem sie nie wusste, ob es ernst war oder sarkastisch. Dann rieb er sich das Gesicht, als wollte er die Falten glätten, die immer tiefer in seine Haut sanken.

Sieben Jahre. Bei guter Führung musste er nicht die volle Zeit absitzen.

Tallis wurde wieder gesprächiger, sobald sie die öffentlichen Verkehrsmittel verlassen hatten.

»Willst du jetzt wirklich nach Hause? Ich könnte dich aufmuntern. Worauf hast du Lust?«

»Schlafen.«

»Im Ritz-Carlton kann man herrlich schlafen. Kennst du das Hotel?«

»Ich will *alleine* schlafen.«

»Pass auf!« Er drückte sie an sich, als wäre sie ansonsten auf die Straße gelaufen, obwohl die Ampel auf Rot stand.

Sie machte sich ärgerlich, aber auch ein bisschen belustigt von ihm los. »Lass den Scheiß.«

»Vorhin war dein T-Shirt durchnässt«, bemerkte er nach einer Pause.

Sie schnitt eine Grimasse, hörte aber wieder damit auf, weil sie befürchtete, nicht besonders vorteilhaft auszusehen. Und ärgerte sich noch mehr, dass sie überhaupt darüber nachdachte. Andererseits – konnte man in seiner Gegenwart *nicht* über Aussehen nachdenken? Er war ja wie eine Leuchtreklame für makellose Schönheit.

»Ich bin ewig nicht mehr in ein Schwimmbad eingebrochen, und du? Schon mal gemacht?«, erkundigte er sich beiläufig. Und noch ähnliche kleine Abenteuer fielen ihm auf dem letzten Stück des Weges ein. Nicki beschloss, besser gar nichts mehr zu sagen. Sie genoss seine Gegenwart schon viel zu sehr. Wer weiß, wozu sie sich verleiten ließ, um alles andere zu vergessen, was heute passiert war.

Als sie sich im Licht der Haustür gegenüberstanden, spürte Nicki, dass sie abermals gewonnen hatte: Sie war auf keines seiner Angebote eingegangen.

Er schien nicht nur gekränkt, sondern auch ein bisschen stolz auf sie.

»Du hast das Eis vergessen«, sagte Nicki, um ihren Triumph zu unterstreichen.

»Du hast kein Eis verdient, wo du doch meinen Schirm verloren hast. Aber irgendwann. Besorg ich dir eins.«

Ihre Mutter erwartete sie bereits. Nicki versuchte so glaubwürdig wie möglich zu behaupten, dass sie den Anzugträger im Überwachungsvideo wiedererkannt hätte, weil er ihr in der S-Bahn begegnet wäre. Ihre Mutter wurde wütend, weil die Lüge so erbärmlich war – sie glaubte, es handelte sich um jemanden, den Nicki aus dem ›Milieu‹ ihres Vaters kannte. Nickis knappe Antworten führten nur dazu, dass ihre Mutter immer mehr in Rage geriet. Nach den obligatorischen Beleidigungen wurden endlich die Türen zugeknallt und Nicki hatte Ruhe.

Allerdings währte sie nicht lange. Nachdem Nicki sich umgezogen und in ihr Bett verkrochen hatte, trat ihre Mutter wieder ein. Zu Nickis Überraschung weinte sie.

»Wieso redest du nicht mit mir?« Ihre Wut war auf ein kleines, loderndes Flämmchen runtergedimmt. »Ich weiß nicht, was mit dir los ist, aber irgendwas stimmt nicht!«

Nicki richtete sich auf und legte einen Arm um ihre Mutter. Sie sank gegen sie, als wäre sie das Kind.

»Mach nichts Dummes«, sagte ihre Mutter schließlich, zog die Nase hoch und schluckte. »Du hast ja gesehen, wohin das führt. Ich dachte immer … du machst es besser als dein Vater. Besser als ich.«

»Ich weiß«, murmelte Nicki. »Ich pass auf.«

Am nächsten Morgen hatte ihre Mutter sich offenbar in den Kopf gesetzt, an ihrem Verhältnis zu arbeiten, wuselte ständig um Nicki herum und wollte gemeinsam frühstücken, die Wohnung putzen und bügeln. Das war rührend, aber nichtsdestoweniger nervig. Die erzwungene Nähe reizte auch ihre Mutter und so herrschte den ganzen Vormittag ein Wechselspiel aggressiver Gewittertiraden und grell gelächelten Sonnenscheins. Mehrmals ließ ihre Mutter Kommentare fallen wie: »Es gibt auch sehr selten anständige Männer« oder »Geschäftsmann kann man werden, aber Familienmensch ist man oder nicht«, sodass Nicki ziemlich sicher war, dass der Boutiquenbesitzer ihr bald vorgestellt werden würde. Immerhin besser, als wenn ihre Mutter zwei Monate lang denselben Schlafanzug trug und den ganzen Tag fernsah.

Als Tante Irina anrief und ihre Mutter abgelenkt war, verdrückte sich Nicki auf einen Spaziergang um den Block.

Der Regen war versiegt und er hatte den letzten Rest Sommer mitgenommen. Das Laub der Bäume schimmerte blassgelb vor dem stahlblauen, weit entfernten Himmel. Ein paar Kinder aus der Siedlung, die wie Nicki vor ihren Eltern geflüchtet waren, hockten missmutig auf den tropfenden Fahrradständern und zogen sich die Ärmel über die Hände. Einer kickte einen Fußball immer wieder gegen die Wand und es war nur eine Frage der Zeit, bis er ein Fenster traf.

Aus Gewohnheit ging Nicki zum Spielplatz und zückte ihr Handy. Sie fand heraus, welches Krankenhaus dem U-Bahnhof Adenauer Platz am nächsten lag, und rief dort an. Eine erkältet klingende Frau meldete sich: »Franziskuskrankenhaus Berlin, was kann ich für Sie tun?«

»Ja, hallo. Vorgestern wurde jemand bei Ihnen eingeliefert. Nach einer Schlägerei am U-Bahnhof. Ich glaube, er heißt Özcan mit Nachnamen.«

»Sind Sie eine Angehörige?«

»Eine Freundin.«

»Tut mir leid, ich darf keine Auskunft über Patienten geben. Wenden Sie sich bitte an die Angehörigen. Ja? Auf Wiederhören.«

Sie hatte aufgelegt, bevor Nicki noch etwas hätte sagen können. Einige Sekunden starrte sie auf ihr Handy. Dann blickte sie zu den grauen Wohnhäusern hinüber. Ein Mann hatte sich inzwischen aus dem Fenster gelehnt und brüllte den Jungen mit dem Fußball in einer fremden Sprache an.

Was war schon so besonders an Angehörigen?, dachte Nicki. Würde sie im Krankenhaus liegen, wollte sie lieber Canon zu Besuch als ihre Mutter.

Canons Mutter. Sie lebte noch. Canon hatte gesagt, wo.

Kurz entschlossen machte Nicki sich auf den Weg zur S-Bahn. Sie stieg in die Ringbahn um, fuhr bis Neukölln und nahm von dort aus die U-Bahn bis zum Tempelhofer Feld, die große, kahle Stelle mitten in der Stadt.

Jogger, Spaziergänger mit Hunden und ein paar Leute, die Drachen steigen ließen, waren über die Fläche des ehemaligen Flughafens verstreut wie Spielzeugfigürchen. Mithilfe ihres Handys fand Nicki die Schillergasse. Sie endete direkt am Feld. Es sah aus, als bräche die Stadt abrupt ab, um verwilderte Zukunft zu werden. Dass am fernen Ende die verwaisten Flughafengebäude lagen wie ein gestrandetes Raumschiff, verstärkte den Eindruck noch.

Nicki blieb vor Haus Nummer 14 stehen. Es war das letzte

Haus vor dem Feld. Im fünften Stock waren zwei Klingelschilder mit Namen, die ihr nichts sagten, zwei waren leer. Weil die Tür offen stand, ging Nicki hinein. Das Treppenhaus kam ihr ungewöhnlich vor, denn es war in der Mitte offen, sodass vom verglasten Dach ganz oben ein milchiger Lichtblock herabstürzte. Die Treppe wand sich spiralförmig in die Höhe. Vor langer Zeit musste das Haus vornehm gewesen sein, aber man hatte es verwahrlosen lassen.

Nicki folgte der Treppe bis ins Dach. Es gab vier Wohnungstüren. Vor einer standen ein Dreirad und ein Regenschirm mit Fröschen drauf. An der zweiten Tür klebten Hanfblattaufkleber. Die dritte und die vierte Tür waren jeweils mit einem Metallrahmen versehen, dessen Zweck nicht eindeutig war.

Nicki klingelte an der ersten Tür mit dem Metallrahmen. Weil sich nichts regte, klingelte sie auch an der zweiten. Nach einer Weile glaubte sie Geräusche hinter der ersten Tür zu vernehmen. Sie stellte sich absichtlich so hin, dass man sie durch den Spion gut sehen konnte.

»Ich komme wegen Ihrem Sohn, Lautréamont«, sagte sie, als hinter der Tür der Holzboden knarrte. »Ich bin eine Freundin von ihm.«

Schließlich rasselte eine Kette. Die Tür öffnete sich. Aus dem Dunkel der Wohnung löste sich ein Gesicht, das Nicki kannte. Es war Isabel Arouk.

Die Liebe einer Mutter zeigt sich in Zurückhaltung

Sie starrten sich an.

»Du schon wieder«, stellte die Traumdeuterin in einem unendlich müden Ton fest. Wenigstens wirkte sie nicht verärgert.

Als Nicki nichts sagte, trat Isabel Arouk zur Seite. »Komm schon rein.«

Nicki gehorchte und die Tür wurde sorgfältig hinter ihr verschlossen. Dann führte Isabel Arouk sie durch einen schmalen, um vier Ecken gewundenen Gang in ein Wohnzimmer, das nach der engen Düsternis erstaunlich freundlich erschien: Es gab weiße Polstermöbel mit bunten Strickkissen, einen filigranen Tisch, auf dem ein Strauß blauer, violetter und weißer Blumen stand, ein riesiges Regal mit Büchern und eine unbenutzt wirkende Einbauküche. Links führte eine verschlossene Tür vermutlich zu den Schlafzimmern und dem Bad. Durch die Balkontür konnte man die große Leere des Tempelhofer Feldes erspähen.

»Setz dich«, murmelte Isabel Arouk. »Willst du einen Kirschsaft?«

»Danke.« Nicki nahm Platz, verstört von all der Höflichkeit. Die Vorwürfe, die sie innerlich gegen Canons Mutter angesammelt hatte, nun auf Isabel Arouk zu übertragen war gar nicht so einfach.

Während sie sich umsah, goss Isabel Arouk Saft aus dem Kühlschrank in ein Glas. Obwohl die Einrichtung gemütlich war, gab es keine Fotos und keine Bilder an den Wänden – auch die Bücher im Regal hatten einheitliche Rücken mit nüchterner Beschriftung, sodass es sich entweder um wissenschaftliche Texte handelte oder um Attrappen. Im Grunde fehlte dem Raum völlig das Persönliche. Man hätte ihn für einen Möbelkatalog fotografieren können, ohne auch nur einen Gegenstand wegnehmen zu müssen.

Die Traumdeuterin reichte ihr das Glas. Sie selbst hatte sich nichts zu trinken genommen, dafür hielt sie eine Schachtel Zigaretten und ein Feuerzeug in der Faust.

Isabel Arouk ließ sich auf einem Sessel nieder. Jetzt begriff Nicki, warum ihr Wollpullover so ausgebeult war: Sie winkelte die Knie an und schob den hellbraunen Wollstoff darüber, sodass sie wie eine Nuss in ihrer Schale dasaß, nur der Kopf und die Socken guckten heraus. Während sie sich eine Zigarette ansteckte und daran saugte, wirkte sie noch zerbrechlicher, noch kindlicher als bei ihrem letzten Treffen. Die Sorgenfalten in ihrem Gesicht und die grauen Strähnen in ihrem dicken Haar konnten daran kaum etwas ändern.

»Also schickt er dich, ja?«, fragte sie und atmete Rauch. »Du kannst ihm ausrichten, dass ich alles neu eingerichtet habe. Sein Zimmer ist …«

»Er hat mich nicht geschickt.«

Isabel Arouk zog nervös an ihrer Zigarette.

Nicki nahm einen Schluck und stellte das Glas dann behutsam auf dem Tischchen ab. Ein roter Rand zeichnete sich auf der Glasfläche ab. »Ich muss was klarstellen. Ich weiß, dass Sie … Sie haben Canon *denen* zur Verfügung gestellt, als er ein Baby war. Ich mache Sie verantwortlich für alles, was ihm zugestoßen ist.« Sie sah Isabel Arouk an. Ihr Gesicht war aschfahl geworden. »Aber ich bin nicht gekommen, um Sie zur Rechenschaft zu ziehen. Bestimmt hatten Sie Ihre Gründe, und um ehrlich zu sein, die sind mir egal. Ich bin hier, weil ich ihn besuchen will. Er liegt im Krankenhaus. Aber ich weiß nicht, ob er wirklich mit Nachnamen Özcan heißt, und die lassen sowieso nur Angehörige zu ihm.«

Isabel Arouk schrak auf, als die Asche von ihrer Zigarette fiel. Fahrig rieb sie den grauen Fleck vom Polster. Dann rauchte sie auf und drückte die Zigarette in einem Aschenbecher aus.

»Können Sie bitte im Franziskuskrankenhaus anrufen und fragen, wo er untergebracht ist? Sie müssten wahrscheinlich auch mitkommen«, sagte Nicki.

»Ich weiß nicht, wovon du redest.«

»*Was?*«

»Hör auf!« Isabel Arouk hob die Hände. »Du verwechselst da etwas. Er kann nicht im Krankenhaus sein.«

Fassungslos starrte Nicki sie an. »Er liegt im Koma. Damit sein Dämon nicht mehr in die Welt gelangt.«

Ein Beben ging durch ihre dunklen, schweren Augen. Für einen Moment schien es, als wäre sie blind geworden. Rastlos drehte sie die Zigarettenschachtel. »Du weißt davon?«

»Ich habe gestern Klage bei der Kanzlei eingereicht. Weil ich …« Nicki schluckte, musste noch einmal Anlauf nehmen und doch schwankte ihre Stimme: »Es gibt da ein Gesetz der Liebe. Ich will ihn nur sehen. Bitte. Gehen Sie mit mir hin. Sagen Sie mir wenigstens, welcher Name in seinem Ausweis steht.«

Isabel Arouk musterte sie. »Das Gesetz der Liebe. Ziemlich aussichtslos. Menschen sind verlogene Egoisten.«

Nicki beherrschte sich nur mit Mühe. »Haben Sie eine bessere Idee, wie man ihm helfen kann? Dann spucken Sie's aus.«

Die Traumdeuterin schien tatsächlich zu überlegen. Aber falls ihr etwas einfiel, behielt sie es für sich. Stumm entzündete sie eine weitere Zigarette.

Nicki fragte sich, ob etwas in Frauen kaputtging, sobald sie Mütter wurden. Vielleicht verloren sie ihre Lebensenergie an ihre Kinder, wurden dadurch unselbstständig und unsicher. Vielleicht hatten manche Frauen aber auch schon vorher einen Sprung in der Schüssel und Kinder in die Welt zu setzen war nur ihr letzter Rettungsversuch.

»Rufen Sie beim Krankenhaus an?« Nicki hielt ihr das Handy hin. Vorsorglich hatte sie die Nummer bereits angewählt.

Als eine Frauenstimme am anderen Ende der Leitung erklang, nahm Isabel Arouk das Handy überrumpelt an.

»Äh, ja, ich rufe an wegen meinem Sohn, meinem Sohn.« Sie erhob sich hastig, um im Raum auf und ab zu gehen. »Lautréamont Arouk. Soll ich buchstab… Ist er da? Ja … danke.« Sie ging hin und her. »Ja, ich bin dran. Die Mutter. Wohin? Ah, äh, doch. Natürlich. Doch, ich weiß Bescheid. Vielen Dank. Auf Wiederhören.«

»Was haben sie gesagt?«

Isabel Arouk sah sie grimmig an, als sie ihr das Handy zurückgab. Noch immer lief sie auf und ab, dann schnippste sie die Asche von ihrer Zigarette. »Kann ich dein Handy noch mal haben? Amsel ist in eine Privatklinik verlegt worden.«

»Von wem?« Nicki gab ihr das Handy wieder.

Isabel Arouk vertippte sich und irrte eine Weile durch die Funktionen des Handys, aber weil sie sich von Nicki abgewandt hatte, beschloss Nicki, Geduld und Vertrauen zu haben. Schließlich schaffte sie es auch so. Sie drückte die Zigarette aus, während sie sich das Handy ans Ohr presste.

»Hier ist Isabel«, sagte sie mit vor Aufregung bebender Stimme. »Entschuldige, dass ich einfach anrufe. Amsel, hast du ihn … Wie geht es ihm?« Sie schluckte. »Darf ich ihn sehen? Danke. Ich komme gleich. Vielen Dank!«

Nicki stand auf, als sie ihr das Handy zurückgab. »Wer war das?«

»Ein Bekannter. Er hat ihn in eine Privatklinik geholt.« Sie nickte, als wollte sie sich selbst von der Richtigkeit dieser Tat überzeugen.

»Dann fahren wir jetzt gleich?«

Isabel Arouk war zu abwesend für eine Antwort. Sie nahm eine Jacke aus dem Schrank, schlüpfte in weiße Turnschuhe und verließ die Wohnung, ohne darauf zu achten, ob Nicki ihr folgte.

Am Straßenrand parkte ein alter roter Opel, den Isabel Arouk aufsperrte. Nicki schlüpfte auf den Beifahrersitz. Es roch stark, aber nicht unangenehm nach Räucherstäbchen. Besser als der Qualm in der Wohnung.

»Wo ist die Klinik?«, fragte Nicki, während sie sich anschnallte.

»Muss ich nachschlagen«, murmelte Isabel Arouk und kramte einen halb zerfledderten Stadtplan unter ihrem Sitz vor.

Nicki bot an, auf ihrem Handy nachzusehen, und Isabel Arouk fuhr los.

Die Klinik befand sich an der nordwestlichen Stadtgrenze. Sie würden mindestens eine Stunde unterwegs sein.

Isabel Arouk umklammerte das Lenkrad mit beiden Händen und schien kaum wahrzunehmen, dass Nicki neben ihr saß. Wenigstens hörte sie auf die Verkehrsanweisungen, die Nicki gelegentlich gab. Als sie im Stadtzentrum von einer roten Ampel zur nächsten zuckelten, zündete Isabel Arouk sich eine weitere Zigarette an und entspannte sich ein wenig.

Nicki kurbelte ihr Fenster herunter. Seit sie bei ihrer Mutter wohnte, war sie nicht mehr Auto gefahren – und jetzt fuhr sie gleich an zwei Tagen hintereinander, gestern im Taxi der Kanzlei und heute schon wieder. Früher hatte sie ihren Vater gelegentlich in einem Transporter bis nach Polen begleitet. Erinnerungen griffen nach ihr, die ihr lästig waren.

»Wer ist dieser Bekannte?«, fragte Nicki. »Warum hat er Sie nicht früher in Kenntnis gesetzt?«

Isabel Arouk bemerkte, dass Nickis Fenster offen stand, und kurbelte auch ihres herunter, um nach draußen zu rauchen. »Sein Name ist Constantin Duroya. Ich kenne ihn schon viele Jahre. Aber nicht gut.« Sie schwieg eine Weile. »Vermutlich kennt Amsel ihn besser.«

Nicki dachte an das, was Canon ihr in der S-Bahn erzählt hatte. »Hat Constantin Duroya zufällig eine Tochter namens Gretchen?«

Isabel Arouk warf ihr einen Seitenblick zu. »Gretchen? Duroya hat drei Töchter, glaube ich. Aber ich weiß nicht, wie sie heißen.«

Für Nicki war trotzdem klar, dass der Mann, der Canon einst geholfen hatte, auf eigenen Beinen zu stehen, auch jetzt sein Gönner war. Aber warum eigentlich? Er agierte jedenfalls nicht im Auftrag von Canons Mutter.

»War er auch ein Freund von seinem Vater?«, fragte Nicki.

»Nein. Muss ich immer noch geradeaus?«

»Noch fünfhundert Meter. Bis zu einem Kreisel und dann ganz links abbiegen.« Sie zögerte einen Moment. »Tut mir leid wegen Ihrem Mann.«

»Du weißt davon«, stellte Isabel Arouk fest. Mehr wollte sie dazu offenbar nicht sagen.

Sie verfielen in Schweigen. Der Kreisel kam, sie bogen ab. Nicki gab die nächste Anweisung. Wieder fuhren sie, ohne zu sprechen.

Schließlich sagte Isabel Arouk langsam und sorgfältig: »Du musst mich für eine schlechte Mutter halten. Weil ich dich überhaupt nichts frage. Über ihn. Über euch.« Sie lächelte und wischte sich über das Gesicht, als schmerzte sie dieses Lächeln. »Aber ich darf nicht fragen. Er muss alle Bande zwischen sich und Lautréamont lösen. Und ich, ich bin die wichtigste Verbindung zwischen ihm und seinem Geburtsnamen.«

»Ich weiß.« Nicki hätte hinzufügen können, dass sie sie aus ganz anderen Gründen für eine schlechte Mutter hielt. Aber das hatte sie ihr bereits mehr oder weniger klargemacht und sie sah keinen Sinn darin, Isabel Arouk in ihrem jetzigen Zustand zu verletzen.

Sie kamen auf eine Landstraße und fuhren sehr schnell, da keine Ampeln sie mehr aufhielten. Die Betonlandschaften der Stadt blieben hinter ihnen zurück und Wälder, schläfrig grün, zogen links und rechts vorüber. Nicki lehnte sich ans Fenster, um die Tannenluft zu atmen.

»Als du zu mir kamst, ins *Warkonia*«, wechselte Isabel Arouk das Thema, »da hattest du noch keine Ahnung von alldem. Ich gehe davon aus, dass du dich nicht an meinen Rat gehalten hast.«

»Ich habe es versucht. Der Dämon weiß nur meinen Spitznamen. Gerade läuft eine Prüfung, ob der Pakt gültig ist.«

Wieder warf Arouk ihr einen Blick zu. »Du musst unbedingt versuchen, den Spitznamen von deiner Persönlichkeit abzuspalten. Wahrscheinlich hat Amsel dich schon gewarnt.«

»Ja«, sagte Nicki.

»Wenigstens weißt du von Anfang an, woran du bist. Normalerweise freut man sich erst mal, wenn man einen Pakt geschlossen hat. Weil es aufregend ist. Und weil man ja seinen sehnlichsten Wunsch erfüllt bekommt. Es ist eine berauschende Zeit, anfangs … aber früher oder später bezahlt man. Und alle, die einen lieben, bezahlen mit.« Ihre Hände umschlossen unruhig das Lenkrad. »Du weißt, woran du bist, du kannst dich vorbereiten. Trotzdem schade, dass dir dadurch die erste Phase der Euphorie verloren geht. Früher habe ich die Leute beneidet, die von Fließwesen geliebt werden.«

Nicki sagte nichts. Dass Tallis sie gleich doppelt reingelegt und ihr nicht einmal eine besondere Fähigkeit verliehen hatte, kam ihr wie etwas vor, wofür sie sich schämen musste. Was für eine ›Phase der Euphorie‹ sollte sie schon verpassen? Ihr Leben war nicht viel besser geworden dadurch, dass Tallis sie bei Gefahr in Sicherheit brachte. Vielleicht, wenn sie in einem Kriegsgebiet gewohnt hätte. Oder wenn sie eine wehrlose Tussi wäre, die ständig gerettet werden wollte. Das traf ja wohl kaum zu. Sie verschränkte die Arme. Es traf überhaupt nicht zu. Aber alle, denen sie davon erzählte, mussten das unweigerlich annehmen.

Als könnte Isabel Arouk ihre Gedanken hören, murmelte Nicki: »In etwa dreihundert Metern müssen wir abbiegen. Dann müsste die Klinik schon zu sehen sein.«

Tatsächlich erschien bald eine herrschaftliche Villa, beinahe ein Schloss, umgeben von einem gepflegten Park. Kies knirschte unter den Reifen, als sie auf den Parkplatz fuhren. Die Wagen ringsum schienen zehnmal so viel wert zu sein wie der Opel.

Isabel Arouk stellte den Motor ab.

»Danke, dass Sie mich mitnehmen«, sagte Nicki, während sie den Gurt löste.

Einen Moment sah es so aus, als wollte Isabel Arouk etwas erwidern. Aber dann lächelte sie nur und es sah so schmerzhaft aus wie zuvor. »Na komm.«

Vergeben

Durch gläserne Türen gelangten sie in ein Foyer, das von den Bodenfliesen bis zur Decke blütenweiß war. Eine hübsche, weiß gekleidete Krankenschwester lächelte ihnen hinter einem Schalter zu. Als Isabel Arouk den Grund ihres Besuchs nannte, verlangte die Krankenschwester ihren Ausweis und erklärte ihnen dann den Weg zu Canons Krankenzimmer.

Sie gingen eine Wendeltreppe hinauf und kamen an einem weitläufigen Wintergarten vorbei, in dem einige Patienten an Tischen saßen und einen nachmittäglichen Kaffee genossen. Auffallend viele hatten einen Gips auf dem Nasenrücken und kein Anzeichen von schlimmen Verletzungen. Auf der anderen Seite des Ganges befanden sich lichtdurchflutete Zimmer. In einem davon lag Canon.

Sie traten ein. Nicki sah sein Gesicht, winzig im Fenster von weißen Verbänden und einer Art verkabeltem Helm mit Halskrause. Ein Geist in einem Fotorahmen.

»Was … was macht sie hier?«

Nicki kannte die Stimme. Aus einem Stuhl in der Ecke schnellte Gretchen hoch. Sie wirkte ungeschminkt und verweint. Trotzdem war sie mit größter Sorgfalt gekleidet und trug zu dem Blusenkleid aus blassgrüner Seide wieder schwarze Strümpfe. Neben ihr saß ein hagerer Mann mit kurz rasierten, weißen Haaren. Bevor Nicki ihn genauer betrachten konnte, war Gretchen auf sie zugestürmt und schubste sie.

Verblüfft stolperte Nicki einen Schritt zurück. Gretchens Hand flog auf ihr Gesicht zu; Nicki blockte sie reflexartig ab. Da schlug

Gretchen auch mit der linken Hand zu, aber es war ein kümmerlicher Versuch. Nicki hielt ihr Gelenk fest und stieß sie von sich.

Tränen spritzten Gretchen aus den Augen. »Miststück! Wie traust du dich hier …«

»Gretchen«, sagte der Mann hinter ihr in einem Ton, der eher enttäuscht klang als entrüstet. Gretchen verstummte. Sogar ihre Tränen versiegten schlagartig.

Nicki hörte das Blut in ihren Ohren rauschen. Auch wenn Gretchen sie nicht getroffen hatte, fühlte sie sich, als wäre ihr Gewalt angetan worden.

»Geh raus«, befahl der Mann. Weil er dabei Nicki ansah, glaubte sie erst, er meinte sie. Vor Schreck war sie wie erstarrt.

»Hörst du! In den Wagen.«

Gretchen zuckte zusammen. »Aber …«

Ein Blick genügte, dass sie sich den Trenchcoat schnappte, der über dem Stuhl hing, und an Nicki vorbei aus dem Zimmer rauschte. Eine Woge samtigen Parfüms ebbte ihr nach.

Nicki sah zwischen den im Raum Verbliebenen hin und her, während Gretchens Schritte anklagend durch den Flur davonklackerten. Isabel Arouk schien bereits vergessen zu haben, was gerade geschehen war. Sie wandte Nicki den Rücken zu und trat an Canons Bett.

Bevor Nicki dasselbe tun konnte, erhob sich Constantin Duroya. »Wie wäre es, wenn wir den Familienmitgliedern einen privaten Augenblick gönnen? Nach Ihnen.« Er wies aus dem Raum.

Constantin Duroya zog die Zimmertür hinter sich zu. Dann ging er den Flur hinunter, in der völligen Selbstsicherheit, dass Nicki ihm folgte. Vor dem Café im Wintergarten machte er halt und ließ Nicki den Vortritt.

An einem Tisch nahe der Fensterfront, die den Blick auf den gepflegten, etwas sterilen Park freigab, nahmen sie Platz, als hätten sie sich verabredet.

Duroya schlug die Beine übereinander, steckte die Hände in die Hosentaschen und gab Nicki die Möglichkeit, ihn zu mustern, während er dasselbe tat.

Alles an ihm sah glatt und teuer wie frisch gedruckte Geldscheine aus. Der Anzug und die Weste warfen kaum Falten, das streng geknöpfte Hemd passte farblich dazu. Er hatte ein ausgemergeltes Gesicht, wie konserviert in einem nüchternen, berechnenden Hunger. Die wenigen Falten zogen sich als Schlitze durch die Haut. In der Schwärze seiner Augen erkannte Nicki Gretchen wieder, ansonsten bestand zwischen ihnen so wenig Ähnlichkeit wie zwischen einem Raubvogel und einem Reh.

»Möchten Sie einen Kaffee?«, fragte er weder freundlich noch feindselig.

Nicki ging über die Höflichkeitsfloskel einfach hinweg. »Er hat mir von Ihnen erzählt. Sie haben ihm schon früher geholfen.«

»Warum würde er Ihnen das erzählen?« Etwas Beleidigendes steckte in der Frage, die kaum an sie gerichtet war.

Lautes Gepolter übertönte die Geräusche des Cafés und Nicki fuhr zusammen: Ein Tannenzapfen war auf das Glasdach gefallen. Unzählige Zapfen lagen bereits dort. Nicki wandte sich wieder an Constantin Duroya und hoffte, dass sie nicht zu ängstlich wirkte. Gretchens Angriff hatte sie einfach völlig aus dem Konzept gebracht.

»Ich schätze, dass Gretchen der Grund ist, warum Sie sich für ihn einsetzen, also bin ich ihr dankbar. Das können Sie ihr ja ausrichten, wenn ...«

Nicki verstummte, als Duroya zu lachen begann. Es war ein tiefes, trockenes Geräusch. Sein Mund öffnete sich kaum.

»Sehr großzügig von Ihnen. Sie verstreuen Ihre Dankbarkeit so freimütig wie Ihre Hilfe, ohne auch nur im Mindesten zu überlegen, welchen Schaden Sie dabei anrichten.« Er musterte Nicki jetzt aus zusammengekniffenen Augen, als wäre sie ein kurioses Insekt. »Ich weiß einiges über Sie, Estella. *Nicki*. Ich wusste von

Ihrer Existenz, bevor meine Tochter Ihnen begegnete, denn Amsel, nun, bedeutet mir einiges. Er muss geglaubt haben, dass ich nicht nachprüfe, ob er seine Zeichenstunden in den öffentlichen Verkehrsmitteln alleine oder in Gesellschaft abhält. Aber ich war informiert über Sie beide. Ich habe ihm diese kleine Albernheit durchgehen lassen. Schließlich war ich auch einmal jung.«

»Wovon reden Sie?«

»Ich meine damit, Frau Witnick, dass Sie mir harmlos erschienen. Ein Gänseblümchen am Wegesrand eines begnadeten jungen Magiers, das gepflückt oder zertreten oder vielleicht auch nur beschnuppert wird, aber auf jeden Fall belanglos bleibt.« Er beobachtete ohne Mitleid, wie seine Worte sie trafen. »Nun, das hat sich gestern geändert, indem Sie die Prüfung Ihrer Liebe einleiteten. Sie haben Amsel, Gretchen und mir damit sieben Jahre gestohlen.«

Nicki spürte den unbändigen Drang, seinem bohrenden Blick auszuweichen oder wenigstens zu blinzeln. Aber sie hielt stand. Nur sprechen konnte sie nicht.

»Wissen Sie, nur weil Sie ahnungslos sind, erachte ich Sie nicht als unschuldig«, fuhr er gedehnt fort und faltete die Hände. »Ihre maßlose Selbstüberschätzung kann auch nicht durch Ihre Jugend entschuldigt werden. Sie sind eine Wichtigtuerin, für deren Torheiten andere bezahlen müssen. Ich glaube nicht, dass irgendeine erzieherische Maßnahme daran etwas ändern kann, denn das alles liegt Ihnen bereits im Blut. Ja, mir ist bekannt, dass Ihr Vater im Gefängnis sitzt und Ihre Mutter die meiste Zeit ihres Lebens wie eine Zecke an der Sozialhilfe des Staates gesaugt hat. Sie werden nicht anders enden, ob mit oder ohne Ihren Sexdämon. Dennoch werde ich Sie aufklären, in welchen Porzellanladen Sie hineingetrampelt sind, denn ich bin ein Freund der Wahrheit und halte nichts von wohlmeinender Selbsttäuschung.

Dass Lautréamont bei seinem jüngsten Angriff identifiziert wurde, war kein Unfall, sondern von mir und Amsel geplant. Amsel war von vornherein klar, dass er ins Koma versetzt würde. Es war sein Wunsch, weil er weitere Morde verhindern wollte, bei denen auch Menschen verletzt werden könnten.

Wir gehen davon aus, dass Lautréamont einen Pakt mit einem anderen Fließwesen schloss, das ihm die Angriffe befahl. Wird die Identität seines Gebieters aufgeklärt, werden diejenigen, die er attackieren ließ, ihn vermutlich vernichten oder zumindest so sehr schwächen, dass Amsels Dämon sich von seinem Einfluss befreien kann. Zerbricht der Pakt zwischen ihnen, lässt man Lautréamont gewiss wieder frei, immerhin ist seine Verbannung kostspielig. Er hat dann nichts mehr mit den Machtkämpfen der Größeren zu tun.«

»Und wenn sich die Schuld nicht so einfach von Lautréamont auf einen anderen Dämon übertragen lässt? Dann bleibt Ca… Amsel im Koma. Er hat sein Leben riskiert, weil Sie ihn dazu überredet haben!«

Ein Lächeln oder ein Zähnefletschen zuckte in seinem Gesicht auf. »Für diesen Fall war meine Tochter vorgesehen, vom Gesetz der Liebe Gebrauch zu machen. Und sie hätte die Prüfung auch bestanden – in geringerer Zeit. Aber Sie haben sich – wie soll man das bezeichnen? – *dazwischengehechtet* und aufgrund subjektiver Zeiterwartungen, offenbar von der Haftstrafe Ihres Vaters beeinflusst, wird es nun sieben Jahre dauern, plus die Zeit, die Gretchens Prüfung erfordern wird. Wenn wir Pech haben, ist sie dann von den sieben Jahren des Wartens so geprägt, dass auch ihre Prüfung sieben Jahre dauern wird. Also insgesamt vierzehn Jahre. Dann ist Gretchen einunddreißig. Wer weiß, wie erschlafft ihre Verbindung zur Fließwelt dann bereits ist. Sie sollten nächstes Jahr heiraten. Aufgrund der dämonischen Umstände wurde die Geburt meines Enkelsohnes bereits verzögert! Hätte ich gewusst, dass es dank eines asozialen Görs noch länger würde, hätte ich auf die Hochzeit ganz verzichtet und ihn einen Bastard sein lassen.« Er schlug mit der Faust auf den Tisch. Seine Stimme war leise geblieben, sodass niemand im Café auf sie aufmerksam wurde.

Scham, Entsetzen und ein heißeres, hässlicheres Gefühl stürzten über Nicki zusammen. Canon und Gretchen. Sollten heiraten. Für ein Kind. Die Vorstellung schien wie ein vulgärer Film über das ganze Zimmer projiziert, über ihr Gesicht und über Constantin Duroyas.

Stumm saß sie da, unfähig, ihm die Meinung zu sagen oder sich zu verteidigen.

Gretchen und Canon.

Aber er hatte doch gesagt … er hatte gesagt, sie seien nur Freunde. Wieso sollte er sie anlügen? Canon war kein Lügner. Nie hätte er sie geküsst, wenn das stimmte. Nichts hatte darauf hingedeutet, dass er vorhatte, Gretchen zu *heiraten*.

Daraus schöpfte Nicki ein wenig Mut. Wenn Constantin Duroya die Macht besaß, Canon von einem fragwürdigen und lebensgefährlichen Plan zu überzeugen, konnte er ihn auch dazu bringen, eine Verlobung einzugehen. Vielleicht erpresste er ihn ja. Vielleicht …

»Ihnen geht es also um einen Enkelsohn«, sagte sie erstickt. Sie musste schlucken, sich sammeln, ehe sie fortfahren konnte: »Danke für Ihre Offenheit. Sieht so aus, als hätte ich mich bei Ihnen zu entschuldigen, weil Sie sich mit Ihrer Familienplanung gedulden müssen.«

Zum ersten Mal schien ein wenig Überraschung seine Züge zu erweichen.

»Ich entschuldige mich aber nicht dafür, Canon helfen zu wollen. Sie haben mir klargemacht, wie wenig seine angeblichen Freunde wert sind.« Rasch erhob sie sich und ging. Sie hatte Angst, dass ihr Tränen in die Augen steigen würden.

»Frau Witnick.«

Sie hörte seine Schritte hinter sich. Erst als sie im Flur war und ein Stück gelaufen, drehte sie sich um. Fast erwartete sie einen

Angriff, aber er stand nur im Licht des Wintergartens und betrachtete seinen eigenen Schatten, der sich lang und schmal über die Treppe goss.

»Ich werde Sie nur einmal warnen. Wenn Sie nach dem heutigen Tag in die Nähe von Amsel, meiner Tochter oder auch nur einem Bekannten von ihnen kommen, wird es Konsequenzen geben. Ihr Inkubus kann Ihnen helfen … aber nicht Ihrer Familie.« Er steckte die Hände in die Hosentaschen und fixierte sie. »Nehmen Sie in Ruhe Abschied von ihm. Mein Mitgefühl an Isabel.«

Dann schritt er die Treppe hinunter.

Immer wieder nie wieder

Nicki stand mit geballten Fäusten im Krankenhausflur und lauschte, wie Constantin Duroya von der Krankenschwester im Foyer verabschiedet wurde. Sie wartete, bis draußen ein Motor aufheulte. Doch selbst als der Wagen davongebraust war, traute sie sich kaum zu atmen.

Nie hatte sie vor einem Mann so viel Angst gehabt. Sie hatte alle möglichen zwielichtigen ›Geschäftspartner‹ ihres Vaters kennengelernt. Keiner war wie Duroya. Die Ruhe seines Zorns lag ihr wie Frost auf der Haut.

Energisch stemmte sie sich dagegen. Dass Canon verlobt war und es die ganze Zeit verschwiegen hatte – nein, das konnte nicht wahr sein. Unmöglich.

Und doch, ein Teil von ihr wollte am liebsten nicht in das Krankenzimmer zurückgehen. Ihre Füße trugen sie fast gegen ihren Willen vor die Tür. Eine gedämpfte Stimme war zu hören. Als Nicki eintrat, entdeckte sie einen kleinen dunkelhäutigen Arzt, der mit Isabel Arouk sprach.

Isabel Arouk sah schrecklich aus, ganz verweint und zerzaust, als hätte sie sich die Haare gerauft. Abgesehen davon schien sie sich nicht von der Stelle gerührt zu haben. Ohne den Blick von Canon zu wenden, ließ sie die sanften Erläuterungen des Arztes über sich ergehen.

Nicki kam zögernd näher und nickte dem Arzt zu, als Zeichen, dass sie dazugehörte. Er machte dennoch eine Pause, um etwas leiser fortzufahren: »Nun, die Polizei hat mich gebeten …«

Nicki betrachtete Canon. Sein Gesicht war zwischen den ganzen Schläuchen, Binden und Fixierungen wie abgeschnitten von seinem Körper. Nur noch eine Erinnerung, die in dem strahlenden Weiß ringsum ausblich. Seine Lippen waren blasser als seine Wangen. Fast kam es ihr falsch vor, dass er hier so aufgebahrt lag und künstlich beatmet und ernährt wurde – er wäre nie damit einverstanden gewesen, dass man ihn in diesem Zustand sah. Nicki machte sich keine Illusionen: Er hätte nicht gewollt, dass *sie* ihn so sah. Und erst recht nicht seine Mutter. Dennoch war sie gekommen und hatte seine Mutter mitgezerrt.

Wieder diese Schuldgefühle. Sie trafen Nicki aus Duroyas Augen. Aus Gretchens Augen. Sie war hier nicht erwünscht. Vielleicht hatte sie sogar gegen ihre eigene Definition von Liebe verstoßen, indem sie Canon gegen seinen Willen aufsuchte. Andererseits – wenn er wirklich mit Gretchen verlobt war und trotzdem Nicki geküsst hatte, was war dann von *seiner* Liebe zu halten?

Nicki spürte einen Stich im Herzen. Die Erinnerung an ihren Abschied rief eine schmerzhaft gewordene Sehnsucht hervor. Seine Erwiderung ihrer Küsse, sein zitternder Atem, seine Blicke, seine Berührungen hatten ihr alle als Beweis gegolten, dass er ebenso für sie empfand wie sie für ihn. Aber vielleicht bedeutete es etwas ganz anderes.

»Ich werde mich drum kümmern«, sagte Isabel Arouk fahrig zu dem Arzt. Nicki hatte nicht zugehört, aber der Arzt verabschiedete sich auch von ihr und verließ den Raum.

Isabel Arouk ging auf und ab. Ihr Blick irrte über die Möbel, die Wände und das Fenster, ehe er zurück auf Canon stürzte und sich mit neuen Tränenschleiern verhüllte.

»Was sagt der Arzt?«, fragte Nicki, weil ihr nichts Besseres einfiel.

Isabel Arouk zuckte die Achseln. »Was soll er schon sagen. Die haben keine Ahnung. Kritischer Zustand? In diesem Zustand kann ihn nichts retten, aber auch nichts töten. Diese Maschinen!«

Kurzerhand trat sie wieder ans Bett und zerrte ihm die weiße Konstruktion ab, die sein Genick und seinen Kopf stabilisierte. Schon hatte sie Canons Kopf befreit und ließ ihn behutsam zurück ins Kissen sinken. Wenigstens die Verbände ließ sie ihm um.

»Das ist … vielleicht braucht er das!«, stammelte Nicki.

»So ein Quatsch. Er braucht auch keine Beatmungsmaschine. Ich könnte ihn mit nach Hause nehmen.«

Nicki starrte sie an. Offenbar meinte sie das ernst. »Und wie wollen Sie ihn füttern? Und waschen? Und seine Verletzungen!«

»Ein Dämon hält ihn in Träumen gefangen, das ist alles.«

Nicki spürte, dass es nichts brachte, vernünftig mit ihr zu reden. Und es bestand ja auch eine geringe Chance, dass sie recht hatte. Schließlich war Magie im Spiel, mit der Isabel Arouk sich besser auskannte als Nicki.

Sie sah Canon Rat suchend an. Sein Haar fiel ihm in Strähnen auf die Schultern. Sie hatte ihn selten ohne seine Schiebermütze gesehen und noch nie ohne Zopf. Ohne den Zopf kam er ihr so verletzt vor, als fehlte ihm ein Körperteil.

Ihr fiel auf, dass sein Schädel an der Schläfe kahl geschoren war. Er musste an einer Verletzung operiert worden sein. Sie schloss kurz die Augen, um eine Übelkeit zurückzudrängen. Lieber wollte sie ihn in Constantin Duroyas Obhut in der Klinik wissen als bei seiner Mutter.

Sie beschloss, genau damit zu argumentieren: »Duroya hätte sicher Einwände, wenn wir ihn mitnehmen.«

Das schien zu wirken. Isabel Arouk fasste in ihre Jackentasche, vermutlich um die Zigarettenschachtel zu umklammern.

»Oder glauben Sie, hier könnte ihm was zustoßen?« Nicki war nicht sicher, ob Isabel Arouk den Kopf schüttelte oder an still laufenden Tränen erschauderte. Jedenfalls bestätigte sie nichts.

Nach einiger Zeit streckte die Traumdeuterin ihre Hand nach Canon aus. Vor seinem Gesicht hielt sie inne. Ihre Fingerspitzen zitterten wie von einer unsichtbaren Macht zurückgehalten in der Luft. Dann senkte sie die Hand und ihr ganzer Körper schien zu erschlaffen und in sich zusammenzusinken.

»Gehen wir«, sagte sie.

Auch Nicki wagte nicht, ihn zum Abschied zu berühren. Nach dem Gespräch mit Duroya fühlte es sich unrechtmäßig an – als ob sie ein Recht auf ihn oder er ein Recht auf sie verloren hätte. Vielleicht beides.

Wie Einbrecher verließen sie die Klinik. Als sie im Auto saßen, zündete Isabel Arouk sich zuerst eine Zigarette an. Dann brach sie über dem Lenkrad zusammen und weinte, von lautlosen Schluchzern geschüttelt. Nicki verhielt sich diskret. Als die Zigarette bis zum Filter heruntergebrannt war, nahm sie sie Isabel Arouk vorsichtig aus den Fingern und entsorgte sie im Aschenbecher.

Isabel Arouk wischte sich über das Gesicht. Schließlich fuhr sie los.

Die ersten zwanzig Minuten verstrichen in Schweigen. Tausend Dinge schwirrten Nicki durch den Kopf, aber sie konnte ihre Gedanken und Gefühle einfach nicht zusammenbringen. Sollte sie wütend auf ihn sein? Oder auf Duroya? Traf sie wirklich Schuld? Ging er sie überhaupt noch etwas an, wenn er wirklich verlobt war?

Wenn er wirklich verlobt war. Egal ob sie es glaubte oder nicht, die Vorstellung träufelte unablässig Gift in ihr Herz.

»Meinen Sie, er könnte es geplant haben?«, fragte sie schließlich. Es half ja alles nichts: Sie würde sich so oder so den Kopf über ihn zerbrechen.

Isabel Arouk blinzelte angestrengt. »Er war … Ihm lag immer viel am Wohl anderer. Aber ich weiß nicht. Mir sagte er, er wolle herausfinden, warum sein Dämon andere Fließwesen angreift. Mit meinen Rückführungen konnte ich ihm teilweise helfen, sich zu erinnern, was er im besessenen Zustand getan hat. Er hat nie davon geredet, sich selbst zu opfern, um seinen Dämon aufzuhalten. Sein Vater … hat das getan.«

Nicki dachte nach. Vielleicht hatte Canon tatsächlich alles in die Hände von Fließwesen gelegt, so wie Duroya behauptete. Aber der Plan ging nur auf, wenn Lautréamont tatsächlich unter dem Einfluss eines anderen Fließwesens stand. Hätte er denn sonst Gründe zu morden? Nicki konnte sich überhaupt nicht vorstellen, wie Canon aggressiv wurde – ihn überkam Traurigkeit, bevor Zorn auch nur eine Chance hatte. Nein, aus Canon heraus konnte sein Dämon kein Mörder geworden sein.

Aber wenn er die ganze Zeit mit Gretchen verlobt war und dann sie küsste – wenn er sie angelogen hatte und auch Gretchen hinterging, dann wusste sie doch im Grunde nichts über ihn.

Sie spürte keine Furcht. Nur ein betäubendes Gefühl der Ohnmacht. Seine aufrichtigen Augen. Wie er sie berührt hatte. Sie *kannte* ihn doch. Selbst wenn er verlobt war, gab es bestimmt eine Erklärung für sein Verhalten, eine Entschuldigung. Bestimmt. Bestimmt würde sie eine Entschuldigung für alles an ihm finden …

»Können Sie mir etwas über Duroya erzählen?«, fragte Nicki, um ihre Grübeleien in eine Richtung zu lenken, die weniger wehtat.

»Was willst du wissen?«

»Alles. Wie Sie ihm begegnet sind.«

Isabel Arouk zuckte die Achseln. »Eines Tages kam er ins *Warkonia,* aber nicht, um eine Rückführung zu machen. Er hatte nur von mir gehört und wollte mich kennenlernen. Wir redeten ein bisschen, tauschten Erfahrungen aus. Er versprach, mir ein kostbares Buch auszuleihen. Ich freute mich, ohne zu ahnen, dass er mich ein paar Wochen lang beschatten würde. Einfach so, aus Paranoia. Duroya hortet nämlich Informationen über die Fließwelt und alle, die von ihr wissen. Aber ich habe eigentlich nie eine böse Absicht darin erkannt. Vielleicht ist er ein Kontrollfreak. Das sind viele, die als Jugendliche Pakte hatten und die Machtlosigkeit über ihren Körper kennenlernten. Oder er folgt schlichtweg seinem Sammeltrieb, seiner Neugier. Was weiß ich.

Vor zwei oder drei Jahren brachte er seine Tochter zu mir. Du scheinst sie ja zu kennen. Er wollte, dass ich eine Rückführung mit ihr mache, damit sie sich erinnert, was sie im besessenen Zustand getan hat. Er bezahlte sehr gut, also tat ich es. Nun ja, die Rückführung brachte nur hässliche Ereignisse ans Tageslicht, wie in fast allen Fällen. Ich weigerte mich, Duroya die Details zu erzählen. Schließlich ist das privat. Es ging nur seine Tochter was an. Er war wütend, aber das kratzte mich nicht, ich halte mich an meine Prinzipien.«

Nicki spürte, wie Isabel Arouk ihr sympathischer wurde. Von Prinzipientreue hielt sie viel.

»Ein paar Tage später rief er an und war wieder sehr höflich. Er sagte, seine Tochter hätte ihm inzwischen alles gebeichtet und er sei beeindruckt, dass ich bei einer so ›prekären‹ Angelegenheit Schweigen bewahrt hätte, ohne mich von ihm bestechen oder einschüchtern zu lassen. Er sagte, meine Verlässlichkeit werde sich gewiss herumsprechen. Von da an verdoppelte sich die Zahl meiner Kunden. Magier aus der ganzen Welt kommen inzwischen zu mir. Natürlich habe ich das Duroya zu verdanken, er scheint sehr gut vernetzt zu sein.

Canon hat mir außerdem vor einigen Monaten erzählt, dass Duroya ihm Beistand geleistet hat, als er … als er beschloss zu gehen. Er scheint so etwas wie eine Vaterfigur für ihn gewesen zu sein.«

Nicki verfiel wieder in Schweigen. Vermutlich wusste Isabel Arouk nichts von der Verlobung und Duroyas Plänen, einen Enkel zu bekommen, der das größtmögliche magische Talent erbte. Nicki konnte sich nicht vorstellen, dass er sich einfach auf die Schönheit seiner Tochter verlassen hatte, um Canon dafür zu gewinnen. Duroya wirkte eher wie jemand, der auf Nummer sicher ging, um zu bekommen, was er wollte. Jedoch hatte Canon ihn als einen ›im Grunde guten Mann‹ bezeichnet, also konnte er ihn nicht erpresst haben. Naheliegender war, dass er Canon manipuliert hatte und sein Helfersyndrom ausnutzte. Vielleicht, indem er Gretchen als rettungslos in ihn verliebt darstellte. Vielleicht *war* sie rettungslos in ihn verliebt. Ihr Angriff auf Nicki ließ das vermuten.

Nicki seufzte. Die ganzen Grübeleien waren ja doch nur Ausflüchte vor der naheliegenden Möglichkeit, dass Canon und Gretchen tatsächlich heiraten wollten. Sie waren beide schön und außergewöhnlich begabt. Es schien nur richtig, dass sie sich zueinander hingezogen fühlten. Und hatte er es denn wirklich abgestritten? Bei ihrem Abschied hatte er Nicki gesagt, er und Gretchen seien schon seit Langem gute Freunde. Vielleicht hatte er ihr damit auf seine übervorsichtige Art zu verstehen geben wollen, dass ein anderes Mädchen schon viel länger eine Rolle in seinem Leben spielte als sie.

Zum Teufel mit seiner Vorsicht! Wieso hatte er ihr nicht die Wahrheit gesagt, klipp und klar? Nie hätte er ihren Kuss erwidern dürfen. Er hätte nicht einmal ihre Hand nehmen dürfen, denn was sie für ihn empfand, musste spätestens seit ihrem Einbruch in seine Wohnung für jedermann offensichtlich sein.

Bitterkeit schillerte unter diesen Gedanken. Vielleicht hatte er sich nur aus Mitleid hinreißen lassen. Weil er wusste, wie sehr sie es wollte, und weil sie sich ohnehin nie wieder sehen würden. Aber sie hatte ihn ja nicht angebettelt, Herrgott noch mal. Und Mitleid rechtfertigte auch nicht den Betrug an Gretchen, wenn sie wirklich seine Verlobte war.

Sie löste ihre Fäuste im Schoß, denn sie hatte sich die Fingernägel in die Handflächen gegraben, dass rote Halbmonde zu sehen waren.

Isabel Arouk bot an, sie zu Hause abzusetzen. Nicki willigte ein, auch wenn es im Auto inzwischen mehr nach Zigaretten roch als nach Räucherstäbchen. Es war angenehm, gefahren zu werden. Außerdem stellte die Nähe zu seiner Mutter einen winzigen Ersatz für die Nähe zu ihm dar, so als befände sie sich noch im Umkreis seiner Aura. Sie seufzte wieder. So würdelos war sie geworden. Tallis hatte ganz recht.

Nicki ließ Isabel Arouk an der Hauptstraße parken, zweihundert Meter von ihrer Wohnung entfernt. Das letzte Stück durch die Siedlung konnte sie laufen. Sie löste den Gurt und sah die Traumdeuterin an, die ihrerseits versuchte Nicki anzusehen. Doch ihr Blick schweifte immer wieder nach draußen, als schämte sie sich.

»Danke.« Mehr wusste Nicki nicht zu sagen. Es waren nicht nur die Dinge, die Isabel Arouk ihm angetan hatte, die zwischen ihnen standen. Es war auch die Ähnlichkeit ihrer Situation. Beide liebten sie ihn in der drückenden Ahnung, dass diese Liebe nicht erwidert wurde, ja, ihm sogar geschadet haben könnte. Darüber zu reden war unmöglich, an etwas anderes zu denken aber auch.

Isabel Arouk nickte zaghaft. »Er hat sich gute Freunde ausgesucht. Alles wird gut.«

Nicki war nicht sicher, ob sie damit gemeint war oder die Duroyas.

»Wenn du etwas Neues erfährst, erzählst du es mir? Ja? Du findest mich abends und die meisten Nächte im *Warkonia*. Ansonsten zu Hause.«

»Dann komme ich bald mal wieder.« Nicki stieg aus. Als sie ein paar Schritte gegangen war, winkte sie noch einmal. Als hätte Isabel Arouk auf das Zeichen gewartet, fädelte sie sich wieder in den Verkehr ein.

Nicki sah dem roten Opel nach. Einmal mehr hatte sie das Gefühl, dass ihre Bande zu Canon endgültig rissen.

Wie oft konnte man jemanden eigentlich verlieren?

Ein begehrtes Mädchen

Nicki ging nicht auf direktem Weg nach Hause. Ihre Mutter war sicher beleidigt, dass sie schon wieder so lange weg gewesen war. Bevor sie sich ihr stellte, wollte sie noch ein wenig allein sein und sich sammeln.

Ziellos streunte sie Richtung Einkaufszentrum. Der Parkplatz war leer, schließlich hatten die Geschäfte zu. Nichts regte sich, nur der nasse Asphalt wechselte unter der Sonne langsam wie die Haut eines Chamäleons von Schwarz zu Grau.

Sie überquerte den Parkplatz, dann umrundete sie ihn. Früher hätte sie beim Anblick des Supermarktes, der wie ein Schuhkarton auf die Ebene geworfen wirkte, die Menschheit als schrecklich einsam empfunden. Geschäfte, die die Leute mit Notwendigem und Unsinnigem versorgten, verbanden den Einzelnen mit der Gemeinschaft. Aber nachts und sonntags war die Verbindung einfach weg. Hatte geschlossen. Und was war das überhaupt für eine Gemeinschaft? Ein eifriges Tauschen, viele Regeln für stumpfsinnige Bedürfnisse, ein größenwahnsinniger Aufwand, um Güter und Geld von hier nach da zu verlagern, aber im Grunde war alles nur Händeschütteln unter Fremden. Lose über den Planeten verstreute Lebewesen, die weder wussten warum noch wofür oder wie lange, und die sich vor lauter Beunruhigung über die fehlenden Antworten gegenseitig beschäftigt hielten.

So hätte Nicki es früher gesehen. Aber nun wusste sie, dass die Realität der Supermärkte nur eine von vielen Realitäten darstellte, in denen man sich aufhalten konnte. Sie hatte Tallis kennengelernt. Und ja, sie glaubte Canon, dass die Verbindung mit dem

Inkubus gefährlich war. Dennoch ... Nicki bereute es nicht. Die wahre Tiefgründigkeit der Dinge zu kennen war jeden Fluch wert.

War das nicht verrückt? Seit sie von der Kanzlei wusste, hatte sie sich vor lauter Sorgen noch kein einziges Mal erlaubt, *begeistert* zu sein. Dabei hatte sie die Welt entdeckt. Echt und fantastisch jenseits all dieser trostlosen Gebäude.

Nicki umrundete den Parkplatz zum dritten Mal. Niemand, der sie beobachtet hätte, wäre auf die Idee gekommen, dass dies einer der glücklichsten Augenblicke ihres Lebens war. Das ganze Gefühlschaos stürzte in eine Lebendigkeit um, die sie wie ein Lichtstrahl durchdrang. Erinnerungen falteten sich vor ihr auseinander, bildeten eine bewegte Collage und liefen alle auf die Gegenwart zu, in der Canon leuchtete, Tallis, die Kanzlei, die geheime Welt, zu der sie nun mehr oder weniger gehörte. Egal wie schockierend die Wahrheit sein mochte. Es war die Wahrheit und Nicki kam ihr näher als die meisten Menschen.

Sie empfand Euphorie.

Euphorie. Vielleicht war es das, was Isabel Arouk gemeint hatte, als sie von der berauschenden Anfangszeit nach einer Paktschließung sprach.

Ohne besonders darauf zu achten, was sie tat, schlenderte Nicki um die überdachten Einkaufswagen herum, ging an den Schaufenstern des angrenzenden Drogeriemarktes entlang und balancierte ein Stück auf der niedrigen Mauer, die den Parkplatz von einer Grünfläche trennte. Der Augenblick, in dem sie ihr Leben von außen betrachten und begeistert sein konnte, verflog ungreifbar, ohne Spur.

Canon und Gretchen.

Sie hätte es leichter akzeptieren können, wenn er dazu gestanden hätte. Dann hätte sie gewusst, woran sie war, und sich nicht blamiert, indem sie die Prüfung ihrer Liebe auf sich nahm. Duroya hatte recht, Canons Verlobte sollte die Prüfung machen, nicht sie.

Wenn er wirklich eine Verlobte hatte.

Sie vergrub die Hände in den Jackentaschen, als könnte sie damit auch ihre Gedanken wegpacken. Aber sie würden immer wiederkommen. Wenn ihre Liebe die Prüfung bestehen sollte, musste sie sich immer wieder dagegen zur Wehr setzen. Und retten wollte sie Canon immer noch – unabhängig davon, was zwischen ihm und Gretchen war. Ihre Liebe war bedingungslos. Das beschloss sie.

Eine Weile stand sie da und klopfte mit der Schuhspitze gegen den Boden. Zeit, nach Hause zu gehen.

Gerade als sie sich umwandte, rollte ein schwarzer Mercedes mit verdunkelten Scheiben auf den Parkplatz.

Nicki ging Richtung Straße zurück. Aus den Augenwinkeln beobachtete sie, wie der Mercedes den Parkplatz überquerte … und langsam wie ein Raubfisch auf sie zuglitt. Nach einigen Sekunden bestand kein Zweifel mehr, dass das Auto ihr folgte.

Sie blieb stehen mit einem, wie sie hoffte, einschüchternden Gesichtsausdruck.

Gleißendes Sonnenlicht floss über die Scheibe und blendete Nicki. Das Auto kroch dumpf grollend an ihr vorüber. Nicki sah ihr Spiegelbild im Fenster, blass und mit verwildertem Pony an den Schläfen. Dann öffnete sich die Fondtür.

Eine Männerhand lag am Griff. Sie war braun gebrannt und mit einer massiven Platinuhr bestückt. Schließlich beugte sich der Mann, zu dem die Hand gehörte, nach draußen.

Er nahm die Sonnenbrille ab. Obwohl er nicht alt sein konnte, fehlte ihm jegliche Jugend. Seine Stirn wölbte sich dort, wo die Augenbrauen schimmerten, nach außen und beschattete die Augen, die schwer waren und von einer matten, wässrigen Farbe. Ein widerwilliger, beinah angeekelter Zug hing über den breiten Lippen, so als hätte er oft im Leben die Nase gerümpft.

»Das Mädchen, über das man spricht.« Der angeekelte Zug

wuchs sich zu einem Grinsen aus. »Hast du auch einen Namen?«

Nicki sagte vorsichtshalber gar nichts.

»Stelle ich mich eben zuerst vor: Gestatten, der Zauberer von Oz.«

Nicki verzog noch immer keine Miene, als er ihr die Hand hinhielt. Der Zauberer von Oz – das war doch eine Geschichte. Aber Nicki hatte weder das Buch gelesen noch den Film gesehen.

»Ich habe dir ein Angebot zu machen. Zu deinem Freund, der im Koma liegt.« Als sie seine Hand nicht schüttelte, steckte er die Sonnenbrille an seinem Hemd fest und schlug die Tür zu.

Der Wagen blieb mit laufendem Motor stehen. Nicki ging hinten herum und öffnete die Tür auf der anderen Seite. Misstrauisch blickte sie ins Dunkel. Der Zauberer von Oz füllte die Hälfte der Rückbank aus. Ein herbes HerrenParfüm, Leder und Benzin verdichteten die Luft wie zu Gas.

»Sind Sie … ein Mensch?«

»Komm rein«, befahl er.

Für Sekundenbruchteile flirrten die Gesichter sämtlicher Kindergärtnerinnen und Grundschullehrer durch ihren Kopf, die ihr eingebläut hatten, nicht zu Fremden ins Auto zu steigen. Weltfremde Pädagogen. Sie rutschte auf den Sitz und schloss die Tür.

In dem Moment fiel ihr Blick auf den Fahrersitz: Er war leer. Niemand steuerte den Wagen.

»Und was …«

Zu mehr kam sie nicht. Der Zauberer von Oz griff ihren Hals wie einen Gartenschlauch und drückte zu.

Schock raste durch ihren Körper. Wurde Todesangst. Ihre Fingernägel kratzten über seinen Arm, der praktisch nur aus Muskeln bestand. Gedämpft hörte sie ihre eigenen Füße, die gegen ihn und die Polster traten, während ihr Oberkörper unter der Gewalt der Hand, die sie würgte, am Fenster hinabrutschte.

Sein Gesicht erschien über ihr. Sie sah seine kräftigen, weit auseinanderstehenden Pferdezähne.

»Weißt du, wie man stirbt, wenn einem die Zunge rausgerissen wird? Man kann ersticken oder verbluten. Dein Freund hat das an mir getestet. Wo er jetzt ist, hat er viel Zeit, um davon zu träumen. Vom Ersticken und Verbluten, immer abwechselnd. Mit deinen großen Gefühlen kannst du ihn nicht aufwecken. Soll ich dir verraten, warum?«

Ihr Knie traf ihn am Kinn, aber es schien ihm überhaupt nichts auszumachen. Nicht einmal sein Grinsen geriet ins Wanken.

»Weil das Gesetz der Liebe nur für Lebende gilt.«

Sie zog wieder ihr Knie gegen sein Kinn, stärker diesmal, und wieder.

Plötzlich legte sich seine andere Hand wie eine Zange zwischen ihre Beine.

Blindes Entsetzen schlug über Nicki zusammen, ließ Sekunden lang alles schwarz werden. Seine Finger bewegten sich spielend auf ihrem Hals, während er unten etwas berührte, das glühenden Ekel in ihr Innerstes sandte. Nah, viel zu nah war seine Stimme und doch hörte sie ihn nur verschwommen: »Du bist ein begehrtes Mädchen. Ich kenne einige, die sich gern in dir tummeln würden. Aber so in Großaufnahme scheinst du mir doch nichts weiter als ein stinknormales Miststück.«

Strom flirrte durch ihre Glieder. Als wechselte das Blut in ihren Adern schlagartig die Richtung, wurde sie eine andere. Ein flatterndes Tuch fiel über ihr Bewusstsein.

Dahinter registrierte sie, wie Bewegung ausbrach. Der Zauberer von Oz keuchte. Seine Finger lösten sich von ihrem Hals und von unten. *Weil sie seine Gelenke umbog.*

Sie drückte seine Arme, als wären sie Schaumstoff. Ihr Fuß setzte sich auf seine Brust und schob ihn zurück, dass die Rippen knackten. Er ächzte.

Diese Kraft, es war nicht die Kraft ihres Körpers. Etwas anderes hatte sich ihrer bemächtigt. In ihrem Dämmerzustand dauerte es lange, bis die Gedanken sich formten und aneinanderreihten. Endlich rastete die Erkenntnis ein. Tallis.

Der Zauberer von Oz ließ sie los. Auch ihre Hände lösten sich von ihm. Sie saßen sich keuchend gegenüber, jeder ans gegenüberliegende Fenster gedrückt, und funkelten einander an.

»Habe ich nun endlich die Ehre mit dem betörenden Tau der Feen höchstpersönlich?«, grollte der Mann.

Nickis Zunge bewegte sich ohne ihr Zutun und formte Worte, deren Sinn sie mit Verzögerung erreichte: »Die Kleine ins Auto locken und erwürgen, das ist ein Tiefpunkt, sogar für Euch.«

»Erwürgen? Ich habe lediglich eine Einladung an Euch verschickt, unserer Unterredung beizuwohnen. In der Unterwelt könnte man meinen, Ihr würdet mir absichtlich aus dem Weg gehen.«

»Das höre ich öfters. Von alten *Flammen.*«

Das Sitzleder knirschte, als sich die Hände des Mannes darum ballten. Seine Stimme wurde immer tiefer, bis sie nichts Menschliches mehr hatte: »Jucitell … Ihr seid die Gräte, an der ich mich verschluckt habe. Hinterhältiger Wurm, wie wagt Ihr es, mir in den Weg zu kommen?«

»Falls der Herr des Glanzes damit meint, dass meine Domäne vom Gesetz der Liebe Gebrauch machen will, sehe ich weder bei ihr noch bei mir einen Fehltritt. Es ist sogar meine Pflicht, sie über ihre Möglichkeiten in der Fließwelt aufzuklären. Und da wir von Pflicht sprechen«, fügte Nickis Stimme hinzu, »will ich Euch eine kleine Stilberatung schenken, immerhin bin ich das ästhetischere Wesen von uns beiden. Eure Domäne sieht echt kacke aus und das Parfüm ist wahrlich zum Kotzen.«

Der Zauberer von Oz knurrte. Dann verzerrte sich sein hasserfülltes Gesicht zu einem Grinsen. Er lehnte sich zurück, nahm ein Zigarettenetui aus der Brusttasche und steckte sich einen Zigarillo in den Mund. Gelber, nach Eiweiß stinkender Rauch verbreitete sich im Wagen. »Wie nett von Euch. Wir nehmen kein Blatt vor den Mund, als alte Partner, nicht wahr? Als Männer desselben Geschäfts. Aber nein! Ich vergaß … Wie ungeschickt von mir, Salz in diese nie verheilende Wunde zu streuen.« Der Zauberer von Oz blies Qualm aus den Nüstern und atmete laut ein. Sein Grinsen wurde breiter. »Verratet mir doch, was findet Ihr eigentlich an der kleinen Ratte? Ich könnte mir eine Domäne vorstellen, die Euch mehr vergnügen würde. Euch und vor allem Eure vielen Geliebten.« Schweigen folgte seinem leisen Lachen.

»Und das ist Euer Angebot wofür?«, fragte Nickis Stimme.

»Was könnte ich schon von Euch Gewürm wollen? Ich will mein Recht und meine Rache! Der Dämon Lautréamont, der die Frechheit besaß, mich anzugreifen, soll in meinen Fesseln verrotten. Und nun strengt Euer hübsches Taubenköpfchen an, wie Ihr mir dabei helfen könnt, Tallis.« Er beugte sich vor, blähte die Nüstern und grinste wieder, als hätte er etwas Amüsantes wahrgenommen. »Tut einfach, worin Ihr am besten seid. Sieben Jahre sind mehr als genug Zeit, um die kleine Schlampe in die Liebe einzuweihen … und zu entweihen, was an Liebe in ihr steckt.« Er zerdrückte den Zigarillo in der bloßen Faust. »Und jetzt raus.«

Die Tür hinter Nicki öffnete sich. Eine Druckwelle schleuderte sie nach draußen, doch sie landete geschmeidig auf beiden Füßen und stützte sich mit einer Hand auf.

»Ich bin gleich bei dir«, sagte ihr Mund. »Warte auf mich.«

Dann sah sie den Wagen davonrasen und das Tuch wurde dichter, schlug in Finsternis um.

Gewalt wird das Geheimnis des Opfers

Auf. Geht auf!

Mit aller Macht gelang es ihr zu blinzeln.

Die Welt war umgekippt.

Das Gras wuchs von links nach rechts, Asphalt, Supermarktgebäude und Himmel verliefen in Streifen. Nicki kniff die Augen zusammen und öffnete sie wieder. Endlich begriff sie, dass der Druck an ihrer Wange daher kam, dass sie auf dem Boden lag. Sie stützte sich auf.

Der Parkplatz war verlassen. Rasch vorüberziehende Wolken dämpften das Sonnenlicht. Die Pfützen standen so hoch wie zuvor. Es konnte nicht viel Zeit vergangen sein.

Wackelig kam Nicki auf die Beine, befühlte ihren Kopf. Keine Verletzungen. Sie versuchte zu schlucken und ein Stechen entstand in ihrer Kehle. Sie hustete schmerzhaft.

Sie strich sich über den Hals, glaubte Dellen wahrzunehmen, wo seine Finger sie gequetscht hatten. Ihr wurde übel. Aber wenn sie sich jetzt übergab, würde sie bestimmt daran ersticken.

Nach einer Weile ging es wieder. Sie durfte sich nur nicht erinnern. An seine Hände. Auf ihr.

Minuten verstrichen, in denen Nicki dem Impuls widerstand, nach Hause zu laufen. Sie sehnte sich nach Türen, die sie abschließen, Vorhängen, die sie zuziehen, und Decken, unter denen sie sich verkriechen konnte. Doch sie blieb, sich immer wieder umdrehend und über den Parkplatz blickend.

Schließlich kam ein dunkelhäutiger junger Mann mit wehendem Regenmantel angejoggt.

»Nicki!«

»Fass mich nicht an.«

Er blieb ein paar Schritte vor ihr stehen. Besorgnis schimmerte in seinen hellbraunen Augen.

Nicki spürte Tränen in sich aufsteigen, darum senkte sie den Blick. Fühlte sich schwach. Machtlos. Auch wenn Tallis ihr zu Hilfe geeilt war, hatte er die Kontrolle über ihren Körper an sich gerissen. Es war ein widerliches, beschämendes Gefühl. Sie biss die Zähne zusammen.

Der Wind fegte über den Parkplatz und füllte ihr Schweigen.

»Keine Ursache, dass ich dir das Leben gerettet habe«, sagte er. »Ich lege mich doch gern mit dem Herrn des Glanzes an!«

»Du bist gekommen, weil wir einen Pakt haben«, sagte sie trotzig.

»Ach, ist das plötzlich so?« Er trat auf der Stelle. »Ich komme jeden verdammten Tag angerannt, um dir das Leben zu retten, und du tust so, als hätte ich dir etwas angetan.«

»Hab dich nicht drum gebeten«, wimmerte sie. Verdammt, sie wollte nicht weinen. Sie schämte sich noch mehr und bedeckte ihr Gesicht mit den Händen. Doch als die Tränen in der Dunkelheit erst recht flossen, nahm sie sie wieder weg und zog die Nase hoch.

Tallis war neben sie getreten und berührte sie an den Schultern. Sie verkrampfte sich, wich aber nicht vor ihm zurück. Als sie sich gefangen hatte, sagte sie leise: »Wer ist das, der Zauberer von Oz? Was hat er dir dafür versprochen, dass du … mich verführst?«

Er lächelte. »Du hast uns also gehört. Kein Wunder, ich komme nur zu einem gewissen Grad in dich hinein. Ein Teil von dir bleibt dabei wach. Aber es ging schon leichter. Weil du mehr *Nicki* geworden bist.«

Das glaubte sie. Ihr Leben drehte sich mehr denn je um Canon und das, was sie für ihn war. Tallis besaß sie. Die Prüfung war nur noch eine Formalität.

»Du hast meine Fragen nicht beantwortet.«

Tallis versuchte ein Lächeln, aber es sah gequält aus. »Das Fließwesen, das du gerade kennengelernt hast, ist in den vergangenen viertausend Jahren erst das viertmächtigste Gedankenkonstrukt der Welt gewesen, dann das drittmächtigste. Den zweiten Platz hat der Zauberer von Oz – oder Osilber, wie sein geläufigerer Name lautet – nie besetzt. Seit der industriellen Revolution ist er mit einem Sprung das mächtigste Fließwesen geworden, das je über die Unterwelt geherrscht hat. Außerdem ist Osilber derjenige, der deinen Freund bewusstlos hält.«

Diesmal war es Tallis, der den Blick zuerst abwandte. Vielleicht wollte er nicht, dass sie sah, wie viel Besorgnis tatsächlich hinter seinem Lächeln lag.

Er fuhr sich über die zu Zöpfen geknüpften Haare. »Macht es dir was aus, wenn wir laufen, während wir uns unterhalten? Ich würde meine Domäne gerne so bald wie möglich an seinen Besitzer zurückgeben, weil er gewissermaßen beschäftigt war.«

Die Erinnerung daran, dass Tallis auch jetzt noch jemandes Körper benutzte, der ebenso machtlos war wie Nicki zuvor, stieß sie so sehr ab, dass sie ihn kaum ansehen konnte. Sie setzten sich in Bewegung.

»Osilber«, wiederholte sie, entschlossen, sachlich zu sein.

»Osilber, glänzender Heller, Osiris oder Zauberer von Oz – das sind alles Namen von Fließwesen, die er sich im Lauf der Zeit einverleibt hat. Je mächtiger ein Fließwesen wird, umso mehr Fließwesen zieht es in sein Gefolge. Wer sich nicht mehr ausreichend abgrenzen kann, verschmilzt mit ihm und macht ihn dadurch noch mächtiger. Osilber steht für Glanz und Gold, die Sonne, für einige Zahlen … kurzum, er steht für Geld.«

Nicki vergrub ihre Fäuste in den Jackentaschen. Geld. Damit hatte sie auch schon früher eher ungute Gefühle verbunden, nicht erst seit sie fast davon erwürgt worden wäre. Dass es die Welt regierte, selbst oder gerade in seiner Gedankenform, war jedenfalls nicht schwer zu glauben. Den Herrn des Geldes hatte Lautréamont also angegriffen. Wieso?

»Erinnerst du dich an alles, worüber wir gesprochen haben?«, fragte er beiläufig.

»Er will nicht, dass Lautréamont freikommt. So viel habe ich begriffen. Und mit der Prüfung meiner Liebe könnte ich ihm einen Strich durch die Rechnung machen. Also will er, dass meine Liebe die Prüfung nicht besteht – und da sollst du nachhelfen …«

»Hey, ein offenes Geschäft!« Tallis strahlte, als er den Kiosk an der Ecke entdeckte, der auch sonntags Zeitungen, Zigaretten und Milch verkaufte.

Sie gingen hinein. Tallis nahm sich eine Limonade und einen Energydrink, Erdnussflips und ein Eis am Stiel. Nicki beteuerte, nichts zu wollen – auch weil sie es nicht gutheißen konnte, dass er ausschließlich mit einem Winken bezahlte. Allerdings war sie nach der Begegnung mit Osilber auch nicht mehr sicher, ob sie das Benutzen von Geld gutheißen konnte. Sie wollte die Überlegung nicht vertiefen, denn sie ahnte, dass eine ganze Weltanschauung daran zugrunde gehen und neu entstehen musste.

Tallis riss das Eis auf. »Und du willst wirklich nichts? Das ist mit Knusperkram. Hmmm!«

»Zurück zu Osilber.«

»Außer dass er ein mächtiger Widerling ist, kann man eigentlich nicht viel über ihn sagen. Lautréamonts Angriff dürfte ihm kaum nennenswerten Schaden verursacht haben, dennoch will er ihn vernichten. Wenn dein Freund bis zum Tod im Koma liegt, erlischt Lautréamont – er wurde ja von ihm erzeugt und nährt sich nur von seiner Realität.«

Nicki schloss kurz die Augen. Alles wirbelte durcheinander. Erst die Offenbarung, dass Isabel Arouk Canons Mutter war. Dann Duroyas Vorwürfe gegen sie. Und dass Gretchen und Canon heiraten sollten. Osilber, der sie töten wollte oder zumindest so getan hatte als ob. Und Tallis *in ihr*. Es war einfach zu viel. Sie konnte nicht mehr. Sie wollte Ruhe. An einem Ort sein, wo sie nicht ständig erwarten musste, dass ihr Gegenüber sie mit grausamen Tatsachen konfrontierte oder ihr gleich an die Gurgel ging.

Sie blieb stehen und schluckte. Es tat immer noch weh. »Er hätte mich wirklich umgebracht.«

»Er wollte mich nur aus der Reserve locken. Hab keine Angst. Ich werde dich in Sicherheit bringen. Immer.«

»Unser Pakt ist noch nicht gültig«, beharrte sie leise.

»Bis wir es wissen, werde ich meiner Verpflichtung nachkommen, als wäre er es.« Er warf den Eisstiel in einen Mülleimer und riss die Flipstüte auf. »Erdnussflips?«

Sie schüttelte den Kopf. »Ich glaub, ich geh jetzt besser heim. Lass uns wann anders reden.«

»Kriegst du Luft? Tut dir was weh? Soll ich dich später besuchen?«, fragte er kauend.

Sie hatte sich bereits umgewandt und wedelte mit den Händen. »Schon in Ordnung.«

Aber nichts fühlte sich in Ordnung an. Fast bedauerte sie, dass er ihr nicht nachlief, um sie festzuhalten, zu umarmen – sämtlichen Argwohn einfach wegzudrücken. Sie wusste nicht, wer außer ihm das sonst noch tun könnte.

Nach einer ausgiebigen Dusche, einem halben Liter Lavendeltee und durch die Kraft der Verdrängung gelang es Nicki, abends einzuschlafen. Doch sie erwachte, eine Dreiviertelstunde bevor ihr Wecker klingelte, mit der Panik zu ersticken.

Draußen war es noch dunkel, schwere Wolken verbargen den Sonnenaufgang. Nicki vergrub das Gesicht im Kissen, obwohl sie keine Hoffnung hegte, noch einmal eindämmern zu können. Gedanken prasselten wie Nadeln durch ihren Kopf und sie versuchte leidlich, ihnen auszuweichen.

Canon und Gretchen.

Das war keine Nadel, sondern eine verdammte Lanze.

Als sie ins Bad ging, entdeckte sie die Blutergüsse an ihrem Hals. Gestern hatte sie vermieden hinzusehen. Doch die roten Stellen waren inzwischen dunkelviolett und leicht gelblich angelaufen.

Sie zog sich einen Rollkragenpullover an und ließ die Haare offen, um die Stellen zu kaschieren. Dann trank sie Tee und starrte aus dem Küchenfenster auf die Wohnsiedlung, bis es Zeit war, zur Schule zu fahren.

Am Wochenende hatten sich die Ereignisse nicht nur bei ihr, sondern auch bei ihren Mitschülern überschlagen. Offenbar hatte am Samstag die Party des Jahrhunderts im Gartenhaus von Alex' Eltern stattgefunden. Anne-Marie war wie Nicki kurzfristig eingeladen worden und tatsächlich hingegangen – mit dem Resultat, dass sie und Severin nun mehr oder minder zusammen waren.

Daria und Becky, die gut mit Anne-Marie befreundet waren, konnten das noch weniger fassen als Nicki, immerhin hatte Severin sich öfter über Anne-Marie lustig gemacht als über jedes andere Mädchen der Klasse. Sie waren sich immer einig gewesen, dass er ein ekelhafter Kobold mit Aufmerksamkeitsdefizitsyndrom war, aber nun drückte sich Anne-Marie an seinem Tisch herum und lachte über die nöligen Bemerkungen, die er über andere Schüler ausgoss.

Die drittgrößte Nachricht des Tages war, dass Pille und die Gothics zugekifft und uneingeladen auf der Party aufgekreuzt waren, um eine Séance abzuhalten. Die zweitgrößte war, dass Alex sich ins Nachtschränkchen seiner Mutter übergeben hatte, nachdem er darin ein benutztes Kondom gefunden hatte. Bei so viel Zündstoff fragte niemand, was Nicki am Wochenende gemacht hatte oder warum sie zum ersten Mal seit der achten Klasse einen eng anliegenden Pullover trug.

Das war aber auch schon das einzig Gute an diesem Schultag. Sie bekamen den Test in Erdkunde wieder und Nicki hatte eine

Vier minus. In Geschichte wurde sie abgefragt, und weil sie überhaupt nicht gelernt hatte, bekam sie noch eine mündliche Vier aufgedrückt. Finster dachte sie an das, was Susie Ma ihr im TITANIC gesagt hatte: dass die Vier eine Unglückszahl sei.

Auch in Mathe hatte Nicki ihre Hausaufgaben nicht gemacht, aber der neue Stoff fiel ihr nicht besonders schwer. Unwohl fühlte sie sich trotzdem. Es war das erste Mal seit ihr Vater verhaftet worden war, dass sie sich nicht an die Vorschriften der Schule hielt. Sie beschloss alles nachzuholen, was sie am Wochenende versäumt hatte. Vielleicht gelang es ihr, beim Lernen abzuschalten, damit sie an nichts anderes mehr dachte.

So schlimm stand es inzwischen um sie.

Eine Hand, die sich von selbst auflegt

Also Mathe.

Sie konzentrierte sich auf die Zahlen. Es waren Hieroglyphen. Ihr Taschenrechner zeigte ihr eine Sinuskurve an und alles, woran sie dabei denken konnte, war der Stand ihrer Gefühle: schwankend zwischen tapferer Zuversicht und rasender Angst.

Mitternacht war lange verstrichen, als Nicki endlich mit den Hausaufgaben fertig wurde und ins Bett kroch. In der Dunkelheit lag sie noch wach und hörte immer wieder, was Constantin Duroya zu ihr gesagt hatte. *Wichtigtuerin*. Asozial wie die Eltern.

Nicki unterdrückte alles, was mit ihren Eltern zu tun hatte, und kam auf Isabel Arouk. Vielleicht weil ihre Gefühle für Canon ebenso hoffnungslos und möglicherweise unerwünscht waren wie Nickis. Außerdem glaubte sie jetzt die äußerliche Ähnlichkeit zwischen Mutter und Sohn zu erkennen: Dieselbe stille Melancholie umwölkte ihre Gesichter. Das Südländische oder Orientalische an Isabel Arouk hatte sich bei ihm zarter durchgesetzt. Was in ihren Augen wie dunkler, schwerer Samt lag, hatten die Gene seines Vaters bei Canon in Seide verflüssigt.

Auch Visionen des Kindes, das sich Constantin Duroya von Canon und Gretchen erhoffte, suchten Nicki heim. Es übte Faszination und Grauen gleichermaßen aus. Als wäre es undenkbar oder zumindest verboten, dass zwei Siebzehnjährige seit Langem dazu bestimmt waren, ein Kind zu zeugen. Es würde heller sein als Canon, vielleicht sogar rothaarig, und gewiss unaushaltbar niedlich. Die Details quälten Nicki und doch konnte sie nicht aufhören, sie sich auszumalen.

Ihre Gedanken schweiften auch zu Tallis, zu dem Gefühl von Ohnmacht, ihren Körper an ihn verloren zu haben. Dass sie sich gewünscht hatte, er würde sie vom Gehen abhalten und umarmen, beunruhigte sie im Nachhinein. Sie war so erschöpft gewesen, dass sie alle Vorsicht, alles Misstrauen abgelegt hätte. Ja, ablegen *wollte*. Weil es leichter war aufzugeben, als immer wieder zu verlieren.

In einem Gestrüpp hundertmal zerfaserter Sorgen schlief Nicki ein. Sie träumte nichts, woran sie sich erinnern konnte, als ihr Wecker in der Früh klingelte, und dafür war sie sehr dankbar.

Wie gewohnt stand sie auf, duschte – die Blutergüsse an ihrem Hals schienen eher noch deutlicher geworden zu sein als blasser – und zog sich wieder den Rollkragenpullover an. Nach einigem Hin- und Herüberlegen benutzte sie das Make-up ihrer Mutter, um die bläulichen Verfärbungen zu kaschieren, die über den Rollkragen hinaus sichtbar waren. Es funktionierte erstaunlich gut. Sie verteilte das Make-up auch auf ihr Gesicht, damit man die Ränder nicht sah. Es war, als würde sie sich im Spiegel wieder in ihr altes Ich verwandeln: die fröhliche, alleinerziehende Tochter ihres Vaters, die sich jeden Tag schminkte und Canon noch nicht kannte. Sie hatte geglaubt, dieses Ich hätte sich für immer aufgelöst. Aber vielleicht war es nie verschwunden.

Der Schultag verlief ähnlich wie der vorherige. Noch immer war die Party Gesprächsthema Nummer eins. In den ersten zwei Stunden saß Nicki neben Daria, die mit kleinen Notizen am Rand ihres Deutschtextes versuchte, sie zu einer Analyse von Anne-Marie und Severin anzustacheln. Weil Nicki nicht darauf einging, hörte sie später auf dem Weg zu Physik, wie Daria mit Becky über sie tuschelte: »Hält sich wohl für was Besseres.«

Becky war ebenfalls nicht eingeladen worden.

In der Pause bat Anne-Marie sie, zum Rauchen mit nach draußen hinter die Fahrradständer zu kommen.

Anne-Marie war schon immer eher still und grüblerisch gewesen, aber heute sah sie regelrecht besorgt aus. Mit eindringlicher Stimme und tiefen Zigarettenzügen erzählte sie Nicki, was am Wochenende zwischen ihr und Severin vorgefallen war, und fragte zum Schluss: »Ist das okay mit dir?«

»Wenn du glücklich bist«, sagte Nicki.

»Du bist nicht sauer? Ich meine, wegen damals.«

»Wenn du glücklich bist damit, dann mach es.«

Anne-Marie schien erleichtert und begann sofort, Details seines Verhaltens zu interpretieren. Nicki hörte aufmerksam zu, als hätte sie das Ganze nicht schon mehrfach im Gang gehört. Dann zeigte Anne-Marie Nicki ihren Nachrichtenverlauf, um ihre Meinung einzuholen.

Nicki las die Nachrichten durch, die in kurzen Abständen und kurzen Sätzen verfasst waren. Sie hatte erwartet, dass Severin idiotisch wie immer sein würde, aber gelöst von seiner näselnden Stimme und seinen verächtlichen Blicken wirkten die Worte beinah freundlich. Sie sagte Anne-Marie das in sanfter Umschreibung und ihre Freundin machte ein paar kleine Freudenhopser und vergaß darüber sogar das Rauchen.

»Warum bist du eigentlich nicht gekommen? Fabian hat gesagt, er hat dich eingeladen.«

»Ich hatte was zu tun. Außerdem dachte ich, die Einladung wäre nur ein Versehen.«

Anne-Marie sah sie ungläubig an. »Und ich dachte, *ich* hätte Selbstwertprobleme.«

Als sie zurückkamen, stellten sie fest, dass Daria und Becky sich ebenfalls unter vier Augen unterhalten hatten: Für den Rest des Tages verhielten die beiden sich Anne-Marie gegenüber frostig, als hätte sie sie im Stich gelassen. Ähnlich war es Nicki vor zwei Jahren gegangen, als sie ihre Freundschaft zu den beiden auf ein Minimum reduziert hatte. Nicht weil sie sich für was Besseres hielt. Sondern weil sie jemanden gefunden hatte, der besser zu ihr passte.

Sie fuhr nach der Schule in die Staatsbibliothek, erledigte ihre Hausaufgaben im Schneckentempo und machte auf dem Heimweg einen Abstecher in den Supermarkt, um die Zeitungen zu durchblättern. Neue Skandalnachrichten füllten die Titelseiten. Nur in einer Zeitung fand sie noch einen kleinen Bericht über die ›Brutalattacke am U-Bahnhof‹, der besagte, dass Zweifel an der Echtheit des Videos noch nicht ausgeräumt seien.

Die Situation in der Klasse wurde nicht besser, im Gegenteil. Je häufiger Anne-Marie sich in den nächsten Tagen in Severins Nähe herumdrückte, umso wortkarger und scheeläugiger wurden Becky und Daria – auch zu Nicki, was Nicki mehr als unfair fand. Immerhin hatte sie sich verhalten wie immer.

Aber Neutralität war offenbar keine Option mehr. Anne-Marie nahm sie in den Pausen in Beschlag, um über Severin zu reden und am Rande über die Missgunst von Becky und Daria. Nicki spürte, dass sie dadurch gegen ihren Willen Anne-Maries beste Freundin wurde. Bisher hatte sie sich gut mit ihr verstanden, weil Anne-Marie eher melancholisch war und Nickis Außenseitertum nicht für Hochnäsigkeit hielt. Aber ihre Melancholie stand im Begriff, unter Severins Aufmerksamkeit dahinzuschmelzen. Außerdem schien sie seit der Party ein bedenkliches Elitenbewusstsein entwickelt zu haben – als wären sie und Nicki ausgezeichnet worden, Daria und Becky hingegen nicht. Schließlich präsentierte sie Nicki voller Triumph eine Nachricht, in der Severin fragte, ob sie am Wochenende auf ein Konzert gehen wollte – mit Fabian *und* mit Nicki.

»Was für eine Band denn?«, fragte Nicki überrumpelt.

»Hä? Ist doch egal«, sagte Anne-Marie. »Bestimmt eine gute. Er hat schon einen guten Musikgeschmack.«

»Und wie viel kostet das?« Nicki war nicht wirklich überzeugt. Wenn sie es sich recht überlegte, hatte sie überhaupt keine Lust.

Anne-Marie machte wieder die Freudenhopser, die Nicki erst

seit der Geschichte mit Severin an ihr beobachten konnte. »Er hat gesagt, er organisiert die Tickets für uns. Seine Eltern sind voll reich, Anwälte oder Ärzte oder so.«

»Anwälte oder Ärzte. Oder Seifenoperndarsteller vielleicht?«

»Estella! Wir sind eingeladen!« Sie platzte fast vor Stolz. Nicki konnte ein Lächeln nicht verhindern und für Anne-Marie zählte dieses Lächeln bereits als Zusage.

Bis Freitag gab es kein anderes Thema mehr als das Konzert, wann sie sich wo treffen würden, wie sie sich vorzubereiten hatten, was sie anziehen sollten. Sie einigten sich darauf, dass Nicki am Freitag nach der Schule mit Anne-Marie nach Hause fuhr und später auch bei ihr übernachtete.

Anne-Maries Eltern waren mit ihrem kleinen Bruder zu einem Fußballspiel in einer anderen Stadt gefahren, deshalb hatten sie die Wohnung für sich. Sie machten sich zum Mittagessen einen Salat aus hundert gesunden Sachen, der ekelig nach Sand schmeckte, und aßen gelatinefreie Gummibärchen.

Das Anprobieren jedes einzelnen Teils, das in Anne-Maries Schrank hing, wurde für Nicki eine Herausforderung, denn die Blutergüsse an ihrem Hals waren zwar endlich in eine gelblichgrüne Farbe übergegangen, aber auch mit Make-up noch deutlich sichtbar.

Also beteuerte sie, sie wolle erst Anne-Marie bei ihrer Auswahl helfen. So brachten sie eineinhalb Stunden rum. Als Anne-Maries Outfit endlich feststand – »lässig mit viel Schmuck« hatte sich gegen »schwarz und elegant« knapp durchgesetzt –, war sie fürs Erste kleidermüde und ließ sich leicht dazu überreden, ein wenig im Internet zu surfen, um alles über die Band in Erfahrung zu bringen und sich Fotos vom Veranstaltungsort anzusehen. Vorsorglich behauptete Nicki, etwas Halsweh zu haben, und bat um einen Schal.

Dann führte nichts mehr um ihre Garderobenfrage herum. Anne-Marie war entsetzt, dass Nicki den Schal anbehalten wollte, und sie verhandelten so lange, bis Anne-Marie schließlich ihr Einverständnis gab – sofern Nicki ein Kleid mit Ausschnitt anzog. Die Idee missfiel Nicki gewaltig. Das Kleid war oben zu eng, unten ballonartig ausgestellt und außerdem braun, sodass sie wie ein Hundehaufen aussah. Anne-Marie meinte, sie wäre ein süßes Schokostückchen, und ließ nicht zu, dass sie das Kleid wieder auszog. Weil Nicki fürchtete, bei einem Handgemenge die Blutergüsse zu offenbaren, gab sie schließlich klein bei.

Dann ging es ans Schminken. Anne-Marie nannte es einen Skandal, dass Nicki sich seit Jahren nicht mehr schminkte, denn damit würde sie viel besser aussehen.

»Jeder sieht mit Schminke besser aus – das ist der Sinn von Schminke«, sagte Nicki.

»Also, warum nicht?«

»Die Frage ist: *warum?*«

»Warum man besser aussehen will? Hm, mal nachdenken … Bewunderung, Jungen, die allgemeine Verschönerung der Menschheit, falls es einen Gott gibt, der uns zuschaut.«

Nicki lachte. Wieder genügte das Lachen als Einverständnis, dass Anne-Marie ihr Kajal und Puder in die Hand drückte. Als sie fertig waren, fühlte Nicki sich wie ihr altes, längst abgelegtes Selbst, aber Anne-Marie hatte auch jetzt ein Argument: »Wenn es dir nicht peinlich ist, mit Plastiktüten über den Schuhen in die Schule zu kommen, darf dir das hier auch nicht peinlich sein.«

Nicki blickte weiter skeptisch in den Spiegel. In Wahrheit war ihr das Geschminktsein gar nicht nur unangenehm. Auch wenn sie das Gefühl hatte, einen Schritt in ihrem Leben rückwärts zu gehen, ließ sich doch nicht leugnen, dass sie hübscher war. Es beruhigte sie zu wissen, dass sie so aussehen konnte, aber sie brachte es nicht fertig, das zuzugeben.

Mit einem Stich der Reue dachte sie an ihre Entscheidung von einst, für immer ungeschminkt vor Canon zu sein. Immerhin hatte er nichts gegen aufgetakelte Mädchen, das wusste sie jetzt … Nicki schämte sich gleich für diese oberflächlichen Gedanken. Als hätte ein bisschen Wimperntusche bewirkt, dass die Dinge zwischen ihr und Canon – oder ihm und Gretchen – anders gelaufen wären!

Weil sie immer noch eine Stunde Zeit hatten, lümmelten sie auf dem Teppich herum, aßen die Gummibärchentüte leer und dachten sich grausige Szenarien mit den Jungen aus ihrer Klasse aus, die nach ihrer Grausigkeit in absteigender Reihenfolge geordnet wurden.

Als sie endlich aufbrachen, waren sie vom Lachen so rot, dass Anne-Marie auf eine zweite Schicht Puder bestand.

Das Konzert fand in einer alten Kapelle in Friedrichshain statt, in der schon lange keine Gottesdienste mehr abgehalten wurden. Graffiti und Plakate bepflasterten das rote Backsteingemäuer. Im Vorhof standen Leute herum, die rauchten und Bier tranken. Musik kam von oberhalb der Treppe, doch es klang nach einem DJ-Set. Die Band war noch mit dem Aufbau beschäftigt.

Severin und Fabian warteten schon. Nicki fand, dass sie nicht jünger aussahen als der Rest, sondern locker als volljährig durchgehen konnten. Zur Begrüßung tauschten sie Wangenküsse aus, was Nicki ein wenig albern fand. Die Jungen rochen stark nach demselben Deodorant.

»Hübsch«, sagte Fabian und ließ seinen Blick dabei vage zwischen Nicki, Anne-Marie und Severin schweifen.

»Die Sneakers passen nicht zum Kleid«, sagte Severin und ließ seinen Blick dabei eindeutig über Nickis Beine schweifen.

Nicki spürte, wie sich unverzeihliche Beleidigungen an ihrer Zungenspitze formten, aber Anne-Marie kam ihr zuvor: »Ja, das Kleid ist von mir, aber wir haben nicht dieselbe Schuhgröße, deshalb konnte ich ihr keine Schuhe leihen.«

Die Vertrautheit der letzten Stunden bekam urplötzlich Risse.

Nicki versuchte die Grimasse, die sie Anne-Marie schnitt, halbwegs wie ein Lächeln aussehen zu lassen. »Habt ihr die Karten?«

Sie gingen nach drinnen. Nackte Glühbirnen hingen von der Decke, ohne gegen die Düsterkeit der rohen Mauern anzukommen. Es roch nach ausgedünstetem Tabak und Alkohol. Severin kaufte sich und Anne-Marie jeweils ein Bier. Fabian hatte noch eine Flasche in der Hand. Nicki wollte sowieso nichts, daher störte es sie nicht, dass keiner fragte.

Die Musik war zum Glück jetzt schon laut genug, dass man sich nicht unterhalten musste. Während Severin und Anne-Marie an der Bar warteten, standen Nicki und Fabian schweigend nebeneinander und beobachteten, wie die Bandmitglieder um die Bühne herumhetzten und mal ein T-Shirt weniger, mal einen Hut mehr trugen.

»Ich hab dich zur Party eingeladen«, sagte Fabian. Er musste sich zu ihr hinabbeugen, damit sie ihn verstand.

»Ja, ich weiß.« Nicki fügte der Höflichkeit halber hinzu: »Danke.«

Aus den Augenwinkeln sah sie, wie Anne-Marie eine Zigarette anzündete, während Severin an der Bar lehnte und auf sein Handy starrte. Vielleicht wirkten sie doch noch nicht volljährig.

»Willst du?« Er bot ihr sein Bier an.

»Danke«, sagte sie wieder und trank einen Schluck. Wie Bier jemandem schmecken konnte, war ihr ein Rätsel. Trotzdem trank sie jedes Mal, wenn er ihr seine Flasche hinhielt, damit sie nicht wie komplette Fremde dastanden.

Endlich gingen die Lichter aus. Krach erscholl. Bunte Scheinwerfer umrissen erhobene Hände, der Schlagzeuger drosch auf sein Instrument ein, die Gitarren jaulten auf, der Sänger begann hektisch zu zappeln, als fließe Strom durch das Mikrofon in seiner Hand. Nicki hatte sich ein paar Lieder im Internet angehört, aber das hier klang keinem ähnlich. Sie nickte trotzdem dazu und beschloss, das Verhalten der Menschen im Allgemeinen unnachvollziehbar, aber irgendwie liebenswert zu finden.

Die Band schmetterte ein Lärmfeuer nach dem anderen. Severin und Anne-Marie waren von der Bar zurückgekommen und nickten ebenfalls mit den Köpfen. Nicki beneidete die anderen nun doch ein wenig, dass sie sich die Zeit mit Trinken vertreiben konnten. Sie hätte sich auch gern mit etwas beschäftigt, während sie so rumstand und nickte.

Dann spürte sie eine Hand an ihrer Taille. Es war Fabians. Er sah stur geradeaus und nickte, als hätte seine Hand nichts mit seinem Kopf zu tun. Canon hatte ihr mal erzählt, dass Kraken kein zentrales Nervensystem hatten, sondern mit jedem Tentakel unabhängig nachdenken und empfinden konnten. Vielleicht gab es das bei Menschen ja auch.

Während sich die Wärme dieser großen, reglosen Hand durch den Stoff zu ihr durcharbeitete, schlug ihr Herz immer höher. Sie versuchte den Biergeschmack wegzuschlucken. Er blieb. Ihr wurde schlecht.

Fabian musste spüren, wie sie sich anspannte. Er legte den Arm kaum merklich enger um sie. Um ihren Körper. Als gehörte er jedem, nur nicht ihr.

Nicki wich zurück und gab den anderen mit Gesten zu verstehen, dass sie sich etwas zu trinken kaufen ging.

Nervös schob sie sich Richtung Bar. Doch es herrschte ein solcher Andrang, dass sie den Tresen nicht einmal zu fassen bekam. So viele Körper um sie herum. Alle berührten sie. Kurzerhand beschloss sie, den Rest der Kapelle zu erkunden. Hinten war es nicht so voll.

An den Toiletten vorbei ging sie nach draußen, trottete die Stufen hinab und erholte sich an der Stille und frischen Luft des Hofes. Kleine Grüppchen standen in der Dunkelheit verstreut, klirrten mit Flaschen und lachten.

Tallis schien ihr so nah, dass sie nach ihm Ausschau hielt. Aber sie entdeckte ihn nirgends. Natürlich nicht. Er war noch viel näher. Von jetzt an würde sie immer damit rechnen müssen, dass er in ihr auftauchte. Zu ihrem Schutz, vielleicht. Aber wovor? Vor Händen, die sie anfassten. Wie eben. Wie Osilber …

Nicki streunte um die Kapelle herum und fand ein Eisentor, das offen stand. Dahinter lag ein Friedhof. Wind strich durch die Bäume und bestreute den Weg, der vor Nicki lag, mit welken Flammen und Federn. Etwas weiter weg glosten Grabkerzen in der Finsternis.

Tiefe Ruhe erfasste sie, einem Atemzug gleich, der die quälenden Gedanken aus ihr heraussaugte und nur Stille zurückpustete. Irgendetwas schien sich verändert zu haben, obwohl alles so aussah wie zuvor. Und doch war ihr, als läge der Friedhof nun im Schutz dieses Atemzuges. Er hatte sich wie eine Glasglocke darübergestülpt.

In dem Moment entdeckte sie Chips auf einer Bank.

Drei Grabkerzen für Freunde

Nicki blieb fast das Herz stehen, als sie das rötlich beleuchtete Gesicht des Jungen sah. Er saß auf einer gusseisernen Bank, umgeben von Kerzen und mit einer Kerze auf dem Schoß. Er winkte ihr damit.

»Chips?«, fragte sie verwundert, obwohl kein Zweifel bestand, dass er es war. Seine großen Vorderzähne schimmerten, als er lächelte.

Nicki kam näher. Das Laub knisterte unter ihren Schritten, doch von der Musik aus der Kapelle war nichts mehr zu hören. Dabei war die Rückseite des Gebäudes kaum ein paar Meter weit entfernt. Auch das Klirren der Bierflaschen und die Gespräche aus dem Hof waren zu klingelnden Echos verweht.

»Hey, Nicki«, sagte Chips. »Wie geht's?«

»Hey«, sagte Nicki. »Was machst du denn hier?«

»Wir haben ihn mitgebracht«, sagten mehrere Stimmen, dünn wie die Saiten einer Harfe.

Nicki versuchte in der Dunkelheit etwas zu erkennen. Nichts regte sich. Sogar die Bäume waren starr, als wehte kein Wind mehr.

Chips deutete auf ein kleines Mausoleum, das zwischen verwilderten Büschen thronte.

Nicki sah immer noch nichts. Doch, eine Bewegung auf dem Dach. Was sie für eine Statue gehalten hatte, erhob sich nun und sprang herab.

Kies knirschte.

In den Schein der Kerzen trat ein weicher, zart gebauter Mann mit kupferfarbenem Haar, das ihm glatt auf den Schultern lag. Er musterte Nicki aufmerksam, während er sich neben Chips auf der Bank niederließ.

Seine Augen schielten ein bisschen nach außen und bargen doch eine kränkliche Schönheit, so als sei er in den Anblick von etwas versunken, das außerhalb des gewöhnlichen Sichtfelds lag. Er trug ein violettes, strenges Hemd und eine schlichte schwarze Hose. Seine Finger waren erstaunlich lang und spreizten sich wie die Wurzeln einer Pflanze über die Knie.

»Bitte. Setze dich zu uns«, sagte der Mann mit mehreren leisen Stimmen, die sich alle überlagerten. »Wir sind nicht menschlichen Stoffes. Doch fürchte uns nicht. Deinen Namen behalte für dich.«

Nicki versuchte aus Chips' Gesicht zu lesen. Er wirkte ganz entspannt. Trotzdem war es vielleicht eine Falle. Der Kreis der Kerzen konnte alles Mögliche bedeuten.

Der Mann betrachtete die Lichter. »Wir brachten Kerzen, damit die Dunkelheit gebannt ist, ja. Menschen fürchten die Dunkelheit. Wir wollen dir bei unserem Namen versprechen, dass dir in unserem Licht kein Unheil widerfahren wird. So höre: Wir sind Nahovizer. Gebrauche diesen Namen in Not.«

Nickis Blick wanderte zwischen Nahovizer und Chips hin und her. »Ist das dein Dämon?«

Chips drehte seine Kerze in den Händen. »Nee, hab ihn vorhin getroffen. Ist schon okay. Er will uns helfen, glaub ich. Wegen Amsel.«

Nicki beäugte wieder den rothaarigen Jüngling.

»Wir verzeihen deine Ungläubigkeit«, sagten die heiteren Stimmen, als hätte Nicki darum gebeten. »Wir sind der Herr des Lichts. Wir sind alles, was das Licht bedeutet.«

»Was macht Ihr dann auf einem Friedhof?«

»Dich abholen«, sagte er. »Dich und alle anderen.«

»Welche anderen?«

Wieder lächelte er, so als wunderte er sich, dass sie ihn nicht auf Anhieb verstand. »Deine Furcht ist Salz, das die Zungen der Zeit auflecken werden. Getrocknete Tränen alten Verrats.« Er nickte und schien einfach darauf zu warten, dass Nicki sich neben ihn und Chips setzte. Schien darauf zu *vertrauen*. Nicki sah in seine sensiblen, beinah wahnsinnigen Augen und spürte, wie ihre Konzentration schwand … Sie riss sich zusammen.

»Was heißt das, abholen? Wohin?«

»In unseren Turm lass dich führen und höre: Wir wollen euch helfen. Euch und dem Jungen, den ihr alle so liebt.«

»Das hat Osilber auch gesagt.« Sie wollte zurückweichen, aber ihre Füße waren wie mit dem Boden verwachsen. Nicht nur um sich, auch um Chips hatte sie jetzt Angst. Er saß bereits im Kreis der Kerzen.

»Osilber log«, stellte Nahovizer fest. »Doch so, wie das Lügen seiner Natur entspricht, so widerspricht es der unseren.«

»Er ist der Herr des Glanzes. Und Ihr seid der Herr des Lichts. Das ist doch dasselbe!«

Er schüttelte behutsam den Kopf. »Zwischen dem, was glänzt, und dem, was leuchtet, liegt der größte denkbare Unterschied. Bitte, nimm unsere Einladung an. Wir wissen, wie du den Jungen retten kannst. Nicht in sieben Jahren, sondern in einer Nacht.«

Nicki schauderte unwillkürlich. Etwas Magisches ging von dem Mann aus, das anders war als bei allen Fließwesen, denen sie bisher begegnet war. Seine Stimmen und sein Anblick waren so *klar*, als würde er tatsächlich leuchten – oder als würde er die Umgebung ringsum verfinstern.

»Was springt dabei für Euch raus?«

Etwas veränderte sich in seinem Blick, ohne dass er blinzelte. Eine Leere tat sich auf. »Alle Geschöpfe geben, um zu verlangen. So ist das Gesetz der Geschöpfe. Doch für jedes Gesetz gelten Ausnahmen, denn keine Wahrheit steht ohne Widerspruch. Wir sind die Ausnahme. Wir bieten unsre Hilfe an, weil wir auf der

Seite derer sind, die lieben. Nichts wollen wir verlangen. Jedoch … es gibt etwas, das ihr Menschen für uns tun könnt und das nicht zu eurem Schaden sein wird«, fügte er hinzu. »Es steht euch frei, euch erkenntlich zu zeigen, wenn der Wunsch nach Dank euch treibt.«

»Wie?«

Er wies neben sich auf die Bank. »Nicht nur dir, auch den anderen, die Lautréamonts Schöpfer lieben, wollen wir antworten. An einem Ort, wo die Zeit langsamer verstreicht. Komme mit, sie holen.«

»Komm, Nicki«, bekräftigte Chips. »Brauchst keine Angst haben.«

Nicki kaute auf ihrer Unterlippe. Von einem Kind gesagt zu bekommen, dass sie keine Angst haben sollte, kam ihr peinlich vor. Und hatte sie denn eine Wahl? Sie konnte nicht einfach davonspazieren, ohne sich später Vorwürfe zu machen. Außerdem musste sie nicht Nahovizer vertrauen, sondern Tallis: dass er sie wieder rettete, wenn es nötig wurde. Mit einem beherzten Schritt stieg sie über die Kerzen.

Das Licht flackerte. Sonst geschah nichts. Der Mann hatte immer noch beide Hände auf den Knien liegen und sah feierlich zu ihr auf. »Du liebst ihn mehr, als du um dich selbst fürchtest. Das zu sehen erfüllt uns mit Freude. Es soll dir nicht zum Verhängnis werden.«

Nicki setzte sich. »Und die anderen, die wir jetzt abholen, sind dann wohl …«

Sie verstummte. Der Boden bebte. Die Bank begann langsam zu rotieren und in der Erde zu versinken.

»Du kannst jederzeit zurückkehren.« Während sie sich tiefer schraubten, strich Nahovizer mit der Hand durch die Luft und plötzlich hielt er eine Grabkerze. Er reichte sie Nicki. »Sieh: Wenn du den Finger hineinsteckst, so bist du wieder auf dem Friedhof.«

Nicki starrte in die Kerze. Keine Flamme leuchtete in ihrer

Mitte, sondern eine Miniaturwelt – eine von Kerzen umstellte Bank, hinter der Gräber und sich im Wind wiegende Bäume zu erkennen waren.

Chips ließ sie in seine Kerze blicken, um ihr zu zeigen, woher er gerade kam: Ein leeres Einkaufszentrum leuchtete im Wachs.

Noch immer drehten sie sich weiter und weiter hinab. Die Bank schien sich durch die vielen Drehungen zu krümmen. Auch die Wände, die aus einer rötlichen, zähen Masse bestanden, veränderten ihre Form kontinuierlich. Verschlungene Adern tropften aneinander herab und offenbarten oder verhüllten filigrane helle Strukturen dahinter. Es sah aus wie Knochen. Gigantische Zähne und winzige Knochen. Doch bevor Nicki Gewissheit hatte, öffneten sich die Wände knackend und schmatzend zu einem Rahmen, durch den sie in ein Zimmer blicken konnten.

Es war ein elegantes Zimmer mit dunklen Holzdielen und Metallmöbeln, einem Kamin und einer länglichen Deckenlampe, die wie ein modernes Kunstwerk aussah. Darunter stand Gretchen in einem pinken Sporttop und schlug mit einem Holzstock durch die Luft.

Es waren Kampfübungen. Sausend flog der Stock durch die Luft. Gretchen stampfte mit den Füßen auf und trippelte zurück. In ihren Ohren steckten Kopfhörer. Schweiß glänzte auf ihrer Stirn. Mitten in der Bewegung hielt sie inne, neigte den Kopf und sah sie an.

Der Schreck schien sie wie ein Schlag zu treffen. Innerhalb einer Sekunde war sie bis in den Erker am anderen Ende des Zimmers gewichen. Ohne hinzusehen, legte sie ihre Kopfhörer kreisförmig um ihre Füße – offenbar als elektrischen Schutzbann.

»Erschrecke dich nicht«, sagte Nahovizer. Obwohl er Gretchen ansprach, fühlte auch Nicki den beruhigenden Effekt seiner Stimmen. »Nahovizer wollen dir Hilfe anbieten, um den Jungen zu retten, den du liebst. Folge uns. Siehe, auch deine Freunde sind bereit, uns anzuhören.«

»Folgen? Wohin?«, fragte Gretchen atemlos.

»In unseren Turm, wo keine Ohren als die unseren vernehmen, was besprochen wird, und die Zeit sich fließender verhält. Du wirst ihn in jedem Augenblick verlassen können.«

»Er hat uns Portale gegeben«, bestätigte Chips und hob seine Kerze. »Ich glaub, er tut uns wirklich nichts.«

Gretchen stand noch immer im Kreis ihrer Kopfhörer. »Wenn du Chips bist, kannst du mir sagen, wer die Hängematte mitgebracht hat.«

»Theo«, sagte Chips sofort.

Eine Weile schien es, als wollte Gretchen auch Nicki testen. Aber ihr Widerwille, mit Nicki zu sprechen, schien größer zu sein. Sie wandte sich wieder an Nahovizer. »Und wie soll ich zu Euch gelangen?«

»Tritt ein.« Nahovizer streckte die Hand aus. Die Luft an seinen Fingerspitzen strahlte auf und erlosch wieder.

Erst jetzt begriff Nicki. Sie waren in einem *Spiegel*. Daher sahen sie Gretchens Zimmer durch einen so schmalen Rahmen.

Gretchen nahm einen Federkiel von ihrem Schreibtisch und stach sich in den Finger. Dann presste sie die Fingerspitze auf ein Blatt Papier. »Wenn Ihr mich entführt oder mir sonst was antut, wird man es nachlesen können.«

Nahovizer nickte. »Ergreife alle Schutzmaßnahmen, die dich beruhigen.«

Gretchen antwortete nicht darauf. Aber sie kam zu ihnen. Konzentriert streckte sie ihren Arm durch den Rahmen, staunte, zog den Arm wieder zurück, um seine Unversehrtheit zu überprüfen, und stieg schließlich ganz zu ihnen hindurch.

Nicki war froh, dass Nahovizer Gretchen den Platz auf der Bank neben Chips zuwies und nicht neben ihr. Gretchen schien ebenso zu empfinden. *Canons Verlobte*. Wenn es wirklich stimmte, dachte Nicki mühsam dazu. Ihre Blicke streiften sich und ihr war, als könnte Gretchen ihr deutlich ansehen, dass sie Canon geküsst hatte. Im Gegenzug stellte sie sich Gretchen von Kopf bis Fuß von seinen Zärtlichkeiten bedeckt vor. Blut stieg ihr in die Wangen, sie wandte sich den zerfließenden Wachswänden zu.

»Noch einen wollen wir abholen«, sagte Nahovizer mit einem unbestimmten Lächeln und gab Gretchen eine Kerze gleich denen, die Chips und Nicki hielten. Der Spiegelrahmen wurde von den Wachszweigen zerdrückt, das Zimmer verschwand. Sie befanden sich wieder in pochendem, leuchtendem Gewebe, das sich in sich selbst ausbreitete und verdichtete.

Mit Geräuschen, als würden Zähne auf Zähnen malmen und winzige Sehnen reißen, öffneten sich die Wände erneut. Nicki fühlte sich schwindelig, als hätte die Bank sich hundertmal um sich selbst gedreht. Tatsächlich war sie nun noch gekrümmter als zuvor und bildete einen Halbkreis, sodass Nicki und Gretchen sich fast gegenübersaßen.

Ein penetranter Geruch nach öffentlichen Toiletten stieg auf. Vor ihnen lag ein Raum mit schwärzlich angelaufenen Backsteinmauern, durch die dumpfe Bässe wummerten. Männer standen mit den Rücken zu ihnen an einem Metallurinal. Einer von ihnen hatte blaue Haare.

Geschöpfe der Zeit, Wesen des Raumes

»Oh mein Gott«, sagte Gretchen angeekelt.

Als hätte Theo sie gehört, warf er einen Blick über die Schulter. Mit einiger Verzögerung schien er zu realisieren, was er sah, fuhr zusammen, nestelte an seiner Hose, entschuldigte sich bei dem Mann, den er dabei anrempelte, und wischte sich die Hände am Sweatshirt ab.

»Chips! Wie bist du denn reingekommen? Schriftliche Erlaubnis der Eltern dabei?«, rief er gegen den Lärm und grinste.

»Entschuldige unser plötzliches Erscheinen.« Nahovizers Stimmen schienen unter dem Hämmern der Musik hindurchzuschwimmen und drangen wie ein Flüstern an ihre Ohren.

»Wir sind Nahovizer. Wir haben dir einen Vorschlag zu unterbreiten, um den Jungen zu retten, den du liebst.«

»Klingt schwul.« Theo sah sich um, doch niemand sonst schien sie zu beachten. »Deinen Namen hör ich auch zum ersten Mal.«

»Komm einfach mit«, sagte Gretchen ungeduldig. »Ich will hier weg, es stinkt.«

Theo gehorchte mit einem Achselzucken. Er griff nach der Tür der Klokabine, um sie hinter sich zu schließen, doch da waren die wächsernen Schlingen bereits herabgefallen und hatten den Raum, aus dem er gekommen war, verschluckt.

Erschrocken rieb Theo sich die Hände. Nicki fragte sich unwillkürlich, wie die lebenden Wände sich wohl anfühlen mochten. Sie traute sich aber nicht, sie anzufassen.

»Und wohin geht die Reise? Ich war in weiblicher Begleitung, also lange kann ich nicht wegbleiben.« Er setzte sich neben Nicki.

Nahovizer reichte ihm über Nickis Schoß hinweg eine Grabkerze. »In unseren Turm kehren wir ein. Nur wenige Herzschläge werden zwischen euch und den übrigen Menschen der Welt vergangen sein, wenn ihr zurückkehrt. Willst du nach Hause, so fasse in das Licht.«

Theo pfiff leise, als er die Männertoilette am Grund seiner Kerze erblickte. »Wieso habt ihr mich nicht von der Tanzfläche weggeholt, da gäbe es mehr zu sehen. Oder ... weniger.«

Nicki hatte noch immer das Gefühl, sie drehten sich rasend schnell im Kreis. Die Bank war inzwischen so rund geworden, dass Gretchen und Theo fast nebeneinandersaßen. Nicki versuchte sich auf die Wände zu konzentrieren, die zumindest die Illusion von Langsamkeit erzeugten.

Knochen von welker Farbe wurden in dem Gewebe sichtbar. Sie strömten zu Säulen zusammen, bildeten Paläste zwischen sich, die winzig und endlos waren, und liefen immer weiter auseinander, bis die Bank in einer Art Saal schwebte. Obwohl die bleichen Gerippe und die Wachsadern von innen heraus glosten, herrschte Düsternis.

Silbrige Schweife zogen über den Boden. Nicki begriff, dass er aus Wasser bestand: Im gläsernen Dunkelgrün zeichneten sich löchrige Berge aus Knochen ab. Aale oder Schlangen glitten hier und da durch die Höhlen und brachten die Reflexionen der Wände zum Zittern. Sosehr Nicki auch spürte, dass dies kein Ort für Menschen war, sosehr faszinierte sie seine unermessliche Tiefe, seine rätselhafte Klarheit.

»Willkommen«, sagte Nahovizer. »Uns zu folgen zeichnet eure Liebe zu dem Jungen aus. Wir wollen sie euch lohnen.«

»Was ist Euer Vorschlag?«, fragte Gretchen.

Er lächelte. »Deine Ungeduld deuten wir als Zeichen der Liebe. So hört. Der Junge, dessen Freiheit ihr euch wünscht, wird vom Herrn des Glanzes bewusstlos gehalten. Warum? Damit sein Dämon, der des Jungen Geburtsnamen *Lautréamont* trägt, nicht mehr von ihm Besitz ergreifen kann. Ist Lautréamont auf diese Weise aus der Welt verbannt, stellt er auch keine Unannehmlichkeit mehr für Osilber dar. Sehr ihr: Das Verhängnis eures Freundes ist, dass er mit einem Dämon verpaktet ist, der Osilber zum Feind hat.«

»Also ist Euer Vorschlag, den Pakt zwischen Lautréamont und Amsel zu lösen«, sagte Gretchen scharfsinnig. »Ich dachte, das ist nur möglich, wenn Amsel ein anderer wird. Aber solange er im Koma liegt, wird das wohl kaum passieren.«

»So ist es.« Nahovizer nickte. »Pakte lösen sich nicht, doch sie verlieren ihre Wirksamkeit, wenn die Wesen, die ihn schlossen, sich zur sehr verändern. So werden auch die Pakte zwischen euch und euren Dämonen nutzlos, wenn das Altern euch zu anderen macht.«

»Woher wisst Ihr so viel über uns?«, hakte Theo nach.

»Die Kanzlei ist getränkt in Geheimnisse, wir aber kennen Wege, sie einzeln ans Licht zu bringen.«

»Canon liegt im Koma. Er ist gerade nicht in der Verfassung, seine Persönlichkeit zu verändern. Also wie soll da sein Pakt mit Lautréamont die Wirksamkeit verlieren?«, fragte Gretchen wieder.

Mit großen, verschleierten Augen blickte Nahovizer in die Runde. Nicki schluckte. Hatte er zuvor nicht schwarze statt blaue Augen gehabt? Etwas an ihm kam ihr bekannt vor, aber sie wusste nicht, woher. »Jeder Pakt besteht in Wortform. Und zwar an einem Ort, der noch tiefer liegt als die Unterwelt. Man nennt diesen Ort die *Unwelt*. Niemand gelangt je dorthin. Denn um dorthin zu gelangen, müsste man von einem bereits dort existierenden Wesen gerufen werden – ihr seid vertraut mit diesem Gesetz?«

»Äh, ich nicht«, sagte Nicki.

»Es gilt, dass kein Wesen eine Realitätsebene betreten kann, aus der es nicht von einem dort beheimateten Wesen gerufen wurde. Menschen riefen Dämonen, so konnten sie eure Welt betreten. Wollt ihr in die Kanzlei oder in die Unterwelt, müsst ihr einer Stimme folgen, die euch von dort ruft. Jedoch, wo nur die Pakte lagern, gibt es keinen, der rufen könnte. Und darum kann auch niemand dorthin.«

»Aber die Kronzeugen haben Zugang zu allen Pakten«, warf Chips ein.

»Kronzeugen und ihre Vertreter können Pakte aufrufen und einsehen – doch Zugang zur Unwelt ist selbst ihnen nicht gewährt. Ein Netzwerk, das durch die Unterwelt hindurchführt, erlaubt es den Pakten zu reisen. Dieses Netzwerk der Kanzlei nennt man Brunnen. Die Kronzeugen betreten die Brunnen niemals. Sie bleiben hinter den Mauern ihrer Vernunft sitzen.«

Nicki betrachtete Nahovizers Profil und glaubte, dass seine Nase länger und krummer geworden war, seit er sie vom Friedhof abgeholt hatte. Etwas Ausgezehrtes, Vogelhaftes hatte sich in seine weichen Züge geschlichen.

»Die Unwelt ist ein absonderlicher Ort, wenn man sie überhaupt einen Ort nennen kann. Sie ist der Nabel der Fließwelt und doch kann kein Fließwesen sie betreten, jedenfalls nicht aus eigener Kraft. Ebenso wie Menschen nie ganz im Nabel ihrer Welt stehen, nämlich der Gegenwart, sondern stets an den Grenzen von Vergangenheit und Zukunft wanken. Ihr hängt an der Zeit und könnt sie nicht wirklich halten, wir hängen im Raum und können ihn nicht wirklich betreten. Das ist eins der paradoxen Gesetze, die sich in Unterwelt und Welt spiegeln und ohne die es weder die eine noch die andere Realität geben könnte.« Er machte eine kleine Pause. »Um sich aufzuhalten, wo das reine Fließende Wort seine Quelle hat, benötigt man einen kreativen Geist, der mit seiner Vorstellungskraft erst Räumlichkeit entstehen lässt. So wie ein Wesen mit Vorstellungskraft niemals zeitlos sein kann, was einem Fließwesen durchaus möglich ist – ihr seht, die Mächte über Zeit und Raum sind gerecht zwischen euch und uns verteilt. Doch dies nur am Rande. Von Belang ist für euch, dass ihr als

Menschen gemeinsam genug kreativen Geist in euch vereint, um euch in der Unwelt aufzuhalten, wo alle Pakte der Welt lagern.«

Sie tauschten stumme Blicke.

»*Wenn* es jemanden in der Unwelt gäbe, der uns rufen könnte«, erinnerte Nicki.

Nahovizer nickte. »Doch wie ihr wisst, gibt es die Brunnen der Kanzlei, durch welche die Pakte reisen. Da es selbstverständlich verboten ist, sich in all jenen Räumlichkeiten der Kanzlei aufzuhalten, für die man keine Erlaubnis hat, müsstet ihr einbrechen.«

»Einbrechen. In die Kanzlei«, sagte Gretchen.

Theo verschränkte die Arme. Er wirkte beinah amüsiert. »Und wie?«

»Die Brunnen der Kanzlei sind niemals unbewacht. Anders als Menschen kennen die Kronzeugen, die die Brunnen bewachen, keine Unachtsamkeit. Und selbst wenn eine Täuschung gelänge, so sind die Brunnen meist zu klein, als dass ein Mensch hindurchpasste.«

Die körperlichen Veränderungen an Nahovizer waren nicht mehr zu übersehen. Er war älter und größer geworden. Von Adern durchzogene, kalkweiße Hände ruhten auf den knochigen Knien. Nicki versuchte an den Mienen der anderen abzulesen, ob sie es auch bemerkt hatten, aber sie schienen sich auf das zu konzentrieren, was das Fließwesen erzählte.

»Die Kronzeugen verfügen über die Brunnen, weil sie gänzlich rational sind. Wir ähneln ihnen auf gewisse Weise: Wir sind so sehr das Gegenteil von Rationalität, dass es beinah dasselbe ist.«

Nicki blinzelte. »Wie, äh, ergibt das Sinn?«

»Gesetze ergeben keinen Sinn, sie *stiften* Sinn«, erwiderte Nahovizer geduldig. »Jedes Gegenteil von etwas muss eine wesensähnliche Struktur aufweisen, das verlangt die Logik. Was nun Logik ist und warum sie zwingend gilt, das ist natürlich eine andere Frage.«

»Ihr habt also einen Brunnen, einen Zugang zur Unwelt?«,

fragte Gretchen. »Wieso ruft Ihr dann nicht den Pakt zwischen Lautréamont und Amsel und wir machen ihn hier und jetzt unwirksam?«

Nahovizer gab Atemgeräusche von sich, die wohl ein Lachen waren. »Pakte rufen, das wäre mehr Macht, als wir besitzen. Unsere Stimmen sind zu eindeutig, zu gefärbt von unserem Wesen. Wir können nach den Pakten lauschen, die durch die Brunnen der Kanzlei flattern. Nur das, mehr nicht. Und selbst wenn wir den Pakt rufen könnten, an dem das Leben eures Freundes hängt: Unwirksam kann man ihn nicht machen. Nur umschreiben. Und auch dies nur an einem Ort, der voll und ganz von eurer Vorstellungskraft abhängt – wo alles möglich ist, was vorstellbar ist –, nur dort seid ihr in der Lage, einen Pakt zu ändern.«

Theo stützte die Arme auf die Knie. »Aber Ihr habt doch gesagt, Ihr habt einen Brunnen, einen Zugang zur Unwelt, oder nicht?«

»Wir sind fähig, euch in die Brunnen der Kanzlei zu schleusen. Ja«, summten die Stimmen von Nahovizer.

»Und …« Nicki vergaß, was sie sagen wollte. Hatte sie den Faden verloren, bevor Nahovizer seine Hand hob oder erst *weil* er sie hob? Die Zeit schien einen winzigen Salto rückwärts zu machen, Aktion und Reaktion vernähten sich zu einem unlösbaren Knoten.

Jedenfalls hob er langsam die Hand und legte sie auf ihren Kopf. »Der Zugang wird groß genug sein für euch.«

Die Finger ruhten kühl und schwer auf ihrem Scheitel. Sie hätte in Panik ausbrechen müssen, doch eine süße Trägheit überfiel sie wie nach einem langen Sommertag im Freibad. Eine Weile saß sie ganz reglos, während er ihren Kopf umfasste. Maß nahm. Dann löste er die Hand und legte sie zurück auf sein Knie.

Eine Ahnung durchfuhr sie, dass das, was sie unter Nahovizers Hand empfunden hatte, ihre Kindheit war, zusammengefasst auf ein winziges Hologramm von Gefühlen. Nicki schauderte mehrmals, dabei empfand sie keine Furcht, nicht einmal Verwunderung. Die schläfrige Finsternis, der sie so nah gekommen war wie noch nie, betäubte sie.

»Und was, ich meine, was passiert, wenn wir da unten sind, in der Unwelt?«, murmelte sie, bemüht, zurück zur Diskussion zu finden. Warum hatte er sie berührt? Warum sie und nicht die anderen? Sie fand keine Erklärung.

»Wie finden wir uns in den Brunnen zurecht?«, fragte Gretchen. »Oder stürzen wir einfach? Kriegt die Kanzlei nichts davon mit?«

»Die Brunnen werden sich eurer Vorstellungskraft anpassen, da ihr die stärksten Realitätsquellen dort sein werdet. Wir können euch also keine Auskunft über ihre Beschaffenheit geben. Sicher ist jedoch, dass fortwährend die von der Kanzlei gerufenen Pakte hoch- und wieder hinabströmen. Ins Hinab müsst ihr den Pakten folgen.«

»Und niemand hält uns auf.« Theo ließ es wie eine ungläubige Feststellung klingen.

Nahovizer strich mit seinen Fingerknöcheln über Theos Arm. Nicki konnte ihm ansehen, dass er dieselben Empfindungen hatte wie sie, als Nahovizer sein Hand auf ihren Kopf gelegt hatte: Ein schwaches Pulsieren ging durch Theos Augen. Für eine Sekunde schien er etwas ganz anderes zu sehen als die fließende Höhle ringsum.

Nahovizer, der die Berührung vollkommen gedankenverloren erteilt hatte, blickte ins Wasser hinab, wo die Aale und Schlangen ihrem geheimnisvollen Leben nachgingen. »Nein. Die Kanzlei wird natürlich versuchen, euch zu töten.«

Hilfe gegen Dankbarkeit

ƆƇo

Nahovizer hatte beinah nichts mehr mit dem Mann gemeinsam, der Nicki auf dem Friedhof erschienen war. Seine bleiche Haut wirkte porös von alten Narben und hing schlaff von den knochigen Wangen; die fliehende Stirn wurde dadurch noch verlängert, dass sein Haar sich lichtete. Wie hineingeschminkt wirkten darin die femininen Augen und der sinnliche Mund. Schönheit und Hässlichkeit verschmolzen nicht, sondern verkeilten sich in seinem Gesicht zu etwas Groteskem.

Und dennoch: Nicki fürchtete sich nicht. Sie konnte sich einfach nicht *vorstellen*, dass er ihr Schlimmes zufügen würde. Nichts, was von ihm kam, würde wehtun. Sie war seiner hypnotischen Ruhe völlig ausgeliefert, sie wusste das und es fühlte sich gut an.

»Ich habe noch nie davon gehört, dass jemand in die Kanzlei einbricht«, sagte Gretchen. »Wir sind ja wohl nicht die Ersten, denen Ihr helfen wollt.«

»Nein«, sagte Nahovizer. »Das Helfen liegt in unserem Wesen. Wir lieben die, die für das Höhere Opfer erbringen, und wir waren einige Male bereit, für sie gegen die Gesetze der Kanzlei zu verstoßen. So wie jetzt. Diese Unternehmungen wurden stets geheim gehalten; auch der Kanzlei liegt viel daran. In der Tat waren es im Verlauf der Jahrhunderte nicht viele, die einen Einbruch wagten. Doch ihr Glück oder Unglück soll euch kein Wegweiser sein. Fragt uns nicht nach euren Vorgängern.«

Nicki schien es tröstlich, dass sie nicht die Ersten waren, denen

Nahovizer einen Einbruch vorschlug. Das hieß doch, dass es schon funktioniert hatte, oder?

»Mal angenommen, wir gehen tatsächlich auf diesen Vorschlag ein«, sagte Gretchen bedächtig. »Und angenommen, wir schaffen es lebend in die Unwelt. Dann finden wir dort Amsels und Lautréamonts Pakt und sollen ihn unwirksam machen. Wie?«

»Ihr werdet jeden Pakt der Welt aufrufen und verändern können – sofern ihr die Namen der Partner kennt. Für gewöhnlich ist der Name eines Menschen, wie er in einem Vertrag erscheint, aber dem Menschen selbst unbekannt. Denn euer Wesen ändert sich beständig und bleibt euch dabei in seiner Gesamtheit stets verschlossen. Das heißt, es ist unmöglich, den Pakt eines Menschen aufzurufen.« Sein Lächeln versank in einem neuen Gesicht, das weniger verträumt und weniger grimassenhaft war als seine Vorgänger. Die Intelligenz kindlicher Neugier spiegelte sich in den weit auseinanderstehenden Augen. Während der Transformation hatte Nicki wieder das Gefühl, etwas Vertrautes darin zu erkennen. *Jemand* Vertrautes.

»Doch um die Frage zu beantworten: In der Unwelt könnt ihr einen Pakt verändern, indem ihr ihn ganz einfach umschreibt. Bedenkt aber, nichts Seiendes kann verloren gehen. Dies gilt für Fließendes Wort wie für jede andere Energie. Darum darf in einem Pakt nur umgestellt werden, was bereits geschrieben steht. Jedes Wort, jeder Buchstabe muss enthalten bleiben, doch an welchem Platz sie stehen und welchen Sinn sie ergeben, mag sich ändern.«

»Moment mal«, sagte Gretchen. »Wenn wir Amsels Pakt nicht aufrufen können, weil wir seinen vollständigen Namen niemals kennen werden – welchen Pakt sollen wir denn bitte dann umschreiben?«

Ein Platschen hallte von irgendwo wider und verlor sich als lang gezogener Schall in den ausgehöhlten Wänden. Eine der Schlangen musste aufgetaucht sein. Nahovizer betrachtete die zitternden Lichtreflexe auf dem Wasser. »Den Pakt zwischen dem

Jungen und seinem Dämon umzuschreiben wäre in der Tat ein törichter Rat, da es unmöglich ist. Doch ist euch schon in den Sinn gekommen, dass Lautréamont mit einem anderen Fließwesen einen Pakt eingegangen sein könnte? Einem mächtigen Fließwesen, das ihm die Angriffe auf Osilber befahl?«

Gretchen richtete sich auf. Mit großen Augen wartete sie, dass er weitersprach.

»Alles weist darauf hin, dass er bei seinen Angriffen nur die Befehle eines Gebieters befolgte. Dieser Gebieter ist niemandem bekannt, nicht einmal der Junge wusste, wem sein Dämon anheimgefallen war. Wir aber hören das Flüstern der Pakte in den Brunnen … wir könnten euch einen Namen nennen.«

»Der Name des Fließwesens, das Lautréamont befielt«, hauchte Gretchen. »Ja. Ja, nennt uns den Namen!«

Nahovizer lächelte. »Wenn ihr meine Hilfe annehmt. Dann verrate ich euch den Namen.«

Gretchen war anzusehen, dass sie am liebsten aufgesprungen wäre, um Nahovizers Hand zu schütteln. Doch ihre Vorsicht hielt sie noch davon ab.

»Beim Umschreiben eines Paktes ist es von größter Wichtigkeit, dass der Sinn der Aussagen bewahrt wird. Bleiben lose Sätze oder gar Buchstaben übrig, wird dies die Fließwesen verstümmeln oder gänzlich zerstören. Am sichersten ist es daher, nur ihre Namen auszutauschen, sodass sich ihr Verhältnis genau ins Gegenteil kehrt. Dadurch würde zum Beispiel Lautréamont zum Gebieter über seinen jetzigen Herren und sein Herr müsste ihm dienen.«

Nicki starrte in ihre Grabkerze, wo unverändert die Bank im Kerzenkreis zu sehen war. Es kam ihr gar nicht mehr wie ein Ort vor, an den sie flüchten konnte. Ihre Situation war oben dieselbe wie hier. »Wenn alles funktioniert, wie kommen wir eigentlich wieder aus der Unwelt zurück?«

»Durch einen Gedanken. Wenn ihr unsere Hilfe annehmt, so werden wir ihn euch zur rechten Zeit offenbaren.«

»Was passiert eigentlich, wenn wir den Einbruch überleben, aber die Kanzlei identifiziert uns – werden wir nachträglich umgebracht?«, fragte Theo.

Ein Chor gutmütigen Gelächters erscholl. »Natürlich ist es möglich, dass die Kronzeugen euch identifizieren, wenn ihr eure Namen preisgebt. Doch die Kanzlei ist selten an Strafen interessiert. Wenn sie bestraft, dann nie die Menschen. So wie Gedanken in eurer Welt nur bestraft werden, wenn sie zu Taten führen. Die Gedanken sind frei, sagt man doch. In der Fließwelt sagt man dasselbe über Menschen.«

»Also kein Gefängnis, kein elektrischer Stuhl, kein Bußgeld?«, fragte Theo, die Hände betont lässig hinter dem Kopf verschränkt.

»Nichts von alledem.«

Zum ersten Mal meldete sich Chips zu Wort, der seine Kerze nervös zwischen den Händen drehte: »Hört sich trotzdem alles voll unsicher an.«

»Natürlich solltet ihr die Gefahren nur auf euch nehmen, wenn ihr den Jungen wirklich liebt … und nicht wagen wollt, viele Jahre die Prüfung eurer Gefühle abzuwarten. Bedenkt auch dies: Jede Liebe magert ab, wenn sie sich nur von Erinnerungen nährt. Das ist der wahre Grund, warum das Gesetz der Liebe so selten für zwei Menschen galt. Die Zeit schleift ohne Unterlass an eurem Wesen, nichts bleibt, wie es ist.«

Nicki mied Gretchens Blick. Die Ruhe, in der Nahovizers Gegenwart sie alle hielt, begann aufzuweichen wie ein Glasboden, der verflüssigt. Darunter blubberten Bedenken.

»Wir werden über das Angebot nachdenken«, sagte Gretchen.

Ihr strenger Tonfall schien Nahovizer zu belustigen. Seine Augen schielten wieder ein wenig nach außen, als hätte etwas knapp hinter ihnen sein Interesse geweckt. »Behaltet eure Kerzen. Zündet sie an, wenn ihr uns sprechen wollt. Doch wartet nicht länger als drei Tage.«

»Ich würde vielleicht gerne länger als drei Tage nachdenken«, sagte Gretchen alarmiert.

»Drei Tage.«

Gretchen kaute auf ihren Lippen, als hätte sie verschiedene Einwände. »Ihr habt gesagt, Ihr verlangt für Eure Hilfe nichts, aber wir können Euch einen Gefallen tun, wenn wir wollen. Was für einen?«

Das Lächeln war aus seinem Gesicht gewichen. Eine Milde breitete sich wieder in seinen Zügen aus, die in ihrer Unerschütterlichkeit fanatisch wirkte. »Empfindet ihr Dank für unsere Hilfe, so könnt ihr euch erkenntlich zeigen, gewiss. Ihr würdet uns einen großen Dienst erweisen, indem ihr einen Pakt zwischen zwei Fließwesen umschreibt. Den Pakt nämlich zwischen Ekketimothain und seiner Gebieterin Ghora, sodass Ekketimothain Gebieter wird und Ghora seine Dienerin. Und noch eins«, setzte er hinzu und legte den langen Zeigefinger auf Gretchens Mund. Die Berührung ließ sie erschaudern, doch sie wich nicht zurück – vielleicht, weil sie nicht konnte.

»Mit niemandem werdet ihr über diese beiden sprechen. Weder Mensch noch Fließwesen wird aus eurem Munde hören, wie ihr euch erkenntlich zeigen dürft.«

Gretchen blinzelte schwer, als er den Finger wieder in seine Faust aufnahm und in den Schoß sinken ließ. Auch Nicki war, als könnte sie seine Worte in sich spüren; sie waren wie Kieselsteine in ihre Brust gekullert.

»In drei Tagen erwarten wir eure Entscheidung. Bis dahin sollt ihr unter unserem Schutz und Segen stehen.«

Chips beugte sich vor. »Morgen, im Wasserturm?«

»Passt«, sagte Theo.

Gretchen nickte, den Blick auf Nicki gerichtet.

»Ich komm, sobald ich kann. Spätestens gegen Mittag«, sagte Nicki. Fast war sie überrascht, dass die anderen nickten. Aber diesmal lag es schließlich nicht an ihnen, sie aufzunehmen oder auszuschließen.

Mit einem freundlichen Wink gab Nahovizer ihnen zu verstehen, dass sie gehen sollten. Folgsam ließen sie ihre Finger in die Kerzen sinken.

Warmes Wachs umfing Nicki, strömte an ihr herauf, zerspritzte in Licht, wirbelte sie kopfüber im Kreis nach oben.

Sie war neun Jahre alt und mit ihren Freunden im Freibad. Sie riss ein Eis aus der Verpackung.

Sie war vier Jahre alt und saß unter einem Tisch. Sie hörte ihre Eltern streiten, etwas Gläsernes ging zu Bruch.

Die Erinnerungen wurden wie ein riesiges Pflaster von ihr abgezogen.

Nicki hustete und spuckte aus. Sie lag mit dem Mund auf der Erde und war blind. Schwer atmend drehte sie sich auf den Rücken und versuchte aufzustehen. Allmählich gewöhnten ihre Augen sich an die Dunkelheit und lasen Schemen aus dem tiefen Schwarz. Da war die Bank, der Friedhof. Von den Grabkerzen fehlte jede Spur, nur die in ihrer Faust war noch da – erloschen.

Sie zog sich auf die Bank, bis ihr Gleichgewichtssinn wieder halbwegs stabil war.

Was gerade geschehen war, kam ihr vor wie ein blitzartiger, sekundenlanger Tagtraum: In seiner Deutlichkeit und Klarheit, der Sättigung von Farben und Klang lag eine Übertreibung, die die Realität selten hergab. Nicki fragte sich, ob die Wahnvorstellungen von Verrückten ebenso überzeichnet waren. Vielleicht bestand der einzige Unterschied zwischen Verrückten und ihr darin, dass die Verrückten nicht kontrollieren konnten, wann sie in die Fließwelt ein- und ausgingen.

Fahrig steckte Nicki die Kerze in die Tasche ihrer Jacke und zog den Reißverschluss zu. Jetzt, da sie nicht mehr unter dem beruhigenden Einfluss von Nahovizer stand, wurde ihr ein wenig mulmig, so als beobachtete jemand sie aus der Dunkelheit. Sie stand auf und beschloss zu den anderen zurückzukehren.

Den anderen. Anne-Marie, Severin und Fabian schienen zu einem ganz anderen Leben zu gehören. Sie eilte auf den Hof vor der Kapelle. Nie war sie so froh gewesen, Gruppen von lauten Betrunkenen zu begegnen. Sie atmete tief durch, bis ihr Herzschlag sich beruhigt hatte, dann ging sie nach drinnen.

Es schien in ihrer Abwesenheit noch lauter und enger geworden zu sein. Die Luft war feucht vor Atemdampf und Schweiß. Nicki zwängte sich mit erhobenen Händen durch die wogende Menge, bis sie Anne-Marie und die Jungs entdeckte. Fabian nickte immer noch zur undefinierbaren Musik und nippte dazwischen an seinem Bier. Anne-Marie und Severin küssten sich.

Nicki blieb stehen, doch da hatte Anne-Marie sie bereits entdeckt und zerrte sie am Handgelenk zu sich. »Wo warst du!«, schrie sie ihr ins Ohr.

»Ich hab nur –« Nicki verstummte.

Offenbar erwartete Anne-Marie gar keine Antwort, sie schrie weiter: »Komm aufs Klo!«

Sie zwängten sich nach hinten in den unverputzten schmalen Gang vor den Toiletten. Mindestens sieben Frauen standen Schlange.

»Wo warst du denn so lange?«, fragte Anne-Marie wieder und fuhr gleich fort: »Oh Gott, ich glaube, es bedeutet wirklich was!«

Nicki hörte sich an, was in der Zwischenzeit passiert war: was Severin Wort für Wort gesagt und was Anne-Marie darauf erwidert hatte und wie schwer er atmete, wenn er küsste. Auf die letzte Information hätte Nicki gerne verzichtet.

»Du findest es doch noch okay, oder? Was ist das da an deinem Schal?«, fragte Anne-Marie, als sie bis zu den Waschbecken vorgedrungen waren und ihre zerlaufene Schminke im Spiegel betrachteten.

Nicki guckte an sich herunter. Ein wenig Erde hing in der Wolle.

Rasch schüttelte sie sie ab. »Keine Ahnung, Schmutz. Das ist echt ein Rattenloch hier.«

»Ja, oder?«, sagte Anne-Marie begeistert.

Der Rest des Konzerts kam Nicki längst nicht so quälend vor wie der Anfang, denn sie war geistig völlig abwesend und froh, mit niemandem reden zu müssen. Als die Band die letzte Zugabe gespielt hatte und sie noch eine Weile an der Bar herumgelungert hatten, begleiteten die Jungen sie zur U-Bahn. Sie selbst waren mit Fahrrädern gekommen und schoben sie neben sich her. Nicki führte eine eher schleppende Unterhaltung über Musik mit Fabian, der wenig von dem kannte, was sie mochte, und selbst ein paar Bands nannte, von denen sie noch nie gehört hatte. Sie vereinbarten, sich gegenseitig Lieder zu schicken. Anne-Marie und Severin gingen ein paar Schritte hinter ihnen und kicherten und tuschelten. Zum Abschied küssten sie sich wieder. Nicki wandte höflich den Blick ab, doch als sich die Küsserei in die Länge zog, fand sie es gut, dass Fabian ein melodramatisches Liebeslied zu singen begann und sie damit unterbrach.

Endlich fuhren sie nach Hause. Zum Glück war Anne-Marie ebenfalls so versunken in die jüngsten Ereignisse, dass sie nicht viel miteinander redeten. Erst als sie zu Hause waren, sich abgeschminkt und umgezogen und ins Bett verkrochen hatten, unterhielten sie sich noch eine Weile darüber, wie komisch es war, dass manche Menschen zusammenpassten und andere nicht. Dabei fragte Nicki sich unwillkürlich, wie gut sie und Anne-Marie als Freundinnen zusammenpassten, wo sie doch überhaupt kein Bedürfnis hatte, das mit ihr zu teilen, was wirklich in ihr vorging … Mit einem vagen Schuldgefühl vergrub sie das Gesicht in der fremd riechenden Bettwäsche.

Im Traum empfing sie der nach unten wachsende Turm von Nahovizer, zäh zerfließende Tränen, das Kondensat so vieler Leidenschaften, blutrot und ausgeblichen, funkelnd und finster im Erkalten. Das Grauen, das sie in seinem Turm hätte packen müssen, holte sie im Schlaf ein. Sie sah Knochen wachsen, dann zerfasern und Zähne durch Wachs brechen, Schädel sich aneinanderreiben und zu hohlen Schalen schleifen. Da begriff sie mit der unentrinnbaren Logik von Träumen, dass jeder, der den Turm betrat, nach seinem Tod ein Teil von ihm werden würde.

Zwischenspiel

Während Nicki Albträume von Nahovizer hatte und Anne-Marie einen halben Meter neben ihr von der Liebe träumte, lag am anderen Ende der Stadt die älteste Tochter von Constantin Duroya in ihrem steif gebügelten Bett und fragte sich, ob es überhaupt etwas anderes gab: etwas anderes als Liebe oder Albträume.

Das ganze Leben schien ihr aufgehängt zwischen diesen beiden Mächten. Über einem die Hoffnung auf Zuneigung, unter einem ein Abgrund aus Ängsten, Alltagssorgen, Langeweile. Vor allem Langeweile. Was gab es denn schon außer Liebe? Man konnte fressen und fernsehen. Kein Wunder, dass sie so dumm gewesen war zu glauben, die Liebe würde ihrem Leben einen Sinn verleihen.

Sie hatte sich verlieben wollen, seit sie denken konnte. Und andere sollten sich in sie verlieben. Endlose Reihen sehnsüchtiger Männer sollten ihr Leben schmücken. Der Tausch von Herzen – das war das große mystische Spiel der Menschheit. Man konnte reich werden oder zugrunde gehen. Es war ihr so reizvoll erschienen, als sie ihren Pakt geschlossen hatte. Dabei war dieses Spiel so dämlich wie alle Spiele.

Seit ihrem Pakt machte sie sich nach Lust und Laune zur Hauptdarstellerin männlicher Träume. Sie bekam Liebesbriefe, selbst komponierte Lieder und eine Menge Anrufe, die ihre kleine Schwester mit der Gewissenhaftigkeit einer Sekretärin und der Schadenfreude eines Rivalen abfing. Gretchen konnte mit ihrem Blick, mit einem Übereinanderschlagen der Beine, dem Spreizen ihrer Finger bewirken, dass Männer ihr zu Willen waren. Wie mächtig, wie glücklich sie das anfangs gemacht hatte! Doch dann begann das Grauen. Und nach dem Grauen kam nur noch Ekel. Es war letztlich ein Zeitvertreib, nicht anders als Fressen und Fernsehen.

Dass Gretchen wach in der Dunkelheit lag und solche Gedanken sortierte, eine Giftkapsel neben die nächste wie eine lange Reihe möglicher Selbstmordgründe, war nicht ungewöhnlich. Sie führte ein-, zwei- oder dreistündige innere Dialoge mit sich oder mit Leuten, die sie nicht mochte, bevor sie einschlafen konnte. Mit ihrem Vater redete sie in Gedanken nie, obwohl er doch immer präsent war: Er war ihr Publikum. Für ihn formulierte sie ihren Hass aus, Nacht für Nacht. Was für eine Genugtuung, sich sein bestürztes Gesicht vorzustellen, wenn er wüsste, wie viel Finsternis in ihr gärte! Doch er wusste nichts davon. Nichts über sie. Vermutlich saß er jetzt noch in seinem Arbeitszimmer, legte seine verehrten Tarotkarten und dachte an Gretchen wie an jeden anderen Gegenstand, den er nach Belieben arrangieren konnte.

Gretchen versuchte ihren Vater zu vergessen. Sie verabscheute, was für Gefühle er in ihr auslöste. Sie kam sich wie ein dummes kleines Mädchen vor, das über Papis Mangel an Liebe flennte. Liebe, was für ein Irrweg! Und doch setzten die Erwachsenen, die das erkannten, Kinder in die Welt, um die Sinnsuche einfach auf die nächste Generation zu schieben. Kinder, geboren aus der Liebe, geboren aus der Sinnlosigkeit, um die Sinnlosigkeit weiterzutragen. Die Menschheit war eine Horde aus Feiglingen.

Lindernde Bitterkeit tropfte aus dieser Erkenntnis. Sie schlürfte sie wie Medizin. Öffnete die Augen, starrte in die Finsternis. Schloss sie wieder. Nur Finsternis.

Aber es gab noch Gewalt. Alle Menschen waren aus der Liebe oder der Gewalt geboren. Die Gewalt war ehrlich neben der Liebe, die, verkleidet in romantischen Flitter, geschminkt mit buttrigen Pasten der Fürsorge und behängt mit Eitelkeiten, doch nie lange haltbar blieb. Wenn man die Liebe untersuchte, fand man früher oder später die zersetzenden Bakterien des Neids, der Furcht, des Selbstbetrugs. Die Liebe! Frisiert und mit Kullertränen besprenkelt. Ihre Mutter kam ihr in den Sinn, wie sie unterwürfig lächelnd am Esstisch saß, ganz süchtig nach Harmonie und Lüge. Die Erinnerung glitt wieder fort wie eine der Muränen im See am Grunde von Nahovizers Turm, kaum eine Erschütterung an der Oberfläche hinterlassend. Ihre Mutter. Die war keine Erschütterung wert.

Wut überschwemmte Gretchen, ohne dass sie wusste, woher. Nachdem sie aus Nahovizers Turm zurückgekehrt war, hatte sie in der Bibliothek ihres Vaters nach aufschlussreicher Literatur und nach Müdigkeit gesucht. Lange nach Mitternacht war sie fündig geworden, doch jetzt, da sie im Bett lag, fühlte sie sich wieder hellwach. Die Laken waren so kühl, sie wärmten sich kaum an ihrem Körper. Ihr Körper: ein Gerüst aus elfenbeinernen Knochen, schlecht durchblutetem Fett. Filigrane Härte in unförmiger Schwere. Wäre sie doch ganz aus Elfenbein.

Wie peinlich, bei ihren Kendō-Übungen überrascht worden zu sein! Wenn Theo eine Bemerkung über ihre Sportkleidung machte oder ihre Figur, eine einzige Bemerkung …

Sie ballte die Fäuste, entspannte sie wieder kraftlos und flüchtete zurück in ihre Verachtung. Die Liebe … Nein, nicht die Liebe war es, die sie eigentlich beschäftigte. Sie wollte das romantische Gewäsch zerfetzen, um an das dahinter zu gelangen. Die Illusion flatterte störend, entnervend wie ein Schleier vor einer unbekannten Finsternis, die Rettung sein konnte oder nichts. Was war es? Was hielt das Leben *wirklich* bereit? Es musste doch einen anderen Weg geben … einen anderen Ausweg als Liebe, als Eitelkeit, zwei Körper, einen Kuss.

Im gleichen Augenblick lag Theo wach im Bett. Aber nicht in seinem eigenen.

Er teilte sich den Platz mit einem Berg Jacken und einem Riesenpandabären aus Plüsch. Durch die halb offene Tür konnte er eins der drei Mädchen sehen, die ihn auf die Party mitgenommen hatten. Ihren Namen hatte er schon wieder vergessen. Sie redete mit einem viel älteren Mann im Flur und sah so aus, als würde sie ihm immer näher kommen: als führte das Dröhnen der Bässe unausweichlich zu einem Kuss.

Die Musik brach abrupt ab. Leute grölten und pfiffen. Jemand hatte aus Versehen ein Kabel aus der Anlage gerissen. Als die Musik weiterstampfte, war der Jubel noch lauter. Das Mädchen und der Mann waren verschwunden.

»Hey, was machst du denn da?« Noch eins der Mädchen. Sie prustete vor Lachen, dass Bierspritzer aus ihrem Mund auf seiner Jeans landeten.

Theo stützte sich auf. »Du kannst mich sehen?«

»Ja klar, du komischer Vogel. Komm! Nicht pennen!« Sie zog ihn hinter sich her. Er roch das Parfüm aus ihrem fein behaarten Nacken aufsteigen und konzentrierte sich darauf, während sie ihn durch die Menge im Flur zog.

Sie hatte ihn gesehen. Wie unachtsam von ihm.

Das Zimmer, in dem das DJ-Pult aufgebaut war, wurde nur von Zigarettenglut und ein paar leuchtenden Armreifen erhellt. Jeder trampelte jedem auf die Füße. Theo legte den Kopf zurück und ließ sich von allen Seiten anrempeln, bis er sich nicht mehr allein fühlte, sondern als Teil der chaotischen Menge. Menschliche Materie. Als gäbe es nichts sonst.

Hier kam sein Dämon am liebsten in ihn. Theo ging ein- oder zweimal die Woche aus und erwartete ihn im Lichtgesplitter von Tanzflächen, im Krach irgendwelcher Konzerte. Oft erwachte er am nächsten Morgen und hatte keine Ahnung, was in den letzten zwölf Stunden mit seinem Körper geschehen war. Und das alles ohne Alkohol und Drogen! Na ja. Falls sein Dämon auf so was stand, hinterließ er Theo freundlicherweise weder Erinnerungen noch einen Kater.

Aber heute ließ er auf sich warten.

Das Mädchen tanzte aufreizend vor Theo. Erwartete seine Bestätigung, dass ihr Parfüm und ihr Make-up und ihre Blicke wirkten. Warte, sagte er sich. Warte einfach. Hätte sie ihn in der Dunkelheit sehen können, sein Gesicht wäre unergründlich.

»Fass mich an«, flüsterte sie. Nein, eigentlich brüllte sie. Es kam in seinen Ohren nur sehr leise an.

Er legte die Hände auf ihre Hüften.

Zum Glück hatte er ihren Namen vergessen.

Fass mich an.

Aber fass mich nicht an.

Ja, das hatte Gretchen gesagt. *Schau … aber fass mich nicht an.*

Mein Gott, er hatte hingeschaut. Sie, vor dem rohen Beton der S-Bahn-Unterführung. Graffiti hier und da. Im Hintergrund winkten silbern die Birken eines Wäldchens. Er hatte sie mit dem Fahrrad nach Hause gefahren, oder fast nach Hause. In dieser Gegend gab es nur Vögel, Blumensträucher und Villen, die allesamt verlassen wirkten. Bei der S-Bahn-Unterführung war sie dann abgestiegen.

Zwischenspiel. Das hatte sie gesagt, mit diesem Lächeln! Er schauderte, wenn er sich nur daran erinnerte. Wie ihre Zähne zwischen den Lippen erschienen waren, feucht schimmerndes Weiß. Sie hatte zuerst den Rock aufgeknöpft. Dann das Hemd. Ihre Wäsche, gerippezartes Laub im Sinkflug. Ihre Schönheit, ihr Geheimstes, kaum anzusehen, unmöglich wegzusehen, reinste schmerzende Sehnsucht.

Natürlich war sie besessen gewesen. Obwohl er sich manchmal mit dem Verdacht schmeichelte, dass sie vielleicht nur so getan hatte, als ob. Dass sie gewusst hatte, was sie tat, und Besessenheit vorgetäuscht hatte. Trotz all ihrer schonungslosen Reize war sie ja schamhaft; das schamhafteste Mädchen, das er kannte. Selbst nackt hatte sie sich nicht getraut, ein Zeichen von Zuneigung zu zeigen. Kalt, forschend hatte sie ihn angesehen. Blaue Adern unter ihrer weißen Haut. Vielleicht, vielleicht war sie nicht besessen gewesen …

In seinen Träumen war sie es nicht.

Der erhitzte Körper unter seinen Händen fühlte sich falsch an, bremste seinen Traum mehr, als dass er ihn beflügelte.

Er fuhr sich durch die Haare, die bei der hohen Luftfeuchtigkeit ihren Stand verloren. Wischte sich über die Stirn. Schlechte Haut. Von den Proteinshakes, vielleicht. Egal. Der Qualm machte ihm Kopfschmerzen. Er ging zurück in das Zimmer mit dem Bett.

Als er eintrat, entdeckte er zwei aufgeregt miteinander redende Mädchen auf dem Fußboden. Sie blickten mit der Feindseligkeit von Tieren zu ihm auf, in deren Bau er eingedrungen war.

Theo atmete langsam aus.

Die Blicke fielen durch ihn durch.

Die Mädchen redeten weiter und gaben der Tür einen Stoß, damit sie zuging. Er wich gerade rechtzeitig aus. Mit einem Seufzen ließ er sich wieder auf das Bett fallen. Der große Pandabär sank ihm auf den Kopf.

Lange lauschte er den Mädchen, die nie erfuhren, dass ihre Skandalgeschichten so wenig Entsetzen in jemandem auslösen konnten.

Dritter Teil

Weil jede Liebe den Tod enthält
ist das Herz eine Phiole
giftiges Parfüm

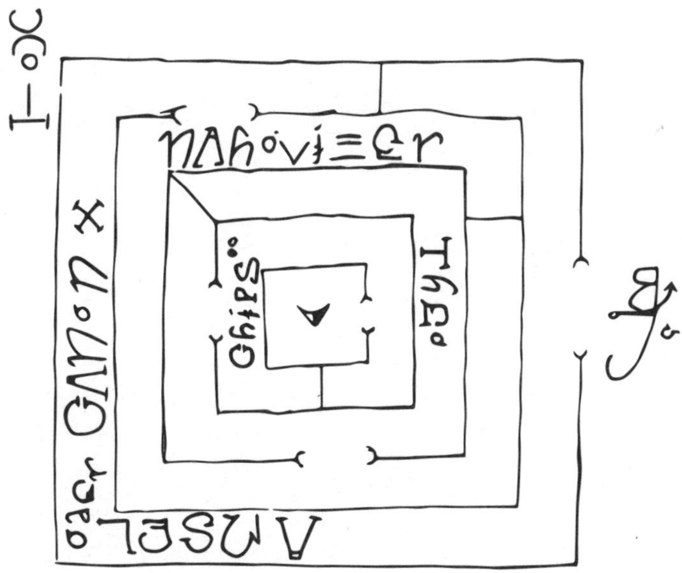

So Gott will

Sie frühstückten am nächsten Morgen mit Anne-Maries kleinem Bruder und ihren Eltern, die sich nach Nickis Halsschmerzen erkundigten und sie nicht gehen ließen, ehe sie eine ekelige grüne Tablette gelutscht hatte, die ihren Rachen betäubte und ihre Zunge pelzig machte. Nicki bemühte sich um ein dankbares Lächeln.

Auf dem Weg zur S-Bahn rief sie zu Hause an. Weil ihre Mutter nicht abhob, hinterließ sie eine Nachricht auf dem Anrufbeantworter, dass alles in Ordnung sei und dass sie in die Staatsbibliothek fahre, um die Hausaufgaben zu erledigen, die sie gestern mit Anne-Marie nicht geschafft hatte. Was im Grunde alle Hausaufgaben waren.

Wie immer, wenn sie ihre Mutter anlog, hatte sie ein mulmiges Gefühl dabei, so als bestätigte sich dadurch ein Verdacht, den sie über sich selbst hatte. Noch dazu war die Lüge aufgezeichnet. Aber da sie immerhin nichts Schlimmes vorhatte, sondern nur unnötige Sorgen und Erklärungen vermeiden wollte, schätzte sie, dass ein schlechtes Gewissen unbegründet war.

Sie legte auf, stieg in die S-Bahn und fuhr zum Wasserturm.

Vom Bahnhof aus konnte sie den Turm sehen, doch als sie auf der Straße war, vergaß sie plötzlich, wohin sie eigentlich wollte. Es war verrückt. Sie blieb verblüfft stehen und starrte in den blauen Himmel … sah Vögel … dachte an den Herbst … Warum war sie hier? Nicht wegen Anne-Marie, nicht wegen ihrer Mutter. Wegen Canon?

Ja, Canon. Endlich fiel ihr das Zimmer mit den schiefen Regalen, der Hängematte und dem polierten runden Tisch ein. Da entdeckte sie den Wasserturm: Er stand gar nicht weit entfernt, kaum zu übersehen.

Alle paar Schritte vergaß sie ihn wieder. Der Gedanke an den Turm stürzte einfach in sich zusammen, hinterließ sogar ein leichtes Fallgefühl, wie wenn man sehr müde ist und einschläft. Fast eine halbe Stunde stapfte sie wie eine Demenzkranke über die Baustelle neben den Gleisen, bis sie den Maschendrahtzaun fand, durch das Loch schlüpfte und dem Trampelpfad im wilden Gras folgte. Dabei konzentrierte sie sich nicht mehr auf den Wasserturm selbst, sondern auf Canon, wie er das letzte Mal mit ihr den Weg gegangen war. So schaffte sie es schließlich vor die verwitterte Tür.

Wie der Turm dort saß inmitten eines Hofstaates von faulenden Brettern, Metallstangen und Müll, war er so unübersehbar und selbstverständlich Teil der Wirklichkeit, wie es nur heruntergekommene Gebäude sein können. Fast kam es Nicki enttäuschend vor, dass der Zauber sich gelüftet hatte, um etwas so Gewöhnliches zu offenbaren.

Sie rüttelte an der Tür, die verschlossen war. Klopfte, so laut sie konnte. Dann hatte sie eine Idee und nahm eine Metallstange, die an der Wand lehnte, um damit gegen ein Rohr zu schlagen, das bis hinauf zum Dach führte. Ein lang gezogener, blecherner Krach erscholl.

»Hey, kein Grund zu randalieren!« Theo, leicht außer Atem, erschien in der Tür. »Wir haben auch eine Klingel.«

»Oh.« Sie warf die Stange ins Gras. »Wo?«

»Na, sobald jemand den Bannkreis durchschreitet, klingeln die Alarmglocken.«

Nicki folgte ihm in den Turm. Auf der Spiraltreppe kam ihnen der Geruch von frisch gebrühtem Kaffee entgegen. Und tatsächlich, als sie den Raum betraten, hantierte Gretchen gerade mit der gusseisernen Kanne und schenkte in mehrere Tassen ein. Die

Sonne funkelte durch zwei der Fenster und vervielfachte sich auf den Scheiben der Vitrinen und in den schmutzigen Gläsern.

»Hi, Nicki«, sagte Chips, der auf einem Sessel kniete, um den Tisch besser überblicken zu können. »Wir haben auf dich gewartet.«

»Wir haben auf dich runtergeschaut, wie du eine halbe Stunde um den Turm geeiert bist. Mann, hast du es spannend gemacht!«

»Danke«, sagte sie sarkastisch und meinte gleichzeitig den Kaffee, den Theo ihr reichte.

»Sie war schon einmal hier«, sagte Gretchen trocken. »Dadurch war klar, dass sie den Bann früher oder später durchbricht.«

»Aber sie hat ihn *früher* durchbrochen, nicht später«, sagte Theo und zwinkerte. Nicki vermutete trotzdem, dass er sie nur verteidigte, um Gretchen zu ärgern.

Sie setzten sich.

»Also, was meint ihr?« Theo schlürfte den heißen Kaffee. »Ich dachte immer, ein Mensch kann nicht in die Unterwelt, ohne durchzudrehen. Von einer *Unwelt* hab ich noch nicht mal gehört.«

Gretchen nickte. »Die wenigen Leute, die aus der Unterwelt zurückfinden, tragen danach nicht selten eine Zwangsjacke. Ich hab aber noch nie gehört, dass jemand in der Unwelt war und wieder zurückkam. Aber Nahovizer hat uns bestimmt nicht angelogen. Einige Menschen sind berühmt dafür, in der Unterwelt gewesen und *heil* wieder herausgekommen zu sein. Und wie vielen es gelungen ist, in die Unwelt einzubrechen, darüber gibt es eben keine Informationen. Klingt plausibel.«

»Das heißt, wir müssen uns voll auf dieses Fließwesen verlassen, wenn wir zusagen. Diesen Nahovizer.« Theo blickte in seinen Kaffee. »Ich weiß nicht, mir kam der vor wie eine Dragqueen und ihre sieben Lover in einem.«

Chips lachte, aber seine Miene blieb besorgt. »Er hat sich so verwandelt die ganze Zeit, oder? Voll cool.«

»Ich wusste nicht, dass Fließwesen Menschen helfen, ohne etwas dafür zu verlangen«, gestand Nicki. »Ich dachte, das Tauschen und Handeln macht sie gerade aus.« Sie sah die anderen an. »Ich meine, ist es nicht komisch, dass Nahovizer uns helfen will? Was, wenn *er* der Gebieter von Lautréamont ist?«

»Aber er will uns doch helfen, diesen Gebieter fertigzumachen«, sagte Chips.

Nicki verzog den Mund. Chips hatte natürlich recht.

Stille trat ein. Alle beäugten einander, bis sich Theo behaglich streckte. »Mein Dämon ist bestimmt nicht dieser Gebieter, dafür ist er viel zu faul und vergnügungssüchtig. Dann schon eher eine strenge, sexy Liebesdämonin mit eauuuhh ...«

Gretchen hatte ihm einen Tritt verpasst. »Idiot!«

Nicki verkniff sich nur mit Mühe ein Lächeln der Genugtuung. Gretchen hatte also einen Pakt mit einer *Liebesdämonin*. Deshalb hatte sie ihre Fähigkeit also für sich behalten – weil es ihr peinlich war. Nicki schämte sich gleich weniger für Tallis.

»Bevor wir wieder gegenseitig unsere Dämonen verdächtigen«, stöhnte Theo, »könnten wir mal kurz bedenken, dass Lautréamont eventuell *keinen* Gebieter hat und Nahovizer einfach lügt? Wir wissen doch inzwischen, welche Fließwesen Lautréamont immer wieder angegriffen hat: erstens Osilber, den Herrn des Geldes. Dass Amsel Geld für die Wurzel allen Übels hält, wissen wir. Der alte Hippie. Und das andere Fließwesen, auf das es Lautréamont abgesehen hat, war Frau La Psie, die Herrin des Rausches. Amsel hasst Alkohol und Drogen. Wegen seinem Vater natürlich. Also, man muss kein Psychologe sein, um die Zusammenhänge zu sehen: Lautréamont hat den Hass ausgetragen, den Amsel unterdrückt hat.«

Nicki schien das einleuchtend. Sie hatte ja selbst an etwas in dieser Art geglaubt. Aber sie kannte sich eben nicht aus mit der Fließwelt – und was hätte Nahovizer davon, sie zu belügen?

»Nahovizer hat uns einen Namen versprochen«, erinnerte sie.

»Warum sollte er uns in die Unwelt schicken, wenn es gar keinen Pakt zwischen Lautréamont und dem Fließwesen gibt, das er uns nennen wird?«

»Das ist die Frage«, murmelte Theo.

»Diese Spekulation führt uns doch viel zu weit weg«, seufzte Gretchen. »Theo, dir passt es einfach nicht, dass du mit deiner Hobbypsychologie von Anfang an falschlagst – und ich recht habe, dass Lautréamont einem größeren Fließwesen dient.«

»Noch ist das nur eine Behauptung von dir und Nahovizer«, sagte Theo.

Sie rang die Hände. »Neu erschaffene Fließwesen wie Lautréamont sind sehr leicht beeinflussbar. Sie schließen sich früher oder später einem größeren Gedankenkonstrukt an. Dass Lautréamont von einem Gebieter angeworben wurde, glaubte auch Amsel.«

»Auch er kann sich geirrt haben«, beharrte Theo.

»Na schön. Aber das finden wir nur raus, wenn wir in die Unwelt einbrechen, oder?«, gab Gretchen zurück.

»Was haltet ihr von Nahovizer?«, fragte Nicki.

»Mir kam er ganz nett vor«, gestand Chips.

»Du magst sowieso alle Fließwesen«, wandte Gretchen ein.

Chips widersprach nicht.

»Bevor wir uns ein Urteil bilden, sollten wir vielleicht erst mal rauskriegen, wer Nahovizer überhaupt ist«, meinte Nicki. »Der Herr des Lichts – was heißt das?«

Alle Blicke richteten sich auf Gretchen. Sie lehnte sich mit einem Lächeln zurück, das genervt und geschmeichelt zugleich aussah. »Ja, ich *habe* es recherchiert. Meine anfängliche Vermutung hat sich bestätigt, ich musste nur den Solomonischen Atlas aufschlagen – was du, Theo, übrigens genauso gut hättest tun können. Ich erinnere mich, dass Amsel dir einen fotokopiert hat.«

Er zuckte die Achseln. »Ich war feiern. Also, wer ist er?«

Gretchen griff nach ihrer Tasse. »Er ist Gott.«

»*Gott?*«, wiederholten Nicki und Theo gleichzeitig.

»Es gibt einen Gott?!«

»Er ist ein Fließwesen«, erinnerte Gretchen sie und nippte seelenruhig an ihrem Kaffee. »Fließwesen sind gemacht aus der Vorstellungskraft der Menschen. Nahovizer ist also nicht der Schöpfer, sondern die Vorstellung eines Schöpfers. Er besteht aus unzähligen mystischen Ideen, die aber hauptsächlich auf den Tanach, die Bibel und den Koran zurückgehen. Mit anderen Religionen hat er schon weniger zu tun.«

»Einen Gott, ich meine, einen richtigen, gibt es gar nicht. Oder?«, fragte Chips kleinlaut.

»Du meinst ein Wesen aus reinem Fließendem Wort, das vor den Menschen existierte? Manche glauben daran. Andere halten es für unlogisch. Aber es gibt ja auch sonst keine logische Erklärung für die Welt.« Gretchen klimperte gegen ihre Tasse. »Das ist keine Frage, die irgendjemand allgemeingültig beantworten kann, schätze ich.«

Nicki ließ sich nach hinten sinken. Nahovizer war also Gott, zumindest die Vorstellung von Gott. Das bedeutete ja …

»Man stellt sich Gott doch als allmächtig vor«, sagte sie. »Das müsste Nahovizer allmächtig machen.«

Gretchen sah sie an. In ihren schwarzen Augen funkelte ein winziger Tropfen Hass. Ihrer Stimme merkte man davon aber nichts an: »Es gibt Philosophen und Magier, die ihr ganzes Leben der Beantwortung dieser Frage gewidmet haben. Manche glauben, Nahovizer sei in Wahrheit das mächtigste Fließwesen, eben weil man ihm am meisten Macht nachsagt. Aber ich bezweifle das. Nahovizer bezieht wie alle Fließwesen seine Macht von der Vorstellungskraft der Menschen, und diese begründet sich hauptsächlich auf praktische Rituale. Und es wird viel öfter Geld benutzt als ein Gebet gesprochen. Deshalb ist Osilber faktisch mächtiger. Trotzdem, Nahovizer hat eine Sonderstellung unter den Fließwesen. Er ist alt. Manche sagen, er ist älter als die Kanzlei selbst.«

Wieder breitete sich Schweigen aus, bis Theo die Frage aussprach, die auch Nicki durch den Kopf geisterte: »Wie alt ist noch mal die Kanzlei?«

»Ich bin doch kein Lexikon!«

»Klar bist du.«

Gretchen seufzte wieder. »Man sagt, die Kanzlei ist so alt wie die Schrift. Erst als die Menschen anfingen, Dinge aufzuschreiben, konnten sie ihren Erinnerungen und Vorstellungen ein Gebäude dieses Ausmaßes errichten. Also vermutlich um die sechstausend Jahre. Davor war der Handel zwischen Menschen und Fließwesen weniger geordnet. Schamanische Rituale, Bauwerke wie Tempel oder heilige Stätten funktionierten als Pakte. Die Schrift – die Kanzlei – hat für strengere Gesetze gesorgt, die die Menschen schützen und die Fließwesen stärker machen.«

»Wie ich es mir gedacht habe. Ein Einbruch wäre ein richtiges Sakrileg«, sagte Theo leise. »Wir schlüpfen der Kanzlei unter den Rock, suchen in der – in der Gebärmutter aller Gedanken nach dem goldenen Ei ...«

»Theo«, unterbrach ihn Gretchen. »Widerlich.«

Er runzelte die Stirn. »Aber Gott will es so.«

Nicki konnte nicht anders, sie musste sein Grinsen erwidern. Es war so ernst und so irrsinnig, dass man nur lachen oder verzweifeln konnte.

»Wisst ihr, was mich noch fertigmacht an der Sache?«, sagte Theo. »Selbst wenn wir die Brunnen überleben und in die Unwelt gelangen – den Pakt umzuschreiben scheint ja schlimme Folgen zu haben, wenn wir einen Fehler machen. Wir sollen die Namen der Fließwesen so vertauschen, dass der Pakt danach genau das Gegenteil besagt. Klingt erst mal leicht. Aber wieso hat Nahovizer immer wieder gesagt, dass kein Buchstabe verloren gehen soll? Das passiert doch nicht, wenn man Namen verschiebt.«

»Ganz einfach«, sagte Gretchen. »Weil in einem Pakt nicht immer die Namen der Partner genannt werden, sondern auch

Beschreibungen von ihnen. Dadurch verfestigt sich ein Pakt erst: indem die Wesenszüge der Partner genannt und aneinandergebunden werden. Und das umzustellen erfordert vermutlich ein Puzzeln auf Buchstabenebene.«

Theo seufzte. »Ich war immer richtig schlecht in Deutsch. Und Puzzle finde ich stinköde.«

»Ich kann nicht so gut schreiben«, murmelte Chips.

»Darum sollten wir üben«, sagte Gretchen und ließ eine Hand auf ein dickes, kleines Buch mit gelblichen Seiten fallen. »Ich hab hier die *Gesammelten Feenzauber* von Orfus Decamus aus der Bibliothek meines Vaters mitgebracht. In den Märchen sind viele Passagen zu finden, die sich wie Pakte lesen. Wir sollten versuchen, diese Passagen ins Gegenteil umzuschreiben.«

»Gute Idee«, sagte Nicki. Gretchen nahm das Lob mit einem ausdruckslosen Nicken an.

»Also machen wir davon abhängig, wie gut das Umstellen von so einem Pakt funktioniert, ob wir zusagen oder ablehnen«, meinte Theo.

Gretchen schlug das Buch auf. Nicki verschob ihren Sessel, sodass sie mitlesen konnte, und kämpfte gegen das Gefühl an, überflüssig und ungewollt in der Runde zu sein. Die anderen wussten viel mehr über die Fließwelt als sie und waren dadurch fähiger, Canon zu helfen. Und doch hatte Nahovizer auch Nicki ausgewählt. Nun lag es an ihr, seine Entscheidung zu rechtfertigen.

Offene Bücher für den, der sie lesen kann

Das Buch musste sehr alt sein, denn es war in Fraktur geschrieben. Überall wuchsen Schnörkel an den Buchstaben wie unbrauchbare Gliedmaßen, die sie im Lauf der Jahre verloren hatten. Nicki entzifferte die altertümliche Schrift am leichtesten, daher übernahm sie das Vorlesen des ersten Märchens.

Bereits auf der zweiten Seite tauchte eine Fee auf, die sich selbst backende Brote versprach und im Gegenzug ›den Schlaf am Nachmittag‹ verlangte. Gretchen unterbrach Nicki nach dieser Stelle.

»Da haben wir den Pakt.« Sie klappte einen kleinen Laptop auf und begann den Text abzutippen. Es war nicht viel, nur fünf Sätze. Alle rückten näher, um auf den Bildschirm gucken zu können. Anfangs konnte man die Aussage der Sätze umkehren, indem man die Namen vertauschte. Doch danach wurden die Namen durch Umschreibungen ersetzt, die mit den jeweiligen Verpflichtungen verschränkt waren. Die Grammatik stimmte nicht mehr, wenn man sie einfach austauschte.

Sie zerlegten die Sätze, schoben sie herum. Schließlich zerlegten sie sogar Wörter, zwackten ein e von dem Wort ›Lichte‹, um das Wort ›ein‹ zu bauen, aber schon ein i und ein n ließen sich unmöglich aus anderen Worten lösen, ohne sie sinnlos zu machen. Immer blieben Buchstaben übrig oder es fehlten welche, sodass sie neue Worte auflösen mussten.

Nach einer Stunde machten sie eine Pause. Der kurze Text war in seine Einzelteile zerfleddert, lose Buchstaben und abgebrochene Worte lagen über den Bildschirm verstreut.

»Ich hab Hunger«, sagte Theo missmutig und ließ sich seitlich vom Sessel hängen, um seinen Rucksack durchzuwühlen. Er warf eine Packung Nachos auf den Tisch, Schokokekse und Nüsse. Chips nahm alles in Augenschein und riss dann die Kekse auf. Mit Blick auf Gretchen stellte Theo noch ein Kombipack zuckerfreier Götterspeise dazu. Sie studierte die Zutatenliste, bevor sie einen Becher abbrach und mit konzentrierter Miene auslöffelte.

»Wir haben vor Kurzem ein Anagrammgedicht im Unterricht durchgenommen«, sagte Nicki. »Da wurden aus denselben Buchstaben immer neue Worte geformt. Es kann schon funktionieren. Aber vielleicht nicht mit allen Texten.«

»Wie, das machen Leute freiwillig? Ist ja pervers.« Theo saugte einen ganzen Wackelpudding mit dem Mund aus.

Nicki suchte nach ihrem Deutschhefter, aber er war nicht in ihrem Rucksack, sondern zu Hause. »Ich könnte morgen das Anagramm mitbringen.«

»Wäre gut« Gretchen warf den leeren Wackelpuddingbecher weg und zog mit spitzen Fingern ein einziges Nacho aus der Tüte. »Wollen wir weitermachen?«

Sie rückten wieder vor den Bildschirm. Der Text kam Nicki unrettbar zersplittert vor. Aber sie wollte nicht aufgeben. Den anderen schien es genauso zu gehen – sogar Chips, der bisher kaum etwas gesagt hatte, starrte grimmig auf die Zeilen, als könnte er sie mit Einschüchterung dazu bringen, ihren Wünschen zu entsprechen.

Nach einer weiteren Stunde hatten sie es endlich geschafft – zumindest beinahe. Der Pakt besagte nun genau das Gegenteil, nämlich dass Brote für die Fee gebacken würden, damit sie den Schlaf des Nachmittags schenke. Allerdings war ein Wort nicht richtig buchstabiert und genau genommen fehlte ein Komma. Zu mehr waren sie aber nicht fähig.

Nicki empfand dennoch Stolz. Nicht über den krunkeligen Erfolg beim Umstellen, sondern vor allem über ihre Zusammenarbeit. Obwohl ihre Vorschläge oft miteinander kollidiert waren, hatten sie sich nicht gestritten.

»Noch eins müssen wir unbedingt klären«, sagte Gretchen und drückte sich die Fingerspitzen auf die bildschirmmüden Augen. »Nämlich, wer die beiden Fließwesen sind, deren Pakt wir als Dankbekundung für Nahovizer umschreiben sollen.«

Sie sahen sich beklommen an. Sollte es ihnen gelingen, den Pakt zwischen Lautréamont und seinem unbekannten Gebieter umzukehren, wäre das nach dem heutigen Üben schon ein Wunder. Wie sollten sie zwei Wunder hintereinander vollbringen?

Theo kratzte sich das Kinn. »Hast du schon, äh …«

»Ja, ich habe. Aber noch nichts rausgefunden.« Gretchen wartete einen Moment ab, nur um zu verdeutlichen, an wem die meiste Arbeit hing. »Vielleicht finde ich heute Abend noch was raus.«

Sie beschlossen, sich morgen um die gleiche Zeit zu treffen, um weitere Pakte umzustellen.

Gemeinsam verließen sie den Wasserturm. Theo hatte ein Rennrad unten angeschlossen. Er trug es auf der Schulter, bis sie die Straße erreichten. Gretchen schlang die Arme um ihn und flüsterte etwas, dann setzte sie sich auf den Lenker und sie fuhren davon. Nicki blickte ihnen nach, wie sie hin- und herschlenkerten, bis Theo die Balance gefunden hatte.

»Fahren die immer zusammen?«, fragte Nicki.

»Nö«, sagte Chips. »Gretchen ist nur nett zu ihm, wenn sie besessen ist.«

Nicki starrte ihn an. »Gerade … war sie besessen?«

»Wahrscheinlich. Dann ist sie nett zu Männern.«

Nicki war so bestürzt, als hätte sie selbst die Kontrolle über ihren Körper verloren. Später würde Gretchen sich nicht einmal erinnern können, dass sie mit Theo gefahren war. Nicht nur ein Stück ihres Lebens würde fehlen. Es wären auch Ereignisse dazugekommen, die ihr vielleicht unrecht wären, und andere würden sich daran erinnern.

»Und wo gehst du jetzt hin?«, fragte Nicki Chips, als sie merkte, dass er sie aufmerksam musterte.

Er machte eine halbe Drehung und begann Richtung S-Bahn zu laufen. »Weiß noch nicht. Du?«

»Ich muss noch Hausaufgaben machen«, seufzte sie. »Also in die Staatsbibliothek.«

»Wo ist die? Kann ich mit?«

»Klar«, sagte sie. »Obwohl – nein, man muss mindestens sechzehn sein, um reinzukommen. Wie alt bist du eigentlich?«

Er tat, als hätte er nicht mehr zugehört. »Ich find's sowieso blöd, drinnen zu sein. Ich bin lieber draußen.«

Dennoch begleitete er sie zum Bahnhof.

»Du gehst nicht zur Schule, oder?«, fragte Nicki.

»War nichts für mich.«

»Schade.« Sie schwieg einen Moment. »Was zu lernen ist auch gut.«

»Ja, ja, ist wichtig. Damit man später arbeiten kann. Aber ich will nicht arbeiten. Ich gehör nicht zu denen, also … egal.« Er zuckte die Achseln.

Nicki wollte etwas erwidern, aber dann sagte sie doch nichts. Sie wusste nicht, wie es war, ohne Eltern zu leben und nicht in die Gesellschaft eingegliedert zu sein. Also konnte sie Chips auch keine Ratschläge erteilen. Aber es beunruhigte sie, dass er noch so jung war und alleine.

Als spürte er, welche Sorgen in ihr heranwuchsen, blieb er stehen. »Ich hau ab, ja? Wir sehen uns morgen.«

»Okay.« Etwas verwirrt tauschte sie einen Handschlag mit ihm. Dann rannte Chips den Weg zurück.

Nicki fuhr zur Staatsbibliothek und erledigte ihre Hausaufgaben, dann bat sie eine Bibliothekarin, ihr beim Finden von zwei Büchern zu helfen.

»Welche Bibel denn?«, fragte die Frau. »Es gibt mehrere Übersetzungen.«

Nicki hatte das nicht gewusst. Sie ließ sich von der Bibliothekarin eine Ausgabe mit einem Vorwort der katholischen Bischöfe empfehlen.

Sie hatte Religionsunterricht in der Grundschule gehabt, aber sie konnte sich nur noch daran erinnern, wie ihr Lehrer ein Taschentuch verknotet und erklärt hatte, Gott bestünde aus drei Teilen, und niemand hatte begriffen, was das mit seinem verpopelten Taschentuch zu tun hatte. Nun öffnete sie die schwere, von Fingerfett und Desinfektionsmitteln wie gewachste Bibel der Staatsbibliothek.

Sie überflog eine Einleitung der katholischen Bischöfe, die etwas zu der Übersetzung aus dem Hebräischen sagten und die Abschnitte der Bibel nannten: Es gab das Alte Testament und das Neue Testament. Das Alte Testament drehte sich um das Volk Israel, das Neue Testament um die Taten von Jesus. Das alles kam ihr noch halbwegs bekannt vor. Komischerweise hatte sie nie darüber nachgedacht, dass Menschen tatsächlich an das Ganze glaubten. Sie kannte Muslime auf der Schule, aber Christen? Da fiel ihr niemand ein. Die Gothics waren die Einzigen, die Kreuze trugen, aber die Kirche besuchten die bestimmt nicht jeden Sonntag.

Nicki blätterte weiter. Das erste Buch des Alten Testaments handelte von der Entstehung der Welt und den ersten Menschen, Adam und Eva. Gott hieß *Jahwe*, nicht Nahovizer. Doch Nicki meinte sich zu erinnern, dass er seinen Namen mit einem langen Hauchen ausgesprochen hatte, der *Jahwe* doch ähnelte. Ein Gefühl zwischen Furcht und Faszination überrann sie. Es war wirklich Heilige Schrift. Denn auf eine Weise war ja alles wahr, indem Menschen daran glaubten.

Umso unheimlicher las sich die Geschichte. Denn Jahwe, der Adam und Eva aus dem Paradies vertrieb und später alle Menschen bis auf Noah und seine Archenbesatzung mit einer Flut ausmerzte, hatte überhaupt nichts mit dem lieben Gott zu tun, von dem im Religionsunterricht die Rede war. Er mochte nur auserwählte Menschen. Und die stellte er auf schlimme Proben. Hatte Nahovizer nicht gesagt, er sei auf der Seite derer, die Opfer brachten?

Bald kamen Aufzählungen von Vätern und Söhnen und wie alt sie wurden, dann Anweisungen und Gebote, die Nicki langweilten. Ihr Blick rutschte über die winzigen Zeilen, sie begann querzulesen. Schließlich beschloss sie, eine Pause zu machen.

Draußen wurde es schon dunkel. Sie aß einen Salat in der kleinen Cafeteria und ließ sich noch einmal alles durch den Kopf gehen, was sie gelesen hatte. Wie viele Drohungen mit den Geboten und Vorschriften einhergingen! Jahwe versprach denen, die sich nicht nach seinem Willen richteten, schnell und häufig den Tod.

Auch auf dem Heimweg beschäftigte sie diese Blutrünstigkeit. Nahovizer war ihr ganz anders vorgekommen. Er hatte ihnen seine Hilfe ohne Bedingungen angeboten und wollte nur ihre Dankbarkeit. Wie viel hatte er noch mit Jahwe gemeinsam?

Die eigentliche Frage war: Wie viele Menschen *glaubten* noch an den Gott des Alten Testaments?

Nicki blickte in die Gesichter der Leute, die scharenweise in die S-Bahn ein- und ausströmten. Keiner sah besonders ungewöhnlich aus. Und doch spürte sie mehr denn je, dass die Menschen ein Rätsel waren.

Was welken soll, muss zuerst blühen

ↄ(o

Obwohl es spät war, schlief sie nicht gleich. Die Leselampe an ihrem Bett angeknipst, steckte sie sich Kopfhörer in die Ohren und drehte die Musik auf volle Lautstärke. Die bekannten Melodien zerstreuten ihre Gedanken und ließen trotz aller Besorgnis schöne, heimliche Vorstellungen heranwogen. Ein Lied, das in der ersten Playlist war, die Canon ihr je zusammengestellt hatte, berührte sie so sehr, dass sie sogar aufstand, die Lippen zum Text bewegte und einen langsamen Tanz im Halbdunkel vollführte. Die Fensterscheibe warf ihre Reflexion schemenhaft zurück … Mitten in einer Drehung verkrampfte sie sich. Im Fenster – das war nicht sie.

Sondern ein nackter Mann.

Nicki stieß einen Schrei aus. Dann erkannte sie ihn. Tallis, natürlich war es Tallis, wer hockte sonst unbekleidet auf einem Fensterbrett im fünften Stock und drückte eine *Rose* gegen die Scheibe?

»Estella?«, rief ihre Mutter aus dem Wohnzimmer.

»Ja«, rief sie zurück und steckte den Kopf aus der Tür, damit ihre Mutter nicht auf die Idee kam, nach dem Rechten zu sehen. »Eine Spinne. Tut mir leid.«

»Die Nachbarn beschweren sich bei *mir*, wenn du …« Ihre Mutter murrte noch mehr, aber Nicki drückte behutsam wieder die Tür zu.

Am Fenster kauerte immer noch Tallis in seiner dunkelhäutigen Domäne. So gefasst, wie es ihr möglich war, ging sie hin und öffnete das Fenster.

»Leihst du mir etwas zum Anziehen?«

Sprachlos hob sie die Hände.

»In Hellgrau, wenn es geht, das steht mir am besten.«

»Was machst du hier?«, zischte sie.

Ihr Blick sank fast gegen ihren Willen ab – und blieb an einem Verband hängen, der seinen Oberkörper umschlang. Er zog die Beine enger, um ihn zu verbergen.

»Was ist passiert?«

»Kleidung.« Er wies auf ihren Schrank. »Beige geht auch.«

Kopfschüttelnd begann sie in ihren Sachen zu wühlen. Zufällig war der größte Pulli, den sie besaß, tatsächlich grau. Sie gab ihn Tallis, dazu eine Pyjamahose mit pinken und hellblauen Hasen, die eigentlich ihrer Mutter gehörte. Seufzend schlüpfte er hinein.

Nicki wandte den Blick ab. »Wie kommst du überhaupt ...«

»Ich bitte dich. Die Schwerkraft perlt an mir ab. Ich wäre der perfekte BH.«

Sie unterdrückte nur mit Mühe einen neuerlichen Schrei, als er ihr von hinten unter die Arme griff und sie kitzelte. Offenbar war er lautlos ins Zimmer gestiegen.

»Ich meine, wie du überhaupt auf die Idee kommst, hier aufzukreuzen!«

»Das letzte Mal ging es dir nicht gut. Inzwischen wieder alles rosig?« Er ließ sich auf ihr Bett sinken und prüfte die quietschende Matratze.

»Nicht so laut!«, fauchte sie.

»Dir scheint's ganz gut zu gehen. Kleine Tänzerin.« Er stützte den Kopf in die Hand. »Hättest du gestrippt?«

Nicki drückte die Tür so fest in den Rahmen, wie der aufgewölbte Teppich es erlaubte. Nebenan war der Fernseher bei Weitem nicht so laut, wie Nicki es sich gewünscht hätte. Wo blieben die lärmenden Werbeblöcke, wenn man sie brauchte?

»Also. Was gibt's?«, flüsterte sie am Rande ihrer Kräfte. Aber trotz der Gefahr, ihre Mutter könnte hereinplatzen, spürte sie wieder diese spezielle Genugtuung, die sie nur in seiner Gegenwart hatte.

»Ach, das Übliche. Frauen sind wirklich fies! Würdest du einen 3000-Euro-Mantel zerfetzen und maßgeschneiderte Schuhe abfackeln, nur weil man ein bisschen mit deiner Dienerin flirtet? Wahrscheinlich schon ... Du bist ja eine Frau.« Er starrte auf die entsprechenden Merkmale ihres Körpers, sodass sie die Arme verschränkte.

Als müsste er sich aus einem Tagtraum wecken, fuhr er fort: »Und was gibt es bei dir Neues? Kein Ärger mehr mit Osilber?«

»Ich glaube«, flüsterte Nicki, »Osilber wartet darauf, dass du mich verführst.«

Tallis richtete sich auf. »Das denkst du nicht wirklich, oder?«

»Nicht, dass es dir gelingen wird, nein.«

»Nicki, wir sind Partner. Ich würde nie ... ach, egal.« Beleidigt streckte er sich auf ihrem Bett aus.

Nicki beobachtete, wie er verstohlen an ihrem Kissen schnupperte.

»Du hast dich lange nicht blicken lassen«, bemerkte sie.

»Das widerspricht deiner Theorie, dass ich dich verführen will.«

Sie zuckte die Schultern. »Vielleicht willst du meinen Verdacht zerstreuen.«

»Ihr Menschen seid so paranoid!«

»Ich finde nicht, dass ich paranoid bin. Ich wurde von dir reingelegt, ich ...«

»Das ist eine Frage der Auslegung.«

»Und dann belauert, fast schon gestalkt, außerdem stehe ich unter Dauerbeobachtung der Kanzlei, solange meine Liebe geprüft wird, dann wurde ich fast von Osilber erwürgt, jetzt soll ich ...«

Er sah sie verdutzt an. »Jetzt sollst du was?«

Ihr Gesicht verwandelte sich in eine Leinwand.

»Nicki. Wenn irgendwas ist, rede mit mir. Ich bin dein einziger objektiver Berater.«

»Ja, klar.«

Schweigen trat ein. Offenbar wartete Tallis darauf, dass sie ihm etwas beichtete. Sie tat, als wartete sie darauf, dass er ging. Dabei bereitete es ihr mehr als nur Genugtuung – ja, ein verwirrendes Vergnügen –, ihn einfach anzusehen. Es war nicht nur seine Hübschheit. Da war etwas so Vertrautes, so Echtes in seinem Gesicht, als wäre sie mit einer Vorahnung seines Blickes, seiner Stimme, dem winzigen Wackeln seiner Nasenspitze auf die Welt gekommen, um ihn eines Tages zu erkennen.

»Geht es wieder um das Würstchen?«, fragte er.

Nicki begann zu glühen. Durfte sie ihm von Nahovizer erzählen? Wahrscheinlich nicht. Aber etwas musste sie sagen. Sie *wollte* etwas sagen. »Er ist … vielleicht verlobt.«

Tallis musterte sie mit gerunzelter Stirn. Sie hatte befürchtet, er würde spotten, aber er wies nur auf das Bett.

Zögernd ließ sie sich nieder. »Keine Grabbeleien«, mahnte sie und er faltete artig die Hände hinter dem Kopf.

Eine Weile waren nur die Geräusche des Fernsehers von nebenan zu hören. Im kleinen Licht der Leselampe, umgeben von Schatten, fühlte sie sich fast, als wären sie Freunde. Als wäre er zum Übernachten da. Ein steter Strom von Warnungen spulte sich in Nicki ab, der keine Wirkung zeigte.

Schließlich sagte sie: »Wenn man jemanden liebt … dann spürt man doch, ob derjenige einen zurückliebt, oder? Man bildet sich das doch nicht ein.«

»Alles ist Einbildung. Und manchmal stimmt die des einen mit der des anderen überein. Dann nennen sie es Wahrheit. Für eine Zeit.«

Sie suchte in seinen Augen nach Ironie, doch sie fand nur Traurigkeit. Es war eine erschöpfte Traurigkeit, die über Jahrhunderte immer wieder erwachte und vertrocknete. Sie schauderte bei der

Vorstellung, wie alt er war. Wie viele Empfindungen mochte er gehabt und wieder verloren haben? Und vor allem: Wie konnte er dabei trotzdem so kindisch sein? Vielleicht war gerade das der einzige Weg, damit umzugehen.

Der Abgrund, in den er sie hatte blicken lassen, verschloss sich wieder und in lockerem Ton fuhr er fort: »Wenn du mich fragst – dass der Kerl verlobt ist, setzt der Krone seiner Grässlichkeit nur noch einen Funkelstein ein. Anstatt dich zu sorgen, ob er dich liebt, solltest du dich mal fragen, warum eigentlich du ihn liebst.«

Nicki schwieg. Wenn sie versuchte, Gründe für ihre Liebe zu finden, hatte sie nur scheinheilige Worte für ein Chaos in ihr, das unbeschreiblich war.

Er klopfte beschwichtigend auf die Decke. »Na ja. Erst mal musst du ihn erretten. Dann kannst du ihn zur Rede stellen. Und wenn er verlobt ist, nun, das pfeffert die Sache vielleicht erst.«

»Ich mag keine Heuchler. Erst recht will ich selbst keiner werden.«

»Dann kümmere ich mich um die Verlobte«, bot er an. »Sie wird ihn so schnell vergessen wie du einen Regenschirm.«

Nun grinste sie. Gretchen, verführt von Tallis – das war wirklich eine absurde Vorstellung.

Er setzte sich auf, sodass ihre Gesichter sich näher waren. Halb erwartete sie, dass er sie unsittlich anfassen oder küssen würde, aber falls das seine Absicht war, schien er noch zu überlegen, wie er vorgehen sollte.

»Wieso bietest du mir deine Hilfe an? Was hättest du davon, dass Canon und ich … du weißt schon, dass wir uns … kriegen«, murmelte sie.

Er strich die Hände übereinander und zauberte die Rose hervor. Die Blüte begann sich unter dem Spiel seiner Finger immer weiter zu öffnen, bis sie voll erblüht war. Dann begann sie zu welken. Nicki zog staunend die Luft ein, als vertrocknete Blätter auf ihr Kissen rieselten. Das war mehr als nur ein Taschenspielertrick.

»Das Schlimmste, was einer Liebe zustoßen kann, ist, dass man sie geschehen lässt«, sagte er mit einem Lächeln, doch in seinen Augen fand Nicki wieder die erschreckende, uralte Traurigkeit. »Was welken soll, muss zuerst blühen.«

Wer die Schlüssel zu verschwiegenen Herzen hält

Als Nicki erwachte, wusste sie einen Moment nicht, ob sie Tallis' Besuch nur geträumt hatte. Doch rings um ihr Kissen knisterten Rosenblätter. Als er wieder aus dem Fenster in die Nacht entstiegen war, musste sie schon sehr müde gewesen sein, denn ihre Erinnerung daran verwischte mit ihren Träumen.

Im Traum hatte er bei ihr übernachtet und sie von hinten umarmt, damit sie im Wellengang des Schiffes, das ihr Bett war, nicht so schwankte … und er hatte Lieder geflüstert, geheimnisvoll, hypnotisch wie Zauberformeln. Es ärgerte sie, solche Fantasien im Schlaf zu haben. Ein Bereich mehr, über den sie keinerlei Kontrolle besaß.

Sie brach so früh auf, dass sie sich noch eine Weile am Bahnhof herumdrücken musste und im Supermarkt eine Tüte Äpfel kaufte. Chips sah nicht so aus, als ernährte er sich von gesunden Sachen, und solange Canon sich nicht um ihn kümmern konnte, fühlte sie sich ein bisschen verantwortlich für ihn.

Heute fiel es ihr schon leichter, den Turm zu finden. Sie konzentrierte sich auf das Zimmer und Chips, Theo und Gretchen, die sie dort treffen wollte, und durchdrang mit diesem Gedanken den Schutzbann. Sie wartete vor der Tür, bis Chips ihr öffnete.

»Du bist die Erste«, sagte er atemlos, als hätte es ein Wettrennen gegeben.

Nicki warf ihm einen Apfel zu.

Strahlendes Morgenlicht stürzte die Spiraltreppe hinab. Das Zimmer oben leuchtete. Über Nacht musste Holz im Ofen verbrannt worden sein, denn es roch nach Rauch. Dafür herrschte mollige Wärme. Bei dem Gedanken, dass Chips hier ganz alleine schlief, bekam Nicki wieder so viel Mitleid, dass ihr die Äpfel bei Weitem nicht ausreichend schienen.

»Amsel hat immer in der Hängematte übernachtet«, sagte Chips, als hätte er wieder ihre Gedanken erraten. »Eigentlich wollten wir zusammenziehen. Ich, Amsel und Theo. Aber dann streiten die sich immer.«

»Worüber?«

Der Apfel schmeckte ihm offenbar nicht, er knabberte nur aus Höflichkeit daran herum. »Keine Ahnung. Theo ist nicht der Anführer. Egal wie viel Sport er macht.«

Nicki runzelte die Stirn. »Der Anführer wovon?«

Die Frage schien ihm zu dumm zu sein; er ging in die Küche, um sich ein Glas Schokomilch einzuschenken. Dabei legte er unauffällig den Apfel beiseite.

Nicki versank in Grübeleien. Canon war überhaupt kein *Anführer*. Er war viel zu nett. Allerdings konnte er manchmal ein Besserwisser sein. Vermutlich war Theo davon genervt gewesen.

»Da sind sie!«, rief Chips. Er flitzte die Treppe hinunter.

Nicki hörte, wie er die Tür aufsperrte und Theo und Gretchen grüßte. Woran auch immer er ihre Anwesenheit gespürt hatte, es war Nicki entgangen.

Gretchen kam mit klappernden Absätzen die Treppe hoch und grüßte Nicki nur mit einem Blick. Immerhin. Theo gab ihr sogar die Hand, als Gretchen ihnen gerade den Rücken kehrte, um aus ihrem Mantel zu schlüpfen.

Kekse, Chips und Wackelpudding aus Theos Rucksack landeten auf dem Tisch, während Gretchen Bücher auspackte und Kaffee kochte. Fast wie eine Familie, dachte Nicki. Chips hüpfte zwischen ihnen umher, holte Tassen, riss die Leckereien auf, wischte Krümel weg und versuchte gute Laune zu verbreiten.

Als sie alle am Tisch saßen und in ihre Tassen pusteten, richteten sich die Blicke wieder auf Gretchen.

»Ich konnte nicht rausfinden, wer Ekketimothain und Ghora sind«, sagte sie rundheraus. »Entweder Nahovizer hat uns Namen genannt, die sonst nie für sie gebraucht werden, oder es sind vollkommen unbekannte Fließwesen.«

»Klingt nicht gut«, sagte Theo düster. »Wir sollten schon wissen, bei wem wir uns einmischen.«

Nicki grübelte. Ihr war, als hätte sie den Namen *Ghora* schon einmal gehört, aber das war eigentlich unmöglich. Wahrscheinlich gab es eine Wüste oder eine Band oder ein englisches Wort, das so ähnlich klang und sie daran erinnerte.

»Dein Vater weiß auch nichts?«, fragte sie Gretchen.

»Ich rede nicht mit ihm darüber.«

Nicki versuchte den Vorteil darin zu erkennen. »Wieso nicht?«

»Weil er … nun, weil es ihn nichts angeht. Wir wollen Amsel retten. Er würde uns eine ganze Liste von Dingen schreiben, die wir außerdem erledigen sollen.«

Nicki spürte ein wenig Sympathie für Gretchen aufkommen. Aber dass sie gegen ihren Vater rebellierte, machte es umso unwahrscheinlicher, dass Duroya die Verlobung erzwungen hatte. Kaum etwas sprach noch dafür, dass Canon und Gretchen kein echtes Liebespaar waren.

Nicki musterte Gretchen im pudrigen Licht und fühlte sich selbst in ihrer Gegenwart schrumpfen. Gretchens Schönheit und ihre Unfreundlichkeit bildeten einen ebenso faszinierenden Gegensatz wie die unerschütterliche Liebe, die sie Canon entgegenbringen musste, und die Feindseligkeit gegenüber allem, was sich zwischen sie und ihn stellte.

»Was wäre eigentlich, wenn wir Nahovizer einfach *nicht* danken?«, warf Chips ein. »Wir müssen diesen Pakt ja nicht umschreiben.«

Gretchen schnaubte. »Klar, wir könnten einfach abwarten, ob uns sieben Plagen heimsuchen. Ich will nicht auf Nahovizers Abschussliste stehen, ihr?«

»Mal ehrlich, was könnte er uns anhaben?«, fragte Theo.

»Was könnte er uns *nicht* anhaben? Krankheiten, die Ausrottung unserer Familien … Ich frage mich, ob wir überhaupt die Wahl haben, sein Angebot abzulehnen, oder ob er sich nicht auch dann schon rächen wird.«

Sie tauschten mulmige Blicke.

»Ich hab übrigens Anagramme mitgebracht«, sagte Nicki und holte das Buch hervor, das sie gestern aus der Bibliothek ausgeliehen hatte. Ihr war der Name der Dichterin wieder eingefallen, die sie im Deutschunterricht besprochen hatten: »Unica Zürn hat die geschrieben. Geboren in Berlin 1916. Selbstmord durch Sprung aus dem Fenster.«

»Die Fließwelt lässt grüßen«, sagte Theo. »Das ist ein klassischer Abgang für unsereins.«

Sie überflogen die kleinen Gedichte. Tatsächlich waren die Zeilen immer gleich lang – sie beinhalteten dieselben Buchstaben in immer neuer Wortmischung, nicht einen mehr oder weniger.

»Ich wusste nicht, dass das geht«, gab Chips zu. Er zählte die Buchstaben in jeder Zeile, um zu überprüfen, ob sie sich wirklich wiederholten.

»Das wusste vor Unica Zürn wahrscheinlich niemand«, sagte Nicki, während sie die schönen Wortbilder las, hinter denen sich so viel Sinn, so viel Wahrheit ertasten ließ, ohne je zu deutlich in den Vordergrund zu treten. Schon im Unterricht hatte ihr das Anagramm gefallen, aber erst jetzt berührte es sie wirklich. Das lag einfach an der Schule – alle Informationen waren dort von einem grauen Schleier der Ödnis verhängt.

Schließlich machten sie sich selbst ans Werk. Gretchen tippte einen Pakt aus den *Feengeschichten* ab, der wie der gestrige nur ein paar Zeilen lang war, und sie versuchten seine Bedeutung umzukehren.

Zu ihrer Überraschung ging es diesmal ganz leicht. Schon nach drei Minuten hatten sie alles umgedreht – allein durch das

Verschieben von wenigen Worten. Sie jubelten und zum ersten Mal sah Nicki, wie Gretchen lachte. Ein Stich fuhr ihr durchs Herz, als sie daran dachte, dass dies das Mädchen war, das Canon liebte.

»Noch einmal«, sagte Gretchen, die sich in ihrer Freude ertappt zu fühlen schien und gleich wieder ernst wurde.

Der nächste Pakt hatte es in sich. Der Satzbau war so kompliziert, dass sie bis auf die Buchstabenebene gehen und puzzeln mussten. Nach einer halben Stunde war ihr dritter Versuch gescheitert. Sie legten eine Pause ein, Theo tigerte umher und machte Liegestütze. Das bot einen Einblick in die Verbissenheit, die er sonst mit seinen Sprüchen und Scherzen verbarg. Auch Canon hatte viel für sich behalten und doch war er genau das Gegenteil von Theo. Er versteckte seine Meinung nicht hinter ironischen Bemerkungen. Wie passten die beiden zusammen? Nicki konnte sich nicht vorstellen, dass Canon sich bei Theo anders verhielt als so, wie sie ihn kannte. Also musste Theo eine andere Seite haben, die er nur Canon offenbarte … So wie Gretchen. Wie alle. Canon trug einen ganzen Schlüsselbund für sämtliche verschlossene Herzen mit sich herum.

Im zweiten Anlauf gelang es ihnen schließlich doch, den Inhalt des Paktes umzukehren. Allerdings mussten sie dafür zwei grammatikalische Fehler in Kauf nehmen. Welche Auswirkungen solche Mängel in einem echten Pakt hätten, hallte ihnen noch allzu deutlich nach.

Im dritten Anlauf versuchten sie irgendwelche Sätze zu bilden, Hauptsache, die verfänglichen Bestimmungen verschwanden und es gab keine sprachlichen Fehler. So erschufen sie einen völlig sinnlosen, aber grammatikalisch einwandfreien Text.

»Liest sich wie ein schlechtes Gedicht«, brummte Theo. »Nahovizer hat recht, das könnte alle möglichen Folgen für Lautréamont haben. Und damit auch für Amsel.«

Nicki rieb sich das Gesicht. Vor geschlossenen Augen sah sie

Buchstaben flimmern. Buchstaben wie verbogene Dräthe … um Schlösser aufzusperren, um einzubrechen. Nachdem ihr Vater ins Gefängnis kam, hatte sie nicht eine einzige Schulstunde geschwänzt, keine rote Ampel überquert – und jetzt sollte sie sich unerlaubten Zugang zur Unwelt verschaffen und Zusammenhänge der geistigen Welt manipulieren! Und sie würde es ohne Zögern tun, für Canon. Solange sie eine Chance auf Erfolg hatten. Aber hatten sie die?

Es war so riskant. Einfach zu riskant … Sie fasste Mut und sagte mit beleierner Stimme: »Wir sollten es lassen.«

Die anderen schienen unentschlossen, ob sie dankbar oder empört sein sollten, dass Nicki die Wahrheit aussprach.

»Wir sind nur bei der Hälfte der Texte erfolgreich. Wir wissen weder, wer Ekketimothain ist noch Ghora noch, ob wir Nahovizer überhaupt trauen können. Und dafür sollen wir alles riskieren?«

Schweigen entstand. Die ganze Sache war zu unsicher. Und es fühlte sich eher entsetzlich als erleichternd an; da sie Canon so sehr retten wollten, war die Tatenlosigkeit keine leichte Wahl.

»Aber wir müssen es doch versuchen«, sagte Chips. »Ich meine, wenn der Pakt nicht umgestellt werden kann, dann lassen wir ihn eben, wie er ist, und gehen wieder. Dann hat uns aber Nahovizer wenigstens verraten, wer Lautréamonts Gebieter ist.«

»Falls er tatsächlich einen hat und Nahovizer uns nicht in irgendeine Falle lockt«, murmelte Theo.

Chips zupfte an seiner Unterlippe. »Wir müssen es versuchen.«

Die zaghaften Worte genügten und ihre Vernunft löste sich wie ein Hirngespinst auf.

»Er hat recht«, sagte Gretchen mühsam. »Wenn es nicht geht, lassen wir den Pakt, wie er ist, und verschwinden wieder. Dann wissen wir zumindest, wer sein Gebieter ist. Und Nahovizer wird uns nicht verfluchen, wenn wir guten Willen zeigen.«

Nicki hatte ein flaues Gefühl. Aber sie wollte nicht wieder feige dastehen und sich gegen den Einbruch äußern. Im Grunde hatten Chips und Gretchen ja einen Punkt.

Sie sahen sich an. Niemand erhob Einwände.

Es war beschlossen.

»Morgen Abend treffen wir uns hier«, sagte Gretchen. »Wir zünden die Kerzen gemeinsam an. Bis dahin versuche ich mehr über Ekketimothain und Ghora rauszufinden.«

Trick der Traumdeuterin

Zu Hause blätterte Nicki noch einmal in den Anagrammen von Unica Zürn, als könnte sie dadurch etwas vom Talent ihrer Schöpferin auffangen. Dann öffnete sie ihr Skizzenbuch und versuchte selbst ein Anagramm zu schreiben. Doch schon den ersten Satz, den sie sich ausdachte, konnte sie nicht umformulieren. Sie tauschte Worte aus, ließ Worte weg und setzte schließlich eine ganz neue Zeile auf. Endlich gelang es ihr:

Ich frage eine Frage: Ist die Liebe wie ein hirnverkrampftes Anagramm?

Frage? Liebt eine Diva in scharfer Rage, regt's immerhin an wie ein Kampf!

Sie ließ das Skizzenbuch zur Seite sinken. Für die Albernheit hatte sie so lange gebraucht wie für einen ganzen Aufsatz.

Sie versuchte weitere Anagramme zu erfinden, aber fast unbemerkt ließ sie das Schreiben sein und begann zu zeichnen. Während die Seiten sich mit Menschen füllten, die sie nicht kannte, zergingen ihre Gedanken im Hintergrund. Mädchen, die schön waren wie Gretchen, und abscheuliche Monster, Missgeburten, weinende Geisterkinder führten sie durch ihr Bewusstsein. Nahovizer. Gott. Wer war Gott, wer glaubte an ihn? Und wer waren Ekketimothain und Ghora? Es ging nicht nur um Canon; Canons Rettung war ihre Motivation, nicht Nahovizers. Das spürte sie genau. Andere Kämpfe, verborgene Intrigen lagen darunter, und sie waren drauf und dran, blinde Mitspieler zu werden.

Plötzlich kam ihr eine Idee. Sie zückte ihr Handy und wählte die Nummer, die sie zuletzt gespeichert hatte.

Nach kurzem Warten erklang eine grollende Männerstimme: »Hotel Warkonia Berlin, was kann ich für Sie tun?«

»Ich würde gern mit Isabel Arouk sprechen. Nicki hier.«

»Wissen Sie, wie spät es ist?«

Nicki nahm das Handy vom Ohr, um auf die Uhr zu schauen. »Halb zwei.«

Der Hotelier knurrte etwas, das wie »frech wie Erz« klang, dann kam eine blecherne Wartemelodie.

Wenig später meldete sich Isabel Arouk: »Ja?«

»Hallo, hier ist Nicki.«

»Nicki«, wiederholte sie.

»Haben Sie Zeit?« Sie hörte ein Feuerzeug schnalzen.

»Was gibt es?«

»Wissen Sie, wer ...« Als Nicki versuchte die Namen auszusprechen, war es, als hätte ihre Zunge verlernt, die Laute zu formen. Sie räusperte sich. »Entschuldigung. Ich kann irgendwie die Namen nicht aussprechen.«

»Französische Namen?«

»Nein, nein. Meine Zunge, irgendwie ...« Sie versuchte es erneut. *Ekketimothain* und *Ghora*. Das war doch gar nicht schwer! Doch die beiden Namen, die sie problemlos denken konnte, umgab beim Aussprechen ein magnetisches Feld, und ihr Mund wurde der Raum zwischen zwei sich abstoßenden Polen.

»Wurdest du mit einem Schweigebann belegt?«, fragte Isabel Arouk.

Nicki erinnerte sich an den Finger, den Nahovizer Gretchen auf die Lippen gelegt hatte. »Geht das denn?«

»Wer hat das getan?«

Nicki starrte Hilfe suchend in ihr Skizzenbuch. »Eigentlich wollte ich nur fragen, ob Sie mir etwas über zwei Fließwesen sagen können. Über drei. Aber die Namen, ich kann sie nicht aussprechen.«

»Geht es um Amsel?«

Nicki schwieg.

»Ich könnte die Namen vielleicht anders erfahren, ohne dass du sie mir nennst. Komm morgen gegen zweiundzwanzig Uhr vorbei. Du musst hier übernachten.«

»So viel Zeit habe ich nicht. Ich muss bis spätestens morgen Abend alles wissen, was es über die Fließwesen zu wissen gibt.«

Am anderen Ende der Leitung wurde hektisch gepafft. »Dann versuchen wir es anders. Hast du irgendwelche Gegenstände von Amsel? Etwas Altes?«

Nicki sah sich in ihrem Zimmer um. »Graphic Novels – Comics. Ein paar Zeichnungen.«

»Kein T-Shirt oder so?«

Nicki errötete. »N-n. Halt, doch! Ich hab ein Haargummi.« Sie versuchte es beiläufig klingen zu lassen, denn in Wahrheit hatte er ihr das Haargummi irgendwann im Sommer geliehen und sie hatte es in ihrem Federmäppchen aufbewahrt wie etwas Kostbares.

»Hm«, machte Isabel Arouk. »Vielleicht funktioniert das auch. Ist ein Haar von ihm dran?«

Nicki wusste, dass keins dran war. Dafür hatte sie das Haargummi schon viel zu oft in den Fingern gewendet. Sie durchsuchte trotzdem ihr Federmäppchen. Zwischen Bleistiften und Stabilos fand sie tatsächlich ein feines dunkles Haar, aber es hätte genauso gut ihres sein können. »Keine Ahnung, ob es seins ist.«

»Na ja, versuchen können wir es. Er ist die Brücke zwischen uns. Aber um Gefahren zu vermeiden, sage ich dir nicht, was ich damit bezwecke.«

»Was für Gefahren?«

»Derjenige, der dich mit dem Schweigebann belegt hat, könnte wütend werden, dass du ihn umgehst. Je weniger du also von dem weißt, was ich machen werde, umso unschuldiger bleibst du«, sagte Isabel Arouk.

Nicki presste die Lippen aufeinander. »Und was soll ich machen?«

»Das Haar und das Haargummi. Leg sie unter dein Kopfkissen.«

Nicki tat es.

»Kennst du den Zustand zwischen Wachsein und Schlafen, wenn deine Träume bereits anfangen und du sie noch mitkriegst? Versuch heute Nacht diesen Zustand so lang und intensiv zu halten, wie du kannst. Wenn es nicht gleich gelingt, reiß dich lieber wieder aus dem Schlaf heraus und versuch noch mal langsam wegzudämmern. Es funktioniert besser, wenn man sehr müde ist und sich mit Gedanken wach hält. Und jetzt das Wichtigste: Während du im Halbschlaf bist, musst du so fest wie möglich an die Namen der Fließwesen denken. Du musst unbedingt im Halbschlaf sein. Kannst du das schaffen?«

Nicki glättete das Kopfkissen. »Ich versuch's. Wann kann ich Sie wegen der Ergebnisse anrufen?«

»Komm lieber vorbei. Das ist sicherer.«

»Morgen ganz früh, um sieben?«

»Vor der Schule. In Ordnung.«

»Danke, dass Sie mir helfen.«

»Ob ich dir wirklich helfe?«, seufzte Isabel Arouk so leise, dass Nicki es kaum noch hörte.

Als sie am nächsten Morgen erwachte, war draußen noch tiefste Nacht. Sie konnte sich überhaupt nicht erinnern, ob sie gestern lange wach gelegen und an Ekketimothain und Ghora gedacht hatte.

Das Haargummi und das Haar sahen aus wie zuvor. Sie hatte halb erwartet, dass sie verschwunden wären oder zumindest irgendwie verändert. Sie streifte sich das Gummi über das Handgelenk, legte das Haar ins Federmäppchen zurück und zog sich an.

Eine knappe Stunde später erreichte sie das Hotel Warkonia. Im feuchten Morgendämmern sah es heruntergekommen aus wie eh und je. Auch auf der Baustelle nebenan schien sich außer dem

Verschmutzen der Planen nichts verändert zu haben. Es war ein vergessenes Stück Stadt. Kein Wunder, dass die Traumdeuterin beschlossen hatte, ihren Beruf hier auszuüben.

Die Schiebetüren glitten auf und ließen Nicki in den überheizten Empfangsraum des Hotels. Sie klingelte. Weil niemand kam, ließ sie die Hand noch einmal auf die Klingel fallen.

Endlich hörte sie ein Poltern von jenseits der Tür, die in die angrenzende Kneipe führte. Der Glatzkopf erschien, der schon das letzte Mal am Empfang gestanden hatte.

Er musterte sie von oben bis unten. »Die Schwester«, brummte er.

Nicki brauchte einen Moment, ehe sie begriff – sie hatte sich ja damals als Canons Schwester ausgegeben. Sie nickte beschämt.

»Madame Arouk erwartet dich.« Er wies Richtung Treppe und verschwand wieder, sodass Nicki erneut den Aufzug nehmen konnte.

Im dritten Stock stand bereits der Wagen des Zimmermädchens. Sie klopfte an die angelehnte Tür.

Isabel Arouk machte auf. Sie trug wieder das Kostüm, das wie ein zu großes Papierhemd an ihrem schmächtigen Körper hing, und hatte sich die Haare zu einem Knoten gesteckt. Ihre sorgenvolle Miene erhellte sich ein wenig, als sie Nicki hereinließ. »Ich dachte mir schon, dass du überpünktlich bist.«

»Ich hoffe, Sie mussten deshalb nicht früher aufstehen.«

»Ich habe gar nicht erst geschlafen.« Sie wies auf die einheitlich weiß gebundenen Bücher, die über beide Betten verstreut lagen. Sie musste sie extra von zu Hause geholt haben. »Sobald ich die Namen hatte, habe ich mich an die Recherche gemacht.«

»Äh, wie haben Sie die Namen denn jetzt rausbekommen? Ich hab das Haargummi mitgebracht …«

»Ich brauche es nicht«, unterbrach Isabel Arouk, als Nicki es hervorholen wollte. »Es war nur die Verbindung zwischen dir und mir, die Linse, durch die ich deine Träume beobachten konnte.«

Nicki starrte sie an. »*Alles*, was ich geträumt habe?«

»Anders ging es nicht. Ich weiß, dass man für Träume nichts kann. Dir muss nichts peinlich sein.«

»Ich erinnere mich nicht mal dran«, sagte Nicki nervös.

»Ich hab es auch schon wieder vergessen. Nur die Namen der drei Fließwesen, die hab ich.« Sie lächelte ein wenig. »Ekketimothain wird unter diesem Namen nur in einem wenig bekannten Anhang der *Papyri Graecae Magicae* erwähnt, magischen Schriften aus dem zweiten Jahrhundert vor Christus. Er wird als mächtiger Dämon dargestellt, mit Schlangenkopf und Flügeln, die ein anderes Fließwesen ihm abschlägt. Das sind symbolische Verweise, also habe ich herumgetüftelt, wofür Schlangen stehen und wie man ihre Bedeutung mit der Eigenschaft des Fliegens verbinden könnte. Dann fiel mir etwas ein. Einige Beschreibungen aus den *Graecae Magicae* glichen Passagen aus dem Buch *Bekenntnisse eines englischen Opiumessers* von Thomas De Quincey. Wie der Titel schon verrät, geht es um einen Opiumabhängigen, der sein Leben im Fieber verbringt. Die Ähnlichkeit zwischen einer der Visionen von De Quincey und der Beschreibung von Ekketimothain war so groß, dass die Wesenheiten beider Texte identisch sein müssen. Es macht Sinn: Der Schlangenkopf ist die Intelligenz, die geistige Schnelligkeit, doch die Flügel wurden abgeschlagen, man kommt nur kriechend voran. Ekketimothain steht für die Trägheit – die Inertia. Und das ist auch der bekanntere Name des Fließwesens. Inertia.«

Nicki kannte den Begriff aus dem Physikunterricht. »Das heißt doch, dass Dinge unverändert bleiben, solange keine Kraft von außen auf sie einwirkt.«

»Genau. Inertia – oder Ekketimothain – steht für die Resistenz, sich zu verändern. Für festgefahrene Verhaltensmuster. Ein mächtiger Gedanke, der mit unzähligen anderen Fließwesen verpaktet ist. Mit der Faulheit und Feigheit ebenso wie mit der Sicherheit und der Beständigkeit.«

Nicki versuchte aus den schnell vorgetragenen Informationen einen Sinn zu ziehen. »Und welcher davon ist … Ich meine, haben Sie auch was über das andere Fließwesen erfahren?«

»Über die *beiden* anderen. Nahovizer und Ghora.« Isabel Arouk musterte sie halb misstrauisch, halb neugierig. »Nahovizer ist leicht zu identifizieren gewesen, er ist allgemein bekannt. Aber Ghora? In den wichtigen Werken taucht dieser Name nicht auf. Ich habe nach Ähnlichkeiten mit hebräischen und griechischen Begriffen gesucht, aber das hat mich nicht weitergebracht. Meine Vermutung ist, dass Ghora ein so unbedeutendes Fließwesen ist, dass es einfach nicht in den Standardwerken auftaucht.«

»Dann könnte es also alles sein.«

»Aber vermutlich ist Ghora nicht besonders mächtig. Irgendein kleines Gedankenkonstrukt. Vielleicht sogar der persönliche Dämon eines Menschen.« Sie zuckte die Schultern. »Wenn ich mehr Zeit hätte, könnte ich mehr recherchieren.«

»Nein, das reicht schon.« Sie schluckte. »Und Nahovizer?«

»Seinen Namen kannst du also aussprechen.« Isabel Arouk runzelte die Stirn. Ihr war förmlich anzusehen, wie sie eins und eins zusammenzählte. Bedächtig fuhr sie fort: »Nahovizer vereint sämtliche jüdischen, christlichen und islamischen Vorstellungen von Gott in sich. Dementsprechend mächtig ist er. Und gespalten. Bist du ihm begegnet?«

Nicki zögerte, nickte aber dann.

Isabel Arouk nickte ebenfalls, als hätte sich eine schlimme Befürchtung bestätigt. »Im Alten Testament ist er noch ein bestrafender Gott. Im Neuen Testament predigt Jesus die Güte Gottes. Dadurch wandelte sich der Gottesbegriff; aus Jahwe, dem strengen Gott des Volkes Israel, wurde der liebe Gott aller Menschen.«

»Und an den glauben heute mehr Leute«, sagte Nicki vorsichtig. »Also hat Nahovizer nichts mehr mit Jahwe zu tun.«

Isabel Arouk lächelte freudlos. »Na ja. Als aus Jahwe der liebe Gott wurde, blieb etwas übrig: nämlich die göttliche Macht, die bestrafte und für das Böse in der Welt verantwortlich war. Daran glauben heute so viele Menschen wie eh und je, angesichts der Übel in der Welt. Unter den Christen wurde dieser Teil eben vom Guten abgespalten. Und so entstand der Teufel.« Isabel Arouk hielt inne, musterte Nicki. »Der Teufel ist auch als Luzifer bekannt. Luzifer bedeutet *Träger des Lichtes*. Nahovizer, der Herr des Lichtes, beinhaltet auch dies.«

Das Zimmer schien sich um Nicki zu verfinstern.

Der Teufel.

Nahovizer war Gott und Teufel in einem.

Isabel Arouk verschränkte fröstelnd die Arme vor der Brust. »Normalerweise frage ich nicht nach. Aber wenn es um Amsel geht, dann … Das verstehst du doch? Was hat Nahovizer dir vorgeschlagen? Was haben Ekketimothain und Ghora damit zu tun?«

Nicki betrachtete das Buch, das Isabel Arouk auf dem Schoß hielt: die *Papyri Graecae Magicae*. Sie hatte noch nie davon gehört, und all die Dinge, die sie über die Welt nicht wusste, türmten sich um sie auf wie beschriftete Seiten. *Gott und Teufel in einem*. Sie hätte Zeit gebraucht, Jahre vermutlich, um sich auf das vorzubereiten, was sie heute Abend tun würden.

Sie atmete flach aus, dann erhob sie sich. »Es ist so, wie Sie gestern am Telefon gesagt haben: Je weniger Sie wissen, umso unschuldiger bleiben Sie.«

Die Traumdeuterin öffnete den Mund, schloss ihn wieder. Es sah aus, als lägen ihr Widerworte auf der Zunge, aber dann steckte sie sich doch nur eine Zigarette an.

Sonne und Eis im Herbst

)(o

Der Schlafmangel zusammen mit der Aufregung bewirkte, dass Nicki sich auf dem Schulweg beinah zu Schwerelosigkeit aufgedreht fühlte. Nur noch wenige Stunden. Dann ging es los.

Die Panik, die diesem Gedanken nachflutete, wurde immer stärker, je mehr sie sie zu unterdrücken versuchte. Im Unterricht beobachtete sie ihre Mitschüler, die bereits hinter einer Glaswand zu sein schienen, Teil einer anderen Wirklichkeit. Vielleicht sah Nicki sie zum letzten Mal.

In der kleinen und auch in der großen Pause war sie unfähig, sich mit Anne-Marie zu befassen, sodass sie einfach im Klassenzimmer blieb, die Mütze über ihre Augen zog und im Dunklen Wörter hin- und herschob, bis sich der Sinn der Aussage ins Gegenteil verkehrte.

Nahovizer. Luzifer. Sie waren buchstäblich drauf und dran, sich auf den Teufel einzulassen! Aber wenn er ebenso sehr Gott war … welche Bedeutung hatten die Worte dann noch?

Als die letzte Stunde endlich um war, wollte sie nichts als nach Hause, um wenigstens noch ein bisschen Schlaf nachzuholen. Doch vor dem Schultor wartete ein Junge auf sie.

Das Oktoberlicht leuchtete in seinen braunen Locken, die Brise spielte mit den Enden seines Schals und seine grünen Augen funkelten im Schatten der langen Wimpern. Er saß auf einem himmelblauen Fahrrad, an dessen Lenker ein Radio klemmte. Langsame Tanzmusik aus den Fünfzigern schepperte ins Freie.

Mädchen, die an ihm vorbeigingen, grüßte er mit einem Lächeln, als würde er sie alle kennen. Die Mädchen drehten sich nach ihm um und kicherten oder gafften, als würden sie ihn ebenfalls kennen, zumindest von Filmplakaten oder aus Musikvideos. Galant schwang er sich vom Rad, als einer Neuntklässlerin ein Ordner entglitt, und legte ihn wieder in ihre Hände.

Nicki merkte mit Bestürzung, dass auch sie zu grinsen begann, während er das Fahrrad zu ihr schob.

»Schöner Tag heute«, sagte er und blinzelte zu den lichtdurchwirkten Bäumen.

»Bin ich in Lebensgefahr?«

»Nein«, sagte er verwundert. »Ich geb dir nur deine Sachen zurück. Und hole dich von der Schule ab. Spring auf.«

Nicki musterte den Gepäckträger, auf den ihr Pullover und die Pyjamahose geklemmt waren. »Du willst mich nach Hause fahren.«

»Na ja, einen kleinen Tausch unterbreite ich dir schon: Ich spendiere dir auf dem Weg ein Eis, dafür kriege ich einen Kuss … auf die Körperstelle meiner Wahl. Pfote drauf?« Er versuchte ihre Hand zu schütteln, sie versuchte sie zu verstecken, und so kabbelten sie in Nickis Jackentasche herum.

»Ach, sieh mal einer an«, murmelte er. »Du hast einen Verehrer.«

Sie drehte sich halb, um seinem Blick zu folgen, und sah Fabian, Severin und dessen Freunde vorbeigehen, die Tallis, sein Fahrrad und das Radio anstarrten.

Tallis legte besitzergreifend einen Arm um Nicki. Sie spürte seine Wärme durch den Stoff und fragte sich, ob der Junge, dessen Körper Tallis benutzte, damit einverstanden gewesen wäre, ihr so nah zu sein.

»Das Milchgesicht ist verschossen in dich. Kein Wunder bei der magischen Aura, die dich jetzt umgibt. Du strahlst vor Realität.«

»Ach *deshalb*.« Für einen kurzen Moment musste Nicki an Canon denken, dessen fließkräftige Ausstrahlung sie wohl von Anfang an unbewusst angezogen hatte. Sie beäugte Tallis. Vielleicht hatte er sie absichtlich auf diesen Gedanken gebracht, um sie in Bezug auf Canon zu verunsichern.

»Also?« Es gelang ihm, ihre Finger zu drücken. Dann schwang er sich auf den Sattel. »Halt dich fest.«

Nicki machte den Mund auf, um zu widersprechen, aber ihr fiel nichts ein. Mit dem vagen Gefühl, besiegt worden zu sein, setzte sie sich auf den Gepäckträger.

Sie fuhren los, überholten ihre Mitschüler, die zur S-Bahn pilgerten, und bogen schwungvoll auf eine doppelspurige Straße ab. Nicki blickte Tallis panisch über die Schulter, beschloss aber gleich, die Augen lieber zuzukneifen. Dem wilden Slalom nach zu urteilen, den Tallis hinlegte, galt das Hupen der Autos ihnen. Endlich fuhr er von der großen Straße. Sie ratterten über Kopfsteinpflaster. Vögel flüchteten vor dem blechernen Radiolärm. Nicki öffnete die Augen und sah, dass sie am Kanal entlangfuhren. Ein hübsches Viertel voller Boutiquen und Cafés nahm sie auf. Tallis steuerte eine Eisdiele an, vor der naschende Menschen auf Kisten saßen und die Sonne genossen.

»Mach das Gejaule aus!«, brüllte jemand aus einem Fenster und Tallis tat ihm den Gefallen – nicht ohne das Lied selbst lautstark zu Ende zu singen.

Nicki floh in die Eisdiele. Sie sah innen aus wie eine Hochzeitstorte, mit filigranen weißen Regalen, einer pastellfarbenen Tapete und Spitzengardinen.

Nicki nahm eine Kugel Schokokirsche und Vanille, Tallis eine Kugel Orangenmarzipan, Zabaione, Tonkabohne, Mangosorbet mit Rum, Himbeerbasilikum und Karamell mit Fleur de Sel, außerdem Zuckerstreusel und Haselnusskrokant. Seine Waffel musste mit zwei Händen gehalten werden. Wie immer bezahlte er mit einem Lächeln und die beiden jungen Kassiererinnen lächelten wie betäubt zurück. Nicki hatte ein schlechtes Gewissen.

Als sie auf zwei Kisten am Straßenrand saßen, seufzte Tallis. »Ich liebe den Herbst. Alles ist vergänglich und verloren, diese

Traurigkeit hat etwas Erhabenes. Wie das gewaltsame Ende einer Liebe, bevor sie anfangen konnte zu nerven.«

Die Sonne machte Nicki noch müder als ohnehin, aber es war nun ein angenehmes Gefühl der Schläfrigkeit. Sie spürte, wie angespannt sie den ganzen Tag gewesen war.

»Komisch«, murmelte sie. »Du bist ein Liebesdämon und doch kommt es mir vor, als hättest du von Liebe überhaupt keine Ahnung.«

Er grinste kalt. »Einen Typen anzuschmachten, der nichts von einem wissen will, hat natürlich mehr Tiefgang. Solange man in der Pubertät ist.«

Sie wusste nichts zu sagen. Sie wusste nicht einmal, warum sie so verletzt war. Zitternd drückte sie ihm ihr Eis in die Hand, schnappte ihren Rucksack und lief davon.

»Nicki!«

Sie ging schnell. Nach ein paar Sekunden war er mit dem Fahrrad neben ihr aufgetaucht. Das Radio spielte wieder, diesmal einen alten Marsch, wie dazu geschaffen, ihren Abgang ins Lächerliche zu ziehen.

»Dass du in der Pubertät bist, ist doch nichts Schlimmes. Ich hab überhaupt nichts dagegen, dass du erblühst wie ein Pfingströschen.«

»Hau ab!«

»Was ist denn mit dir los? Du hast kaum geschlafen ...«

»Woher weißt du das?«

»Na ja, du bist gereizt wie eine Bindehautentzündung. Zur Entspannung könnten wir doch ...«

Sie schlüpfte zwischen zwei parkenden Autos hindurch und bog in eine Seitenstraße ab. Weil er beide Eistüten in den Händen hielt, konnte er so schnell nicht lenken. Nicki hörte, wie es hinter ihr schepperte. Sie drehte sich um und sah, wie Tallis einbeinig über dem gestürzten Rad hüpfte. Ihr Eis lag zerdrückt auf dem Kopfsteinpflaster. Sein Eis klebte zerdrückt an seinem Mantel.

Was für ein Desaster das für ihn war, stand ihm ins Gesicht geschrieben. Er sah Nicki so zerstört an, dass sie nicht anders konnte als zu lachen.

Drei Minuten später saßen sie wieder vor der Eisdiele. Tallis hatte seinen Mantel auf der Toilette gewaschen, er lag neben ihm in der Sonne zum Trocknen. Völlig traumatisiert starrte er in die Ferne. Nicki konnte kaum den Blick von ihm wenden. Er gefiel ihr einfach, wenn er litt.

»Wie ist es eigentlich möglich, dass jemand, der fliegen kann, vom Fahrrad fällt?«, fragte sie.

»Ich nehme an, das ist eine rhetorische Frage, deshalb werde ich sie einfach mal einstecken und wann anders rausholen, wenn mir nach Selbstironie ist oder das Klopapier fehlt.«

Eine Weile beäugte sie ihn vergnügt aus den Augenwinkeln und formulierte das, was sie sagen wollte, in Gedanken aus, um zu prüfen, ob sie es wirklich sagen sollte. Aber sie fühlte sich zu ängstlich und gleichzeitig zu überschwänglich, um irgendwas prüfen zu können. Also sagte sie es einfach: »Wenn ich dir etwas anvertraue, behältst du es dann für dich? Mit Schwur?«

Das schien ihn halbwegs von seinem Mantel abzulenken. Er musterte sie. »Weißt du, wie viele Geheimnisse mir im Lauf der Zeit anvertraut wurden? Ich bin ein Staatsmuseum voll von Geheimnissen. All die Sünden, die mir Frauen beichten … Und nichts davon habe ich je weitererzählt. Meine Ohren sind bodenlose Schächte, aus denen nur verständnisvolle Echos wispern.«

»Ja, ja, schon gut.« Sie atmete tief durch. »Ich könnte vielleicht deinen Rat gebrauchen.«

Er wandte sich ihr ganz zu.

»Nahovizer. Der Herr des Lichts. Er hat mir und ein paar anderen einen Vorschlag gemacht, durch die Brunnen der Kanzlei …«

»Schsch!« Sein Blick irrte die Straße hoch und hinunter. »Komm um ein paar Ecken.«

Sie liefen eine doppelte Acht um einen Baum und einen Stromkasten. Nicki warf den erstaunten Leuten vor der Eisdiele ein, wie sie hoffte, versicherndes Lächeln zu.

»Was soll das?«, zischte sie.

»Winkelwürmer können nur um ein paar Ecken mitdenken – falls man dich belauscht.«

Nicki ging ein Licht auf. Deshalb musste man zu Isabel Arouk also die Treppe nehmen – drei Stockwerke ergaben sechs Ecken. Deshalb auch der seltsam verwinkelte Flur in ihrer Wohnung.

Aber was waren eigentlich Winkelwürmer?

Sie setzten sich wieder.

»Jetzt noch mal. Nahovizer hat dich aufgesucht.«

Nicki erzählte ihm von dem Angebot. »Wir haben noch nicht zugesagt. Aber wir wollen.«

Sie erwartete, dass er sie für verrückt erklärte, dass er sich empörte oder beeindruckt war. Aber nicht, dass er *lachen* würde.

»Das hättest du mir nicht sagen sollen. Das hättest du niemandem sagen sollen.«

»Wieso?«, fragte sie beunruhigt.

»Du hast überhaupt keinen Schimmer, was du da tun willst, oder? Ein Einbruch in die Kanzlei, bei Christus und Krishna! Erstens ist es unmöglich. Und zweitens … zweitens ist es richtig, richtig verboten!«

»Dein Zweitens widerspricht deinem Erstens.«

»Es ist unmöglich! Die Brunnen werden von Kronzeugen bewacht, die Kronzeugen sind unbestechlich.«

»Aber Nahovizer kann uns einen anderen Zugang verschaffen. Hat er zumindest gesagt.«

»Ein Zugang zum logischen Kodex der Welt. Durch die Religion. Wie soll das gehen? Ihr spaziert da einfach rein und schreibt einen Pakt um, weil ihr Menschen seid und mit kreativer Kraft ausgestattet …« Er verstummte, als er merkte, dass er seine Frage selbst beantwortet hatte. »Das ist genial. Wieso macht Nahovizer das nicht ständig? Vielleicht macht er es ja ständig und niemand merkt es. Aber dann müsste Nahovizer das mächtigste Fließwesen sein und das ist er nicht. Osilber hat ihn längst vom Thron gestoßen.« Er grübelte. Schließlich schien er zu einem Schluss gekommen zu sein und nickte. »Es ist wirklich genial. Aber es muss auch so dämlich aussichtslos sein, dass es praktisch nie gelingt. Immerhin, wenn Nahovizer regelmäßig Sterbliche auf diese Mission schickt und nur ein Bruchteil von ihnen Erfolg hat, ist das schon was wert. Ich hab mich sowieso immer gefragt, wie der knatterige Sack sich in der obersten Riege hält. Er ist so was von freudlos.«

Nicki lauschte seinem Monolog mit wachsender Verzweiflung. *Sterbliche*, das waren sie. Nahovizer konnte jederzeit neue einsetzen. Die Fließwesen riskierten nicht ihr Leben.

»Das ist überhaupt die Frage«, fiel Tallis ein. »Welche Gegenleistung wollte Nahovizer für den Tipp?«

»Keine. Wir können uns erkenntlich zeigen, wenn wir wollen.«

Tallis belächelte sie. »Er schließt keine Pakte, um keine Spuren zu hinterlassen, aber euch ist schon klar, dass ihr ihm huldigen müsst, um Schlimmes zu vermeiden, oder?«

»Ja«, sagte Nicki unwohl. »Wir sollen einen Pakt umschreiben. Zwischen … nun, das kann ich leider nicht sagen.«

»Also doch ein Schweigebann. Dumm ist er nicht.« Sein Blick verdüsterte sich. »Aber dass du mir von eurem Vorhaben erzählen kannst, hat er nicht verhindert. Er weiß, dass ich mitkommen werde.«

Sie starrte ihn an.

»Ich werde dich beschützen. Wenn du in Lebensgefahr bist, kannst du mich überallhin rufen und ich werde kommen.« Er sagte es ganz schlicht, wie eine Tatsache.

Nicki errötete. »Das war nicht der Grund, warum ich dir davon erzählt habe. Ich dachte, du gibst mir irgendeinen Rat.«

»Ich rate dir davon ab! Also, theoretisch.«

Sie schwiegen wieder. Schließlich fragte Nicki: »Du denkst, Nahovizer sagt die Wahrheit? Das ist keine Falle oder so was?«

»Eine Falle für wen? Nahovizer gewinnt doch nichts, wenn ihr sterbt. Nein, es ist selbstmörderisch und vielleicht unmöglich, aber eine Falle ist es wahrscheinlich nicht ... Wann soll es losgehen?«

»Er hat uns eine dreitägige Frist gelassen. Bis heute Abend.«

»*Heute?*« Seine Augenbrauen zuckten zusammen. Dann stand er auf und holte sein Fahrrad. »Ich muss noch ein paar Rendezvous absagen.«

Sie versuchte an seiner Miene abzulesen, was ihn bewegte. »Warum?«

Er öffnete den Mund, schloss ihn wieder. »Du fischst wirklich nach Komplimenten.« Um das Gespräch zu beenden, schwang er sich auf das Fahrrad und schaltete das Radio ein. »Wo soll ich dich absetzen?«

Jedem ein Messer an den Hals

Es war kaum noch Zeit, nach Hause zu fahren, also nannte Nicki gleich die S-Bahn-Station am Wasserturm. Sie hätte ohnehin nicht mehr schlafen können.

Das Licht der sinkenden Sonne überschwemmte die Straßen am Kanal, ohne zu wärmen. Nickis Finger, die sich unter dem Sattel festhielten, wurden taub vor Kälte. Auf der anderen Seite des Himmels erschien der Mond, platt und weiß, als hätte jemand einen Finger in eine Kerze getaucht und das abgezogene Wachsblatt auf dem Tischtuch liegen lassen. Die Welt kam Nicki vor wie eine Collage aus Symbolen, die ihren Sinn erst preisgaben, wenn man ihren Zusammenhang begriff. Wieder überwältigte sie das Gefühl, dass sie nicht bereit war – nicht für den Einbruch, nicht um jemanden zu retten, nicht um sich über irgendwas *sicher* zu sein. Aber für einen Rückzieher war es zu spät.

Sie erreichten den Bahnhof. Nicki spürte beim Absteigen, dass ihre Knie weich waren. Sie versuchte sich einzureden, dass es von der langen Fahrt auf dem Gepäckträger kam.

Tallis streichelte ihre Wange zum Abschied. Bevor sie zurückweichen oder überhaupt reagieren konnte, trat er in die Pedale und sauste mit flatterndem Mantel davon. Sie blickte ihm nach. Dass er manchmal wie ein ganz normaler Junge war, verwirrte sie an ihm am meisten.

Zwanzig Minuten zu früh stand sie vor Chips' Wasserturm. Inzwischen war vom Tag nur ein Schimmer am Horizont geblieben. Nicki fröstelte, als wäre tiefster Winter.

Endlich öffnete Chips. »Sind schon alle da.«

»Ich dachte … Bin ich spät dran?«

Er schüttelte den Kopf, während er die Tür sorgfältig wieder hinter ihr abschloss. »Gretchen hat Neuigkeiten. Also sind sie früher gekommen.«

Grimmig folgte Nicki ihm die Treppe nach oben. Wenn sie nicht ebenfalls früher gekommen wäre, hätte sie davon wohl gar nichts mitbekommen.

Gretchen und Theo saßen am Tisch und verstummten mitten im Gespräch, als sie den Raum betrat.

»Hey«, brachte Nicki hervor.

»Na?« Theo streckte sich.

Nicki versuchte ihre Eingeschnapptheit zu überwinden. Sie waren keine Freunde und mussten auch nicht so tun, als ob. Aber sie waren zumindest für heute Nacht ein Team. Also erwartete sie, dass man sie nicht ausschloss. Sie setzte sich und bemerkte, dass Gretchens linke Wange gerötet war, womöglich sogar ein wenig geschwollen. »Was ist passiert?«

Gretchen sah Theo an, als hätte er gefragt. »Nichts. Jedenfalls dürfen wir nicht vergessen, dass die Brunnen sich unserer Realität anpassen, nicht umgekehrt. Wir können Gefahren heraufbeschwören, aber auch zerstreuen. Es vergeht so viel Zeit, wie wir empfinden. Wenn wir das im Hinterkopf behalten, sollten wir keine Schwierigkeit mit Hunger und Durst bekommen.«

Daran hatte Nicki noch überhaupt nicht gedacht. Sie versuchte so wenig erschrocken wie möglich zu wirken. »Hast du das irgendwo nachgelesen?«

Gretchen sah sie an. »Es kam nicht im Fernsehen.«

Nicki setzte sich einfach. Sie waren alle nervös. Eine Streiterei war das Letzte, was sie gebrauchen konnten. »Übrigens, Ekketimothain und Ghora.« Sie fasste sich instinktiv an den Mund, verwundert, dass sie die Namen jetzt aussprechen konnte, wo kein Außenstehender mehr da war.

»Keinen Schimmer, wer die sind«, murmelte Gretchen.

Nicki bemühte sich, nicht allzu triumphal zu klingen: »Zumindest über Ekketimothain weiß ich es.« Sie erzählte, was sie von Isabel Arouk erfahren hatte.

Die anderen hörten ihr gebannt zu.

»Woher weißt du das?«, fragte Gretchen misstrauisch, als sie geendet hatte.

»Es kam nicht im Fernsehen.«

Gretchen verschränkte die Arme. Verschiedene Antworten schienen ihr auf der Zunge zu liegen, aber dann fragte sie bloß: »Ekketimothain ist also die Trägheit. Nahovizer will, dass die Trägheit nicht mehr Ghora folgt – aber wofür steht Ghora? Sie ist ein unbedeutendes Fließwesen, das eine geringfügige Eigenschaft unserer Welt verkörpert, behauptest du. Also, welche geringfügigen oder seltenen Dinge fallen euch ein, die Trägheit nach sich ziehen?«

Nicki hatte noch gar nicht darüber nachgedacht, dass sie auf diesem Weg die Identität von Ghora lüften konnten. Eine Weile grübelten alle.

»Langeweile?«, meinte Theo.

»Klar, aber Langeweile ist keine unbeträchtliche Sache, sondern ein mächtiges Fließwesen – Lohenna-Qui, wenn ihr es genau wissen wollt«, sagte Gretchen. »Ghora muss etwas Nebensächliches sein. Etwas Spezielles.«

Nicki strengte sich an. »Schwimmengehen im Sommer. Ganz viel essen. Zu viel fernsehen. Frieren. Das alles zieht Trägheit nach sich. Das Problem ist doch, uns fällt nicht zu wenig ein, sondern zu viel.«

Gretchen schloss die Augen. »Wir könnten aber alles nachschlagen. Schwimmengehen im Sommer, das müsste zu einem Wasserdämon gehören, einer Nixe, vermutlich Kressidia. Ganz viel essen, dafür steht Borgossus – ein mächtiges Fließwesen. Fernsehen … das ist Iluripp, ein Diener des großen Konsumis.

Und Frieren … welches Fließwesen steht denn noch mal für Frieren …«

»Ach, das ist voll umsonst!«, rief Chips. »Wenn Ghora unbedeutend ist, ist sie doch höchstwahrscheinlich mit einem größeren Fließwesen verpaktet. Und dem dient Ekketimothain eigentlich – Ghora ist nur die Verbindung.« Er griff nach einer Tasse auf dem Tisch. »Schaut, genau so: Die Hand ist ein Teil von mir, aber sie hält die Tasse und dadurch habe *ich* Macht über die Tasse, nicht die Hand.«

»Hast ja Schlauflocken zum Frühstück gegessen. Gut gemacht, Kleiner.« Theo tätschelte ihm den Kopf.

»Ich bin fast dreizehn!«

Das verblüffte Nicki fast noch mehr als die kluge Bemerkung. Sie hätte ihn allerhöchstens auf zehn geschätzt.

»Du hast natürlich recht, Chips«, sagte Gretchen. »Man kann die Pakte zwischen Fließwesen nie gesondert betrachten, alle hängen irgendwie zusammen, und wer den einen beherrscht, führt nur eines anderen Befehl aus. Also, wenn wir es schaffen, den Pakt zwischen Ekketimothain und Ghora umzuschreiben, wird die unbedeutende Ghora die Trägheit als Folge verlieren. Und falls Ghora nur ein Zwischenglied für ein noch mächtigeres Fließwesen ist, wird auch dieses die Trägheit verlieren. Dadurch könnte das Leben zahlloser Menschen auf den Kopf gestellt werden. Jede Verbindung zwischen Fließwesen ist das Resultat gigantischer Umwälzungen im menschlichen Denken. Der Abschluss eines Jahre oder Jahrhunderte währenden Prozesses in der materiellen Welt. Wenn wir plötzlich einen Pakt umdrehen, könnten wir die Grundprinzipien der Gesellschaft, ja, der ganzen Zivilisation über den Haufen werfen.«

Für einen Moment schimmerte Nickis Hoffnung auf, dass sie die ganze Sache doch noch abblasen würden. Sie schämte sich gleich dafür.

»Was sollen wir machen?«, fragte Theo.

»Canon retten, natürlich«, murmelte Chips.

Sie sahen sich an. Niemand wiedersprach.

»Wir müssen noch über eine Sicherheitsmaßnahme sprechen«, sagte Gretchen dann und es klang, als müsste sie mit sich ringen. »Ich will, dass wir uns die Namen unserer Dämonen anvertrauen, zumindest theoretisch.«

»Wieso?«, fragte Chips. »Das ist doch bescheuert, das darf man nicht verraten.«

Gretchen blieb ganz ruhig, den Blick auf ihre Tasse gerichtet. »Wir müssen auf der Hut sein, auch voreinander. Indem wir die Namen unserer Dämonen austauschen, hat jeder etwas gegen den anderen in der Hand.«

»Das ist bescheuert«, beharrte Chips.

»Entspann dich«, murrte Theo. »Die Namen stehen auf Karten und die Karten stecken in Umschlägen und die tauschen wir aus, ohne sie zu öffnen, okay? Und wenn alles klappt, geben wir die Umschläge zurück und nichts ist verraten.«

»Wozu soll das gut sein?«, fragte jetzt auch Nicki.

Gretchen legte den Kopf schief und musterte sie, als wäre Nicki ein erstaunlich dummes Tier. »Wir begeben uns in die Unwelt, wo alle Pakte der Welt umgeschrieben werden können. Wozu könnte es also gut sein, den Namen eines Dämons zu kennen, hm?«

Endlich begriff Nicki. Jeder von ihnen sollte die Möglichkeit haben, den Dämon eines anderen zu verstümmeln. Um demjenigen, der mit ihm paktierte, unabsehbare Schäden zuzufügen.

»Warum?«, wiederholte Nicki mit bebender Stimme. »Ich will niemandem was tun.«

»Das sagst du. Ich will eine Garantie dafür«, erwiderte Gretchen.

»Wir alle riskieren unser Leben, um Canon zu retten! Ist das nicht Grund genug, sich zu vertrauen?«

Gretchen musterte sie ungerührt. »Lautréamont wurde von

einem Fließwesen beeinflusst – das höchstwahrscheinlich mit jemandem aus Canons Umfeld paktiert.«

»Du meinst mich. Sag es doch.«

Gretchen setzte ein Lächeln auf, das Nicki schaudern ließ. Für einen Moment sah man ihr deutlich an, wer ihr Vater war.

»Und wenn der Verräter, an den du so fest glaubst, einen falschen Namen aufschreibt?«, fragte Nicki.

»Netter Versuch.« Mit einem Seufzen stand Theo auf und holte vier Stifte und vier kleine Briefumschläge, kaum breiter als eine Handfläche, aus seiner Tasche. »In jedem Umschlag steckt eine bannbelegte Karte. Darauf schreiben wir unsere Namen und halten sie kurz zum Beweis hoch. Anschließend muss der Umschlag mit Spucke zugeklebt werden. Der Name des Dämons erscheint dann automatisch auf der Karte. Dann geben wir unsere Umschläge nach links weiter …«

»Ich soll *ihr* meine Karte geben?« Nicki deutete auf Gretchen, die links von ihr saß.

»Ist doch egal«, sagte Theo gedehnt. »Wer nichts zu verbergen hat, hat nichts zu befürchten.«

Nicki rieb sich die Stirn. »Wir sind sicherer, wenn wir uns gegenseitig Messer an den Hals halten, ja?« Weil niemand reagierte, nahm sie wütend den Stift, kritzelte *Estella Witnick* in ihrer unleserlichsten Schrift auf die Karte und hielt sie jedem vor die Nase.

»Du heißt Estella?«, fragte Theo.

»Vielleicht lüge ich«, knurrte Nicki und leckte den Umschlagrand ab, um ihn sorgfältig zuzukleben.

»Ich will ihren Ausweis sehen«, sagte Gretchen.

Nicki war fassungslos. Aber was sollte sie machen? Sie hatte keine Lust, sich stundenlang zu streiten, nur weil Gretchen ihr das Schlimmste zutraute. Sie zeigte ihren Ausweis.

Auch die anderen beschrifteten ihre Karten. Nicki fand es albern, sie zu überprüfen, und blickte stur aus dem Fenster. Entweder ließ sich Gretchen von dieser Lässigkeit anstecken, oder aber ihr Misstrauen hatte von Anfang an nur Nicki gegolten – denn von Theo und Chips wollte sie weder die Karte mit ihren Namen noch den Ausweis sehen. Nicki verkniff sich ein Schnauben. Das ganze Theater diente nur dazu, dass Gretchen etwas gegen Nicki in der Hand hatte. Von wegen jeder auf der Hut vor jedem!

Mit verbissenen Mienen gaben sie ihre Briefe im Kreis: Nicki an Gretchen, Gretchen an Theo, Theo an Chips, Chips an Nicki.

Gretchen atmete durch. »Also dann?«

Theo nickte. Jeder holte seine Grabkerze, Chips verteilte Streichholzschachteln.

»Auf drei?«, fragte er.

Sie zählten gemeinsam, Streichhölzer in den Händen: »Eins … zwei … drei.«

Sie entfachten die Hölzchen.

Nicki sah, wie die Flamme auf den Docht hüpfte. Das Feuer stülpte sich nach innen und saugte das Zimmer hinterher. Licht und Dunkelheit umtosten sie. Ihr Körper flackerte, zerstob zu einer Wolke vibrierender Atome. Dann schmolzen die Abermillionen Teilchen wieder zusammen, wurden eins, wurden Nicki. Mit brennenden Augen starrte sie in die Kerze, die jetzt so friedlich vor sich hin leuchtete, als hätte sie nie etwas anderes getan.

Doch die Umgebung hatte sich verändert: Sie befanden sich nicht mehr im Wasserturm, sondern unter einer Zeltplane aus tiefrotem Samt, der in schimmernden Falten herabwallte und in einem Boden versank, der gar kein Boden war, sondern Wasser.

Nicki blieb ein Schrei in der Kehle stecken. Sie standen auf der Wasseroberfläche, die sich nachgiebig, beinah unvorhanden anfühlte. In der Tiefe umglitten sich riesige, schlangenartige Tiere. Eines von ihnen schwamm direkt unter ihnen vorüber.

Nicki wankte. Die Sohlen ihrer Schuhe sanken unter die Oberfläche, Nässe drang an ihre Socken.

»So sehen wir uns wieder«, sagten mehrere zarte, dunkle Stimmen.

Sie drehten sich um. Licht und Schatten durchliefen den Samtstoff, sonst war nichts zu sehen.

»Nahovizer?«, rief Gretchen.

»In der Furcht rufen die Menschen uns an. In der Furcht sind wir mächtig. Sind wir gütig. Sind Licht.«

Wieder fuhren sie herum. Die Stimmen wehten aus allen Richtungen und trugen einen schweren, süßen Duft mit sich. Nicki versuchte einen Schritt zu machen, doch kaum bewegte sie den Fuß, sank sie tiefer. Erschrocken kämpfte sie um ihr Gleichgewicht. Ihre Sohlen waren längst durchtränkt.

»Drei Tage haben wir auf euch gewartet. Nun sind wir voller Vertrauen, dass ihr die helfende Hand ergreifen werdet.«

Der Rücken eines Ungeheuers schnitt durch die Wasserfläche wie ein glänzender Reifen und verschwand wieder.

»Ihr habt uns noch nicht gesagt, wer Lautréamonts Gebieter ist. Sein Name«, stammelte Theo.

»Den Namen sollt ihr erfahren, wenn ihr einwilligt.«

»Wir nehmen Euer Angebot an«, sagte Gretchen. »Jetzt der Name von Lautréamonts Gebieter! Und Ihr müsst uns erklären, wie wir aus der Unwelt wieder zurückkommen.«

»Menschen!«, flüsterte Nahovizer und lachte leise. »Euer Verstand umgibt euch wie eine Glocke, darin alles fasslich und ordentlich sortiert. Doch der Verstand stößt an Grenzen. Findet Namen für die Grenzen. Namen für das Dahinter, diese ewige Nacht, um ihr einen Horizont zu verleihen, den Anschein von Fassbarkeit. Unendlichkeit. Gott. Nichts als Namen! Erzeugen Namen die Wirklichkeit? Können Namen sein, wo es *keine* Wirklichkeit gibt?«

»So haben wir es euch verraten.« Echos raschelten in den bewegten Falten des Samtes. Ein Luftzug blähte das Zelt und ließ es wieder zusammensinken. »In der Fließwelt ist das Unvorstellbare die Grenze von allem, haarfein. Doch es ist eine bewegte Grenze. Der Glaube kann sie versetzen.« Die Stimme schien jetzt näher, Nicki spürte einen feuchten, nach dem Sterben unendlich vieler Blumen riechenden Atem im Nacken: »Das, was hinter dem Universum liegt und vor dem Urknall war, die Unendlichkeit, Antwort auf das letzte Warum, namenlose Nacht, die starr das fließende Leben umkrallt – dieser Gedanke, in Worte fassbar und doch unvorstellbar, wird euer Schlupfloch in der Unwelt sein, und woran ihr glaubt, wird euch dahinter empfangen.«

»Wir müssen nur an etwas denken?«, wiederholte Nicki. Sie wollte sichergehen, dass sie ihn nicht falsch verstand.

»Es gibt in der Unwelt keine anderen Taten als Denken.«

Angestrengt starrte Nicki in die wallenden Vorhänge. Schemen schienen darin umherzuhuschen. »Wer ist Lautréamonts Gebieter?«

Ein Raunen und Rascheln ging durch den Stoff. Wasser platschte. Als Nahovizer sprach, schien er aus vielen Kehlen zu wispern und klang schwächlich: »In die Brunnen horchen wir und sammeln die Echos der Welt. Namen, so viele Namen entströmen dem Flattern der Pakte. Wir haben *Lautréamont* gehört, verbunden mit dem großen *Aton*. Dies ist sein Gebieter: Aton!«

Da traten aus den Schatten der Vorhänge mehrere Männer. Manche waren jung und schmächtig, andere alt und gebeugt und doch hatten sie Ähnlichkeit miteinander – dieselben Augen, denselben Mund, gleiche Kleidung und Haare, nicht wie Brüder, sondern wie Bilder aus denselben Fragmenten. Ihre Spiegelungen auf dem Wasser waren vertauscht. Oder es waren gar keine Spiegelungen, sondern noch mehr Mischwesen aus Nahovizers Erscheinungselementen. Einzelne Züge an ihnen erkannte Nicki wieder, flackernde Erinnerung, verstörende Déjà-vus.

»Furcht ist der Nährboden«, sagten die Männer traurig, mitfühlend, höhnisch und drohend durcheinander. »Denn seht: Finsternis herrscht, ihm entspringt der Anfang, das Wort.«

Direkt vor ihnen schoss ein schlangenartiges Ungeheuer auf, schlängelte sich schwerelos empor und verschwand in den Schößen des Samtes. Da begriff Nicki, dass nicht die Schlange über Wasser war – sondern sie waren darunter.

Das Labyrinth in der Kugel

Die Gestalten von Nahovizer blickten zu ihnen herab, dann zerflossen sie hinter einer trüben Wand. Nicki schnappte nach Luft und spürte kalte Finsternis in ihre Lungen quellen. Doch sie hatte keine Atemnot. Es war, als wäre ihr Bedürfnis nach Sauerstoff einfach ausgeschaltet. Die riesige Wasserschlange umkreiste sie. Ihren Kopf konnte Nicki nicht sehen; immer wenn sie sich umwandte, war er gerade außerhalb ihres Sichtfelds.

»Haltet euch fest«, flüsterten die Stimmen von Nahovizer.

Die Grabkerzen, die sie noch immer in den Händen hielten, brannten nun schwächer und kälter als in der Luft. Kaum erhellten sie den massigen Leib der Wasserschlange, die an ihnen vorüberglitt. Sie berührten ihre Haut. Weich und empfindsam wie von einem Menschen floh sie unter ihren Fingerspitzen dahin. Chips schloss die Arme darum und verschwand. Einer nach dem anderen machte es ihm nach. Der Leib war so dick, dass sie ihn nicht ganz umfassen konnten. Bläschen wirbelten, als die Schlange sich drehte, und Nicki wirbelte in Spiralen mit. Noch immer konnte sie den Kopf des Tiers nicht sehen. Vielleicht hatte es keinen.

»Wahr ist nur, was in euch fließt«, sagte Nahovizer ganz in der Nähe. Im Strudel der Bläschen versuchte Nicki ihn zu finden. Doch sie sah nur Dunkelheit, wogendes Rot, wühlende Schlangenleiber. Es war schrecklich und wunderschön.

Funken flogen aus ihrer Kerze, wuchsen zu Formen und Zeichen. Hieroglyphen. Zahlen, Formeln, fremde Worte flossen umeinander wie schlanke Fische, vereinten und verwandelten sich in immer neue Symbole. Andere Funken verästelten sich zu einem Gebäude aus Licht, einem Turm, einem Dom, einer Kathedrale.

»Das Universum bekam Augen und Ohren und Hände, um sich selbst zu erkennen: Das war das Leben«, sagten die zahlreichen Stimmen Nahovizers. Die Funken bildeten Zellen, die sich anordneten und Quallen formten, die zu Krebsen wurden, sich in Menschen verwandelten. »Alles Wahrnehmbare bis in die Unendlichkeit stürzte auf einen winzigen Punkt zusammen: Den Schädel eines lebendigen Geschöpfes. Dort hinein passt der ganze Weltraum. Der Weltraum ist auf eure zarten Köpfe komprimiert. Wie aus Knospen duften heraus Gedanken, geronnen und geschwenkt durch die Irrwege des Empfindens. Ihr seid der Abdruck der Welt. Euer Abdruck ist unsere Welt. Ein endloses Labyrinth, gefasst in einen Kopf, diese winzige Kugel, leicht wie der gelöste Staub eines Kometen, gewichtig wie das Samenkorn des Urknalls.«

Die Funken zerstoben zu einem kristallinen Regen, bis nichts mehr da war außer flirrender Helligkeit. Nicki kniff die Augen zusammen, aber das änderte nichts an dem, was sie sah. Linien und Kreise fraßen sich in das Licht und bildeten ein Labyrinth endloser Verzweigungen, immer größer und undurchschaubarer und schließlich dreidimensional. Zuletzt schrumpfte das Licht auf eine Kugel in ihren Händen zusammen und verpuffte.

Das Gewicht ihres Körpers kehrte zurück und sie spürte die Schwere ihrer Knochen, Organe und Muskeln deutlicher denn je; sie spürte auch einen festen Boden unter den Knien. Sie japste nach Luft. Die Stimmen, die in ihren Ohren knisterten, wurden vom Pumpen ihres Herzens übertönt und zerkrümelt.

Neben sich nahm sie Chips, Gretchen und Theo wahr, ein Durcheinander aus wackeligen Gliedmaßen und triefenden Kleidern. Bäche rannen aus ihrem Haar. Daher kam Nicki sich so viel schwerer vor als sonst.

»Wow«, sagte Theo. »Wo sind wir?«

Die Umgebung glich einer weißen Röhre, die aus sich selbst heraus zu leuchten schien. Nicki fasste sie an und merkte, dass sie aus Papier war; dunkles Gekrakel entstand unter ihren Fingerspitzen. Hastig zog sie die Finger zurück. Die Zeichen verschwanden. Als sie erneut mit den Fingern über die Papierwand fuhr, eilte ihrer Berührung ihre eigene Handschrift nach: *Was ist … oh mein Gott. Das sind meine Gedanken! Die Wand liest meine Ge…*

Sie zog die Hand zurück.

»Der Boden«, japste Gretchen. Alle sahen nach unten und entdeckten flimmernde Pfützen aus Sätzen: *Ich bin so nass! Ach du meine Güte … meine Gedanken! Es wimmelt …*

Die Sätze flohen in alle Richtungen und wurden immer länger.

Beruhig dich! Denk langsam! Je panischer du bist, umso länger werden die …

»Ist das schlimm?«, fragte Chips nervös.

»Keine Ahnung«, gab Gretchen zurück. »Aber wir hinterlassen Spuren, die immer länger werden …« Sie zog jäh die Luft ein.

Nicki folgte ihrem Blick. Unter Theos Füßen war *nichts*. Kein Wort.

»Theo«, stammelte Gretchen.

Ein Lächeln lag auf seinem Gesicht. Im nächsten Moment war er verschwunden.

Nicki stieß einen Laut des Entsetzens aus.

Gretchen stürzte zu der Stelle, wo er verschwunden war. Es schien, als würde sie mit sich selbst ringen. Dann wurde Theo wieder sichtbar, noch immer grinsend in ihrer Umklammerung.

»Helft mir«, stöhnte sie. »Er ist besessen!«

Nicki und Chips packten ihn, sodass er in ihrer Mitte stand. Er wehrte sich nicht.

»Sachte«, sagte er nur. Dann sah er Nicki direkt an. »Du willst doch nicht negativ auffallen.«

Nicki schauderte. Es war nicht Theo. Aber es war sein Körper, seine Stimme. Erfüllt von einem unbekannten Wesen.

»Was jetzt?«, japste sie.

»Ruhe bewahren«, befahl Gretchen. »Vergesst nicht, hier machen wir die Wirklichkeit. Er ist nur so stark, wie wir zulassen.«

Sie nickten unsicher. Theos Dämon schien sich in ihrer Umklammerung pudelwohl zu fühlen.

»Ihr zwei«, sagte Gretchen und warf Nicki und Chips einen Blick zu. »Denkt nach. Aton heißt das Fließwesen, dem Lautréamont folgt. Fällt euch zu dem Namen irgendwas ein?«

»Aton?«, wiederholte Theos Dämon interessiert.

Nicki biss sich auf die Unterlippe. »Klingt wie Anton. Mir hat mal jemand gesagt, Anton bedeutet unschätzbar oder unverkäuflich.«

Gretchen zog nur kurz die Augenbrauen zusammen, mehr war Nickis Bemerkung ihr offenbar nicht wert.

»Ich weiß, wer sich Aton nennt«, sagte Theos Dämon.

»Wer?«, fragten Gretchen und Chips gleichzeitig.

»Gebt mir euren Namen und eure Hand, dann verrate ich es.«

Gretchen senkte den Kopf. »Ihr seid alle unbrauchbar. Los, wir gehen. Vielleicht fällt mir auf dem Weg ein, wer Aton sein könnte. – Lass ihn nicht los!«

Sie setzten sich in Bewegung. Der Dämon trottete artig mit, wobei er mit dem Blick ihren Gedanken auf dem Boden folgte. Nicki wollte sich gar nicht vorstellen, was geschah, wenn er auf etwas anderes Lust bekam.

»Nur, worauf du auch Lust hast, Kleine«, sagte er grinsend.

Sie ignorierte ihn. Dachte an Tallis, der mehrere Stunden in seinen Domänen blieb. Wie sollten sie stundenlang auf einen besessenen Theo aufpassen *und* die Pakte umschreiben?

»Wie bitte, Pakte umschreiben?«, wiederholte der Dämon. »Und ob ich stundenlang bleibe, das lass ich mir doch nicht entgehen.«

»Hey, ich frier überhaupt nicht«, bemerkte Chips. Plötzlich wurde sein Atem sichtbar. Schlagartig fiel die Temperatur.

Fröstelnd rückten sie näher.

»Wir sind hier die stärkste Realitätsquelle«, erinnerte sie Gretchen. »Wenn wir uns also vorstellen, dass …«

Mit einem Mal war ihre Kleidung trocken. Gretchens Lächeln verschwand gleich wieder, als Theos Dämon zu lachen begann.

»Wie frisch aus dem Trockner! Ich liebe Menschen. Und ihr seid echt süß.«

Bevor Nicki zurückweichen konnte, küsste er sie auf die Stirn. Als er dasselbe mit Gretchen tun wollte, riss sie ihn am Arm. »Weiter!«

Kein Ende des Tunnels war in Sicht, alles strahlte mattes Licht aus.

»Glaubt ihr, wir gehen in die richtige Richtung?«, fragte Chips. Und stolperte gegen eine Wand. Links und rechts zweigten Wege ab, die vollkommen gleich aussahen: weiß.

Fragend wies Gretchen nach links. Weil niemand Einwände hatte, bogen sie ab.

Plötzlich fehlte der Boden. Schreiend stürzten sie in die Tiefe. Der Tunnel hatte sich in eine Rutsche verwandelt.

»Die Arme raus!«, brüllte Chips. »Bremst!«

Sie spreizten die Arme und Beine. Wild gekritzelte Flüche und Satzzeichen flatterten hinter ihnen her. Schließlich erreichten sie ebenmäßigen Grund und drückten sich gegenseitig die Beine in den Rücken. Nicki hämmerte das Herz so heftig, dass sie nichts anderes mehr hörte. Umständlich stand sie auf und packte schnell wieder Theos Arm.

»Wessen Idee war *das* denn?«, fauchte Gretchen.

»Ähm, kann sein, dass ich das war«, murmelte Chips. »Ich hab überlegt, wie wir schneller sein könnten.«

Der Dämon lachte wieder. »Phänomenal.«

»Warne uns das nächste Mal«, knurrte Gretchen.

»Hier geht es nicht weiter«, sagte Nicki.

Sie befanden sich in einem Viereck aus Papier, kein Durchgang war zu sehen außer der Rutsche, aus der sie gekommen waren. Nicki tastete über die Wände und merkte, dass man sie aufblättern konnte. Ihre Gedanken flimmerten bruchstückhaft über das Weiß, während sie die großen Seiten umschlug. Neue Gänge taten sich auf. Sie stiegen hinein, blätterten gemeinsam weiter, stiegen wieder um, bis ihre Gedanken nur noch Echos derselben Ratlosigkeit waren. Schließlich sah Nicki etwas am Ende eines Tunnels vorbeisausen und zeigte darauf.

Wieder flirrte etwas vorüber. Aus der Ferne konnten sie nicht erkennen, was es war. Sie gingen näher. Ein sanftes Rauschen drang an ihre Ohren.

»Was ist das?«, flüsterte Nicki.

»Wehe, jemand denkt an Wasser, nur weil die Gänge *Brunnen* heißen«, murmelte Gretchen.

»Wenn du sagst, wir sollen nicht an Brunnen denken, denkst du doch selber an Brunnen«, zischte Chips zurück.

»Hört auf, an Wasser zu denken!«, unterbrach Nicki.

Sie erreichten eine Kreuzung und guckten in alle Richtungen. Wieder kam etwas angeflattert. Automatisch gingen sie in Deckung.

Es war eine kleine Schlange aus Worten, die in Wellenbewegungen durch die Luft glitt. Sie konnten die krakelige Handschrift nicht entziffern, dafür bewegte sie sich zu schnell auf und ab.

»Ein Pakt«, japste Gretchen. »Entweder er fliegt zur Kanzlei hoch oder runter in die Unwelt.«

Es gab nur einen Weg, das herauszufinden. Sie liefen dem Pakt hinterher.

Gerade als sie um eine Ecke bogen, kam ein zweiter Pakt dazu: Dieser war länger und bestand aus mehreren Zeilen, deren Abstand sich durch die Wellenbewegungen vergrößerte und verkleinerte. Sie folgten ihm.

Bei der nächsten Biegung flatterte ihnen eine Wortschlange entgegen. Sie war so schnell, dass Nicki den Luftzug spürte. Während sie weiterliefen, schlossen sich noch drei Pakte an; immer mehr kamen ihnen entgegen. Gut möglich, dass sie in die falsche Richtung unterwegs waren. Nicki beschloss, sich mit dieser Sorge erst zu befassen, wenn sie sich bewahrheitete.

Bald raschelte und knisterte es vor Pakten, die aus sämtlichen Gängen strömten. Die ersten, denen sie gefolgt waren, hatten sie längst aus den Augen verloren. Sie versuchten in dem flirrenden Durcheinander eine Spur zu erkennen, die dichter war als alle anderen. Immerhin war der Weg zurück für alle derselbe, der Weg nach oben zur Kanzlei für jeden ein anderer.

»Pakte!«, gluckste Theos Dämon und wollte danach greifen. Doch Nicki und Gretchen hielten ihn eisern umklammert. Wie ein Mantra wiederholte Nicki in Gedanken, dass er hier schwächer war als sie. Alles hing nur von ihrer Vorstellung ab.

Lächelnd musterte der Dämon Gretchen. »Warum lässt du den armen Jungen nicht endlich ran? Vielleicht befalle ich ihn dann. Ich besorg's dir besser als er.«

Gretchen ohrfeigte ihn, dass es schallte.

Der Dämon schien nur darauf gewartet zu haben. Er riss seinen Arm frei und grapschte nach einem Pakt.

Die dünne Schriftschlange erschauderte. Ihre Buchstaben klapperten aneinander, dann wirbelten sie in einen Strudel zusammen, sprengten wieder in eine lange Reihe und rasten davon.

Hektik brach aus. Auch die anderen Pakte schossen jetzt durch den Gang. Einer streifte Nicki an der Wange. Sie schnappte nach Luft; er hatte sie geschnitten.

»Ups«, sagte der Dämon.

Sie wichen an die Wand. Das Flattern und Rauschen wurde lauter. Es klang, als würden riesige Bücher durchblättert. Dabei sickerten panische Halbsätze hervor, wo ihre Rücken das Papier berührten.

Etwas Seltsames geschah in Nickis Kopf. Ihre Gedanken stießen an glattes Nichts, brachen in der Mitte und verursachten pfeifende Schmerzen zwischen ihren Schläfen. Je mehr sie zu begreifen versuchte, was vor sich ging, umso grober wurden ihre Gedanken abgehackt. Sie verzerrte das Gesicht. Es fühlte sich an … es war … als würden … Nerven … rupfen …

Plötzlich packten sie zwei Hände an den Schultern. Sie blickte auf.

Tallis!

»*Jetzt* bist du in Lebensgefahr«, sagte er. Sein dunkelhäutiges Gesicht vor sich zu sehen flößte ihr so viel Erleichterung ein, dass sie beinah geschluchzt hätte. Wie hatte er es geschafft, hier aufzutauchen? Sie hatte damit gerechnet, dass er in ihr erscheinen würde, nicht in einer anderen Domäne.

Er zog sie von der Wand weg, schnappte auch Chips am Ärmel und zerrte sie durch den Gang. Gretchen und Theos Dämon folgten. Pakte schossen links und rechts an ihnen vorüber. Nicki hörte sie wie Klingen vorbeisausen. Aber sehen konnte sie sie kaum noch: Es schien heller geworden zu sein. Sehr viel heller. Nicki blinzelte, denn das Licht, das durch die Wände strahlte, tat weh.

»Jetzt wird's ungemütlich.« Theos Stimme klang durch Papier gedämpft. »Na, viel Glück noch!«

Tallis drehte sich im Laufen zu ihr um. »Versuch an nichts zu denken!« Auch seine Stimme war schwer zu verstehen, nur ein Lautgekräusel.

An nichts zu denken war leichter gesagt als getan. Nicki kam nicht einmal dazu, sich vorzunehmen, an nichts zu denken – schon dieser Gedanke wurde verstümmelt. Sie schüttelte den Kopf, während sie Tallis hinterherstolperte.

Der Raum in ihr wurde enger. Und enger. Sie war kaum noch da. Keine Kontrolle. Ihre Füße. Schleiften. Über.

Nicki hörte Tallis keuchen. Sie klammerte sich an ihn und spürte, dass er unter seinem Mantel zierlicher war, als sie gedacht hätte. Noch immer rasten die Pakte vorüber. Nicki biss die Zähne zusammen, als sie etwas an den Beinen schnitt. Sie sah, dass auch Tallis' Mantel aufgeschlitzt wurde, doch er ließ sich keinen Schmerz anmerken.

Die Helligkeit bebte. Bekam einen Wackelkontakt. Dann wurde es schlagartig dunkel.

Jorge Luis Borges

»Seid ihr noch da?!«, stammelte Nicki.

»Wir sind hier«, stöhnte Gretchen hinter ihr.

Ihre Gedanken waren zumindest wieder lang genug, um zu sprechen.

In der völligen Finsternis knackte und knirschte es. Der Boden bewegte sich. Nicki krallte sich an Tallis' Arm und umklammerte mit der anderen Theo.

Theo atmete laut. »Wo ist die Riesenschlange? Sind wir noch unter Wasser?«

»Bist du es?« Gretchen schien den Tränen nahe. »Theo! Bist du wieder …«

»Was ist passiert?«

»Alles hat wehgetan«, sprudelte Gretchen los. »Es war so eng. Da hab ich an Finsternis gedacht, einfach Finsternis.«

»Wir sind schon in den Brunnen der Kanzlei?«, stöhnte Theo.

Nicki hörte, wie Gretchen ihn umarmte. »Du warst besessen. Ich hatte so Angst! Bist du es wirklich?«

»Klar. Was ist …«

»Irgendwas passiert«, rief Chips.

Aus der Dunkelheit traten Formen. Vage Schimmer wölbten sich. Glieder teilten sich aus der Masse, Finger sprangen auseinander und griffen ins Leere. Innerhalb von Sekunden war ein Tunnel aus *Körpern* um sie gewachsen.

»Passt auf!« Tallis begann wild hin und her zu hüpfen, um seine Füße den weichlichen Händen zu entziehen. »Ich schlage vor, wir laufen!«

Sie stolperten über die lebenden Gliedmaßen, die sich nach ihnen reckten. Nicki wurde vor Ekel beinah schwarz vor Augen. Ihr war, als hörte sie Stöhnen in den Fleischmassen, doch Gesichter waren nirgends zu sehen. Es waren keine ganzen Menschen. Die Brunnen speisten sich aus Gretchens Vorstellungskraft. Ein salziger, warmer Geruch stieg auf.

Ein Seufzer erklang direkt an Nickis Ohr. Es kam nicht aus den Körperwänden – sondern von einem Brief, der durch die Luft flatterte. Überall schwebten kleine gefaltete Zettel vorüber, die kummervolle oder sehnsüchtige Geräusche ausstießen. Es mussten die Pakte sein.

»Was ist das?«, fragte Theo.

»Nicht!«, riefen Gretchen, Nicki und Chips gleichzeitig. Doch zu spät. Theo hatte sich nach einem Brief ausgestreckt und wurde mehrere Schritte mitgerissen, wobei er Tallis und Nicki umstieß wie Kegel. Hastig rappelten sie sich wieder auf. Widerlich schlaffe Finger betasteten Nicki.

»Das ist die Rettung!« Chips sprang nach dem nächsten Brief, der vorüberwehte, krallte sich an ihm fest und hob vom Boden ab. Die anderen begriffen und machten es ihm nach.

Die Pakte schossen fluchtartig los. Nicki spürte bald, dass sie senkrecht in der Luft lag. Bei jeder Biegung, die die Briefe in ihren Fäusten machten, wurden sie herumgeschleudert und schrammten mit den Füßen über die Körperwände.

Es ging bergab. Sehr steil bergab. Theo begann zu schreien. Die anderen stimmten mit ein. Nicki hatte schon immer Höhenangst gehabt und nun stürzte sie in die Tiefe, lediglich an ein Stück Papier geklammert.

Und an die Hoffnung, dass ihnen nur das widerfahren würde, was sie sich ausmalten. Mit aller Macht versuchte sie ihre Todesvisionen zu bezwingen. Tapfer riss sie die Augen auf, doch im Rausch des Sturzes sah sie ohnehin nicht mehr als dunkle Wogen. Wogen. Weiche Wellen. Nicht Wasser. Dünen.

Der Brief in ihrer Faust wurde hart, dehnte sich aus und sprengte ihre Finger schließlich auseinander. Da sah sie, dass der Pakt kein Brief mehr war, sondern eine unebene, gläsern wirkende Kugel – ein riesiges Sandkorn. Reflexionen taumelten darin umher. Sie sah Gesichter, eine glückliche Familie, dann Ascheflocken, aufgerissenen Asphalt. Szenen flirrten durch das gläserne Korn, die zu schnell waren, als dass man einen Sinn hätte erkennen können. Nun war es so groß geworden, dass Nicki es nicht mehr in den Händen halten konnte. Dumpf polterte die Kugel zu Boden, Nicki stolperte hinterher – und stürzte in Sand.

Die anderen landeten kreuz und quer um sie herum. Die Pakte, an denen sie sich festgehalten hatten, waren ebenfalls zu flimmernden Souvenirkugeln angewachsen.

Ein Geräusch schwoll an, als würde ein gigantischer Butterkeks zerkaut. Die Decke begann zu rieseln. Dann stürzte sie ein. Tallis zog Nicki gerade rechtzeitig zur Seite, als eine glosende Kugel herabstürzte, ein Stück durch den Sand eierte und im Boden versank. Nicki und Tallis, die am nächsten standen, wurden von den Sandmassen beinah eingesaugt. Sie machten große, quälend langsame Schritte in die entgegengesetzte Richtung, ohne sich von der Stelle zu bewegen.

Wieder erklang das knirschende Geräusch, gefolgt von einem zweiten Riesensandkorn, in dem Szenen flirrten und winzige Geräusche durcheinanderzuflackern schienen. Der Boden sackte unter ihr weg und zog Gretchen und Theo mit, die sich aneinanderklammerten. Chips versuchte sie wieder aus dem Loch zu ziehen und geriet mit in den Sog.

Auch Nicki und Tallis kamen nicht mehr gegen den einsinkenden Sand an. Bis zu den Knien steckten sie im Loch, bekamen die Beine nicht mehr heraus. Keuchend versanken sie in den knirschenden Massen.

Keine Luft mehr. Abertausend kleine Körnchen pressten Nicki. Komprimierten sie. Ihr Herzschlag verwandelte sich in ein Ticken. So wenige, wenige Sekunden waren ihr Leben. Es war nicht einmal genug Zeit, um darüber nachzudenken, wo sie war und was mit ihr geschah. Ihre Füße schienen riesenhaft anzuwachsen. Dann auch ihre Beine. Der Druck verließ sie von unten nach oben, als käme sie aus einer Presse. Dann plumpste sie in einen Sandberg und kullerte ein Stück hinter der Kugel her, die das Loch vorhin erzeugt hatte. Sie registrierte, dass Tallis noch da war und ein paar Hände aus dem Sand ragten, aber für ein Winken, ein Wort reichte ihre Kraft nicht.

Erneut saugte das Loch, durch das die Kugel geploppt war, den Boden unter ihnen weg. Nicki holte gerade rechtzeitig Luft, um sich für den nächsten Sturz bereit zu machen, und bekam Sand in Mund und Nase.

Als sie die Körner diesmal umfingen, schien der Druck noch stärker als zuvor. Nicki fühlte jedes einzelne der Millionen Kügelchen. Sie war selbst nichts anderes mehr. Welchen Grund hatte sie, Canon retten zu wollen? Welchen Grund hatte sie, überhaupt etwas zu wollen? All die Milliarden Geschöpfe, von denen sie nur eins war! Sie konnte nichts mehr wichtig finden angesichts der unerträglichen Beliebigkeit ihrer Existenz. Ihr rasendes Ticken war immer dasselbe Ticken. Jedes Korn trug Stunden, Tage, Jahre in sich. Für immer waren darin Gefühle, Gedanken und Ereignisse gespeichert, und es gab niemanden, der all diese Geschichten jemals erfahren würde. Alles war für die Ewigkeit konserviert ohne Grund, ohne Zeugen, ohne Bedeutung. Zusammen bildete das endlose, eintönige Geticke ein Knirschen, das nach nicht mehr klang als dem Zerknabbern eines Butterkekses.

Grenzenlose, in den Wahnsinn treibende Traurigkeit überkam sie. Sie hätte weinen mögen, aber sie konnte nicht. Ihr Herz war ausgedörrt.

Gerade als sie glaubte, es nicht mehr auszuhalten, stürzte sie auf die nächste Ebene und rollte hilflos durch den Sand, bis der Boden wieder nachgab. Sie konnte nicht mehr. Es war zu viel –

oder zu wenig. Sie sehnte sich nach einem Schmerz, der die Traurigkeit fassen konnte und in Tränen bannte, in eine Wunde, irgendwas. Hilflos kratzte sie sich über die Unterarme. Der Sand zerknüllte sie wie ein Taschentuch. Sie sank erneut in die malmenden Massen.

Da glomm etwas in ihr auf – ein Gefühl, das sich gegen die Hoffnungslosigkeit stemmte. Es war Wut. Wieso musste alles so bedeutungslos sein? Wenn sich die unzähligen Leben völlig unbeobachtet abspielten, dann gab es doch auch niemanden, der sie von außen betrachten und bedeutungslos *finden* konnte. Jedes einzelne Korn, jede einzelne Kugel war für sich selbst eine Welt. Wie viele es von ihnen gab, spielte gar keine Rolle. Jeder war doch in seiner Kugel geborgen. Es war nur Schein – die Bedeutungslosigkeit war nichts als Schein!

Sie fiel aus dem Sand auf festen Boden. Ein helles Klirren hallte nach: Die Sandkörner, die aus der Decke fielen, hüpften über den blitzenden Boden. Alles bestand aus schroffem, funkelndem Kristall, in dem Farben ineinanderflossen. Es sah aus, als wären violette, nachtblaue und tiefgrüne Ozeane mitten in ihrer schäumenden Vereinigung erstarrt. Hier und da schwebte ein winziger, giftgrüner Blitz, eine rätselhafte Eisblume, ein gelber Stern in den Farbnebeln, als wäre darin die Zeit stehen geblieben.

Die anderen lagen hustend neben Nicki. Sandkörner rieselten ihnen aus den Haaren und zersprenkelten in glitzernden Staub.

»Wer hat uns gerettet?«, keuchte Theo.

Nicki sah die anderen an, doch die blickten nur ratlos zurück. Erschöpft sagte sie: »Falls ich es war, kann ich nicht erklären, wie ich es gemacht habe. Ich hab komische Sachen gedacht. Und noch komischere gefühlt.«

»Deine Fantasie ist mindestens so krank wie meine«, stellte Gretchen fest. Nicki fand, dass sie nie etwas Netteres zu ihr gesagt hatte.

Als Gretchen sich umgesehen und keine unmittelbare Gefahr

ausgemacht hatte, wandte sie sich an Tallis: »Wer zum Teufel bist du?«

»Mein Dämon«, seufzte Nicki. Schweigen trat ein.

»Wie hat er die Domäne hier reingekriegt?«, fragte Theo. Alle starrten Tallis an.

»Ich bin auf demselben Weg gekommen wie ihr. Nahovizer war so freundlich.«

Langsam drehte Gretchen sich zu Nicki um. »Du ... du wusstest das.«

»Hä? Ich versteh nicht mal, was ...«

Gretchen packte sie am Kragen. Der Tunnel verengte sich abrupt. Nicki und Gretchen taumelten auseinander. Auch die anderen wurden niedergedrückt.

»Ich hab Angst«, wimmerte Chips. »Ich glaub, wir sind jetzt in meiner Vorstellung. Ich ... ich will nicht erdrückt werden!«

»Reiß dich zusammen«, fauchte Gretchen. »Es passiert nur, was du dir vorstellst!«

»Da!« Nicki deutete auf einen Spalt zwischen den Kristallen. Innerlich beschwor sie ihn, breiter zu werden. Ganz ruhig. Als hätte sie keine Todesangst. Tatsächlich öffnete er sich, bis sie hindurchpasste. Tallis kroch dicht hinter ihr her, die anderen folgten.

Schweiß trat Nicki auf die Stirn. Die Angst, zwischen den scharfen, harten Kristallwänden zerquetscht zu werden, drängte immer wieder in ihr Bewusstsein. Sie dachte an weitläufige Hallen, an hohe Decken, Säle ... Die Kristallwände knackten wie ins Leere kauende Zähne, während sie sich durch die Stollen schoben.

Eine halbe Ewigkeit krochen sie voran. Manchmal verschoben sich die Stollen so, dass Nicki mit den Schultern durchpasste und ihre Hüfte stecken blieb. Dann musste sie innehalten, tief durchatmen und an Weite denken, an Sicherheit ... Nach einer Weile wurden die Kristalle glatter. Wurden Spiegel. Nicki sah ihr verschwitztes, beinah wahnsinniges Gesicht mehrfach um sich geworfen. Bis in die Ferne setzten sich ihre Doppelgänger fort.

»Hier bewegt sich was«, sagte Theo. Er drückte mit der Hand gegen einen besonders großen, violetten Spiegel, der zur Seite klappte. Ächzend robbte er daran vorbei. Nicki und die anderen folgten.

Hinter dem Spiegel empfing sie ein Raum, dessen Boden mit einem dunklen, wirr gemusterten Teppich ausgelegt war. Theo half Nicki durch die Öffnung und sie machten Platz, damit die anderen nachkommen konnten. Kaum dass sie Chips als Letzten herausgezogen hatten, verschwand die Spiegelspalte.

»Und jetzt«, schnaufte Gretchen, »zurück zu dir, Dämon. Ich weiß nicht, warum Nahovizer dich nachgeschickt hat, aber du wirst nicht in die Unwelt mitkommen.«

Tallis lächelte seelenruhig. »Doch.«

Sie ballte die Fäuste. »Verschwinde, sonst …«

»Sonst was? Selbst wenn du meine Domäne tötest, komme ich immer wieder. Weil ich Nicki beschützen muss, ist es nicht nur mein Recht, sondern auch meine Pflicht zu bleiben. Nur deshalb bin ich hier.«

»Ist schon okay. Du musst nicht bleiben«, sagte Nicki zu Tallis, um Gretchen ihren guten Willen zu beweisen.

»Aber ich will«, sagte er fröhlich.

Sie starrte ihn an. Warum war er so hartnäckig?

»Dann musst *du* gehen«, sagte Gretchen zu Nicki.

»Noch sind wir nicht in der Unwelt«, schaltete sich Chips ein. »Darüber streiten, wer rein darf, können wir, wenn wir dort sind.«

»Vielleicht sind wir schon dort«, sagte Theo.

Sie sahen sich um. Der Raum war mit Regalen voller Bücher ausgekleidet. Es gab weder Fenster noch Türen. Nur eine Spiraltreppe führte nach unten und nach oben.

»Das ist ja …« Tallis ging an den Regalen entlang, zog ein Buch heraus, schob es zurück und beugte sich über das Treppengeländer. »Das ist von Jorge Luis Borges.«

»Von wem?«, fragte Nicki.

Tallis grinste. »Jetzt seid ihr doch froh, dass ich dabei bin, oder? Jorge Luis Borges war ein Schriftsteller.«

»Ich weiß«, sagte Theo dumpf. »Ich kenne seine Kurzgeschichten.«

Gretchen seufzte angespannt. »Dann haben wir das hier also dir zu verdanken.«

»Ich hätte mir meine Fantasie schmutziger vorgestellt«, sagte er beinah entschuldigend. »Aber durch die Kristalle zu kriechen hat mich wahrscheinlich dran erinnert, wie geheimnisvoll und verwinkelt und trotzdem irgendwie glasklar seine Geschichten sind.«

»Hier scheint keine unmittelbare Gefahr zu drohen. Das macht mir Angst«, murmelte Gretchen.

Theo kratzte sich den Kopf. »Es gibt eine Geschichte von Borges, in der die ganze Welt ein Turm voller Bücher ist – eine unendliche Bibliothek.«

Nicki zog ein dünnes, in dunkelrotes Leinen gebundenes Buch heraus. Eine Buchstabenkette füllte die Seiten. Das war keine fremde Sprache, sondern überhaupt keine Sprache.

Sie zog noch einen dicken Folianten heraus. Absätze um Absätze voller sinnlos zusammengeworfener Buchstaben. Sie schauderte. Etwas Entsetzliches lag in diesem Chaos, sie wusste nicht warum.

Chips lief zu Tallis und blickte die Treppe hoch und hinunter. »Sieht genau gleich aus.«

»Was passiert in der Kurzgeschichte?«, fragte Gretchen.

»Wenn ich es noch richtig zusammenkriege, geht es darum, dass Menschen durch den endlosen Bibliotheksturm steigen, um ein Buch zu finden, in dem Antworten stehen – was der Sinn des Lebens und der Sinn des Turms ist, zum Beispiel. Denn wenn der Turm endlos ist und jedes erdenkliche Buch darin steht, muss es ja auch ein Buch der Antworten geben. Irgendwie so.«

Gretchen schien in düsteren Gedanken zu versinken. »Los, gehen wir.«

Sie stiegen die Treppe hinab und ein identischer Raum empfing sie. Nicki durchsuchte die Regale. Die Bücher waren zwar andere, aber ihr Inhalt war so wirr wie oben. Sie zog eins nach dem anderen heraus und fand nicht einen vernünftigen Satz.

Sie gingen weiter. In jedem Stockwerk blätterten sie durch ein paar Bücher. Eines bestand nur aus dem Buchstaben ›E‹ – doch auf der letzten Seite hatte sich eine Zahlenreihe hineingemogelt. Was mochte das bedeuten? Bedeutete es überhaupt etwas?

Nicki nagte an ihrer Unterlippe. »Glaubt ihr, wir müssen dieses Buch der Antworten finden?«

»Wir müssen die Unwelt finden, dachte ich«, meinte Theo.

»Aber … warum sind wir dann hier? Was soll das?«

»Hör auf, dich das zu fragen. Denk an die Pakte.«

Nicki folgte den anderen ins nächste Stockwerk. Sie nahm einen schweren Folianten aus dem Regal und schlug ihn auf.

Und da stand ein Satz, ein richtiger Satz:

Dieser Satz ist falsch.

Plan B

Dieser Satz ist falsch. Sonst war die Seite leer. Sie blätterte um. Unsinniges Buchstabengewirr.

»Was ist?« Tallis guckte ihr über die Schulter und las. »Der Satz kann nur falsch sein, wenn er wahr ist. Aber wenn er wahr ist, ist er falsch.«

»Warum steht das da?«, fragte sie.

Gretchen klappte das Buch zu und schob es zurück ins Regal. »Das sind logische Fallen. Die Kanzlei versucht uns verrückt zu machen. Wir dürfen nicht darüber nachdenken.«

»Aber warum steht da ein einziger Satz, der verständlich ist, wenn er keinen Sinn macht?«

»Streich das Warum. Hörst du?« Gretchen stapfte von den Regalen weg.

Nicki blinzelte. Ihr Kopf fühlte sich seltsam an.

»Ich will hier raus«, knurrte Theo. »Wo ist die Unwelt? Wieso fliegen hier keine Pakte mehr rum?«

Sie liefen die nächste Treppe hinab. Es sah genau gleich aus. Sie eilten weiter.

»Wartet mal.« Nicki blieb stehen. »Wenn hier wirklich alles steht – ich meine alles, was nur möglich ist –, dann müssen hier doch auch alle Pakte stehen, oder? Wir müssten sie nur finden. Am besten wäre, wenn wir ein Buch finden, das uns den Weg zu allem weist. Einen Ratgeber. Einen Index …«

»Du meinst ein Buch der Antworten«, sagte Theo.

»Ja …«

Sie wollte auf die Regale zugehen, doch er hielt sie zurück. »In der Geschichte werden manche verrückt und stürzen aus dem Fenster.« Theo machte große Augen, als er begriff, was er gesagt hatte. »Wo sind hier die Fenster?«

Sie sahen sich in dem Raum um. Gretchen ging beherzt auf eines der Regale zu und fegte alle Bücher zu Boden. Massives Holz war dahinter. Sie ging zum nächsten Regal. Auch hier kam nichts als Holz zum Vorschein. Sie lief zum nächsten. Nicki sah zu, wie immer mehr Bücher zu Boden trudelten wie Tauben mit gebrochenen Flügeln. Das Muster des Teppichs flirrte darunter, als würde er dunkler werden. *Tiefer*.

»Ich hab eine Idee«, murmelte Nicki.

Inzwischen hatte Gretchen sich ans letzte Regal gemacht und stieß mit der Faust gegen Holz. Nicki bückte sich nach den Büchern und schob sie aufgeschlagen aneinander. Bald hatte sie ein Rechteck geformt, das beinah den ganzen Boden einnahm. In die Mitte legte sie ein Kreuz. Als sie fertig war, trat sie zurück und blickte auf ihr Werk: Ein Fenster aus Büchern.

Der Teppich darunter flimmerte. Das Gittermuster trat hervor, die Dunkelheit sank zurück. Nicki kniete nieder. Das Muster war kühl – es war Metall.

»Wisst ihr noch?«, sagte sie leise. »Unica Zürn hat sich aus einem Fenster gestürzt. Daran musste ich denken.«

Sie streckte den Kopf durch den Teppich und tauchte in wehende Finsternis.

Ihr Körper war leicht, leichter noch als unter Wasser. Sanfte Strömungen strichen durch ihr Haar und füllten ihre Lungen mit etwas, das dickflüssiger war als Sauerstoff. Nicki sah zum Fenster zurück, wo das Bibliothekszimmer in müdem Licht lag. Die anderen beugten sich staunend zu ihr herab. Als sie merkten, dass ihr nichts geschah, kletterten sie hinterher.

Nicki betrachtete den Turm. Spiralförmig wand er sich in die

Unendlichkeit und trug in gleichmäßigen Abständen Fenster gleich dem, das Nicki erschaffen hatte. Im tiefen Schwarz ringsum glommen Lichterketten, die nichts anderes als sehr ferne Fenster im sich windenden Turm sein mussten.

Inzwischen trieben auch die anderen im seichten Dunkel.

»Sind wir …« Nickis Stimme klang, als wären sie in einem engen Raum, dabei erstreckte sich rings um sie die Endlosigkeit.

Niemand traute sich zu antworten. Aber an Gretchens Gesicht konnte Nicki ablesen, dass sie dieselbe Vermutung hatte.

Das hier waren nicht mehr die Brunnen der Kanzlei.

Tallis sprach aus, was die anderen nicht wagten: »Die Unwelt.«

»Jucitell Tallis.«

Alle drehten sich zu Gretchen um. Sie hatte den Umschlag aufgerissen und den Namen auf Nickis Karte vorgelesen.

Nicki war fassungslos. »Was soll das?«

»Der Dämon soll verschwinden, oder …«

»Wo sind eigentlich die Pakte?«, fiel Tallis ihr unbeschwert ins Wort.

Sie sahen sich um. Plötzlich stand eine Kommode zwischen ihnen. Es war ein zerschrammtes, quadratisches Holzmöbel mit Schubladen an allen vier Seiten.

Tallis stemmte die Hände in die Seiten. »Es gibt doch nichts Besseres als die Vorstellungskraft der Menschen!«

Ein Summen und Knistern umgab die Kommode, als enthielte sie Starkstrom. Nicki glaubte zu hören, wie unsichtbare Dinge darauf zu- und davon wegsausten.

Chips berührte zuerst das Holz. Es war glatt, als hätten viele Hände schon darübergestrichen. Der oberste Messinggriff stellte den Kopf eines Schlafenden dar, unter den man die Finger schieben konnte. Chips zog die Schublade auf.

Akten kamen zum Vorschein. Papiere um Papiere, getrennt durch Pappbögen. Chips zog die Schublade weiter auf … und weiter. Als sie zwei Meter aus der Kommode hing, ließ er los. Vielleicht konnte man sie endlos weit öffnen.

Theo hatte inzwischen die oberste Schublade an einer anderen Seite geöffnet. Es sah merkwürdig aus, wie ein Zaubertrick.

»Ich rufe den Pakt auf zwischen Lautréamont und Aton«, befahl Chips. Nicki begriff, dass er nur halb mit ihnen gesprochen hatte. Der Befehl hatte vor allem der Kommode gegolten.

Die Kommode stieß alle Schubladen auf einmal auf, sodass Gretchen und Theo zur Seite springen mussten. Wie ein Schwarm weißer Fledermäuse brausten die Papiere in tosendem Flattern und Rascheln empor. Das Chaos schien unermesslich. Doch im Flug ordneten sich die Unterlagen zu einem Strudel, der immer dichter wurde. Die Papiere schienen sich gegenseitig aufzusaugen, bis nur noch ein einziges, strahlendes Blatt übrig war. Lautlos schwebte es auf die Kommode herab und blieb dort liegen. Die Schubladen wurden ratternd wieder eingefahren.

Gretchen rannte hin, um das Blatt an sich zu nehmen. Als sie es berührte, leuchtete es noch heller auf und wurde milchig transparent.

Die anderen eilten herbei und blickten ihr über die Schulter.

In bebenden, seltsam fließenden Buchstaben, die Ähnlichkeit mit Canons Handschrift hatten, stand geschrieben:

Die Einigung von Geist und Geist gehen ein:
Lautréamont,
der andere Amon, Engel des Bösen und Amselfeder,
geschwebt auf die andere Seite des Flusses
und
Aton,
die Sonnenscheibe, glänzender Heller, Herr der Metalle
und Gatte der Zahlen, viel benannt und reich geschmückt
mit Namen wie Dollar oder Osilber.

»Osilber?!«, stießen sie gleichzeitig aus.

»Aber das ergibt keinen Sinn«, stammelte Gretchen.

Nicki starrte auf die schwimmenden Buchstaben. Als sie den Namen Osilber berührte, fühlte er sich klebrig an wie eine Spinnwebe und erzitterte.

Gretchen zog den Pakt außer Reichweite und drehte sich zu ihnen um. Der Pakt bestrahlte ihr Gesicht von unten. »Lautréamont hat Osilber doch angegriffen, wie kann Osilber dann sein Gebieter sein? Man greift sich doch nicht selbst an. Das ergibt einfach keinen Sinn!«

Sie vertiefte sich in den Pakt. Die anderen traten wieder hinter sie, um mitzulesen. Nur Tallis vergrub die Hände in den Taschen und streifte um die Kommode.

Was sich gleicht, das sucht sich und wird eins.
Erweckt im Abbild eines Menschen,
steigt Lautréamont, das Bindeglied, verdreht in sich
zu Tänzen auf, zu Todeshymnen, ätherleicht.
Die Hoffnung einer Mutter, als Liebestrank gereicht,
war ein Tropfen Gift im Geist.
Der Sohn erbricht die Schatten: ein Fadenriss der Finsternis
in Tusche und in Blei, doch inhaltlos,
ein jeder Wesenszug ist frei.
Hier findet Amselfeder, Abendseele, gestiegen aus dem
Menschenfleisch, seine Zugehörigkeit im Glanz,
oh ja, O-Sir, in Geldschein, Gold und Silber!

Während Nickis Blick über die Zeilen irrte, breitete sich eine schwere Erkenntnis in ihr aus.

Canon hatte Lautréamont erschaffen aus einem Gedanken, den niemand vor ihm je gedacht hatte. Dafür verlieh Lautréamont ihm die Gabe, alles Sichtbare zu manipulieren. Doch wofür hatte Canon diese Gabe eingesetzt?

Um allein wohnen zu können.

Um sich sein Leben zu finanzieren.

Er hatte Lautréamont meistens zu Hilfe geholt, wenn es um Geld gegangen war. Nicht, weil ihm Geld etwas bedeutete – im Gegenteil, weil er so wenig wie möglich damit zu tun haben wollte. Unbemerkt hatte er damit das Wesen seines Dämons bestimmt.

Nicki erinnerte sich, wie er zu ihr gesagt hatte, Lautréamont sei alles, was er nicht sein wollte. Das stimmte. Aber Canon hatte ihn dazu gemacht.

Erneut senkte Gretchen den Pakt. »Osilber hat ein Gefolge aus Tausenden Fließwesen. Die schwächsten hat er sich einverleibt und ihre Namen übernommen, so wie Aton. Vielleicht geht es aber auch andersherum – dass einer aus seinem Gefolge einen Namen von Osilber übernimmt. Weil er eh schon fast ein Teil von Osilber ist. Und ihn zerstören will, um freizukommen.« Sie wandte sich zur Kommode um und fixierte Tallis, der näher gekommen war und die Griffe der Schubladen musterte. Offenbar wagte er nicht, sie aufzuziehen.

»Ich will den Pakt zwischen Osilber und Jucitell Tallis sehen!«, rief Gretchen.

Mehrere Dinge passierten gleichzeitig.

Das Blatt in Gretchens Händen zerflatterte in Hunderte von Kopien, die sich zur Sturmwolke formierten, um erneut in eins zusammenzufallen.

Tallis sprang über die Kommode hinweg. Der Pakt schwebte in Gretchens ausgestreckte Hände. Tallis grapschte danach.

Mit wehendem Mantel landete er hinter ihr, das leuchtende Papier an die Brust gedrückt. Ein Lächeln lag wie vergessen auf seinen Lippen. Seine Augen blickten lauernd zwischen ihnen hin und her.

»Ich hätte nicht gedacht, dass ihr meinen Pakt mit Osilber so schnell aufruft. Aber wenn …« Weiter kam er nicht.

Gretchen stürzte sich mit einem Samuraischwert auf ihn. Sie hatte es innerhalb von Sekundenbruchteilen herbeigedacht. Schon fegte die Klinge auf ihn nieder.

Tallis wich aus. Gretchen nutzte ihren Schwung, um sich zu

drehen. Die Klinge sauste abermals herab. Wieder machte Tallis einen Satz zurück. Gretchen schlug von oben zu. Von unten. Ihre Hiebe waren so schnell, dass man von der Klinge nur Schweife sah. Tallis duckte sich, sprang zur Seite. Mit einem Schlag zerschlitzte sie seinen Schal.

Das Stoffstück flatterte durch die Dunkelheit. Kleinere Stücke rieselten hinterher … Nein, kein Stoff. Blut.

Gretchen warf das Schwert nach ihm. Noch im Flug zersprang es in ein Dutzend spitzer Dolche. Tallis versuchte gar nicht erst auszuweichen. Er krümmte sich nur, um den Pakt zu schützen.

Mit einem Stöhnen brach er auf die Knie.

Erst jetzt gelang Nicki ein Schrei. Mit Beinen, die sich wie durch Treibsand kämpfen mussten, rannte sie auf ihn zu.

Gretchen stieß ihn mit dem Fuß um. Er fiel auf den Rücken, auf die Dolche, und hustete Blut. Den sanft glosenden Pakt umkrallte er noch immer. »Ihr sollt … den Pakt …«

Nicki stürzte zu ihm. Und begriff in dem Moment, dass Tallis nicht hustete – sondern lachte.

»Ich hab dich angelogen«, stieß er hervor, als wäre das ein unglaublicher Witz. Doch seine Augen füllten sich mit Tränen.

»Plan B!«, rief Gretchen.

Nicki hatte keine Ahnung, was das heißen sollte. Theo und Chips hoben die Hände und richteten sie gegen Nicki.

Aus dem Nichts schossen Seile auf sie zu.

»Was …«

Die Seile zurrten sich fest. Nicki verlor den Halt, sie fiel um und blieb unbeweglich auf der Seite liegen. Immer enger zogen sich die Seile. Ihr Rücken knackte dumpf.

»Bring sie nicht in Lebensgefahr«, hörte sie Theo rufen. »Ihr Dämon kommt immer wieder, wenn sie in Lebensgefahr ist!«

Eine blutige Hand streckte sich nach Nicki aus. Tallis ergriff ihre Finger. Dann zersprang alles in gleißendes Licht.

Dunkler Tau der Träume

Farben.

Wie durcheinanderfliegende Klingen.

Von allem zu viel.

Dann ausgeknipst.

Ein wohliges Gefühl schwamm durch Nickis Körper. Von ihren Zehen bis in ihre Haarwurzeln kribbelte sie vor butterweicher Gemütlichkeit. Nach Mathetests fühlte sie sich manchmal so: als hätte sich alles in ihr verflüssigt, von den Muskeln bis zum Gehirn.

Als ihr allmählich klar wurde, dass sie wach war und keinen Schimmer hatte, was geschehen war und wo sie sich jetzt befand, riss sie die Augen auf.

Sie lag in einem Nest. Federn und kleine bunte Stoffstückchen überall. Und Blumen, die gerade erst begannen zu welken. Dahinter ein rundes Fenster, durch das Zweige zu sehen waren und Laternen.

Nein, keine Laternen. Lichter, die frei durch das Geäst schwebten.

»Aufgewacht. Knips, knips«, gluckste jemand.

Nicki fuhr herum. Das Nest, in dem sie lag, geriet dadurch in Bewegung, denn es war mit Ranken an der Decke befestigt. Laub rieselte herab. Zwischen den verschlungenen Stämmen, die den Raum umgaben, bewegte sich etwas.

»Wer ist da?«, fragte sie.

»Sie ist wach!«, raunte eine Stimme.

»Weltraumtropfen platscht in den Kopf«, kicherte eine andere.

»Passt auf, sie kann sich alles vorstellen.«

»Dann lieber hin!«

Geraschel erklang. Zweige knackten. Drei Gestalten sprangen hervor, umschwebt von Leuchtkugeln, manche groß wie Tennisbälle, andere winzig wie Tautropfen. Ihre Gesichter waren rund und langnasig und wuchsen aus einem Kragen schwarzer Federn hervor. Silberne und kupferfarbene Haarsträhnen schienen eins mit den Gewändern zu werden, die aus hellgrüner Seide und dunkelrotem Samt, bläulichem Brokat und vergilbter Spitze, Wolle und zotteligem Schafsfell zusammengeflickt waren. Kleine weiße Blumen umkränzten die Stirn und Perlen hingen aufgefädelt an einem Kettchen, das über den Mund von einem Ohr zum anderen reichte. Auch um die Finger wanden sich zarte, beinah unsichtbare Fäden aus Gold, an denen Diamanten befestigt waren, die das Licht auffingen und wie Nadeln in den Raum zurückwarfen. Nicki registrierte, dass die Füße, die lautlos über den Moosteppich huschten, nur zwei Zehen hatten, lang und dunkel wie Vogelklauen.

»Was wehte mir der Wind heut Nacht ins Bett?« Anhand der Stimme ließ sich unmöglich sagen, ob das Wesen männlich oder weiblich war.

»Ein schönes Kind!« Das andere klatschte in die Hände.

»Leckere Haut der Menschen«, schnurrte das dritte. »Hat sie Leberflecke?«

»Wo bin ich?«, brachte Nicki hervor. Je mehr sie versuchte sich aufzurichten, umso stärker schwankte das Nest.

Ein paar Leuchtkugeln lösten sich von den Gestalten und kamen neugierig auf Nicki zugeschwebt, eilten aber gleich wieder zu ihren Besitzern zurück.

»Du bist bei uns«, sagte eine von ihnen.

»Kamst du durch ein Buch?«

»Ein Buch?«, wiederholte Nicki.

»Oder ein Bild – oder bewegte Bilder, Filme heißen die. War es Musik?«

Nicki schüttelte den Kopf. »Bin ich noch in der Unwelt?«

Die Gestalten kicherten. »Unwelt? Unmöglich! Dies ist die Unterwelt, rotierend an der Grenze menschlicher Fantasie.«

»Im Schlafmohnflug, die Segel weit.«

»Im dunklen Tau der Träume, tropf, tropf, tropf.«

Nicki bekam Angst. Trotzdem oder vielleicht gerade deshalb blieb sie ganz still. Sie fand keine Erklärung dafür, was passiert war.

Tallis. Gretchen hatte recht gehabt: Er war der Gebieter von Lautréamont. Sie verstand nicht wie, aber sein Verhalten bewies es. Und Gretchen … die Seile … *Plan B* hatte sie gesagt. Sie, Theo und Chips hatten eine Notfalllösung für Nicki gehabt.

Aber zwischen den Erinnerungen und der Gegenwart fehlte jeglicher Zusammenhang. Und es fiel ihr so schwer, sich zu konzentrieren. Die Luft war satt von geheimnisvollen Düften. Wehmut und Nostalgie schwemmten ihr Tränen in die Augen.

Die Gestalten schlichen noch immer um das Nest herum. »Ob sie ein Geschenk ist?«

»Ein Geschenk von Tallis!«, rief eine verzückt.

»Ihr kennt Tallis?«

»Jeder kennt den Inkubus der jungen Mädchen. Wenn er bei uns schläft, dann trinkt die Bienenkönigin den süßen Atem seiner Haut.«

»Mir schenkte er einen Milchzahn, den einzigen, den er je verlor, bevor er alt genug war, Menschen zu betören. Ich trage ihn seitdem im Mund.« Das Wesen zeigte es. Sein Mund war eher ein Maul und mehrere Reihen gläserner Reißzähnchen blitzten darin.

»Eine Locke seines Haares, an die Wurzel eines Baums gewickelt, lässt die Äste auch im Winter Kirschen tragen«, fügte das dritte hinzu.

»Bei uns beweint er sein Geheimnis und aus den Tränen machen wir Parfüm, das sich wie heißer Zuckersirup durch ein jedes Herz frisst.«

Nicki wollte nichts von alldem hören. Er war schuld an allem, was Canon widerfahren war. Und trotz aller Hinweise hatte sie ihn nie verdächtigt. Bei der Vorstellung, dass sie an ihn gebunden war oder ihn auch nur ein einziges Mal wiedersehen musste, begann sie vor Wut und Angst zu zittern.

»Wie komm ich hier weg?«, murmelte sie.

Eins der Wesen streute Blumen aus seinem Ärmel über Nicki. »Du riechst schön nach Waschpulver.«

»Ich frage mich, wonach ihre Wimpern schmecken.« Es streckte die pfötchenhafte Hand nach ihr aus, wagte aber nicht, sie zu berühren. Es schmatzte.

Nicki fühlte sich betäubt vom Aroma der Blüten. Sand schien durch ihre Adern zu pumpen. Alles in ihr war so schwer. Weil sie Tallis gemocht hatte. Deshalb tat der Verrat weh.

Eine Melodie kam von draußen, der Klang streichender Gräser und zitternder Spinnweben. Es mussten die winzigsten Instrumente sein. Gelächter ebbte an und flaute wieder ab. Nicki verlor ihr Zeitgefühl.

Ihr war, als würden Hände sie streicheln. Es war nicht nur angenehm … wie eine Mischung aus Küssen und Zwicken. Vielleicht sogar Schmerz.

Misstöne mischten sich in das zarte Orchester. Gepolter. Nicki hörte Blätter reißen. Sie versuchte den Kopf zu heben und wusste nicht mehr, wo ihr Kopf war.

»Lasst sie in Ruhe! Schmalzbäckchen, Ringelputt – Raupenzahn, du auch! Raus mit euch!«

Federn und Stoffe raschelten durcheinander. Ein Wesen nach dem anderen sprang fauchend durchs Fenster und verschwand.

Nicki war gelähmt. Über ihr erschien Tallis in seiner blonden Gestalt. Und sie war zu schwach, um auch nur zu reagieren.

Er streichelte ihre Wange. »Wenn du Feen zu lange ansiehst, machen sie ein Irrlicht aus dir«, flüsterte er.

Er hob sie aus dem Nest. Sie wusste nicht, ob sie protestiert hätte, wenn es ihr möglich gewesen wäre. Sie wollte weder bei den seltsamen Feen bleiben, noch wollte sie in seiner Nähe sein. Schon wieder war sie vollkommen machtlos.

Sie stolperten eine gewundene Wurzeltreppe hinab und traten ins Freie. Leuchtendes Dunkelblau schimmerte hinter den Bäumen, als würde gerade die Nacht anbrechen oder der Tag. Feen, umschwebt von Irrlichtern, sprangen von den Schaukeln und versteckten sich in den mit Beeren und Blüten behängten Sträuchern. Überall raschelte und kicherte es. Jemand bewarf sie mit leeren Raupenkokons.

»Drei Tollkirschen auf euch!«, fluchte Tallis und löste nur noch mehr zirpendes Gelächter aus. Zu Nicki sagte er: »Schau sie nicht an.«

Nicki war so weit zu sich gekommen, dass sie in Tallis' Erscheinen die Ernsthaftigkeit ihrer Lage erkannte: Es konnte nur bedeuten, dass sie in Lebensgefahr schwebte.

Irgendwann hörten die Gestalten auf, sie zu verfolgen. Nicki vernahm nur noch das Pfeifen der Vögel – und Tallis' Atem, während er mit ihr in den Armen durch das Unterholz stapfte. Die Luft war nun ganz anders, klar und feucht. Gierig atmete Nicki, bis ihre Lähmung nachließ. Sobald sie konnte, strampelte sie sich von Tallis frei und drückte ihn weg.

Er ließ sich erschöpft gegen einen Baumstamm sinken.

Sie sah ihm im Zwielicht in die Augen. Wusste nicht, was sie sagen sollte. Kein Schimpfwort reichte aus.

»Such dir andere Freunde«, meinte er. »Welche, die dich nicht lynchen wollen.«

Sie war fassungslos. »Heuchler«, stieß sie hervor.

»Wie bitte? *Retter* wolltest du doch sicher sagen – ›Danke, Tallis, dass du mich wieder mal gerettet hast, weil ich mich jeden

Tag dreimal in Lebensgefahr bringe.‹ Ist das eigentlich ein morbides Hobby von dir?«

Sie hätte ihn ohrfeigen können. Aber ihr stiegen nur Tränen in die Augen und sie schüttelte den Kopf. »Was konnte Canon dafür?«

»Wer?«

»Tu nicht so! Hör auf zu lügen. Du gehörst zu Osilber und unter diesem Namen hast du einen Pakt mit Lautréamont geschlossen und wegen dir ist Canon …«

Er lachte freudlos. »Mal eben schnell den Namen eines anderen Fließwesens verwenden, klar. Weil das auch total funktioniert! Ja, ich habe einen Pakt mit Osilber. Vor sehr langer Zeit war ich dumm genug, darauf einzugehen. Aber ich bin Jucitell Tallis, nicht Geldfettwanst-Widerling-Osilber!«

»Und warum hast du uns den Pakt dann nicht sehen lassen?«

Er schien verschiedene Antworten zu jonglieren. Schließlich zuckte er die Achseln. »Ich habe jedes Recht, meine Pakte geheim zu halten.«

»Du lügst.«

»Ich bin nicht Lautréamonts Gebieter!«, brauste er auf. Doch Tränen schimmerten in seinen Augen. Er atmete zitternd aus. »Ich wollte den Pakt nicht vor euch verbergen – ich wollte, dass ihr ihn für mich umschreibt.«

Das Blut pochte in ihren Ohren. »Warum?«

»Ich bin … wegen meinem Pakt mit Osilber … Ach, Scheiße.« Er schlug gegen einen Baum. Mit dem Rücken zu ihr murmelte er: »Deswegen kann ich nur Mädchen besitzen. Nur Mädchenkörper.«

Im falschen Körper

Sie starrte ihn an, bis Tallis in die Hocke ging und das Gesicht in der Armbeuge vergrub. Lautloses Schluchzen ließ ihn erbeben.

Er war die ganze Zeit … in allen drei Körpern?

Die Halstücher. Die breitschultrigen Mäntel. Sie hätte ihm unterstellt, alles zu sein. Nur nicht *weiblich*.

Verwirrt hielt Nicki sich an einem Zweig fest. Als sie sich jetzt an seine Gesichter erinnerte, fiel ihr auf, wie feminin sie waren. Wie konnte sie das so lange übersehen haben? Oder hatte sie es absichtlich übersehen? Ihr war schon klar gewesen, dass er nicht typisch männlich aussah. Gerade deshalb hatte sie ihn ja … nun, so hübsch gefunden.

Aber wenn er nur Mädchenkörper annahm, wie tat er dann die Dinge, die ein Inkubus eben tat? Nicki wurde rot, darüber nachzudenken. Hatte er dann also gar nicht … noch nie?

»Niemand darf es wissen«, schluchzte er. »Auch du hättest dich nie in mich verliebt.«

»Äh, ich hab mich nicht in dich verliebt.«

»Doch. Aber ich bin nur ein Trick.« Er hob den Kopf, wischte sich die Haare aus der Stirn und sah sie mit verweinten Augen an.

Nie war er anmutiger gewesen als in diesem Moment der Ehrlichkeit. Aber sah er wie ein Mädchen aus? Jetzt, wo sie es wusste, vielleicht ein bisschen. Natürlich. Und doch wieder nicht.

Stockend sagte sie: »Es muss doch, also, genug Frauen geben, die dich so mögen, wie du bist.«

»Aber *ich* mag mich nicht! Ich bin gefangen in diesem … in mir selbst.«

Langsam ließ Nicki sich neben ihm nieder. Oder ihr. Oder was auch immer Tallis nun war. »Und was hat das mit deinem Pakt mit Osilber zu tun?«

»Als ich jung war … als ich erschaffen wurde, verwandelte mich die Liebe eines Mädchens in einen Inkubus. Davor war ich nur ein flüchtiger Traum, ein Gespinst wie die, die du eben kennengelernt hast. Das Mädchen machte mich zu ihrem Idol. Ihr verdanke ich alles. Sie … Du bist ihr so ähnlich, Nicki.«

Etwas an der Art, wie er sprach, verriet Nicki, dass es keine Schmeichelei war. Er sagte die Wahrheit.

»Deshalb wollte ich dich haben, als ich dich bei Frau La Psie sah. Du bist nicht der Typ, in den ich mich gern verwandle. Du bist nicht gerade androgyn.« Er schniefte und wischte sich die Nase am Ärmel ab. »Sie und ich, wir liebten uns. Aber ich war so jung. Ich wusste nichts über die Menschen. Ich wusste nur, dass ich in ihr sein wollte, für immer. Auch sie wünschte sich nichts anderes. Es waren andere Zeiten, damals. Sie sollte verheiratet werden. Ich versuchte einen Pakt mit ihrem Bräutigam zu schließen, aber er war nicht empfänglich. Also flohen wir. Eine alleinstehende Frau sorgte noch für Aufsehen. Deshalb schloss ich Pakte mit Männern, um sie zu beschützen. Aber am liebsten teilten wir uns ihren Körper. Wir wollten immer verschmolzen sein.«

Tallis schwieg, versunken in Erinnerungen. Auch Nicki versuchte sich seine Vergangenheit vorzustellen. Wie lange das alles her sein mochte?

»Eines Tages kam Osilber«, fuhr er schließlich fort. Seine Stimme klang brüchig vor Schmerz. »Er bot mir einen Tausch an. Ich kriege auf der Erde alles umsonst. Die Gesetze des Geldes umfließen mich. Dafür überlasse ich ihm ein Drittel aller Menschen, die mit mir paktieren wollen. Ein Drittel. Ich wollte ja sowieso nur sie. Ich sagte zu. Damit konnten wir uns alles leisten, was wir brauchten.«

Er rieb sich die Stirn. Nicki wartete, bis er weiterreden konnte: »Ich machte mir trotzdem große Sorgen. Ich dachte, sie wäre krank. Dabei alterte sie nur. Und dann … starb sie. Menschen sind so mächtig, die ganze Fließwelt entspringt ihrer Fantasie. Wieso gehen sie so leicht kaputt? Ihr Körper, ihre ganze Herrlichkeit, meine einzige echte Welt … kalte Masse. Versenkt in die Erde. Ich bin wahnsinnig geworden.

Nein, ich hab es nicht geglaubt. Irgendwo da draußen müsste sie noch sein, sagte ich mir, unter den vielen Menschen. Ihr sterbt ja nicht nur, ihr werdet auch geboren. Sie würde erneut geboren werden, derselbe Körper, derselbe Geist. Ich würde sie finden. Immer wieder. Doch dazu brauchte ich selbst einen Körper. Und da begriff ich, dass Osilber mir alle männlichen Domänen weggenommen hatte. Nur um mich zu demütigen. Um mich in der Hand zu haben. Damit ich ihm *Gefälligkeiten* erweise. Ich soll für ihn verführen und betrügen, nur um einmal alle hundert Jahre den Körper eines Mannes besitzen zu dürfen. Und ich tue es. Immer dann, wenn ich glaube, sie wiedergefunden zu haben. Ich will ihr Ideal sein, wenn wir uns gegenübertreten. Nur so kann ich sie als Fremder davon überzeugen, dass wir verschmelzen müssen. Dass sie sich an mich erinnern und … und mich lieben muss.« Das Letzte hatte er nur flüsternd hervorgebracht. Wieder sah er zu ihr auf. Seine Wimpern zitterten, rasch senkte er wieder den Blick.

Natürlich konnte das alles nur Theater sein. Seine Tränen. Die ungeheuerliche Andeutung, wie viel sie ihm bedeutete.

»Ich glaube dir.« Beinah war sie selbst überrascht, dass sie das sagte. Sie ließ die angezogenen Knie nach links und rechts sinken, dass sie im Schneidersitz saß.

Eine Weile schwiegen sie.

»Tallis?«, fragte sie dann. »Also, ich erinnere mich nicht daran, schon mal auf der Welt gewesen zu sein. Ich glaube dir zwar, aber ich glaube nicht, dass ich sie bin. Und selbst wenn ich die größtmögliche Ähnlichkeit mit ihr hätte, wären wir doch allein dadurch andere Menschen, dass wir zu verschiedenen Zeiten leben und verschiedene Erfahrungen gemacht haben.«

»Ich weiß«, sagte er mit einem traurigen Lächeln. »Die Persönlichkeit eines Menschen ist immer einzigartig, weil eure Erinnerungen nie dieselben sind. Aber kannst du dir vorstellen, wie viele von euch ich kennengelernt habe? Es hört sich für dich bestimmt unheimlich an, aber ihr *wiederholt* euch. Ich habe meine Schöpferin mehrmals getroffen. Und sie war immer anders. Und trotzdem *sie*.«

Es klang wirklich unheimlich. Tallis schien ihr das Unbehagen anzusehen und fügte hinzu: »Ich wollte dir das alles gar nicht erzählen. Jedenfalls nicht jetzt schon. Vergiss es, okay?« Er versuchte wieder ein Lächeln, aber es sah eher hilflos aus.

Nicki beschloss das Thema zu wechseln: »Wenn du nicht der Gebieter von Lautréamont bist, wer dann? Was Gretchen behauptet hat – dass ein Fließwesen aus Osilbers Gefolge sich hinter dem Namen Aton verbirgt –, das ist nicht möglich?«

Er seufzte. Es war ihm anzusehen, dass Canons Schicksal ihn herzlich wenig interessierte. Umso dankbarer war Nicki, dass er sich trotzdem mit ihr darüber unterhielt.

»Wer den Namen *Aton* für sich beanspruchen kann, muss per Definition auch Aton sein. Und wenn Aton zudem Osilber heißt, dann *ist* Aton Osilber und sonst niemand. So einfach wie wahr.«

»Das wäre die zweite Option: Osilber greift sich selbst an.«

»Schwachsinn. Fließwesen können zwar Selbstmordgedanken verkörpern, so wie Snesane, aber kein Fließwesen hat sich je selbst vernichtet. Das ist, als wollte ein Gedanke sich selbst nicht denken.« Er legte den Kopf zurück. »Euer Problem ist, dass die Wahrheit euch nicht passt, und deshalb wollt ihr sie nicht glauben. Lautréamont ist auf Osilber und Frau La Psie losgegangen, weil euer strahlender Held Canon ihn so gemacht hat. Weil Canon

Geld und Drogen so sehr verabscheut, dass er sie töten würde, wenn sie leibhaftig vor ihm stünden.«

Nicki ließ den Kopf hängen. Tallis hatte wahrscheinlich recht. Sie suchte nach Auswegen, um Canon nicht mit Schuld belastet zu sehen. Das traf auf seine Verbindung mit Lautréamont ebenso zu wie auf seine Verlobung mit Gretchen. Sie schwieg, in schmerzliche Gedanken versunken.

Nach einer Weile murmelte sie: »Dann können wir nichts ändern. Es bringt nichts, wenn die anderen den Pakt zwischen Lautréamont und Osilber umschreiben.«

»Oh doch«, räumte Tallis ein. »Wenn deine sogenannten Freunde erfolgreich sind, würde Lautréamont schlagartig zum Herr und Osilber zum Diener. Der Herr des Glanzes muss dann ausgerechnet seinem brutalsten Feind gehorchen. Geschieht ihm recht! Aber was richtet das in eurer Welt an? Ihr hättet von einem Tag auf den anderen das Geld abgeschafft. Die totale Anarchie... Könnte spannend werden.«

Nicki blickte ihn schreckensstarr an. Eine Welt ohne Geld. Die Versorgung mit Nahrung, Wasser, Energie würde ins Stottern geraten und womöglich lahmgelegt. Niemand würde mehr arbeiten gehen. Es würde Chaos ausbrechen, Kämpfe um Vorräte. Und das alles, weil sie Canon aus der Bewusstlosigkeit befreien wollten?

Die ganze Welt für einen geliebten Menschen.

Nicki spürte, wie es ihr die Kehle zuschnürte. Gretchen, Theo und Chips hatten ja keine Ahnung, was sie da taten. Sie wussten nicht, dass die Aggression von Lautréamont selbst ausgegangen war und durch ihr Zutun keine Grenze mehr kennen würde ... Er würde nicht aufhören, Osilber anzugreifen, sondern ihn im Gegenteil zerstören. Und mit ihm die Zivilisation.

Nicki schüttelte wieder den Kopf. Sie konnte es nicht wahrhaben. Canon! Wie sollte er ein Fließwesen erzeugt haben, das so gefährlich war? Canon, der mit allem und jedem Mitleid hatte. Der verständnisvollste Junge der Welt. Nein, das war unmöglich.

Sie fand den Mut, es auszusprechen: »Ich glaub es nicht. Wenn Lautréamonts Wesen allein von Canon geformt wurde, dann kann Lautréamont unmöglich voller Hass sein.«

»Klar, der Knabe ist ja ein Heiliger. Schon mal dran gedacht, dass Menschen ihre dunklen Seiten verbergen?«

»Canon hatte keine dunkle Seite, bis Lautréamont zu morden anfing.«

»Siehst du? Menschen ändern sich. Heilige werden Hasser ...« Tallis machte große Augen. »Das ist es, Menschen ändern sich! Vielleicht hast du recht: Lautréamont ist tatsächlich lammfromm gewesen, als er aus der blütenweißen Fantasie deines Schätzchens sprang. Erst später hat ein Fließwesen Lautréamont zum Töten getrieben – und das, ohne dafür einen Pakt mit ihm einzugehen.«

Nicki versuchte zu verstehen. »Wie?«

»Das Besondere an Lautréamont ist, dass er abhängig von einem einzigen Menschen ist. Ein kluges Fließwesen muss sich also bloß diesem Menschen in einer ansprechenden Domäne nähern und sich mit ihm anfreunden. Sein Vertrauen gewinnen. Um dann seinen Charakter systematisch so zu manipulieren, dass auch das Wesen seines Dämons sich wandelt. Jemand hat Canons Abneigung gegen Drogen und Geld erst zu Hass auflodern lassen.«

Nicki schluckte hörbar. »Aber ich habe Canon erlebt. Er hat sich nicht verändert.«

»Weißt du das oder hoffst du es?«

»Könnte es nicht auch unbewusst geschehen sein? Dass er hypnotisiert wurde?«

Tallis zuckte die Achseln. »Das ist echt pathologisch, wie du ihn sauber halten willst. Aber ja, ich schätze, er hätte auch hypnotisiert werden können.«

»Einfluss nehmen, ohne Pakte zu schließen ... Das klingt nach Nahovizer.«

»Möglich.«

»Warum hat Nahovizer gewollt, dass du mit in die Unwelt kommst?«

»Ich schätze … er wusste, dass ich meinen Pakt mit Osilber würde umschreiben wollen.«

»Was Osilbers Macht verringert hätte. Wie das Umschreiben von Lautréamonts Pakt mit Osilber. Das passt.«

Er beobachtete ihre Finger, die nervös mit den Schnürsenkeln ihrer Schuhe spielten. »Du liebst den Jungen wirklich. Aber immerhin warst du in mich verknallt, bevor du die Wahrheit erfahren hast.«

Sie beschloss, dieses eine Mal aus Rücksicht nicht zu widersprechen.

Sofort warf er ihr ein triumphales Lächeln zu, aber seine Augen füllten sich dabei erneut mit Tränen. »Es tut mir leid«, flüsterte er. »Ich hab's versaut.«

»Wieso, du hilfst mir doch die ganze Zeit! Oder – was meinst du?«

»Als deine Freunde auf dich losgegangen sind, musste ich dich in Sicherheit bringen. Nur der Ruf meiner Geburtsstätte war stark genug, um uns beide aus der Unwelt zu ziehen. Und jetzt sind wir hier.« Hilflos hob und senkte er die Hände.

»Ja, und?«

»Nicki … die meisten Menschen finden nie wieder aus der Unterwelt heraus.«

Was man schlucken muss

Nicki lauschte nach dem Pochen ihres Herzens. Verständnislos starrte sie ihn an. »Aber du kannst mich doch in Sicherheit bringen. Du bringst mich hier raus. So wie du auch deine Domäne wieder zurückgeben musst.«

»Das ist was anderes. Meine Domäne besitze ich, aber du bist hier mit deinem Geist gelandet. Deinen Körper könnte ich vielleicht noch zurückbringen, wenn ich von dir Besitz ergreife. Deinen Geist nicht.«

»Und wie komme ich dann zurück?«

Er sah sie unendlich traurig an. Sie wartete auf eine Antwort. Wartete vergeblich.

»Was mache ich denn, um zurückzukommen?«, fragte sie schrill und sprang auf.

»Man kann nur in eine andere Realitätsebene wechseln, wenn man gerufen wird. Wir Fließwesen brauchen Menschen, um in eure Welt zu kommen, aber ich kenne mich überhaupt nicht damit aus, wie ein Mensch wieder zurückkommt. Es ist sehr kompliziert.« *Es ist sehr unwahrscheinlich*, sagte sein Blick.

»Das ist doch Quatsch. Ich hab doch mal aus dem Wartezimmer der Kanzlei diesen Wald hier gesehen. Also ist irgendwo in der Nähe die Kanzlei. Komm!«

Wie auf der Flucht vor ihren Zweifeln marschierte sie los.

Das Unterholz schien immer undurchdringlicher zu werden, je weiter sie kamen. Morsche Zweige kratzten ihnen die Haut auf und Dornenranken umschlangen ihre Knöchel. Nicki fluchte. In der Unwelt war alles von ihrer Vorstellungskraft abhängig gewesen, hier jedoch mochten die Gedanken und Gefühle unzähliger verirrter Menschen vor ihr am Werk sein. Der Wald passte sich nur teilweise ihrem Innenleben an … und selbst über das hatte sie kaum Kontrolle.

Entlaubte Bäume krallten sich an steile Hänge, anderswo taten sich Klippen auf, von giftig gelben Nebeln verhängt. Nicki lehnte sich an einen umgestürzten Baumstamm und verschnaufte. Sie hatte Durst.

»Ich glaube, es wird nicht besser, wenn du rumläufst.« Auch Tallis war außer Atem. »Ruh dich aus.«

»Ausruhen?! Ich kann mich hier nicht ausruhen!« Sie stützte sich vom Baumstamm ab und lief weiter, egal in welche Richtung – stehen zu bleiben bedeutete, sich mit der Situation abzufinden.

Minuten begannen sich unüberblickbar zu häufen. Klumpten zu Stunden zusammen. Nickis Erschöpfung ging in einer rasenden Verzweiflung unter.

Der Wald stellte sich ihnen mit entwurzelten, modernden Bäumen in den Weg, mit Geröll, mit undurchdringlichen Dornenbüschen und Schlammgruben. Schließlich brach Nicki zusammen und verbarg das Gesicht in den Händen. Wie sollte sie rausfinden? Wie? Ein Schluchzen schwemmte ihr aus der Kehle. Sie schluckte. Sie musste nachdenken. Menschen hatten schon zurückgefunden, es war also nicht unmöglich. Nur sehr unwahrscheinlich. Weil man vorher durchdrehte.

Sie durfte nicht durchdrehen.

Tallis streichelte zaghaft ihren Rücken.

Plötzlich berührte sie etwas an der Brust. War das … waren das seine Finger?! Empört wich sie zurück. Er sah sie ebenso verblüfft an. Die Berührung war immer noch da. Unter ihrem BH. Nicki zerrte an ihrem Pullover und nun hörte sie ein winziges Ächzen. Sie schüttelte sich. Da fiel ein kleines Geschöpf zu Boden, kaum größer als ein Gummibärchen: die Hasenfigur von Hortus Portassum.

Sie war zu Leben erwacht.

»Uuuuffff.« Der Porzellanhase strich sich die geknickten Ohren glatt und richtete sich mühsam auf.

»Ich glaub, ich hab einen Sprung bekommen«, sagte er mit weinerlicher Stimme. »Was man wegwirft, ist wohl unerwünscht. Also, melde mich später wieder.«

Nicki war zu keiner Antwort fähig.

»Nein!«, rief Tallis. »Bleib, um Himmels willen! Das ist die Rettung, Nicki – er bringt dich in die Kanzlei, er bringt dich hier raus!«

»Wie bitte?«, jammerte das lebendige Figürchen. »Wenn Sie gestatten, dass ich korrigiere: Es obliegt mir, Sie zu informieren, dass die Prüfung Ihres Paktes vollzogen ist. Sobald es Ihnen recht ist, können Sie in der Kanzlei ...«

»Es ist jetzt recht, wir wollen gleich hin«, unterbrach ihn Tallis. Er drückte Nickis Hand.

Der Porzellanhase schnupperte in die Luft. »Wir sind ja gar nicht auf der Welt. Ist das etwa die Unterwelt? Deshalb geht es mir so gut... keine Übelkeit, kein Nasenbluten. Tatsächlich.«

Tallis kniete nieder. »Meine Partnerin ist menschlich, deshalb können wir doch die Expressroute nehmen, oder?«

»Wenn Ihre Partnerin menschlich ist und wirklich unter unzumutbarem Zeitdruck steht, steht die Expressroute Ihnen zur Verfügung, gewiss«, sagte der Hase zögerlich.

Tallis drückte Nickis Hand noch fester. »Dann nehmen wir die.«

»Und das kurz vor Schichtende. Na, schönen Dank auch.« Der Porzellanhase seufzte, fuhr sich erneut über die herabhängenden Löffel und versteifte sich.

»Du musst ihn schlucken«, sagte Tallis zu Nicki.

Nicki starrte Tallis an, dann den Hasen, der in erwartungsvoller Haltung im Laub stand. »Was?«

»In den Mund und runter.« Tallis hob das kleine Geschöpf auf und hielt es ihr an die Lippen.

»Er hat Schlamm an den Pfoten«, stotterte Nicki. »Außerdem … lebt er!«

»Willst du ihm lieber zu Fuß folgen?«, fragte Tallis ungeduldig. »Er wird ständig von Leuten runtergeschluckt.«

Der Hase schauderte.

»Das macht es nicht besser«, sagte Nicki.

»Vertrau mir. Mund auf.«

Widerwillig öffnete sie den Mund. Tallis ließ den Hasen auf ihre Zunge fallen. Er fühlte sich kühl und hart an, wie normales Porzellan. Dennoch glaubte Nicki eine Bewegung wahrzunehmen. Gegen sämtliche Instinkte ankämpfend, würgte sie ihn hinunter.

Das Schluckgefühl hörte nicht auf. Es zog ihre Zunge mit nach unten, dann ihren Kiefer, ihre Nase, ihre Stirn. Sie bekam die Augen nicht mehr auf. Alles verzerrte sich in ihre Mitte, und ihre Mitte pulsierte zu einem schwarzen Loch zusammen. Irgendwo drückte noch immer Tallis ihre Hand. Es wurde ihre einzige Wahrnehmung.

Dann kugelte sie mit einem Purzelbaum rückwärts aus sich selbst heraus, ihr Kopf zog sich aus ihren Füßen, ihre Beine und Arme flogen durch die Luft und landeten auf etwas Hartem.

Sie riss die Augen auf. Es war dunkel. Echos von klackernden Schritten und Stimmen hallten durcheinander.

Nicki musste sich betasten, um sicherzugehen, dass alles noch – oder wieder – am rechten Platz war. Sie schien ganz zu sein. Und doch kamen ihr die Konsistenz und das Gewicht ihrer Glieder fremd vor. Lauter harte und weiche Dinge, umspannt von Haut. War sie wirklich schon immer so gewesen? Vermutlich lag es an ihrem langen Aufenthalt in der Unwelt und der Unterwelt, dass sie sich an ihre Leibhaftigkeit erst wieder gewöhnen musste.

Und doch: Seltsam eigentlich, aus welchem Material ein Mensch bestand.

Endlich begriff sie, dass vor allem ihre Position seltsam war. Sie stand gekrümmt in einer Art gepolsterten Kiste … ein Sarg, durchfuhr es sie. Panisch begann sie zu rütteln. Die Kiste öffnete sich augenblicklich.

»Nicki!« Tallis fing sie, vor Erleichterung lachend, auf.

Sie waren in der Kanzlei. Fließwesen und Menschen schritten vorüber. Nicki hätte nie für möglich gehalten, dass sie sich beim Anblick der finsteren Hallen einmal so zu Hause fühlen würde wie jetzt.

Zittrig stieg sie aus der Kiste, die in eine Wandnische eingelassen war. Tallis klappte den Deckel hinter ihr wieder zu. Es war ein Gemälde von einem sandsteinernen Turm, in dessen Fenstern es vor Schwertkämpfern, schlafenden Kindern, musizierenden Damen und Monstern wimmelte.

»Alles in Ordnung?«, fragte Tallis.

»Mir geht es gut. Aber der Hase …«

»Der Melder hat sich in Fließendes Wort entmaterialisiert. Er ist nicht in deinem Bauch oder so.«

Sie nickte, als würde sie das verstehen. »Und hinter den Gemälden hier sind Teleporter?«

»Nein, nur schwarze Kisten. Aber weil ihr Inneres völlig unbeobachtet ist, kann darin alles sein. Auch wir.«

Sie nickte wieder und sagte: »Versteh ich nicht.«

»Ein Mann namens Erwin Schrödiger hat sich mal ein Gedankenexperiment mit einer Katze überlegt, seitdem verfügt die Kanzlei über diese praktischen Teilchen.«

Seit sie aus der Kiste gestiegen war, hatte sie seine Hand nicht losgelassen. Sie wäre ihm am liebsten vor lauter Erleichterung um den Hals gefallen, aber sie tat es nicht. Während er redete, stellte sie sich vor, sie würde es tun. Ihn drücken. Seinen *Mädchenkörper*.

Er merkte, dass sie ihm nicht wirklich zuhörte, und lächelte. Still standen sie sich im Halbdunkel der Nische gegenüber, während die Passanten an ihnen vorüberströmten.

»Denk nicht so viel darüber nach«, sagte er schließlich.

»Worüber?«

Anstatt zu antworten, hob er ihre Hand und gab ihr einen flinken Kuss auf die Innenseite ihres Gelenks. Dann wandte er sich den Hallen zu. »Und, bist du bereit, die Wahrheit über unseren Pakt zu erfahren?«

Nicki fühlte sich noch nicht in der Lage, über solche Dinge überhaupt nachzudenken. »Ich habe Durst«, sagte sie.

Er führte sie ins *Verschwiegene Käuzchen*. Wie bei ihrem letzten Besuch empfing sie die warme Luft eines Gewächshauses, parfümiert mit Wasserpfeifenrauch. Ein Kellner in orientalischer Tracht geleitete sie zu einem Tisch hinter einem Vorhang aus Efeu, in dem eine Brise zu flüstern schien. Moos überzog die Bänke. Sie bestellten zweimal Pribbelpunsch.

»Ich fühle mich schwach«, murmelte Tallis, während der Kellner die Getränke holte.

Auch Nicki schloss die Augen. Zu viel war in den vergangenen Stunden passiert. Auch wenn sie unversehrt geblieben war … Vielleicht war es gerade diese Unversehrtheit, die ihr zusetzte. Mehrmals hatte sie geglaubt, jedes Atom in ihr müsste platzen. Und dann war sie doch einfach an einem anderen Ort wieder zu sich gekommen. Dass den Ereignissen jeglicher Übergang fehlte, erzeugte eine beängstigende Leere – ein Gefühl, als würde ihr Leben nicht mehr richtig zusammenhängen. Ob sie sich je an die Gesetzmäßigkeiten der Fließwelt gewöhnen würde? Wahrscheinlich müsste sie dafür verrückt werden.

»Hör mal«, wisperte Tallis.

Sie spitzte die Ohren. In der Dunkelheit murmelten Stimmen.

So hat sich das Blatt gewendet! Wie ist Inertia das gelungen? Frau La Psie ist Ghoras erste Herrin, sie muss den Pakt unterstützen. Von nun an folgt die Sucht der Trägheit!

Frau La Psie war also die Gebieterin von Ghora. Siedend heiß fiel Nicki wieder ein, wo sie den Namen schon gehört hatte: Das blonde Mädchen, das sie damals in Frau La Psies Boudoir angesprochen hatte – sie war Ghora genannt worden.

»Sind das die beiden Fließwesen, deren Pakt ihr für Nahovizer umschreiben solltet?«, flüsterte Tallis.

Sie nickte.

»Ach was, Ghora! Mit der Kleinen hatte ich mal was. Sie steht für den sanften Rausch von schwarzem Tee. Wenn man ihn lange ziehen lässt, wird man müde davon – das ist Ghoras Verbindung zur Trägheit. Oder besser gesagt, das ist sie *gewesen* …« Er lauschte wieder.

Man kann es sich kaum denken und doch ist es plötzlich so: Ekketimothain hat Frau La Psies Gefolge verlassen… Es erfolgt von nun an Sucht, wo Trägheit herrscht, und nicht mehr umgekehrt. Ihre Verbindung hing an einer einzigen Dienerin, einem seidenen Faden, wer hätte das gedacht …

Nicki starrte ins Dunkle. Gretchen, Theo und Chips hatten es geschafft, sie hatten tatsächlich den Pakt von Ekketimothain und Ghora umgeschrieben! Dann mussten sie auch mit Lautréamonts und Osilbers Pakt erfolgreich gewesen sein, denn um den hätten sie sich doch bestimmt zuerst gekümmert. Nicki konnte das nur vermuten und die Ungewissheit machte sie rasend. Sie hätte dabei sein sollen.

Der Kellner kam mit ihren Getränken und stellte ein Kästchen der pastellfarbenen Karamellperlen dazu.

Nicki beugte sich zu Tallis vor, als sie wieder allein waren. »Das ist also, was Nahovizer wollte: Wer schwarzen Tee lange ziehen lässt und trinkt, wird nicht mehr müde. Dafür haben mehr Menschen, die müde sind, plötzlich Lust auf schwarzen Tee. Aber was *bringt* das?«

Tallis schüttelte den Kopf. »So leicht ist das nicht. Ghora ist eine der engsten Dienerinnen in Frau La Psies Gefolge – sie ist fast schon ein Teil von ihr. Das ist alles viel verstrickter, hör zu …«

Drei Millionen Menschen mehr als sonst haben die Glimmstängel aufgegeben. Schall und Rauch sind ganz geknickt, sie dünsten bleich in der Unterwelt… Was hat den Wandel bewirkt? Wer weiß es, wer weiß es? Alle Welt fragt sich!

Nicki versuchte den Zusammenhang zwischen Tee und Zigaretten zu verstehen, aber es leuchtete ihr nicht ganz ein. Tallis musste recht haben – es war alles viel verstrickter, als es schien.

»Ein paar Menschen mehr, die nicht mehr träge sind und dadurch von Zigaretten loskommen. Vielleicht sogar noch von anderen Rauschmitteln. Das wollte Nahovizer also.«

»Du vergisst, dass eine Menge fauler Socken durch die Umkehr des Paktes überhaupt erst zu Drogen greifen wird«, gab Tallis zurück. »Nahovizer schert sich nicht um Menschen. Er bringt die Mächtigsten der Fließwelt zu Fall: Frau La Psie und Osilber.«

Nicki starrte ihn an.

»Durch das Umkehren des Paktes von Ekketimothain und Ghora wurde Frau La Psie mehr oder weniger zur Dienerin der Trägheit«, sagte er. »Und Lautréamont ist, wenn deine Freunde erfolgreich waren, ab jetzt Herr über Osilber. Und wer Lautréamont kontrolliert – ist dann das mächtigste Fließwesen der Welt.«

»Nahovizer!«

Er machte große Augen. »Das würde auch erklären, warum Osilber den Pakt mit Lautréamont unter diesem altertümlichen Namen abgeschlossen hat: Aton.«

Nicki machte ein so verwirrtes, dringliches Gesicht, dass er fortfuhr: »Aton hieß ein ägyptischer Gott, der die Sonnenscheibe verkörperte. Er war zeitweise so beliebt, dass die anderen Götter beinah von ihm verdrängt worden wären. Aton wäre dann der einzige Gott gewesen – das macht ihn zu einem Vorläufer von Nahovizer. Lange gehörte er deshalb auch zum Herrn des Lichts. Doch Osilber übernahm nach und nach alle Fließwesen, die für Glanz, Gold und die Sonne stehen, so fiel ihm Aton zu.

Trotzdem, eine Verwandtschaft besteht immer noch zwischen Aton und Nahovizer, wenn ihr alter Pakt auch ungültig ist. Wenn Lautréamont unter dem Einfluss von Nahovizer stand, macht es Sinn, dass er in Osilber Aton sieht und sich über diesen Namen mit ihm verbindet.« Tallis drückte seine Hände gegen den Kopf. »Irgendwas tut weh.«

Auch Nicki rauchte der Kopf. Doch die entscheidende Frage stand noch offen: »Wer ist mit Nahovizer im Bunde? Er muss sich Canon ja mittels einer Domäne genähert haben. Gretchen ist mit einem Schönheitsdämon verpaktet. Theo kann unsichtbar werden. Theo … Er hat immer behauptet, Lautréamont hätte keinen Gebieter. Er war auch als Einziger besessen, als wir in den Brunnen der Kanzlei gelandet sind. Ist doch ein komischer Zufall, oder? Es sei denn, Nahovizer wollte dabei sein, um zu überwachen, wie wir uns anstellen!«

Tallis schnappte nach Luft und sackte in sich zusammen. Sein Pribbelpunsch fiel um und Schaum ergoss sich über den Tisch.

»Was hast du?!«

Er verkrampfte sich unter Nickis Berührung. Als er den Kopf hob, starrte er Nicki verständnislos an. »Wo … bin … ich?«

Ringsum raschelte es. Blicke schienen sich auf sie zu heften.

Stöhnend rollte Tallis sich zusammen. »Deine Freunde. Sie zerschreiben mich.«

Hin und weg

Inzwischen war der Kellner herbeigeeilt, um den Kelch aus dem Moos aufzuheben. »Was hat er?«, fragte er neugierig.

Hinter ihm schienen Stimmen die Frage zu wiederholen.

Nicki achtete gar nicht darauf. Sie hielt Tallis fest, der beide Hände gegen seinen Kopf presste und mal nach vorne, mal nach hinten kippte.

Gretchen, Chips und Theo waren noch in der Unwelt. Ghoras und Ekketimothains Pakt hatten sie bereits ins Gegenteil verkehrt, Lautréamonts Pakt mit Osilber also vermutlich auch – und nun brachten sie etwas bei Tallis durcheinander.

Aus Rache.

Weil sie ihn noch immer für den Schuldigen hielten.

Doch welchen Pakt von Tallis schrieben sie ins Sinnlose um? Bestimmt nicht den mit Osilber, denn solange der Herr des Geldes mit Lautréamont verbunden war, stellte jeder Schaden an Osilber auch ein Risiko für Canon dar. Nein, sie mussten einen anderen Pakt von Tallis aufgerufen haben. Mit irgendeinem Fließwesen, das ihnen entbehrlich schien.

Sie schluckte. Würden die anderen so weit gehen? Gretchen ja, vielleicht. Aber Theo und Chips … Theo, wenn er wirklich mit Nahovizer im Bunde war, sich Canons Freundschaft erschlichen und ihn heimlich manipuliert hatte, mochte zu allem fähig sein. Und wie viel konnte Chips gegen die beiden ausrichten? Er vertraute ihnen, wie er Canon vertraute.

Ihre Gedanken rasten zu einer schrecklichen Erkenntnis zusammen. »Wir müssen zurück.«

Tallis antwortete nicht. Er schien seine ganze Konzentration darauf zu verwenden, nicht vor Schmerz zu schreien.

»Kannst du laufen?« Sie legte sich seinen Arm über die Schultern.

Der Kellner tupfte mit einer Serviette den vergossenen Schaum auf. »Er verliert die Kontrolle über seine Domäne, wie es scheint. Das ist ein seltenes Schauspiel. Freuen Sie sich.«

Nicki sparte sich die Antwort. Sie stützte Tallis, so gut es ging. Er war nicht schwer. Betuschelt und beäugt verließen sie das Gärtchen. Auf der Treppe fiel Tallis auf die Knie und war für einen Moment ohnmächtig; als er wieder zu sich kam, verdunkelte sich sein Haar. Sein Gesicht wirkte etwas grober, weniger überirdisch schön. Und rundlicher. Weiblicher. Mit einer viel höheren Stimme, als Nicki je an ihm gehört hatte, hauchte er: »Wer bist du?«

Nicki begriff, dass sie zum ersten Mal ein anderes Mädchen sah, das einen Pakt mit Tallis hatte. Und das konnte nur bedeuten, dass Tallis verschwunden war.

Tränen schossen ihr in die Augen. »Wir sind in der Kanzlei«, versuchte sie zu erklären. »Und Tallis, dein Dämon, er ist in Gefahr …«

Sein Gesicht verwandelte sich, als würde die Sonne aufgehen. Er lächelte. »Und ob du in mich verliebt bist.«

»*Was?*«

»Sag es«, flehte er. »Sonst …«

Sie wischte sich die Tränen aus dem Gesicht und half ihm hoch. »Komm.«

Sie stolperten nach draußen in die Halle. Passanten wichen ihnen aus, ohne sie auch nur eines Blickes zu würdigen. Immerhin war das besser als die Neugier im *Verschwiegenen Käuzchen*. Nicki lehnte sich mit Tallis gegen das Gemäuer und versuchte nachzudenken.

Nahovizer war der Einzige, der ihnen Zugang zu den Brunnen verschaffen konnte. Aber sie wusste nicht, wie sie ihn erreichen sollte. Und selbst wenn, warum sollte Nahovizer ihr helfen zurückzukehren, nur damit sie ihn als Lautréamonts Gebieter entlarven konnte?

»Ich meine es ernst«, keuchte Tallis. »Sag mir … dass du mich …«

»Reiß dich zusammen«, sagte Nicki und wusste nicht mal, ob sie ihn meinte oder sich selbst. »Du weißt ganz genau, dass ich dich mag.«

Er seufzte. »Deine Worte … halten mich bei dir, sonst …«

»Ich mag dich. Sehr«, wiederholte sie leise. Wie konnte man ihn nicht mögen? Sein ganzes Wesen war ja darauf ausgerichtet, gemocht zu werden. Wie viele Verehrerinnen er sogar unter den Fließwesen hatte … Frau La Psie und Snesane, diese verzweifelte Brunnendämonin, die ständig in der Kanzlei auf ihn lauerte, waren ja nur die zwei, die Nicki getroffen hatte.

Brunnendämonin. Die Brunnen. Sie musste sich konzentrieren!

Jeder Kronzeuge hatte Zugriff auf einen Brunnen. Nicht nur Nahovizer. Hortus Portassum versteckte seinen Zugang unter einer Zimmerpflanze auf seinem Schreibtisch. Viel zu klein, da passte sie nicht durch.

Hortus Portassum würde sich auch nicht von Tallis bezirzen lassen. Falls das überhaupt bei Kronzeugen möglich war, dann eher bei einer Frau.

Eine Kronzeugin kannte sie. Und die hatte einen Brunnen, der groß genug war, dass ein Schwarm Vögel darin verschwinden konnte.

Wie elektrisiert schleppte sie Tallis vor einen Schalter.

»Wenn die Kanzlei erfährt, dass ich eingebrochen bin und Pakte umschreibe, dann werde ich trotzdem nicht bestraft, stimmt's? Weil die Gesetze der Kanzlei nicht für Menschen gelten.«

»Was hast du vor? Ich …« Er sackte wieder zu Boden.

Nicki kniete sich neben ihn und nahm sein Gesicht in die Hände. »Warum würde ich das alles tun? Wenn ich dich nicht so sehr mögen würde?« Eine Träne tropfte ihr von der Nasenspitze und landete auf seiner Wange. Er seufzte.

Als sie am Schalter ankamen, versuchte Nicki ihre Aufregung zu verbergen. »Unser Pakt wurde geprüft, wir wurden gerufen, uns das Urteil anzuhören. Allerdings«, fügte sie rasch hinzu, »möchte ich das Ergebnis der Prüfung für ungültig erklären, egal wie es ausgefallen ist.«

Die Pultdame sah sie verdrießlich an. »Sie können nichts für ungültig erklären. Nur ein Kronzeuge oder die Vertretung eines Kronzeugen ist autorisiert.«

»Dann muss ich mit der Kronzeugin sprechen, die damit beauftragt wurde, meine Liebe zu prüfen«, sagte Nicki triumphierend. »Mein Pakt mit dem Inkubus hier ist nur gültig, wenn *Nicki* wirklich der Name geworden ist, der mich bezeichnet. Aber ob das so ist, hängt davon ab, ob meine Liebe wahr ist. Nur wenn ich Canon wirklich liebe, bin ich auch wirklich *Nicki*. Bevor meine Liebe geprüft ist, kann also auch nicht entschieden werden, ob mein Pakt mit Tallis gilt. Das ist mein Einspruch.« Sie holte tief Luft. »Bitte, schicken Sie mich einfach zu der Kronzeugin, die meine Liebe prüft. Sie sitzt in einem Hof und zählt Gänseblümchen. Bitte.«

Die Pultdame sah sie ungerührt an, dann Tallis, dann wieder sie. »Einsprüche gegen das Vorgehen der Kanzlei werden auf Ebene Z-4.05 bearbeitet. Dorthin werde ich Sie schicken.«

»Nein«, sagte Nicki schrill. »Vergessen Sie, was ich gerade gesagt habe. Unter welchen Umständen würden Sie mich zu der Kronzeugin vorlassen, die meine Liebe prüft?«

»Das ist kein Anliegen, das ich bearbeiten kann. Entweder Sie haben ein Anliegen, das ich bearbeiten kann, oder Sie müssen beiseitetreten und die anderen Antragsteller vorlassen.«

Nicki hatte so viel Wut in sich, dass sie fast geschrien hätte.

Stattdessen zerrte sie an ihrer Kleidung, zog die kleine Porzellanblume aus ihrem BH und schmetterte sie zu Boden. Die Blume zersprang nicht, wie sie gehofft hatte, sondern schlitterte ein paar Meter durch die Halle.

Unter den überraschten Blicken der Umstehenden klaubte Nicki sie wieder auf, fluchte und schluckte sie kurzerhand hinunter.

Ein winziges Kreischen verendete in ihrem Hals.

Die Pultdame riss die Augen auf.

»Mein Melder ist mir leider abhandengekommen«, knirschte Nicki und drückte sich gegen die Brust, wo das harte Porzellan in ihrer Speiseröhre hing und vielleicht ein paar zuckende Bewegungen machte. Und das einer Vegetarierin! »Ich müsste dringend zur Kronzeugin zurück, um mir einen neuen zu holen.«

Mit langsamen, schweren Tippgeräuschen begann die Pultdame einen Zettel auszustellen.

Nach allem, was sie erlebt hatte, kam Nicki die Rolltreppenfahrt diesmal beinah gemütlich vor. Aber nur beinah. Sie versuchte sich und Tallis gleichzeitig festzuhalten und blendete alles aus, was ihre geringe Hoffnung angreifen konnte. Es musste funktionieren. Irgendwie.

Endlich erschienen die Kolonnaden am Ende der Rolltreppe. Sie trat hinaus – und erschauderte.

Es schneite. Schneeflocken trieben durch den Hof und sammelten sich in den Windschatten der Säulen zu Häufchen.

Nicki ging den offenen Gang entlang, bis sie die Kronzeugin erblickte. Bleich, fast bläulich leuchtend in der Dämmerung, verschmolz sie mit dem Schnee. Mit spitzen Fingern zupfte sie die Flocken aus der Luft.

Nicki half Tallis über die niedrige Mauer. Er hatte kaum noch Kontrolle über seine Beine.

»Ich bin noch nicht fertig«, sagte die Kronzeugin und blickte bedauernd in den kleinen Ausschnitt Himmel empor, wo die Flocken durcheinanderwirbelten. »Durch das Wetter ist die Abzählung verhindert.«

Nicki trat mit klopfendem Herzen näher. *Nein. Nein.* Der Brunnen, an dem beim letzten Mal die Vögel gesessen hatten – der Zugang zur Unwelt, ihre einzige Chance –, er war zugefroren.

»Ich habe erwartet, dass das Wetter umschlägt. Menschen sind so wankelmütig, mal hitzig und mal frostig. Bist du deshalb gekommen?«, fragte die Kronzeugin mit einem forschenden Blick in Nickis Gesicht. »Willst du dich rechtfertigen?«

Sie öffnete den Mund, aber kein Ton kam über ihre Lippen. *Zugefroren.* Warum? Warum, um Himmels willen? Wie sollte sie jetzt …

Sie starrte die Kronzeugin an, die mit gerunzelter Stirn auf eine Antwort wartete. »Ich wollte … was heißt ›rechtfertigen‹?«

Die Kronzeugin legte freundlich den Kopf schief. »Nun, deine Gefühle für den jungen Mann sind auf Eis gelegt. Du musst dich entscheiden zwischen zweien, wie es scheint.«

Nicki spürte, wie Tallis sich mit letzter Kraft aufrichtete.

»Deshalb sind wir hier«, keuchte er. »Sie müssen das hier mitbedenken, wenn Sie Nickis Liebe testen.« Er zog Nicki zu sich heran und küsste sie.

Er küsste sie.

Fieber rauschte durch sie hindurch; sie erinnerte sich an Straßen im Sommer, an die Schattenpaläste blühender Kastanienbäume und wie sie als Kind in den Armen ihrer Mutter aufgewacht und wieder eingeschlafen war; sie erinnerte sich an ihre Furcht vor Osilber, als er ihr im Auto zwischen die Beine gefasst hatte, und tausendmal an Canon. Wie er sie ansah und wie seine Zeichnungen aussahen. An all das dachte sie gleichzeitig, flüchtig und durchscheinend wie Schmetterlingsflügel, während Tallis' Mund sich auf ihren presste, fordernd und zärtlich zugleich.

Sie hatte erst zweimal jemanden so geküsst, auf diese Weise.

Canon.

Und in der achten Klasse, als sie noch mit allen befreundet gewesen und auf jede Party gegangen war, Severin. Sie hatten achtzigprozentiges Teufelszeug aus der Küche irgendjemandes Oma mit Milch getrunken, alle waren beschwipst bis ohnmächtig gewesen, und dann hatte Nicki in einem fremden Bett mit Severin geschlafen.

Sie erinnerte sich zum Glück nicht mehr an alles. Aber es hatte wehgetan, als würde er ein stumpfes Messer in sie rammen. Danach brannte die Haut um ihren Mund vor Alkohol und Spucke, und Daria und Becky ruckelten an der Türklinke wie Feuerwehrmänner. Noch in derselben Nacht schämte sie sich für alles, und so verächtlich, wie Severin von da an zu ihr war, schämte er sich vermutlich auch.

Alle Erinnerungen, schöne und schreckliche, verloren ihre Bedeutung an Tallis' Lippen. Wie er sie berührte, schoss wie Lichtwellen in ihr Innerstes und weckte eine Wahrheit, die nie wieder vergessen werden konnte: dass sie zusammengehörten. Für alle Zeiten. Egal in was für einem Körper er steckte, egal was aus Canon würde.

Panik brach in Nicki aus. Sie löste sich von ihm, erschüttert. Tallis sah todernst zurück. Auch er hatte die Wahrheit gespürt. Hatte sie in sich getragen, jahrhundertelang, um sie eines Tages mit ihr zu teilen.

Der Schneefall hatte nachgelassen. Und nicht nur das, innerhalb weniger Sekunden schien es Frühling geworden zu sein. Überall glitzerten Tautropfen. Das Eis auf dem Gras bildete sich zurück, zerknitterte Gänseblümchen reckten die Köpfe. Nicki sah, dass auch die Kruste auf dem Brunnen zu einer gläsernen Haut geschmolzen war.

Die Kronzeugin beobachtete sie mit unergründlicher Miene.

»Und jetzt würde ich gern sterben.« Mit wankenden Schritten näherte Nicki sich dem Brunnen. Sie dachte wirklich an den Tod.

Wie einfach es wäre zu sterben, aus dem ganzen Chaos zu flüchten, für nichts mehr verantwortlich zu sein. Sie blickte in den Brunnen. Ihr Spiegelbild schwamm verzerrt auf dem Eis.

Ein Sonnenstrahl brach durch die Wolken und verwandelte das Gesicht im Brunnen. Ihre Züge verzerrten sich, wurden zu denen ihrer Mutter und verfremdeten sich noch mehr.

»Ich, Estella Witnick, biete dir, Snesane, meinen Körper als Zugang zur Welt«, sagte Nicki dem Spiegelbild. »Wenn ich stürzen darf, ohne zu sterben.«

Sie sprang.

Innerhalb von Sekundenbruchteilen streckte die Kronzeugin ihre Hände aus – knochige, riesige, klauenhafte Hände, die sich über den Brunnen ausbreiteten. Nicki fiel einfach hindurch, dem strahlenden Licht des Fließwesens entgegen.

Ein Kreischen erscholl hinter Nicki, das nicht menschlich klang. Doch die Kronzeugin war außerstande, ihren Brunnen zu verschließen. Ein Pakt zwischen Mensch und Fließwesen war heilig, nichts konnte sich ihm in den Weg stellen, auch nicht die Kanzlei. Nicki tauchte in die Finsternis und fühlte eine Hand, die ihre umschloss und unerbittlich presste. Snesane klammerte sich mit aller Macht an sie.

Wie passend, dachte Nicki. Nun würde sie mit der Dämonin verschmelzen, für die Tallis sie bei ihrer ersten Begegnung ausgegeben hatte.

Samtene Wogen umfingen sie. Nicki sah verschwommen Snesane um sie fließen, ein Abbild ihrer selbst, doch strahlend vor Freude. Ihre Arme schlossen sich um Nicki, pressten sie an sich.

Dann wurde es dunkel. Nicki wusste nicht, ob sie die Augen noch geöffnet oder schon geschlossen hatte. Sie spürte ihre eigene Geschwindigkeit im leeren Raum, hörte ein Flattern wie von durchblätterten Seiten, sah Lichtfäden sich zu Tunneln ausweiten – und verdrängte diese Bilder. Mit aller Macht konzentrierte sie sich auf die Kommode in der Unwelt.

Dass sie wusste, wohin sie wollte, machte einen erheblichen Unterschied. Wann immer sich die Umgebung zu Gängen aus Papier, zu Höhlen aus Menschengliedern, sandigen Schächten oder Kristallfluren verdichten wollte, drängte Nicki die Umrisse fort und stellte sich die Kommode vor. Sie war die stärkste Quelle von Realität. Sie bestimmte, wo sie landete. Und jetzt hatte sie auch eine Vorstellung davon, wo sie landen *wollte*.

Verschiedene Szenerien flogen in so aberwitziger Geschwindigkeit an ihr vorüber, dass sie sie kaum erkannte. Dann stürzte sie schwerelos durch ein Fenster, machte Schwimmbewegungen, um sich umzudrehen, und entdeckte im sanften Licht weit entfernter Fenster die Kommode.

Ringsum standen Gretchen, Theo und Chips.

Chips drehte sich zuerst zu ihr um.

Die Wahrheit liegt im Leeren

ꝘꞆo

Nicki wartete, bis auch die anderen sie bemerkt hatten.

Erstaunt, als wäre sie von den Toten auferstanden, starrten sie sie an.

Theo wirkte befangen.

Chips nervös.

Gretchen versteckte einen Pakt hinter dem Rücken.

Langsam landete Nicki auf den Füßen und spürte eine Art Schwerkraft auf sich niedersinken. »Ich weiß, wer Lautréamonts Gebieter ist«, sagte sie rundheraus. »Und wer mit ihm im Bunde ist.«

Keiner reagierte. Als könnten sie nicht glauben, dass sie es wirklich war.

»Chips! Hol die Karte raus, auf die Theo den Namen seines Dämons geschrieben hat. Darauf wird Nahovizer stehen!«

Theo grinste. »Fetter Auftritt für einen so bescheuerten Witz.«

»Tallis ist unschuldig! Schaut nach, wie Theos Dämon heißt!«

Etwas Silbriges blitzte vor ihr auf und schoss durch die Luft. Theo stöhnte. Obwohl er zur Seite gewichen war, hatte das Geschoss ihn noch an der Schulter getroffen.

Nicki war wie erstarrt. Hatte sie das bewirkt? Aber sie hatte doch gar nicht bewusst … oder doch?

Theo fluchte. Im nächsten Moment rannte er auf Nicki zu und spreizte die Finger. Ein Netz spannte sich über ihr.

Nicki sprang zur Seite – gerade rechtzeitig. Das Netz fiel ins Leere, spannte sich aber gleich wieder und flog erneut auf sie zu.

Nicki riss die Arme hoch, etwas Besseres fiel ihr nicht ein. Zerschneiden. Eine Schere. Nein, größer!

Da hielt sie zwei Schwerter in der Hand. Es waren ungeschickte Kopien des Samuraischwertes, das sie bei Gretchen gesehen hatte. Doch sie erfüllten ihren Zweck. Mit zwei kräftigen Streichen fegte sie durch das Netz und zerteilte es.

Plötzlich drückte etwas ihre Handgelenke so zusammen, dass sie die Schwerter loslassen musste. Sie verschwanden augenblicklich in der Dunkelheit. Als Nicki herabblickte, trug sie Handschellen.

Sie ballte die Fäuste und richtete sie gegen Theo wie Waffen. Die Handschellen schossen über ihre Knöchel und schabten ihr die Haut ab. Theo krümmte sich: Jetzt trug er die Fesseln.

»Dann zeig ihr doch meine Karte!«, brüllte er. »Ich hab nichts zu verbergen.«

»Vorsicht, Nicki!«, rief Chips.

Als Nicki sich umdrehte, sah sie gerade noch, wie etwas aus Gretchens Richtung geflogen kam. Es war nicht genug Zeit, um auszuweichen. Aber warum ausweichen? Sie konnte *fallen*.

Der Boden unter ihr gab einfach nach. Nicki stürzte. Sie dachte an ein Trampolin, landete weich auf Händen und Knien und sah die anderen von unten wie durch Glas. Irgendetwas traf Theo. Er wurde weit geschleudert und schlitterte über den Glasboden.

Schon kam sie wieder nach oben geschnellt. Und prallte mit dem Kopf gegen ihren eigenen Gedanken: Glas zerbarst und flog in tausend Scherben um sie herum. Stöhnend sackte sie in sich zusammen.

Ein dumpfes Pochen floss ihr vom Kopf über das Gesicht. Jemand schrie. Sie verlor das Bewusstsein.

Als sie wieder zu sich kam, konnten höchstens Sekunden verstrichen sein. Sie lag in den Scherben und stellte sich panisch vor, es seien Eissplitter, die schmolzen.

Ihre Hände waren nass. Nicht vor Blut. *Bitte* nicht vor Blut …

Als sie sich aufrichtete und in ihre Handflächen blickte, waren zum Glück keine Verletzungen da. Ihr Wille war stärker gewesen.

Doch ihr Kopf pochte noch immer und sie schaffte es nicht, den Schmerz zu überwinden. Blinzelnd suchte sie nach den anderen.

Es war Gretchen, die schrie. Oder besser gesagt, heulte: »Hör auf!«

Chips warf Steine nach ihr, die explodierten.

Gretchen hatte gar keine Zeit, etwas anderes zu tun als auszuweichen. Sie flog im Zickzack um die Kommode herum, als wagte sie nicht, sich allzu weit von ihr zu entfernen. Chips stand ganz ruhig und warf ein Steinchen nach dem anderen wie jemand, der Enten füttert.

Etwas weiter entfernt lag Theo in einem durchsichtigen Sack. Er rührte sich nicht. Wieso rührte er sich nicht?

Nicki taumelte hin. Im Näherkommen sah sie, dass er blutüberströmt war. Sachte schmiegte sich der Plastiksack an seinen Mund. Er atmete noch. Aber es konnte nicht mehr viel Luft übrig sein.

Nicki erfand ein Messer, schnitt den Sack auf und zerrte ihn heraus.

»Kannst du mich hören?«

Er reagierte nicht. Doch ein Röcheln entrang sich seiner Kehle. Er lebte. Sie war so erleichtert, dass sie sogar ihre Kopfschmerzen vergaß. Egal ob er mit Nahovizer verpaktet war. Niemand sollte getötet werden. Nicki begriff nicht einmal, wie man dazu in der Lage sein konnte. *Wer* dazu in der Lage war.

Im Hintergrund loderten noch immer die Explosionen.

Nicki wischte sich die Nase und zog den kleinen Umschlag aus ihrer Pullovertasche. Sie zitterte so sehr, dass sie ihn nur mit Mühe aufreißen konnte.

Die Karte, auf die Chips seinen echten Namen hätte notieren sollen, war leer.

Kein Name. Chips hatte nichts aufgeschrieben. Nicki erhob sich, wendete die Karte hin und her. Stockend ging sie auf Chips zu.

»Hilf mir!«, rief er über die Schulter. »Gretchen hält zu Theo.«

Inzwischen war Gretchen dazu übergegangen, Netze auf ihn abzufeuern. Unermüdlich warf und wischte sie durch die Luft, doch ihre Angriffe beabsichtigten nicht seinen Tod. Anders als seine Explosionen.

Er warf seine unscheinbaren Steinchen, wann immer Gretchen ihm Gelegenheit ließ. Sie sprang meterweit, um der aufquellenden Glut zu entkommen, doch zuletzt gelang es ihr nicht schnell genug. Sekunden später stürzte sie hustend und rauchend zu Boden.

»Hör auf!«, rief Nicki. Sie stand nun direkt bei der Kommode.

Chips drehte sich zu ihr um. Als er die Karte in ihrer Hand sah, glitt etwas durch seine Augen, das sie erst für einen Schrecken hielt. Doch es war mehr. Für einen kurzen Moment *schielte* er.

Schwindel erfasste Nicki. Nun wusste sie, warum Nahovizer ihr so vertraut vorgekommen war. Er hatte sich Gesichtszüge von Chips geborgt.

»Du bist …« Sie konnte es nicht aussprechen. »Warum?«

Beinahe gelangweilt sagte er: »Du bist doch auch hier, um deinen Dämon zu retten. Meiner ist immer auf meiner Seite. Und ich auf seiner.«

»Ich dachte, Canon wäre dein Bruder!«

»Wir haben ihn gebraucht. Man braucht Menschen, man braucht sie eben!« Er zog die Augenbrauen zusammen und schnaufte. Doch schon im nächsten Moment hatte er sich gefasst, seine Miene entspannte sich. Er schien sogar zu lächeln. »Meine Gabe ist, dass alle mir glauben. Wenn mehr Menschen glauben würden, wäre mein Dämon viel mächtiger. Aber das tun sie nicht. So muss ich nachhelfen.«

»Nahovizer benutzt dich doch nur! Was hast du davon, wenn er mächtig wird und du dafür deine Freunde …« Sie verstummte.

War er überhaupt Chips? Vielleicht – wahrscheinlich – war er gar nicht er selbst – sondern besessen.

»Wärst du nur bei deinem Verdacht auf Theo geblieben! Jetzt muss ich euch alle töten.« Er warf ein Steinchen. Nicki sah nicht, wo es landete. Dazu blieb keine Zeit. Sie sprang – dachte ans Fliegen, die schnellste und weiteste Flucht – und die Explosion raste ihr nach, fraß sich in ihre Haut. Ihre Lungen. Sie schnappte vergebens nach Luft, rollte zu Boden und hustete. Rauch überall. Irgendwie gelang es ihr, die Panik niederzukämpfen, der Schmerz glitt von ihr ab wie eine Illusion. Vage machte sie einen Schemen im grauen Dunst aus. Die Kommode stand unverändert da, als wäre nichts geschehen. Wenigstens das.

Sie sah Chips auf sich zukommen. Er warf mehrere Steinchen.

In dem Augenblick stürzte eine riesige gläserne Glocke von oben auf ihn herab. Er sprang vor Schreck zurück und prallte dagegen. Die Steinchen flogen ihm aus der Hand.

Das Feuer erstrahlte.

Nicki hielt sich die Hände vor die Augen, um nicht geblendet zu werden. Eine Explosion gebar die nächste. Doch die Glocke hielt stand.

Als die Lichter endlich wieder erloschen, sah Nicki Gretchen hinter der Truhe hervorkommen. Schluchzend blickte sie in die Glocke. Doch die war leer.

Auch Nicki trat näher. Nichts.

»Wo ist er?«, fragte Theo mit rauer Stimme.

»Theo!« Gretchen rannte auf ihn zu. Vor ihm blieb sie stehen, als verließe sie der Mut. Still musterte sie sein blutüberströmtes Gesicht. »Er ist nicht mehr da.«

Theo wandte sich an Nicki. »Und den Umschlag mit meiner Karte hat er mitgenommen. Willst du noch immer wissen, wie mein Dämon heißt?«

»Lass mal.« Nicki hustete. Der Rauch in ihren Lungen ließ sich nur mühsam wegdenken.

Eine drückende Stille breitete sich aus. Chips … Vielleicht war er die ganze Zeit von Nahovizer besessen gewesen. Alles andere wollte Nicki nicht wahrhaben.

Was er gesagt hatte.

Wie ungerührt er die Steinchen geworfen hatte.

Die Endlosigkeit des Raumes wurde ihr bewusst. Ihr war, als würde sie geradewegs in die Dunkelheit der Menschen blicken. Sie schwebten winzig darin, verloren in einem Chaos, das wie eine ungreifbare Leere wirkte.

Schließlich sagte Nicki: »Wir müssen rückgängig machen, was ihr mit Tallis gemacht habt.«

»Wir haben nur seine Pakte aufgerufen. Umgeschrieben haben wir noch keinen«, sagte Gretchen.

Nicki sah sie an, um die Wahrheit an ihrem Gesicht abzulesen. »Aber es ging ihm schlecht.«

»Ich hab seinen Namen hin und her geschoben. Aber am Inhalt eines Paktes hat niemand was geändert.«

Nicki wandte sich mit einiger Überwindung an Theo. »Tut mir leid.«

»Hast es ja wiedergutgemacht«, sagte er. Leicht schien es ihm nicht zu fallen. Aber sie konnte nicht erwarten, dass er ihr so schnell verzieh.

»Wir könnten alle Pakte von Nahovizer durchgehen und versuchen …« Nicki beendete den Satz nicht, weil sie im Grunde keine Lösung wusste.

»*Alle* Pakte«, wiederholte Theo und schnaubte. »Wir haben stundenlang versucht, Tallis unschädlich zu machen, als wir ihn noch unter Verdacht hatten. Und jetzt dasselbe mit Nahovizer? Das Problem bleibt dasselbe, die Folgen sind überhaupt nicht absehbar. Ich hab genug.«

»Wir gehen«, pflichtete Gretchen ihm bei. Und leiser: »Ich will keine Rache mehr.«

Nicki konnte nicht wiedersprechen. So wie Theo aussah, hatte er allen Grund, nach Hause zu wollen. Oder besser noch ins Krankenhaus. Offenbar war seine Einbildungskraft nicht so stark wie Nickis und Gretchens.

Sie setzten sich, Nicki in einigem Abstand zu den anderen beiden. Alle drei blickten in die Ferne, wo die Fenster nicht mehr als zu Licht erstarrte Erinnerungen zu sein schienen.

»Wenn ich Nahovizer richtig verstanden habe«, sagte Gretchen müde, »reicht der Gedanke an das Unendliche, um uns hier rauszuholen. So schnell, wie Chips verschwunden ist, kann es nicht schwer sein.«

Theo nickte. »Einfach an das denken, was einen Namen hat, aber keinen vorstellbaren Inhalt.«

Nicki war nicht sicher, ob sie das begriff. Hilfe suchend blickte sie zu den fernen Lichtern.

Endlosigkeit ... Wer konnte sich die Endlosigkeit schon vorstellen? Man konnte sich nichts vorstellen, was man nicht auf die eine oder andere Art erlebt hatte – durch Erfahrungen oder Geschichten. Und niemand konnte Endlosigkeit erleben. Es war nur ein Wort für etwas, das unbegreiflich war.

Wie träumend hing Nicki diesem Gedanken nach: Es gab Worte, wo es keine erfahrbare Wirklichkeit gab. Wenn die Fließwelt über der Welt ausgebreitet lag wie ein Schleier, dann reichte sie an diesen Stellen darüber hinaus und war um eine wehende Haaresbreite größer. In diesen Rand versenkte sich Nicki. Die Dunkelheit unter ihren Füßen nahm sie auf. Die Lichter blieben zurück, rätselhaft und unerreichbar. Sie schloss die Augen, halb ohnmächtig vor Erschöpfung, und dachte an nichts mehr.

Ein Wiedersehen und kein Wiedersehen

ƆCo

Nicki kam in einem Glashäuschen zu sich, mit der Wange gegen die Scheibe gesunken. Das Licht eines vorüberrollenden Busses blendete sie. Als sie sich aufrichtete, merkte sie, dass ihr Spucke aus dem Mundwinkel gelaufen war.

Verstört sah sie sich um, aber da waren nur Leute, die aus dem Bus drängten oder hineintrotteten. Manche sahen sie kopfschüttelnd an.

»Komasaufen«, murmelte eine Frau.

Endlich fuhr der Bus ab. Nicki trat aus dem Häuschen und erkannte den Bahnhof wieder.

Hier hatte sie sich bei Sonnenuntergang von Tallis verabschiedet. Daran musste sie sich zuletzt erinnert haben, dadurch war sie hier gelandet. Hinter dem Gebäude lag der Wasserturm. Sie beschloss hinzulaufen.

Die Bahnhofsuhren zeigten halb sechs an. Nicki hatte das schon an den mürrischen Mienen der Leute an der Bushaltestelle abgelesen. Im Osten zog ein stahlblauer Streifen Licht herauf.

Sie lief durch den fast menschenleeren Bahnhof und über die Baustelle. Der Schutzbann bereitete ihr diesmal keine Schwierigkeiten, sie konzentrierte sich einfach auf das Zimmer im Wasserturm, auf Gretchen und Theo. Auch an Chips dachte sie. Vielleicht war er da. Canon hatte damals gesagt, der Turm sei durch seine runde Form und den Strom unbetretbar für Fließwesen, also konnten sie dort sicher sein, es mit Chips zu tun zu haben und nicht mit Nahovizer. Er schuldete ihnen eine Erklärung. Eine Entschuldigung. Dass Chips in der Unwelt von Nahovizer besessen gewesen war und für die brutalen Attacken nichts konnte, daran zweifelte Nicki nicht. Aber er hatte seinen Freunden verheimlicht, mit Nahovizer im Bunde zu sein. Die ganze Zeit war er seinem Dämon treu gewesen, nicht den Menschen, die ihm nahestanden. Vermutlich hatte er sich überhaupt erst mit Canon angefreundet, weil Nahovizer Lautréamont manipulieren wollte.

Als sie den Turm erreichte, sah sie, dass die Tür offen stand. Im Gras lag das Schloss. Wer auch immer zuletzt hier gewesen war, hatte sich nicht die Mühe gemacht, es wieder zu schließen.

»Chips …«, murmelte sie ung ging die Treppe hinauf. Es war dunkel und kalt. Nur durch eins der Fenster drang ein matter Schimmer Helligkeit.

Neben dem Bett fand sie einen verstaubten, batteriebetriebenen Weihnachtsmann, den man anknipsen konnte, sodass er grün und rot zu flackern begann.

Im Flimmerlicht sah sie sich um.

Die Regale waren durcheinandergebracht. Ein paar Kleidungsstücke lagen auf dem Boden. Die Küchenschränke standen offen. Nicki ging zum Kühlschrank. Außer einem Rest Schokomilch und Ketchup war nichts mehr da. Doch, im untersten Fach: Da waren noch die Äpfel, die sie Chips mitgebracht hatte.

Nicki nahm sich einen und aß ihn vor dem Fenster. Sie war völlig ausgehungert. S-Bahnen fuhren am Horizont vorbei, Ketten leuchtender Fenster in der kalten Dämmerung, die sich darum bemühten, heute so zu sein wie gestern und morgen so wie heute. Dabei war die Welt eine andere geworden. Unzählige Leute da draußen hatten buchstäblich über Nacht ihr Suchtproblem überwunden, weil die Trägheit sie nicht mehr lähmte. Andere waren von diversen Substanzen abhängig geworden Und manche, weniger viele, hatten eine Freundschaft verloren. Und mindestens einer von ihnen hatte einen Pakt mit einem Brunnendämon geschlossen. Nichts blieb, wie es war. Nicki verstand, warum die Menschen das lieber verdrängen wollten und S-Bahnen bauten, die verlässlich im Kreis fuhren. Sie verachtete sie nicht dafür. Es rührte sie.

Sie knabberte noch am Apfel, als Schritte auf der Treppe erklangen. Wenig später erschien Theo. Das Blut auf seinem Gesicht war inzwischen zu dunklen Krusten geronnen.

»Theo!«

Er entdeckte sie nicht gleich in der Dunkelheit, sodass sie den Weihnachtsmann wieder anknipste.

»Die anderen?«

Sie schüttelte den Kopf.

Seufzend trabte er auf eine kleine Tür zu. Nicki folgte ihm.

Es war ein Badezimmer mit einer altertümlichen, hübschen Wanne, einem riesigen Kessel, hinter dem das Klo versteckt war, und einem Waschbecken. Theo schaltete den Kessel an, der zu gurgeln und zu rumpeln begann, und hielt sich das Gesicht ins Waschbecken. Nach und nach lösten sich die Verkrustungen. Als das Wasser warm genug war, hielt er sich auch den Kopf unter den Strahl. Er stöhnte durch zusammengebissene Zähne.

»Vielleicht muss die Wunde genäht werden«, sagte Nicki. Sie konnte sie zwar nicht sehen, aber das viele Blut ließ es vermuten.

Theo drehte das Wasser ab, suchte ein Handtuch und zog kurzerhand sein Sweatshirt aus, um sich damit zu trocknen.

Ein Knarzen erklang. Sofort waren sie bei der Tür und spähten hinaus.

Es war Gretchen. Das Feuer der Explosionen hatte keine Spuren an ihr hinterlassen, so gut hatte sie ihre Vorstellungskraft in der Unwelt unter Kontrolle gehabt. Theo lief auf sie zu und umarmte sie. Nicki erwartete Protest, immerhin war er wahrscheinlich noch nass und außerdem halb nackt. Aber Gretchen stieß ihn nicht weg.

»Wo ist er?«, fragte sie.

»Ich glaube, er war schon hier«, sagte Nicki. »Und ist wieder gegangen.«

Inzwischen war es hell genug, dass sie das Durcheinander sehen konnten. Gretchen öffnete ebenfalls den Kühlschrank und schien es erst zu glauben, als sie sah, dass das Essen fehlte.

»Warten wir trotzdem«, murmelte sie. »Vielleicht überlegt er es sich noch mal anders.«

»Dieser kleine …« Theo hatte seine Tasche geöffnet und wühlte darin herum. »Er hat meinen Geldbeutel geklaut!«

Auch Gretchen und Nicki durchsuchten ihre Taschen. Tatsächlich fehlten ihre Geldbeutel.

Nicki stöhnte. »Er hätte auch einfach nur das Geld nehmen können.«

»Er war in Eile«, sagte Gretchen leise. »Und vielleicht kommt er ja wieder.«

Theo machte den Ofen an, während Gretchen sich um Kaffee kümmerte. Nicki versuchte sich nützlich zu machen, indem sie ein bisschen aufräumte. Neben dem Bett lagen die Scherben des Bilderrahmens, der darübergehangen hatte. Canons Zeichnung fehlte. Chips musste sie mitgenommen haben. Trotz allem war Canon sein bester Freund, sein Bruder gewesen. Seine Einsamkeit war kaum vorstellbar.

Schließlich saßen sie am Tisch und wendeten ihre dampfenden Tassen in den Händen, während der Ofen wummerte und knackte.

»Wir könnten nachher Amsel besuchen, zusammen.«

Nicki begriff, wie viel das Wort *zusammen* aus Gretchens Mund bedeutete, und nickte. Zu einer deutlicheren Versöhnung war Gretchen nicht fähig, aber es war schon sehr viel.

Sie warteten, bis die Sonne aufgegangen war. Chips kam nicht. Von Minute zu Minute schwand ihre Hoffnung. Wenn er seine Flucht jetzt noch nicht bereute, würde er auch in zwei Stunden nicht wiederkommen.

Gretchen rief ein Taxi, das sie an der Straße abholen sollte. Erst als sie bereits darinsaßen, fiel Nicki ein, dass sie ja kein Geld bei sich hatten. Als sie es Theo zuflüsterte, lächelte er nur.

»Was glaubst du, warum Gretchen vorne sitzt?« Lässig verschränkte er die Hände hinter dem Kopf, ächzte aber gleich, als er seine Verletzung berührte.

Während der Fahrt spielte das Radio türkische Popmusik und Nicki konnte sich nicht helfen – die emotionalen Rhythmen und Stimmen rührten sie nach allem, was passiert war, so sehr, dass sie mit den Tränen kämpfte.

Sie hatten den Einbruch überlebt. Und die Pakte waren erfolgreich umgeschrieben. Und doch schien nichts nach Plan gelaufen zu sein. Sie waren durch die Ereignisse getaumelt ohne genug Zeit, um sie zu begreifen. Die Machenschaften von Nahovizer, die Umwälzungen in der Fließwelt und ihre Auswirkungen auf die Realität blieben ihnen verschleiert, obwohl sie selbst die größte Rolle darin gespielt hatten. Das Gefühl der Blindheit und Ohnmacht betraf nicht nur ihre Körper, ihre Dämonen. Sondern das Leben insgesamt. Es war ein Rätsel aus scheinbaren Zufällen, die wie eine Flut über sie hereinbrachen und zu Entscheidungen zwangen, deren Folgen weitreichend und unabsehbar waren. Nicki hoffte, dass das ganze Chaos eines Tages eine Struktur offenbaren würde. Vielleicht, mit der Zeit. Mithilfe der Menschen, die ihr nahestanden.

Irgendwo da draußen im vorüberziehenden Land war Chips und hatte niemanden, nur Nahovizer. Egal was er getan hatte, ihr Mitleid konnte sie nicht überwinden. Durch ihren Vater hatte sie gelernt, dass das Böse aus Schwäche entstand. Zum ersten Mal fühlte sie sich mit dieser Erkenntnis nicht hilflos. Es war besser zu bedauern als wütend zu sein. Besser zu verstehen, auch wenn es wehtat.

Ihre Gedanken wanderten zu Tallis. Vielleicht lag es daran, dass sie die Stadt hinter sich gelassen hatten und an leuchtenden Feldern vorbeikamen, aber plötzlich war sie von großer Zuversicht erfüllt, dass es ihm gut ging.

Sie tauchten in den Wald ein. Das Sonnenlicht funkelte zwischen den Fichten, als tanzte es zum Klimpern und Rasseln der Musik. Nicki versenkte sich in einen einzigen Gedanken: *Canon.* Wenn es etwas gab, das zwei Menschen verband und größer war als der Zufall, dann musste er spüren, wie sie an ihn dachte. Sie jedenfalls glaubte *ihn* zu spüren. Wie er zu sich kam. Blinzelnd. Über seine Schläuche tastete, sich im Bett aufrichtete, durch die Jalousien des Fensters ins Licht spähte und zu begreifen versuchte, was los war. Warte, sagte sie ihm in Gedanken. Gleich sind wir da.

Als sie auf den Parkplatz vor der Klinik rollten, machte ihr Geldmangel Nicki wieder Sorgen. Was auch immer Gretchen anstellte, dem Taxifahrer wäre eine rechtmäßige Bezahlung sicher lieber gewesen. Andererseits musste Nicki einsehen, dass ihre Bedenken reichlich spät kamen, hatte sie die ganze Fahrt doch anderen Dingen nachgehangen, anstatt zu protestieren.

Theo und sie stiegen aus, während Gretchen noch im Auto blieb. Der Motor lief, deshalb hörten sie nicht, worüber sie sprachen. Den Ellbogen gegen die Scheibe gestützt und die Hand an der Stirn, war von ihr auch nicht viel mehr als der Vorhang ihrer Haare zu sehen.

Endlich stieg sie aus, sehr langsam und betont. Beim Schließen der Tür drückte sie sich ein wenig gegen das Fenster. Dann kam sie zu Nicki und Theo getrabt. Das Taxi machte eine Wende und fuhr davon.

Theo und Gretchen gingen zum Eingang.

»Was hast du gemacht?« Nicki konnte sich die Frage einfach nicht verkneifen.

»Was soll ich gemacht haben?« Gretchen drückte einen Schalter, sodass die Tür surrend aufging.

»Wie hast du den Taxifahrer bezahlt?«

»Ja, wie hast du das gemacht?«, wiederholte Theo grinsend.

Gretchen antwortete nicht.

Am Empfang saß eine junge Krankenschwester, der Gretchen

zunickte. Offenbar schien man sie hier zu kennen, sodass keiner sich ausweisen musste. Ohne Geldbeutel wäre das schwierig geworden.

Als sie sich Canons Zimmer näherten, hörten sie bereits Stimmen. Und tatsächlich: Eine Krankenschwester und ein Pfleger standen um das Bett und versorgten Canon – der wach war.

Mit großen, blutunterlaufenen Augen sah er sie an.

Auch die Pfleger wurden auf sie aufmerksam.

»Besuche sind jetzt noch nicht möglich«, sagte der Mann.

»Wir sind Familienangehörige«, log Gretchen frech. »Sie haben meinen Vater doch eben informiert. Er parkt das Auto.« Sie ging so selbstverständlich an dem Pfleger vorbei, dass er nicht widersprach. Theo und Nicki schlichen hintendrein.

»Er kann noch nicht sprechen«, sagte der Mann. »Überfordern Sie ihn nicht. Fünf Minuten!«

Die Krankenschwester fragte Canon doppelt und dreifach, ob er einverstanden sei, obwohl er schon längst genickt hatte. Dann warf sie einen letzten besorgten Blick auf die Geräte und entfernte sich mit quietschenden Schuhen. Die Tür blieb offen.

Kein Ende der Verhandlungen

Niemand traute sich, den Anfang zu machen. Still umringten sie das Bett und Canon sah sie der Reihe nach mit einem erschöpften Lächeln an.

»Ich dachte, nur ich kann nicht sprechen.« Sie hörten, wie viel Mühe es ihn kostete, so normal wie möglich zu klingen. Er war sehr heiser. »Wo ist Chips?«

Sie tauschten Blicke. Dann erzählte Gretchen ihm alles, was während seiner Gefangennahme durch Osilber geschehen war. Sie erwähnte auch, dass Nicki eine Prüfung ihrer Liebe eingeleitet hatte, was Nicki gerne verschwiegen hätte. Oder zumindest für einen anderen Zeitpunkt aufgehoben. Sie mied seinen Blick und tat, als würde sie Theo mustern. Tatsächlich wirkte er bleich und schien jeden Augenblick einzuschlafen.

Als sie auf die Ereignisse in der Unwelt zu sprechen kamen, überließ Gretchen Nicki das Wort. Sie wollte oder konnte nichts zu Chips sagen.

Nicki versuchte so wenig Details wie möglich zu erwähnen. »Bis jetzt ist er nicht zurückgekommen. Aber wer weiß. Vielleicht war er öfter von Nahovizer besessen, als ihr wusstet. Auf jeden Fall hat er auf seine Anweisungen hin gehandelt.«

Canon schloss die Augen. Nachdem er eine ganze Woche bewusstlos gewesen war, reichten die Informationen aus, um ihn zu überfordern.

Als er zu sprechen begann, verstellte er sich nicht mehr und klang so schwach und matt, wie er sich fühlen musste: »Ich weiß nicht, was ich sagen soll. Ihr habt all das … für mich … Währenddessen hab ich nur geträumt. Immer dasselbe, wie ein Fisch im Glas, der Kreise zieht … immer dieselben verzerrten Sachen. Heute Morgen wurde das Wasser ausgekippt. Hatte das Gefühl, nicht *ich* komme zurück. Sondern Lautréamont. Ich war wach, er auch da. Wir haben uns alles geteilt, wie früher. Er war so … anders. Machtvoll. Klar in seinen Worten. Fühle ihn jetzt noch.« Er hob die Hand, um sie zu betrachten, ließ sie aber gleich wieder sinken. Er schloss wieder die Augen und räusperte sich leise. »Dieses verdammte Beatmungsding hat meinen Hals wund gescheuert. Hört ihr mich so auch?«

Sie rückten näher, als er zu flüstern begann.

»Lautréamont ist jetzt Herr über Osilber. Das mächtigste Wesen der Fließwelt. Und wenn Nahovizer Chips benutzt hat, um Einfluss auf Lautréamont zu nehmen, dann wird er dafür in Zukunft andere benutzen. Er wird wiederkommen. In anderer Gestalt. Vielleicht kann ich mich schützen. Das muss ich rausfinden. Und so lange … sollte niemand wissen, dass Lautréamont über Osilber gebietet. Ich muss alles daransetzen, es geheim zu halten. Bitte helft mir dabei. Das Gleichgewicht der Fließwelt hängt davon ab. Und damit auch unsere Welt.« Er sah sie an. »Was ihr getan habt … habt ihr für mich getan. Meinetwegen habt ihr Konsequenzen in Kauf genommen, die unabsehbar sind. Für alles Weitere werde ich verantwortlich sein. Euch will ich nur sagen … ach, ›Danke‹ klingt so läppisch.« Er atmete aus. Dann griff er nach Gretchens und Nickis Händen, die ihm am nächsten standen. Die Situation wurde Nicki peinlich bewusst: die beiden Konkurrentinnen, und er zwischen ihnen. Dass er ihre Hand drückte wie die seiner Verlobten, kam ihr wie ein Almosen vor.

»Theo«, flüsterte Canon. »Du siehst richtig mies aus.«

Theo schnaubte. »Das sagt der Richtige.«

»Er hat recht«, sagte Gretchen und hob Theos Gesicht an, um ihn zu mustern. »Warum schwitzt du so?«

»Er hat eine Platzwunde am Kopf, glaub ich«, sagte Nicki.

»Nicht die Haare anfassen!« Er drückte Gretchens Hand weg, aber mit der anderen zupfte sie an den blauen Zotteln. Er stöhnte.

»Das blutet«, rief sie. »Du Idiot! Wolltest du das bis Weihnachten unter deinem Nest verstecken? Das muss genäht werden! Komm.«

Er trottete hinter ihr her. »Nicht weglaufen«, sagte er noch zu Canon.

Nicki und Canon blickten ihnen nach. Dann lauschten sie nach ihren Schritten und Stimmen. Als nichts mehr zu hören war, wandten sie sich einander zu.

»Hey«, murmelte Nicki. Etwas Bescheuerteres fiel ihr nicht ein.

Er lächelte. Ihre Hände berührten sich noch immer, aber nur leicht, wie zufällig.

»Das Krankenhaus hat bestimmt Duroya benachrichtigt«, sagte Nicki. Das Herz schlug ihr bis zum Hals, denn sie wollte auf etwas ganz Bestimmtes hinaus: die Wahrheit über ihre Verlobung. Sie machte sich auf das Schlimmste gefasst, während sie fortfuhr: »Er hat mir gedroht, dass ich mich von dir fernhalten soll.«

»Sieht ihm ähnlich.« Er hatte wieder die Augen geschlossen. Nein, nur fast. Sein Blick ging auf ihre Hand. »Du musst keine Angst vor ihm haben.«

»Hab ich nicht«, sagte sie schnell, ein bisschen zu schnell. »Du scheinst ja viel von deinem zukünftigen Schwiegervater zu halten, also …«

Er blickte auf. »Hat er das gesagt?«

Sie nickte, zitternd vor Hoffnung. Vor Sorge.

Zu ihrem Erstaunen wirkte er amüsiert. »Er ist ein bisschen altmodisch. Denkt, er kann seine Töchter verheiraten wie er will.«

»Aber sie will nicht?« Sie biss die Zähne zusammen.

»Gretchen? Das sieht doch jeder, in wen sie verliebt ist.«

Nicki runzelte die Stirn. »*Theo*? Die beiden streiten sich doch die ganze Zeit.«

»Eben.«

»Dann seid ihr beide … ihr seid nicht …«

Er kniff die Augenbrauen zusammen, als sei das völlig absurd. »Wenn Duroya was über die Zukunft erfahren will, befragt er öfter seine Tarotkarten als die Menschen, um die es geht. Das ist sein Problem.«

Sie wagte nicht, es schon zu glauben. Sie versuchte sich das vorzustellen: Gretchen, die in Theo verliebt war. Vielleicht passte es zu einem Mädchen wie Gretchen, dass sie ihre Zuneigung durch besonders hartnäckiges Piesacken zeigte. Aber wie sie sich für Canon einsetzte … und wie sie Nicki behandelte … Wenn sie nur Freundschaft für ihn empfand, dann war ihr Begriff davon ziemlich weit gefasst. *Wir sind Familienangehörige*, hatte sie vorhin gesagt.

Aber wie Canon zu Duroyas Plänen stand, dazu hatte er noch nichts gesagt und das beunruhigte Nicki.

Er sah aus, als suchte er nach den richtigen Worten. »Wie steht es mit dem Inkubus?«

»Die Prüfung ist durch. Aber wir haben das Ergebnis noch nicht angehört.«

»Du hast dich nicht gerade dran gehalten, mich zu vergessen.«

Sie zögerte, sagte aber dann doch: »Ich hab einen zweiten Pakt geschlossen. Mit einem Brunnendämon.«

Ein schmerzliches, vorwurfsvolles Funkeln glomm in seinen Augen auf.

»Ich hatte keine Wahl.« Sie verschwieg, warum. Was würde er davon halten, dass sie sich verpaktet hatte, um Tallis zu retten? Er wäre bestimmt noch empörter als ohnehin.

»Kannst du es nicht einfach akzeptieren?«, fragte sie leise. »Dass ich zu euch gehöre.«

»Das ist nicht so leicht bei dir.« Er atmete aus, als hätte er ihr soeben eine umfangreiche Liebeserklärung gemacht. Nach einer Weile fügte er hinzu: »Ich dachte immer, du hast es nicht nötig, dich auf Dämonen einzulassen. Dass du auch so klarkommst. Du bist viel stärker als andere.«

Sie gab ein Geräusch von sich, halb Schnauben, halb Schmunzeln. »Eine Schwäche hab ich offensichtlich schon.«

Er zog an ihrer Hand, ganz leicht, und sie gab nach und legte sich neben ihn, dass ihre Stirn seine Nasenspitze berührte. Die Laken raschelten. Sie spürte seinen Atem auf der Haut und seine Finger, die kühl und matt über ihre Wange strichen.

Lange lagen sie so da, lauschten ihren trommelnden Herzen, dem Vogelpfeifen draußen, den fernen Geräuschen auf dem Flur. Die Welt war vollkommen.

Nicki schloss die Augen. Vielleicht schlief sie sogar, während ihre Haare unter seiner Hand knisterten, aber sie erinnerte sich später weder ans Wegdämmern noch ans Erwachen.

»Da ist er schon«, murmelte Canon.

Nicki hob leicht den Kopf. Durch das Fenster sah sie einen eleganten, dunkelgrünen Wagen auf den Parkplatz fahren. Egal was sie gesagt hatte – bei der Vorstellung, Duroya noch einmal gegenüberzutreten, bekam sie weiche Knie.

»Auch ihm kann ich nicht mehr trauen«, sagte Canon wie zu sich selbst. »Von jetzt an kann ich niemandem mehr trauen.«

Seine Hand in ihrem Nacken schien leichter zu werden und sackte ein wenig ab. Sie spürte deutlich den Verlust.

»Darüber reden wir noch«, sagte sie. »Aber vielleicht lieber später.«

»Nein, bleib.«

Sie sah ihn an. Er hatte nicht sehr überzeugend geklungen. Und das lag wohl auch daran, dass er wirklich erschöpft war.

»Ich kann dich ja noch mal besuchen«, sagte sie.

»Hier? Ich hab lang genug rumgelegen. Wir treffen uns in der

Bahn. Donnerstag. Wie immer.« Das allerdings klang überzeugend.

Sie musste lächeln und wollte fragen, ob sie wieder einen Schirm bräuchten. Aber dann traute sie sich doch nicht und sagte stattdessen: »Ich hab kaum geübt ohne dich. Wir haben beide was nachzuholen.«

Zum Abschied umarmte sie ihn vorsichtig, wobei sich ihre Wangen und Nasen streiften, ohne den Anschluss zu einem Kuss zu finden. Sie mussten beide darüber lächeln, es war verwirrend. Die Erinnerung an Tallis wollte in ihr auftauchen, aber sie hielt sie mit aller Macht unter der Oberfläche.

»Nicki?«, sagte er, als sie sich schon umdrehen wollte.

»Ja?«

»Also, am Donnerstag, da könntest du den Schirm … Ich meine, es könnte ja regnen, es könnte ja … regnen.« Er schien sofort zu bereuen, es gesagt zu haben, und ein wenig Farbe kehrte in sein blasses Gesicht zurück. »Ich wollte einen Scherz machen. Es klang irgendwie nicht lustig.«

»Es klang ernst.«

»Ich glaub, ich meine es ernst.«

Sie beugte sich hinab und küsste ihn. Wenn sie schneller war, als sie nachdenken konnte, überwand sie ihre Befangenheit offenbar am besten. Seine Lippen waren rau, aber warm und bewegt von einem überraschten Lächeln. Er strich durch ihre Haare, die wie ein Vorhang um ihre Gesichter fielen, und eine Weile wohnten sie in diesem kleinen Raum, der nur ihnen gehörte. Dann schob er ihr Haar zur Seite, um sie zu betrachten. Nicki wusste nicht warum, aber sie hatte Tränen in den Augen, und auch sein Blick schien glasig. Tallis. Erneut spürte sie, welches Chaos sie umgab. Aber vielleicht war das schon in Ordnung. Vielleicht musste man sich nicht immer entscheiden. Sie wusste, dass sie Canon liebte. Und Tallis … war Tallis. Sie wusste, wer er war. In dieser schlichten Tatsache lag eine große Beruhigung.

»Donnerstag«, sagte Canon.

»Donnerstag«, flüsterte sie.

Auf dem Weg nach draußen fühlte Nicki sich erleichtert und besorgt, durcheinander und glücklich und vollkommen zuversichtlich, dass ihr Leben vor ihr lag. Was auch immer durch den Pakt mit Snesane auf sie zukam, was aus ihr und Tallis werden würde und wie Canon damit umging, Schöpfer des nun mächtigsten Dämons der Fließwelt zu sein – die Dinge würden sich ändern, nach und nach das Neue und immer Neue entblättern, schmerzhaft und kompliziert oder schön und aufregend, vielleicht von allem etwas. Angst und Freude hatten sich nie so ähnlich angefühlt.

Sie durchquerte gerade den Empfangssaal, da trat Constantin Duroya ein. Er sah sie sofort.

Sie blieben stehen wie Duellanten in einem Western. Nicki war so in Gedanken gewesen, dass sie ganz vergessen hatte, vor wem sie eigentlich davonlief.

Zu ihrer Überraschung lächelte Duroya. »Frau Witnick. Gratulation, dass Sie die Operation heil überstanden haben. Ich hatte damit gerechnet, dass Sie in der Unterwelt bleiben, aber meine Tochter ist nicht immer verlässlich …«

Nicki starrte ihn an. »Gretchen hat die Sache mit Ihnen besprochen. Wundert mich nicht.«

»Aber nein.« Sein Lächeln flackerte in den Mundwinkeln. »*Sie* haben mir alles verraten. Nachdem Sie und Isabel Arouk hier waren, habe ich Sie beide natürlich überwacht. Weil Sie gestern in der Früh zu faul waren, drei Stockwerke die Treppe zu nehmen, konnte ich Ihnen einen Winkelwurm nachschicken, der mir jedes Wort übermittelte.« Er wippte selbstgefällig auf den Füßen. »*Ekketimothain, Ghora* und *Nahovizer*. Isabels Recherche war mäßig, fanden Sie nicht? Dass sie nicht wusste, wer Ghora ist, wo doch ihr verstorbener Mann mit einem nah verwandten Rauschdämon paktierte, hat mich verwundert.«

Nickis Gedanken rasten. »Aber der Einbruch – den hab ich vor Isabel Arouk nicht erwähnt.«

»Oh nein, das taten Sie erst ein paar Stunden später, als Sie mit Ihrem Dämon ein Eis aßen. Ich glaube, Sie sagten wortwörtlich: *Nahovizer. Der Herr des Lichts. Er hat mir und ein paar anderen einen Vorschlag gemacht, durch die Brunnen der Kanzlei…* Dann war Ihr Dämon geistesgegenwärtig genug, mit Ihnen um ein paar Ecken zu gehen. Den Rest Ihres Gesprächs bekam ich leider nicht mehr mit, aber ich bin sicher, es war noch sehr herzergreifend und voller geistreicher Anspielungen auf Ihr romantisches Verhältnis.«

Nicki bemühte sich, eine ausdruckslose Miene zu bewahren, aber sie war nicht sicher, ob es ihr gelang.

»Die weiteren Details Ihres Einbruchs beichtete mir meine Tochter, als ich sie konfrontierte. Manchmal ist sie noch etwas … naiv. Sie wäre glatt ohne Absicherung mit Ihnen in die Unwelt spaziert.«

Nicki erinnerte sich, dass Gretchens Wange gerötet gewesen war. Sie konnte sich denken, was für eine ›Konfrontation‹ zu der ›Beichte‹ geführt hatte. »Dann waren die Karten Ihre Idee. Sie wussten, dass mein Dämon mich retten würde, wenn man mich angreift, und dass er mich nur in die Unterwelt bringen konnte. Dann sollte Gretchen ihn vernichten, indem sie einen Pakt von ihm sinnlos umschreibt. Und ich wäre in der Unterwelt verloren.«

Duroya lächelte immer noch, als würden sie sich über die Schule oder das Wetter oder sonst was unterhalten. »Ich dachte, dass Ihr Dämon Lautréamonts Gebieter ist. Deshalb wollte ich ihn nicht vernichten, sondern Lautréamont unterwerfen, ganz nach Nahovizers Plan. *Sie* freilich sollten verschwinden, das stimmt. Nehmen Sie es nicht persönlich.«

Nicki wollte etwas Pampiges sagen, aber sie brachte nicht mal ein Schnauben zuwege. Duroyas unverblümte Kälte lähmte sie.

Ohne die geringsten Skrupel hätte er ihr Leben zerstört – nur weil sie ihm im Weg war.

»Wissen Sie, ich wiederhole mich ungern. Ich habe Ihnen schon einmal gesagt, dass Ihr Platz in Amsels Leben geräumt wurde. Nun, da er der alleinige Schöpfer des mächtigsten Fließwesens der Welt ist, leuchtet Ihnen das vielleicht …«

Die Tür hinter ihm öffnete sich und ein brünetter junger Mann lief so schwungvoll herein, dass er Duroya streifte und stolpern ließ.

»Oh«, sagte er nur, schob sich die Sonnenbrille hoch und eilte auf Nicki zu. »Ich dachte mir schon, dass du zuerst den Bettlägerigen besuchst. Hattet ihr Sex?«

»Äh… nein!« Sie lief rot an. Duroya hatte ihn sehr wohl gehört.

»Pfff, so ein Würstchen.« Vergnügt nahm er ihre Hände und zog sie hinter sich her. »Was hat *der* denn?«, murmelte er, als sie an Constantin Duroya vorbeigingen.

In dem Moment schnellte seine Hand vor und packte Nicki am Kragen.

Nicki sah nicht mehr, wie Duroya den Mund öffnete, um etwas zu sagen. Nach all den Übergriffen von Osilber, Gretchen, den Feen und Nahovizer ließen ihre Reflexe sich etwas Besseres einfallen als eine Schockstarre.

Indem Duroya sie festhielt, schwang ihr Bein zurück, instinktiv zog sie das Knie hoch – und traf ihn mit einer Wucht, die sie selbst nach Luft schnappen ließ, zwischen die Beine.

Constantin Duroya ging mit einem grauenhaften Ächzen auf die Knie.

Nicki starrte auf ihn herab. Sie wollte sich entschuldigen. Aber sie konnte nicht. *Wollte* sie sich wirklich entschuldigen?

»Du… dreckige …«, krächzte er.

Tallis schnappte Nicki von hinten und hob sie zur Seite, als Duroya nach ihrem Bein greifen wollte. »Abgang?«

Sie brachte ein Nicken zustande und rannte mehr nach draußen, als dass sie lief. Tallis folgte ihr strammen Schrittes, wobei er sich mehrmals nach Duroya umsah. Der kauerte noch auf dem Boden. Eine Krankenschwester eilte zu ihm.

»Verdammt, verdammt«, stammelte Nicki, als sie das Ende des sonnenüberfluteten Parkplatzes erreichten. Sie glaubte schluchzen zu müssen und merkte mit Erstaunen, dass es ein Lachen war. Sie wischte sich über das Gesicht. »Ich bin tot. Er wird mich kaltmachen.«

»Unwahrscheinlich«, meinte Tallis gelassen.

»Dann killt er meinen Vater. Oder meine Mutter.«

»Warum nicht das Würstchen? Das wäre doch praktisch.«

Die Erinnerung an das, was bei ihrer letzten Begegnung passiert war, machte es Nicki nicht gerade leicht, ihn anzusehen. Zumal er genau daran zu denken schien. Er grinste noch immer anzüglich.

»Schön, dass es dir wieder gut geht«, sagte sie.

Ohne sie aus den Augen zu lassen, schaufelte Tallis Schokolinsen aus der Innentasche seines Mantels und warf sich die Hälfte davon in den Mund, die andere gab er Nicki. »Mir ging es nie besser. Obwohl ich gehofft hatte, dass du meinen Pakt mit Osilber änderst, wo du doch erfolgreich zurück in die Unwelt gelangt bist.«

Nicki hatte so großen Hunger, dass sie die Schokolinsen aß, obwohl sie vermutlich unverpackt und wer weiß wie lange schon in seinem Mantel gelagert worden waren. »Ich hab nicht mehr an deine Querelen mit Osilber gedacht. Wenn du da gewesen wärst, hättest du gewusst warum.«

Sie schlenderten auf die Mitte der Straße. Baumschatten tanzten über den Asphalt. Hatten sie gerade wirklich Duroya …?

»Danke, Nicki.«

Sie warf ihm einen überraschten Blick zu. Irgendwie wunderte sie sich immer, wenn er aufrichtig klang.

»Du hast mich gerettet… Obwohl es natürlich deine Freunde

waren, die mich vernichten wollten. Und das auch nur, weil sie was gegen dich hatten.«

Sie bewarf ihn mit ihren restlichen Schokolinsen. Geschickt fing er die meisten davon auf, um sie zu essen.

»Ich will noch welche«, sagte sie dann.

Mit einem argwöhnischen Blick befüllte er ihre Hand. Sie bewarf ihn nicht mehr, dafür war sie zu hungrig.

Von hinten kam ein Auto. Kurz blieb ihr Herz stehen, aber es war nicht der Wagen von Duroya. Und selbst wenn – solange Tallis da war, hatte sie nichts zu befürchten. Jedenfalls versuchte sie sich mit dem Gedanken zu beruhigen.

Sie wichen an den Straßenrand. Als das Auto vorbeigebrettert war, kehrten sie wieder auf den Mittelstreifen zurück, wo am meisten Licht war.

»Sag mal«, fing er wieder an. »Dein Freund kontrolliert doch jetzt Osilber. Könntest du nicht ein gutes Wort für mich einlegen? Ich verlang ja nicht viel. Eine einzige männliche Domäne hier in Berlin, das reicht.«

»Wieso ausgerechnet in Berlin?«

»Die schönen Wintermonate.« Er grinste. »Ich denke eben daran, was du im Gegenzug von mir bekommst. Wenn dein Freund mir verschafft, was ich will, dann wäre ich bereit, unseren Pakt so zu verstehen, dass ich als Mann von dir Besitz ergreife, nicht als Dämon. Ach, meinetwegen auch als Frau – ich brauche nur *dein* Einverständnis«, fügte er rasch hinzu, als sie stehen blieb. »Bedenke, du hast jetzt einen Pakt mit Snesane geschlossen. Du willst deinen Körper doch nicht mit zwei Dämonen teilen, das geht nie gut.«

»Ich hätte dich im *Verschwiegenen Käuzchen* liegen lassen sollen«, knurrte sie. »Außerdem wissen wir noch gar nicht, ob unser Pakt gültig ist.«

Er schob die Sonnenbrille in seinen Mantel. »Wollen wir es rausfinden?«

Sie seufzte. Sie hatte eine Ewigkeit nicht geschlafen, sah man einmal von ihrer Ohnmacht bei den Feen ab, und selten in ihrem Leben war sie so erschöpft gewesen wie jetzt. »Ich muss erst mal schlafen … eigentlich muss ich wirklich in die Schule.«

Eine Weile gingen sie nebeneinanderher. Dann trat er plötzlich dicht an sie heran und legte einen Arm um ihre Taille. Ihre Hand zog er sich auf die Schulter.

»Ich hab ja gesagt, ich bring dich zur Schule. Und ich möchte dich darauf hinweisen, dass ich dafür ein Vermögen ausgebe. Ein Vermögen, das ich sonst nur ausgebe, um eine neue Domäne zu gewinnen.«

»Wovon redest du?«

»Oder ein Herz.« Er drückte sie an sich. »Renn mit mir.«

»Hä?«

Er rannte los. Sie stolperte völlig überrumpelt mit.

»Und jetzt spring!«, rief er.

Er sprang. Sie stolperte.

Ihre Füße verließen den Boden. Die Schatten der Bäume rauschten über sie hinweg, dann tauchten sie für Sekunden in reines Sonnenlicht ein. Nicki wusste nicht, ob sie einen Schrei ausstieß. Schon hatten die Schatten sie wieder. Asphalt drückte sich klatschend gegen die Sohlen ihrer Schuhe. Sie rannten ein paar Schritte, dann stieß Tallis sich erneut ab.

Diesmal wusste Nicki, dass sie jauchzte.

Danksagung

Manche Geburten sind schwer, sagt man. Von dem Roman, den du soeben zu Ende gelesen hast, lässt sich das nicht behaupten, denn die Idee flog mir zu und die ersten Kapitel schrieben sich in wenigen Tagen. Aber wenn man schon dabei ist, Geschichten mit Nachwuchs zu vergleichen, dann reifte *Nacht ohne Namen* zu einem schwierigen, aufmüpfigen Geschöpf heran, das in mehrere Richtungen stürmen wollte und viel zu schnell aus seinen Sachen herauswuchs. Vielleicht lag es daran, dass ich so vieles und vor allem so viel Persönliches mit dieser Geschichte greifbar machen wollte. Erinnerungen verfärben sich, wenn man sie lange betrachtet, und wichtiger als Tatsachen waren mir diese Farben. Dass dabei eine Geschichte entstand, die nicht mehr meine ist, sondern Nickis, Canons und deine, ist den Menschen zu verdanken, die mich beim Schreiben begleiteten.

Zuerst seien die Schriftsteller und Comiczeichner genannt, die in *Nacht ohne Namen* auftauchten: Lautréamont, Unica Zürn, Jorge Luis Borges, Victor Hugo – und Reinhard Kleist, Kerascoët, Kazuo Kamimura, Osamu Tezuka, Kenji Tsuruta, Mohiro Kitoh. Es lohnt sich, jeden einzelnen nachzuschlagen.

Meine größte Inspiration war die Romanreihe »Hiobs Spiel« von Tobias O. Meißner, dessen »Wiedenfließ« die Quelle meiner »Fließwelt« ist. Tobias O. Meißner zeigte mir nicht nur den elegantesten Umgang mit Dämonen und Sprachzauberei, sondern auch die Bedeutung echter Verbundenheit. Erst durch ihn weiß ich, was Nicki und Canon verbindet.

Mein Agent Thomas Montasser hat *Nacht ohne Namen* von

Beginn an jenes Vertrauen geschenkt, das bereits vor einer Dekade aus meinen privaten Schreibversuchen einen Beruf machte. Als ich sechzehn war, veränderte ein herzliches Händeschütteln mit ihm mein Leben. Ich bin ihm für immer dankbar dafür.

Vertrauen haben mir auch die Damen von dtv entgegengebracht, als ich das Manuskript immer wieder umschrieb: Bei Susanne Stark, meiner Lektorin Britt Arnold, Veronika Moser, Dominique Schikora und ihren Kolleginnen möchte ich mich für den Beistand auf allen Gebieten bedanken.

Den letzten Schliff erhielt *Nacht ohne Namen* von den Testlesern auf meinem Blog, die monatelang mit mir diskutiert und Entscheidungen getroffen haben. Ihre klugen Ideen haben Spuren auf unzähligen Seiten im Buch hinterlassen. Ich denke besonders an Marius, Laurence, Vaire, Rica, Mareen »Lizzy«, Luc, Coco, Niniel, Lissa, Johanna, Sammy, Tini, Kevin, Julia, Lilly, Michel Pascal, Anh Thu, Jessi, Maike und Ginni – um nur ein paar zu nennen. Wer seinen Namen nicht in der Aufzählung findet, verzeihe mir oder schreibe hartnäckiger Kommentare.

Ein Buch ist nichts als eine Ansammlung von Strichen und Schnörkeln, bevor es gelesen wird. Erst unter deinem verträumten Blick erwacht es zu Leben. Ich danke dir, dass du mein fließendes Wort mit deiner Realität erfüllst.